嫡嫁千金

DIJIA
QIANJIN

【完结篇】

千山茶客 著

【上册】

江苏凤凰文艺出版社
JIANGSU PHOENIX LITERATURE AND ART PUBLISHING, LTD

图书在版编目（CIP）数据

嫡嫁千金. 完结篇 ： 全2册 / 千山茶客著. 一南京：江苏凤凰文艺出版社，2018.6

ISBN 978-7-5594-2037-4

Ⅰ.①嫡… Ⅱ.①千… Ⅲ. ①长篇小说－中国－当代 Ⅳ.①I247.5

中国版本图书馆CIP数据核字（2018）第093392号

书　　名	嫡嫁千金·完结篇
作　　者	千山茶客
出版统筹	侯　开　黄小初
选题策划	孙红彦
责任编辑	姚　丽
文字编辑	孙红彦
责任监制	刘　巍　江伟明
出版发行	江苏凤凰文艺出版社
出版社地址	南京市中央路165号，邮编：210009
出版社网址	http://www.jswenyi.com
印　　刷	三河市良远印务有限公司
开　　本	700毫米×980毫米　1/16
字　　数	470千字
印　　张	32.5
版　　次	2018年6月第1版，2019年3月第2次印刷
标准书号	ISBN 978-7-5594-2037-4
定　　价	59.80元

影视版权抢订热线　13911704013

目 录【上册】

第一章　琴师　1

第二章　有孕　53

第三章　内讧　103

第四章　报应　157

第五章　动心　202

目 录【下册】

第六章　心意　269

第七章　重圆　313

第八章　曲终　356

第九章　梦夜　406

第十章　重逢　439

番　外　485

第一章　琴师

“成王知道丽嫔的不甘心，他蛊惑了丽嫔，而丽嫔上当了。”

姜梨一时之间难掩面上的震惊之色。

“可是……仅仅因为季家人要送人进宫，丽嫔就同成王勾结？”姜梨问道，“这不合理，与其攀附成王，不如讨好皇上，便是季家那些姑娘进了宫，以丽嫔的手段，真要掌握在手心，或打压或使绊子，总会想得到法子解决的，何必铤而走险？”

“那是你的想法吧。”姬蘅意味深长地看着她，“没有子嗣的女人，在宫中的结局只有一个，就是迟早被人替代。丽嫔是聪明人，况且在丽嫔的眼里，皇帝的位子未必坐得稳当。”

姜梨吃了一惊：“可是季家并不曾站在成王那一面啊！”

“季彦霖胆小怕事，见风使舵。”姬蘅抿了一口茶，才不紧不慢道，“但他的女儿不一样，胆子比他大得多。”

“丽嫔脱离了季家转而投向成王。”姜梨道，“倘若成王胜了，季家可以免于灾祸，倘若事情败露，季家也会受牵连。”

“事情没那么容易败露。”姬蘅道，“仅仅一个嫔妃，不至于惹人怀疑。”

姜梨忽然想到了什么，恍然大悟，道：“难怪，难怪当初薛家案子呈上去，成王那么快就知道其中内容。当时我便猜测宫中只怕有成王的内应，只是我没想到……没想到此人是丽嫔。不过，皇上知道此事，为何不发作丽嫔呢？”姜梨问。

姬蘅没有回答姜梨的话，只是笑盈盈地看向她。姜梨想了一会儿，迟疑地问：“陛下想要发作成王了？”

姬蘅漫不经心地问：“怎么说？”

“如果陛下要对付成王，总得找一个合适的理由。除了永宁公主跋扈以外，并未留下什么把柄在民间，贸然发动，也许还会被成王反咬一口。留着丽嫔，也许有朝一日成王和陛下对峙的时候，这件事还能成为‘罪证’，来让清理成王变得顺理成章。”

姬蘅笑笑：“这些也是姜元柏教你的？”

姜梨垂眸：“道听途说而已。”

“你道听途说的，倒比那些身在其中的人看得更明白。”

“陛下打算对成王动手了吗？”姜梨没有回答姬蘅的话，反而问，“这样的话，姜家又如何自处？”

“不是对成王动手，是等成王动手。”

姜梨疑惑：“成王现在就迫不及待了？”

“迫不及待？”姬蘅反问，“为何不是成竹在胸，谋定而后动？”

姜梨嗤笑一声：“我倒觉得，成竹在胸的恐怕不是成王，是陛下吧。”

“成王的背后有我。”姬蘅提醒。

“陛下的背后也有你。”姜梨回道。

“那你以为，我会站在谁一边？”姬蘅饶有兴致地问。

姜梨默了默，摇头：“我不知道，我只知道，我会站在国公爷这一边。”

“你在说谎。”年轻男人气定神闲地开口。

“我没有。”姜梨的眼神很是坚定。

姬蘅目光闪了闪：“如果我有意那个位子呢？”

“我会站在国公爷这一边。”姜梨道。

姬蘅沉默了，他嘴角的笑容隐去，目光渐渐变得锋利起来，姜梨丝毫不退让，执拗地等待着。

半晌，姬蘅移开目光，笑骂了一声：“逢迎！”

姜梨的心中微微松了口气。

“你今日要问我的，就是丽嫔的事？”姬蘅问。

她连忙道：“还有一事，当初季淑然身死的真相，姜家不许外传的，但这件事还是传出去了，并非我所为。我父亲派人去查，未查到什么端倪，我想问国公爷，可否让赵轲帮忙查探一番，消息是如何泄露出去的？”

“我看你吹哨子吹得很熟稔。”姬蘅道，“你要吩咐赵轲做事，直接说就是了，何必问我？”

姜梨有些赧然：“赵轲毕竟是国公府的人，主子也是国公爷，求他做事，自然要经过国公爷允准。”

姬蘅淡淡一笑：“可以。”顿了一会儿，又道：“不好吗？”

姜梨一愣：“什么不好？”

“季淑然的过去被揭露人前，对你来说是件好事。你不必背负骂名了。”

“看上去是这样，不过我觉得做出此事的人并非是为我出气。如今姜家声誉受损，意味着姜家府里有人与外人里应外合，国公爷知道的，内奸难防。”

“你怀疑是冲着姜元柏？”

“准确地说，我怀疑与成王脱不了干系。”姜梨叹了口气，“毕竟之前姜家与右相李家就不和，如今成王又因为薛家一案盯上了我。”

姬蘅瞧着面前的女孩子，她似乎很苦恼，眉头都皱紧了两分。

“放手去查吧。”姬蘅挑眉道，“在我这里，谁也拿不走你的命。”

姜梨怔忪片刻，微微一笑，道：“多谢。”

姜梨从国公府出来，回到芳菲苑坐下还不过片刻，明月从外面走进来了，笑着道：“白雪，这里有你的信。”

白雪一听，高兴极了，白雪的家信来得并不频繁，有时候两三个月才能等到一封。他们家里没有认字的，要写信得去几十里以外的庄子，找润笔先生来代劳。

这些日子，白雪也跟姜梨认了更多的字，拿着信就躲在角落里去看了。桐儿望着白雪的背影，道：“她这回可是高兴了。”

姜梨笑笑。过了一会儿，白雪看完信回来，桐儿打趣道：“怎么这般高兴？跟捡了银子似的。”

“我嫂子给我新添了个侄子。”白雪笑道，“这是喜事。”

“确是喜事。”姜梨闻言也高兴，“等会子我去拿点银子，你托人给你家捎回去，当作喜礼。”

白雪忙摆手道：“不行，姑娘平日里已经很照应奴婢了，况且家里如今也够吃喝的。”

“这是我的心意，你若是拒绝，反而说不过去。”姜梨坚持。

“姑娘赏的，就拿着呗。”桐儿也劝道，“日后只要记着姑娘的好，对姑娘忠心就行了。”

白雪想了想，大约觉得自己若是再推辞反而显得不识好歹，就惭愧笑道：“奴婢替哥哥嫂子谢谢姑娘的心意。”忽而又想到了什么，“对了，姑娘上次问奴婢家乡可有一个叫海棠的姑娘，奴婢的家人一直在打听，这次信里也写了，有消息了。”

姜梨一怔，一下子站起身：“你说什么？”

白雪将手中的信递给姜梨：“都在信里写着，姑娘看看吧。”

姜梨迫不及待地展开信，难掩心中激动。她身为薛芳菲的时候，被永宁公主算计，被软禁在府中，背负着骂名，隐隐察觉到此事可能是一场阴谋。紧接着，她的两个贴身丫鬟被沈母找了个由头打死，姜梨甚至没来得及阻拦，去的时候已经只剩尸体了。剩下的两个，则被姜梨以偷盗的罪名，偷偷赶出府去。

沈母知道消息的时候赶回来质问她，她抵死也不肯开口，只说是丫鬟拿了她的钱财自己跑了。沈母无奈，只得报官，但官差搜寻了周围，也没找到两个丫鬟的踪迹，便也只能作罢。

当时薛芳菲也没有多想，只是觉得以沈家的习性，无论其中有没有阴谋，他们既然认定自己做了“丑事”，就必然会发作自己身边的丫鬟。这些丫鬟都是从小跟着自己长大的，亲如姐妹，活着也许能谋得一线生机。只要杜鹃和海棠逃出去，自己就不算连累了他们，日后也许有机会，还能再谋前事。

谁知道这一别，就是永远。

本来是十分渺茫的希望，如今骤然得了音讯，姜梨心中欣喜莫名。她飞快地看信，一目十行，看着看着，目光沉了下来。

白雪的家人在信里说，在枣花村村西米铺旁，的确有一户人家的女儿叫海棠。只是那户人家爹娘早就死了，如今只有两个少年，听闻他们的姐姐，就是叫海棠的那个姑娘多年前就跟官家小姐做丫鬟了。

前几个月，枣花村来了个姑娘，不知道叫什么名字，也不知和那两个少年是什么关系，就住在少年家。白雪家的人偶尔有一次经过，听到那两个少年唤那位姑娘叫姐姐，便猜测是不是白雪之前让打听的海棠。

不过，白雪按照姜梨所描述的告诉自家人，那位海棠姑娘高高瘦瘦，白白净净，模样生得挺好，这位新来的姑娘却不是。虽然高瘦，容貌却奇丑无比，面颊上有两道长长的刀痕，十分可怖。

姜梨定了定心神，又将信看了两遍，尤其是有关海棠的部分，心中越发确定，此人十有八九就是海棠。

但海棠怎么会变成如此模样？杜鹃又去了什么地方？当时她是让海棠和杜鹃一起逃走的，杜鹃无依无靠，不可能去别的地方，一定会和海棠在一起。现在只剩下海棠一人，难道杜鹃……尤其是得知海棠容颜尽毁，更让她忍不住胡思乱想。

桐儿和白雪都极少看见姜梨脸色难看，不约而同瞅了瞅对方，都是一头雾水。

姜梨道：“白雪，你去准备一下，我去叶府一趟。”

“啊？”白雪一愣，提醒道，“姑娘，您今天已经去过叶府了，您刚刚从叶府回来。”

姜梨回神，她这是被急糊涂了，就道：“那明日一早去叶府。”

无论如何，她都要接海棠回来。想来想去，她在姜家没有可用之人，只能去叶家借人了。

“姑娘，您没事吧？”白雪小心翼翼地问。

“没事。”姜梨勉强对她笑了笑，“白雪，这封家书，我替你烧了吧。”

白雪点了点头：“但凭姑娘处置。”

姜梨走到火炉边，将信扔了进去，亲眼见着火苗爬高，将信纸吞噬得什么都不剩，才重新在书桌前坐了下来。

大约经过方才的震惊，这会儿平静下来，她也就意识到了自己思考不妥。

叶明煜固然是江湖人士，但因为自己的关系，只怕永宁公主的人也盯着叶府，一旦叶明煜有什么动静，永宁公主肯定会派人尾随，这样难免会暴露海棠的存在。况且如果叶明煜亲自去枣花村，叶府就无人照看薛怀远，如果永宁公主暗中使绊子，薛怀远遭遇毒手也难免。要是叶明煜不亲自去枣花村，其他人姜梨也信不过。

找叶明煜不妥，找谁比较好呢？

姜梨正在犹豫的时候，指尖碰到袖中的瓷哨。

对了，她还有赵轲。虽然赵轲只有一人，但他是国公府的人，今日姬蘅还与她说，让她尽情吹哨子来着。如果叶明煜有可能应付不了永宁公主的杀手，换了国公府的人，情形就大不一样了。姜梨非常肯定，一来国公府的人不会让此事泄露出去，二来便是真的泄露了，路上对峙起来，永宁公主的人马也对付不了国公府的人。

想来想去，找赵轲去做这件事，或者说，找赵轲，让赵轲去找信得过的人去办这件事，是最好的选择。

这件事唯一不好的便是，姬蘅会知道海棠的存在，心中肯定也会疑惑她与海棠的关系，顺着调查海棠一事，总会查出她和薛芳菲千丝万缕的联系。

但做事不可能面面俱到，日后之事日后再说，眼下，她必须找到海棠。

姜梨吹响了哨子。

赵轲来得很是迅速，身上还带着外头的雪花和草屑，站在窗前，道：“二小姐。”

“赵轲，有件事情，我想拜托你去做。”姜梨看向他。

“大人吩咐过了，二小姐的要求，属下只管去做。”赵轲呆板地回答。

“我的丫鬟白雪，家乡在枣花村。你能不能去……或者说你能不能找些人去枣花村，替我去接一位叫海棠的姑娘回燕京城？”

赵轲疑惑地看向姜梨。枣花村在什么地方？去接一位姑娘？他又不是车夫！

“此事……属下要问过大人。”赵轲道。

虱子多了不痒，债多不愁，这个时候，姜梨反而生出一种破罐子破摔的勇气来，道：“随意。”

赵轲又是一阵惊异。

姜梨道：“不管你如何告诉你家主子，一旦你家主子同意，请你一定在最短的时间里将她接回来。在这一路上，可能遇到仇家追杀，也许对方阵势也不小，万望一切小心，千万要保护海棠的安全。”

她说得郑重其事，赵轲也不敢小觑，便道：“属下知道，今晚禀告大人，明日一早回报姜二小姐。”

姜梨点头。

赵轲消失在窗外了，姜梨关上窗，也掩上了窗外的风雪，一颗心跳得很快。如果一切顺利，如果赵轲能够离开，很快，至多十几日后，她就能看到海棠了。

她前生的姐妹。

国公府里，很快文纪得到了赵轲传来的消息，将此事一字不落地告诉了姬蘅。

陆玑正在姬蘅的书房里，与姬蘅商议事情，闻言就道："怎么姜二小姐白日里在这儿不提，晚上回去反倒吹起了哨子？"

"据说是晚上得了信件，临时决定的。"文纪答道。

"海棠……"姬蘅坐在椅子上，大红的衣袍及地，幽暗灯火照亮了袍角的金线，像是溢动的华彩，他一指搭在信纸上，无意识地轻轻叩击，片刻后道，"赵轲留在姜家，文纪，你挑几人，让人去枣花村走一趟。"

文纪领命而去。

文纪离开后，陆玑奇道："这海棠和姜二小姐又有什么关系？如果说桐乡好歹还在襄阳，叶家也在襄阳，硬扯的话姜二小姐也能和桐乡扯上关系，但枣花村……就实在没什么关联了。"

"等人到了就知道了。"姬蘅漫不经心道，忽而想起了什么，"成王那边有动静了没有？"

"最近这些日子频频约谈朝臣，密探来报，商议密谋一事。只是内部分成两派，一派主张逼宫，一派主张徐徐图之，一时僵持不下。"

"僵持不了多久了。"姬蘅轻笑一声，"他没那么有耐心。"

"倘若年关过后，明年，至多再一年，成王举事，大人是否插手……"陆玑问道。他问得也不甚明朗，虽说跟着姬蘅很久，但有时候姬蘅心里想什么，接下来的布局，陆玑看得也模模糊糊。

"不用，他赢不了。"年轻男人懒懒地把玩手中折扇，折扇一开一合中，繁丽的牡丹层层叠叠盛开，映照着他的脸越发深艳，他玩味一笑，"小皇帝等了这么多年，就等那日。"

他看向窗外，窗外是浓重的墨色，能听见风呼呼吹响，他琥珀色的眼眸也被夜色映得漆黑，又或许是他眸中的情绪暗下来。

"我也等那日。"

第二日，得了赵轲消息的姜梨总算是放下心来。姬蘅答应派人替她去接海棠。

姜梨轻松的同时，有一人却不如何轻松，便是瑶光筑里的姜幼瑶。

自从季淑然死后，姜幼瑶的生活就从天上跌到了地下。季淑然做的那些事，整个府里的下人都知道的，虽然平日里也不曾怠慢了礼数，但姜幼瑶好几次都看见他们用饱含深意的眼光看着自己。她晓得那是什么眼神，那是瞧不起，轻蔑的眼神。

在这样的境况下，姜幼瑶度日如年。

她曾给季家写过信，希望季彦霖能让人接她回季家，可迟迟都没有回信，姜幼瑶怀疑信被老夫人拦了下来。她什么都不能做，外面到处都是风言风语，还传言她不是姜元柏的女儿，是季淑然和柳文才的私生子。桩桩件件，让姜幼瑶几乎窒息。

这个时候，她甚至羡慕起给宁远侯府周彦邦做妾的姜玉娥来。就算是做妾，也能嫁给心上人。周彦邦那般温柔，一定会体谅自己，会安慰自己。想到这里，姜幼瑶又不由得恨上了姜梨，倘若当初不是姜梨和姜玉娥合谋，自己如何会被姜玉娥抢占婚事，那本来就是自己的！姜梨抢走了自己在姜家的宠爱，害死了母亲，还让姜玉娥鸠占鹊巢，她该死！

看着姜幼瑶一张脸神色变幻，姜幼瑶身边的丫鬟也有些害怕。这些日子遭逢巨变，姜幼瑶性情大变，动辄打骂下人，虽然老夫人和大老爷勒令过她，但在自己院子里，姜幼瑶还是能随意惩罚下人。

“我要出去。”姜幼瑶从椅子上站起身来，说出这么一句话。

“小姐，现在府里要出去……可不容易。”银花提醒道。

“再在这个府里待下去，还不知有没有命在。”姜幼瑶冷笑一声，“现在所有人都不把我放在眼里，哪里还记得我是姜家的三小姐。再在府里待下去，我就会像当年的胡姨娘，被人遗忘，日后变成一个废物！”

金花动了动嘴唇，其实她认为如今只是暂时的，只要姜幼瑶乖巧一些，老爷仍旧会喜爱这个女儿，但这话她不敢说，姜幼瑶已经有了自己的主意，因此她只是问：“小姐想出府去什么地方？”

“自然是季家。”姜幼瑶眉头紧皱，“我的信都被拦了下来，外祖父他们不知道我在姜家受苦。我只要逃出府，去往季家，便再也不回来了。我姨母是宫里的娘娘，有姨母为我做主，谁也不敢欺负到我头上，还在这里受什么气！”

金花和银花面面相觑，姜幼瑶被季淑然宠坏了，对于外头的事一概不知，总以为世上之人要围着她打转。殊不知出了这事，季家如今连姜家的门也不敢登，如何会让姜幼瑶在季家待下去。

“小姐还是再等几日，这几日府里管得实在太严了，怕是找不到机会。”金花劝道。

“过不了多久就是年关，年关府里总要采买，也有许多事要做，到那时便是我的机会。”她又冷冷地看了一眼自己的两个丫鬟，“你们两个切勿生出别的心思，你们的卖身契还在我手中，倘若此事不成功被人泄了密……”她眸中一闪而过的阴狠，竟和季淑然如出一辙。

两个丫鬟心中不由得打了个冷战，慌忙下跪表忠心，什么都不敢说了。

冬至过后，再过一个多月，就是年关。

府里上上下下开始忙碌起来。晚凤堂的珍珠和翡翠来了好几次，问姜梨什么时候去珠宝铺子里挑首饰。姜梨对首饰并无特别的喜爱，姜老夫人就又让人请了裁缝来芳菲苑给姜梨裁新衣。

说到裁衣服，这期间还有一次，姜老夫人带她去赴宴，是一个官眷的家宴。姜梨穿了叶家新出来的涛水纹做的衣裳，当时便引起了一众贵女夫人的注意，纷纷拉着她询问哪里买的衣料。姜梨便顺势说出襄阳叶家的名字，不久后，叶明煜就接到了襄阳的信，说是叶家现在的涛水纹供不应求，许多燕京城的成衣铺都来订料子。叶家的纺织厂这些日子几乎是夜以继日地赶工。

听叶明煜说起这件事时，姜梨心中很欣慰。好歹叶家的难关算是过了，叶老夫人的身子也渐渐好了起来，就连薛怀远在司徒九月的诊治下，也一日比一日精神，如今更是能认得人，叫出人的名字。

这个年关，看起来并不难挨，好像许多事情都迎刃而解，并无什么困境。

在冬至过后第十五日，海棠来了。

赵轲站在姜梨的窗前道："现在人在国公府里，在姜家恐怕引人注意，叶家门口有人盯梢，二小姐想去见海棠，大人说了，可以去国公府。"

姜梨："……恐怕会惹人注意。"

"无妨，大人说了，二小姐想去，深夜前去，不会有人发现。"

"深夜我如何出门？"姜梨问。

"这个二小姐放心，一切由属下安排。"赵轲说得自信。

姜梨仔细看了赵轲好一会儿，确定面前的侍卫没有说笑，就问："不可以有别的办法吗？其实可以在街道上的酒楼见面的。"

"二小姐要找的人十分不信任他人，就算到了现在，也对我们保持警惕。"赵轲回答，"如果不是我们制伏了她，她会逃跑。"

"你们制伏了她？"姜梨一惊，"难道你们没有告诉她，找她的人并不会伤害她，是来帮助她的吗？"

"说过。"赵轲耸了耸肩，"但她不相信。"

姜梨一颗心渐渐沉了下去，海棠如此警惕他人，可见是遭遇了什么才会如此。事到如今，她也顾不得别的，便道："好吧，我今夜去国公府，不知国公爷可方便？"

赵轲道："好，属下这就回禀大人。"

赵轲离开了，姜梨看着窗外白茫茫的一片，心里不知是喜是悲。

喜的是海棠还在，如今就要见到故人。悲的是时过境迁，物是人非，海棠认不出她，她也不能贸然和海棠相认。彼此都经受过了巨大打击，再也不是当年无忧无虑的少女。

桐儿站在姜梨身边，低声问道："姑娘今夜要去国公府吗？"

姜梨道："不错。"

这天下午，姜梨也没多做什么，就如平常一般在院子里看看书写写字，或是喝喝茶听丫鬟们闲谈，专心等待夜色降临。

夜里，燕京城四处再也听不到嘈杂的人声，姜梨院子里的一盏灯仍旧燃着微弱的灯火，丫鬟来催促了几次，院子里的灯火也熄灭了。

姜梨端坐在书桌前，天上没有月亮，只有厚厚的云层，唯一的亮火是院子里树上挂着的一盏灯笼。灯笼光照在地上，把积雪映得雪白发亮，一切静谧无声。

不知过了多久，窗外突然有了动静。

有人轻叩窗户。

姜梨想着应当是赵轲来了，下意识去拉窗户，不想来人也正往这边看来，于是姜梨越过书桌拉开窗户，看见的就是一张绝艳的脸。

姬蘅来了。

冬日的雪很大，到了夜里，小雪变大雪，于是所有的相遇和重逢都有了一种风雪夜归人的风尘仆仆。

年轻的女孩子探出半个身子，面上的愕然瞬间凝结，因吃惊而显得可爱。红衣青年笑盈盈地以扇柄抵着窗户，不紧不慢地抬眼看去，眼里都是似有似无的多情。

一片沉默中，青年打破了沉寂，唇角一扬，问："傻了？"

姜梨回过神，道："国公爷怎么来了？"

"你不是今夜要去国公府吗？"姬蘅含笑道，"我来接你。"

姜梨："……"

我来接你，四个字本应很温柔，含着无限缱绻，然而被眼前这人说出来，却有一种毛骨悚然的不自然。

姜梨道："国公爷不必如此麻烦，其实让赵轲来就是了，或者我自己去。"

"哦。"他道，"我已经来了。"

人都已经来了，也不能让他离开。姜梨叹了口气，站起身，姬蘅伸出手，搭上她的胳膊，道："跳下来。"

姜梨一脚踩上凳子，再踩上桌子，扶着姬蘅的手臂从窗户上跳了下来。窗户并不高，但跳下去的时候仍旧有些摇摇欲坠，她下意识抓紧了姬蘅的袍角。

姜梨站稳之后方才反应过来，嗯？为何要跳窗，她可以打开门走出去的不是吗？她又看了一眼姬蘅，心中无声叹气，又被带着跑了。

姬蘅饶有兴致地打量姜梨，道："你这身倒很合适。"

因着要夜里出行，姜梨不能穿得太过复杂，女子的裙裾太长，她甚至连披风都没有带，只穿了白雪准备的一件素白棉袄，下身是灰色的裤子，脚蹬黑靴，长发全都高高束在脑后，是男子的打扮。

但虽是男子打扮，雪地里，灯笼光映照下，五官却越发温柔清丽，有种说不出的爽快。

"多谢国公爷夸奖。"姜梨应道，"我们如何出去？"

"走后门。"姬蘅回答。

“后门？”姜梨一怔，“什么后门？”

事实证明，对于姜府的内部，姬蘅比她这个姜二小姐要熟悉多了。绕过几处平日里根本不常见的花园，竟还真有一扇后门。一路上什么人也没遇到，虽然知道姬蘅肯定提前就让人支开了一切可能出现的下人，但太过简单，让姜梨产生一种错觉，好似整个姜府就是纸糊的，随随便便什么人都能进来。要是姜府夜里被人洗劫一空，姜梨可能都不会太过诧异。

毕竟夜里都没什么侍卫守门啊！

姬蘅带着姜梨，几乎是光明正大地从后门出去了。

后门外的雪地里，竟然停着一顶黑色的软轿，软轿前，赵轲站着，还有四个轿夫，看见姜梨二人出来，便走过来将轿帘掀开。

姜梨踌躇着，轿子和马车不同，男女二人同乘一轿，到底暧昧了些。

她这边尚且犹豫，姬蘅倒是不慌不忙上了轿，等了许久，见姜梨不动，便问：“不上来吗？”

这男人说得云淡风轻，姜梨不禁怀疑自己是否小题大做，但路途还远，不乘坐轿子走在街上，万一被永宁公主的人认出来，怕是会惹来麻烦，当即只能一咬牙，上去了。

赵轲令轿夫起轿。

轿子如同它的主人一般华丽精致，里面甚至还有热茶和点心，在冬日里也算是享受了。但无论如何，这都是一个人坐的轿子，因此即便再宽大，姜梨和姬蘅之间的距离也并不能拉得很开。

几乎可以说是很亲近。

姬蘅递给姜梨一杯茶，茶水还是温热的，姜梨喝了一口，寒意驱散了不少。她看向小几上的点心，突然冒出一句：“这是国公爷亲手做的吗？”

那一瞬间，姜梨可以确定，姬蘅的动作顿了一下，手里的茶水洒了出来。

姬蘅放下茶杯，掏出雪白的丝帛，慢条斯理地擦拭手上的茶水，末了，才看向姜梨：“不是。”

姜梨：“……”

不是就不是，能把不是说得这般杀气腾腾的，也只有姬蘅了。

“海棠是你什么人？”姬蘅忽然问。

话头岔开得太快，姜梨一时没反应过来，只听姬蘅道：“你如此紧张地去搜寻她的踪迹，不惜向我求助，不怕我窥见你的秘密，看来对你很重要了。”

“的确很重要。”姜梨笑笑，“还有，我从没想过隐瞒国公爷。”

“别说得好听，你最狡猾了。”姬蘅浑不在意地笑了笑，“你认识这个叫海棠的女人吧，就像你早就认识惜花楼的琼枝、桐乡的薛怀远。”

“我认识。”姜梨道，“她是能帮我扳倒永宁公主之人。”

“我一直不明白的是，”姬蘅轻声道，“你为何偏要置永宁公主于死地？”

“国公爷只看到了我要置永宁公主于死地，却看不见永宁公主屡次对我下毒手。”姜梨笑得浅淡，“只许州官放火，不许百姓点灯，这不公平。”

姬蘅支着脑袋，看着她，道：“你是首辅千金，不是百姓。”

“首辅千金就有特权了吗？”姜梨反问，“在我看来，也许对上永宁公主，或者是更高的人，根本就是一文不值。”

如今这个世道，百姓受小官欺压，小官受大官欺压，大官惧怕王孙贵族，王孙贵族俯首称臣于帝王。层层都是剥削，最底下的是血泪。首辅千金不知人间疾苦，体会不到，身为百姓的薛芳菲却亲自领教过被强权欺凌是何滋味。

“你好像很生气。”耳边传来含笑的声音，姜梨这才发现，不知不觉中，姬蘅已经坐直身子，于是并不如何宽大的轿子里，姬蘅和她的距离已经极近。她的耳边似乎都能感受到姬蘅呼出的温热气息。

痒痒的，带着莫名的热意，让她心中的戾气也消散了许多。

姜梨往后退了一点，不承想已经到了边缘，脑袋差点磕到轿子梁上，多亏姬蘅手疾眼快，伸出手垫在她脑后，于是姜梨的后脑触到的，就是姬蘅的手心。

他的手却是常年冰凉的，穿的红衣似火，却凉薄如冰。

姜梨怔了怔，轻声道谢。

姬蘅收回手，懒洋洋地道：“你不必如此仇视官家，姜元柏是首辅，你所言已将你置于官家的对立面。小家伙，”他提醒，“会暴露的。”

会暴露什么？会暴露她不是姜二小姐的身份？虽然她身上有诸多谜团，看在别人眼里也有许多不可思议，但只要她自己不说，没有人会想到姜梨的躯壳里藏着另一个灵魂。

但那是对普通人而言，若对方是姬蘅……姜梨抬眼看向他。

年轻男人眼眸深深，带着笑意，凤眼狭长上扬，颜色略重，于是越发勾勒出漂亮的形状，鼻梁高挺，嘴唇嫣红，像是一杯带着谜的毒酒。你无法窥见他的内心，却觉得自己被他的双眼看中，内心秘密无所遁形。

他太危险，太清醒，太理智，也太容易让人沉沦。

如果是他，也许是会发现她身上的秘密的。姜梨没来由地想。

姬蘅没有继续追问她，仿佛有点倦意，便以手支着脑袋，靠着轿子的一边闭上眼睛。

在狭小的轿子中，两人挨得近，不约而同地沉默，能听见轿子外头呼呼的风声，还有轿夫的靴子踩在雪地里发出窸窸窣窣的声响，让冷而静的夜多了几分鲜活。

各怀心思，不知过了多久，轿子停了下来，赵轲的声音在外响起：“国公爷，到了。”

一直闭着眼睛假寐的姬蘅睁开眼，掀开轿帘，率先下去，又等姜梨下来。

夜里的国公府，不如白日里看起来艳丽，朦朦胧胧的灯火下，显出几分不真实的模样。像是在深山跋涉许久的人看见了一座仙宇宫庙，再看一看俊美不似凡人的青年，恍然以为自己走到了精怪的巢穴。

姜梨走下来，国公府的大门打开，她同姬蘅走了进去。

姬老将军已经睡下，并未看到他的影子，一路走到国公府最里面的院子，有一处房间，房间外，文纪正守候着，见到他们几人，道："大人。"

"人在里面。"姬蘅看向她，"你是现在进去看？"

姜梨点头，就要走进去。

文纪道："姜二小姐，这位叫海棠的姑娘十分不信任他人，您单独进去，恐怕她会伤害您，还是让护卫……"

"不必了。"姜梨微笑着拒绝了他的好意，"我进去与她交涉，她不会伤害我的。"

文纪看向姬蘅，见姬蘅并未露出不赞同的神色，便让开身子，方便姜梨推门进去。

姜梨犹豫了一下，转身对着姬蘅，正要说话，姬蘅就笑了笑，道："我知道，我在院子门口等，不会偷听你的'秘密'。"他把"秘密"二字咬得微微重了些。

姜梨笑道："多谢国公爷体谅。"

姬蘅和他的侍卫都退到院子里去了，姜梨深深吸了一口气，鼓足勇气才推开门。

掩上门，姜梨看向屋里，屋里的桌上点着一盏灯，桌前坐着一个人。她背靠着墙壁，背影瘦高，一看到这个背影，姜梨的眼泪就差点流下来。

这就是海棠。

海棠听见有人来了，飞快转身，目光警惕地盯着姜梨。她的脸上戴着一块面纱，只露出一双眼睛，神色却是陌生的，像是被伤害过的动物，提防地盯着来人。

这目光让姜梨心碎。

姜梨扬起笑容，在海棠的对面坐下来。在她做这些动作的时候，海棠身子躲开她，紧紧贴着墙壁，一声不吭。

"你是海棠吧。"姜梨微笑道，"是我让人打听你的消息，将你从枣花村带回来的。"

海棠仍旧用看陌生人的目光看着她："你的目的是什么？"

闻言，姜梨愣了一愣，面上有错愕之色浮起。

从前，海棠的声音轻轻柔柔，很是好听，可如今她的嗓子却像是被火燎过，沙哑难听得要命。

"你的嗓子……怎么了？"姜梨问。

"你的目的。"海棠再一次问。

"我是姜家二小姐姜梨，当今首辅姜元柏的女儿。"姜梨尽量放轻声音，"我受人之托，来查薛家小姐薛芳菲的案子。"

"小姐……"海棠一愣，随即激动起来，"小姐怎么了？"

姜梨眉头一蹙：“你不知道？”

“我不知道！”海棠急切地问道，“她到底怎么了？”

姜梨看着她，道：“她死了。”

海棠跌坐在地。姜梨扶了她一把，海棠才看向她，神情仍是浑浑噩噩的，问：“怎么……会呢？我走的时候她还好好的……”

“薛芳菲在被发现与人私通后，颜面无存，不久就身染重病，最后重病不治，去了。”顿了顿，姜梨道，“表面上是这样的。”

“你什么意思？”

“意思就是，薛芳菲的死并非意外，也不是什么身染重病而死，她是被人害死的。就像当初她与人私通一事，也是被人陷害一样。”

海棠看着姜梨，神情渐渐有了变化，像是提防，又像是激动地问：“你如何知道她与人私通一事是被人陷害的？”

“我如何知道不要紧，但你应该清楚，你是薛芳菲的贴身丫鬟，当年薛芳菲到底有没有与人私通，你最清楚不过。”姜梨道。

海棠紧紧攥住桌上的茶杯：“她没有与人私通。”

姜梨看着她：“我知道。”

“你为何要来找我？”海棠问，“又为何要与我说这些话？这么做对你到底有什么好处？如果你要我的命，只管拿去，我不在乎，倘若你要用我来达到不可告人的目的，我劝你最好打消这个念头，我什么都不会做的。”

姜梨没有回答，只是看着海棠微笑。

过了一会儿，海棠紧张地问：“你这是做什么？”

姜梨摇头：“我只是很感叹，薛芳菲有你这个丫鬟真好，难怪她当年费尽心力也要把你和杜鹃送出去了。”

海棠一愣：“你知道？”她的声音突然有些颤抖，“当年……她是故意把我们驱逐出府的吧？她其实从来没有冤枉过我们吧？”

“是。”姜梨平静地看着她，“她知道自己在沈家将要面临无处不在的危险，更有可能连你二人的性命也保不住。唯有将你们赶出府去，方能得一线生机。若对你们说出实情，你们反而不会离开，倒不如把话说得狠一些，能让你们死心，彻底离开燕京城，也保全性命。”

海棠听着，不多时两行眼泪流下，喃喃道：“我知道的……我一直知道的。”

“可是，”姜梨问出了自己想问的问题，“我所知道的，当时并非你一个丫鬟，还有一个叫杜鹃的。为何现在只剩下你一人？你们是中途分道扬镳了，还是另有打算？”

海棠低下头，道：“死了。”

姜梨的心紧紧一缩，仿佛被人用手攥住，只觉得喘不过气来。虽然早就想到了这个可能，但真听到海棠嘴里说出来的时候，还是不能接受。

“她是……怎么死的？”姜梨的声音里有掩藏不住的哽咽。

可因为海棠此刻实在是太伤心，并未发现她的异样，只是很疲倦地道：“我们逃出燕京城不久，突然发现官府四处在张贴我们的公告，说我们偷了主人家银子，要缉拿我们。杜鹃被人抓住了，我本想去帮忙，去求官老爷，告诉他们杜鹃是清白的，但是那一夜……等我找到杜鹃的时候，她已经被勒死，丢在乱葬岗上。

“我不知道那是不是官府的人，既然是官府缉拿，为何案子不审就直接处刑？便是处刑，为何又不公告于世？倘若不是官府的人，为何四处又都贴着官府的通缉令？我不明白，可也知道，一切都没办法避免了。我看到他们埋伏在乱葬岗附近，大约是等着我自投罗网，去替杜鹃收尸的时候将我抓起来，所以我没有为杜鹃收尸。我毁了自己的脸，躲过了官府的搜查，逃回了家乡。”

“你的脸……”

海棠问：“你想看吗？”

姜梨点头。

海棠惨笑一声，伸手揭开了面纱。

姜梨的呼吸瞬间几乎停止，但见原来洁白俏丽的脸蛋上有两道深深的刀痕，从眼睛一直到下巴，狰狞可怖，伤口结了疤，却非但没有让人觉得好一点，反而更加触目惊心。

海棠往后退了一步，将面纱重新戴上，沉默了一会儿，她才道：“你看到了。”

“我想问，你不惜自毁容貌，为了活下去做到如此，究竟是为了什么？”姜梨问道。

“我不知道。”海棠目光里有一瞬的茫然，“起初我以为官府的通缉令是小姐放的，可是我心里又觉得不是。我希望活下去，有朝一日能见到小姐，问清楚这是怎么一回事，为何要说我们偷盗财物，也许小姐是为了保全我们性命，那我们就更不应该随便舍弃性命，反而要努力活下去。我们从小就知道，我们是为了小姐而活的。”

姜梨闭了闭眼。

“我不知道小姐死了……”海棠喃喃道，“我还想着，或许能再见小姐一面……”

“薛芳菲不可能活过来了。”姜梨整了整心思，重新看向她，“不仅如此，薛昭也死了，薛怀远疯了。整个薛家一门，现在什么都没有了。”

海棠呆呆地看着她，摇头：“不……”

“海棠，你听着，这不是意外，也不是什么因果报应，这是阴谋。有人害死了薛家一家。我是姜二小姐，我受人之托，帮薛家平反，替薛芳菲洗清莫须有的污名，找到她被人害死的证据。”姜梨盯着海棠的眼睛，“这不仅是为薛芳菲，也是为了你，为了杜鹃，为了这场阴谋里所有无辜惨死的人。难道要看着凶手逍遥法外吗？”

“我凭什么相信你？”海棠问。

“我若是想要杀你，便不会千方百计将你带到燕京城了。你还可以去看看疯了的薛怀远，便知道我的话有没有假。”姜梨道，“你是薛芳菲的贴身丫鬟，日日与她在一起，你至少知道，应该怀疑谁，当初薛芳菲与人私通一事，遭人陷害，谁最可疑，做过什么令人起疑的事？”

海棠盯着姜梨，过了一会儿，她的目光沉了下来，吐出几个字。

“萧德音。”

“还有，沈家所有人。”

外头有风吹过，吹得火苗飘荡，姜梨定了定神，拿起一边的银剪刀将灯芯剪短了些，于是屋子里人影不再摇晃。

“为何这么说？”姜梨问。

海棠看着姜梨，问：“我可以相信你吗？”

姜梨心头一酸，看到海棠，就像看到了曾经的自己，道：“可以。”

海棠过了许久，才慢慢说道：“那一日，沈夫人寿辰宴上，萧德音来了。她与小姐是好友，时常在一起比琴。那天午后，萧德音一直与夫人饮酒，夫人怀了身子，并不适宜饮酒，便只说饮一点点，萧德音却佯作生气，非要与夫人喝完一杯。我便觉得有些奇怪，萧先生从来温柔体贴，绝不会这般非要人做事，尤其是对小姐。不过小姐没觉得有什么，我是奴婢，自然也不能指责萧德音。后来，小姐吃醉了，我要扶小姐回房，萧德音的丫鬟缠着我说找不到厨房的路，要我去要些醒酒汤来。等我从厨房回来，小姐已经不见了，说是萧先生扶着小姐回房了。再然后，萧德音一个人回来了。说小姐在房里休息，没多久，有人发现小姐房里有男人，说小姐与人私通。”

海棠说到此处，恨恨道：“我们日日夜夜都与小姐在一起，自然知道小姐是清白的，绝不可能与人私通。可证据确凿，后来我思来想去，此事里萧德音的动作实在很不自然。我本想再搜寻一些证据，确定此事是萧德音设计陷害，没等我做好，小姐就将我和杜鹃赶了出去。”她苦笑一声，“不过就算我将此事告诉小姐，小姐也未必肯信。毕竟萧德音实在没什么理由加害小姐，她不慕名利，性情温柔，小姐与她素来交好，并无仇怨，要这么做的理由，我也找不出来。”

姜梨轻轻摇了摇头：“人心难测，每件事都可能成为理由的。”

“你相信我？”海棠一震。

“我相信。”姜梨回答，顿了顿，继续道，“那么，按你所说的，沈家所有人是什么意思？”

海棠目光一转，突然冷笑起来：“你不觉得奇怪吗？小姐与人私通一事出来，小姐分明一直在辩解，可是沈家没有一人肯听小姐的话。出了这种事，对沈家来说亦不是什么好名声，可沈家非但没有令人彻查其中蹊跷，甚至看上去还迫不及待想定小姐的罪名，尤其是姑爷。”

姜梨的心狠狠一跳：“沈玉容？他如何了？”

“成亲之前姑爷对小姐呵护备至，成亲之后，我家小姐随他来到燕京城。人生地不熟，沈家夫人和小姐难伺候，我家小姐也事必躬亲，暗地里不知受了多少委屈。姑爷每次都嘴上说着歉疚，却从不改变什么。宁愿委屈小姐，也不肯稍稍指责沈夫人和沈小姐。这也就罢了，”她恨声道，“小姐出事了，他是小姐的夫君，就应当毫无保留地信任小姐，可他做了什么？他什么都没说，还指责小姐，这是在剜小姐的肉啊！”

“旁人认为，他没有休掉小姐，也没有惩治小姐，就是他情深义重，可笑！”海棠说得越来越快，像是要把积攒的愤怒全都发泄出来，“根本不是这样的。我们小姐本就什么错也没有，还白白失去了一个孩子，可从未见他做出什么。表面上装得情深义重，谁不知道他早已生了异心！”

最后一句话出来，姜梨心中狠狠一震，缓慢地问道：“你说的异心，是什么意思？”

海棠似乎这才明白自己说了什么，紧闭嘴巴，神情有一瞬间的慌乱。

姜梨没有给她沉默的机会，道：“你是不是发现了，沈玉容和永宁公主有私情？”

“你如何知道？”海棠一下子站起身来，声音难掩惊讶。

姜梨心中了然，拍了拍海棠的手：“你先坐下，慢慢说。”

海棠重新坐了下来，看向姜梨的目光充满防备和疑惑，再次追问：“你如何知道？”

“在薛芳菲死后，我受人之托，彻查此事，调查出沈玉容和永宁公主之间有不可告人的关系。正因如此，薛家才会突遭横祸，薛芳菲才会死去，才会有私通罪名加身。”

“你……你是说——”海棠大骇，“是永宁公主干的？她想入主沈家，所以害了我家小姐，害了整个薛家！”

姜梨颔首。

“毒妇！”

“现在你能告诉我，你为何会说早就知道沈玉容生了异心，或许是你早就发现沈玉容和永宁公主在一起了？”姜梨问。

“我并不确定。”海棠冷静了一会儿，慢慢地回忆，“那时候我家小姐刚刚怀了身子不久，姑爷也中了状元，府里上下都是喜气洋洋的。我每日陪着小姐养胎，有一日我在府外采买，见到一处茶坊前停着府里的马车，那马车是姑爷平日里用的。我想着也许姑爷在里面用茶，正想离开，就看见姑爷和一名年轻女子一前一后地走出来。我曾陪小姐赴宴，见过这位女子，知道是成王的妹妹永宁公主。姑爷倒是并未有逾矩的地方，永宁公主的眼神却不太对头，我晓得女子爱慕一个人的眼神，永宁公主的眼神里分明充满了对姑爷的爱慕。但我不敢将此事告诉小姐，一来小姐正在养胎，不可为这些事情烦忧；二来此事只是我一面之见，毕竟当时我所眼见的，姑爷并未对永宁公主有什么特殊举动，只是永宁公主似是单方面对姑爷有情义。

“我以为这是一件小事，姑爷已经有我们小姐作为夫人，堂堂公主也不可能与人做妾。那永宁公主就算对姑爷有心思也无可奈何。但不知为何，我心里总是放不下这件事，后来我就发现，但凡有一些重要的宴席，有姑爷在的地方，必定有永宁公主。我不知道是否自己多心，但其实是有一些埋怨姑爷的。

“倘若姑爷真心不想要永宁公主纠缠，大可态度恶劣一些，或是冷淡一些，教永宁公主知难而退，可永宁公主这般不依不饶，必然是姑爷的态度还不够狠。”海棠轻轻吐出一口气，“我家小姐心肠软，又总是体贴姑爷，便是将此事告诉她，她也多半会装作不知，而且怀着身子，也什么都不能做。谁知道，后来发生了这种事……”

姜梨听完海棠的话，内心一时也不知是何感受。她没料到，前生有些事情竟然早早就露出端倪，但因她表现得太过喜爱沈玉容，太过委曲求全，让海棠有所怀疑也不敢说出来，只怕伤到了她，从而酿成大错。

“早知道永宁公主包藏祸心，姑爷引狼入室，我就应当早一点告诉小姐永宁公主的事！”

“你错了。”姜梨淡淡地道，“即便你早早告诉你家小姐，永宁公主对沈玉容存有爱慕之心，她也免不了这个结局。因为，她能提防永宁公主，却没办法提防枕边人。”

海棠眉头一皱：“这是何意？”

“薛芳菲不是死于永宁公主之手，她是死于永宁公主和沈玉容之手。沈玉容早知道永宁公主会对他的发妻下毒手，但他袖手旁观，所以薛芳菲是不可能活下去的。当她的丈夫和外人联手，以她的心性，抵挡不了。”

“我不知道……我不知道……”海棠喃喃道，“小姐出事以后，我曾卑劣地想过，也许姑爷会趁此机会休了小姐，娶了永宁公主。这就是他们做的一场局，目的就是为了让永宁公主顺利嫁进沈家，但姑爷没有要休掉小姐的念头，我以为是自己想太多。虽然小姐一日日痛苦，但我想着，那么多年的夫妻感情，姑爷总会心软，只要这个心结解开，找机会查清此事，未必不能好好的。我没想到，他不休掉小姐，却是要杀掉小姐。”海棠突然抬起头看向姜梨，仿佛非要问出一个答案来，“他为何要这么做？为何要这么狠心？如果只是为了让永宁公主嫁进沈家，休掉小姐就可以了。为什么还要赶尽杀绝，要小姐的命！”

“因为永宁公主不喜欢。”姜梨平静道，“薛芳菲活着，会成为永宁公主心中的一根刺，对于占有欲极强的永宁公主来说，这是不可饶恕的罪过。再者，薛芳菲要是活着，定然会一直追查奸夫一事，倘若被查出来此事被人陷害，难免生出波折。为了一了百了，为了除掉眼中钉肉中刺，薛芳菲当然要死。而沈玉容就更简单了，从他选择袖手旁观开始，就必然要对永宁公主做出的任何决定表示顺从。他没有反对的资格，也许是因为，他根本就不想反对。我想，当初你和杜鹃二人突然被官府通缉，也是永宁公主的手笔。她与京兆尹交好，买通官府做这些事轻而易举，能利用官府的名声给你们定罪并杀害，却又抹去痕迹，可见并非是正大光明地做事。”

“她实在是……太狠毒了！”海棠咬了咬牙。

“你家小姐当初将你二人放出来，只顾着提防沈母发作，却没想到永宁公主这一层，害杜鹃白白丢掉一条性命，是她考虑不周。”姜梨叹了口气，倘若当初她再想得深一些，也许这两个丫鬟，就不必遭此厄运。

“姜二小姐，这话说错了。我家小姐即便到了那般危险的地步，还想着要保护我们。我们不过是奴婢，本就是为主子而生，何德何能让主子这般庇护？要怪就怪那对奸夫淫妇，做出这等杀妻灭嗣的勾当，苍天若是有眼，得教他们下十八层地狱！”

“为何要祈求苍天？”姜梨淡淡道，“苍天要是有眼，就不会让人间发生这等惨事，倒不如靠自己。”

海棠看向她，疑惑地问：“姜二小姐，虽然我不知道你是受谁人之托，但是我想问您，您是要帮咱们小姐申冤吗？”

“是。”姜梨答道。

海棠看了她一会儿，突然起身跪了下来，朝着姜梨磕了两个头，道：“海棠是奴婢身，身无长物，没有什么能报答姑娘的，如果姑娘能帮我家小姐寻求公正，姑娘让海棠付出什么样的代价都可以！”

薛芳菲已经死了，按理说，海棠自由了，她不再是任何人的奴婢，可以去过自己想要的生活，但她还是为了薛家留下来了。

姜梨扶起了她，道：“我不会想要你付出任何代价，你只需要好好活着就是了。只要你活着，就是沈玉容和永宁公主的罪证，只要有你在，真相大白的那一日，你就是人证。”她笑道，“我会尽我所有努力保护你，不让他们找到你，让你安心住下去。只等有一日，等有一日薛家的案子重现光明，你便可以得偿所愿。”

一席话，说得海棠热泪盈眶。她过黑暗的日子过得太久了，以至于都不期待光明是什么样的，因着知道自己也触摸不到，索性也就不想了。现在突然出现了一个人，告诉她黑暗即将走到头，走着走着，就能看到天光。

姜梨又与海棠说了一会儿话，仔细询问了她和杜鹃在躲避官兵一路上发生的事情。海棠也从姜梨的嘴里得知了薛怀远入狱又被救出的事，表示十分惊讶。她在枣花村躲避官兵，不知薛家竟然发生了这般变化。姜梨答应她，等过几日带她去叶家，亲自见一见薛怀远。

一直到灯盏里的油都耗尽了，姜梨才出了屋子。国公府里派了几人去伺候海棠，她对人总是防备有加，也容易紧张，好容易才让她安心休息一会儿。

院子石桌旁边，姬蘅静静地坐着，文纪在身后替他撑着伞，挡住了纷纷扬扬的雪花。

姜梨走出来的时候，姬蘅就让文纪撑伞到姜梨身边。

雪花纷纷扬扬落在他大红的衣袍上，缀满华彩，他道：“说完了？”

“说完了。”

姬蘅挑眉道：“你看起来兴致不高。”

姜梨动了动嘴唇，犹豫了一下，又没有说出来。

姬蘅见状，道：“你有求于我，大可以直接说出来，不必吞吞吐吐。”

“九月姑娘……”姜梨道，“可否请九月姑娘来为海棠看看脸上的伤，我知道这有些强人所难，那伤疤很深，可我还是希望九月姑娘能为她看一看，哪怕是让疤痕淡化一些也好。”

“可以。”姬蘅道，“明日我让她来。”

“多谢。”姜梨嘴唇嗫嚅了一下，“这些日子，承蒙国公爷关照，姜梨感激不尽。我不知道有什么能报答您的恩情，我……但我真的很谢谢国公爷，真心的。”

“真心最廉价了，我可不稀罕。”姬蘅笑盈盈地看着她，“倒不如你来把这出戏唱圆满，也不枉我在其中煞费苦心。”

姜梨笑了一笑，道：“我会尽力一试。”

“你从她那里打听到了什么？”姬蘅问。

姜梨也没有隐瞒：“永宁公主和沈玉容当初是如何陷害薛芳菲与人私通一事。”

姬蘅想了想，便问：“你打算如何？”

“顺藤摸瓜。”姜梨道，“这出陷害中，还有一个人物，便是当今广文堂的琴艺先生萧德音。听海棠的意思，在当初沈母的生辰上，萧德音或许便是给薛芳菲下药之人。我想，只要找到了萧德音，给萧德音定罪，要么让萧德音咬出永宁公主，要么就让永宁公主自乱阵脚，自己出岔子。”

姬蘅点了点头：“想得不错。不过永宁公主可没那么好对付。”

“我知道，不过对付了永宁公主，对于打击成王来说也是一份力，我也算是帮了国公爷一把吧。”姜梨笑了笑。

“帮我？”姬蘅道，“我为何要打击成王？”

“您当然不是为了打击成王，您不必，您想要的是朝中势力均衡，之前就已经做到了。现在您想要陛下来打破这个局势，最后的结局是成王败而陛下胜，成王自然要成为牺牲品。至于陛下能以更小的损失来赢得这场战争，也是大人您愿意看到的。”姜梨笑笑，“只要是您想要达到的目的，但凡我能帮上忙，我都愿意去做。只可惜人微言轻，能做的只是一点点而已。”

姬蘅收起笑容，静静地看着姜梨。他是世上难出其二的美人，深深看着你的时候，不自觉就夺人心魄。

半晌，他轻声道：“你什么都知道啊。”

姜梨不说话。

“阿狸，你这是向我投诚。”他翘起唇角，声音懒散，“你把你自己和盘托出，为了让我放心吗？”

“是以真心换真心。”姜梨纠正了他的说法。没办法，她必须依靠姬蘅的力量，甚至比依靠姜家的力量更为重要。可她又没什么可以报答姬蘅的，姬蘅也不需要她报答，她只能从如今窥见的局势里得到一丁点消息，又把这点消息原封不动地说给姬蘅听。

告诉姬蘅：瞧，我没有异心，我是向着你的，所以我们是同盟。

姬蘅道："你的真心我收下了。至于你能报答我什么，先完成眼前的事吧。"

他没有拒绝。

姜梨笑道："好。"

姜梨离开国公府后，赵轲也跟着离开了。海棠留在国公府，毕竟她的身份太敏感，就算如今自毁容貌，但为了万无一失不被永宁公主的人发现，还是留在国公府最安全。

姬蘅没有回屋，仍旧坐在院子里，雪小了许多，文纪没有再撑伞。茫茫白色里，只有艳色逼人，红得突兀。

他仍坐着，仿佛也不觉得冷。睫毛被雪花轻吻过，留下一点毛茸茸的白色，却让他显得越发迷人。

狡猾的女孩子主动投诚，他却觉得迷惑。是啊，姜梨不能报答他什么，如果说一开始只是为了看戏，看把这株食人花投入燕京城的花圃中，厮杀后还剩下什么，到了现在，他付出的，也远远不止看一出戏需要投入的心神了。

他难道是付出不求回报的人吗？不是的，没有利益的事，他不会多费一点精力。

那他这么做的理由是为了什么？这并不是一出特别精彩，需要人不得不看，错过就会遗憾终生的大戏。甚至从某些方面来说，和他的生活毫无关系，可不知不觉，他投入的东西太多，以至于很多时候不自觉就会关注。

做得太多了。

姬蘅轻轻蹙眉。

美人蹙眉，当是很美的一件事，尤其是这美人琥珀色的眸子里泛出一点不解的疑惑。

难道做这种事，得来的回报就是口头上的一句真心吗？

真心只是无用的废物，还只能存在一段时间，就如春天的花，只会短暂地开放，不会永恒，时间一过，飞快衰落，变得难看、难闻，腐烂成泥，再也找不着存在的痕迹。

他不需要真心，也不需要伙伴。

他对世界无所求。

接下来的几日，找到了海棠的下落后，姜梨反而平静下来。

早晨起来，难得没有下雪，明月从外面进来，笑道："姑娘，老夫人身边的珍珠姐姐方才来过，说再过两日，之前裁缝新做的衣裳就做好了，问姑娘还有没有想要的首饰，可以去珠宝楼里打一副。"

姜梨笑道："那倒是不必了，这段日子已经送了许多东西来。"

也许如今她是姜府大房里最得人愧疚的小姐，一时之间什么也不缺，就连二房的卢氏每次瞧见她，也会让她进院子里坐坐吃些点心。

姜梨对二房没什么恶感，与卢氏也都客气地受了，相比之下，她对三房更警惕些。

如今的姜元兴和杨氏二人对大房二房都表示出漠不关心，姜元兴越发沉默，姜玉燕也没见过几次。姜梨算起来，年关一过，也就是过不了多久，沈如云就该嫁到宁远侯府了。也就是说，姜玉娥的好日子怕是到头了。

拿上外袍，姜梨对着镜子里的自己瞧了一眼，觉得还满意，就道："走吧。"

明月好奇地问："姑娘这么早就出门吗？"

姜梨笑道："去看看舅舅。"

出了门，马车直到叶府门口，门口的小厮看见姜家的马车，二话没说就先把大门打开迎人了，笑眯眯上前道："表小姐来了！"

今日是司徒九月给薛怀远施诊的日子，也是海棠来看薛怀远的日子。之前姜梨便答应过海棠，要让她见一见薛怀远，同姬蘅说了后，将日子定在了今日。

叶明煜刚刚打完拳回来，正是大汗淋漓，看见姜梨，就道："阿梨，厨房里熬了牛骨汤，喝不喝？"

"我用过饭了，舅舅。"姜梨瞧了一眼四下，"叶表哥还没下朝吗？"

"没。"叶明煜挠了挠头，"他晚上才回来。今儿九月姑娘要来给薛县丞看病，你也是来看薛县丞的吧。"

"顺道看一看，是特意来给舅舅送年礼的。"姜梨笑了笑，白雪正指挥着叶府的小厮把马车上的货物搬下来。

"年礼？"叶明煜一愣。

"是父亲和祖母让我送来的。"姜梨解释。

叶明煜哼了一声，早些年不送年礼，两家人便如陌生人一般。如今倒是想起送年礼了，真是让人摸不着头脑。叶明煜硬邦邦道："行，代替我谢谢你爹和老夫人。过几日我买了年礼，再送回姜府上去。"

姜梨知道叶明煜对姜家的心结，笑着将话头岔了开去，二人走到了薛怀远的院子。

薛怀远坐在院子里，穿着厚厚的兽皮袄，正在看书。

姜梨看见薛怀远看书的模样，目光忧伤起来："他还是看不懂吗？"

"看不懂，一日就盯着那一页。要不是我留意，只怕还真的以为他在看书，早就恢复心智了。"说罢又感叹道，"读书人就是读书人，就算失去心智，还晓得拿着书不放，可见很有风骨哪。"

姜梨瞧着薛怀远的身影，正在沉默的时候，阿顺突然过来了，道："老爷，表小姐，九月姑娘来了。"

叶明煜大笑道："来得刚好，正好你们可以见上一面。"

司徒九月很快就来了，这次她并非是一个人来的，身边还有一个戴着面纱的女子，叶明煜一时奇怪，瞧着那女子又不像是丫鬟的模样，就问："这位是……"

"奴婢曾是薛家的奴婢，"海棠开口道，"后来跟着小姐出嫁，又因种种原因与小姐离散。听闻老爷在府上，奴婢特意来看看老爷。"

“薛家的丫鬟？”叶明煜愣了一下，看向姜梨。

姜梨对他点了点头，叶明煜便也没再说什么，瞧了瞧司徒九月，又瞧了瞧姜梨，很明白事理地道：“你们说吧，我去外面喝汤去了。”

姜梨笑着点头，叶明煜便离开了院子。

司徒九月从木箱里拿出银针来，海棠已经走到了薛怀远面前，薛怀远正在专心致志地“看”书，突然觉得有人走到了面前，顿时抬起头，看向海棠。

海棠眼圈一红：“老爷！”

薛怀远只是古怪又好奇地打量她，海棠的眼泪没有憋住，一下子流了出来。她早就从国公府的下人那里得知了薛怀远身上发生的一切，不过短短几年时间，原来的清流薛家，竟然不在了，好好的一家人，死的死，疯的疯，海棠的心中顿时生出了巨大的悲恸。

姜梨叹息了一声，走到了海棠身边，薛怀远认得姜梨，看见姜梨出现，立刻笑嘻嘻地凑近。

姜梨笑道：“薛县丞。”又拉住海棠的手，从怀中掏出一方手帕塞到海棠手中，轻声道，“别哭了，擦擦吧。”

海棠拿起姜梨的帕子擦拭了眼泪，对姜梨道：“谢谢姜二小姐。”

“你看到了，薛县丞如今就是这个样子。九月姑娘一直在为他施诊，或许有朝一日他能恢复清醒，或许……”她没有说下去。

海棠哽咽道：“我只是太难受了，看见老爷受苦，我难受极了，若是小姐和少爷还在，看见这般景象，不知内心有多煎熬。现在小姐和少爷都去了，却也不知道是不是好事。”她自嘲地笑笑，“为何好人都没有好报呢？”

“因为天下的公正暂且都是坏人的公正。”姜梨声音和缓，“没事的，你看，至少薛县丞现在还活着。只要活着就有希望，一切都会好起来的。”

海棠点了点头。

司徒九月见她二人话说得差不多了，也没有耽误时间，就来为薛怀远施针。薛怀远已经习惯了每隔几日这般施针，倒也不像一开始那样抗拒，乖乖地任凭司徒九月摆弄。

司徒九月一边施针一边与姜梨说话，姜梨问：“九月姑娘，薛县丞是否比起从前要好了一些？”

“事实如此，”司徒九月道，“他现在已经开始有意识做从前习惯做的事情，比如看书。虽然他并未真正看书，但他的动作已经表明，他的记忆正在慢慢被唤醒。这是一个漫长的过程，但只要有这个苗头，接下来他会一点一点记起更多，直到他记起自己是谁，缺失的记忆和心智，就能被找回来。”

姜梨和海棠都喜出望外。

只要薛怀远还有好起来的希望，总有一日，姜梨会与他相认。不过……目光瞥见一边的海棠，姜梨想了想，问道：“九月姑娘，请问海棠脸上的伤，可还有法子医治？”

“我问过她，她说不必。”司徒九月道。

姜梨奇道：“为何不必？”

海棠的神色黯然下来，道：“姜二小姐不必在我身上白费心思了，脸上的伤痕如此之重，必然不可能好的，至多也是冲淡一点疤痕，与其有了希望之后失望，还不如一开始就不抱希望。况且，”她微微一笑，“我如今唯一的愿望就是薛县丞能好起来，还有就是为我家小姐报仇，容貌对我来说，并无他用。”

“九月姑娘是神医。”姜梨道，“你都没有试过，为何要放弃呢？薛县丞刚刚救出来的时候，所有人都认为他活不了多少日了，可你看现在，不还是一点点好了起来。比起薛县丞来，你治好脸上伤疤的希望大得多。”

“我可不是神医，我早就说了，我不擅长救人，我擅长的是制毒。”司徒九月扎完最后一根针，头也不抬地说道，“不过她脸上的伤，并非全无办法。我有办法让她恢复到从前的模样。”

姜梨一听，立刻问道：“此话当真？”

海棠的眼睛也亮了起来。

“我从不说假话。”司徒九月看向海棠，面上突然浮起一个笑容，像是藏着什么恶劣的心思，“只是我的方法，却不是普通大夫的方法。”

姜梨问：“是什么办法？”

“我擅长制毒，她脸上的伤倒是可以以毒攻毒。漠兰有一种毒蜘蛛，当它咬人的时候，吐出的涎液可以愈合外伤，让皮肤恢复到最初的模样。这种毒蜘蛛十分难寻，十年也难得见到一只，恰好我便养了一只。”

让毒蜘蛛给人治毒，听上去可真够毛骨悚然，但司徒九月生怕这还不够似的，继续道：“这种毒蜘蛛咬人的时候，很疼很疼，不仅疼，还会痒，奇痒无比，不能用手去抓，否则功亏一篑，非但不能好，还会因皮肤溃烂而亡，但只要忍住不抓，熬过这一回，便能恢复到从前的容貌。”她说到此处，面上显出一点得意的神情来，“漠兰王室豢养这种蜘蛛，女眷们倘若有因为意外毁了容貌的，便可以毒蛛恢复容貌。只是疼痒之下，最后真能恢复容貌的却寥寥无几，大多数都因为中途忍受不住痛苦，用手去抓，就此死去了。”

司徒九月的这一番话，姜梨都要怀疑是不是这姑娘故意吓海棠的，但看她的神色又不像是在玩笑。

司徒九月看向海棠，问：“怎么，你想好了吗？”

隔着面纱，姜梨都能感觉到海棠骤然苍白的神色，可她只是沉默了片刻，就道：“好。”

司徒九月目光闪了闪：“你不怕吗？那过程很煎熬的，如果你没有忍住，你就可能一命呜呼。听闻你还要给你家小姐平反，为了自己恢复容貌，就愿意赌上性命，不管能不能留着命替你家小姐做证了吗？”

海棠没有被司徒九月的话堵得哑口无言，反而坦然地道："不，正是因为我要替小姐平反，倘若能治好我的伤疤，就能恢复我的容貌，这样一来，别人就会认出，我的确是薛家的丫鬟。否则即便有一日小姐的案子重见天日，当我出来做证的时候，容貌毁了，也许他们就不会承认我的身份，说我是假冒的薛家丫鬟，这样一来，我说的话就没人相信了。"

司徒九月瞧着海棠，轻哼了一声，说不出是什么神情。

"而且，"海棠笑了笑，"我会忍住的。我既然能忍住失去容貌的痛苦，现在能恢复容貌，这痛苦算得了什么？只是九月姑娘，我真的能完全恢复到从前的模样吗？"

司徒九月道："当然，我的毒蛛，整个北燕也难得找出第二只。倘若你忍得住，一月之内，必然能恢复从前的模样。"

"如此，"海棠深深拜谢下去，"多谢九月姑娘了。"

"不必谢我，"司徒九月收起木箱往外走，抛下一句，"等你忍得过去之后再说吧！"

院子里剩下的姜梨，担忧地对海棠道："你……果真想好了？"

"想好了，姜二小姐，"海棠反是笑了，"你不必为我担心，亲手拿刀划伤脸的疼痛我都忍过来了，这一点的确算不得什么。况且，等我恢复容貌以后，不仅日后再也不会有人说我不是海棠，而且对我来说，不也是一件好事吗？之前姜二小姐还说，希望我能恢复容貌，甚至鼓励我医治，怎么到了现在反而迟疑了？"

"那是……"那是她不知道恢复容貌的风险如此之大，甚至会危及性命。

"没事的。"海棠看向坐在院子里的薛怀远，"我相信老天爷不会一直不长眼，老爷都忍过来了，我也能忍过来的，真的。"

姜梨看了她许久，终于点了点头："好，你一定……多加小心。"

此时的公主府里，正是一片灯影幢幢。

冬日里的公主府仍旧温暖如春，桌上摆着的瓜果竟还有不是这个时节的产物。永宁公主斜斜倚在榻上，身上穿着的绞丝长裙在灯火之下闪出细小的光。这本是她才能独享的美丽，如今燕京城里却莫名其妙流出了一种涛水纹，没有她的绞丝昂贵，寻常的富人家也穿得起，却比她的绞丝衣还要波光粼粼，令人惊艳。

她惯来喜爱的东西只能一人独享，不愿与燕京城的这些贱民商户一同穿低贱的涛水纹，但如今的绞丝，也不如以前那般夺人眼球，她的心里也有些郁郁。

只有沈玉容能让她心情稍好些。

"沈郎。"她唤着，一边将头轻轻倚靠在沈玉容的肩膀之上。

沈玉容抚着她的长发，看着面前跳动的烛火，不知道在想什么。

永宁公主有些不高兴了。自从薛怀远的案子捅到燕京城以来，廷议以后，人云亦云，她不敢再和沈玉容往来太密切。

确切地说，是沈玉容亲自告诉她，要暂时保持距离，不可如从前一般，被人抓住把柄。

永宁公主又生气又委屈，之前沈玉容明明都答应了她，要做她的驸马，甚至刘太妃都允准了。若不是桐乡案出来，他们现在便是已经有了婚约在身，说不准都成为夫妻了。

何必如现在这般藏着掖着，仿佛见不得人似的！

永宁公主越想越不是滋味，侧身靠在沈玉容怀里，道："沈郎，你什么时候娶我？"

沈玉容温声道："不是说了吗，这些日子暂且不可。桐乡案刚过不久，你牵扯其中，难免落人口实。"

"可那已经证实是假的了！再说，没有人敢在背后议论我！"永宁公主不耐烦地道。

沈玉容看着她，没有说话。

永宁公主被他淡淡的眼神看着，没来由地有些心虚，随即伸出双臂，搂着沈玉容的脖子，娇声道："好啦，我知道了，你不必愁眉苦脸地看着我，缓一缓就缓一缓，我等着你就是了。你可不能食言。"

"自然。"

沈玉容微笑着刮了刮她的鼻子，仿佛很宠溺，只是眼里却闪过一丝隐晦的焦躁。

因此，他自然也没有瞧见，缩在怀中的女子，笑意并非真的烂漫，却有另一种心思在不断地生根发芽。

也就是各怀鬼胎了。

时间一日一日过去，自那天遇到海棠过后，已经过去了九日。

这九日里，司徒九月用毒蜘蛛给海棠医治脸上的伤疤，前来回报消息的赵轲说起此事的时候，面上仍旧带了些不忍的神情。

可见是真的很痛苦。

海棠还是忍了过来，头七日是最难熬的，海棠这七日并没有用手抓挠伤口，算是平安度过。只要接下来不横生枝节，再过不了多久，就能恢复到原先的容貌。

吃过的苦没有白费，总归是令人高兴的。就在这短暂的喜悦中，姜梨迎来了姜二小姐在燕京城时隔八年后的第一个新年。

一大早，姜梨就穿上了裁缝做的簇新衣裳，青缎掐花对襟外裳，碧霞云纹烟水裙。半年来，她的个子比起从前长高了一点，袅袅婷婷，秀丽逼人，是燕京城里少见的亮色。

桐儿把檀木莲花银簪插在姜梨的发髻上，瞧了瞧镜子，自己也颇感满意，道："成了，姑娘且看看。"

姜梨看着镜子里的姑娘，仍旧是陌生的，但如今她已经不再排斥姜二小姐这个身份，似乎打心底也接受了这个事实。

她道："走吧，去晚凤堂给老夫人请安。"

新年伊始，是要给老夫人请安的。

晚凤堂里，姜家人齐聚一堂。因着是新年，每个人脸上都挂着笑意，除了姜幼瑶以外，姜丙吉年纪小还不知事，姜幼瑶却是无论如何都高兴不起来。她不明白，自己的母亲死去了，为何姜家人还笑得出来。在姜家这些年，季淑然没有功劳也有苦劳，相处了十来年的情谊，何以一朝就烟消云散，姜家人也实在太薄情了！

姜幼瑶将所有的不高兴表现在脸上，却让姜老夫人更加失望，这个孙女冥顽不灵，看来多年前就被季淑然养歪了，可悲那时候他们都还没发现，以至于她变成如今的性子。

姜老夫人打算晾一晾姜幼瑶，便和卢氏几人说话，并未理会姜幼瑶。姜元柏也正与姜元平说着近几日的事，姜幼瑶只觉得自己好像被姜家人孤立了起来，气得浑身发抖。

正在这时，姜梨进来了。

姜梨一进来，便依次给姜老夫人一行人请安。姜老夫人高兴地受了，从丫鬟手里接过装着银锞子的荷包塞到姜梨手里。卢氏也送上了荷包，姜幼瑶眼尖地瞧见，卢氏给姜梨的荷包比给她的要大多了。

真是蛇鼠一窝，狼狈为奸，姜幼瑶心中恨恨地想，当初若不是姜梨将自己的母亲害死，卢氏也不会接过掌家之权。说不准卢氏早就和姜梨勾结在一起，就是为了害死季淑然！

姜元平也笑呵呵地与姜梨说了几句话，他是男子，平日里总是一副笑眯眯的和气模样，实则是个笑面虎，但对于自己的侄女，倒也存了几分长辈的慈爱之心。

三房杨氏也给了姜梨荷包，姜梨本以为三房没什么银钱，并不会给多少，但这个荷包竟然沉甸甸的，姜梨下意识看向杨氏，惊讶地发现，杨氏的穿戴比起从前要昂贵多了。

三房是姜家里最窘迫的一房，姜老夫人不管他们，杨氏的嫁妆不丰厚，全凭姜元兴一人的俸禄。那点俸禄勉强够一家人支用，正是因为如此，当年的姜玉娥才会讨好季淑然母女，指望能得到一些"礼赠"。

不过眼下……姜梨瞧见姜玉燕，姜玉燕的衣裳也是姜老夫人令人一起做的，衣料簇新，但她头上那支镏金云形玛瑙簪并非姜老夫人所赠，这一根簪子大约也要一百两银子，对于三房来说，是一笔不小的开支。

见姜梨盯着自己出神，姜玉燕怯怯地问道："二姐姐，可有什么不对？"

"没事。"姜梨笑起来，"只是觉得四妹头上的簪子很好看。"

杨氏眼睛一转，自己先笑起来："阿梨说的是哪里话，你什么好首饰没见过，玉燕这簪子你怕是瞧不上眼呢。"

姜梨笑道："簪子虽然称不上绝好，但和四妹是极为相称的，因此才看傻了眼。"

姜玉燕红着脸低下头，杨氏还要说什么，姜老夫人已经看向姜梨道："梨丫头，叶三老爷和世杰什么时候过来？"

姜梨笑道："应当快了。"

"叶家人？"姜幼瑶声音微变，"他们怎么会过来？"

"今年叶表哥和三舅舅都在燕京城过年，父亲说既是自家人，不如一起来团年。"姜梨温声道。

姜幼瑶冷笑起来："这算哪门子自家人！"

"幼瑶！"姜元柏沉声道，语气太过严厉，姜幼瑶登时不再说话，只是心中却很不服气，就算季淑然死了，如今和姜家有姻亲关系的也是季家而不是叶家！如果叶家人能来，为何季家人不能来？

分明就是人走茶凉！

姜幼瑶的心中顿生悲凉之感，只觉得自己在姜家成了孤家寡人，人人都不待见。

姜梨瞧见她咬牙切齿的神情，就晓得姜幼瑶此刻心里所想，暗暗摇头。正说着，小厮来报，叶家老爷和少爷来了。

叶明煜和叶世杰不仅自己来，还把薛怀远给带来了。乍见薛怀远，姜家人都有些发愣，叶世杰理直气壮道："薛老爷子一个人在叶府，我不放心，就把他一起带来了，薛老爷子如今已经好了许多。姜大人也是做官的，说起来，薛老爷子从前也是个好官哪，你们可以多说说话，说不准姜大人还能得到一些启发。"

姜元柏冷哼一声，没有理会他。

至于薛怀远，来了就来了吧。再者真如叶明煜所说，他看起来好了不少，安安静静在一边站着，只是不说话而已。

于是这一顿团年饭，姜家虽然少了几个人，但也多了几个人。

饭桌上，姜老夫人关切地询问叶世杰的近况。叶世杰虽然内心对姜家并无什么好感，但到底比叶明煜礼数周全。姜老夫人问什么，他也就一一答过，很是得体。一表人才的少年郎，前途无限，又很懂进退，姜元柏和姜元平两兄弟面上都不约而同露出满意之色。

姜梨注意到，一直不怎么抬头说话的姜玉燕，今日却是频频看向叶世杰，虽然她看得很隐晦，到底还是被姜梨捕捉到了。

姜梨若有所思，不由得看向叶世杰。

叶世杰生得俊朗英气，虽然如今只是户部员外郎，却是个不折不扣的肥差。听闻陛下也很喜欢他，日后往上走的机会还是很多的。

这样的青年，多的是女孩子喜欢。只是……如果姜玉燕真的喜欢上叶世杰，同他也是不可能的。一来，叶家绝不会再与姜家有姻亲关系，已经在姜家折了一个女儿，就不可能再赔上一个孙子。二来，姜老夫人也不会同意，姜玉燕只是一个庶子的女儿。三来也是最重要的一点，姜梨可没在叶世杰的眼里看到一丁点情意。

也许是她看叶世杰的眼神太过专注，叶世杰也感觉到了，抬眼看来，恰好与姜梨的目光撞在一起，不由得一愣。姜梨笑了笑，低下头继续吃饭，但他二人的这点眼神交会，却落在了其他人眼中。

姜元柏微微皱起了眉，叶明煜心中一喜，而姜玉燕的神情一瞬间黯然下来。

姜幼瑶道："二姐姐和叶表哥看起来十分亲近呀，可真叫人羡慕。隔三岔五都要相见，可见是深情厚谊的。"

"三丫头。"姜老夫人平静地道，"你若是身子不舒服，丫鬟可以扶你回去。"

姜幼瑶不可置信地盯着姜老夫人，平日里也就罢了，当着外人的面，姜老夫人居然也这样不留情面！她就是看不惯姜梨，姜元柏和老夫人如此捧着叶世杰，不过是个商户出身的白身，侥幸得了运气当了个芝麻官，便这般不得了。

她气愤至极，便将筷子一摔，连日来的委屈一同爆发出来，道："幼瑶的确身子不舒服，就不陪各位，先回去了！"赌气般让丫鬟送她回房了。

气氛一瞬间尴尬起来。

姜元柏叹了口气，道："我这个女儿被我娇惯坏了，让各位见笑。"

"不见笑，挺好的。"叶明煜皮笑肉不笑道，"就是这娇惯最好一视同仁，我们家阿梨的性子一看就不是娇惯出来的，懂事得让人心疼，这才见笑。"

在姜梨这件事上，姜元柏自知理亏，便也没有再多说什么。

一顿饭至少表面上吃得算是圆满。下午的时候，姜老夫人继续和叶明煜叔侄二人闲谈，卢氏并姜元平兄弟也陪着。傍晚大家放过鞭炮，就该各自回府了。

回府之前，叶明煜和叶世杰先到姜梨院子里说会儿话，又叮嘱了一下姜梨，若平日里在姜家受欺负千万不要忍让一类，姜梨笑着应了。等到了晚上，叶家人都回去了，也带走了薛怀远。

放过鞭炮以后，厅堂里便只剩下几个小辈，姜景睿嚷着要守岁，姜景佑却不肯，要回去休息，明日一早还要起来温书。姜梨也不大愿意守岁，实在是没什么话可说，还不如回院子里去梳理一下如何对付萧德音。

又撑了一会儿，原先嚷着要守岁的姜景睿也困得直点头，卢氏看不下去了，让下人把他带回去睡了。姜梨站起身，对卢氏道："二婶，我也实在觉得困乏，今日就不陪着了，想先去休息。"

"不守就不守吧。"卢氏也觉得有些乏味，"我也去休息了。明日一早再说吧。"

晚凤堂里霎时间变得空荡荡，还有一个时辰才到岁末新春，姜梨和桐儿她们一道往芳菲苑走。桐儿喃喃道："原以为到了燕京城，回府过年就会热闹许多，怎么如今看，倒还不如从前呢？"

这些日子接二连三出了这么多事，谁还能真的高兴起来。白日里还能撑着，到了夜里难免伤感。干脆眼不见为净，各自躲到自己屋中，倒头就睡，一觉到天明，就是新的一年才好。

姜梨笑道："这有什么，你们不是还在我身边吗？况且热闹与我们有何相干？至少现在比在庙堂里吃得好、穿得暖吧，人得知足。"

"的确，"白雪笑道，"人就是要知足。奴婢们在庄子上的时候，热闹是热闹，可一家人一晚上就能吃一碗萝卜，有时候还得饿肚子。高兴这回事，得先填饱肚子再说。一家人分开却过得很好，总比在一起饿死强。"

姜梨笑笑，话糙理不糙，正是这个道理。

待回到了芳菲苑，清风、明月正捧着厨房里给丫鬟们做的红饼吃，听说吃完一个，新的一年万事如意，再无烦恼。

明月对姜梨道："姑娘，最大的一个在房里的桌上，您记得吃，吃完以后，来年什么都顺利呢。"

姜梨听着丫鬟们在外面说笑，自己也忍不住笑起来，等她走到屋里，看到桌子上的红饼却又笑不出来了。

那红饼几乎占了桌子的一半，姜梨无论如何都吃不完的。她把红饼拨开，走到书桌前坐下，忽然瞥见身后似乎站了个人，她吓了一跳，立刻回身去看，便见赵轲站在身后，一脸无辜地看着自己。

"你怎么来了？"姜梨诧异。

赵轲道："国公爷让属下来接您。"

"接我？"姜梨一愣，"去哪里？"

"去国公府。"赵轲回答得理所当然。

"现在？"

"现在。"

好端端的，大晚上的，还是新年夜，为何突然会让她去国公府？莫不是……姜梨心中一惊，莫不是海棠出事了？她立刻紧张地看向赵轲："出什么事了？是不是海棠的伤痕有了变故？她没事吧？"

赵轲莫名其妙地看着她："海棠姑娘？海棠姑娘没事。"

姜梨闻言，这才松了口气，随即又疑惑地问："既然无事，为何要我现在去国公府，可是国公爷有什么要事与我商谈？"

"要事？"赵轲偏头想了一下，"算是吧。前段日子姜二小姐去府上的时候，曾答应过去府上烤鹿肉。今日老将军已经将所有食材作料备好，只等着姜二小姐前去了。"

姜梨半晌说不出话来，片刻后才道："现在？要我去国公府烤鹿肉？"

"这有什么问题？"赵轲的语气和他主子一般理直气壮，"老将军为此已经等了许久，终于凑集了所有的东西。平日里大家都很忙，今日年夜，所有人都到齐了，才肯开烤的。"

"所有人？"

“闻人公子，司徒小姐，陆大人，孔大人，老将军……”赵轲道，“上次您都是见过的。”

的确都是她见过的，上回也是这群人，擅作主张就让自己答应了他们烤鹿肉，如今还将这主张变作现实。

“国公爷说，姜二小姐想要报答他的话，现在就是机会。”赵轲说了最后一句。

姜梨扶额：“我去。”

要从姜府里逃出去，没有姬蘅在旁边，并不是一件容易的事。

虽然赵轲早已安排好了一切，但姜梨从后门出去的时候仍旧觉得有些惴惴不安。好在姬蘅的黑色轿子已经停在了外面，姜梨见四下无人，也就上去了。

在这样的大年夜，竟然被人一顶轿子接出府，还是去他人府上烤鹿肉，也实在是惊世骇俗。虽然她并非真的首辅千金，身上也没有贵族女子的骄矜之气，但这哪怕对于平凡人家的女子来说，也并不寻常。

怀着这么个不解的心情，姜梨终于来到了国公府门外。

国公府屋檐上的红灯笼不知不觉多了一倍。灯笼用上好的天丝绢布染红，里头烛光晃动，闪烁着细小的光泽，还有灯火下挂着的穗子，是黄色的水晶石做成，雪夜里，大门下的一排灯笼，华美得让人忍不住驻足。

赵轲道：“姜二小姐，请。”

姜梨这才收回目光，跨进了国公府的大门。

偌大的国公府，比外面要暖和许多，不知是不是用了地龙，还是因为姹紫嫣红得让人眼里生出春意，心里也暖了起来。赵轲带着姜梨走过前堂，穿过长廊，到了后院，停在院门口，道：“到了。”

姜梨抬眼看去。

一路上，国公府里除了挂着的灯笼外，房间里面并无灯火点缀，除了幽微的灯笼，安静无比，像是所有的人都睡去了。然而到了这院子，仿佛突然走进了一片新天地，眼前霎时大亮。

雪地里单单扫了一块空地出来，空地上是堆好的柴火，火苗烧得旺旺的，将整个院子的雪地都映成红色。一些火星迸溅出来，像落到地上的星星，转眼消失不见，热意却留了下来。

人声掺杂其中，使得一切都热闹起来。一瞬间，原本华美精致的府邸生出了无限的烟火气。

姜梨往前走了几步，看见司徒九月正站在火堆前，好像蹙眉在思考什么。姜梨这才看清楚，火堆旁边，果然还有一堆削得尖尖的竹扦，他们果然如自己所说的那般，将需要准备的一切都准备好了。

姜梨简直哭笑不得。

嫡嫁千金
完结篇
千山茶客 著
DIJIA QIANJIA

闻人遥凑近司徒九月，似乎在问司徒九月什么问题，不过司徒九月显然兴致不高。孔六和穿着薄薄单衣的姬老将军正在比画拳脚，好像打算切磋。陆玑则远远站在一边，他是斯文人，离放在一边的新鲜鹿肉远远的，像是避之不及。海棠倒是很安静，坐在一边，挂着面纱，不知在想什么。

正当她觉得有些新奇的时候，赵轲突然道："大人来了。"

姜梨顺着赵轲的目光回头看去。

雪夜里，他一袭红衣格外显眼，慢慢走到了姜梨面前。

姜梨瞧着他，笑道："国公爷。"

"不想笑便别笑，"他道，"我知道你并不愿意前来。"

姜梨："没有的事。"

"论起口是心非，没有人比女人做得更好。"他漂亮的眼睛在夜色下像是某种宝石，"虽然你还不是女人……但你是其中佼佼者。"

"如果这算是国公爷的夸奖，那我就接受了。"姜梨坦然道，"不过今夜其实不是国公爷邀请我来的吧？我想是姬老将军的主意，国公爷拗不过，才教赵轲带我过来的？"

姬蘅道："你既然知道，就不应当怨我。"

"我没有抱怨国公爷。"姜梨扑哧一笑。

"不要认为有趣。"姬蘅笑盈盈地看着她，"等下你就明白了。"

姜梨的笑容戛然而止，正想要说什么，闻人遥往这边一看，突然发现他俩已经来了，就呼道："姜二姑娘，阿蘅，你们来了怎么也不吭声？快点过来，只等你二人了！"

姜梨和姬蘅往他们那边走去，篝火比方才更旺了一些，走得近了，能听到火星发出噼里啪啦的声音。

"姜丫头！"姬老将军中气十足地道，"东西都给你准备好了！你不是会烤鹿肉吗？来吧！"

这老头子和姬蘅一个德行，仿佛旁人就该对他说的话无条件服从。这或许是将领的通病？发号施令，只需要手下服从就是了。姜梨认命地走过去，先是瞧了一眼那鹿肉，鹿应当是新鲜猎到的，皮毛已经被燎干净，却没有分割得很仔细，一大块盛在银盆里。

姜梨问："这是新猎的？"

"当然。"姬老将军得意地一抬头，"老夫亲自猎的，蹲了一个时辰才找到这只！"

姜梨："……老将军真是老当益壮。"

鹿肉有了，竹扦有了，调料也都有了，甚至姬老将军还真的找了一串鸟来，不知是从哪里找到的，要姜梨来做叫花鸟。当然了，这么多人也不当只吃烤鹿肉，雪地里早已铺上了竹席，竹席下面亦是铺了地垫，竹席之上，则是保暖的皮草。

在竹席上还有长长的桌子，早已摆满精致的糕点小食，还有美酒，有青碧色的瓷酒壶，也有大酒坛子，估计是从地下刚挖出来不久，连泥巴也未擦拭干净。

这是他们的年夜饭，姜梨心里冒出这么一个念头。

她以为国公府的年夜饭，要么则是祖孙二人面对一大桌佳肴孤零零吃完，毕竟府里也没别人，要么就如姜府一般，宴请宾客，却各有各的心思，虽然热闹，却不温暖。

但这般的国公府，没有觥筹交错，没有心怀鬼胎的人推杯换盏，全都是认识的人，冷漠的人有了笑容，心思沉重的脱去束缚，没有别的纠缠，就如最普通的百姓人家。

她原本的不甘愿不乐意，好像不知不觉也烟消云散了。

姜梨道："我来吧。"

鹿肉是要割下来烤的。

孔六问："姜二姑娘，需不需要在下帮忙割下来，你说，我来割。"

"不必。"话音未落，就看见姜梨拿起放在一边的银匕首，割下一大块鹿肉来。

她动作娴熟，眼见着周围人投来的诧异目光，姜梨笑道："以往在青城山的时候，我和桐儿便常如此，并非头一回。孔大人的好意姜梨心领了。"

她一边将割下来的鹿肉用竹扦穿过，一边又如法炮制再割下一块，对众人解释道："其实烤鹿肉最重要的是自己动手，胜在这份潇洒，至于割下的肉是什么形状，如何用竹扦穿，烤成什么样都不重要。但凡自己烤了，最后吃的时候，都不会觉得差。"

姬老将军本来就有些跃跃欲试，听闻姜梨这么说，立刻就撸起袖子，也拿了匕首，霍地割下一大块鹿肉来。到底是做过将领的，一点就通，第一次做也像模像样。

闻人遥和孔六也都各自去寻了匕首来烧烤。姬蘅靠在一边，看着姜梨，突然道："你是想要减轻自己的负担，才故意这么说的吧？"

姜梨讶然："我表现得很明显吗？"

"不明显。"姬蘅也笑，"只要不是傻子，都能看出来。"

不过就算是傻子，大约大家也乐于做。姬蘅也是一样，就算席地而坐，也不显得粗俗。这一群人，陆玑有名士风采，孔六如江湖草莽，姬老将军老当益壮，司徒九月貌美神秘，便是闻人遥，不说话的时候也是个翩翩佳公子。而姬蘅一身红衣，将身下的竹席都铺满，懒洋洋坐着，动作随意，却自有风流。

像是来自五湖四海的一群人，因为各自的理由聚集在一起，惺惺相惜，把酒言欢，很有乐趣。

海棠不能吃这些，她面上的伤疤还未好，吃食要更加注意，只一直呆呆地看着姜梨的动作。

姜梨慢慢地翻动竹扦，不比姬老将军性急，也不如陆玑谨慎，既随意又安然，认真做着眼前的事，火光将她的眼睛映得格外明亮。

那神态动作，还有笑意，都让她的模样渐渐和海棠脑海中另一个人重合了。她突然问："姜二小姐是从何处学的烤鹿肉？"

姜梨看了她一眼，笑道：“我年幼的时候被送到庵堂里一段时间，庵堂不许食荤，小时候淘气，便跟丫鬟从猎人手里买鹿肉，偷偷烤来吃。说来，当是猎人们教的吧。”

“叫花鸟也是这般吗？”海棠问。

姜梨道：“正是。”

“怎么？”陆玑问，“海棠姑娘可是觉得有什么不对？”

“没有。”海棠茫然地摇了摇头，随即目光又变得失落，“我们家小姐很久之前也是喜爱烤鹿肉的。”

“沈夫人薛芳菲？”陆玑问道。

这个名称似乎让海棠感到不舒服，她皱了皱眉，才点了点头，却又强调了一遍：“我家小姐。”

“沈夫人不是燕京城色艺双绝的才女吗？”闻人遥问道，“且不论人品如何，当年她和明义堂的先生交好的时候，我侥幸看到过一回，可是温柔婉约极了。烤鹿肉这回事，大约她做不出来吧？沈状元府上可是最讲规矩的，怎么说呢？”他想了一会儿，“虽然背后不应当说人是非，但沈状元的娘几乎可算迂腐刻薄了。”

“我家小姐都是被逼的。”海棠忍不住道，“当年未曾出嫁的时候，我家小姐时常与少爷去林中烤鹿肉吃。性子也不如来到燕京城沉默……”她倏尔住了嘴，大约知道如今薛芳菲在燕京城是个什么名声，不能再这么说下去，便不说了。

好在这院子里的人对薛芳菲的事可能也不太感兴趣，很快就岔过话头。姜梨感激的是，虽然他们对薛芳菲没有兴趣，但好像也并未流露出厌恶的神情，便是历来说话有些刻薄的司徒九月也只是一副漠不关心的模样。

鹿肉开始嗞嗞冒油，众人撒些粗盐上去，一瞬间香气散了开来。闻人遥叫道：“好香好香！”

姜梨瞧了他的一眼，道：“闻人公子的可以吃了。”

闻人遥迫不及待地捞起竹扦来，咬了一口，鹿肉滚烫，烫得他直哈气，但又觉得味道极美，分明只撒了盐，却唇齿留香，活了这么大岁数，还是第一次吃到这般美味。

囫囵将这一块肉给吞了下去，闻人遥舔了舔嘴唇，姬老将军急忙问道：“怎么样怎么样？”

“好！”闻人遥只说了一个字，就立刻埋头开吃剩下的鹿肉。

这么一来，大家纷纷开始吃自己手上的。一时间，院子里都是四溢的香气。

姬蘅手上的那份鹿肉也烤好了。他割的那块说大也不大，说小也不小，烤肉呈现出金黄的色泽，热腾腾、香喷喷的，他的姿势也优雅，不紧不慢地将肉送到嘴边，轻轻咬一口，让人觉得看着他吃东西也是享受。

“姜二姑娘，你怎么不吃？”闻人遥见她只顾着盯姬蘅，却不吃手中的烤肉，“怎么，你想吃阿蘅手里那份？”

姜梨忙道：“不是的。”忙拿起手里的鹿肉，咬了一口。

女孩子席地坐着，青碧色的衣袍格外清灵，手持烤肉，笑意温柔。

“只吃肉不喝酒怎么行？”孔六道，“我们应当喝一杯！”

“喝一杯！”闻人遥欢呼道。

姜梨不是酒量不好，只是当初的事情后，便再也不肯饮酒了。见她神色犹豫，陆玑就道：“姜二小姐是否不善饮酒？若是不善饮酒，可以喝果酿。瓷壶里的是果子露，不会醉人。”

“你不会喝酒？”姬老将军眼中顿时露出失望之情。

“会醉。”姜梨道。

“那就不喝，看我们喝。”司徒九月道，说罢就从地上扛起一个酒坛来。

以小小的瓷盅喝果子露的是姜梨，用大碗接酒坛里的酒的是其他人，但终归要一起举杯。

“新年吉祥，万事如意！”孔六粗声粗气地道。

姜梨举起杯，与众人的酒碗碰在一起，果子露只有清甜的味道。意外的是，她原本以为姬蘅这般优雅的人应当用小只的酒盅，未想到他也拿起酒碗，一饮而尽。

同孔六的粗豪不同，姬蘅拿起酒碗，就像美人举剑，有种落拓的潇洒。

“我看大家都挺高兴的。阿蘅，”姬老将军突然道，“你要不要唱一个？”

姜梨能清楚地感觉到，坐在身边的青年身子似乎僵硬了一下。

闻人遥不觉有他，高兴地道：“唱一个，唱一个！”

“唱……唱什么？”姜梨忍不住问，话一出口，姬蘅就淡淡瞥了她一眼。

“我们阿蘅，是会唱戏的。”姬老将军自豪地道，“这燕京城里，如今唱得最好的也不及阿蘅一小半！”

“他曾跟随我师父待过一段日子。”闻人遥热心地为姜梨解释，“我师父最喜欢的便是听戏，阿蘅那时候年纪还小，师父就教他唱戏。不过平日里我们从未听过阿蘅唱戏，只有一次，”闻人遥说起来，似乎还很回味，“那一次阿蘅年纪小，喝醉了，就在酒席上唱了起来，姜二姑娘，阿蘅这相貌，这嗓子，要是唱起戏来，你想想，世上有什么人不会为他倾倒呢？”

姜梨问：“你们都听完了？”

“当然。”闻人遥答得很是自然。

这些人居然还活着，姜梨心想，可见在姬蘅心中，是真的把这些人当作自己人了。

姬蘅突然转过头来，姜梨被他看得有些发麻，就见这年轻男人突然勾唇笑了，缓慢地道：“你也想听？”

姜梨一个激灵：“不想。”

开什么玩笑，她可不是闻人遥，她不想死，她想活。

闻人遥闻言，却像是嫌事情闹得不够大，道：“姜二姑娘，这你可就是错过一件大事了。阿蘅的嗓子你应当好好听一听的。听完后，绝对不亏。不过离我上次听他唱歌大概也过了快二十年了。”他说罢，深深地感叹了一句，“还真是令人怀念呢。”

姬蘅微微一笑，展开扇子，不疾不徐地摇了摇：“说够了没？”

那把扇子上，繁丽的牡丹霎时开放，却显得阴森森的，不知是不是因为冬日扇扇子便令人感到格外冷。

闻人遥打了个激灵，像是突然间酒全都醒了，道：“啊？我刚刚说了什么？不记得了，我大概是醉了，头好晕……”

姜梨：“……”

闻人遥装醉不再作死，也没人敢主动去触这个霉头，姬老将军也很快和陆玑说起别的事情来。

姜梨嘴角噙着微笑，觉得姬蘅不怎么可怕，甚至有些可爱。当然了，等到今夜过去，白日来临的时候，成为了肃国公的姬蘅，还会和从前一般心狠手辣。

“你好像很开心？”身边传来姬蘅的声音。

姜梨回望他，笑道：“觉得很热闹，倒也没什么不开心的。”

姬蘅不置一词，只是把玩着手里的折扇。

姜梨想了想，问道：“国公爷好像很喜欢这把扇子？”

“保命的东西，当然很珍贵。”姬蘅回道。

姜梨深以为然。

姬蘅问：“你呢？没有珍贵之物吗？”

他说的是物，而不是人。

姜梨愣了愣，道：“没有。寻常的东西，家里也不缺。至于武器，也没有如国公爷这般特别的。”顿了顿，她又道，“这么说也不对，我应当还是有珍贵之物的。”

她从衣领里掏出挂在脖子上的那块刻着狸猫的玉佩来。

“这是我的珍贵之物。”她说。

姬蘅扫了一眼玉佩：“我见过。”

“是。”

“看起来很寻常。”姬蘅道。

“是很寻常，有时候珍贵的东西不在于它价值几何，不是吗？”姜梨笑着回答，一边小心翼翼地将玉佩又塞回衣领里。

姬蘅耸了耸肩，拿起酒碗喝了一口，他看起来很斯文矜贵，酒碗却空了。

她也跟着拿起面前的瓷盅，小小地啜饮一口，真甜哪。

这一场迟来的年夜饭，酒足饭饱以后，除了姜梨以外，大家都东倒西歪了。

姬老将军率先回屋睡觉去了，事实上，他喝到一半就已经鼾声如雷，还是陆玑和孔六将他搀扶着回房的。海棠也早早地回屋了，毒蛛的伤要早些休息才能养好。

闻人遥喝醉了便嚷着要与人赌钱，司徒九月给他闻了一帖药，哐当一声人就倒了下去。司徒九月潇洒地走了，国公府的暗卫也只得扛着闻人遥回去。

院子里瞬间只剩下姬蘅和姜梨。

独独剩下姬蘅和姜梨也没什么，只是文纪道："大人之前吩咐过，有事要与姑娘说，属下在外面等候。"就和赵轲一起离开了院子。

姬蘅的属下都很忠心，国公府的下人显然也很听主子命令，说出去等候，偌大院子里霎时就一个人都没有了。姜梨怀疑连一只鸟一只虫都没有，活物里除了他二人，大概只有花圃里那些娇艳欲滴的毒花了。

酒席撤下，只剩下姬蘅和姜梨一桌。篝火却没有燃尽，比之前小了些，但院子也比方才安静了许多。因此非但不显黯淡，反而有种安静过后的温暖。

姜梨问："国公爷？"

姬蘅一手支着下巴，迟迟不答应，姜梨凑近去看，却愕然发现，姬蘅眼睛微闭，并未看向她。

"国公爷？"姜梨又迟疑地叫了一声，姬蘅仍旧没有动弹。

不会是喝醉了吧？她不由得看向姬蘅脚下早已空了的几只酒坛，便是酒量再好，这么喝下去总有醉意的。方才喝酒的男子们早就不顶事了，唯有姬蘅神态清醒，举止自若，她还在感叹，姬蘅可真是千杯不醉，没料到这会儿反而才有了反应。

姜梨又凑近了一些看，青年的皮肤本就白皙，细腻得连女子看了都要妒忌，也不知是如何养出来的，这时候染上了一层浅浅的绯色。那双平日里总是多情的双眸，此刻微闭着，睫毛长长地温纯地垂下来，显出几分从来没有过的温和。他鼻梁挺拔，嘴唇一点艳色，而眼角的一颗泪痣比桃花还要妖冶。姜梨纵然为人两世，也不由得有些出神。

传言姬蘅的生父姬暝寒是出了名的冷面将军美男子，而生母虞红叶更是因着貌美得了妖女之称，可见二人都是世间少有的美人。美人与美人结合，大概才生下了这般毫无瑕疵的男子。

姜梨忍不住想，可惜未曾见过这二人，不知当是怎样的风采。

她又坐着静静等了一会儿，想等姬蘅醒来，但等了许久，都不见姬蘅有醒来的迹象。姜梨想要起身去找文纪和赵轲，但这么大的院子，倘若她要出去，就得留姬蘅一人在这里。

姬蘅的仇家多，谁知道这会儿暗处有没有其他人，要知道喝醉了的姬蘅，睡梦之中别人想要他的命，应当也是易如反掌。

姜梨想掏出哨子，却发现哨子留在府里了，无奈之下只得继续守着姬蘅，不知何时他才会醒来。她解开自己的披风，披到了姬蘅身上。

在外面睡，容易着凉，她说服自己，姬蘅帮了她许多次，这点小事便也不必计较了。

外面隐隐约约传来守更人打钟的声音，姜梨心中一动，年夜过了，新的一年到来了。

她忍不住看了姬蘅一眼，姬蘅毫无察觉，姜梨心想，没想到成为姜二小姐的第一个新年，竟是与这人过的。不过短短半年时间，沧海桑田，一切都变化了。原本信任的人对自己拔刀相向，毫无干系甚至躲避的人，却和自己坐在一起守岁。

这，或许就是命运的玄妙之处吧！

她小声地温柔地道："新年好呀，国公爷。"

年轻的男子仍旧闭目，嘴角却好似微微扬了一点，或许是她眼花。姜梨抬眼看向天空，小雪已经停了，院子里最后一点篝火燃尽，看不出曾经的热闹。

无论如何，过去的都过去了。

文纪从外面走进来，看见姜梨坐在姬蘅身边，微微一怔，道："姜二姑娘？"

"嗯？"姜梨站起身，"你来得正好，国公爷好似喝醉了。"

"喝醉了？"文纪蹙眉，"姑娘何不出来叫属下？"

"我怕我离开，国公爷一人留在这里有危险。"姜梨解释。

文纪噎了噎，大约姜梨的话实在令他难以理解。

姜梨见他如此，也猜到了他心中所想，就道："他毕竟喝醉了，我知道他很厉害，不过到底也是肉体凡胎。国公府树敌不少，倘若有人趁此机会前来索命，不说得手，就是伤了他也不好。我虽不会武功，但还能喊，真要有什么不对，自然会叫人来。只是我本以为他很快会醒，不想是醉得深了。"姜梨微笑道，"既然如此，今夜事情怕是谈不成，无事，我先回去，改日得了机会再来拜访，或者让赵轲传话也行。"

她得离开了，在这里耽误太久，今夜也别想休息。

文纪提醒："您的披风……"

"差点忘记。"姜梨从姬蘅的身上拿起自己的披风，又对文纪笑道，"不过虽然他醉得深，还是不要在这里睡的好。燕京城风雪大，着了风寒不是小事，你将他带回屋去吧。"

文纪道："赵轲送您。"

"好。"姜梨道，"我知道出去的路，赵轲应当在外面等着吧。你留在这里，你主子身边差不了人，太危险了。"

她系好披风的带子，随手提了一盏放在桌上的灯笼，离开了院子。

姜梨身影消失了，再也看不到，文纪才转过头，正想叫醒姬蘅，却见那红衣的青年不知何时睁开了眼睛。

他双眼一片清明，没有一丝醉意，仿佛一切都是人的错觉。

"主子。"文纪道，话语里并无惊讶，仿佛早就知道姬蘅并没有醉。

也许是没有醉的，毕竟国公府的这位大人从来不允许自己喝醉。无论何时何地，醉了就给人可乘之机。不知从多少岁起，也许是知晓一切真相开始，他就永远活在清醒之中，时时刻刻都如此。

"走吧。"姬蘅站起身，转身往屋里走去。

他的耳边还回响着女孩子的话。

“我知道他很厉害，不过到底也是肉体凡胎。国公府树敌不少，倘若有人趁此机会前来索命，不说得手，就是伤了他也不好。我虽不会武功，但还能喊，真要有什么不对，自然会叫人来。”

她竟然想着保护他？

人们敬畏他、仰望他、害怕他、依赖他，时间久了，连他自己都不记得，他只是个人。

保护他这种事，除了暗卫以外，几十年来大约没有人对他说过，包括他的亲人。他所需要的是成长和强大，不需要软弱。

但是……姬蘅收起扇子，不再多想。

身上似乎还有她披风上的暖意。

这天晚上，是赵轲将姜梨送回姜家的。同出去的时候一样，她仍旧是走的“后门”，无人发现。

第二日，姜梨因着头天晚上在国公府折腾了大半夜，起得也晚了些。白雪道：“姑娘，咱们该去给老夫人请安了。”

她道：“好。”

到了晚凤堂，便见姜老夫人坐在厅堂里，姜丙吉正被奶妈拉着，坐在凳子上吃花生糖。

姜老夫人见姜梨来了，照常和姜梨说了会儿话。姜玉燕也在，局促地坐在一边，很少说话。她是这个性子，姜老夫人习以为常，待她也是淡淡的。虽然不苛刻，但也不亲热。

唯有姜幼瑶迟迟未来。

“三丫头怎么没过来？”姜老夫人问。

身边的嬷嬷瞧了瞧外面，道：“许是起迟了，丫鬟们也没来报。”

姜老夫人皱了皱眉，道：“越发没规矩！”

姜梨微微一笑，不疾不徐地喝茶，姜幼瑶如何，她才懒得管。姜幼瑶倘若再不收起原先的性子，便是自己不对付她，也迟早有人对付她。

“你去看看。”姜老夫人对珍珠道，“把她给我‘请’过来。”

姜老夫人的声音里，已然有了些微怒气。

姜玉燕更害怕了，踌躇的时候，姜景睿和姜景佑也来了，年关的时候他们不必念书，难得有了自由。

姜景睿看见姜梨一乐，道：“哟，都来齐了。”

卢氏四下扫了一眼，笑道：“怕不是都吧，幼瑶怎么不见？”

她就这么说说，眼下杨氏不在，季淑然也不在，无人与她搭话。卢氏就来与姜梨闲聊，都是些琐碎的事情，简直是没话找话说。卢氏也知道，如今姜老夫人有意想要弥补姜梨，和姜梨交好，自然能让老夫人心中舒坦，能把老夫人哄得高兴了，日子会难过到哪里去？

这般有一搭没一搭地说着，过了一会儿，珍珠回来了。姜梨眼尖地发现，珍珠的身后并没有其他人——她没有把姜幼瑶“请”来。

不仅如此，走得近了，姜梨还发现，珍珠面色慌张，如此神色，只怕是出了事。

果然，珍珠一进晚凤堂，就道：“老夫人，出事了，三小姐不见了！”

“什么不见了？”姜老夫人皱眉道。

“三小姐不在府里，离开了！”

“离开了是什么意思？”卢氏不以为然，“说不准她出府玩去了，只是没与门房的人说，怎么这般惊惶？”

珍珠面色更加为难。

姜老夫人道：“你只管说，不必忌讳什么，此处都是自家人。”

“三小姐绝不是偷偷出府去玩的。”珍珠道，“奴婢方才去看过，三小姐屋里，值钱的金银细软都不见了，还有架子上的古董、衣物。而且，三小姐的贴身丫鬟还在府里，三小姐若偷偷出府，不可能不带上丫鬟的！”

这分明是要一去不回头的姿态。

啪的一声，姜老夫人手里的茶盏摔碎了。卢氏也惊讶地张大了嘴。

姜梨心想，这回可是真出大事了。

姜老夫人气得差点晕倒，立刻让珍珠把瑶光筑的两个丫鬟带上来审问。金花和银花被带到晚凤堂，姜老夫人看着她们，冷冷道：“说吧。”

金花有些犹豫，姜老夫人冷笑一声：“来人，把这两个丫鬟拖出去卖了。”

卖的意思，便是要卖入青楼妓院。金花顿时吓得魂飞魄散，还未开口，银花已经朝姜老夫人磕了个头，道：“老夫人，奴婢知道三小姐去了哪里，三小姐去了季家！”

金花吓了一跳，银花怎么就直接给说出来了？殊不知银花早就对姜幼瑶抱有不满，姜幼瑶任性，对身边丫鬟稍有不满就打骂有加。眼下姜幼瑶出事，银花并不像金花一般纠结，道：“老夫人，昨夜里小姐让奴婢和金花替她收拾了金银细软，又引开了门房，奴婢们在门房的茶水里下了泻药，于是三小姐乘机逃出了府。”

卢氏奇道：“逃？她为何要逃出府去？若是想去季家，大可以自己去。”

银花嗫嚅了两下，才道：“三小姐以为，如今府里将她禁足，这辈子都不会让她再出府去，更不用提回到季家。三小姐说一定要回季家，奴婢们的卖身契还在主子身上……况且奴婢想着，今日一早便将此事回禀老夫人，这样一来，三小姐即便是去了季家，老夫人也能派人去寻。”

姜老夫人的脸色难看极了，按银花话里的意思，姜幼瑶是对姜家心存不满，这样的小姐，简直是……愚蠢！

卢氏也跟着道：“幼瑶这丫头也实在太骄纵了些。最近正是风口浪尖，她若是出门，反倒不好。怎么好心当成驴肝肺，这般识人不清。”

“你少说两句！”姜老夫人怒道，卢氏立刻不作声了，姜老夫人又道，“把老大给我寻来，出了这样的事，他得马上去季家要人！姜家的小姐在季家过活，传出去像什么样子！”

本来姜家就因为季淑然一事在燕京城成为了百姓的谈资，要是姜幼瑶再去了季家，旁人会怎么想？姜老夫人虽然说着姜幼瑶愚蠢，到底是在她眼前长大的，祖孙情意也并非虚伪。姜幼瑶这般行事，看在外人眼里，只会觉得那些传言是真的，姜幼瑶果真是季淑然和外男的私生子，姜幼瑶就是真的毁了！

姜元柏下了朝得了消息，匆匆赶来，听闻此事，面色铁青，二话没说就带人去季家要人了。

姜梨也没料到，昨夜里她被赵轲带着从姜家的后门离开的时候，姜幼瑶也正从前门偷偷溜走。

下午的时候，姜元柏带着人回来了。姜梨本以为会看到一个气急败坏的姜幼瑶，没料到桐儿匆匆从外面跑来，一进门就将门掩住，对着莫名其妙的白雪和姜梨道：“出大事啦！”

“怎么？”姜梨问。

“老爷晌午带着人去季家找三小姐，这会儿空着手回来了。奴婢在晚凤堂外面听见老夫人发了好大的火，二老爷还劝老爷当务之急是赶紧找人。”顿了顿，她才道，“三小姐没去季家，不见啦！”

“没去季家？”这下子，饶是姜梨也目光一凝。

白雪问道：“三小姐不会去宁远侯府了吧？”

“也可能，不过真要去了宁远侯府，侯府那边当很快派人前来告知。”

“为何？”桐儿道，“这么急着明哲保身？”

“沈如云马上就要嫁到宁远侯府了。”姜梨笑了笑，“沈玉容可是个护短的人，想必在这之前就与周家打好招呼，周家岂敢怠慢，姜幼瑶出现算个什么事？况且如今姜幼瑶名声不好，周家生怕周彦邦和姜幼瑶扯上什么关系，躲避还来不及。”

“这么说来，只要三小姐去了宁远侯府，很快咱们府上就能知道了？”桐儿问。

姜梨点头：“只要姜幼瑶不遇到坏人，很快就能查清下落。我们只要静观其变就好了。”

这是姜梨的想法，她笃定姜幼瑶走不远，姜幼瑶并非吃苦的性子，在外面只怕待个半日就觉得后悔了。

但没想到，到了夜里，仍旧没有姜幼瑶的消息。桐儿偷偷去相熟的丫鬟那里打听，听闻姜元柏也去了宁远侯府找人，不过仍旧一无所获。好好一个人，就像凭空消失了。

最后府上决定，明日一早就去报官。

桐儿和白雪絮叨了几句就出去了，姜梨上了榻，吹灭了灯，却是睡不着。想着姜幼瑶的事，总觉得奇怪。

这么大一个人，如何会无缘无故消失。认识的官家，无人敢藏她。姜元柏还让人去了茶坊青楼，看看是不是被人贩子抓住了，也没有结果，而出城门的登记里也没有姜幼瑶的消息……

姜梨苦思冥想，最后也没想出个结果，便翻了个身，闭上了眼。明日事明日再说，且让姜元柏报官再让人找找。如果找不着……找不着的话，问问赵轲吧。

也许他能知道。

第二日一早，姜梨给姜老夫人请安的时候，果然没看到姜元柏的影子，应当是带人去报官了。卢氏坐在一旁，对姜梨摇了摇头，好像在告诫姜梨，不要惹老夫人生气。

晚凤堂的气氛十分沉默，正在这时，翡翠走了进来，手里拿着一封帖子，送到姜老夫人身边，道："老夫人，中书舍人的母亲送帖子过来了。"

沈家？姜梨心中一动，不由自主地抬头看向姜老夫人手里的帖子。

姜老夫人看完帖子，道："回了吧，这几日还是避免出门，咱们同沈家本也无甚往来。还有五丫头的事，去了反倒尴尬。"一瞥眼，就看见姜梨怔怔地盯着她手里的帖子。

姜老夫人鲜少见到姜梨流露出有兴趣的模样，思忖了一下，就道："二丫头，你想去吗？"

姜梨一怔，微微笑了笑："只是有些好奇罢了。"嘴上虽然这么说，目光却仍旧看向那帖子。

姜老夫人斟酌了一会儿，道："既然如此，这帖子就接了吧。既然他们相邀，不去反倒显得我姜家底气不足。本来无事，却不知他们在背后说些什么。两日后，二丫头，你也梳妆打扮一下，随我赴宴。"

卢氏奇道："沈家为何要设宴？"

姜老夫人看了她一眼："沈家小姐要出嫁了，十日后进宁远侯府大门，出嫁前设宴宴请一番。"

卢氏点头，道："那咱们阿梨当日可要打扮一番，如今……"她笑了笑，剩下的话没有说下去，姜梨也晓得她想说什么。如今自己已经到了谈婚论嫁的年纪，且不说婚事如何，至少得开始挑选人家。

对姜梨来说，她不想嫁人，只想报仇。困在后宅之中，如何能做自己想做的事，她巴不得嫁不出去。

但老夫人开始认真考虑卢氏的话，之前被季淑然蒙蔽，姜梨的亲事被耽误了。后来又被姜玉娥给搅浑了，到底让姜梨受了委屈。

燕京城里适龄的青年才俊是时候去看一看了，这次沈府设宴，应当也能见着不少，若是见着还不错的，就叫人去打听打听。姜老夫人琢磨着。

却没有发现，姜梨微笑的嘴角早就不知不觉抿了起来。

到了去沈府赴宴那日，官衙的人仍旧没有找到姜幼瑶的下落。一早，姜老夫人就让珍珠送来了首饰。

待姜梨梳妆后出了院子，姜老夫人一行人也早已在了。卢氏没有带姜景睿和姜景佑，至于三房，姜老夫人也派人问过，杨氏说近来身子不好，婉言谢绝了。

这么一来，便只有姜老夫人、卢氏和姜梨三人去赴宴。

不知过了多久，马车停了下来，卢氏摇了摇姜梨："阿梨，到了。"

姜梨睁开眼，随着卢氏跳下马车。

沈府的门口和过去没什么两样，那题着"状元及第"四个字的牌匾，仍旧簇新，看不出一点尘埃。

姜梨扶着姜老夫人的手，递了帖子，门房便恭敬地让开，将人迎进去。

一进门便是满目的风雅之气，卢氏道："看来这沈大人也是风雅之人，府里很有文人韵致。"

待到了院子，便发现已经来了不少夫人小姐，还有一些少爷。很快，姜梨看见了柳絮。

柳絮和柳夫人也是来赴宴的，看见姜梨，小跑过来道："可算是见着你了！"

说起来，姜梨自打从桐乡回到燕京城后，便鲜少看见柳絮。她不再去明义堂，姜家又接二连三地出事，除了隔三岔五去叶家探望薛怀远，也不再到处走动。

柳絮拉着她的手在柳夫人身边坐下来，道："你可还好吧？我有多久没见着你了？两个月还是三个月？原本之前我想下帖子去你府上的，可听闻姜家这段日子不太平，不好贸然拜访，又想叫你出来找我，又怕你不便出门，没想到今日倒在这里看见你了。"

姜梨微微一笑："近来是发生了许多事，不过都过去了。"

柳絮打量了一番姜梨，道："过去了就好，看见你这样，我总算是放心了。今日怎么只有你来，不见姜幼瑶？"

外人还不晓得姜幼瑶不见了的事，姜梨笑道："她在府里，被禁足了。"

柳絮道："她那个性子，准是又在府上没事找事了。她不来还好些，她一来，我真怕她找你麻烦。"

"多谢了。"姜梨也笑，看向柳絮，"最近你也没什么事吧？"

柳絮道："没什么。"说到这里，似乎有什么难言之隐，支支吾吾的。

姜梨见状，轻声问："可是有什么不对？"

柳絮看了她一眼，无奈地叹了口气："我爹说是时候为我相看人家了，今日来赴宴，我娘也是来看有何合适的人选。天知道我根本不想嫁人，嫁人有什么好？"她说着说着，看向姜梨，眼睛一亮，"说起来，你也应当是为这个才来赴宴的吧？你年纪与我相仿，姜家早就应该为你相看人家了！"

“也许吧。”姜梨笑笑。

“你怎么一点儿也不放在心上的模样？”柳絮狐疑。

“我？”姜梨笑道，“我也跟你一样，本不愿意嫁人。不过这种事，倒也不是我说了算，与其白白担心，不如放宽心。”

柳絮闻言，也叹了口气，道：“谁让咱们生作女子，却比男子还要辛苦。”

姜梨抬眼看向其他地方。今日来的人里也有季家人，陈季氏也在，只与姜老夫人打了个招呼便远远地坐在另一头。如今季家和姜家两户的关系也十分尴尬，不好说什么。

除此之外，姜梨还看到了右相李家的人。李璟和李濂也来了，许多人的目光都往李璟兄弟看去。

李璟和李濂都生得一表人才。尤其是李璟，年纪轻轻才华出众，又有官身。虽然李濂看起来像个纨绔子弟，但他的那副好皮囊和身份地位还是让许多姑娘动了心。这兄弟二人如今尚未婚配，算是燕京贵女圈里面的香饽饽。

姜老夫人也注意到了这一点，往姜梨那头看去，看姜梨只与柳絮说话，并未朝李璟兄弟俩看一眼，这才放下心来。李璟兄弟固然好，可李家和姜家是死对头，若是姜梨也心仪李家兄弟，必然是不能成的。

正与柳絮说着话，柳絮突然道：“哎，没想到萧先生也来了。”

姜梨抬眼看去，萧德音穿着一件宽大的紫色衣裙，衣袂飘飘，款款而至。她看上去向来温柔典雅，如今也是一样。在一众比她年纪小的少女之中，非但没有被比下去，反而有种独特的美。

这里的许多贵女都是明义堂的学生，当即都热络地与萧德音打招呼。萧德音含笑受了，走到姜梨和柳絮身边时，姜梨和柳絮也起身同她行礼。

萧德音似乎很意外姜梨在这里，笑道：“没想到你也来了。这些日子未曾在明义堂看见你，听闻你受了风寒，可还好？”

姜梨谢过了萧德音，待萧德音走后，柳絮感叹道：“明义堂的先生中，只有萧先生最温柔了。”

姜梨笑了笑，她也曾以为萧德音是最温柔的那个，只是真相丑陋，令人寒心。

又坐了一会儿，主人家终于出来了。沈母和沈如云先出来，沈玉容后出来。沈母拉着沈如云与各位夫人小姐见礼，沈如云穿着玫瑰紫牡丹花纹锦长衣，可算是十分华丽。她今日亦是精心妆饰过，分外娇艳。

待沈玉容一出来，许多贵女黏在李家兄弟身上的目光霎时间就转向了沈玉容。前途无量的小沈大人，容貌俊逸，还是个情种，除了家底薄了点，真是找不出缺点了。

沈母的脸上忍不住就流露出一点得意的神色来。

姜梨将沈母的神情尽收眼底，心中忍不住嘲讽一笑，便是沈玉容升官发财，她做了上等人的娘，骨子里的虚荣和市侩却和从前没什么两样。

沈府的家宴要开始了，众人落座。侍女送上一盘盘精致的菜肴，许久不见，沈府的饭菜连口味也变了，姜梨怔怔地想。

那时候她嫁到沈家，全凭沈玉容在外写字和薛芳菲的嫁妆过活。她精打细算，即便这样，还总是被沈如云和沈母嫌弃她不会过日子。

眼下沈家大摆筵席，不知这里面的银子有多少是永宁公主所赠。

姜梨才刚想到这一茬，就听到沈府的下人来通报——永宁公主到了。

宴席上的众人都讶然，永宁公主怎么会突然前来？

姜梨嘴角一扯，永宁公主当然会来。只要有沈玉容的地方，她都会毫不犹豫地跟过来。她朝另一边席上的沈玉容看了一眼。

沈玉容嘴角含笑，正侧头听身边同僚说着什么，漫不经心地往花园入口看了一眼。那一眼里，姜梨分明看到了焦躁和不悦。

他和永宁公主果然产生了分歧。

永宁公主任性，又黏沈玉容得紧，一刻也不想分开。然而在沈玉容的心里，和永宁公主厮守显然不是第一位的。这个时候，以沈玉容的性情，只会想方设法避嫌。

“没想到公主会突然前来。”柳絮坐在姜梨身边，偷偷与姜梨说话。

这时候，永宁公主也随着引路的小厮进来了。

今日是为沈如云设宴，永宁公主穿的却比沈如云还要华艳，茜红明珠花抹胸，飞鸟描花长裙，头发绾成金丝八宝攒珠髻，可谓十分耀眼。她嘴唇红润，笑容娇媚，道：“偶然经过，本宫听闻热闹，才知里头设宴。进来瞧瞧，沈夫人不会介意吧？”

“哪里的话？”沈母笑道，“公主殿下肯来，府上蓬荜增辉。”

永宁公主又道：“沈夫人客气了。大家不必在意本宫，同先前一样吧。”她自然而然地坐在了沈如云身边。

沈如云则像是得了莫大的荣耀一般，将身子坐得更笔直了，头也昂得高高的。

“沈家这模样跟上赶着巴结差不多。”柳絮低声道，“沈大人看着也是个清高之人，怎么这家人……”

“知人知面不知心。”姜梨只说了一句话。

永宁公主若无其事地往沈玉容那头看了一眼，见沈玉容并未注意到她，眼中闪过一丝失望，随即又很快隐去，同席上的夫人们神情自若地谈笑起来。

巴结永宁公主的人，实在不少。姜老夫人和卢氏却坐着没动，甚至没有主动与永宁公主打招呼。永宁公主是成王的妹妹，成王和右相勾结，右相和姜家是对头，自然没什么可说的。

这顿宴席看上去也是宾主尽欢。夫人们忙着热络闲谈，相看的相看，巴结的巴结，用过饭后，就在庭院小筑里看雪。

虽然今日未曾下雪，但沈府风雅，特意修缮了看雪亭。长长的一道廊亭，也是一方景色。其他小姐随着沈如云在院子里走动，柳絮不爱凑这个热闹，拉着姜梨，两人单独在园子里闲逛。

逛了一会儿，柳絮要去净房，姜梨在外等她，也随意走走，走着走着，突然看见一处敞开的屋里，桌上放了一张琴。

这张古琴，一看就很珍贵，而且应当是女子所用，十分纤细轻薄，琴面还雕刻了花鸟。沈玉容弹琴，断不会用这种女儿家的琴，姜梨晓得，这是永宁公主所赠。

永宁公主也会弹琴，虽然也许她的琴艺并不精妙，但世上不乏追捧她为她叫好的人。姜梨走进屋，走到琴前，伸手抚过琴面，确是珍贵的琴，摸起来是截然不同的精致。她可以想到，或许在从前，沈玉容就坐在这里，看着永宁公主抚琴，想着想着，觉得一阵恶心。

她却坐了下来。

没有焚香，也没有净手，她试了一下，直接弹拨起来。

她弹的是《关山月》。

琴声悠悠荡荡，渐渐传出老远。沈府没有国公府大，琴声自然也不会在中途就销声匿迹，渐渐地传到了廊亭之上。

起先还没有人注意，以为是哪位琴师在弹奏。渐渐地，听的人也都被吸引了注意力，有人道："这是哪位琴师，竟连《关山月》这般琴曲也弹得出神入化，这……这是何人在弹？"

"对对对，哎，萧先生，您不是会琴吗？这琴声已经称得上极好了吧？"有人问。

冷不防有人问萧德音，萧德音正在发呆，一时没回过神，只见身边有人轻轻扯了扯她的衣袖："萧先生，您怎么了？"

萧德音这才回过神，勉强笑了笑，回答道："嗯，弹得极好。"无人发现她此刻的掌心里竟全是汗水。

旁人只能听到琴声，却听不到琴心，可她分明就觉得，弹琴的人如此熟悉，好像就是那个人，那个本应不存在的人……薛芳菲？

这怎么可能呢！

薛芳菲已经死了，是她自己弄错了。萧德音这般想着，迫不及待地问沈母："敢问夫人，府上琴声是何人所奏，能不能请来一叙？"

沈母也是一头雾水，道："琴师？我们府上未曾请过琴师。"

"未曾请过琴师，那弹琴的是谁？"众人诧异，"不会是来客里的哪位小姐吧？"

沈如云恰好也在，想了想，道："府里只有一张琴，是大哥的，放在西园的茶房里。要是有人在咱们府上弹琴，定然只能弹那一张，只要派人去瞧瞧就知道是谁了。诸位不必心急，我这就叫人去看弹琴的人是谁，再请他过来。"说罢，便吩咐丫鬟前去了。

《关山月》仍旧没有停，弹到激荡处，越有味道，有人忍不住道："这琴声和萧先生也差不离了。"

萧德音闻言，心中一阵恼火。曾几何时，整个燕京城将她奉为第一琴师，尤其是惊鸿仙子出嫁以后，她再无对手，可短短半年以来，先是姜梨，后是莫名其妙的这人，她这第一琴师，仿佛人人都做得！

除了恼怒以外，萧德音的内心深处还有深深的恐惧。

实在是太像了。

她还记得第一次听薛芳菲弹奏《关山月》的时候就发现，自己的琴技的确及不上薛芳菲。

好在薛芳菲死了。

但这人是谁？

被沈如云吩咐去寻找弹琴之人的丫鬟来到西园的屋子里，那琴声不知什么时候停了。小丫鬟进了屋子，看见花鸟琴端端正正放在桌上，似乎从未有人来过。

空气里只余淡淡的芳香。

小丫鬟去而复返，带回来古琴旁边并无他人的消息。

众人一片哗然，有人道："说不准是什么高人，戏文里都爱这么写，这些高人都有自己的个性，不乐意让人发现他们的真面目。"

"如此如此，风雅风雅！"

人们这般说道，萧德音掌心的汗水却更多了。

既然一开始就不打算见面，为何还要弹奏？萧德音隐隐觉得，那琴声分明是弹给自己听的，除了她以外，没有一个人能听出琴音的熟悉之感。当然了，除了她，也没有一个人听过薛芳菲弹奏的《关山月》。

莫不是薛芳菲的鬼魂出来警告她？萧德音觉得脑子有些发晕。自从薛芳菲出事后，她从未踏足过沈家，今日是第一次。时隔这么久，萧德音以为自己早就已经忘记这回事，但没想到，一切并没有过去。

她的脸色苍白极了，身边的小姐瞧见，问道："萧先生怎么了？怎生流了这么多汗？"

"无事。"萧德音勉强摆了摆手，"只是有些晕而已。"

"莫不是吹着了风？"热心的夫人拉她往里坐了坐，"别坐外面了，省得受了风寒。"

面前是温热的暖炉，周围是热闹的人声，这莫名其妙出现又消失的琴声，很快就被人抛诸脑后，不过是一件小事。

对于萧德音来说，却不仅仅是一件小事了。

姜梨早已离开了那间屋子。

柳絮还没有回来，姜梨便又走到花园里等待她。自从薛芳菲死后，府里的人似乎无心侍弄这些花花草草，因此到了冬日，花圃里一片萧条，十分冷清。

正在这时候，突然有人叫了一声，芳菲！

姜梨吓了一跳，那声音离她极尽。她连忙回头，目光所及，却没有一个人。

花圃里空空荡荡的，连个下人也没有，如何来的人叫她名字？

姜梨定了定神，才站定，那声音又响了起来："芳菲芳菲！"这一回越发清晰，还夹杂着一些扑腾的声音。

她听清楚了，声音是从房檐下柱子旁边传来的，姜梨顿了顿，抬脚往那头走去。

走得近了，就看见一只铜鸟笼，里面有只通体漆黑的八哥歪着头瞅她。蓦地，黑豆般的眼睛一眨，大叫起来："芳菲芳菲！"

"你！"姜梨说不出话来。

刚到燕京城那年冬日，有一天早晨她起来，发现自己窗前卧着一只冻僵了的八哥，便找人将这八哥捡起来放在火炉边。得了暖意，八哥醒转过来，后来沈玉容回来，干脆给她找了只铜鸟笼，把八哥养了起来。

八哥在沈府几年，倒也学会了几句人话，每每看见薛芳菲，便会叫芳菲芳菲，沈玉容还曾打趣，说这八哥也是会认人的。

这样的境况之下，八哥突然冒出这么一句，吓了姜梨一跳，才发现是虚惊一场。她又好气又好笑，道："别叫了！"

八哥仍然歪着头瞅她，忽地飞到了挨着姜梨的一面，两只爪子紧紧抓着笼门，高声叫起来，"芳菲芳菲！"

这可了不得，姜梨诧异地看着它。她如今早已改换面貌，这八哥如何认得？莫非动物比人还能识人？抑或是她容貌变了，气息未变，所以这八哥还能认出她来？

无论如何，她都不能在这里久留。要是旁人看见她站在这里，而这只八哥冲着她一个劲儿地叫芳菲，虽然有些不可思议，但难免让人多想。要是沈玉容知道了，未必不会发现点什么。

姜梨从来不会小看沈玉容。

正当她想抬脚离开的时候，身后突然响起一个声音，道："遇见这种事，当然是杀了灭口了，你还愣着干什么？"

姜梨回头一看，就看见几步远的地方，姬蘅一身红衣，瞧着她淡笑。

"国公爷？"她问，"您怎么来了？"

"我路过此地，见此地热闹，就进来看看。"他说得很是怡然，"沈家人很欢迎。"

这跟永宁公主进来时候的说辞差不多，姜梨一时不知道应该说什么。

"这只鸟好像知道不少呀。"他轻描淡写地说。

姜梨心中一跳，笑道："我也不知，它突然叫起芳菲来，听闻状元夫人名为芳菲，也许是思念主人。"

姬蘅也笑，走到鸟笼旁边，伸出一根手指逗弄八哥。八哥顺势去啄他的手指，却被姬蘅避开，点了一下它的脑袋。

“不管怎么样……它对着你思念主人，会引人误会。”姬蘅挑眉，“我不是教过你，不可留活口。”

姜梨：“……”

她自然知道，但这只是一只鸟，避开它就行了，何故非要夺它性命？姬蘅的手指挠着八哥的羽毛，八哥微微偏着头看他，也不知是不是被惑人的美色所迷，乖巧得很。

但姜梨知道，那根好看的手指，随时可以要了这鸟的命。

果然，姬蘅笑着打开了鸟笼，将这八哥捉到自己手上来。

八哥早已养得很是亲近人，卧在姬蘅掌心也安静下来。

姜梨眼睁睁看着姬蘅慢慢握紧掌心。

她心中一紧，忍不住道：“不行！”

姬蘅抬眼看向她，慢悠悠道：“为何不行？”

姜梨说不出话，这八哥好歹她也养了三年，当年是她将这八哥捡回来的。她死后，沈府里的一切都与她无关了，也没有真心相待它的人。八哥只是一只鸟，但可能是沈府里唯一对她并无图谋的东西了。

哪怕它只是一只鸟。

姜梨缓了缓，道：“也许九月姑娘那里有哑药。”

“把一只鸟毒哑，姜梨，”他鲜少这般连名带姓地叫她的名字，“你没事吧？”

姜梨也晓得自己这个想法实在是有些过分。对姬蘅这样喜怒无常的人来说，如何值得为一只鸟费这样的心神？对人他也不见得有这样的耐心，杀人灭口杀就杀了，还说什么胡话。

姜梨还没来得及说话，就看见姬蘅掌心迅速一合，那只八哥就从他掌心消失了。

他看了一眼姜梨，道：“别傻。”

姜梨心中无声地叹了口气，看着那只空了的鸟笼，默默地没有再说话。

姬蘅与她走了两步之后，远离了那空空的鸟笼，姜梨道：“国公爷，我要在此等候我的朋友柳絮，怕是不能和你一道同行了。况且……”况且，在沈家与姬蘅一道同行，怕是会惹来旁人诧异的眼光。

姬蘅看着她，突然道：“你打算如何对付萧德音？”

姜梨一愣，姬蘅道：“方才你弹的那首《关山月》，让萧德音方寸大乱。虽然我不知道是什么缘故，”他摩挲着折扇的扇柄，“你在冲着她弹奏。”

姜梨看着他探究的目光，想了想，道：“此事说来话长，那首曲子的确是为萧德音弹奏。接下来我想做的也很简单，我想让永宁公主感觉到萧德音的存在是个隐患，她得将萧德音灭口。”

“你不能阻止永宁公主灭口萧德音。”姬蘅一语中的，“她不会给你机会救下萧德音，而你也没有救她的理由。”

姜梨微微一笑，道：“所以我没打算真的让永宁公主灭口，因着萧德音要是真的死了，薛芳菲的案子就少了一个证人，我不会让那种事情发生。我只是要萧德音认为，杀她的人是永宁公主派去的就是了。”

“你想挑拨离间？”姬蘅唇角一扬，“聪明的姑娘。”

“算是吧。我总得让萧德音认为，永宁公主会对她下手。而让永宁公主认为，萧德音不可靠。当然，我会想法子让萧德音活下来，她应当活着接受惩罚，而不是死了还给人添麻烦。”

姬蘅若有所思地看了姜梨一会儿，道：“既然你心中已经有了打算，准备让什么人做这件事？”

“国公爷是指假装灭口的人手吗？”姜梨笑了，“我也不必瞒着您，我舅舅是江湖人士，广交友人，届时拿些银子请人做戏，也是不难的。”

“你是打算现在就对永宁公主和小沈大人动手了？”姬蘅问。

“是时候了。”

“那么，我就不管你了。”姬蘅负手看着她，“祝你好运。”说完这句话，他果然掉头就走，没有一点儿留恋的样子。

姜梨一怔，还以为姬蘅会多说一些。不过想想也就释然了，本来永宁公主这件事和姬蘅就一点儿关系也没有。他既然躲得远远的，那就躲得远远的吧，这毕竟是她一个人的战斗。

不一会儿，柳絮出来了，看见她便走过来，道：“你怎么走到这里来了？我方才出来，见你不在长廊上，找了好久才找着你，还以为你回去了。咦，”她看向柱子边挂的那只空鸟笼，“这里怎么会有空鸟笼？里面没有鸟吗？”

姜梨望着空荡荡的鸟笼，摇了摇头：“不知。”心中却是暗暗叹息，这最后一只与她过往有关的沈家物，终于也是失去了。

到底是有一丝怅惘。

待到了廊亭，已经过了好一阵子，许多逛园子的小姐都已回来。姜梨注意到，萧德音已经不在了。

她走到卢氏身边，问：“萧先生怎么不在？”

“说是身子不舒服，已经回去了。”卢氏解释道。

姜梨心中一哂，这么一吓就露出马脚，看来想利用她对付永宁公主，倒也不是很难。

这一日到了傍晚时分，沈家的宴席才算是散了。

回到芳菲苑，桐儿问：“姑娘今日去沈府觉得怎么样？沈府大不大？听说是皇上御赐的宅子，比咱们府上还要漂亮？”

“白雪，去把门关上。”姜梨打断了桐儿的话。

白雪把门关上，姜梨从桌下摸出一个匣子，匣子打开，里头是整整齐齐一沓银票。姜梨数了数，拿了五张出来。

"这五百两银子交给你，去做一件事。"她把银票放到桐儿手上。

桐儿捧着银票，道："姑娘吩咐的事，奴婢一定做到，是何事呢？"

姜梨让她附耳过来，在她耳边说了几句，桐儿闻言，面露疑惑，但还是道："姑娘放心吧，奴婢等会儿就去办。"

"此事一定要隐秘，"姜梨道，"不可为人所知。"

"奴婢省得。"桐儿坚定地点了点头。

"白雪，我也有一件事要你去做。"她又在白雪耳边轻轻说了几句。

白雪闻言，亦是露出和桐儿一般的诧异神色，点头道："奴婢知道了。"

"此事就拜托你们了。"姜梨叹了口气，"我身边能真正信任的，也只有你们了。"

姬蘅的人固然好用，却不好意思一而再再而三去用。能自己动手的，就尽量不要将他牵扯进来。他和沈玉容不一样，他根本不欠自己什么。

窗外的枝头隐隐约约传来鸟雀的啁啾，不由得，姜梨又想到那只葬送于姬蘅之手的八哥，眼眸黯了黯。

真是可惜了。

国公府里，书房里燃着灯火。

陆玑在屋里已经等候多时，待见姬蘅进来，立刻站起身，道："大人，成王那头有消息了，豫州的兵马正在大量集中，恐怕……"

"至少也得过了新年。"姬蘅不紧不慢道，从袖中掏出一个东西置于掌心。

陆玑一愣，便见姬蘅的掌心卧着一只毛茸茸的黑团。

乍然得了自由，那黑团扑棱一声，展翅飞到墙上悬挂的长剑剑柄上，歪着头瞅他们。

陆玑端详了半晌，道："这是乌鸦？"

话音刚落，那黑鸟就冲着姬蘅大叫起来："美人！美人！"

陆玑："……"

出乎他意料的是，姬蘅并没有生气，反而像被逗笑了，道："嘴巴倒甜。"

竟无一丝不依不饶的样子。

陆玑心中奇怪，姬蘅这样子是要将这只长得像乌鸦的八哥养起来？国公府里是不养鸟的，姬老将军曾经也养了许多鸟雀，但个个嘴贱，不待在笼子里的时候，就去啄花坛里的花。国公府里的花岂是普通花，鸟全都被花圃里的花毒死了。老将军深受其害，从此以后不养鸟了。事实上，除了人以外，国公府里一只动物都没有。

当然，姬蘅本人也没有什么爱心和耐心去照顾一只动物。

"大人是要养鸟吗？"陆玑道，"可得把它关在笼子里，别让它到处乱飞。"

"养？"姬蘅侧头看向八哥。

八哥与他对视了一会儿，嘴巴一张，又叫道："美人美人！"

陆玑心想，这鸟怎么跟个登徒子似的。

就见姬蘅笑起来，问八哥："你叫什么名字？"

这八哥虽然看起来精明，却是不能有问必答，因此也只是一个劲儿嚷着美人，说不出什么话来。

姬蘅道："既然没名字，你就叫小红。"

陆玑："……大人，这八哥是黑的。"

姬蘅道："但它叫小红。"

陆玑说不出话来，转念一想，这又不是他的鸟，操这份心作甚，便撇开八哥，将自己今日来的目的说了，与姬蘅商量了一会儿接下来的计划才离开。

临走之时，他看了一眼小红，似乎十分费解。

陆玑走后，姬蘅走到小红站着的长剑旁边，伸手将它抓了下来。小红侧头看着他，咕噜了一声，姬蘅就把它放在桌上，从袖中掏出一方手帕，把手帕垫在桌上。小红站上去，他就用手帕把鸟裹得严实，放在暖炉侧边的小几之上。

得了这方温暖的天地，这只黑色的小鸟仿佛很舒服，不一会儿就眯起双眼，姬蘅看了它一会儿，摇了摇头，走到了另一头。

莫名有种金屋藏娇的错觉。

新年刚到的几日，每日都很热闹。街道上随处可见玩闹的小儿，穿着新的衣裤鞋帽，手里拿着糖葫芦，吵吵闹闹都是喜气。

明义堂的新年，学生不必上学，先生们也难得有闲暇的时刻，或是三两好友聚在一起，或是有时间去做自己的事，总归很清闲。

萧德音却不然。

她单独住着一处府邸，并未和家人住在一起。人们说是因为她身上有一种不输男儿的坚韧。她这一生也不打算嫁人，虽然生得温柔貌美，心仪她的官家子弟也不在少数，可她志在做一名琴师，终身侍奉古琴。萧家人之前还劝，到后来也不再劝了。

人们从一开始对她的不理解，到渐渐生出佩服。人们敬重她，学生们尊敬她，加之她作为先生也并不严厉，在燕京城的名声算是极好的。

惊鸿仙子虽然也琴艺出众，到底有在青楼待过的过去，况且如今已经嫁人，北燕第一琴师的称号，当之无愧地落在了萧德音身上。

若是过去的新年，萧德音早已到处拜访琴友，大家一道弹琴赋诗，可是今年的新年，萧德音婉言谢绝了所有的帖子，只说自己受了风寒，不宜出门。

确切地说，是从那一日沈家家宴过后，萧德音才受了"风寒"。

院子里，丫鬟问萧德音道："先生今日也不出门？"

萧德音看了看天气，难得是个好天气，没有下雪，反是出了太阳。阳光暖融融的，像是要晒到骨子里，也像是把她连日来的阴霾都晒开了许多。

她迟疑了一会儿，道：“既然如此，还是出去看看吧。”

一直待在府里不出来见人，难免惹人起疑，既然如此，还不如出去走走，只要早些回来就是了。

萧德音这般想着，就让丫鬟替她梳头，上了些脂粉，又挑了一件显得气色好些的衣裳披在身上。

府门口有许多孩子在此放鞭炮留下的残迹，倒也热闹。萧德音为了清净，住的府苑也在一处小巷里。小巷里本来平日往来的人就稀少，显得格外安静。萧德音正想出去走走，忽然听到一阵熟悉的琴乐声从不远处传来。

正是《关山月》！

她手一抖，心中打了个哆嗦，一把抓住身边的丫鬟，问：“你可听见了？”

丫鬟吓了一跳，不明所以地问：“先生所说的是什么？”

“琴声！是琴声！是《关山月》！”

丫鬟恍然道：“的确有琴声的，就在不远处。”

萧德音这才放下心，并非她一人听见，便不是撞了鬼，且再仔细听听，那琴声并不像是薛芳菲所奏，显得普通多了。

还没来得及松下一口气，巷子里走来两个过路人，听闻她的话，转头道：“这位姑娘也知道《关山月》呢，今日燕京城出了个神秘的琴师，一首《关山月》弹得出神入化，听过的人纷纷效仿，这几日到处都是。”

其中一人更是笑道：“说起来，有人说这神秘人的琴法比北燕第一琴师萧德音还要高明多了，也不知是真的假的。”

萧德音眼前一黑。

第二章　有孕

萧德音是被丫鬟扶回院子的。

她耳边只隐隐约约回响着一番话："那神秘人不知是什么身份，每次都看不到人，有人说莫非根本就不是人，否则如何看不到真面目。"

她闭了闭眼。

这些日子，她谎称风寒闭门不出，无非也就是那一日在沈家听到了熟悉的琴声，落下心病，惶惶不可终日才躲在府里。谁知道今日一出门又听到这些消息，一时之间，只觉得那东西仿佛缠上了自己，铺天盖地都是，怎么也逃不开。

丫鬟还以为萧德音的风寒又重了，张罗着要去找大夫抓药。萧德音靠在床榻之上，只觉得身上渐渐发冷。

那人是谁？是人还是鬼？是死了的薛芳菲还是活着的神秘人？为何别的都不弹，偏偏弹《关山月》？她为了成为最好的那个，放弃了姻缘，放弃了名利，一切都只是为了"第一"。为了这二字，她不惜与人合谋杀害了至交好友，为了这二字，她背叛了自己的心，然而如今，却连这唯一也保不住吗？

不知为何，萧德音的眼前又浮现起昔日薛芳菲的容颜来。薛芳菲与她事事相通，她欣喜于觅得知己，但越是深究，越觉得心惊，薛芳菲在弹琴上的造诣远远高于她。

虽然薛芳菲有才女的名号，可世人能看到的也只是很小一部分。薛芳菲嫁到沈家，沈母不让她抛头露面，要她操持家务，不可整日弹琴看书，因此薛芳菲不能展露琴技，除了偶然与萧德音在一起的时候弹上一曲。萧德音暗中庆幸，幸而还有沈母阻拦，若是薛芳菲在人前弹琴，只怕就显得她第一琴师的名声像个笑话。

妒忌、不甘、愤怒是什么时候在心底悄悄滋长起来，萧德音已经不清楚了。她只感觉自己越来越在意薛芳菲，每每有薛芳菲出席的宴会，她都跟着，怕的就是倘若薛芳菲弹琴，她该如何？她晓得明义堂的纪萝先生暗中思慕沈玉容，便时常挑拨纪萝与薛芳菲的关系。她也不知为何要这般做，只觉得薛芳菲的存在总是让她惴惴不安。

曾经的至交好友现在成了让自己不安的存在，而且这不安在沈玉容中状元之后攀到了极致。

沈玉容高中状元，薛芳菲以后就是官家夫人。官家夫人的聚会偶尔也会弹琴论道，薛芳菲的才华是藏不住的。她像是一颗宝石，人们看到了一角已经觉得光芒四射，倘若全部看到，眼里就没有别的东西了。

萧德音不妒忌薛芳菲有一个才貌双全的夫君，也不妒忌薛芳菲容颜绝色，她什么都不在乎，但在琴艺一项的执拗却是谁也比不上的。

她疯狂地想要摧毁薛芳菲。

不是没有犹豫过的，毕竟这么十来年里，最懂她琴艺的只有薛芳菲。惊鸿仙子出身青楼，琴声多是靡靡之音，她瞧不上。只有薛芳菲的琴声清灵自由，是她最为欣赏的。

直到有一日，有人找上了她，问她愿不愿意在薛芳菲的杯子里投放一点东西。

起先萧德音还以为，是她的妒忌之心早已被旁人看在眼里。后来才明白，对方只是因她是薛芳菲的好友，比较好下手，才找上她。

她假意推辞，不为金银所动，对方便以刀剑家人相挟，萧德音便顺水推舟，装作不得已忍辱负重地答应了。

她历来不允许自己的名声留下一丝污点，便是有朝一日东窗事发，她也能说是被人所迫，而不是自己心中妒忌所为。

萧德音不晓得药粉究竟是什么东西，猜想是要人命的毒药。不晓得薛芳菲究竟得罪了谁，可这目的也与她的不谋而合。

那一晚，萧德音看着纸包很久。

她从未杀过人，双手不曾沾血，抚琴的手怎么可以害人？

但她又想，只要薛芳菲死了，她就可以结束这种战战兢兢的日子，不必总是担心哪一日薛芳菲的琴艺展露，将她给比下去。否则人们会说，看啊，那个人不肯嫁人，也放弃了入宫的机会，只想做第一琴师，结果还是被人比了下去，真是不知天高地厚，白日做梦。

她不愿意被人嘲笑，她愿意永远做第一琴师。

于是萧德音在薛芳菲的酒水里放了东西。一切都是按照神秘人交代她的办法做的，可她没料到，那药粉根本不是什么毒药，而是比毒药更毒的东西。甚至和薛芳菲接下来的遭遇相比，死都算一件轻松的事。

薛芳菲被发现与人私通，名声尽毁。她混在人群里，看着自己的好友露出茫然无措的目光，被人鄙夷、厌弃，萧德音以为自己会因此感到愧疚，但她惊讶地发现，她的内心在那一刻，只有快意。

她突然在那时候明白了，是的，她妒忌薛芳菲，妒忌薛芳菲的琴艺，妒忌薛芳菲得天独厚，能成为她永远成为不了的人。

她转身离去，不再踏入沈家。旁人都说是因为萧先生品性高洁，不愿与污秽之人为伍，可只有萧德音自己知道，她不过是心虚。

时间渐渐过去了，直到有一日，薛芳菲的死讯传来，萧德音的心里大大松了口气，这样一来，她的阴暗和妒忌将随着薛芳菲的死一同消失在世上。她仍旧是那个温柔高洁的第一琴师，不会担心有朝一日沦为笑柄。

至于当初指使她下药之人是谁，萧德音也不在乎。对方既然已经得手，便不会再追究。此事天知地知，死去的薛芳菲知，此外便没有人再知。

然而沈家的《关山月》，今日的《关山月》，提醒着她当年做过的事，那种随时会被人夺走一切的不安又出现了，与从前不同的是，如今的她还背着一条命债。

一时间，她六神无主，不知道如何是好。

新年伊始，燕京城的大部分人都是欢快的。鲜少有人愁眉苦脸，闷闷不乐，萧德音算是一个，公主府的主子，也算一个。

永宁公主坐在厅堂里，侍女正在抚琴，永宁公主心中烦闷，梅香见状，示意侍女别弹了，赶紧出去。侍女出去后，厅堂恢复了安静。

桌上摆着新鲜的水果和点心，永宁公主却是兴致缺缺。她前几日去沈家赴宴，想借着机会与沈玉容多亲近一些，没想到沈玉容非但没有露出高兴的神色，隐隐还有指责之意。

她知道如今桐乡一案的谣言尚未彻底平息，但就要因此束手束脚，又实在不是永宁公主的性子。沈玉容越是谨慎小心，永宁公主就越是气愤。他若是真心爱自己，岂会在意这些，自然是排除千难万阻也要与自己在一起，可现在看沈玉容的模样，分明要等到一切万无一失了才会决定要自己过门。

永宁公主想到此处，站起身来："我要去成王府。"

梅香赶紧跟了上去。

桐儿在下午的时候回来了，白雪则是傍晚的时候才回来。两个丫鬟一前一后出府，怕是惹人怀疑，只对外说去买姑娘需要的东西。

等回到院子，桐儿先把门窗关严了，道："姑娘，一切顺利。那萧先生果然如姑娘预料的那般，听闻路人如此说后，就立刻回了府，不再出来了。奴婢躲在暗处，瞧见他们府上的丫鬟出来找大夫抓药，好像是萧先生受了风寒。"

姜梨笑道："你做得很好。"

她让桐儿拿银子买通几个面生的百姓，在萧德音出门的必经之处让人弹奏《关山月》，再让人假装无意交谈被萧德音听见。萧德音心中有鬼，自然会又惊又怕，露出马脚。要挑拨萧德音和永宁公主之间的关系，首先得让她自己崩溃。

桐儿问："姑娘为何要这么做？萧先生做过什么事吗？"

"她曾害过一个人。"姜梨道，"我做的这些，只是帮她回忆起自己所犯下的罪行，否则时间久了，她自己也忘了。"

桐儿讶然："萧先生害过人？！这可真看不出来！"

是啊，谁看得出来呢，毕竟一个无欲无求的人主动去害人，说出来谁都不信。身为至交好友的薛芳菲都没看出来，更何况是外人了。

刚说完这话，外头有人敲门，白雪的声音响起："姑娘在屋里吗？奴婢回来了。"

桐儿将门打开，白雪进来了。她看向姜梨的目光却含着抱歉，道："姑娘，奴婢跑遍了整个燕京城有名的药铺，都没有这种药。到底引人注目，奴婢还拿斗笠遮着脸，不敢直接回府，在外面绕了好一圈才回来。"

这在姜梨的意料之中，她道："如此，辛苦你了。"

"姑娘，要不去别的地方看看？药铺里没有，许是这种药掌握在一些大夫手里。毕竟是偏方……"

"偏方未曾经过验证，难有保证，要是有了性命之忧，必然有人彻查，万一查到咱们头上就不妥了。"姜梨摇头，"没事，此事我另想办法，先就这样。白雪，你奔走了一日，赶紧休息去吧。"

白雪点了点头，桐儿好奇地看看白雪，又看看姜梨。她不晓得姜梨交代白雪是做什么事，不过也没有多问，很快就随着白雪一道退出屋去。

姜梨一个人留在屋里，叹了口气。桐儿那边倒是很顺利，白雪这头就很难办了。也对，这些事情要办起来本就不简单。姜府的力量她又不能随意乱动，否则会被姜元柏发现她所做的事，追问起来也不知如何回答。

想着想着，天色已经黑了。姜梨想伸手将窗户关上，突然听到有人的脚步声。

一片寂静里，这脚步声不轻不重，不疾不徐。

一张勾魂夺魄的脸出现在窗前，他的红衣上布满了黑金蝴蝶，艳丽又阴森。

"国公爷？"姜梨讶然地看着他。

他走到窗前，下一刻就出现在屋里，姜梨甚至没能看清楚他的动作，只下意识伸手将窗户关紧了，怕别人瞧见听见这里的动静，惹来怀疑。

青年熟稔地在屋里小几前坐下，倒茶，喝茶，顺带问了一句："听说你的丫鬟今日满燕京城找能致人假孕之药，怎么，你要用在谁身上？"他打量了姜梨一番，语气揶揄，"你自己恐怕用不上。"

"是用在永宁公主身上。"姜梨道。

姬蘅喝茶的动作一顿，看向她："你知不知道自己在做什么？"

"我知道。"姜梨微笑道，"再这样耽误下去，我会等不及。我实在很想快些了结这桩事，永宁公主深爱沈玉容，即便内心如何不满，最后还是会为沈玉容退缩，或者说，沈玉容能哄骗她至此。这样下去，还得再等几年。这可不行，我得帮他们一把。”

姬蘅瞧着她，她从前还多有隐瞒，如今对他倒不怎么隐瞒了。除了她内心那个秘密，其余的，几乎可以说是尽数告知。

“哦，那你要找的药找到了没有？”姬蘅问。

姜梨摇了摇头：“没有，这件事并不容易。”

“就算是找到了，你想接近永宁公主，让她用药，也不是容易的事。”

姜梨笑笑：“我自然知道，因此还在思考对策。”

“你应当知道，”他把玩着折扇，似笑非笑道，“我可以帮你。”

姜梨一怔，随即笑了，道：“国公爷已经帮了我良多，此事也是有风险的。永宁公主的背后是成王，倘若顺藤摸瓜查到了国公爷身上……”

“那你就小看我了。”他语气里有讥嘲，“我做了，就没人会发现。”

“那要我付出什么样的代价呢？”姜梨笑意诚恳，“我想了想，我全身上下，都没什么值得国公爷图谋的东西。这笔交易对于国公爷来说并不划算。倘若国公爷帮助我，付出比得到的多，我实在没有脸面再次占您的便宜了。”

这话冠冕堂皇，以至于姬蘅都找不出反驳的话。他盯着姜梨的眼睛，漂亮的眸子一眯：“我发现，你不适合做一个奸商。你的良心实在很无用。”

“难道在国公爷眼里，我是没有良心之人吗？”姜梨也笑。

“一开始我是如此认为，现在看来，好像是我错了。”姬蘅悠悠道，“你倒算得上是个好人。”

一开始他与她相见时，是在青城山的尼姑庵，他看着她布置周全，骗过了所有人，仰着一张无害的脸，淌几滴眼泪，便将自己的目的达到。十几岁的小姑娘，心机筹谋一点不差，像是从刀光剑影中厮杀出来。

之后回了燕京，眼见着她对付继母，对付庶妹，对付心怀鬼胎的未婚夫。她回桐乡，辗转处理薛家的案子，面对冯裕堂的逼问，面对永宁公主的追杀，也不过是引诱着旁人落入陷阱。

他能看到她温软外表下的冷酷心肠，但有时候姬蘅又认为，姜梨并不是一个无情无义的女孩子。她能帮助薛怀远，能为别人的事据理力争，她在除夕之夜轻声的祝福和保护，还有此刻因为愧疚而退让，不愿意让别人一味地付出。

有时候，姬蘅能感觉到她的善意，她的温柔和她的冷酷混在一起，让她整个人矛盾又具有吸引力。

“国公爷这么说，倒是与我的想法不谋而合。”她看着姬蘅，微微笑着，“一开始我也认为国公爷很是无情，可现在看来，好像是我错了。”

“世上没有人说过我是好人。”姬蘅挑眉。

“那我就是第一个。”她含笑以对。

姬蘅道：“司徒炼药无人能及，你说的假孕药，她能做出来。”

姜梨眼睛一亮，只听姬蘅又道："我也可让人出手，永宁公主可以服下这味药。不过世上没有白得的礼物。"

姜梨道："国公爷但说无妨。"

"成王不久后大约会举事，届时需要姜家分散成王一部分注意力。"

姜梨一惊："这么快？"

"快吗？"姬蘅一笑，"对他来说，已经很迟。"

姜梨回答："我知道了。便是国公爷不交代，一旦成王举事，父亲也会对付成王。成王本就视姜家为眼中钉，一旦成功，必然要清算姜家。为了自保，父亲不会袖手旁观。"

"除此之外，姜家需将矛头对准皇上，要做出种种行径，让人认为，姜家不安于现状，有野心。"

这一回，姜梨是真的愣住了，问："这是为何？"

"到时候自然会明白，现在只需要这么做即可。"姬蘅突然一笑，笑容里多了些意味不明的东西，"这一回，我请你来看戏。"

姜梨盯着他，隐隐觉得姬蘅接下来要做的事并不比她对付永宁公主的事惊悚。

"你的烤鹿肉，很不错。"姬蘅道，"得了闲暇，可以来府上，再多烤烤。"

姜梨："……"

她实在很想说不，但适才得了人家的帮助，就这般拒绝，也说不过去，只得闷着头说了一声好。

姬蘅被她这般态度逗笑了，姜梨瞧着他的笑容，突然想起了另一件事，连忙道："说起来，国公爷可知道，姜幼瑶从府上逃走的事？"

"姜幼瑶？"姬蘅道，"不知道，不关心。"

"姜幼瑶身边的丫鬟说，姜幼瑶逃出去是去了季家，可是季家那头称姜幼瑶没有去过。这事儿季家犯不着说谎。父亲也曾去宁远侯府打听，姜幼瑶也不在宁远侯府上。已经报了官，虽然没有大肆宣扬，可搜寻一直未停，这么久以来并无消息。"

姬蘅挑眉问："你的意思是，要我帮忙找出姜幼瑶的下落？"他瞥了一眼姜梨，"你好心到如此地步？"

"并非如此，我只是想知道姜幼瑶的下落而已，以她闯祸的本事，我觉得放她在外头走动，并不是一件明智的事。"

这是真的，如今局势错综复杂，要是有人用姜幼瑶作筏子来攻击姜家，可真是飞来横祸。

"可以，"姬蘅点头道，"如果有她的消息，我会让赵轲告知你。"

"多谢国公爷。"姜梨谢道。

"不必谢，对了，那个叫海棠的丫鬟，脸上已经完全好了。那容貌不适合在外走动，否则容易被永宁公主的人发现。你要是想见她，就来国公府。有什么话，就让赵轲传。”

姜梨一听，霎时喜出望外。

姬蘅唇角一翘：“你很高兴？”

“非常高兴。”姜梨道，“真的非常感谢国公爷。我想明日就去看看海棠，可以吗？”

姬蘅别过头去，道：“可以。”顿了一会儿，又说，“你也可以看看小红。”

小红？姜梨一愣，小红是谁？

还没等她问出来，姬蘅已经站起身，从窗前离开了。

第二日，姜梨决计去国公府。

国公府门口那个长相俊秀的小厮一看到姜梨前来，二话不说便打开大门迎接。桐儿和白雪二人皆是心中诧异，想着自家姑娘何时已经被国公府奉为座上宾，还是关系熟稔到和进叶家差不离了？

姜梨没想太多，直接抬脚跨了进去。

她记忆力很好，走过的路不需要人提醒便能走第二遍。因此，她轻而易举就绕过国公府复杂的走廊，走到姬蘅书房前面的院子。她与姬蘅每次见面，倘若在屋里，就是在这间书房。

她本想先去见一见姬蘅，告诉姬蘅自己来了，不想外头只有一个文纪，文纪看着她道：“大人今日出去了，夜里才会回来。临走吩咐属下，若姜二小姐前来，可直接去西房，海棠姑娘居住的地方就在西房。今日九月姑娘也在府上，姜二小姐见过海棠姑娘以后，倘若还想见九月姑娘，再来此处寻属下，属下带小姐去见九月姑娘。”

姜梨稍感意外，没料到姬蘅竟然不在，就道：“那就谢过文纪小哥了。”

文纪将姜梨带到西房门口，道：“这里就是西房了。”

姜梨点了点头，让桐儿和白雪在门外守着，自己推门走了进去。

屋里，海棠正坐在桌前擦拭桌子。她在国公府待着十分不自在，自来都是她伺候别人，何曾有过别人来伺候她。加之国公府里的大多都是小厮，也实在不适合跟在她身边，便婉言谢绝了安排的下人，一个人照顾自己的起居。

听见外头有动静，海棠转过身，看见姜梨也是一愣，忙起身行礼道：“姜二小姐。”

姜梨仔细地打量海棠的脸庞，海棠脸上那两条可怖的疤痕竟然一点儿痕迹也看不到了。光洁细腻，和姜梨脑海中过去那个清秀的姑娘重合。

海棠也感觉到了姜梨正在端详自己的脸，忍不住伸手摸了摸，对着姜梨笑了笑，道：“奴婢脸上的疤痕已经全好了，多亏九月姑娘的医术，和从前全然一样。”

“是啊，”姜梨感叹，“没有一点儿不同。”

海棠闻言，觉得有些奇怪，听姜梨这话的语气，仿佛从前见过她。

"你这几日在这里过得如何？"姜梨问道，"可还住得习惯？"

"国公府一切都好，"海棠低下头，"姜二小姐，"她突然抬起头，看向姜梨，"那一日姜二小姐说过，只要奴婢活着，就能成为替小姐报仇的证据。奴婢斗胆猜测，姜二小姐是要替小姐洗清莫须有的罪名，将真凶公之于众。奴婢希望能尽一份力，不知姜二小姐打算何时动手？"

她目光里流露出按捺不住的急切，姜梨心中叹了口气，道："此事不急，我已经在着手准备。等需要你时，你自然可以出现。"

"奴婢……如今在世上，不知道该相信谁，也不知道可以找谁说话了。"海棠有些茫然道，"从前薛家还在的时候，老爷、少爷，还有小姐就是奴婢的全部。可是现在，老爷疯了，少爷和小姐死了，奴婢的姐妹们也死的死，散的散，天下之大，也无奴婢容身之所。"她自嘲地笑了笑，"奴婢五岁起被人卖给人做丫鬟，也早就与家中断了联系。后来回到枣花村，虽有两个弟弟，却实在不亲，况且这些事情也不能与他们说。"

"海棠，"姜梨轻声道，"等薛芳菲的案子过后，凶手伏法，你便不必害怕有人认出你的身份杀你灭口。到时候，我会送你到叶家，你就服侍薛县丞吧。"

海棠一听，道："真的？"

"真的。"姜梨道。

薛怀远的身边，应当有一个人。海棠若是跟在薛怀远身边，自然能无微不至地照顾他。对于海棠来说，薛怀远是亲近的人，也能让她感觉自己不是那么孤单和无用。

海棠道："姜二小姐，我、我真的无以为报。"她有些语无伦次。

姜梨拍了拍她的手，温声道："我做这些，并非是为了让你报答我。你若是觉得过意不去，不妨这样想，我与你们的敌人是一样的，帮助你们不过是为了我自己。这样想，是不是轻松许多？"她笑了笑。

海棠愣愣地看着眼前的女孩子，她还很年轻，皮肤雪一样的白。她虽然也灵秀可爱，却并不如自家小姐容颜动人，但海棠又觉得，这女孩子的举手投足之间仿佛有薛芳菲的影子。

莫名地，海棠就对面前的这位小姐亲近了起来。

姜梨又嘱咐她："这些日子你不能出府，是为了你的安全着想。永宁公主的人若是瞧见你还活在世上，只怕对你不利。有什么事想要出去，便请文纪跟你一同前去。"

海棠道："奴婢不会让二小姐为难的。"

姜梨松了口气，又与海棠说了些话，安抚了她一会儿，才离开屋子。

门外的文纪还在守着，姜梨走上前道："我想见一见九月姑娘，文纪小哥可否为我引见？"

文纪应了，带着她往另一个方向走去。

司徒九月正在屋子里炼药，旁边的银桶里放着一大把鲜花。她一身黑衣在满屋子花花绿绿中，却也不显得奇怪。

姜梨道："九月姑娘。"

司徒九月回过头，看见是她，放下手里的东西，道："你来了。"

"我刚刚去见过海棠了，她的脸已经全好了，多谢九月姑娘的医术，实在令人称奇。"姜梨笑着致谢。

"我说过了，我不是大夫，给她治脸，用的也是以毒攻毒的路子。"司徒九月满不在乎地开口，"那也是她自己努力，一个小小的丫鬟竟然能挺过去，我也很意外。"

她总之是不肯轻易接受别人的好意，便是做了好事，也要摆出一副顺手为之的模样。

司徒九月看向姜梨，问道："听姬蘅说，你在找致人假孕的药？"

"正是。"姜梨回答，"九月姑娘可否制出来？"

"当然。"她说，"十五日，十五日之内我便能炼出来。这药炼出来后，给人服下，与寻常女子怀了身孕一般无二，就算是宫中太医来把脉，也看不出什么问题。"

姜梨心中一喜，道："如此，就最好不过了。"

"不过这药只能管三个月，三个月后，种种迹象会烟消云散，再请人来把脉，就会发现孕象全无。你要做事，得考虑到这一点。"

司徒九月并不询问姜梨要将这药用在谁身上，为什么要这么用，这可能和司徒九月淡漠的性子有关，不过这样也省了姜梨同她解释的工夫。

"三个月也足够了。"姜梨笑道，"此番又要劳烦九月姑娘。"

"倒也算不上麻烦，姬蘅付了我银子，我自然会将事情办好。"司徒九月看了姜梨一眼，道，"你才是真厉害，能让姬蘅这般帮忙。"

姜梨一诧："付了银子？"

她从来不知道这回事，司徒九月说完这句话就转过身继续炼药了。姜梨不好打扰她，便从房里退了出来，轻轻掩上了门。

今日来国公府的目的也是达到了，姬蘅也不在，留在这里没什么用。姜梨就与文纪说了几句话，文纪领她出府。

路过院子的时候，突然一只黑色的东西一闪而过，只听见扑扇翅膀的声音，那东西落在房檐下的灯笼顶上，看着姜梨，张口就喊："芳菲芳菲！"

姜梨心中一惊，循声望去，却见沈府的那只八哥正对着她，无比热情而欢快地喊着。

一时间，姜梨竟没有想到八哥叫自己芳菲一事，而是惊讶地道："它怎么会在这里？"

"这是大人养的鸟，叫小红。"文纪道。

姜梨："小红？"

她突然想起昨夜里最后姬蘅走的时候，对她道"你也可以看看小红"，当时她还纳闷，小红是谁，可还没来得及询问，姬蘅就已经走了。她以为小红是自己认识的人，没想到竟然是这只八哥！

等等，它不是已经被姬蘅捏死了吗？

姜梨抬起头看了看文纪，文纪仍旧一副冷若冰霜的模样，这时候，小红又欢快地冲她叫了两声芳菲。

姜梨仍旧有些不可思议，这鸟究竟是如何认出她来的？

不过不管如何，她都不能在这里久留了，便不再去看小红，道："我先离开了。"

她自己离开了国公府。

坐在马车上，姜梨想着今日在国公府遇到的一切，只觉得有些啼笑皆非。

这到底是什么情况？

燕京城的望仙楼里，靠窗的一间，如往日一般，被人早早订下了。

孔六从外面刚回来，口渴得紧，拿起桌上的茶壶就猛灌了一口。那一小壶茶珍贵得很，值好几百两银子，就这么被他牛嚼牡丹似的饮了。陆玑看得眼皮子一抖，实在无可奈何。

"我说，豫州那边的消息都传过来了。"孔六看向红衣青年，"成王那小子怕是要动手，咱们得随时做好准备。皇上那头怎么说来着？"

"按照原来的计划行事。"陆玑回道，"关键是成王究竟什么时候动手，又是用什么样的办法动手。"

"祭坛。"姬蘅道，"五月十八皇帝登山祭天，是个好机会。"

"成王想在山上把皇帝给——"孔六做了个抹脖子的手势，"可以呀，够狠！"

"要不我回头扶乩，看看五月十八日有没有血光之灾？"闻人遥插嘴道。

"神棍就别掺和了，谁都知道你算得不准。"孔六很嫌弃。

"总之，现在各方势力都登场了。"陆玑敲了敲桌子，"不过皇上这次要是清算了成王，接下来是不是就要清算姜家了？"

"不会。"姬蘅的语气十分肯定。

屋里的几人都看向他。

他唇角一勾："大的还没收拾，哪顾得上小的。"

众人默默咀嚼他这句话，却又咂摸不出个所以然来，正在这时，外头走进来一名侍卫，对着姬蘅道："叶明煜派人去萧德音府门外守着了，看样子，今明两日内会下手。"

"哎哎哎？"闻人遥忍不住道，"叶明煜不是姜二小姐的舅舅吗？他们守着萧德音干吗？"

"萧德音好像是明义堂教琴的先生吧。"孔六摸了摸下巴，"是不是有什么过节儿？"

陆玑轻笑一声："叶明煜和萧德音无冤无仇，哪里来的过节儿，没的说，肯定是姜二小姐的意思。叶明煜对姜二小姐可是言听计从，只是不知道姜二小姐和萧德音之间发生过什么。

“说不准是以前萧德音对姜二小姐太严厉了，姜二小姐才耿耿于怀，可是不对呀，姜二小姐也不是这般小气之人，再说了，她六艺校验得了第一，琴弹得也不差，连绵驹那个老头儿都称赞，可见是不错的。这有什么问题？”

姬蘅没有搭理他们，只是吩咐侍卫道：“找几个人看着叶明煜派去的人，别让他们惹麻烦。”

这就是要帮叶明煜善后的意思了。

侍卫领命离去，几个人面面相觑，孔六问：“国公爷，这是什么意思？你们暗地里还有什么交易不成？”

姬蘅瞥了他一眼，淡淡道：“喝你的茶吧。”心中却思量着，姜梨的动作倒很快，对萧德音一点时间也没留。她这样迫不及待去做这些事，无非就是为了扳倒沈玉容和永宁公主。

但是为什么要这么急呢？

他薄唇红润，端起茶来饮了一口，垂下的眼眸掩去了深思，无人察见。

天色暗了下来。

萧德音坐在屋里，看着外面渐渐亮起来的灯火，心里一片怅惘。

自从见到有人在门前谈论《关山月》后，她屡次想到薛芳菲，即便她已经很努力地让自己不去回想，噩梦却如影随形。她甚至做梦，梦里薛芳菲站在她身边，讥嘲地看着她，一身白衣，慢慢地向她走近。

仿佛要抓她一起去暗无天日的地狱。

萧德音惊醒，出了一身冷汗，丫鬟们吓了一跳，以为她风寒加重，屋里便全是药的清苦味道。

坐在榻上的时候，萧德音便忍不住想，当年薛芳菲事发之后，再也不出门，缠绵病榻的时候，也就跟自己此刻差不了多少吧。只是不晓得那时候的薛芳菲脑子里又在想些什么，也许是想着这究竟是怎么一回事，也许是心如死灰，又也许是想着真正的凶手究竟是谁，然后想到了自己头上。

她忍不住打了个冷战。

萧德音唤来丫鬟，道：“我想出去走走。”

丫鬟道：“先生，您的身子还没好，不可以到处走动的。”

“无事，”萧德音回答，“我只是在附近走走，不会走太远。你们陪着我，我在屋里实在觉得很闷。”

她想她不能一直待在屋里了，待在屋里，总是让她胡思乱想，想起那些令人心悸的回忆。她得去人多的地方，沾沾人的活气。

丫鬟拗不过她，只得找来厚厚的披风，让萧德音裹得严实，再给萧德音手里塞了个暖炉，扶着她出了门。

幸运的是，萧德音这一次出门，没有听见谁弹奏《关山月》，也没有人在门前议论燕京第一琴师。

萧德音随着丫鬟往巷子外面走去。

街道上都是玩闹的孩童，已是傍晚，街道上的热闹一点儿也没少去。灯笼接二连三亮起来，整个燕京城被染得红彤彤、亮晃晃的。

萧德音并没有走远，只是在家附近的街道上逛了逛。街道上许多人给了她安心的感觉，她的脸色好了许多，身边的丫鬟见了，笑道："先生眼下看起来好了许多，大约是药起了作用。"

萧德音嗯了一声，又四处逛了逛。她有心打听那位前些日子出现的弹《关山月》弹得极好的神秘琴师，想要知道是否燕京第一琴师改换他人的事情已经尽人皆知，但有意去打听的丫鬟回来后，却对萧德音说没有这回事。

萧德音心中虽然疑惑，却也放下心来，猜测或许是自己太多心了。

走了一会儿，天色渐晚，萧德音与丫鬟往府里走去。走到巷子口的时候，丫鬟突然想到了什么，道："先生前几日说想吃杏德斋的糕饼，这会儿应当不必排着长队，总归也不远，先生先等等奴婢，奴婢很快回来。"

萧德音就点头："你去吧。"

小巷子到了晚上，几乎没什么人了。萧德音站在原地，远处走来两个路人。

因着这巷子是一处死巷子，路的尽头是一堵墙，因此不可能是过路人。何况这里的人大多都是住在巷子里，或是来附近走亲戚的，但到了晚上，一般没什么客人才对。萧德音见这二人眼生，不由得多看了他们几眼。

那两人却也正在盯着她。

萧德音一惊，她出门的时候戴着面纱，旁人认不出来，便是登徒子也不必这么直勾勾地盯着她。况且这二人目光格外森冷，仿佛盯上猎物的豺狼，她不由自主地想要远离这二人，却见这二人在擦身而过的瞬间，突然回头朝她而来。

萧德音吓了一跳，确定这两人是冲自己而来，当即转身就跑，可还没跑两步，就被人抓住。她当即要高呼，不想一人一把捂住她的嘴，萧德音什么声音都发不出来，惊恐地瞪大眼睛，神情一寸一寸绝望下去。

她眼睁睁看着其中一人从袖中亮出一点刀光来。

正在那刀光就要扑向她面门的时候，猛然间，其中一人拉下萧德音的面纱，眼前一亮，道："嘿，这萧先生果然是个美人，就这么白白死了，岂不可惜……要不？"他露出淫邪的笑容。

萧德音闻言，心中更是荒凉，另一人却道："别废话了，公主交代的事办好就是，这萧德音留着是个祸患，只有死人才能守住秘密，你还敢横生枝节？"

公主？萧德音一愣，什么公主？

“可是真的太可惜了。”拿刀的那人犹自不甘心，捏了捏萧德音的脸蛋，“你看，嫩得能掐出水。”

萧德音心中浮起一阵屈辱，更多的却是恐惧。她不知自己得罪了谁，更不知这两人是谁派来的。正当万念俱灰的时候，外头突然响起丫鬟的声音：“先生？先生！”

那二人一听，下意识一松手，萧德音立刻死命一推，张口叫道：“救命啊！救命！”

在夜里寂静的巷子里，这般大声呼喊，立刻就引起人的注意。有几家宅院的门一开，有人循声过来。

萧德音回头一看，两个陌生人不见了。

丫鬟和被惊动的人很快跑到了萧德音面前。

萧德音跌坐在地，面纱也掉了，丫鬟吓了一跳，道：“先生！您怎么了？”

“有人——”萧德音喘了口气，“有人想杀我！”

“什么人？”闻讯赶来的人皆是转头看向四周，“没见着什么人哪。莫不是强盗？萧先生要不去报官吧，此事交给官府处理。”

丫鬟也道：“是啊先生，要不咱们现在先去报官吧！”

一听到报官，萧德音本能地拒绝，咳嗽了几声：“我眼下实在难受得紧，想先回房休息一阵子。待感觉好点，再去报官。”

众人见她摇摇欲坠的模样，皆是点头。萧德音这才被丫鬟搀扶着进了房。

坐在屋里的榻上，萧德音伸手去拿茶盏，手抖得厉害，怎么也抓不住一只茶盏，便听得啪的一声，茶盏掉在地上，摔得粉碎。

丫鬟听到动静，连忙跑进来收拾。好在是冷茶，并不烫手，萧德音看着地上的一大片水迹，想到方才自己命悬一线，仍旧觉得心悸。

外头的人说是匪寇强盗，路过见她一个孤身女子才起了歹心，可萧德音知道不是。那两人叫出了她的名字，可见是受人指使。萧德音自认从未与人结仇，此生做过唯一得罪人的事，也就是陷害了薛芳菲。

那人嘴里说公主，北燕如今只有一位公主，就是成王的妹妹，永宁公主殿下，但公主又为何会对她下此狠手，她可从未得罪过这位公主呀！

等等，她想起来了，那人匆忙之中还说过一句“只有死人才能守住秘密”，这意味着什么，意味着对方是要来杀人灭口，可是她究竟得知了什么了不得的秘密呢？

正在这时，丫鬟将煮好的姜汤端了进来，道：“是热的，先生且喝一两口，压压惊。”

萧德音想伸手接过来，无奈手仍拿不稳，丫鬟便服侍她，一勺一勺将姜汤喂进萧德音的嘴里。肚里有了暖意，心也稍稍安定一些，萧德音静下心来，再想此事，一个念头浮起在她的脑海之中。

听闻首辅千金姜梨带着桐乡一伙乡民上京告御状，廷议之上，还说指使谋害薛怀远之人是永宁公主。虽然事后姜梨主动证明此事是陷害、是伪证，但谣言传了起来。

薛怀远恰好就是薛芳菲的父亲。

今日那人嘴里称的是公主，她想来想去，自己同永宁公主之间的联系也就是因为永宁公主喜爱听自己弹琴，自己从前常去公主府给永宁公主抚琴。后来不知从什么时候起，永宁公主也不爱听琴了。

等等，永宁公主不再召自己去公主府的时间，好似恰恰就是薛芳菲死了后。

仿佛有了头绪，往这个方向思考，就容易了许多。萧德音又想起，当年薛芳菲还没死的时候，已是燕京城出了名的美人才女，可永宁公主提起她时总是带着三分厌恶。当初萧德音以为这是因为永宁公主妒忌比自己更为优秀的女子，如今看来，其中原因值得深究。

自己杀害了薛芳菲，永宁公主也可能是指使谋害薛怀远的罪魁祸首，薛怀远是薛芳菲的父亲，自己和永宁公主共同的联系就在于薛芳菲。

但永宁公主为何要对自己下手呢？

她的耳边响起那个陌生人冷漠的话语："只有死人才能守住秘密。"

她有什么秘密？她只有一个秘密，就是在沈母寿辰宴上，在薛芳菲的酒里，添了一点东西。

这就是她的秘密！

刹那间，她豁然开朗，为何永宁公主要对她下杀手！当年有神秘人威胁她，要她对薛芳菲下手，神秘人身份不明，可现在想想，十有八九就是永宁公主！

正因如此，永宁公主才会想要派人来杀她，因为她会泄露秘密！但为何到了现在才出手，无非是因为前几日在沈府宴会上，永宁公主前来看见了自己！也许是乍然相见，让永宁公主想起还有自己这么个不可控制的罪证，也许是那首《关山月》，心神不宁的不只自己，还有永宁公主！

果真是好歹毒的计谋，一箭双雕！

只要自己死了，就没人知道当初那药是有人指使她而下，便是有朝一日薛芳菲的案子被人发现其中不妥，也可以尽数推到她身上。因为——死人不会说话，更不会为自己辩解！

何其相似，当初在薛芳菲身上发生的事，将会在自己身上上演！

萧德音感到遍体生寒。

永宁公主当初既然能不动声色地杀掉薛芳菲，自然也能杀掉自己。成王势力如此庞大，耳目众多，只要身在燕京城，自己怎么也逃不掉。

萧德音脑子飞快转动，在燕京城里，想要出城也好，藏起来也罢，她一个人决计是做不到的。她认识的贵人虽然多，但面对永宁公主也要上赶着巴结。自己想要求得庇护，须得找一个不怕永宁公主，又极有权势之人。

是谁呢？

萧德音想来想去，还真的被她想到了这么一个人。

首辅千金姜梨。

虽然她极不喜姜梨，但是……当初姜梨敢在廷议之上，直接说出指使冯裕堂之人是永宁公主，可见并不惧怕永宁公主的权势，朝中也有小道消息，说姜元柏和成王不和。

如果这样，姜家就和永宁公主不是一路的人。最重要的是，姜梨当初当着文武百官说，薛怀远是薛芳菲的父亲，指使冯裕堂陷害薛怀远的人是永宁公主，她是无心之说，还是已经知道了点什么？

倘若是知道了什么才故意这般说，这里头就有可以利用的机会了。

“我得想想，”萧德音喃喃道，“接下来当怎么做……”

姜梨在姜府里，得知了叶明煜派去的人已经成功的消息。

叶明煜的人动作很快，没有被发现。听说当时萧德音面色苍白，失魂落魄。姜梨晓得，以萧德音的聪慧，一定很快能将此事联系到永宁公主身上。

狗咬狗，一嘴毛，现在还不到让她们相互撕咬的时候，至少得先让她们自己发现，自己的对手是什么。

司徒九月的假孕之药暂且还要一段日子才能做出来。接下来的日子，姜梨又难得地闲适起来。

不久之后，沈如云要出嫁了。

虽然姜老夫人没有收到请帖，亦不打算观礼，姜元柏还是偷偷派了几个人混进了观礼的人群中。大约是为了寻找姜幼瑶的踪迹，姜幼瑶到现在还没有下落，如果她还在燕京城，周彦邦作为她毕生的愿望，成亲之日，姜幼瑶是一定要来看一看的。

姜元柏想着，只要姜幼瑶前去，就能把她找出来。

宁远侯府今日异常热闹。

宁远侯世子周彦邦娶妻，来观礼的人不少。其中一部分是因为和宁远侯府的交情，但更多的人是冲着新娘的一方而来。

新娘的兄长，正是朝中深得圣宠的中书舍人沈大人，便是为了和这位年轻的大人交好，来观礼替新娘捧场的人也不在少数。

宁远侯和宁远侯夫人笑意盈盈，虽然和姜家这门亲事是散了，不过到底沈家也还不错。姜家虽然家大业大，但女儿难免娇惯一些，娶进门来还不得像菩萨一样供着？这位沈家的小姐就要好掌控多了。

况且三十年河东三十年河西，看看姜家近来接二连三出事，姜家还能热闹多久尚未可知。沈家就不同了，看样子，这位沈大人未来形势一片大好，长久不衰。

这么一想，周家二老脸上的笑容也就更真切了一些。

外头突然发出一阵哄闹声，原来是新郎官到了。

周彦邦走了进来。

比起半年前风度翩翩的美男子，如今的周彦邦胖了不少，以至于原本那张俊朗的脸都有些变形肿胀。他的神情也是恹恹的，虽然今日已经被特意梳洗打扮了一番，看起来仍旧没什么精神。

今日早上周家人是在勾栏花坊里找到他的，如果不是硬将他拖回来，只怕今日的喜宴，他还在不该待的地方寻欢作乐，醉生梦死。

沈玉容的目光冷了冷。

周彦邦自从当初宴会上出事后，就一蹶不振。他仕途无望，沦为燕京城贵族子弟圈中的笑柄，人人见了他都要夸一声好艳福，话里的讥笑却是毫不掩饰。周彦邦也就自暴自弃，成日流连于青楼，酗酒赌钱，和无赖没什么两样。

沈玉容站在人群前面，神情冷峻，他看得出，周彦邦对沈如云一点情意也无，沈如云进门后必然会吃很多苦头。

但他拦不住沈如云，也拦不住沈母。

沈如云被周彦邦牵着，欢喜几乎要抑制不住，从心底一直往外冒，她竟然美梦成真了！

连老天爷都在帮她。

牵着心上人的手，沈如云心里十分满足。这一切都要感谢她的哥哥，还有那位金枝玉叶的公主。一早永宁公主就告诉过她："你想要嫁谁，便嫁给谁，对我来说，这不难。"

所以她帮着永宁公主在沈玉容面前说好话，她一直也弄不明白，为何哥哥不早些娶了这位公主，只要娶了公主进门，从此以后，沈家只会更进一层。

可是这些话，她不敢与沈玉容说。

她摇了摇头，将那些遗憾抛诸脑后，牵着自己的手感觉是如此温暖，从此以后，她就是世子妃了。

沈如云看不到，人群之中，周家的家眷里还站着一人。

她生得花容月貌，今日穿着一身粉色绸裙，淡淡抹了脂粉，并不浓妆，却显得格外楚楚动人。她含着笑容，眨也不眨地盯着沈如云。

这人正是姜玉娥。

她看着沈玉容，笼在袖子里的手却不甘心地绞紧了手帕。

不甘心。

明明沈如云样样比不上自己，论容貌，论气度，论言谈，沈如云有什么？无非就是一个平民家的女儿，不过因为一个做官的兄长，便能占着正妻的位置？

这段日子，她好容易才让周彦邦慢慢对自己好起来，如今难道要因为沈如云的存在而让一切都回到起点吗？绝不可能！

姜玉娥狠狠地将帕子拧成麻绳，目光却越发幽怨，牢牢地盯着周彦邦，仿佛有无限委屈和情愫说不出来。

这目光被周彦邦看到了，年轻女子深情幽怨，难免令人动摇，但这目光同样也被沈玉容看到。

沈玉容心中冷笑。

见了那冷笑，周彦邦一个激灵，移开目光，不再看姜玉娥。姜玉娥大失所望，却在心头暗暗想着，如何将周彦邦夺过来，如何……让沈如云失势。

沈如云和周彦邦大喜的日子，姜元柏派去寻找姜幼瑶的人失望而归。在宁远侯府以及宁远侯府附近，并未看到相貌肖似姜三小姐的人。

这对姜梨来说没什么。她除了每日去看看薛怀远，就等着司徒九月什么时候将假孕药做好，实行她的第二步计划。

没料到这一日，姜府里等来了一封奇特的帖子。

翡翠来芳菲苑寻姜梨，见到姜梨就道："二小姐，老夫人让您去晚凤堂一趟。"

待走到晚凤堂，见姜老夫人坐在座位上，旁座上是姜元柏。姜元柏称病不上朝有一段日子了，平日里除了派人去打听姜幼瑶的下落外，便是在书房里写写字、看看书，此刻却来到了晚凤堂，正在看手里的帖子。

姜梨轻声道："父亲，祖母。"

姜老夫人道："二丫头，坐吧。"

姜梨在下方的座位上坐下来，珍珠倒了一杯茶，姜梨端起茶来喝。她能感到姜老夫人和姜元柏一直在用打量的目光看自己。

"二丫头，"在姜梨咽下热茶的时候，姜老夫人的声音也随之响起，"有人给你送了帖子来。"

姜梨抬起头。

姜元柏盯着姜梨的眼睛，道："是肃国公府下的帖子，独邀你一人。"

姜梨一瞬间愕然。

她吃惊的神色不像是装出来的，姜元柏见状，面色缓和了几分。若是姜梨一副早已预料到的模样，便会令他生疑了。

"肃国公府……为何会邀请我？"

姜元柏道："是老将军的生辰，听闻你六艺出众，让你去肃国公府赴宴。"

"生辰宴？"姜梨疑惑，"那也不应当只叫我一人的，父亲和祖母都没有收到帖子吗？此去生辰宴上，可还有其他什么人？"

她看上去像真的对此一无所知。

姜元柏道："没有其余人，姬老将军邀请的人只有你。我来就是想问问你，你与姬老将军有什么交情，或是与肃国公姬蘅可有交情？"

姜梨惊讶："我与肃国公曾在宫宴上见过面，再次见面的时候，便是廷议的时候在殿外。与姬老将军的交情更是无从谈起，我从未见过姬老将军。”

这话真假参半，姜元柏闻言，看姜梨言辞恳切，与他知道的消息分毫不差，心中已经相信了大半。毕竟肃国公多年与他没有任何交情，姜梨也别说与姬蘅有什么往来。

可今日姜老夫人的人匆匆忙忙地来找他，让他看了这封奇怪的帖子，姜元柏的心中也有些拿不定主意了。

或许是他遗漏了什么？姜梨和姬蘅之间有些他不知道的交情。

至少从现在姜梨的表现来看，姜梨和姬蘅并不是很熟。

“父亲，”姜梨犹豫了一下问道，“姬老将军的寿辰，我必须要去？”

姜元柏闻言，也觉得难办起来。其实姬老将军为人还是不错的，怪就怪在他的那个孙子，如今的肃国公姬蘅。年纪轻轻，朝中已是人人忌惮，且不说他喜怒无常的性子让人难以揣测心思，便是身为比姬蘅年长多少岁的姜元柏，看见姬蘅每每也觉得棘手。

这封帖子表面上是姬老将军下的，谁知道里面有没有姬蘅的意思。若是姬蘅的意思，姜家断然拒绝，会不会招致报复？但如果只是姬老将军一时兴起呢？这帖子里也曾写道，还邀请了其余人，但并非朝中官眷，就让姜元柏更加摸不着头脑了。

他既不能断然拒绝这封帖子，也不敢让姜梨贸然赴宴，打算来盘问盘问姜梨这其中是不是有什么他不知道的渊源，姜梨也没能给出个合适的答案。

姜元柏陷入了两难。

姜老夫人道：“要不……还是辞了这封帖子吧，二丫头一个小姑娘赴宴，于理不合。”

姜元柏苦笑，他自然也想，只是如今姜家正逢多事之秋，要是再得罪了肃国公，姬蘅再落井下石一番，姜家说不准真的会遭受灭顶之灾。到时候，右相李家的人定不会放过这个机会，整个姜家都要遭殃。

姜梨将姜元柏脸上的纠结之色看在眼里，道：“我听闻肃国公姬蘅喜怒无常，倘若断然拒绝他祖父的帖子，也许会认为咱们姜家不识抬举，反而给姜家招来不必要的麻烦。”

姜老夫人和姜元柏都看着她。

姜梨的声音很平静：“只是一个寿宴而已，我去吧。”

“阿梨。”姜元柏喊住她，待喊住后又不知道说什么才好。

“父亲还有更好的办法吗？”

姜元柏语塞。

“如果没有别的办法，就这样吧。”姜梨笑笑，“我听闻那位老将军素来正直，我到底也是首辅家的女儿，应当不会出岔子。况且，若他们真的不怀好意，也犯不着光明正大对我下手，多难收场？由此看来，并非是什么鸿门宴，不过是这位老将军兴之所至，有些胡闹的玩法罢了。”

她说得云淡风轻，姜元柏看着姜梨，道：“你先出去吧，我再想想。”

姜梨也没有多说，同姜元柏和姜老夫人行过礼后，便离开了晚凤堂。

她来得快去得也快，一时之间，晚凤堂里只有姜元柏和姜老夫人二人相对。

姜老夫人叹息了一声，道：“看吧，我就说二丫头是个有主意的。”

“她这脾性不知像了谁。”姜元柏苦笑一声，“我如今是连她心里在想什么都不知道了。”想想他这个父亲做得也实在糟糕，一个女儿被继室害死了，一个女儿离家出走下落不明，还有一个女儿被他冤枉远走异乡八年早已离心。三个女儿，如今一个也不亲。

姜老夫人看了他一眼，道：“元柏，我之前想着，二丫头如今的年纪，已经到了该相看人家的时候。今日……”她的声音含着一丝不确定，“你说，肃国公会不会是看上了二丫头？”

“不可能！”此话一出，姜元柏一下子站起身来，皱眉道，“肃国公那样的人，什么样的美人没见过？何必看上阿梨这样的？还有，他杀人如麻，心思深沉，阿梨万万不能嫁给这样的人！”

“你这么激动作甚？”姜老夫人叫他坐下来，“我只是问一问。真是什么交情也无，燕京城这么多姑娘，何以就单单请了二丫头，我怕的是姬老将军另有打算，是瞧中了二丫头……”

“娘，您就不要胡说了。”姜元柏被她说得心烦意乱，“这种事绝无可能，我派人再去查查，弄清楚这究竟是怎么一回事！”

他大步出了晚凤堂。

回芳菲苑的路上，姜梨也在细细思索。

桐儿问：“姑娘，咱们现在回院子做什么？”

“想想生辰贺礼吧。”姜梨道。

“啊？”桐儿诧异。

姜梨笑了笑，姬老将军不会拿生辰来做幌子，所以帖子上说是他的生辰，肯定就是他的生辰。以赴生辰宴的名义去见面，总不能空着手去。她还得想一想，什么是不会太破费又不至于失了脸面的贺礼。

这一切都是在姜元柏答应她接下那封帖子的前提下，不过姜梨认为，这也是迟早的事。

到了第二日，姜梨就和桐儿、白雪去街上挑选生辰贺礼了。

她许久未曾出府，姜家的护卫跟了不少，姜梨思来想去，对于究竟要送什么贺礼，还真是没有头绪。人参鹿茸之类的补品，国公府想来也不缺。姬老将军是武将，难道要送一把好兵器？可眼下又不能上战场，英雄迟暮，万一惹他伤心怎么办？

逛了整整一个清晨，也并未瞧见特别称心的东西。眼见着就要走到东市了，姜梨让马车停下，自己走了下来。

桐儿问："姑娘，您不会是要去东市吧？"

"正有此意。"

"可是、可是……"

"没什么可是的。"姜梨打断了他的话，"我们进去吧。"

桐儿也只得老老实实跟上。

东市是位于燕京城东的一处暗市，在这里，鱼龙混杂，有杀人放火的强盗，也有刚从墓地里滚了一身泥的盗墓贼，还有走投无路家道中落的富家子弟，总之来这里的卖家，随地铺张席子，就可以做买卖了。当然了，这里头也有骗子，买到真东西和买到假东西，全凭眼力。交易完毕，便是发现东西是假的，也得自认倒霉。

因此，来东市买东西的多是专门倒腾这些的有些眼力的人。

姜梨一行人走进来的时候，许多人都为之侧目。一来是姜梨虽戴着斗笠，却是女子装扮，来东市买卖东西的鲜少有女子。而姜梨身后跟着的一溜护卫，实在显眼。略略一想，便能猜出大约是大户人家的小姐来这里开眼界了。

因此，那些随地而坐的卖家都热络地招呼起来，直将自己的东西吹得天花乱坠。

桐儿和白雪既紧张又好奇，姜梨的步子却平静稳重得很，她目光在附近的小摊上睃巡一遍，并未看到什么感兴趣的东西，不觉有些失望。

正在这时，不远处突然传来一声幼兽的呜咽，姜梨循声望去，就看见有一处长席，长席边立着一根坚实的木头柱子。柱子上面拴着几条绳子，绳子的另一边是几匹马驹。

马驹当是刚出生不太久，连站都站不稳，各色都有，蒙着一层厚厚的泥灰，看不清楚本来面目。

姜梨往马驹的主人走去，马驹主人是个中年人，见姜梨过来，连忙起身迎道："都是新收的马驹，小姐挑一匹养着吧？乖得很哩。"

白雪和桐儿面面相觑，姜府里是有马厩的，马厩里的母马也时常产下马驹，何必来这里买，但姜梨竟真的提着裙裾弯下腰来，在那一群马驹里挑挑选选，指着一匹小马驹道："我要这一匹。"

大家都往她挑的那匹马驹看去，是一匹小马驹，还不及姜梨的膝盖高，一双眼睛很是明亮，站在一群马中显得格外矮小，身上都是泥痂。

桐儿小声道："这匹太脏了，姑娘，不如选那匹枣红色的？"

姜梨摇了摇头："我就要这一匹了。"

那中年人也愣了愣，女孩子们选马驹大约要选可爱的，但这匹马看起来十分性烈，连目光都有点凶，脏乎乎的，没料到姜梨竟然选这一匹，眼光可真是异于常人。

"多少银子？"姜梨问。

中年人就道："我看与姑娘有缘，这马驹都是上好的苗子，今日便给姑娘算便宜一些，五百两银子！"

"五百两银子？"桐儿惊呼一声，怒视着那中年人，"你莫不是以为我们的银子是大风刮来的，还是真以为我们不知道马驹卖多少钱？”

“桐儿，给银子吧。”姜梨道。

那中年人一听，立刻笑眯了眼，道：“还是这位小姐识货，是个爽快人！”

桐儿心中愤愤，拿这么多银子买一匹马驹，传出去都要笑掉大牙。这人表面上是恭维自家小姐，心里指不定怎么讥笑小姐是个傻子。可姜梨发话，桐儿也不得不答应，从匣子里数了五张银票递过去。

中年人两眼发光地将银票拿走，桐儿见状，心中更加气闷了。

东市上来来往往许多人，姜梨这一行人十分显眼，早就被人看在眼中了。至于她买马驹的过程，也引来许多人围观。看着姜梨花了这么多银子买一匹莫名其妙的马驹，许多人面上就露出些讥嘲的笑容。

对这一切，姜梨视而不见。她让白雪牵好马驹，出了东市，让人看好这马驹，才上了马车。

桐儿终于还是忍不住道：“姑娘，您为何要花这么多银子买这一匹马驹呢？咱们府里多的是，如今银子少了大半，剩下的给姬老将军买生辰贺礼就不太够用了。”

“不必了。”姜梨道，“老将军的贺礼，已经买到了。”

“什么？”桐儿一愣，“什么时候买的。”

“就是那匹马驹。”

桐儿呆了呆，道：“可那只是一匹普通的马驹啊，便是您告诉老将军那匹马花了五百两银子，它也只是一匹随处可见的马而已。”

“哦？你认为它是一匹普通的马吗？”姜梨笑着问道。

“难道不是？”桐儿看着姜梨的笑容，心中一动，问白雪道，“白雪，你可看出了什么？”

白雪老老实实地回答：“没有，我就是觉得那匹马比平时见到的马更脏一些。”

桐儿：“……”

“那可不是一匹普通的马。”姜梨微微一笑，“是汗血宝马。”

“啥？”

“虽然不知道汗血宝马怎么会混在那一群马驹之中，而它们的主人竟然没有发现，但是这笔交易显然是我赚了，别说是五百两银子，便是万两黄金也值得。”

等回到姜府，姜梨直接让人把马驹带回了芳菲苑。院子够大，她让白雪带人给马驹洗洗干净，刚回了屋，清风就过来送帖子，顺便来传话，姜元柏和姜老夫人思量了许久，终于决定还是让姜梨去参加姬老将军的生辰宴了。

她就笑着接了帖子，让人回晚凤堂那边说自己晓得了。

过了一会儿，院子外响起白雪的声音，让姜梨过去看。姜梨走出屋，一眼看见院子里，丫鬟们围在一起，一匹浅金色的马驹站在中间，骄傲地昂着头，威风凛凛。

这匹马洗净污泥之后显出了本身的颜色，是淡金色的毛。它的毛极顺极丰厚，只是不知是不是因为之前吃的东西不够，显得不够明亮。即便这样，也是一匹非常英俊的小马。

姜梨走到马驹身边，马驹看了她一眼，目光仍有些高傲，姜梨伸手摸了摸它的前额，小马轻轻哼了两声。

周围的丫鬟都笑了起来，白雪道：“姑娘给它取个名字吧。”

姜梨正要说话，想了想，摇头道：“罢了，这是送给姬老将军的小马，还是由姬老将军亲自为它取名字为好。”

“它是个男孩子呢！”白雪道。

众人都陪着这小马玩耍了一会儿，天色渐晚，姜梨嘱咐人看好这匹马驹，自己回屋睡了。

帖子上写的，姬老将军的生辰是三日后。她突然想到，不知道姬蘅的生辰是何时，好似从未听过他生辰宴一事。

很快就到了三日后。

这天早上，天上下起了小雪。桐儿在屋里精心挑衣服，又给姜梨找搭配的首饰，等一切就绪，到了出门的时候，白雪从院子里牵了那匹汗血马驹过来。

小马比三日前她从东市上买回来的时候毛色鲜亮了许多，全身犹如一匹淡金色的绸缎，发出明亮的光泽。

马匹的耳边不知被谁别上了一小朵红色的布花。

姜梨：“……这朵花是怎么回事？”

白雪道：“这匹马既然是送给老将军做贺礼的，奴婢本来想去库房挑一只漂亮的项圈给小马戴上，可这马怎么也不肯戴，戴上之后便一直想要弄下来，奴婢不得已摘下项圈，想来想去，不如找朵花给它戴着。”

姜梨哭笑不得。

汗血宝马生性高傲，难以驯服，便是小的时候，也不喜戴着项圈这类束缚的东西，可白雪居然想得到给它别朵花，这可真是……

小马就像是斗败了的公鸡，垂头丧气地低着脑袋，也不看姜梨，不知是不是因为耳边这朵花在生闷气。姜梨本想替它拿下，桐儿那头已经在催促：“姑娘，人说马车已经等在外面了，咱们快些出去吧。”

姜梨道：“好，就来。”便将这马脑袋上的花暂时给忘却了。

等出了院子，往府外走去的时候，路上却遇到了杨氏。

三房的杨氏正与姜玉燕往屋里走，杨氏的手里拿着一方绢帕，姜梨瞥了一眼，那绢帕不是普通的料子，做工也不是寻常绣坊的做工。姜玉燕远远地看见她，便放慢了脚步，待姜梨走到面前，就道：“二姐姐。”

“是阿梨啊。”杨氏也瞧见了她，面上浮起一个算不得多热络的笑容，“这急急忙忙的，是要去哪里？”

姜梨笑道：“三婶，四妹妹。”她本想找个借口敷衍过去，忽然心中一动，当即笑道，“是准备去国公府赴宴呢。”

“国公府？”杨氏诧异地追问，“哪个国公府？”

“就是肃国公府呀。”

“肃国公府？”杨氏呆住，“府里并未听过有肃国公府送来的帖子。”她看着姜梨，语气酸酸的，“老夫人没与咱们说这件事呢。”

“传闻那位肃国公可不是好亲近的人，”杨氏继续状若无意地打量，“这是什么时候和咱们府上好起来的？是与大哥走得很近吗？”

姜梨静静地看着她，唇角含笑，一言不发，时间久了，杨氏也被她那双眼睛看得发毛，就问：“阿梨，你这么看人做什么？”

“我只是在想如何回答三婶的话。”姜梨微笑着道，“父亲和肃国公府倒不是很熟悉，事实上，肃国公府的帖子也只送给了我一人，连父亲和老夫人也没有收到邀请，所以三婶和四妹妹没有收到帖子是很自然的事。阖府上下，只有我一人要去赴宴。”

这下子，杨氏是真的愣住了，姜玉燕也面露不解。杨氏结结巴巴地道：“这、这是怎么回事？老夫人怎么会放心让你一个姑娘家前去赴宴呢？况且，这也没有道理……”

“可不是。”姜梨轻蹙眉头，“可是肃国公的脾性，燕京城无人不知，国公府的帖子，就算我是父亲的女儿，也不敢拒绝。为了姜家，只能顾全大局。”

她这话半真半假，似有言外之意，杨氏眼皮子一跳，但见姜梨神情恳切，又有些不明白。

杨氏试探地道：“可是国公府为何独独邀请你一人呢？莫非……”她凑近一步，“你已经到了谈婚论嫁的年纪……”话一出口，又赶紧停住。

姜梨低下头：“这，我便不知道了……”

这模样分明是不胜娇羞。

姜玉燕直直地盯着姜梨不说话。

姜梨对上杨氏打量的目光，霎时间有些慌乱，连忙道：“我现在快要来不及了，就不与三婶细说了，先走一步。”她侧过身子，从杨氏和姜玉燕身边离开，仿佛是慌不择路，赶紧逃开。

姜梨的身影很快消失了，姜玉燕站在原地，过了一会儿，她小声地问：“娘，二姐姐刚才是不是在说谎啊？”

杨氏没有说话，只是皱着眉，半晌后道：“管她说不说谎，国公府单单请她一人，肯定有问题！”

另一头，姜梨正走到府门外，由桐儿搀扶着上了马车。

她早就觉得三房有些古怪了，姜玉燕和杨氏的穿衣打扮不知从什么时候起，就比往日阔绰了许多。然而姜元兴并没有升迁，三房也没有做其他的生意。

而且自从姜玉娥嫁人后，三房好似也不介意与大房二房的隔阂，姜元兴甚至连兄友弟恭也不愿意装了。

还有季淑然与柳文才的丑事，一夜之间整个燕京城都传遍了。姜元柏查遍了所有姜家下人，都没有找到可疑的人，以至于很长一段时间里，许多人都认为这件事是姜梨做的。然而究竟做没做，姜梨自己清楚。后来姜梨想，除了下人外，那一日三房的人也是在场的。若说姜家有什么人与大房二房离心，三房绝对是一个。

三房会不会就是姜家的内奸？姜梨一直找不到证据，直到方才看到了杨氏，她突然想到，可以用此事来一试。

她的娇羞和忸怩会误导杨氏，如果杨氏因此误会了什么，并且告诉了什么人，这件事被泄露出去，几乎就能证明，杨氏是有问题的。

马车出发了，姜梨坐在里头看着自己的指尖。

但愿自己的怀疑是错的。

国公府门口，赵轲正在院子里蹲着和文纪说话。

里头的屋子，司徒九月正在忙碌，她得了空闲的时候，就做一些新的毒药。海棠站在她旁边，不时地递给她需要的材料。

自从海棠脸伤好了后，她在国公府里便无所事事，干脆成了司徒九月的下人。司徒九月炼药的时候，海棠就在一边打下手。

赵轲看着屋里的两人，摇了摇头，感叹："好好的一个姑娘，怎么偏偏跟了司徒小姐？"

文纪道："少废话，快去门口，算算时辰，姜二小姐快到了。"

赵轲吐掉嘴里的草："我又不是她的手下，怎么什么都要我管，要是国公爷真的喜欢她，干吗不直接把她娶回府上呢？"

"喜欢！喜欢！"一阵大叫声传来，吓得赵轲魂飞魄散，一抬头，见是小红站在枝头上，嘲笑般盯着他，黑亮的羽毛格外显眼，"喜欢！喜欢！"

"姑奶奶，您别叫了。"赵轲恨不得去捂它的嘴，"大人要是知道我在背后浑说，非得扒了我的皮，闭嘴！"

小红却叫得越发起劲，声音洪亮，和姬老将军有的一拼。

赵轲没办法，再等这破鸟叫下去，非得把整个国公府的人都吸引来不可，他对文纪道："那啥，你就在这看着它吧，我去接姜二小姐……再会！"脚底抹油溜了。

文纪深深吸了口气，看看站在树上得意扬扬的小红，一扭头，也走了。

姜梨的马车在国公府门口停了下来。

迎客的小厮见了姜梨，一次比一次笑容热情。她让人牵着那只淡金色的小马驹，门房的小厮还一愣，道："姜二小姐，这……"

"给姬老将军的生辰贺礼。"姜梨微微一笑，"就这么跟着我一道进府吧。"

小厮道："哦，好。"

人家生辰送匹小马，这姜家的小姐还真是与寻常人不同，难怪大人对她也特别些。

姜梨和引路的人往国公府内走去，待走到花圃旁边的时候，便看到一个高大的身影正在花圃前面的一块空地上舞剑。剑术是极好的，只看到银光穿梭如龙，身形矫健，再定睛一看，穿着一件白布单衣、腰缠红带的人，不是姬老将军又是何人？

从他的剑法来看，的确是能够窥见从前的英姿。剑气带起花圃里许多花瓣，花瓣纷纷扬扬地落下来，站在花雨里舞剑，还真是一件令人赏心悦目的事。

只是姜梨依稀记得，这片花圃里的花，都是姬蘅花费大价钱令人精心移栽养护的。

她静静地站在花圃旁边，不知等了多久，姬老将军舞完剑，一名小厮上前在他面前说了什么，姬老将军立刻回头，大踏步往姜梨的身边走过来。

“老将军。”姜梨对他行礼。

“你来了啊。”姬老将军的神情称不上高兴，也称不上不高兴，但终究还是有一些高兴，“今日是老夫的生辰，上次你在府里烤的鹿肉老夫很喜欢，所以今日特意邀你前来。这次不必你来动手。”

姜梨笑得有些勉强：“多谢老将军体谅。”

姬老将军目光一凝，突然道了一声：“好马！”三步并作两步往姜梨的身后走去。

白雪正牵着那匹淡金色的马驹，姜梨嘱咐过白雪，花圃里的花有毒，叫她别让马驹靠近这座花圃。

“这是……”老将军走到马驹身边，伸手抚了一下小马的毛。小马鼻子里哼了一声，微微晃动脑袋，踢了踢前蹄。

“这是送老将军的生辰贺礼，希望老将军不要嫌弃。”姜梨微微一笑。

嫌弃？怎么可能？至少从现在姬老将军的模样里，实在看不到嫌弃二字。只见他嘴都要咧到耳根了，脸上笑开了花。他又摸了摸马驹的鬃毛，动作也是小心翼翼的，倏尔又看向姜梨，犹豫着想要问什么问题。

姜梨猜出他想要问什么，就道：“是汗血宝马。”

“哎呀！”老将军一拍大腿，“老夫就说嘛！”他的笑容更加显而易见，围着马驹连连转圈，像是好色的男人见了绝世美女，贪财的人见了万两黄金，爱不释手。

“老夫好多年都没看到汗血宝马了，要我说，当年老夫的坐骑追风也是一匹好马，可惜后来随老夫征战的时候被敌军射死了。后来老夫又养了闪电，倒是一直陪着老夫到了最后，直到老死。京城里的马哪是能打仗的？少两分血性，这马就不同了。”他说着说着，又伤心起来，“这样一匹好马，现在跟着老夫这半个身子要入土的人，又不能上战场，也不能走四方，真是可惜了。”

自古名将如美人，不许人间见白头。将军迟暮，和美人迟暮一样悲哀。

不过姬老将军虽然这般感叹，在冬日的花圃里舞剑，还为了烤鹿肉特意去狩猎，种种行径，实在看不出像“半截身子都入土”的人。

正说着，不远处又传来人的惊呼，还夹杂着脚步声。姜梨回头一看，便见闻人遥、陆玑和孔六三人正从不远处走来。走在最后的人，自然是姬蘅，想来他们四人刚刚在一处。

孔六走得最快，目光落在马驹身上就移不开眼了，待走近了之后，更是又摸又看，惹得小马都不耐烦地低哼。

“老爷子，您从哪弄来的这匹好马？看着可不普通！”

姬老将军得意道：“汗血宝马，别眼馋了，这是姜丫头送老夫的生辰贺礼，没你小子的份儿！”

听闻是汗血宝马，陆玑和闻人遥都吃了一惊，孔六更是呆呆地看着姜梨，道：“汗血宝马？”

“我的乖乖！”孔六忍不住道，“这可真是让人眼红。”他看向姜梨，“姜二小姐也太大手笔了，这……莫非是姜首辅的意思？”

一匹宝马价值万两黄金也不为过，姜元柏是这么大方的人吗？

“父亲不知我送什么礼，大约以为是寻常的补品而已。”姜梨微微一笑，“不过孔大人也不必称赞，这匹马并不贵，送老将军这匹马的银子，我还是有的。”

姬蘅眼睛一眯：“几何？”

“不多，五百两银子。”姜梨笑盈盈道。

“姜二小姐，莫不是在说玩笑话吧。”陆玑道。

“千真万确，我是在东市的一处马贩手里买的。”姜梨道。

说到东市，众人立刻心知肚明，东市是什么地方，那是倒腾买卖的人必去的地方，买赚买亏，全凭眼力。姜梨既然如此说，必然就是那马贩以为马驹是寻常马驹，而姜梨偏偏发现此马的不同寻常之处，才买了下来。

“那姜二小姐，那马贩是在什么地方？可还有其他的马？”孔六追问。

“是啊是啊，”闻人遥也凑热闹，“可还剩其他马？”

“其他马倒是很多，不过我之前去的时候，汗血宝马只有这么一匹。”姜梨微笑道，“你们倘若真的想去，大可以再去，也许主人家近来又有新的宝马良驹了。”

众人一听，便也晓得这事不是天天都能碰上的。遇着马驹的人有运气，却没有眼力，有眼力的人却没有运气，遇不着这马贩，唯有姜梨既有运气又有眼力，恰好在那一日走进东市，恰好看到那马贩，然后一眼从一群小马驹中看到了这一匹。

“姜二小姐真是见多识广，”陆玑抚了抚胡子，“连相马之术也懂。”

“只是略懂而已，都是照着书上写的相看。”姜梨也笑，“运气更多。”

“闲话少说了，这马还没有名字吧？取一个名字。”姬老将军道，“赤龙？绝影？逸群？”

“老爷子，光是咱们车骑队里，赤龙有三匹，绝影有五匹，逸群有七匹。”孔六提醒。

闻人遥好奇地问："那么多同样的名字，你们怎么区分？"

"这简单，加上主人的姓氏就行了。"孔六说得理所当然，"李赤龙，王赤龙，张赤龙，倘若姓也重合了，再加上名。李三绝影，李四绝影，李五绝影，总找得着办法。"

闻人遥："……"

"阿蘅，那你来说，你来取个名字。"老将军道。

刚说完这句话，突然从天而降一个声音，大叫道："好马！好马！"却是姬蘅养的那只八哥小红飞了过来，如离弦的箭一般飞到马驹头上，抓起早上白雪给别在小马耳边的那朵布花。

小红聒噪的声音也不知是嘲讽还是欣赏，居然还说了一句完整的话："好花配好马，好马配好花！"

姜梨："……"

"这是公的母的？"闻人遥问。

"是男孩子。"孔六早就看明白了。

姬蘅瞥了一眼那八哥，突然道："既然是男孩子，就叫小蓝吧。"

众人："……"

孔六道："我突然觉得，方才的赤龙、绝影、逸群都还挺不错的。"

姬蘅根本没有理会孔六的话，扇子抵在马驹的额头上，微笑道："你就叫小蓝。"

小蓝得了这么个与它身份不符的名字，已然很不高兴，想要发火，但姬蘅只是笑盈盈地看着它，摸了摸它的鬃毛，小蓝这位男孩子便不由得打了个寒战，动也不敢动，乖乖地任由姬蘅摸。

看着站在檐下那只趾高气扬的小红，看着站在人群中垂头丧气的小蓝，姜梨一时间竟然无言以对。

真是找不到什么合适的话来说了。

对于小蓝的热情，终于在过了一会儿之后散去了。姬老将军让人将小蓝牵走，大家都往厅堂走去，待走到厅堂，司徒九月也早就到了，海棠跟在司徒九月身边。

姬老将军的生辰宴，统共便也只邀请了这么些人。

菜肴十分丰盛，闻人遥道："今日又是咱们阿蘅下的厨，大伙儿抓紧机会赶紧吃，也别多说话，多吃，少说。"

姜梨讶然地看了一眼姬蘅，竟然又是姬蘅下厨。看来逢年过节或是姬老将军的生辰，都是姬蘅下厨。

这一场寿宴吃得倒也宾主尽欢。比起上一次来，姜梨与这些人熟络多了，寿宴之上也并没有交谈什么重要的事，都是些家常闲谈。不知是不是因为姜梨送了一匹宝马，姬老将军显然对姜梨亲近多了，还与姜梨交换了一下相马之术，彼此都很有收获。

这顿寿宴，姜梨仍旧没有饮酒。

众人都很体谅她不善饮酒这回事，并未相劝，特意拿了不含酒精的果子露给她喝。等这顿宴席吃完，姬老将军等人都已经醉得横七竖八。司徒九月、海棠和姜梨三位女子却是没醉，剩下还清醒的，就是姬蘅了。

下人扶着醉了的人进屋，剩下的人走出厅堂，姜梨见司徒九月站在院子中，上前道："九月姑娘。"

司徒九月道："你要的药已经做好了，我交给了姬蘅，你大可以向他讨要，不过需要记得，此药只能用三个月，三个月后所有的孕象消失，大夫一把脉就会发现之前的脉象是假的。"

"三个月已经足够了。"姜梨对着司徒九月深深地行礼，"这一次也多亏九月姑娘了。"

"不必谢我。"她说完这一句话，便头也不回地钻进屋里，大约又要做什么新药了。海棠在给司徒九月打下手，姜梨看她对着自己行过礼后，就匆匆进了司徒九月的那间屋子。姜梨瞧着瞧着便笑了，海棠这样子，找着了暂时可以做的事，也好。

说到底，姜梨并不希望海棠被仇恨的心思所缠绕，薛家的仇她自己会报。仇恨会改变一个人，背负着仇恨的人并不会快乐，有自己一个就够了。

"在笑什么？"正在姜梨想得出神的时候，身后突然传来姬蘅的声音。姜梨回头一看，他与自己并肩站在院子口，并未看向自己，而是看向天空。

"没什么不好的事，觉得很好，就笑了。"姜梨道。

"那看来接下来你会一直笑。"

"什么？"姜梨一愣。

姬蘅道："跟我来。"

他走出了院子。

姜梨连忙跟上。

这会儿，国公府孔六一行人都醉倒了，司徒九月去炼药，除了下人外，就只有姬蘅和姜梨两个人。姜梨见他走动的方向，分明是向着书房，顿时心知肚明，大约姬蘅是有话要跟她说的。

恰好，她也有话想对姬蘅说。

二人走得不快也不慢，雪地里能清晰映出两个人的脚印，姬蘅的深些，是靴子的形状，姜梨的浅些，是绣鞋的形状，一大一小，十分和谐。

很快，两人就走到了书房前面，小厮将门打开，姜梨和姬蘅走了进去。

书房还是姜梨熟悉的样子，黑白肃杀，和姬蘅的样子极不相衬，但又好似十分相称。他的内心就是如此杀伐果断简单利落，黑白最好。

姬蘅走到桌前，给姜梨倒了一杯茶，又给自己倒了一杯茶，姜梨发现，无论什么时候去国公府，姬蘅书房茶壶里的茶水总是温热的。

姜梨在他的书桌前坐了下来。

“两个消息。”姬蘅道，“一个好消息，一个坏消息，要听哪一个？”

“坏消息。”

姬蘅嘴角一勾，笑容玩味：“看来你喜欢先苦后甜。”

“算是吧。”姜梨苦笑。

“姜幼瑶找到了。”姬蘅道。

姜梨一愣，脱口而出：“她在什么地方？还在燕京城吗？”

“还在燕京城。”姬蘅意味深长道，“不过她待的地方，是一个你怎么也不可能想到的地方。”

姜梨见他话里有话，便安静地等待姬蘅接下来的答案。

“她在右相府上。”

“李家？”姜梨吃了一惊，“这是怎么回事？是李家将她抓起来了，还是李家有别的图谋？”

“姜幼瑶从姜家逃走后，还没跑到季家，就遇到了麻烦。”姬蘅耸了耸肩，“路过的李濂帮她解了围，见她狼狈，就带回了右相府。”

“李濂？”姜梨闻言，倒是明白了几分，“他这是早就看出了姜幼瑶的身份，才特意这么做的吧。”

右相的这位小儿子李濂，和他的大哥李璟不同，成日走马游街，是个纨绔子弟，虽然生了一副还算不错的皮囊，却到处胡闹。至于糟蹋过多少女孩子，姜梨也是有所耳闻，但就是这么个人，面上温和大度，好似个君子，年轻的女孩子见了，稍不留意，便会被欺骗。

李濂也跟随右相去过大大小小的宴会，要说没见过姜幼瑶是不可能的。就算那一日姜幼瑶是偷溜出府，乔装打扮，李濂多半也认得出来。

再换句话说，如果是别人把姜幼瑶带回府，姜梨相信也许对方并未认出姜幼瑶的身份，但换了是李濂，姜梨就有理由相信，李濂是认出了姜幼瑶，才对姜幼瑶做了接下来的动作。

“显然你的妹妹并不这么想。”姬蘅道，“否则也就不会跟李濂回府了。”

姜梨皱眉：“那他们后来怎么样了？”

“后来……”姬蘅悠悠道，“当然是顺其自然，带回府后，说明身份，阐述难处，恳求收容，一人怜惜，一人感激，情投意合，如胶似漆……”他越说越不像话。

“我知道了。”姜梨打断了他的话。想也知道姜幼瑶会怎么做，和姬蘅说的毫无差别，无非就是等回到李家后，洗清脸面，发现再也隐瞒不住，又看这位李二公子风度翩翩，温柔体贴，便好一番哭哭啼啼，惹得知道“真相”的李二公子心生同情，决定帮这位误入歧途的小白兔隐瞒，进而照顾她的未来。

“他们现在如何了？”姜梨想了想，“已经到了如胶似漆的地步？”

“只有多余，没有夸张。”姬蘅回答。

姜梨心中简直说不出是好气还是可笑。

“她可真是不把姜家的死活放在心上，明知道李家是什么身份，也敢往上凑。”姜梨恨声道。

“也许她认为自己是戏文里的女角儿，李濂是男角儿，互为世仇，爱情忠贞，感天动地，最后能谱写一段赚人眼泪的传奇。”姬蘅一本正经。

他今日也不知怎么了，嘲讽起姜幼瑶来也是不遗余力。姜梨看向他：“这事你是怎么打听到的？”

“右相府上也有我的人。”姬蘅道，“之前没往右相府上找，觉得你那妹妹也不至于胆大到如此地步。后来那边的人偶然发现不对，回国公府了一趟，我让人再确认一遍，才发现——”他笑了一笑，“世上还真有这么蠢的人。”

姜梨闻言心中一跳，姬蘅竟在右相府上也埋有眼线，这燕京城的高门大户里，所有的秘密都被他掌握在手心，也难怪他如此有恃无恐。

“不管怎么说，都谢谢你了。”姜梨道，“倘若不是你告诉我，也许姜家一辈子都不会发现姜幼瑶在李濂府上。”

“现在你打算怎么办？”姬蘅摩挲着茶杯的杯面问她，“回去就告诉你爹？”

“我也还没想好。”姜梨迟疑一下，“我父亲虽然口口声声说对姜幼瑶感到失望，事实却仍旧疼爱她。如果现在说了，他会冲动地去往右相府要人。一来李濂也许在很短的时间里将人藏起来，扑了个空，二来还会给人留下把柄，说我们姜家蓄意诬蔑。如今正是多事之秋，再添一事，指不定会招来什么。”

“我也认为，”姬蘅道，“如果姜幼瑶对姜家来说只是个无足轻重的人物，李濂就不会对此上心了。”

姜梨试探地问：“你的意思是，放任姜幼瑶在李家，先观察李濂究竟想做什么？”

姬蘅摊手：“这是你们姜家的事。”

姜梨只觉得头疼，姜幼瑶真是将本来就不简单的事弄得更加复杂了。要么趁其不备突然去要人，要么就是等，等过一段日子，李濂对姜幼瑶兴趣淡了，再想法子把姜幼瑶弄出来。

现在看来，李仲南应当不晓得这回事，是李濂自己的主意。至少在现在，他对姜幼瑶还是柔情蜜意的。

这件事情现在也想不出个头绪，不如到了晚上回府再慢慢思考。姜梨想了想，问姬蘅道：“国公爷说的好消息又是什么？”

“司徒的假孕药已经做出来了。”姬蘅勾唇一笑，“永宁公主已经服下。”

姜梨一愣：“什么时候？”

“沈如云大婚之日，永宁公主和沈玉容见面之后。”姬蘅道。

永宁公主是隔三岔五就寻些机会和沈玉容见面的，和沈玉容见面，自然也要温存一番。姬蘅令人将药用在他二人欢好之后，至少时日上是再合适不过。沈玉容多疑谨慎，这样子也找不出什么不对来。

姜梨喜出望外，这的确是一个好消息，应该是这段日子以来，对她来说最好的消息了。这意味着她的计划可以大大往前推进一步，她不必再漫长地等待下去。

“真是太好了。”她喃喃道。

“你要怎么谢我？”姬蘅挑眉。

他含笑讨恩的神态几乎是令人惊艳般移不开眼睛。姜梨道：“国公爷需要什么，可以告诉我。事实上，便是倾尽所有，我也难以回报。”

如果不是姬蘅，她自己要将假孕药送到永宁公主面前，再让永宁公主顺利服下，需要费不少周折，可能还会失败，一旦失败，永宁公主就会心生警惕，再想下手，就会很难。

姬蘅几乎让她计划里最困难的一步顺利完成了。

姬蘅看了她一会儿，笑了笑，喝了一口茶，才道：“我暂且想不出来。不过对你接下来要做的事，倒是很好奇。”

“接下来的事？”姜梨疑惑。

“永宁公主显出孕象后，你会做什么？”他问。

姜梨想了想：“不知道九月姑娘的药，什么时候才会发作？”

“十二个时辰之后。”姬蘅沉吟了一下，“算起来，已经发作了。”

“那就很简单了。”姜梨微微一笑，“云英未嫁的姑娘，突然有了身孕。寻常人家遇到这种事，姑娘的一辈子便是毁了。大户人家为保名声，甚至会让姑娘自己悬梁。当然了，永宁公主是金枝玉叶，是成王殿下的亲妹妹，没有人敢让她悬梁的，她也没有必要悬梁。

“所以在孕象不是很明显时，定然要为永宁公主寻找一门好亲事，欢欢喜喜地将姑娘嫁过去，一来遮掩孕象，二来恰好这位公主也到了谈婚论嫁的年纪，这样一来得了一桩好姻缘，也是人人羡慕的喜事。”

“所以，”姬蘅看着她认真的模样，忍不住微微扬唇，“你打算让她和沈玉容成亲？”

“当然不。”这个回答，让姬蘅的面上也显出些意外之色。

“沈大人对亡妻情深义重，便是那位沈夫人给他戴了绿帽子，仍旧深情不悔，绝对不会在这么短的时间里另娶他人，况且若是娶了永宁公主，旁人会不会说他们早有奸情，之前桐乡一案里有谣言说，永宁公主就是背后指使冯裕堂加害薛县丞之人呢！原来她加害薛县丞，是早已心仪沈大人，给沈大人报仇啊。沈大人自来注重名声，不会让这种事情发生。”

姬蘅抚摸着扇柄，也跟着笑了起来，说：“那姜二小姐打算让永宁公主嫁给谁？”

“永宁公主嫁给谁，并非我能决定，是由皇上决定的。”姜梨笑道，“我至多也只能分析一下，总归刘太妃是看不上沈大人的，沈大人家世太薄，配公主是高攀了。如今朝中的青年才俊，年貌相当，又家世丰厚，门当户对，嫁过去也不至于让永宁公主低嫁的，我倒是发现了一个。”她笑眯眯地吐出一句话，“右相李仲南的大公子，李璟。”

姬蘅一怔，突然笑了起来，他笑得极为开心，目光里是毫不掩饰的赞赏。

“让永宁公主嫁给断袖李璟，的确不寻常。”

姜梨道：“更有趣的是，这位在女人面前不可能动情的李大公子，娶妻之后，迅速得子，李家后继有人，一定很高兴。

“只是这绿帽子并不是那么好戴的，世上有一个沈玉容能容忍，并且戴得甘之如饴，不知李家人戴起来，可会善罢甘休？”

回到府中，天色已经傍晚。

姜梨去了晚凤堂，姜老夫人和姜元柏特意在晚凤堂等她。见她安然无恙地回来，才放下心来。

“梨丫头，你今日去国公府，可曾见过什么人？又在国公府做了什么事？姬老将军有没有说，为何单独邀请你一人前去赴宴？”姜老夫人问道。

“今日国公府老将军的生辰宴上，并不止我一人，还有五六人，但都挺面生，看样子也不是燕京官家人。有男有女，大约是老将军的故人。”姜梨胡诌起来，“用过饭后，老将军询问了我一些骑射上的事。大约之前得知了六艺校考中我在骑射上的表现，以为我精通此道，对我好奇才特意邀请我参加。之后与几位小姐闲谈了一下午，傍晚便回来了。看样子只是寻常的家宴，没什么特别的地方。至于为何单单请了我，这问题实在不方便问，老将军也没有说。”

她的回答也挑不出什么毛病，姜老夫人和姜元柏对视一眼，彼此都没有什么想问的。便是有问的，看姜梨这模样，只是去用了一顿饭，什么都不知道，应当也回答不出来。

姜元柏道：“既然如此，你回去休息吧。”

姜梨犹豫了一下，又道：“父亲，今日我在国公府生辰宴上，听闻他们谈论时局，近来燕京城可能不太平，父亲……且做好准备。”

姜元柏一震：“你这话是什么意思？”

“具体的我也实在不知道了。他们在宴席上也不会说太多，便是这一点，已是我很努力打听到的。”姜梨道。

说完这句话，她便对姜元柏和姜老夫人行礼，回自己院子去了。

姜梨离开后，姜老夫人问：“元柏，二丫头刚才那话是什么意思？”

姜元柏面色沉沉：“成王恐怕是要有动作了。”

“姜家……要不要暂避锋芒，暂时离京？”姜老夫人问道。

姜元柏苦笑一声：“娘，这个节骨眼上，便是我想走也走不了。只希望皇上不是全无准备，这一仗……还有机会。”

姜老夫人又是沉沉叹了口气，时局如此，他们纵然身为首辅大学士的家人，看上去风光无限，实则也不过是权力的蝼蚁。成王败寇，自古以来都要流血，又能如何？只是这番动作，成王的举事，皇帝的反击，不知燕京城又要如何血流成河，多少家庭都要妻离子散了。

另一头，姜梨回到了院子里。

桐儿和白雪忙着收拾，她却坐在屋里，眉梢爬满心事。

姜幼瑶的事，姜梨准备接受姬蘅的建议，暂时不告诉姜元柏，先看李濂那头有什么动静。姜幼瑶应当吃些苦头，若是如今就想办法将她接回府，她非但不会感谢姜家人，说不准还会认为姜家人是故意拆散她和李濂。这样一个白眼狼，说不准什么时候就会反咬姜家一口，还不如眼下将她丢给李濂，姜家也能清净清净。

就算李濂想要从姜幼瑶嘴里得知姜家什么隐秘的消息，也绝无可能。姜幼瑶根本不关心除了她自己以外的事，所以李濂想要打探什么，也注定是无功而返。

姜梨如今最为紧张关心的，却是永宁公主那头。

按姬蘅所说，永宁公主如今已经有了孕象，不知她自己发觉没有。一旦永宁公主发现自己怀孕了，想来接下来的一件事就是找沈玉容商量，对沈玉容来说这并不是一件好事。至于事情接下来如何发展，姜梨很是期待。

她实在有些迫不及待，想看看这两人难看的脸色了。

公主府里，屋子里燃着淡淡的熏香，散发出的香气像是茉莉，十分可人。

永宁公主喜欢浓艳热烈的香气，但近来几日，永宁公主总是很容易疲倦，吃什么也没胃口，胸口发闷，还总想吐。浓艳的香气闻起来令她不舒服，公主府里的熏香便全部换上了这种淡淡的。

永宁公主倚在软榻之上，神情恹恹，向来娇艳精致的妆容也无心打理，显出几分憔悴。

“公主，章太医很快就来了。”梅香轻柔地为永宁公主按着肩，“等章太医来了，为您开上两服药，奴婢抓了药煎好您服下，就不会这么难受了。”

永宁公主有气无力地嗯了一声。

天色暗下去极快，很快就整个儿黑了起来。梅香小跑着走了进来，身后跟着一个穿松绿棉褂子的老人，道：“殿下，章太医来了。”

章太医是太医院里与永宁公主相熟的大夫，永宁公主勉强打起了几分精神，坐直了身子，主动伸手道：“章太医，本宫身子近来很不舒服，总觉得没什么力气，乏得很，胃口也不好，总犯恶心。你给本宫瞧瞧，到底是什么问题？”

听到这些时，章太医一愣，面上顿时生了几分惊疑神色，永宁公主见他只是呆呆站在原地，也不给自己把脉，顿时有些不耐烦道：“章太医，你还愣着做什么，快给本宫把脉呀！”

章太医这才回过神，勉强笑了笑，道："殿下莫慌，老夫这就给殿下把脉。"

他伸手搭上永宁公主的手腕，仔细把起脉来。

时间过得并不长，章太医的脸色突然变得雪白。不仅如此，他的额头开始渐渐渗出冷汗，连手都有些发抖。

永宁公主忍不住皱眉斥道："章太医，到底是什么事啊？你怎么没动静？"

章太医缩回手，站起身来。他看也不敢看永宁公主，低着头踌躇着，声音都开始打哆嗦："殿下，老夫、老夫肯定是把错了，殿下不妨另请高明，来看看殿下究竟是何缘故？"

他越是这么说，就越是令永宁公主心中生疑，永宁公主道："太医院里，本宫就只信任你了。章太医，本宫到底有什么事，你且说来，不然，本宫就治你个欺瞒之罪！"

章太医吓了一跳，连忙跪了下来，声音里是止不住的惶惑，道："公主殿下饶命，公主殿下饶命！殿下……怕是有了身孕了！"

有了身孕了！像是一道惊雷突然劈在自己头上，永宁公主惊了一惊，差点没回过神。

"你好大的胆子，怎敢在殿下面前妄言！拖下去！"梅香反应极快，立刻开口命令道。

"老夫不敢妄言，殿下饶命啊！"章太医不住地磕头，声音凄厉。

永宁公主皱了皱眉，像是终于明白了这句话的含义，看着章太医，突然问道："你说的可是真的？"

章太医连忙呼道："下官不敢妄言。"

"你瞧着这日子，如今有多久了？"永宁公主问道。

章太医冷汗涔涔，却又不敢不回答永宁公主的话，道："应当不足一月。"

"不足一月……"永宁公主喃喃道，算起来的话，时间倒是很合适，这段日子她和沈玉容统共也只见了几次面。只是她不明白的是，每一次她都是用了避子药，沈玉容在这方面十分小心，没料到，便是如此，还是怀了沈玉容的孩子。

永宁公主的手不由自主地抚上自己的小腹。

梅香见状，急道："殿下，您打算……"

她没有说下去，永宁公主转头看向她，问："打算什么？"

梅香讷讷道："您打算留着这孩子吗？"

永宁公主一听，狠狠一巴掌扇过去，直把梅香打得头一偏。

她厉声道："本宫肚子里的孩子，也容得你一个贱婢置喙？"

跪在地上的章太医还未起身，更是吓得瑟瑟发抖。梅香也顺势跪在地上，道："殿下腹中的骨肉一日日长大，终究怎么也瞒不住，若被皇上看见，若被外人看见，只怕解释不清。殿下一心怜惜那人，倘若事发，皇上等人一定不会善罢甘休，若发现是那人的骨肉，那人的仕途怕也是毁了，殿下定然会心疼。"

因着章太医在此，梅香没敢说出沈玉容的名字，而是以那人代替。这话却是说到了永宁公主心坎上去了。这孩子一天天长大，肚子是怎么也瞒不住的。要是皇上发现了此事，一定要追究，最后发现是沈玉容的骨肉，沈玉容的仕途就到此为止了。虽然对于永宁公主来说，沈玉容做官还是不做官，她都不在意，但沈玉容自己一定不会开心的，沈玉容不高兴，永宁公主也不会快活。

她顿觉头疼。

“可这是我与他的孩子……”永宁公主说着说着，眼里竟然闪现出一点近似于慈爱的温柔。这是她和沈玉容的孩子，光是这一点，便让永宁公主有无数个理由不能抛弃他。

“我要留着他。”这句话，永宁公主说得斩钉截铁，跪在地上的梅香和章太医同时大惊失色。

“如今尚且不足月，旁人也看不出来，当务之急是养好我的孩儿，人心莫测，想要害我孩儿之人数不胜数，我得保护好他。”永宁公主道。

梅香道：“奴婢会保护好小殿下的。”

永宁公主满意地点了点头，目光划过跪在地上的章太医，眼中闪过一丝凉意，道：“章太医今日也辛苦了。梅香，你带章太医下去，请他吃杯茶再走。”

梅香会意，章太医还要求饶，只听得永宁公主笑道：“章太医不必心急，吃完茶再走，一杯茶的时间，你的夫人儿子都不会在意的。”

章太医闻言，身子猛地一震，目光顿时黯淡下去，他不再说什么，失魂落魄地跟着梅香走了出去。

大殿里又恢复了平静。

永宁公主脸上的笑容消失了，虽然她十分希望留下这个孩子，但梅香的话也不假，这样下去的确不是个办法。要不要告诉沈玉容呢？怕是不能，沈玉容若是知道了此事，一定会劝她不要这个孩子。

该想个什么办法，名正言顺地将此事揭过，又能让孩子留下呢？这孩子生下来不能没有爹，他必须叫沈玉容一声爹的。

永宁公主突然心中一动，对的，这孩子必然是要有个父亲，这父亲也只能是沈玉容。只要在别人还看不出来的时候与沈玉容成婚，届时再寻个理由，说是早产了，便能将此事变得光明正大，不是吗？

但要在极短的时间里与沈玉容成婚不是一件容易的事。永宁公主不打算与沈玉容商量，打算明日一早就进宫见刘太妃，让刘太妃说动皇上赐婚。

无论如何，此事都不能失败。

燕京城的夜里，几家欢喜几家忧，有人在为腹中骨肉欢喜算计，也有人在为今后前程忐忑不安。

右相李府修缮得十分精致豪奢，靠西边的一处院子，比别的院子要安静许多。洒扫的丫鬟只有三两个，但院子挺干净。屋里，桌前正坐着一人，她手里拿着书，却是看着窗外发呆。

这女子年纪轻轻，也称得上容貌可爱，不是别人，正是姜三小姐姜幼瑶。

姜幼瑶来到李府，已经有好长一段日子了。那一日她从姜家逃出来，本想去季家，可谁知道大年夜，竟在街上遇到了匪寇，那些匪寇抢走了她的包裹，还对她动手动脚。正在姜幼瑶绝望之时，出现了一名容貌俊秀的年轻公子。他让随从赶跑了匪寇，还扶起姜幼瑶，见姜幼瑶吓得浑身发抖，说不出话来，便将姜幼瑶带回府，清洗干净，让她别怕。

其实姜幼瑶在被救起的时候，就认清楚了这公子是谁，分明是右相李家的李二公子李濂。按理来说，姜幼瑶不应当与李家的人有任何纠葛，要知道李家和姜家是死对头，但不知为何，她并没有拒绝李濂带她回府的举动。也许是因为她恨姜家害死了自己的母亲，对自己不闻不问。也许是因为她如今是真的走投无路，不知道该去依靠谁，又或者是因为这位李二公子看起来太过温柔，不像父亲说的那种奸猾之人。

她跟着李濂回到了李府，待洗干净脸之后，李濂也认出了她来。姜幼瑶心一横，便在李濂面前诉说了这些日子在姜家所受的委屈。她是不得已离家，希望李濂不要将自己在李家的事告诉别人，若姜家知晓，是要把自己抓回去的。

李濂是个怜香惜玉之人，果然没将此事告诉李仲南，他在自己的院子里分了一块地方给姜幼瑶，姜幼瑶平日就住在这里。她不能出门，否则会被人看见，只能在院子周围走动，还要提防着不被李家其他人看到。时间久了，自然觉得乏味和无聊。

而她每日能见到的人，除了这些下人，就只有李濂了。

和李濂相处时间越长，姜幼瑶便越发觉得李濂是个不错的人。他温柔体贴，又极懂得自己的心，几次三番下来，姜幼瑶也忍不住与他交心，后来便……和李濂有了更深一层的关系。起初姜幼瑶也是害怕的，她从姜家逃出来，一时半会儿还想着自己是首辅千金的身份，这件事要是传出去，只怕要让姜家蒙羞。

但李濂告诉姜幼瑶："你若是不想回去，便不必回去。总归你说姜府待你苛刻，不若留在我们府上。届时我为你寻一个身份，你便能名正言顺与我一辈子在一起。"

姜幼瑶心里很受用。

她也想过以后，比如李濂的妻子只能是高门大户的小姐。她待在李濂身边，无名无分，至多也就是个妾侍，可她姜幼瑶怎么甘心做妾？

但即便她还是姜家的三小姐，也不可能和李濂成为夫妇，因为李家和姜家自来不对盘，不是一日两日。

与李濂在一起的日子虽然快乐，但看不到未来，即便如此，姜幼瑶还是狠不下心离开他。因为离开李濂，她也不见得过得更好，倒不如把握眼下，至于以后的事，以后再想吧。

觉得坐了许久了，姜幼瑶站起身，想到院子里走走，走到院子边上，不由得抬眼往另一边的院子看去。

旁边是李大公子李璟的院子。李璟不常回府，听闻他公务繁忙。姜幼瑶对此早有耳闻，李仲南的两个儿子，李璟比李濂要得众人称赞多了。他年纪轻轻便仕途顺遂，自身也极有才华，生得俊美文气，比起李濂来，似乎更为洁身自好。这么大年纪，未曾听过他有什么不好的习性。

姜幼瑶目光在那院子里扫了一圈。

李璟的院子和李濂的院子，最大的不同大约就是伺候的人了。李濂院子里的丫鬟个个娇俏可人，李璟院子里却未曾看见什么丫鬟。小厮倒是不少，就是年纪小了些，看起来都是十二三岁的少年，甚至有一次，姜幼瑶还看见一个八九岁的孩童。姜幼瑶不大明白，为何这些小厮年纪都这般小，伺候起来不会觉得不方便吗？但凡跑个腿搬个重物什么的，看这些都还是小孩子的小厮，不见得能做得很好。

她也曾问过李濂这个问题，李濂总是笑着摇头，说那些孩子都是无父无母的孤儿，李璟见他们可怜，便将这些孩子都送到府上做小厮。日后长大了，也能为府上效力。

姜幼瑶闻言，心中还嘀咕，看来这位李大公子心地善良，是位大大的好人。

她收回目光，又往回走，心里忍不住感叹，不过这位李大公子也十分会挑人了，院子里的这些小少年，生得个顶个的漂亮。若不是晓得李璟是什么人品，还以为他和那位有特殊癖好的肃国公一样，是喜欢男子的断袖呢。

年关过后，燕京的雪总算停了两日。

新年洗去了过去一年里的不快，无论如何，日子都要继续。

这一日，天气晴好，姜梨正坐在院子门口看明月和清风晒书，白雪突然从外面进来，道："姑娘，方才叶府的阿顺过来，说让姑娘赶紧过去一趟，薛县丞出事了。"

姜梨脸上的笑容霎时间褪了个干干净净，站起身道："薛县丞出了什么事？"

"奴婢问过了，阿顺也说不清楚，让姑娘赶紧过去看看。现在三老爷和司徒姑娘都在叶府。姑娘，现在要去吗？"

姜梨道："当然现在去。"她匆匆回到屋里，来不及梳妆打扮，只拿了一件披风，招呼上桐儿和白雪，"你们跟我一道去。"

等上了马车，姜梨感觉自己心跳极快，要不是情况紧急，叶明煜是不会让阿顺过来告诉自己的。到底是出了何事？

胡思乱想着，很快就到了叶府门口。姜梨心慌意乱，都没来得及和门房的人打一声招呼，提着裙裾，便急急忙忙往里冲。

薛怀远常住的那间屋外头站着几个人。姜梨走近，看清楚站在最外面的人正是叶明煜，道了一声："舅舅！"

叶明煜一愣，问："你来得怎么这样快？"

“我让车夫赶路来着。舅舅，到底出了什么事？薛县丞在屋里吗？”姜梨追问。

叶明煜叹了口气，道：“这事儿我也不知道怎么说。今日一早，我恰好在府里没外出，最近这位薛县丞很喜欢看书，我就搬了个凳子让他在院子里晒晒太阳、看看书。后来厨房来送热汤，我起来端个热汤的工夫，一回头就看见薛县丞坐在地上，凳子也翻倒了，可能他起身的时候没站稳。我看他一直坐在地上没起来，生怕他磕着碰着，赶紧上前去扶他，等一看到他的样子，吓了一跳，他脑袋磕着了，流了不少血。”

姜梨听到这里，忍不住问：“怎么会这般严重？现在可还好？”

“我也吓了一跳，谁知道薛老头看着我走过来，突然问我，‘你是谁？’”他挠了挠头，“当时薛老头的脸色，看起来十分吓人。这段日子，他也经常对人问这话，不过今日语气实在有些怪，我也说不上具体哪里怪，反正我回答我是叶明煜，他又问我这是哪里，我说这是燕京城。然后他居然不要我扶，自己站了起来。”

姜梨道：“自己站了起来？”

“可不是？我还以为薛老头是身子好了，现在不爱让人扶，可才走了两步，他就一头栽倒下去，吓得我连忙请人去请司徒大夫过来。我想着薛老头今日奇奇怪怪的，莫要出什么事才好。司徒姑娘来得快，但是司徒姑娘来过以后，只跟我说，赶紧让你过来一趟。”

姜梨愣愣地听着，正在思考，司徒九月的声音从屋内传来：“姜梨来了吗？来了就快点进来。”

“得，在叫你了，赶紧进去吧。”叶明煜道。

姜梨就和叶明煜一道进了屋子。

屋子里的帘子都拉上了，因是白日，点着灯火，倒也明亮。姜梨走到里侧，司徒九月坐在床边，身边站着的是海棠。海棠低着头，眼睛红红的，像是哭过。

姜梨心里咯噔一下，事到如今，若是薛怀远有什么三长两短，她只怕不知如何坚持下去了。

她朝薛怀远看去。

薛怀远躺在床上，双目紧闭，头上的伤口已经被包扎过。司徒九月正低头收拾着自己的药箱，姜梨忍不住道：“九月姑娘……”

“他可能恢复记忆了。”司徒九月头也不抬地道。

姜梨的手一颤，一时间竟然不知道该说什么。半晌后，她才道：“全部吗？”

“也许。”司徒九月站起身，对着姜梨道，“即便不是全部，应该也想起了大部分，他所认为很重要的事。”

姜梨定了定神，又问：“可他现在为何昏睡不醒？”

“正因为想起了大部分过去，那些记忆应当不算美好，”司徒九月说得很平静，“正因为他恢复记忆后第一时间想起的就是痛苦的事，一时之间无法承受，才会昏睡过去。你可以将这种行为认为是他本能地逃避。不过我之前已经与你说过了，这种情况是很可能的。”

姜梨垂眸：“我知道。”之后，她又轻声问：“薛县丞什么时候才会醒来？”

“不好说，这得看他逃避到什么时候。”司徒九月把药箱背在身上，“不要认为这是一件简单的事。任何一个勇敢的人，乍然恢复记忆，尤其是不好的记忆，是一定会挣扎的。等他渐渐接受了事实，愿意醒来的时候，自然就会醒来。可能是一日，也可能是十日。如果你需要的话，我当然也能施针让他立刻醒来，但在毫无准备的情况下去面对这种现实，对他来说也会很痛苦。你准备怎么做呢？”

迎着司徒九月的目光，姜梨扯了一下嘴角，最终没能笑出来，道：“不必了，让他慢慢接受，慢慢醒来吧。”

她自己尚且用了很长的时间才走出来，父亲那么疼爱她和薛昭，受到的伤害比她还要深百倍千倍，她怎么忍心加深父亲的痛苦？

叶明煜叹了口气，道：“这薛县丞一辈子也真是坎坷，看着让人心里怪难过的。”

“不论如何，等他醒来后，要面对的就是清醒的人生了。”司徒九月道，“其实过去的日子未尝不好，世人眼中的疯子，倒比其他人快活一些。”

“我想留在这里。”海棠的声音哽咽，“老爷现在这个样子，要是得知了薛家发生的事，一定很难过。我想陪在老爷身边，至少告诉老爷，薛家并不是完全没人。我也想把小姐的委屈告诉老爷，叫老爷晓得，当年小姐并非是别人嘴里那般不堪。”

姜梨看向司徒九月，司徒九月耸了耸肩，道：“这是你带回来的人，当然是你说了算，不必看我。”

姜梨想了想，就对海棠道：“既然如此，你就留在这里照顾着薛县丞也好，只是平日里就不要出去了，省得被人瞧见。”

海棠点了点头：“好。”

姜梨走这么一趟，原本以为薛怀远出了什么意外，没料到最后竟是得知薛怀远恢复了记忆一事，一时间心中悲喜难言。

等她又在薛怀远的床边看了一会儿，走出屋去，看见司徒九月早就在屋外等候她了。姜梨上前一步，司徒九月便道：“等薛怀远恢复记忆后，你打算告诉他你准备为薛芳菲报仇的事吗？”

姜梨实话实说道：“我不知道。”

“哦？”司徒九月不解。

“倘若告诉他，他也许会觉得，自己子女的仇还要别人帮忙才能得报，心中会更难过。但倘若不告诉他……他应该知道真相的。”

司徒九月轻笑出声：“你倒是考虑周全。”

姜梨摇头：“我只是不知道怎么办才好。”

“真奇怪，在别的事情上你一向很有主张，但在薛家的事情上，你却总是关心则乱。”司徒九月道，“等薛怀远醒来那一日，我会来叶府给他诊看。至于你如何与薛怀远相处，怎么告诉他真相，那是你的事了。”她挥了挥手，往前走去，“我先回去了。”

司徒九月就这么离开了。

叶明煜看着司徒九月的背影，感叹道：“司徒大夫也是个不一般的人。”

姜梨回过神，叶世杰没在府上，她又在屋里陪着海棠一起照看了一会儿薛怀远，待到晌午，在叶府同叶世杰一起用过饭，才乘马车往姜府走。

回去的路上，姜梨一路上都心事重重。薛怀远醒来之后要怎么与他说，要不要与他相认，什么时候相认，要是薛怀远不相信自己就是薛芳菲又该如何？她的心里一团乱麻，与此同时，还有难以言喻的愧疚。

薛昭是为给自己平反而死的。便是自己成为姜二小姐，重新得了生命，薛昭却再不可能重活了。父亲终究要面对失去一个儿子的事实。

她只要一想到这种画面情景，便觉得浑身发凉。

待回到姜府，姜梨什么话都不想说，直奔芳菲苑。谁知刚走到院门口，明月就过来道：“姑娘，有人登门想要见您，奴婢说您外出去了，她就在前厅等着您回来。”

“见我？谁要见我？”

她猜想着，也许是柳絮。谁知道明月摇了摇头，道：“明义堂的萧德音萧先生。”

“萧德音？她现在还在前厅吗？”姜梨问，“若是还在，明月，你将她带到我的院子里来吧。在前厅说话，总是有些不方便。”

明月赶紧道：“还在的，奴婢这就请她过来。”

姜梨脱下披风，换了件衣裳，又让桐儿替自己整理了一下头发，坐在院子里的石桌前，日光流了一半在碧色的茶水里，茶水温得刚刚好时，萧德音来了。

她跟在明月身后，穿着一袭紫色绞纱绣梅裙，袅袅婷婷，而她脸庞秀美，嘴角含笑，看起来温柔又良善。

她看见姜梨，便笑着上前唤了一声：“小梨。”自己在石桌的另一头坐了下来。

“萧先生，”姜梨微笑着还礼，“先生今日怎么有空过来？”

“前些日子你一直不来明义堂，知道你家出了点事情。”萧德音笑道，“我早就想来看望你了，只是怕打扰了府上，觉得有些不方便。但你到底是明义堂最好的弟子，至少在琴艺一项上，整个明义堂没有比你更好的学生，我打心眼里喜欢你，想来想去，年关已过，还是来看看你。”

姜梨微微笑着，既不附和，也不反驳。眉眼弯弯的样子，不知为何，竟看得萧德音有点儿脸热。

不过她很快就道：“小梨，近来可好，打算什么时候回明义堂？”

“日后可能不打算去明义堂了。”姜梨道。

她本来进明义堂就是为了打听消息，再者是为扬名。既然两个目的都已经达到了，而明义堂也不能再教会她别的东西，再待下去，就是浪费时间。

萧德音的面上浮起惋惜的神情，道：“为何？你可是明义堂最好的学生啊。”

“先生谬赞，实在是府中多事，我也不再适合去明义堂了。”

萧德音叹息一声：“你心意已定，我也不好再劝，我知道你有自己的主意。要知道，明义堂的学生中我最喜欢的就是你，不仅因为你才华横溢，还因为你有胆气、有公义之心。譬如桐乡薛怀远的案子，你一个闺阁小姐，却敢于带着桐乡的乡民上京，替他们上告，便是我，心里也是佩服的。”

姜梨一瞬间便晓得萧德音今日来的重头戏在这里，但她佯作不知，只是有些赧然道：“换了先生，也会这般做的。”

萧德音点头，感叹般地道：“只是这世上，有公义之心的人虽多，没有公义之心的人却也不少。”

“先生想太多了，这世上还是好人多。”

萧德音看了她一眼，突然凑近身子，低声道：“小梨，你告诉先生，当初廷议之上，指使冯裕堂对薛县丞下手的背后之人是永宁公主的那个证据，并不只是一个谣言吧？”

姜梨“吓了一跳”，问道：“萧先生怎么这样说？”

萧德音却笃定她有所隐瞒，道：“你告诉先生，是还是不是？”

“当初廷议之上已经说得很明白了，”姜梨支支吾吾道，“证据是拿了出来，但那只是有心之人想要诬蔑永宁公主而做的手脚。虽然上面有公主的印信，但也作不得真。”

“既然都有了印信，便是真的，怎么叫做手脚？换了旁人，早已被定罪了，无非是因为她是公主，旁人才会想方设法给她开脱。”萧德音道。

姜梨讶然地看着她：“可最重要的是，公主殿下并没有理由这么做呀！薛县丞是桐乡的一个县丞，离燕京城十分遥远，终其一生，只怕薛县丞也不曾见过永宁公主。公主殿下何必大费心思，去为难一个小县的县丞？”

“没有理由？”萧德音面上浮起一个意味深长的笑容，“怎么没有？”

姜梨瞪大眼睛。

萧德音又往前凑了一点，几乎是贴着姜梨的耳朵道：“这位公主殿下，可是十分青睐当初的状元郎沈大人啊，而沈夫人的父亲就是薛县丞。”

姜梨皱眉：“我不明白。”

萧德音就指点道：“永宁公主喜欢沈大人，却认为沈夫人碍事，女子的妒忌心让公主不惜为难远在千里之外的薛县丞，满足自己的报复心。”

姜梨目光惶惶地看着萧德音：“先生！这话可不能乱说！”

“我又何必骗你？”萧德音轻叹一声，“事实上，那沈夫人薛芳菲的事，怕也是大有周折，想想怎么会这般巧，沈大人中状元之前和夫人琴瑟和鸣，等他中状元后，公主殿下看见了，心仪了，沈夫人就恰好与人私通，恰好不久之后就病逝？恰好一门三人什么也不剩，小梨，你心思澄澈，不知人心险恶，却要明白，人要是坏起来，什么事情都做得出。”

姜梨像是被这番话吓坏了，小声道：“先生，这话不能乱讲，你如何知道永宁公主就心仪沈状元？”

“我自然是有证据的。我之前听闻这事的时候，也与你一般，毫不相信，若非亲眼所见……”她叹息一声，“我有心为我的朋友芳菲报仇，可惜人微言轻，永宁公主在燕京城权势不小，而我只是一个教琴的先生，难以与之相抗。只怕还没有说出真相，便被人害死了。”

姜梨瑟缩了一下。

萧德音看向她：“小梨，你可相信先生的话？”她言语殷切，语气真诚，完全不似作伪。姜梨犹豫了好一会儿，终于轻轻地点了点头。

“其实这些话，我并不敢告诉别人。”萧德音道，“这个秘密事关重大，我怕引来麻烦。况且不瞒你说，我在燕京城中除了芳菲以外，习惯了独来独往，没什么朋友，也没什么值得信任的人。但小梨你不一样，你是亲自接手过桐乡案的人，你敢在廷议之上为薛县丞翻案，可见你内心正直，不怕权贵。我告诉你，也不怕你告诉其他人。而且，”她鼓足勇气，看着姜梨的眼睛道，“我也希望，你帮得上忙。”

“我？”姜梨诧异，“我帮得上什么忙？”

萧德音道：“你既然已经管了薛县丞的事，而薛芳菲是他的女儿，你也许会一管到底。我知你内心正直，背后又有整个姜家撑腰，也许能与永宁公主抗衡。我虽然得知真相，有心为好友鸣冤，奈何势单力薄。我想，倘若我们能联手，也许事情会容易得多。”

“联手？”

“是的。”萧德音见姜梨似有所动，连忙道，“倘若你愿意为薛芳菲的案子奔走，我可以成为你最重要的人证，帮你指认永宁公主。这样一来，胜算就很大了！”

姜梨看着萧德音，面色惊讶，内心却差点忍不住放声大笑。她实在没想到，萧德音竟然会找到自己头上，还打的是这么个主意。这本是萧德音的想法，弄到现在，仿佛成了姜梨的任务，而萧德音只是成为一个“人证”，一看势头不对，还能及时抽身而退。

她还是一如既往地自私自利。

姜梨心中冷笑，面上却浮起一个迟疑的表情，道：“先生，这件事，我一时半会儿也拿不定主意，再容我想想吧。”

萧德音走后，姜梨回到屋子，桐儿忍不住跟前跟后地问：“姑娘，那萧先生突然来找您，是为了什么事啊？平日里没见对姑娘很上心嘛。”

“是啊，平日里不上心，生死关头，就拿我当挡箭牌了。”姜梨笑笑。

桐儿吓了一跳：“生死关头？挡箭牌？什么生死关头？姑娘没事吧？”

“没事。”姜梨道。

桐儿放下心来，终究有些不忿，道："可真不是什么好人。"

姜梨看着窗外，心中一笑，是啊，萧德音本来不是什么好人。

她让叶明煜派人恐吓萧德音，为的是让萧德音与永宁公主之间的同盟破裂，但不知出了什么变故，或者说一开始姜梨就思考得不对，萧德音想的竟然不是自保，而是主动出击，将永宁公主除掉，永绝后患。

这个人，实在是太过奸猾。

白雪捧着晒好的书收到箱子里去，顺便问道："姑娘打算如何对她呢？是不理会吗？"

"那倒不是。"姜梨道，"她似乎知道不少的事情，如果可以，能从她嘴里得知更多的真相，也是一笔很划算的生意。"

而这些真相，恰恰是姜梨十分需要的。

冬日和春日的交界，似乎是从一场雨开始的。

一场细雨后，窗户下光秃秃了一个冬季的土地上，不知何时生出了细细的嫩草。农人们就道，看样子，燕京城的雪大约是不会再下了。

冬日过去，春天要来了。

皇宫里，沉闷的冬日到了春天，也变得格外繁盛。刘太妃的偏殿是最热闹的。她与太后不同，太后喜素淡念佛，宫里不爱弄些花草，刘太妃却张扬，还未至春日，殿里的花园便首先热闹起来。

从偏殿里传来女子的欢声笑语，刘太妃坐在软榻之上，旁边的碟子里是精致的点心，抚琴的宫女们都下去了。刘太妃看向自己的女儿——坐在一边的永宁公主，道："你要与我说的，是什么事？"

今日一大早，永宁公主便来找刘太妃，刘太妃一见她如此，就晓得自己这个女儿大约是有什么事情要求自己了。

"我只是想母妃了。"永宁公主撒娇道。

永宁公主的性子几乎是另一个刘太妃，模样也和年轻时候的刘太妃有七八分肖似，因此刘太妃对这个女儿也是格外纵容，几乎可以说有求必应。

"你的性子我还不知道，"刘太妃佯作不耐烦，"再不说，我便出去了。"

"哎哎哎，母妃，我说。"永宁公主忙拉住她的袖子，"母妃，我想与沈玉容成亲。"

闻言，刘太妃欢喜的面容顿时冷淡下来，道："好好地说这些作甚？"朝中多少青年才俊，刘太妃实在看不上沈玉容。虽然瞧着是个新贵，可没有家族支撑。

"母妃，之前您都答应了，"永宁公主撒娇道，"怎么能说话不算话呢？"

"之前是你哥哥也在一边劝说，我虽不喜欢他，却也拗不过你们。可如今是什么时候，你与薛怀远的案子尚没有扯分明，这个时候与沈玉容扯上关系，岂不是授人话柄？”刘太妃道。

“这事情已经过去许久了。”永宁公主浑不在意，“再说，谁敢再说谣言，我便拔了他的舌头！母妃，我是真的喜欢他。如今我的年纪已经不小了，我希望快些与他成亲，母妃——”

刘太妃不为所动，道：“胡闹！”

永宁公主的目光落在小腹之上，那里现在一片平坦，但永宁公主晓得，其中正孕育着一个新生命，关系着她与沈玉容的生命。便是为了这个孩子，她也没有退路，必须孤注一掷。

永宁公主心一横，突然扬手，便见刀光一闪，她不知在哪里藏着一把匕首，此刻把它横在脖颈之上：“母妃！”

刘太妃吓了一跳，当即站起身，慌乱地道：“你这是做什么？胡闹！永宁公主，快把刀放下，来人！”

永宁公主只是持着刀，跪倒在地，她是公主，进宫无人敢搜她的身，因此也能轻而易举将匕首藏在身上。她鲜少有跪人的时候，和刘太妃是母女，更不会做出如此举动。

“母妃——”永宁公主盯着刘太妃的眼睛，一字一顿，语气坚决，“如果母妃不答应我的请求，我就死在母妃面前！”

刘太妃被震住了。

她从自己的女儿眼中看到了孤注一掷。

一片静寂中，刘太妃与永宁公主对峙着，不知道过了多久，她终于叹了口气，道：“你果真心意已决？”

永宁公主道：“绝无二志！”

刘太妃深深地叹了口气，无奈地道：“我答应你，快把刀放下来吧。”

“母妃，”永宁公主放下刀，认真地道，“孩儿并非只是一时冲动，在沈玉容身上，孩儿耗费了太多精力，便是抱着不能竹篮打水一场空的想法，他也必须成为我的驸马。母妃千万莫要认为只要暂时安抚了我就是，倘若一直不成，我这样活着也没意思，总寻得见死路的。”

这便是毫不掩饰的威胁。

刘太妃几乎有些动怒了，但看着永宁公主执拗的眼神，心又软了下来。罢了，她的女儿，从小就是要风得风、要雨得雨，既然如此，让她的女儿嫁一个心爱之人又有何不可？倘若日后不满意，自然有无数法子换了去。反正迟早天下都是他们家的，一个沈玉容又算得了什么？

“你不必威胁我，我既然说了，就一定会做到。”刘太妃硬邦邦地道。

听见刘太妃松口，永宁公主晓得这件事是成了，立马绽开一个灿烂的笑颜，将手中的匕首一丢，站起身跑到刘太妃跟前，抱着刘太妃的胳膊笑道：“母妃最疼我了！我就知道母妃会答应我的要求！”

刘太妃看着永宁公主高兴的模样，一时生气也不是，玩笑也不是，便道："你为了他，可真是绞尽脑汁了！连自己的母妃都敢威胁！"

"那是因为我知道母妃定然会心疼我，为我着想的。"永宁公主说着坐直身子，对刘太妃道，"母妃，明日就跟皇上提起此事，让皇上赐婚吧，或者让太后赐婚也成。"

"明日？"刘太妃眉头一皱，"这么快？"

"这已经不快了，母妃。"永宁公主道，"我已经十七岁了，再下个月便是十八岁。寻常的小姐，到了这个年纪也该出嫁了，何况我是公主。我和沈玉容也纠缠了一年，我不想夜长梦多，还想着若是赐婚，下月就出嫁呢。"

"你……"刘太妃皱眉看向永宁公主，"这般着急出嫁，莫不是出了什么事？"

永宁公主心头一慌，面上却笑道："没有出什么事，母妃就当我是迫不及待想要成亲，进沈家大门好了！"

"你呀！"刘太妃摇了摇头，最终还是拗不过永宁公主，答应明日就同太后提起此事。

又说了好一阵子话，中午同刘太妃一起在殿里用了午膳，永宁公主才离开。

出了偏殿，她瞧着自己的小腹，微微一笑。

事情十分顺利，等刘太妃明日与太后说起此事，太后赐婚，这样一来，下个月她就可以嫁入沈家，很快也会传出"喜讯"，这样一来，她肚子里的孩子，便能光明正大地出生。

谁也挑不出毛病。

刘太妃得了永宁公主的嘱咐，坐在偏殿思考良久，最终还是决定去找太后。

她想过了，一来看样子，永宁公主的确很喜欢那个叫沈玉容的男人，便是自己不满足她的要求，以永宁公主的脾性也会使其他手段。与其如此，还不如通过自己的手，省事一些。

二来是成王之前也同永宁公主一起劝过他，说沈玉容还不错，虽然家世薄了些，人却很有才华。刘太妃相信儿子的眼光，成王既然都称赞了沈玉容，可见沈玉容还是不错的。至于家世薄，大不了从这一代开始积累，日后成王称帝，多多提携他就是。

刘太妃甚至没等到明日，就去见了太后。

太后的慈宁宫在东边，一进去便能闻到浓郁的佛香。

刘太妃进去的时候，太后正在堂前抄经。

她穿得极为朴素，一身秋香色的绸衣，神态安静，虽然不再是娇艳年华，却并不苍老。日光透过窗户照在她脸上，依稀可见年轻时候的温婉动人。

即便是骄纵的刘太妃，也不得不承认太后是好看的。

先帝爱美人，宫中的女子没有一个不好看。当年还是皇后的太后，温婉动人，刘太妃泼辣美艳，而洪孝帝的生母夏贵妃灵动狡黠，各有各的美，先帝尊敬太后，宠爱刘太妃，但真正欣赏的，却是夏贵妃。

以至夏贵妃虽然死了，先帝却把洪孝帝养在了太后名下，最后还让他成了帝王，而自己的一双儿女，看似备受宠爱，最后却与高位失之交臂。

刘太妃摇了摇头，抛开脑中的杂念，走到太后面前，道：“姐姐。”

太后手中的笔一顿，看向她：“你来了。”

刘太妃和太后之间的关系实在算不得热络。先帝在的时候，刘太妃仗着自己的宠爱没少找太后的麻烦。奈何太后娘家势力雄厚，刘太妃也无可奈何。先帝走后，刘太妃和太后表面相安无事这么多年，但刘太妃才不相信，太后会真的相信自己没有取而代之的心。

事实上，刘太妃一直看不明白太后。替别人养儿子，将别人的儿子扶上皇位，含辛茹苦多年却为他人作嫁衣裳，太后真的甘心？她成日躲在慈宁宫里抄经书又有什么意思？刘太妃不认为太后是一个蠢人，从那个家里出来的人，哪一个不是聪明的。

因此，刘太妃隐隐对太后还有些忌惮。

“今日来，是想请姐姐帮个忙。”刘太妃道，“还请姐姐答应。”

“何事？”

“永宁公主这孩子，如今也到了出嫁的年纪。我看好了一门亲事，想请姐姐帮忙，成全了这桩喜事。”刘太妃道。

太后总算从经书中抬起头，看向刘太妃，问：“你说的是何人？”

“中书舍人沈玉容沈大人。”

“沈大人？”太后讶然，“沈大人不是有过妻子？”

“是的。”刘太妃笑了笑，“只是之前那门亲事实在很委屈沈大人。我看沈大人身家清白，心眼实诚，对他那个不守妇道的亡妻尚且情深义重，可见是个重情重义之人。永宁公主这孩子从小被娇惯坏了，嫁到沈家去，想来沈大人会好好呵护她，不会让她受委屈，我也就放心了。”

刘太妃几乎是含着气说出这一通话的。

“沈大人家世和永宁公主不匹配。”太后道，“你应当知道这一点。朝中青年才俊，门当户对的还有很多。”

刘太妃笑得极为勉强，她自然知道。

“沈家家世虽然薄了些，却正是我放心将永宁公主交给他们的原因。他们不会因此轻视了永宁公主，不说把永宁公主当菩萨一般供起来，至少也是不敢怠慢吧。姐姐，我晓得你自来也是疼爱永宁公主的，况且这桩亲事我也问过永宁公主了，她也认为沈大人是个好人。”

太后看了刘太妃一会儿，点头道：“既然她很满意，如此，哀家会同皇上说说此事的。”

“或者……”刘太妃道，“您也可以直接赐婚的。皇上忙于政事，怕是没有太多精力来管这些小女儿家的事。”

皇上可是很喜欢沈玉容，要是沈玉容成了永宁公主的驸马，就变成了成王一派的人。倘若皇上考虑到这一点，从中作梗怎么办？

太后温声道：“不可。陛下就算再忙，这都是皇家大事。况且哀家与陛下之间并无秘密，哀家不能擅作主张。”

刘太妃心里只差没有骂人了。太后这意思是，叫她不要挑拨离间，皇上不希望沈玉容和永宁公主成亲，太后转头却赐了婚，皇上和太后之间肯定会生出嫌隙。

果然，宫中活下来的人，即便装得无欲无求，心里还是老奸巨猾，刘太妃赌气地想。罢了罢了，便是洪孝帝真的不准，还真的称了她的意，她本就不喜欢沈玉容，要是永宁公主晓得自己已经尽力，只是皇上不答应，也不会责怪自己的。

想到这里，刘太妃心里竟然轻松了许多。她道：“既然姐姐已经答应了，那妹妹就不打扰姐姐礼佛抄经了。”她站起身，同太后行礼，施施然退了出去。

刘太妃走后，太后并没有继续抄经，只是看着经书不知道在想什么。过了一会儿，她站起来，宫女连忙过来搀扶她，就听她道：“拿外裳来。”

“娘娘要去哪里？”

“御书房。”太后回道。

姜元柏手里拿着折子，往御书房走去。

待走到御书房时，恰好看见有人从御书房里出来，正是太后。太后平日里从不插手政事，何以突然出现在御书房？姜元柏心里这般想着，太后也看见了他，便对他点了点头，姜元柏上前行礼，太后很快就离开了。

公公进去通报，姜元柏走进了御书房。

洪孝帝正在看折子。

年少的小皇帝长成了年轻的君王，变得勤政爱民，虽然在外人看来，像是受制于成王，尚且羽翼未丰，但姜元柏知道，这只雏鹰已经渐渐长大了。

洪孝帝抬起头来，道：“先生请坐。”

他曾为洪孝帝的太傅，于是私下里洪孝帝总是叫他先生。这一声先生，多年前包含着真心的尊敬，到了如今，有多少真心，姜元柏却是不明白了。

“先生刚才进来的时候，看见母后了吧。”洪孝帝道，“先生可知母后是为何事而来？”

姜元柏疑惑：“臣不知。”

“是为了永宁公主的亲事。”洪孝帝笑笑，“刘太妃去找了母后，希望母后能为永宁公主指一门婚事。他们看上了中书舍人沈玉容，想让沈玉容做永宁公主的驸马。”

姜元柏一愣，还没来得及说话，洪孝帝就看着他，问：“先生怎么看此事？”

“臣惶恐，不敢妄言。”姜元柏忙道。

“但说无妨。”洪孝帝道，“朕觉得此事重大，想听听先生的意见。”

姜元柏看向洪孝帝，洪孝帝看着他，目光认真，他每每用这种目光看向姜元柏的时候，姜元柏都恍惚回到了多年前，还是孩童的洪孝帝要姜元柏为他指点迷津的模样。

“臣以为，沈大人之前有过妻子，公主嫁过去，便算续弦……实在很委屈。要说公主到了适婚年纪，朝中青年才俊众多，沈大人并非最好选择。”姜元柏道。

他晓得，洪孝帝必然舍不得将沈玉容这么个新贵白白送给成王。

洪孝帝点头：“朕也这么觉得。但除了沈玉容之外，一时半会儿也想不出什么别的人，先生可有好的人选？”

姜元柏的心突然狂跳起来。

就在一日前，姜梨来到他的书房，对他说：“父亲，倘若最近朝中有商议永宁公主亲事的事情发生，请父亲一定要表明自己的态度，说出这个人。”

他原以为姜梨这话毫无根据，朝中怎么会突然商议永宁公主的亲事，但这件事现在就发生在他眼前。

他不明白姜梨从哪里得来的消息，甚至比他这个首辅知道得还早，但姜梨既然说中了，接下来的那位人选自然也是一样的。况且当时的姜梨也说服了他。的确，没有一个人比这个人更适合娶永宁公主了，想必洪孝帝也这么认为。

姜元柏面色如常，苦想了一会儿，道：“臣有一人，不知陛下认为如何？”

“说。”

“朝中青年才俊的确不少，但与公主殿下年貌相当、家世匹配的却极少。臣看右相府上的李大公子倒是十分契合。李大公子一表人才，才华横溢，令人称道，看上去同公主也是一对璧人。”

姜元柏从御书房里出来的时候，手心满是汗水。他方才说的话是姜梨那一日告诉他的，他一开始本来抱着怀疑的态度，最终也被姜梨说服了。

与其让成王再拉拢一个沈玉容，不如让成王和本就是他阵营的李家结亲。等李家和成王结亲，几乎就是明明白白地昭告天下，右相是成王的人了。

这看起来对成王来说是好事，亲上加亲，可一旦昭告天下，有一天成王举事，成王落败，李家不需要理由，也要陪着成王下地狱。

有福同享，有难当然也要同当。

对于洪孝帝来说，应当也是一个省事的决定。

姜元柏这般想着，脚步没停，快步走了出去。话他已经说过了，至于洪孝帝如何抉择，却不是他能左右的。

御书房里，洪孝帝正看着面前的折子深思。

苏公公随侍左右，洪孝帝突然问：“右相李家的大公子李璟，如今年方几何？”

苏公公忙道：“回陛下，大公子年方二十三岁。”

“二十三……”洪孝帝沉吟道，“沈玉容比他还要年长一岁，既然如此，倒是比沈玉容更配些。朕要拟旨。”

苏公公忙去磨墨，只听得年轻的帝王又道：“赐婚。”

姜元柏离开皇宫，回到姜府里的第一件事，就是找到正在芳菲苑看书的姜梨，将她叫进了自己的书房。

“你如何知道近来宫里打算为永宁公主的婚事操持？”姜元柏问。

姜梨之前说时他并未放在心上，而今证实姜梨所言非虚，这就令姜元柏不得不重视起来。

“父亲可还记得，”姜梨道，“之前姬老将军的生辰宴我曾去过国公府。”姜梨面不改色地扯谎，“生辰宴上，我曾从他们的只言片语中听到这些。其实我说李璟才是最佳人选，这话却也不是我说的，是国公府的那些人说的。我认为这些话极有道理，父亲成日在宫里走动，也许会被询问此事，若是能帮上忙，就很好了。”

“国公府的人说的？”姜元柏不信，“国公府的人管这些做什么？”

“父亲，你问我这些，我就实在答不上来了。”姜梨道，“只是一顿饭的工夫，倘若父亲要想知道更多，不如亲自登门国公府，问个明白。”

姜元柏一噎，他如何能登门国公府？传到别人耳中又会怎么想，别人还以为他们姜家和国公府私下有什么往来，帝王本就猜忌，这岂不是火上浇油。

“不过父亲，”姜梨探究地看向他，“您的意思是，莫非宫里真的在准备永宁公主的亲事了？”

姜元柏看了一眼姜梨，姜梨好奇地看着他，想着这件事迟早都会被人知道，姜元柏便叹了口气，点头道：“今日皇上还在问我合适的人选是谁，我告诉皇上，认为李大公子和永宁公主十分般配。至于皇上会如何决断，我不知道。”

姜梨道：“皇上一定会为李大公子和永宁公主赐婚的。”

“你如何知道？”姜元柏怀疑地看着她。

“朝中难道还能找出第二个比李大公子更合适的人吗？”

姜元柏无语了一瞬，才道：“刘太妃希望中书舍人做永宁公主的驸马。”

姜梨道：“沈大人家底太薄了些吧。况且皇上这般看好沈大人，怎么会舍得把沈大人拱手让人？想来父亲提出李大公子的瞬间，皇上便决定换个人赐婚了。”

姜元柏叹道：“我也是这般认为。”

“父亲为何闷闷不乐？”

“成王那头，迟早会知道此事有我在其中推波助澜。倘若他们一开始看好的就是沈玉容，由我将此事搅乱，只怕会怨恨我。”

姜梨淡淡道：“便是没有这件事，成王与咱们姜家也不是友人的关系。既然如此，管那些作甚，不如好好看清楚谁是主子，专心跟着一人。”她意有所指，“墙头草，最后只会两边不讨好。”

姜元柏自来圆滑，姜梨这话是在警告他不要有侥幸之心，既然决定了支持洪孝帝，便不要想着能与成王和平相处。

走出姜元柏的书房，姜梨的神情淡了下来。

永宁公主的动作比姜梨想象的还要快。看来她对这个未出世的“生命”，是十分期盼，因此才会迫不及待地想要促成与沈玉容的亲事。

只是她这个算盘，注定要落空了。

第三章　内讧

春日里，万物生长，草木新鲜，燕京城里也发生了许多新鲜事。

洪孝帝在早朝退朝之时，突然下了一道谕旨，赐婚右相府上大公子和成王的妹妹永宁公主，下月完婚。

这道赐婚突如其来，当时金銮殿上，李大公子一瞬间脸色就变了，接旨的时候差点绊了一跤。

成王的脸色也很不好看，这事似乎没有人通知他。只是当着文武百官的面，成王也不能说什么。

年轻的帝王罕见地心情这般好，徒留与之相关的人面色阴沉，与此同时，站在人群中的沈玉容此刻也是目光沉沉。他自来温文尔雅，无论何时面上都挂着微笑，但今日，这微笑好像维系得艰难。他也没有在退朝后与同僚寒暄，顿了顿，就大踏步离开，仿佛不能在这里多留一刻。

刘太妃得知了消息之后，第一时间就去了慈宁宫找太后理论。

“姐姐，”她看着捻着佛珠的太后，“我与您说的分明是永宁公主和沈大人的亲事，怎生皇上最后赐婚的却是李大公子？这让我如何与永宁公主交代？”

太后平静地看向她，声音仿佛一潭死水：“哀家没有骗你，哀家与皇上说的就是沈大人。但皇上不是小孩子，他有自己的决断，哀家也不知皇上的意思。你既然不相信，便去找皇上理论，或许皇上会改变主意也说不定。”

刘太妃又急又气，她如何能去找洪孝帝，洪孝帝心中早就恨透了他们母子，会听她的话才怪了。

“其实换成是李大公子，未必不是好事。”太后慢慢道，“右相李家，比沈家的家世丰厚太多。你最为在意的这一点，对李家来说，什么都不算。”

刘太妃心中一动，这倒是事实。

“可这事永宁公主并不知道。”刘太妃想着永宁公主的脾性，仍旧觉得不妥，“我如何与她交代？”

太后依旧是那副平静的模样：“姻缘一事，父母之命，媒妁之言，自古以来的道理。即便永宁公主是公主，也不代表她可以任意挑选驸马。比起远嫁和亲的那些公主，她已经很幸运了。再者，此事错不在你，也不在哀家，这是皇上的旨意。永宁公主要是不嫁，就是抗旨不遵。”

刘太妃心里也烦闷，成王要是真的一举成事，谁还在乎洪孝帝的旨意，可惜偏偏永宁公主着急得很，在这个节骨眼上提出赐婚，现在洪孝帝的话大家还是要听一听的。

“李大公子看上去很不错，永宁公主也只是眼下执拗几日，等真的嫁过去了，自然就明白你是为她好。”太后道，“哀家言尽于此，你若还是不满，就带着永宁公主去找陛下哭诉吧。”说完这句话，太后便闭上眼睛，一副不愿与刘太妃多说的样子。

刘太妃心中恨恨，却也明白太后说的并不是假话。她站在太后面前，思来想去，觉得也对，比起沈玉容来，她本来也更青睐李璟。永宁公主只是一时之间的孩子气，等闹上几日，自然就明白了。她没有多说，转身就往外走，打算先回自己的偏殿，倘若永宁公主要去找她，这会儿就应当在自己的殿里。

刘太妃偏殿里，此刻下人们都跪了一地，宫女们瑟瑟发抖，地上一片狼藉。永宁公主突然闯进这里要见刘太妃，得知刘太妃不在，便开始砸东西。

永宁公主心里发慌。

无人知道她得知赐婚那一刻的感受。本以为十拿九稳的事，谁知道洪孝帝居然换了一个人！

这怎么行！

她肚子里还有沈玉容的孩子，怎么能嫁给别人？永宁公主想弄清楚这究竟是怎么一回事，还想同沈玉容解释，可下了朝后，宫里居然没有了沈玉容的踪迹。永宁公主找不见他，想着他是不是生气了，心里更慌。

外面宫女来报：“太妃回来了。”

永宁公主噌的一下站起身，迎上去道：“母妃！”

“你这是在做什么？”刘太妃看着满地狼藉，不悦道，“永宁公主，你平日里胡闹也就罢了，可这不是你的公主府！”

永宁公主不为所动，眼圈红红道：“母妃，您还心疼这些，我都要被人卖了，你还心疼这些身外之物做什么？”

“什么被人卖了。”刘太妃跨过一个碎花瓶，示意宫女们将这里收拾干净，在座位上坐下来，“你可别胡说。”

“赐婚的圣旨！”永宁公主高声道，“我与您说的分明是沈玉容，怎么会变成李璟？母妃！我不会嫁给李璟的，今生今世，我只会嫁给沈玉容！”

刘太妃让宫女们都下去，瞪了她一眼：“什么话都敢说，宫里处处是眼线，你不怕被人听了去，我还怕呢。”

见永宁公主一副真要哭出来的模样，刘太妃又解释道：“我的确同太后说了，太后也答应了。私自换了人的是洪孝帝。”说到这里，刘太妃的眼里闪过一丝狠意，“这小狼崽子，逮着机会，便会给我们使绊子。我早就说了，他留着是个祸患！”

“皇上为何要这么做？”永宁公主道，“我不过是想要个驸马，碍着他什么事！”

“谁知道呢，也许就是想与咱们添堵吧。”刘太妃浑不在意道，“永宁公主，我瞧着李璟也不错，他爹是右相，右相这人倒很识抬举，和你大哥也交好。嫁去了李家，他们也不会亏待你。”

“我说过了，”永宁公主语气坚决道，“我不会嫁给李璟，我要嫁的人只能是沈玉容！”

“那你要如何呢？那是圣旨，你若是不遵守，便是抗旨不遵，再说便是你是公主，什么也不怕，不怕抗旨不遵，那沈玉容呢？沈玉容是臣子，君要臣死，臣不得不死。沈玉容的生死还不是拿捏在皇帝的一念之间。便是皇帝顾忌着别的不敢动你，沈玉容，他却是动得了的。”

永宁公主一听，立刻慌神道：“他不能对沈玉容下手！”

刘太妃看着她，永宁公主眼中的慌乱之色越来越浓。的确，也许洪孝帝仗着成王的势力不能拿她怎样，但对沈玉容是可以轻而易举处置掉的。

永宁公主几乎要哭出来，喃喃道：“那该怎么办？”

她自来狂妄骄横，何尝有过这般脆弱无助的时候，刘太妃看着看着，到底是不忍心，问她：“你可真的想要非沈玉容不嫁？”

永宁公主点头。

“我倒是有一个办法。”

永宁公主仿佛抓到了救命稻草，迫不及待地追问：“什么办法？”

“我之前与太后说的时候，并未提出什么时候完婚。想来太后告诉皇帝的时候也没有提起此事。那圣旨上既然写着择日完婚，我便可以同皇帝说，缓些日子，譬如到今年冬天。到那时……”她声音低了下去，“早已改换天地，这封圣旨，谁还会放在心上呢！”

永宁公主一愣，却是明白了刘太妃的意思。

成王很快就要举事了，至少在这个冬天之前。只要举事成功，这封圣旨就是狗屁，皇帝都变了，何况圣旨。

这也是刘太妃能想出的唯一办法，让永宁公主拖着这门亲事，拖到这封圣旨没用的时候，婚约自然就不作数了。

可是……永宁公主摇头道：“不行。”

“为何？”刘太妃奇怪。

永宁公主正要说话，突然觉得喉间一阵恶心，一下子弯下腰，捂着嘴干呕起来。刘太妃吓了一跳，连忙让人扶着她，要找太医来为她看看，是不是身子不舒服。

永宁公主一把抓住刘太妃的手：“别找太医！”

刘太妃看着她，慢慢地目光有了变化，道：“永宁公主，你不会……”

“母妃，”永宁公主看着她，有些慌乱无措地道，“我有了沈玉容的孩子。”

沈玉容正在回府的路上。

他平日里往这里走的时候，人们都认识他了，总是用艳羡的目光看着他，但今日往家走的时候，感觉四周都是嘲笑的眼神。

这当然是不可能的，沈玉容也知道。他与永宁公主的关系这些人不可能知道，因此也不会知道，今早那一道赐婚的圣旨在他心里掀起了多大的惊涛骇浪。

那种芒刺在背的感觉让他想到了那个时候，薛芳菲被抓住与人私通的时候。那时候燕京城的人看他，都是这种同情又好笑的目光。

今日，过去和现在再一次重逢了。

他不爱永宁公主，和永宁公主在一起的每一刻，对他来说都是不得已的敷衍。永宁公主痴缠着他的时候，他想推开她。等如今洪孝帝的赐婚圣旨一下来，不必他推开，永宁公主也不能走到他面前了，他的心突然恐慌起来。

像是用了很长的工夫去喂养一只兽，他嫌弃这兽黏人，花费他太多时间，要等这兽慢慢长大，膘肥肉嫩的时候才能宰杀，但还没等到收获的季节，这兽突然跑了。竹篮打水，于是所有的一切都白费了。

包括他美丽的妻子，牺牲也变成了毫无价值。

洪孝帝赐婚的圣旨已经下了，沈玉容知道这事没有转圜的余地。永宁公主必须要嫁给李璟。即便日后成王举事成功，成王也不会亏待李家这门助力，而自己将会成为横在永宁公主和李璟之间的一块绊脚石，李家和自己，成王势必会选择一个。

看上去自己毫无胜算，因为李家家底丰厚，沈家的过去却什么也没有。就算自己凭借本事得到了成王的青睐，让成王认为李家不如自己有价值，可那时候，永宁公主要再嫁给自己，必要辞了和李璟的亲事。

这一回，沈玉容是真的戴了绿帽子。

两次“绿帽子”，第一次是他主动，为了向上爬。第二次，他仍是为了向上爬，但越往上爬，就越不愿意让别人笑话自己。

沈玉容走到家门口，他不愿进去。他很清楚，只要走进沈家，母亲就会迎上来，得了消息的沈如云也会赶回来，她们会追问自己究竟出了什么事。她们把永宁公主看成是一棵大树，自己就是抱着大树的人，现在这棵大树要倒了，所以她们慌忙来责问自己为什么。

为什么呢？

荒谬得像是一个笑话，一切巧得像是上天在故意惩罚他过去做的那些事情。

他没有办法，他束手无策。

永宁公主失魂落魄地回到公主府。

刘太妃好话坏话都说尽了，总算让永宁公主明白了一件事。这桩亲事是不可避免的，只要她还想要肚子里这个孩子名正言顺地出生。

刘太妃在得知永宁公主怀了身孕的第一时间，便是想要人来煎药，一碗药灌下去，就当什么事也没发生。

是永宁公主跪在地上，抱着刘太妃的腿痛哭流涕，才让刘太妃心软改了主意。她一辈子没这么低声下气求过人，可是这几日为了这个孩子，却像把什么不可能做的事都做尽了。

永宁公主抚上自己的小腹，想到在刘太妃殿里自己绝望地问道："母妃，真的没有别的办法了吗？大哥能不能想想别的办法？"

刘太妃回答她："此事不能告诉你大哥。你大哥最近很忙，不能被这些事情分心……况且右相和他来往紧密，若是你大哥得知此事，难保右相不会知道。便是再好的关系，谁家能这般大度地接受你怀着别人的孩子嫁入府中？李璟不知道，新婚之夜，我找人想个法子替你蒙混过去，日后再想办法生下孩子就是。你若是告诉了你大哥，小心生事。"

无奈之下，永宁公主也只得接受了这个办法，而且为了不让自己显怀，被人怀疑，刘太妃还得主动去同皇帝说，希望下月完婚。

也就是说，下个月，永宁公主就将嫁入李家，成为李大奶奶，在李家孕育这个生命。孩子生下来，他的爹是李璟，而不是沈玉容。

永宁公主苍白着脸，突然觉得一切都很无力。

心心念念要嫁入沈家，她害死了薛芳菲，扫清了一切障碍，可到了现在，明明看起来一切都很顺利，怎么会功败垂成？

她的眼前忽然浮现起薛芳菲临死时躺在床上，看着自己，她的嘴角噙着微笑，现在看起来也像是嘲讽。

她是否在嘲讽自己，费尽心机，到最后还是一场空？她嫁给了别人，也没有做成沈夫人。

沈玉容到现在还不知道自己怀了他的孩子，得知了赐婚圣旨，也没有来看过她。永宁公主不知道沈玉容是如何想的，是在愤怒，还是根本不在意？或者是他也和自己一样，觉得这一切很荒唐？

她最困惑的是，事情怎么会变成这个样子？

永宁公主和李大公子被洪孝帝赐婚的事，在燕京城掀起了一阵不小的风浪。

成王得了消息，亦是十分苦闷。沈玉容是他的人，李璟也是他的人，永宁公主和沈玉容之间的事，李璟未必不知道。这两个是他的左膀右臂，总不能内部先起乱子。同刘太妃打听到此事再无转圜余地时，成王便请沈玉容来府上一聚。

他请沈玉容上座，让人给沈玉容斟茶，和颜悦色道："玉容，今日本王找你过来，是为了永宁公主的事。"

沈玉容神情平静，道："下官明白。"

成王打量着沈玉容，他温和沉稳，这模样能俘虏永宁公主的芳心并不意外。就连成王自己也不得不承认，此人有种让人难以忘怀的风度。

"皇上这道赐婚，来得莫名其妙，之前母妃与太后提起的，分明是你与永宁公主的亲事，但不知为何，最后成了永宁公主和李璟的亲事。我知道你与永宁公主的关系，你也明白，永宁公主一直心仪你……"

沈玉容沉默。

"世上女子千千万，"成王拍了拍沈玉容的肩，"你是做大事的人，不必拘泥于儿女情长。日后待成就了事业，想要什么样的女人不能有？本王知道，你非短志之人，自有丘壑。既然如此，不如一心一意跟着本王做大事，也好过纠缠这些琐碎。"成王又道，目光却是有些意味深长。

他这是在同沈玉容承诺，就算他不与沈家结亲，仍旧不会亏待沈玉容。

沈玉容神情淡淡的，道："殿下厚爱，臣感激不尽。"

他用了"臣"，这是君臣之道。成王一听，心中大悦，大笑道："你我二人，将来定是要做出一番大事业的！那小子既然故意激怒我，在永宁公主的亲事上做手脚，那本王就如他所愿！三个月，定然给他一个大大的惊喜！"

笑声放肆，回荡在厅内，说不出的狂妄，沈玉容低着头，谁也看不清他在想什么。

待出了成王府，天色已经全黑了。

沈玉容往沈家走去，今日晌午他回去的时候，已然被沈母和从宁远侯府赶回来的沈如云追问了一遍，如何会这般，沈玉容只得敷衍过去，说这都是洪孝帝的主意。即便是这样，沈母和沈如云居然还说，要去找永宁公主说情，看可否改变这桩亲事，沈玉容十分头疼。

怎么能这般天真？甚至无理取闹。

到最后，沈玉容几乎是和她们发了火，才教她们消停下来。即便如此，沈母和沈如云还一副天塌了的样子。大约她们认为，沈家能有今天，全都和永宁公主脱不了干系，没有了永宁公主，沈家的富贵就会瞬间消失。至于他自己，也是因为和永宁公主有关系才会有价值。

多可悲。

沈玉容走得很慢，走到一处拐角时，突然有人唤他的名字：“沈大人！”

他回头一看，黑暗中走出一个侍女，他认出来，这是永宁公主的贴身宫女梅香。

梅香道：“沈大人，公主就在附近的茶坊等您，有话对您说，请随奴婢过来。”

这是沈玉容和公主从前习以为常的事情，因此他并没有推辞，就跟着梅香到了所说的茶坊。

永宁公主果然在里面等他。

永宁公主看着憔悴了许多，连气息都变得虚弱了，比前几日瘦了一点。

“沈郎。”见他来了，永宁公主站起来。

沈玉容站在门口，也不往里面走，只是神情淡淡道：“恭喜殿下。”

这一句话几乎是往永宁公主心上戳刀子，她顿时心如刀绞，眼泪差点都下来了。

永宁公主道：“我不愿意嫁给李瑨，你知道，我的心里只有你一个人！”

这般卑微的带着祈求的话，若是被旁人听见，只怕不敢相信出自永宁公主的口。沈玉容像是被永宁公主的哭腔触动了，他回过头，看向了永宁公主。

“沈郎！”永宁公主抓住他的手，“你要相信我！我同母妃说的，是要嫁给你，母妃与太后也这般说了，可皇上却下旨，赐婚我同李瑨，我也不知道这到底是怎么一回事。我还怀着你的孩子，怎么可能主动嫁给李瑨呢？”

沈玉容脸色变了变，道：“什么孩子？”

永宁公主愣了一下，才发现自己已经说漏了嘴，但看着沈玉容的眼睛，便又狠下心来。之前她是一直找不到机会，不知如何与沈玉容说起这事，但总归有说出来的一日，不如就趁着这个机会，全部说出来。

“是。”永宁公主道，“我怀了你的孩子，太医看过了，尚且不足月。”

“这怎么可能？”沈玉容一向淡然的神色，出现了一丝裂缝，声音也不似平日里那般冷静，“怎么可能？”

他与永宁公主的每一次温存，永宁公主都是服下了避子药的，可眼下居然有了身孕，这可不是一件小事！

“我不知道，”永宁公主摇头道，“也许是那避子药并未完全避开……等我发现的时候，已经晚了。”

她说得越多，沈玉容就越怀疑这是永宁公主故意想要利用身孕来逼自己娶她，可没想到最后洪孝帝赐婚她和李瑨，这才慌了神。

“现在你打算怎么办？”沈玉容问。

“什么怎么办？”永宁公主茫然地看着他，当看到沈玉容略带凉意的眼神时，一个激灵，突然明白过来，道，“你莫不是，想要让我不要这个孩子吧！”

沈玉容沉默：“他的存在，现在的确不是最好……”

“不可以！”不等沈玉容说话，永宁公主就尖叫一声，“这是我的孩子，我决不允许任何人伤害他，我也不会丢掉他的！”

沈玉容耐心安抚她："永宁公主，现在你要嫁给李璟，倘若李家发现你怀了身子，对你来说很不利。李家绝对不会容忍这种耻辱，便是你保得了孩子一时，也未必生得下来，李家会想方设法除去这个孩子，也会和你、和成王殿下生出嫌隙。"

他以为这一番话说下来，永宁公主好歹会有所松动，毕竟从前他的话，永宁公主多少都是要听一听的。可是今日，永宁公主只是冷冷地看着他，道："你口口声声都是为我着想，其实是害怕事情败露，会牵扯出孩子的父亲是你，你难以高枕无忧吧！沈玉容，这可是你的孩子，你什么都想到了，可曾为这孩子想过一丝半点？是了，我忘记了，你已经失去过一个孩子，倒也不在乎再失去一个。"

沈玉容神情遽变。

他是曾经失去过一个孩子，一个属于他和薛芳菲的未出世的孩子。在这个时候，被永宁公主提出来，他就觉得自己心头像是被针扎过，蔓延出一片绵密的疼。

沈玉容不想再待下去，转身要走，却被永宁公主从背后一把抱住，她惶惑不安地道："沈郎，我方才说错了，我口不择言，我不是故意的。你是孩子的爹，你自然是很喜欢他的是不是？"她像是要说服沈玉容，又像是要说服自己，"天下没有不喜欢自己孩子的父亲的。"

沈玉容叹了口气，转过身来，永宁公主慌慌张张地看着他。

"你真的要留下这孩子？"

"没错！"永宁公主立刻坚决地道，不容一点儿质疑，"母妃也知道此事，她答应我嫁到李家的时候，会替我隐瞒！"

刘太妃已经知道了，沈玉容心中咯噔一下，这样子想要私自对永宁公主肚子里的孩子下手，便不大可能。一旦出事，刘太妃势必第一个想到他。

"那你打算如何隐瞒？"沈玉容淡淡道，"如今不足月，尚且看不出来，等时间久了……"

"母妃会同太后娘娘请求，下个月就完婚。等我嫁过去后，便想其他法子蒙混过去。"永宁公主道，"只是这孩子出生后，名义上的爹便是李璟了。"

她说得无限不甘心。

沈玉容心中嘲讽，永宁公主不乐意，李璟又何尝乐意？右相难道是什么仁善的主，这等奇耻大辱，怕是咽不下去。永宁公主这步棋，说不准还会连累自己。

"沈郎，你放心，我大哥再过几个月便会举事，"永宁公主低声道，"等我大哥做了皇帝，天下都是他的。他说的话没有人敢不听，届时我便让他下一道旨意，我同李璟和离，和你在一起，李家也不敢说什么的。"

她说得理所当然，仿佛一切都会照着她所想的发展，沈玉容却是嗤笑，永宁公主想得未免也太天真了。李家的声誉，并非她想怎样就能怎样。

但眼下，也没有第二条路可走。

永宁公主下个月就要出嫁，肚里的孩子便更不能有什么闪失，否则可能被人发现端倪。只要头一个月蒙混过去，之后再告诉李璟，新婚之夜有了身孕，暂时可以安生一阵子。

至于日后……日后的事日后再说。只是永宁公主这颗棋子，可能是要废了。

沈玉容目光暗了暗。

永宁公主并未发觉沈玉容心中已经有了诸多思量，仍在喋喋不休着对他的一片赤诚。沈玉容道："我知道，殿下，我知道殿下的心意。"

永宁公主又喜又忧地看着他："那你可不要生我的气。我的心里还是有你的，只有你一人。"

"我知道。"沈玉容淡淡一笑，将永宁公主拥入怀中，目光却变得十分悠远。

是时候和永宁公主划清界限了。

首辅府上，姜梨得了洪孝帝赐婚李璟与永宁公主的消息时，也愣了半刻。

此事虽然在她的意料之中，却没想到来得这样快。不过想想也是，洪孝帝视成王为眼中钉，现在有了能将右相和成王绑在一块儿的机会，自然也会迫不及待地下令。

"姑娘在笑什么？"桐儿好奇地问。

"我笑事情一切顺利，心想事成。"姜梨道。

桐儿眨了眨眼，正想要说什么，外头的树枝突然晃动了一下，一个人影出现。

赵轲对姜梨道："姜二小姐。"

姜梨问："可是出了什么事？"

"姜二小姐之前让属下查的事情，已经清楚了。"赵轲回答。

姜梨问："何事？"

"将季淑然的事情传出去的人究竟是谁。"赵轲道，"是姜元兴。"

"三房的人。"姜梨恍然。其实上一次她遇到三房的时候，已经对三房隐隐产生了怀疑。姜玉燕的吃穿用度比往常好了许多，还有杨氏若有若无地偶尔表露出的不屑态度。

看样子，好像背后有依仗。

"不仅如此，姜元兴私下里和李仲南有往来。"赵轲道。

"和李家的人？"姜梨一愣，随即笑了，"看来三房的人对姜家，还真是恨之入骨啊。"

姜元兴依靠不了姜家发展仕途，他自己的本事也不足以令他加官晋爵。在面对姜玉娥只有给周彦邦做妾的事实后，也许是急红了眼，便豁了出去，重新找到一条可以往上爬的途径，就是靠出卖姜家。

把姜家的秘闻、丑事告诉姜家的死对头李家，获得升迁的机会。这等手段，可以说是很下作了。

桐儿和白雪在一边默默听着，待听到罪魁祸首竟然是三房的时候，亦是吃了一惊。

桐儿问："姑娘，三老爷竟然还藏着这等祸心，咱们姜家，不会被他掏空了吧？"

"那倒不至于。"姜梨淡淡道，"三房在姜家，本就处于一个无足轻重的地位。父亲和二叔对他不亲近，更不会主动告诉他自己的秘密。姜元兴就算绞尽脑汁，知晓的事情可能也和姜家的下人差不多。我想，到目前为止，他所说的对李家来说最感兴趣的事，也就只有季淑然的事了。"

"那姑娘，要留着三房的人吗？"桐儿问，"倘若老夫人知道了此事，定然会与三房分家，让三房出府另过的。"

"老夫人那边就不告诉了。留着三房，也不是没有用处。"姜梨道，"三房和右相交往，右相得了有用的消息，定然会传递给成王。如果我们需要传递一些'有用'的消息给成王，三房就是一条很好的途径。"

让姜元兴传假消息给成王。

赵轲跟木头一样立在窗口，将屋里的一切话语尽收耳底，心中默念，姜二小姐可真是位狠角色。

"不过此事得告诉父亲，让父亲提醒二叔。"姜梨继续道，"他们更加知道如何利用三房达到自己的目的。眼看着离成王举事的日子不远，越是在这个重要关头，三房的存在就越是有用。"

"多谢你，赵轲。"姜梨看向窗前的侍卫，"也替我谢谢你家大人。"

"姜二小姐的话，属下一定带到。告辞。"说罢，赵轲的身影消失在了窗前。

他这般来无影去无踪的，桐儿噘起嘴道："姑娘，您得与国公爷好好说说，别的就算了，赵轲在府上到底也能保护您的安全。只是他老是突然出现，姑娘到底是女子，倘若姑娘正在更衣怎么办？岂不是被人占便宜了？"

"你不是将窗户打开了？"姜梨提醒，"人家也晓得，真要更衣的时候，是不会开窗的。"

"那也总觉得有些不妥，要不下次换个姑娘吧。"桐儿提议，"有武功的那种姑娘，就跟……就跟白雪一样！"

姜梨笑着摇了摇头："国公府自己都没有丫鬟，如何来寻个有武功的丫鬟伺候我？况且这些侍卫个个生得斯文俊美，真要是换了丫鬟，你不觉得可惜？"

桐儿脸一红："姑娘就会拿奴婢说笑。这些侍卫生得再俊美，也比不上姑娘一根手指头。姑娘看见这些侍卫，不也是习以为常吗？"

白雪正在收拾褥子，闻言闷着头道了一句："姑娘看惯了国公爷的脸，再看这些侍卫，自然生不出欣赏之心，和你的不一样。"

姜梨："……"

也有几分道理。

从洪孝帝给永宁公主赐婚到永宁公主出嫁，前后不到一个月的时间。

永宁公主出嫁这一日，整个燕京城万人空巷。姜梨一大早就听桐儿来与她说街道上的热闹场面，姜梨心不在焉地听着。今日姜家也要去吃李家这一杯喜酒，虽然互不往来，面子上却要做一做。姜梨本想到叶家看看薛怀远，都快一个月了，薛怀远还没有醒来，虽然司徒九月一直说没有事，可姜梨总是放心不下。

要去李家吃这杯喜酒，自然就不能去见薛怀远。白雪道：“姑娘今日穿哪身？”

姜梨随意指了一件衣裳：“这件吧。”

姜家的小姐里如今未出阁的，除去不在府上的姜幼瑶外，就只有她与姜玉燕了。自从姜梨在姜元柏面前隐晦提起三房可能与右相有所勾结，姜元柏便十分不待见三房。此次自然不会带姜玉燕前去，于是除了姜景睿和姜景佑，姜家的小姐就只有她一个。

姜老夫人年纪大了未曾去，二房一家尽数去了。

待到了外面，二房的人和姜元柏都已经到了，姜景睿不爱凑这些热闹，眉目之间十分不耐烦。姜景佑还好，卢氏看着姜梨，眼睛一亮：“阿梨，你身上这件衣裳，料子可是好看得紧。”

姜梨笑笑：“这是襄阳舅舅送来的。我这里还剩下几匹，等晚上回来便让人送几匹给二婶，二婶拿去做裙子也好。”

卢氏一听，笑得更灿烂了：“这怎么好意思……”

“都是一家人，婶婶千万别跟我客气。”姜梨道。

卢氏笑得合不拢嘴，对姜元平道：“瞧瞧这小嘴，可真是会说话。”

她如今是越看姜梨越喜欢，自从姜梨回到姜家，帮她斗倒了季淑然，夺回了掌家之权，而且还从不与她争什么，识情识趣，也挑不出什么毛病。

姜元柏道：“出发吧。”

前后两世，姜梨都是第一次来到李府。

门口贴满了各式各样的喜字，地上全是爆竹碎片，一片喜气洋洋的红色。家丁小厮们面上挂着笑容，气氛热烈，不知道的，大约真以为李家对这门亲事满意至极。

姜元柏瞧见了李仲南，笑着对李仲南道了一声恭喜。

李仲南也拱了拱手，嘴里说着同喜同喜。

姜景睿看了看厅里，低声对姜景佑道：“今日来的人可真多。”

右相在朝中交好的人不少，况且李仲南给人下了帖子，便不是李仲南一派的，面上也不好说不来。于是乎整个李府几乎把北燕朝廷里重要的角儿都给请来了。一眼看过去，能看到不少熟人。

姜梨还看到了李濂。

李濂今日也打扮得颇为周正，来往的宾客一瞧，大公子的亲事定了，这个二公子尚未婚配，若是有合适人家的小姐，也可以相看相看。

姜梨打量着李濂，见李濂春风得意的样子，看上去近来过得不错。她想到姬蘅的话，晓得其实姜幼瑶就在李府。虽然不知道被李濂藏在哪个院子，但想必今日李濂也给姜幼瑶提前打过招呼：今日李璟大喜，姜家也会来人，姜幼瑶不可乱跑，否则会被姜家的人看见。

她的目光掠过李濂，突然顿住，然后就停止不动了。

不远处，站着沈玉容。他今日也收到邀请前来，想来也是，若是沈玉容不来，便是赌气，他可以表示对这门亲事不悦，但不能当着成王的面做。一来是没把成王放在眼里，二来这也不是成王希望看到的。

成王希望看到他的左膀右臂其乐融融，互相扶持。即便李璟夺人之妻，沈玉容也要有容人之量。既然永宁公主的事已经成为一个错误，就不要用过去的错误来让未来付出代价。

沈玉容是一个多么会权衡利弊的人，他也许会在永宁公主面前做出一副受伤害的模样，但在成王面前只会显出自己的大度和委曲求全。更何况，姜梨也不认为，沈玉容对永宁公主有多少真心。

他实在不是一个有真心的人，在这世上，他还是最爱他自己。

正想着，沈玉容突然侧过头，恰好对上姜梨的目光，看到姜梨，微微一怔。

姜梨并不掩饰目光里的冷漠。

沈玉容犹疑了一下，就往姜梨身边走来。他见过姜梨好几次，每次看见姜梨，都有一种说不出来的感觉。记得在廷议的时候，姜梨也用这种目光看过他，虽然掩饰得很好，沈玉容还是看到了其中的讥嘲。

她嘲笑自己？为什么？沈玉容迷惑不已。

“姜二小姐。”沈玉容走到了姜梨身前，道。

姜梨微微颔首：“沈大人。”

“姜二小姐过去认识我吗？”沈玉容嘴角噙着笑容，“或者是，我们过去曾有什么渊源？”

“怎么可能？”姜梨仰起脸，笑道，“我回到燕京城，也不到一年。”

这话倒是不假，沈玉容道：“我只是认为，姜二小姐对在下似乎有些成见。”

姜梨正要说话，身后突然传来一个含笑的声音：“什么成见？”

姬蘅不知什么时候来了。

姜梨诧异，这是李璟的亲事，竟然会在这里看见姬蘅。沈玉容见到姬蘅，连忙行礼，姬蘅摆了摆手，算是见过。

他今日没有穿红衣，穿了黑色绣银牡丹的衣袍，牡丹繁丽，黑色却深沉，一双琥珀色的眼眸越发动人，举手投足间多了几分矜贵。

“姜二小姐。”他挑眉道，一副与姜梨很熟络的模样，让一边的沈玉容不能再插嘴。

姜梨还没来得及与他说话，就听见外头敲锣打鼓的声音，这对新人已到。

喜婆在外面给永宁公主和李璟立规矩，成王也到了，作为永宁公主的大哥、李家的主子，自是不可或缺的人物。姜梨没有出去看热闹，安静地站在原地。姬蘅和沈玉容也没有动，一左一右站在她身侧，这幅画面落在别人眼里，一定会觉得很古怪。

姬蘅问："你为何不去看？"

"看什么？"姜梨奇怪。

"迎亲仪仗，看热闹。"

"没什么好看的，"姜梨道，"左右都是一样的事，无非是简单些烦琐些，做给别人看罢了。"

姬蘅笑了笑："说得像你很了解一般。"

沈玉容也看向姜梨，寻常这个年纪的姑娘，总是喜爱看这种热闹，因为会想到日后自己出嫁的模样，期待和憧憬都会展现在脸上。而这位姜二小姐，很平静。

"国公爷好像很向往？"姜梨道。

姬蘅看着门口，面上含笑，姜梨看不清楚他的眼神，但觉得他站在这里，却是实实在在把穿着华服的新郎给比下去了。

"不。"

姜梨笑笑："可若是国公爷娶妻，场面定然比现在热闹一万倍，倘若那样，我便会好奇，会感到新鲜，会想要一睹为快，想要有走在前面看清楚的欲望。"如果是姬蘅娶妻，姜梨无法想象，姬蘅作为新郎官的模样，大约是燕京城或者说北燕最美的新郎官。不知新娘要美到何种地步，才不至于被自己的夫君比下去。

"你这是在恭维我。"姬蘅摇了摇扇子，"我没有想过这种事。"

沈玉容站在他们身边，听着二人说话，心中突然生出一种奇怪的感觉。仿佛姜梨和姬蘅之间有一种旁人无法达到的默契，令他站在这里有种格格不入的别扭。

他默默地掉头走了。

姜梨虽然对着姬蘅说话，余光却一直没有离开沈玉容，见沈玉容走了，就转过头，看着沈玉容的背影，轻声道："沈大人倒是很失落。"

"失落？"姬蘅笑笑，"也不见得。"

"至少他表现得失落一些，可以让永宁公主越发愧疚，让成王也对他这般'识大体'感到欣慰，这失落也是不错的。"姜梨也笑。

说话的时候，李璟和永宁公主已经进门了。三拜之后，永宁公主被送入洞房，李璟则在外头，与李家众人一起迎客。姜梨坐上了席宴，也实在没有兴趣跟着众人去新房看新娘新郎喝交杯酒。

新房里，永宁公主蒙着盖头，周围是起哄的声音，新郎要在看热闹的人群注视下，挑开她的盖头，与她喝一杯酒才离开。

听着外头那些起哄的声音，永宁公主的心里满是怒气。原先早已想过千百次，日后自己出嫁那一日的心情一定是喜悦的、娇羞的、满含着期待的，但没想到真到了这一日，只有无尽的厌恶、不耐和耻辱。

她的心里另有其人，嫁的也不是自己喜爱的人。

有银色的长杆伸到她面前，永宁公主低着头，看见细长杆往盖头一挑，哗的一下，外头爆出一阵大笑声，听在她耳中分外刺耳。她看见站在自己面前的男人，穿着新郎的衣裳，笑容满面地看着自己。

永宁公主突然感到一阵恶心，险些要捂住嘴干呕，幸而她紧紧抓着身下的褥子，忍住了。

李璟笑着唤了她一声："夫人。"

永宁公主瞧着她，虽然李璟不错，可比起沈玉容，在她眼里实在差得太远太远。看见李璟，她的内心没有生出一丝波澜，只有莫大的耻辱。

因此，她连装也不屑装，冷冰冰地回了一句夫君。

这已经是永宁公主能做出的最大牺牲了。

洞房里的人面面相觑，新娘子化着娇艳的妆容，可态度却如此冷漠，周围的人不由自主地都对李璟同情起来。

李璟也怔了一下，不过很快面色如常，令人倒了喜酒，拿起一杯递到永宁公主手上，自己又举起一杯，与永宁公主喝了。

永宁公主无可奈何地举起酒杯，手臂交错，两人呼吸相闻，分明是极为亲近的姿态，却各自生疏千里万里。

永宁公主没有看到李璟眼中一闪而过的暴戾。

待饮完这杯交杯酒，李璟去前厅迎客。屋里只剩下永宁公主和她的侍女梅香，永宁公主松了口气，扶着腰道："累死我了。"

有了身孕之后，她的腰身重了，时不时感到困乏。今日成亲这么全走下来，只觉得已累得天旋地转，对梅香道："快把药给我。"

梅香忙从袖中摸出一个小瓶，倒出一粒药丸，又倒了一杯热水给永宁公主。这都是安胎药，刚嫁到李家，不可以明目张胆地煎药，永宁公主便提前令人做成药丸，方便服用。

她对肚子里的这个孩子实在小心谨慎得不得了，生怕孩子有一点闪失，要是出了闪失，李家得知了此事，不知后果会怎样。虽然仗着成王和刘太妃，他们不敢动自己，但暗中下绊子什么的，永宁公主也是后怕的。

在李家，她到底只剩下自己一个人。

"酒已经准备好了？"永宁公主问。

"准备好了，殿下。"

到了晚上，等李璟再回房里，永宁公主会再与他喝一杯夫妻二人的喜酒，等喝完这杯酒，李璟就会不省人事。等到了第二日，他会以为和自己已经圆房，一切都结束了。

"真是便宜他了。"永宁公主轻哼一声。

李璟走到了外面。

随身的小厮问："少爷，公主身边还有个丫鬟。"

"等会儿想办法打发了。"李璟不耐烦道。

他不喜欢永宁公主，事实上，他不喜欢任何女人。这门亲事永宁公主看起来不乐意，他也不乐意。只是父亲告诉他，这是圣旨不得违抗，况且能与成王亲上加亲，也是一桩好事。

李璟并不认为这是一桩好事，他是不会碰永宁公主的。哪怕当初圣旨将永宁公主许给李濂，事情也不会如此难办。他无法碰永宁公主，永宁公主如何能不察觉，时间一久，自然会出问题。如果永宁公主将此事告诉成王，成王到底会因为自己怠慢永宁公主对自己心生不满。

所以他只能想别的办法。

譬如……让别的男人来履行夫妻间的义务。只要不让永宁公主怀上孩子，永远欺瞒永宁公主，也未尝不可。永宁公主还能占着李大奶奶的位子，让别人不至于起疑。如果有朝一日永宁公主忍耐不了，提出和离，也不关李家的事。

李璟眉目舒展开来，所以说，女人就是麻烦，比起来，他还是喜欢自己院子里的那些小东西，比永宁公主乖顺，而且对他绝对臣服。

外厅，用过一点饭菜，姜梨就起身走了出去。到了外面院子前，却见姬蘅早已在那里，不知道站了多久。

"国公爷怎么出来了？"姜梨问。

"饭菜不合口。"

姜梨一愣，突然想到今天这些饭菜，的确比不上姬蘅的手艺。想到这里，她忍不住笑了出来。

姬蘅挑眉："你笑什么？"

姜梨收回笑容："我并没有笑，国公爷看错了。"

姬蘅眯起眼睛："你胆子越来越大了。"

"是国公爷越来越平易近人。"

伸手不打笑脸人，任谁对上这么一张温软的笑脸，也没办法无动于衷。姬蘅移开目光："是你越来越难缠。"

"我这样还算好吧。"姜梨笑道，"对于李家和永宁公主来说，皇上的这桩赐婚才是真正难缠，且无法抗拒。"

"你这样幸灾乐祸，是要掉脑袋的。"姬蘅不咸不淡道。

"也许是因为老是和国公爷待在一起，我也开始喜欢看戏了。这出戏便算我请国公爷看的，希望国公爷能陪我看到最后。"

姬蘅笑笑："最后？"

“李璟生不出儿子，也不想要儿子，偏偏永宁公主是带着儿子来的，这可以说是矛盾重重，只是我不知道，最后在这场争执里，是李家胜还是永宁公主胜。我猜……”

“你猜什么？”

“我猜是两败俱伤。”

“那不就是你的目的吗？”姬蘅看向她，眸中意味深长，“这就是你所说的最重要的事情了吧。”

姜梨一愣。

年轻男人俯身看过来的目光实在很是温柔，但他说的话是冷冰冰的提醒。

时间快到了，他“借”给她的时间，不是无期的。

等她办完这件事，就将自己的性命奉上。

“是的。”姜梨顿了一会儿，又慢慢地笑起来，仿佛早已料到结局，“国公爷可履行约定，我从不说谎，说到做到。”

永宁公主和李璟大喜后第二日，姜梨起来用过早饭，换了衣裳，准备到叶家去探望薛怀远。

才走到姜府大门口，突然看到了一个熟悉的身影，正是叶明煜身边的阿顺。阿顺见了姜梨几人，愣了一下，道：“表小姐这是要出门呢？”

桐儿回答：“姑娘正打算去叶家，没想到你来了。”

“阿顺，可是出了什么事？”姜梨问道。

阿顺挠了挠头：“表小姐，薛县丞醒了，司徒大夫让小的来与您说一声。”

姜梨怔了片刻，像是才反应过来，急急忙忙往马车那头走，道：“那还等什么，赶紧出发吧。”

马车里，姜梨紧紧握着手里的玉佩，想着薛怀远如今醒了是如何，是会十分痛苦，还是心如死灰。他会不会责怪自己这个女儿。想得越多，越是茫然无措，姜梨发现，她已经很久没有和父亲好好说过话了。

上一次见到清醒的父亲时，还是出嫁之前，之后大家往来写信，却没有再见面。

时间过得如此之快，快到姜梨的马车已经走到叶府门口，她却突然没有勇气下车。

白雪先下马车，在车下向她伸出手，想要搀扶姜梨，道：“姑娘不下来吗？”

姜梨定了定神：“就来。”她朝白雪伸出手。

无论如何，那都是她的父亲，便是有再大的苦难，这个世上，只有父亲是薛芳菲的家人，是薛芳菲留在人间唯一的牵挂。

叶府门房的小厮热情地迎道：“表小姐来了。”

姜梨随着白雪和桐儿往里走去。本是春寒料峭的天，竟也觉出热来。

薛怀远的房间外头站了几人。姜梨走过去，见是叶世杰。叶世杰当是刚刚下朝，连官服都还没来得及换，叫了一声姜梨的名字。

姜梨道：“叶表哥。”目光不由自主地往里看去。

叶世杰侧了侧身子，示意她进去，“薛县丞在里面，已经醒了。”

姜梨深吸一口气，抬脚走了进去。

司徒九月正在收拾药箱，叶明煜坐在一边，有些不知所措地喝茶。海棠站在一人身边，那人坐在床榻的边缘，只是一个坐着的身影，就让姜梨的眼泪险些掉下来。

他笔直如一棵青松，只是不再高大挺拔，显得有些苍老，但还是她的父亲，薛怀远。

司徒九月见姜梨走进来，道：“你来得刚好，我替他看过了。身子已经全好，从今日起，他不再需要我。剩下的，你们自己处理。”

姜梨同她行了一个拜谢的大礼，道：“九月姑娘的恩情，姜梨记在心上。日后若有机会，此等大恩大德，姜梨一定报答。”

司徒九月侧身避开，皱眉道：“说声谢谢有什么意思？我要你的感激之情也不能换银子，我早说了，姬蘅已经付过报酬，大家各取所需罢了。”说罢，便抬脚大踏步地走出屋子，连头也不回。

“这姑娘可真是……”坐在门口的叶明煜咂了咂嘴，“不同寻常。阿梨，你可不要在意。”

“阿狸？”屋里响起一个声音。姜梨一震，抬眼望去。

薛怀远就坐在边上，目光怔然地看着她，缓慢重复了一句：“阿狸？”

姜梨的手垂在身侧，紧紧握着拳头，差点忍不住哽咽出声。

“是阿梨。”叶明煜看向薛怀远，“怎么，老爷子，你认识我们家阿梨？”

满屋人里只有姜梨知道，薛怀远说的是“阿狸”而不是“阿梨”。

姜梨往前走了两步，让薛怀远看清自己的脸，也让自己看清楚薛怀远的模样。

原本高大清瘦的男人，现在看起来和老者一般无二，满头华发，面上是苍老的痕迹。他的目光慢慢从姜梨的脸上扫过，眸中光芒一点点黯淡下去。

他微笑着摇了摇头：“我与姑娘素不相识，原来姑娘就是救了我的二小姐。多谢姜二姑娘的恩德，救我于牢狱之中。”

他行了一礼。

他叫自己，姜二小姐。

姜梨刹那间，面色遽变，几乎要哭出来。

站在父亲面前，被父亲唤作其他人。姜梨心里生出委屈，很想扑到父亲怀里，像小时候那样道：“我是阿狸，您怎么能不认识我了呢？”

但她不能。她只能克制地露出和薛怀远一般的微笑，侧身避过，道：“薛县丞不必如此，况且薛县丞是我的长辈，姜梨实在当不得如此大礼。”

薛怀远道：“之前发生的事情，我听海棠说过了，知道在桐乡是姜二小姐路见不平，冯裕堂的事，我也要替桐乡百姓多谢姜二小姐。”

姜梨道："举手之劳而已。"

顶着陌生人的身份，她与薛怀远之间突然生分得要命。她不知道该说什么，薛怀远的表现实在出乎她的意料。

他没有痛苦万分，也没有心灰意冷，至少表面上看起来十分平静，就像没有发生过那些痛苦的事一般。他克制又客气，对待所有人多了一分疏离。

姜梨知道，薛芳菲和薛昭的事到底还是令父亲改变了。

姜梨问："薛县丞日后打算怎么办呢？"

薛怀远沉默。

过了一会儿，薛怀远道："我过去的名字，叫薛凌云。"

屋里的几人一怔，连从屋外走进来的叶世杰也看向薛怀远，只听薛怀远继续道："已经过去快二十年，我想，是时候把这个名字改回来了。"

"你想回朝做官？"叶世杰皱眉道。

薛凌云道："只是试一试。"

"这怎么可能？"叶明煜嚷起来，他不懂官场中事，但也觉得不可思议，"薛老爷子，你都多大岁数了，如何能做官？况且现在做官也不是一件容易的事情，要人提携，要么就老老实实春试？您老打算哪样？"

薛怀远淡淡一笑，道："今年的春试马上就要到了。当年做薛凌云的时候，朝中也有几位相好的同僚。如今倒也升迁得不错。我参加春试，应当也不难。待考中状元之后，会有殿试……自然可以面见圣上。"

叶世杰道："您打算在殿试上告御状，或是见到皇上的时候告御状？"

"不是。"薛怀远否认。

"那是为何？"叶世杰不解。

"我只是希望在殿试上令陛下记住我而已。况且陛下之前也得知了桐乡之事的来龙去脉，知晓我的存在，对于薛凌云也有所了解，势必会对我有所注意。"

姜梨轻声道："薛县丞想做官吗？"

薛怀远看了她一眼，含笑道："平民百姓想要得到公正，实在太难。我只能走得更高一点，才有发现真相、追查真相的权力。"

姜梨难过极了。父亲仍想为他们洗清冤屈，可父亲也知道，对手是成王的妹妹，是位高权重的公主。沈玉容也不再是当年桐乡那个穷秀才，他已摇身一变，成了皇上信任的新贵中书舍人。

而薛怀远现在什么都不是，在燕京城这个地方，犹如蝼蚁，难以撼动大树，所以他要变成薛凌云。当年看不惯官场污浊、主动离开的薛凌云，如今却要为了自己，重新出山。

叶明煜道："薛老爷子，您说得倒轻松。可是殿试……嘿嘿，您认为您在春试中，一定能夺得名次？"

薛怀远淡淡一笑："尽力一试而已。"

叶世杰闻言，对面前的这位老者心生佩服。这么大的年纪，却愿意为了儿女重返官场。他道："我看薛县丞也不必去找往日的同僚，官场人走茶凉，当初的老友与您交好，如今未必肯买您面子，就让晚辈代劳吧。"

屋里几人同时一怔。

叶明煜道："世杰，你这是搞啥呢？"

"晚辈如今是户部员外郎，在户部倒也说得上话，薛……先生要是想春试，我能想办法。"

"年轻人，你们已经帮了我许多……"薛怀远正要推辞，只听叶世杰又说话了。

他说："并非白白帮忙，我如今在朝中为官，因我自己的原因，却也没有同盟。薛先生当年能做到工部尚书，可见才华。薛先生春试之后，若是能顺利通过殿试，还请多多提拔晚辈。官场之中相互提携，也是很重要的。"

薛怀远愕然片刻，突然笑道："没想到叶小少爷能说出此番话。其实你不必靠我，日后也能在朝中站稳脚跟。"

"那咱们就说好……"

"不好。"打断叶世杰的，是姜梨。

她一直默默听着叶世杰与薛怀远的对话，到了此刻，实在忍不住了。她不喜欢看着父亲为了她委曲求全，那个总是教她要坚守本心的人，如今要做这些事，姜梨忍受不了。

她看着薛怀远，郑重其事道："薛县丞，我知道你的顾虑。我也知道，你着急做官，无非就是为了薛芳菲和薛昭。那件事我已经在查了，而且不出两个月就会有结果。凶手会为她做过的事情付出代价，这一点我能保证。所以，薛县丞不必再入朝为官，那没有必要。"

"更何况——"不等薛怀远说话，姜梨又道，"如今世道并不太平，宫中内斗也不在少数。在燕京城能过几日安定的日子，谁也说不准。怕是薛县丞还没有爬到想到的位子，中途朝中就出了变故，反而坏事。"

她说的这话令人想到如今成王和洪孝帝之间的关系。

"薛县丞，您不应当只想着复仇，而是应该好好活着。"姜梨道，"如果您的儿女还在的话，他们的心愿只会是这个。"

薛怀远平静了一会儿，不知是不是觉得姜梨的话有道理，没有再提入朝为官的事，而是对叶明煜几人道："你们可以先出去一下吗？我有话想要对姜二小姐说。"

叶明煜看向姜梨，姜梨道："舅舅，出去吧，没事的。"

叶明煜和叶世杰出去后，海棠还想留下来，叶明煜也让她出去了。屋子里，便只剩下薛怀远和姜梨。

"姜二小姐，"薛怀远看向她，语气一如既往地温和，"我听叶三老爷说了，当初你在桐乡，曾说是因为同薛家有渊源才出手相救。海棠也告诉过我，是你救了她，治好了她脸上的伤。你还打算替芳菲查出真相。你是我们薛家的救命恩人，但我听说，七岁的时候，姜姑娘就去了青城山，一年之前才回到燕京城，在此之前更没有去过桐乡，我想知道的是，姜姑娘和我们薛家究竟有什么渊源，才会这般不遗余力帮助薛家？”

姜梨几乎有种冲动，想要告诉薛怀远，自己就是薛芳菲，但她忍住了。

薛怀远会相信吗？这毕竟是怪力乱神的事。他要是相信了怎么办？听起来薛怀远大约会很高兴吧？但永宁公主的事过后，也许姜梨的这条命是要“还”给姬蘅的。刚刚和女儿重逢又要失去，薛怀远能接受吗？还不如从一开始就不知道自己是薛芳菲，不必再伤一次心。

姜梨定了定神，道：“我与薛家，没有渊源。”

薛怀远的脸上没有惊讶的表情，像是早就猜到。

姜梨继续道：“同薛家有渊源的另有其人，我不过是受人之托做这一切。况且凶手与我姜家迟早也会刀剑相向。因此帮助薛家，也就是帮助姜家自己，薛县丞不必在意。”

薛怀远看着她，过了好一会儿，才轻声道：“原来如此。”

姜梨知道他根本没有相信自己的话，父亲不是一个容易相信别人的人，况且她这理由实在不算完美。

“这样吧，薛县丞，”姜梨道，“两个月，两个月之后，关于芳菲的案子会有一些眉目。等芳菲的案子尘埃落定，一切真相大白，凶手伏法，我会告诉薛县丞关于我知道的一切，但是薛县丞需要答应我，不要轻举妄动。”

她想着，只要两个月后永宁公主的孕象消失，一切都会变得不一样。等这件事了结以后，如果姬蘅放她一条生路，她便告诉薛怀远自己就是薛芳菲，父女相认。如果姬蘅铁定要她性命，她就带着这个秘密消失在世界上，只要薛怀远好好活着就行。

薛怀远点了点头：“好。”顿了顿，又轻声自嘲道，“我自己的女儿，却要别人来报仇。”

“不是的。”姜梨道，“这不是报不报仇的问题，这是公道。这世上，还是有公道的，薛县丞应当想到这一点。当初薛县丞帮助桐乡县民的时候，可曾想到回报一事？薛县丞帮助那些县民，就如同我此刻做的事一般，也不求回报。上天也许是公平的，薛县丞结的善缘，造就了我这个善果。”

薛怀远看着她，道：“姜姑娘，冒昧地讲，你说话的语气真是很像我的女儿。”

姜梨坐在他面前，心里呐喊了一万遍我就是芳菲，却怎么也说不出口。相望不相识，这句话中的锥心刺骨之痛，今日她是真真切切感受了一回。

她笑了笑，心里的泪水无人看见，说：“能与薛姑娘相像，是我的荣幸。”

薛怀远深深地看了她一眼：“谢谢。”

过去一年，薛芳菲被当成燕京城最无耻的女人，人人喊打。姜梨却愿意说一声荣幸，对于薛怀远来说，大约是很大的安慰了吧。

“我听叶三老爷叫你阿梨。”薛怀远道。

“是。”

“芳菲的小字也叫阿狸。”薛怀远看着外面，“是狸猫的狸。”

姜梨忍住泪意，道：“薛县丞不介意的话，可以叫我阿狸，反正旁人也听不出来。”

薛怀远看着她，姜梨微笑以对，过了一会儿，薛怀远转过头去，道：“还是不了。”

“阿狸死了，姜姑娘，你不是她。”

姜梨走出了屋子，薛怀远与她说了一会儿话，觉得有些头疼，司徒九月说过，薛怀远刚醒过来，要多休息。海棠进来照顾，姜梨也不好打扰。

等她走到了外面，叶明煜和叶世杰就围了上来。

叶世杰问：“你刚刚在里头与他说什么了？”

“倒也没有什么，就是说我在桐乡做的那些事，他很感激。”姜梨笑道，“不是什么大事。”

“薛先生很厉害。”叶世杰看向姜梨，“现在我相信，他就是那个工部尚书薛凌云了。”

“倘若他真的能做你的先生，表哥会受益不少。”姜梨正色道，“薛县丞现在就住在叶府，表哥若是无事，平日里可以多请教他难题。他能给予你的实在很多。”

“哟，你爹就是首辅，你咋对你老爹都没这么夸奖？”叶明煜打趣。

姜梨摇了摇头，在她看来，姜元柏懂为官之道，重点在“为”。薛怀远懂为官之道，重点在“官”。

要说谁高明一些，也许各有千秋，但姜梨还是更喜欢后者。

“说起来，之前薛老爷子还没恢复的时候，我还不觉得，”叶明煜饶有兴致地看着姜梨，“这一恢复后，倒觉得和你有点像，尤其是笑起来的时候，比姜元柏看着顺眼多了。”

永宁公主和李璟成亲后的一个月，相安无事。

右相府中，永宁公主坐在屋里，让梅香给她拿腌好的盐渍梅子吃。有了身孕以后，她越发爱吃酸的。好在在右相府上她还算自由。李仲南父子白日忙于政事，不在府上。她的婆母性情温软，对她这个媳妇也是百依百顺。

成亲当天晚上，永宁公主让梅香准备的那壶酒都没有派上用场，李璟一进门就吹灭了灯，还没走几步就喝醉了。永宁公主好容易将他拖到床上，自己也睡着了。到了第二日，床上有事先备好的痕迹，永宁公主只需要睡眼惺忪地醒来。

反正李璟喝醉了，喝醉的人，也不知道自己究竟做了什么。

而洞房夜之后，永宁公主就以受了风寒为由，不与李璟同房。她不能日日都用这些法子，怕露出马脚。而让人发现她怀了身孕，肚子里的孩子不知还能不能保住。

本来永宁公主还以为李璟会不悦或是怀疑，可这位李大公子果然是传言中的好脾性，竟然也没有质疑什么，每日晚上就睡在书房。

这下就更让永宁公主满意了。她肚子里的孩子再有几日就快两个月了。届时只要做出身子不适的模样，让大夫来把脉，稍微错开时间，说是成亲之夜怀上的，暂时就高枕无忧了。

今日李璟一大早又上朝去了，永宁公主吃完碟子里的最后一颗梅子，站起身来，道："老待在屋子里怪闷的，梅香，陪本宫出去走走。"

梅香赶紧过来，搀扶着永宁公主往李府外走去。

"殿下想往哪个方向走？"梅香问道。

永宁公主随手指了一个方向："那边吧，听说李璟平日就住在那里。本宫这些日子与他分房睡，他也毫无怨言，莫不是自己在另一边早已收了通房之类？倘若是真的，自然也该来见一见本宫这个正妻。"

永宁公主眼里闪过一丝恶意。她并不想当李大奶奶，但一旦有了这个称号，拿去折磨旁人却是她爱做的。

反正李璟也不敢说什么，不过是些身份低贱的女子罢了，他还能为了那些女子对自己不敬？

怀着这么个想法，永宁公主就和梅香往李璟平日住的院子里走去。

李璟住的院子比较偏，永宁公主走了一阵，觉得有些累，梅香搀扶她慢慢走着，总算是到了，便道："殿下，到了。"

但见院子果然颇为风雅，后面种了一大片竹子，郁郁葱葱的模样。只是格外安静，外面连个洒扫的人也没有。

"李大公子平日里是没人服侍吗？"梅香小声道，"这里怎么连个下人也见不到？"

"怎么可能？"永宁公主也觉得奇怪，想了一想，眉毛高高扬起，"说不准是在金屋藏娇呢。走，进去看看。"

"这样贸然进去，李大公子会不会生气？若是里头有什么秘密……"梅香还在犹豫。

永宁公主瞪了她一眼："他凭什么生气？有秘密又如何？莫非还想瞒着本宫？越是要瞒，本宫越是要看清楚，看他们李家背地里打的是什么主意！"她说着推开梅香，自己进去了。

梅香十分无奈，永宁公主得知自己怀孕，尚且收敛了一段日子的性子。如今嫁到了李家，新婚之夜相安无事，脾性便又显露出来，甚至比从前还要张扬。

梅香跟了进去，只见永宁公主蹙眉站在门口，并不进去。梅香往里一看，但见这是一个书房一样的屋子，里头却有一张床，竟然十分宽敞，抵得上平日里的大院子了。在这里头，衣食起居都不是问题。

但这并不是令人惊讶的，惊讶的是屋里竟然有很多人，都是些年纪不大的少年或是孩童，看衣服像是穿得不错的下人，生得都很清秀羸弱。

屋里竟然没有什么婢女，这出乎她的意料。永宁公主看向最近的一个孩子，这孩子看起来才八九岁，愣愣地看着永宁公主二人，不行礼，也不说话，不知道是不是个傻子。

“你是谁？”永宁公主问他。

那孩子仍是痴痴地瞧着她，不言不语。永宁公主正要发怒，正在这时，另一个年纪稍大的少年突然扯过那孩子，对着永宁公主指了指自己的嘴巴，摇了摇头。

“殿下，他们好像是哑巴。”梅香看出来了。

“哑巴？”永宁公主看向屋子里的其他人。

这里面的少年加起来大约有十人，都是愣愣地看着她们，什么话都不说。永宁公主突然明白刚刚进屋后的古怪感觉从何而来，实在是因为这屋子里太安静了。有这么多人，却一点儿声响动静都没发出来，这不是很奇怪吗？

“这些人不会全部都是哑巴吧？”永宁公主皱眉问道。

那拉着孩子的少年猛地点了点头。

“还真是。”梅香道。

“李璟弄这么多哑巴在这里做什么？”永宁公主摸了摸自己的胳膊，“怪瘆人的。”

“或许这些都是下人，您瞧他们穿着的都是下人的衣服。对了，”梅香道，“奴婢突然想起来了，听闻李大公子仁善，收留了一些无父无母的孤儿让他们在府上当下人。之前奴婢还没想到，现在看这些下人，年纪都不大，很有可能就是李大公子收养的孤儿。”

永宁公主嗤笑一声：“这么说，李璟还是个大好人了？可怎么就这么巧，他收养的孤儿个个是哑巴？莫不是他毒哑的吧。”

梅香顿了顿，轻声道：“每户府上都有不少秘密，这里既然是书房，想来里面藏着不少重要东西。也许李大公子是为了不让这些秘密被人发现，才让这些人变成了哑巴。”

永宁公主道：“只有死人才守得住秘密，要是真想不被人发现，便将这些人杀了就是，还留着做什么？或者根本就不该带回府来。我看这个李璟是个蠢蛋。”

梅香没有说话，她只是一个婢子，不能议论主子。

“算了，这里既然没什么女子，待着也不舒服，走吧。”永宁公主又看了一眼这些年纪不大的少年，“他要做好人就让他做吧，反正蠢的不是本宫。”

梅香和永宁公主二人出了屋子，那屋子仍旧静悄悄的，门掩上后，仿佛里面什么人都没有。想着这些人在屋子里无声地做事、走动，永宁公主就觉得浑身上下冒出一阵寒意。蓦地，她觉得一阵恶心，快步走到院子的树下，扶着树干呕起来。

“殿下！”梅香惊叫道。

永宁公主朝她伸手：“药！”

梅香从袖中摸出药来，给永宁公主服下。永宁公主靠着树休息了一会儿，才道：“这反应是越来越大了，再过几日你就让大夫过来，告诉李璟，我怀了身孕，还不足一月。”

梅香点头称是。

“这些日子，沈郎也不来看我……”永宁公主说着说着，语气又伤感起来，“他自己的孩子也不关心，便任由我嫁到李家。若是事情败露，他也要被连累的。”

梅香正想要安慰几句，突然听得墙壁上传来一声东西掉在地上的清脆响声，永宁公主一扭头：“谁？”

梅香已经快步追了上去，那藏在墙后的人大约也心慌意乱，还没来得及跑几步就摔倒了，很快被梅香揪到永宁公主面前。

“你是谁？竟然偷听本宫说话！”永宁公主怒道。

“殿下饶命。”那女子惶惶，“臣女什么都没听见！臣女不是故意的，只是方才走到墙边崴了脚而已！”

“臣女？”永宁公主一愣，梅香眼睛一亮，“殿下，这是首辅府上的姜三小姐！”

姜三小姐？姜幼瑶！

姜幼瑶心中大骇，情急之下说出“臣女”二字，本就分外懊恼，这会儿竟然被永宁公主身边的婢子识破身份，真不知道如何是好。

“姜幼瑶？”永宁公主也想了起来，“你怎么会在李家？”

梅香凑近永宁公主道：“前些日子，听京兆尹大人说起过，姜家的三小姐不见了，姜首辅正在四处寻人，不过为了姜三小姐的名声，并未大肆宣扬。”

永宁公主恍然：“难道你与人私通了？你是李璟养在府上的人？”

姜幼瑶吓了一跳，知道如今永宁公主和李璟成了亲，若是把她当成迷惑李璟的狐狸精，只怕是有雷霆手段，因此她连忙否认，道：“臣女不认识李大公子，臣女是当初在外被人所害，多亏李二公子出手相助，李二公子带臣女回府养伤。”

“回府养伤？”永宁公主笑道，“你怎么不回姜府养伤？只怕是以养伤之名，行苟且之事吧？”

她话说得如此难听，姜幼瑶却不敢反驳。这是在李家，不是在姜家，没有人能保护她，而且对方是永宁公主。

“殿下，此女不能留。”梅香低声道，“她方才听到了奴婢与殿下说话……”

姜幼瑶闻言，吓得抖如筛糠：“臣女什么都没听见！臣女什么都没听见！”她心中叫苦不迭。今日她与李濂院子里的丫鬟起了争执，一怒之下便走了出来，想到李璟院子外转转，谁知看到了永宁公主和她的婢女从李璟书房里出来。永宁公主扶着树在干呕，紧接着，她就听到了永宁公主主仆二人那一番话。

她得知了这个天大的秘密，心中害怕极了，立刻想逃走，谁知道脚下踩到一块石头，跌倒在地，被永宁公主和梅香发现了。

“臣女什么都没听见……唔……”姜幼瑶接下来的话说不了了，因为梅香用东西堵住了她的嘴，还顺势扭住了她的手臂。

姜幼瑶死命挣扎，动弹不得，只得用一双眼睛哀哀地看向永宁公主。

“只有死人才守得住秘密，”永宁公主丝毫不为所动，“谁叫你听到了不该听到的呢？姜三小姐，为了本宫，你还是先走一步吧。”

“殿下，”梅香道，“这姜幼瑶到底是首辅千金，不比普通丫鬟，要是出了事，只怕不好善后。”

永宁公主不悦道：“怎么？你的意思是，本宫连处置个丫头的本事都没有了？”

“奴婢不敢。”梅香继续道，“只是如今姜家还没有放弃寻找姜幼瑶，如果被姜元柏知道姜幼瑶的死与殿下有关，只怕会费尽心力抓住殿下的把柄。殿下如今有了小公子……”若是姜元柏找到了永宁公主怀孕的证据，拿永宁公主肚子里的孩子做文章，她们可就得不偿失了。

永宁公主眉间闪过一丝烦躁：“不能杀了她？难道要留着吗？”

“殿下，不如先将她送往私牢。”梅香道，“殿下的私牢里已经住过许多人。这位姜三小姐住进去，也不会被人发现。再说，就如李大公子屋子里的那些哑巴孩子一般，再喂姜三小姐一颗哑药，将她关在私牢里，过个一年两年，姜家不再寻找姜幼瑶了，就可以送她上路。”

姜幼瑶心中恐惧极了，突然后悔起来，早知道她就待在姜家。至少在姜家，她还是三小姐，无人敢虐待她。如果那天晚上她没有离开姜家，就不会在路上遇到李濂，如果没有遇到李濂，就不会被带到右相府。如果不是在右相府，她也不会看到永宁公主，得知永宁公主的秘密，被人灭口，就算死了也没人知道，没人收尸！

对了，李濂！她还有李濂！姜幼瑶的心中突然又燃起希望。只要李濂回来，发现她不见了，一定会到处找她的。等李濂知道自己被永宁公主带走，肯定会向永宁公主要人。李濂可以救自己！

可是下一刻，永宁公主和梅香说的话就是一盆凉水，将姜幼瑶的希望噗的一声浇灭了。

永宁公主道：“这姜幼瑶如今是李濂的人，我们把她带走，李濂怕是会来要人。”

“倒也不见得。”梅香笑道，“现在姜幼瑶待在李家，外面无人知道，姜家应当也是不知道的。看样子，李相怕也是被蒙在鼓里。殿下带走的只是一个普通侍女，不是姜幼瑶。李二公子不敢承认姜幼瑶的身份，只会默认。殿下是公主，想要惩治一个普通的侍女，是轻而易举的事。李二公子不会同公主计较的，甚至还会感谢公主替他整顿后院。”

“你说得也有道理。”永宁公主舒展了眉头，“长嫂如母嘛，他的确该谢谢我。”

姜幼瑶彻底绝望了，晓得自己再无生机。李家男人不在的时候，永宁公主在右相府里只手遮天，她们堵住了自己的嘴巴，再叫个婆子来，等待她的就是被送往那未知而可怕的私牢的命运。

到了夜里，永宁公主刚刚用过晚食，梅香进来道：“殿下，李二公子在外头等您，有话要与您说。”

永宁公主心知肚明，李濂这是问她要人来了。永宁公主早已做好了应对的准备，便施施然披上外袍走了出去。

外头，李濂正坐在桌前等她，见她出来便站起身，行礼道：“大嫂。”

永宁公主皮笑肉不笑道：“二弟这么晚来，可有何事？”

李濂道：“听闻大嫂今日路过我院子附近，见过了我的……丫鬟小瑶，将她带走了。”

“哦，小瑶啊。”永宁公主笑了笑，“是有这么回事。这丫鬟不长眼睛，看见本宫竟然不行礼，还恶言相向，本宫便顺手替你管教了丫鬟。二弟心地仁善，但也不能纵容着府上的丫鬟连主子都不放在眼里，那成何体统。”

她心不在焉地说着，听得李濂心中窝火。姜幼瑶就算再没脑子，也不会主动冲撞永宁公主。永宁公主不过是仗着姜幼瑶没在眼前，想怎么泼脏水就怎么泼脏水罢了。

李濂勉强笑了笑，道：“敢问大嫂，现在小瑶在什么地方？”

永宁公主看了李濂一眼，笑道：“那丫鬟实在是太恶，本宫以为，留在府上也是个祸患，便叫人牙子过来把她卖了。没有卖身契，几乎是白送了。那人牙子看着不像是燕京人氏，说不准现在已经送出城了。”

李濂心中一个激灵，看着永宁公主，不知道永宁公主说的是真的还是假的，也不知道永宁公主有没有认出姜幼瑶的身份，更不知姜幼瑶是如何得罪了永宁公主——当时院子里没有别的人在，他不知道发生了什么事。

李濂也不知如何是好，别人不知道，他知道，那可是姜元柏的亲生女儿，却在他们李家出了事。要是传出去，他也逃不了干系。

永宁公主若无其事地道：“二弟也不必如此伤感，左右只是一个下等丫鬟。既然卖出去了，这辈子应当也不会回燕京城。本宫没把此事放在眼里，希望二弟也不要耿耿于怀。一个丫鬟的死活，没有人在意。你也不必担心那丫鬟报复，本宫做事，不会给她报复的机会。”

李濂吃了一惊，抬起头来看向永宁公主。听永宁公主这话的意思，她已经知道姜幼瑶的身份，并且告诉他，不必担惊受怕，不会给姜家发现真相的机会，也不会让姜家报复他。

“怎么样，二弟？”永宁公主笑着看向他，“你不会为了一个下等的丫鬟，和我生气吧？”

李濂忙道：“怎么会？大嫂帮我教训丫鬟，我感激还来不及。我们府上除了母亲以外，从此以后大小事务，就要劳大嫂做主了。倘若遇到恶仆欺主，还请大嫂帮着管教。”

这李濂是个识时务的，永宁公主很是满意，笑着又与李濂说了几句话，就回房了。

李濂等永宁公主回屋后，顿了顿，才慢慢地往外走去。

他想清楚了，反正永宁公主已经保证过，不会再让人看见姜幼瑶，这件事就无人知道，没有人知道姜幼瑶曾在他府上，李家府上不过是处置了一个下等丫鬟而已。

成王举事近在眼前，成功以后，他们李家就是荣宠无限，因此不能得罪永宁公主。无论她要做什么，随她高兴就好。

李濂走出门，差点和来人撞了个满怀，停下来一看，却是李璟。

李璟看着他，问：“说清楚了？”

李濂点了点头：“说是发卖了。”

“没事，随她高兴吧。”李濂拍了拍李璟的肩，“你要进去？”

李璟点了点头。

李濂道：“那你莫要惹她恼了。”走出门去。

永宁公主坐在榻上，今日在李璟院子里走了一遭，竟也觉得腿脚酸痛，又想让梅香给她拿点酸的果脯吃，就听见梅香在门口道：“大少爷。”

她抬眼一看，李璟走了进来。

永宁公主心中不悦，面上却还算平静，道：“你来了。本宫今日身子还未大好，恕不能迎接。”

李璟道：“无碍，公主坐着就是。”

他二人的谈话，实在不像是一对夫妻，连朋友都不算，甚至连陌生人都比他们自然。

李璟问：“公主今日去过我的院子了？”

永宁公主道：“你不会也是为了二弟的那位丫鬟而来吧？”

“不过是个丫鬟，随公主处治就是。”李璟笑着摇了摇头，“听说公主进了我的屋子。”

“是，”永宁公主道，“见到了一屋子哑巴。”

李璟面色微微一变，语气却还算温和，道：“那些都是我收养的孤儿。”

“你到底是好人还是坏人呢？”永宁公主嗤笑道，“收养孤儿，又将他们毒哑，那些孤儿也算倒霉吧。要是不想被人发现李家的秘密，你不如把他们都杀了，何必留下祸患？”

闻言，李璟有些愕然，但是很快像是松了一口气，笑道：“实在是无奈之举。让公主见笑了。”

永宁公主不说话，李璟站起身，她心里有些紧张，若是李璟要与她同房，她便只得又搬出身子未好的借口来，但难免令他疑心。

不过出乎她的意料，李璟并没有走近，只是对永宁公主道：“公主身子还没好，我便不打扰公主休息了。”他潇洒地出去了。

永宁公主有些愣怔。

李璟走出屋，步子忽然轻快了许多，喃喃道：“竟然没发现……真是蠢东西。”

李家发生的这些事情，姜梨并不知道。这些日子，她更喜爱往叶家跑了。

姜元柏近来事情也多，对姜梨日日往叶家跑的举动也是视而不见。姜梨去叶家，自然是为了看薛怀远，陪薛怀远说说话。

薛怀远偶尔也会问起一些桐乡案的细节，还有有关薛芳菲的证据。海棠对姜梨说，薛怀远时常会问薛芳菲当初在沈家过着什么样的日子，海棠离府之前薛芳菲又发生了什么事。等听完，薛怀远就一个人佝偻着身子，看着地上默默垂泪。

只要想到这情景，姜梨就心如刀绞。薛怀远表面上已经被姜梨劝服，不再参加春试，但私下里开始打听当初薛昭遇上强盗一案。他不能出府，便托叶明煜的人打听。姜梨嘱咐叶明煜，千万别让薛怀远独自出门，燕京城里有多少人想要薛怀远的命，姜梨清楚。

永宁公主伤害了薛怀远一次，她绝不允许对方再伤害他。

叶明煜与姜梨说道：“薛先生脾性实在太犟了。别看平日里笑得和气，结果谁也说服不了他。”又看了一眼姜梨，“不知道的，还以为阿梨你的脾性是跟这老爷子学的。”

姜梨笑道：“是吗？”

“是是是。”叶明煜埋怨，“现在我都不敢同老爷子大声说话了，也真是奇了怪了，你爹也是读书人，我怎么就不怕你爹呢？”

姜梨笑了笑，没有回答。待傍晚的时候回到姜府，刚走到芳菲苑，留在府里的白雪就迎了上来，对姜梨道：“姑娘，右相府上有动静了。”

“哦？怎么回事？”姜梨问。

“有大夫进了右相府。”白雪回答。

大夫？姜梨了然，看来永宁公主沉不住气了，这般迫不及待要给自己有身孕一事一个名正言顺的开头。

这样开头也好，这样一来，好戏很快就能唱起来。

右相府上，大夫正在为永宁公主把脉。

傍晚时分，永宁公主特意挑了李家三父子都在府的时候，才突发“疾病”，说自己恶心得厉害，什么东西都吃不下。

李仲南不敢怠慢，看永宁公主的侍女拿着帖子去请太医来府上，还亲自来看是怎么回事。

李璟和李濂两兄弟也等在门口，永宁公主要真是在李家有个三长两短，他们在成王面前可不好交差。况且这些日子，永宁公主虽然骄纵一点，却也没有惹什么乱子。

太医替永宁公主把完脉，怔了怔，突然站起身来，对着永宁公主作了一揖，道："恭喜公主殿下，贺喜李大人！"

李璟和李仲南皆是一怔，永宁公主蹙眉道："何喜之有？"

太医笑道："殿下这是有喜了！"

"有喜？"李璟面色古怪，李仲南也愣住。

"是啊，看殿下的脉象，应当有喜不足一月。"太医转头对李仲南笑道，"贺喜李大人，喜得金孙！"

永宁公主又惊又喜，叫了一声："本宫有身孕了？"

太医道："正是！"

满屋子的丫鬟跪了下来，嘴里叫着恭喜，单从这点看来，好似确是一桩喜事。永宁公主看向李璟，却见李璟面色奇怪，并无一丝喜色。她心中咯噔一下，想着莫不是李璟在怀疑这孩子不是自己的？但想一想，便是为了让李璟相信这孩子的确是李家的血脉，嫁入府来一个多月，她都未曾出府门一步，自然不可能与外男有染。且这太医也是她早已买通，说她是在新婚之夜因同房有了孩子，应当是没什么差错的。

李璟应当看不出来吧？

"夫君？"永宁公主唤了他一声，心中不安。

李璟像是被她的这一声叫回了神，道了一声好，几步走到永宁公主身边，扶着她的肩膀，微笑着道："没想到公主刚刚嫁到府上便得了喜事，这是李家的福气，也是为夫的福气。"他令人赏了太医，太医捧着银子喜滋滋地离去。

永宁公主这才松了口气。

李濂道："大嫂现在可还觉得不舒服？"

"不曾。"永宁公主笑着摇了摇头，"之前不舒服，本宫还一直找不着原因，没想到是因为怀了身子。说起来，前些日子本宫受了风寒，幸而没有伤着孩子。太医说本宫的孩子很是康健，这就令人放心了。"

"公主现在应当养好身子，让孩子也康健平安，方是正事。"李璟微笑着道，"等下就让人去抓安胎药，夫人日后的吃穿用度也该注意了。"

他说得温情，不知为何，听在永宁公主的耳中，却觉得李璟的这番话没有一丝情意，透着一股虚假。

永宁公主不喜欢这种感觉，从李仲南和李濂的脸上，她也看不出什么激动。除了太医宣布有喜时这几人惊讶了一下，之后就没什么表示。莫非李家人根本不希望有自己的儿孙？大户人家不都是希望能早些开枝散叶？

永宁公主发现自己有些不明白李家了。

她以要休息为借口，让李家其余几人出去，只留了一个梅香在身边。等确认李家人离开院子之后，永宁公主才问梅香："本宫怎么觉得他们并不如何期待这个孩子？听说血脉至亲会有感觉，莫非李璟感觉到这并非他的亲生孩子，才会如此？这样下去，他们会不会发现本宫是怀着身孕嫁到李家的？"

梅香安慰她道："没有，殿下多心了。殿下有身孕这件事做得天衣无缝，太医也不会走漏半点风声。奴婢认为，可能是殿下刚嫁到李家就有了身孕，他们暂且还不太适应，等再过些日子就好了。"

"再者，那李大公子说得对，殿下如今最重要的便是养好身子，养好肚子里的小殿下。"梅香道。

永宁公主慢慢摸向小腹："又能如何？本宫现在在李家势单力薄，还要保护这么个小的，总是要小心一些。"

她竟然有几分怅惘。

李仲南父子离开永宁公主的寝屋后，父子三人直接到了李仲南的书房。李仲南让所有人下去，心腹手下守着大门，一关上门，劈头盖脸就向李璟发问："怎么回事？她怎么会怀孕了？！"

"是啊，大哥。"李濂也道，"你不是说过，你没碰她吗？莫非……"他露出一脸感兴趣的模样。

李璟一看他的表情就知道他在想什么，嫌恶地道："我的确没碰她。新婚之夜，我让别人代劳了。"

李璟对女子没有兴趣，这事李仲南和李濂都晓得，因此晓得这门亲事时，李家比起永宁公主来，也没有高兴多少。

李璟在新婚之夜让旁人代替他，与永宁公主圆房。那位代为圆房的下人，自然已经被赐死了。

"你怎么会让她怀孕？"李仲南怒道，他对这个儿子真是又爱又恨。李璟不像李濂，自己有本事有才华，本来让李仲南十分骄傲，可李璟不爱女人，注定不能为李家开枝散叶。这一点李仲南曾经试着改变过，但每一次都无功而返，日子久了，李仲南自己也就放弃了，至少他还有一个儿子。

"进门后，她不可能怀孕。"李璟道，"那人进去之前服过药，不可能令她怀孕。"

"那是哪里出了差错？"李濂问，"药出了问题？"

李璟玩味一笑："爹，二弟，你们就不觉得很奇怪吗？听闻这门赐婚是刘太妃向太后请求，太后找皇上说话才赐来的。就算是刘太妃想要给永宁公主找个驸马，赐婚一个月后就完婚，是不是太急了点？寻常女儿家出嫁，至少也得等半年，何况金枝玉叶还要抬一抬身价。”

“那是……”李仲南诧异。

“我看，得去找那位来看病的太医问个清楚，譬如……公主肚子里的孩子，真的是不足一月，还是早有好几个月了。”

此话一出，李仲南和李濂都惊了一惊，李濂道：“你的意思是，她早就珠胎暗结，这是故意嫁到咱们李家，拿你当幌子！”

“贱人！”李仲南忍不住怒骂出声，“竟然给李家戴绿帽子！待老夫找出奸夫是谁，非要扒了他的皮！”

“能让永宁公主这种眼高于顶的人瞧上的‘奸夫’，当然不是普通人。而且她本来可以不要肚子里的孽种，养个半年再嫁入李家，届时也无人知道。可她偏偏急急忙忙地进门，显然是想留下这个孽种，可见对这位‘奸夫’爱得很深。”李璟道。

“现在最重要的不是找到‘奸夫’是谁。永宁公主如此深情，真要动了她的‘奸夫’，谁知道她会做出什么拼命的举动。这个孽种不能留，留来留去，李家就成了大笑话了。”李璟补充道。

“对！这个孽种不能留！李家不能替别人养孩子！”李仲南怒道，“生下来若是个儿子，要继承李家家业，这是便宜了外人！永宁公主这个荡妇，竟然打着夺人家产的主意，真是无耻！”

“之前不觉得，现在想想还真是很奇怪。”李濂也道，“这公主一进门就称病，不与大哥同房。大哥宿在外院，她也不闻不问。原来是肚子里有货，生怕大哥发现，她还巴不得大哥离得远远的，好看不见她的秘密！”

李璟摇头不说话，这件事若是别的人家，十有八九就真的被永宁公主蒙混过去了。谁会想到，堂堂公主竟然会怀着身孕嫁给别人呢？

“但是这个孩子要怎么解决？”李濂问，“如你所说，她既然对那个‘奸夫’深情不悔，自然也对这个孩子很上心。要除去这个孽种，只怕会惹得她发狂。”

“自然不能现在就动手。”李璟道，“否则才刚刚有了喜讯，突然就落了胎，不说她，成王也会怪在我们身上。再等等吧，这些日子就当作不知道，安胎的药食一点也不能少。等到时机成熟，让她自己‘不小心’落胎，也怪不到我们身上。”

“话虽如此，咱们就这么让她骗着？”李濂不甘心，“这女人把我们李家当成玩笑嘛。”

“能有什么办法？”李璟苦笑一声，“她可是成王的妹妹。”

“说起来，成王到底知不知道这件事？如果知道，岂不是恩将仇报？我们忠心耿耿追随他，他却暗中让我们为他的妹妹接盘，实在不厚道了些。”

“成王……”话音未落，就听见一边的李仲南沉声开口，眸色涌动间全是愤然，“欺人太甚！”

永宁公主有了喜讯的事，一夜之间就传遍了燕京城。

姜梨得知这个消息的时候，只觉得格外好笑。

“这么快啊……”白雪纳闷。

“当然不能等。”姜梨微微一笑，“她就是要天下人都知道她的喜讯，知道她刚进了李家的大门就有了李家的孩子。”

她走到梳妆镜前，拿起匣子里的珍珠耳环仔细戴上。

桐儿后知后觉地探头过问：“姑娘打算去叶家吗？不是晌午之后才去？”

“不。”姜梨道，“去另一个地方。”

昨夜里她与赵轲说了，今日想去一下国公府。有些事要对姬蘅说，关于永宁公主和李璟的这出戏，还有一点希望姬蘅能出手相助，但她实在不知道有什么可以报答姬蘅的，于是从叶明煜送她的小玩意儿里挑了一块没什么形状的玉石。那玉石呈红色，从中间到四周由深变浅，中间颜色最浓郁鲜艳。

姜梨这几日便是从早到晚拿了小镊子和细毫笔描摹，总算雕刻成了一只蝴蝶的模样。

他有一把金丝折扇，是杀人的利器，上面却是绽开的牡丹花。平日里不杀人的时候，折扇是极漂亮的，却又少了点什么。姜梨做了一只蝴蝶扇坠，想着放在他的扇子底下，蝴蝶绕着牡丹飞舞，犹如他杀人时翩飞的衣角，又美又可怕。

姜梨将那只蝴蝶扇坠放在小盒子里，让白雪拿好，没有坐姜家的马车，在外头寻了别的马车，一路上没有人发现，等到了国公府，姜梨和丫鬟们跳下马车，门房把大门开了。

顺着国公府的大门往里走，才走到花圃里，便听得一阵聒噪的叫声，叫着臭马臭马，姜梨走近一看，小红正落在小蓝的背上，高高兴兴地啄小蓝的鬃毛。见姜梨来了，它乌黑的翅膀一张，直冲姜梨而来，吓得桐儿尖叫一声。小红落在桐儿的脑袋上，歪着头对姜梨喊道：“芳菲芳菲！”

姜梨：“……你闭嘴。”

“你来了。”前面有人说话，姜梨循声看去，姬蘅不知什么时候走了过来，正在抚摸小蓝的马头。

姬蘅摸完了马头，掏出手绢仔细擦拭干净手，把帕子递给文纪，走到姜梨跟前。

“国公爷。”

“你又有什么事？”他问。

姜梨让白雪将小盒子掏出来，递给姬蘅，道：“之前我看到了一块很漂亮的玉石，觉得适合做扇坠。国公爷的金丝折扇很漂亮，我觉得或许可以添一个扇坠，就做了这个，还望不要嫌弃。”

姬蘅接过盒子，打开盒子看了一眼又合上，递给文纪。文纪收好，姬蘅又看向姜梨，道："多谢，所以你又有什么事？"

姜梨泄气。姬蘅的语气就像她是有事就来找他，让他为她收拾烂摊子的一般。以至于她之前在心里想好的要如何顺水推舟提出的请求都说不出来了。

她垂头丧气地看向姬蘅，姬蘅嘴角微翘，好像在笑。

姜梨心中一个激灵，道："我的确是有事想求国公爷帮忙。"

"好，"姬蘅懒洋洋道，"说吧。"

姜梨强忍着内心的赧然道："永宁公主怀孕的事情已经传得燕京城都沸沸扬扬了。我猜李璟也猜到了永宁公主肚子里的孩子不是李家的，接下来李璟定然会想法子让永宁公主不小心'滑胎'。"

姬蘅道："那又如何？"

"若是真让永宁公主自己'不小心'滑胎，这件事就没什么好解决的了。我想，也许永宁公主得知自己滑胎的真相，是李家蓄谋之事，此事或许就不会善了。以永宁公主的性情，定然会不死不休，狠狠报复李家。我想来想去，李家能有什么令人报复的，也就是李璟那不同于旁人的令人作呕的癖好。李璟的癖好被传出去，李家就要成为天大的笑话。李家也不是善于忍让之辈，纵然李仲南依附成王，也不会善罢甘休，必然要把永宁公主怀孕的真相说出来的。"

姬蘅："所以？"

"所以，当然要找到孩子真正的父亲。沈玉容一直躲在人后，这回也该站出来了。"

"所以，你想用一只扇坠换这一场好戏制胜的关键？"姬蘅笑道，"你也真是太会做生意了，阿狸。"

姜梨被他的一句阿狸唤得一怔，回过神来，眼眸一弯，笑道："那国公爷肯不肯做这笔生意？"

"好啊。"姬蘅答应得极为爽快，瞧着姜梨，笑意动人，"我答应你。"

姜梨眨了眨眼睛，道："此事一过，成王是不是要立刻举事了？"

"如果永宁公主和李家在这件事中名声尽毁，元气大伤，会加快他的动作。"

姜梨又问："提前会不会对你的计划有所影响呢？"

姬蘅看着她："你知道我的计划？"

姜梨坦然地摇头："不知。不过你们身处这个位子，成王的一举一动应当会对你有所影响才是。"

"影响不大。"

姜梨松了口气："那我就放心了。"

姬蘅挑眉："你好像挺担心我。"

本来一句普通的话，被他压低声音说出来，好像带了三分撩拨。

姜梨觉得脸热，只道："那是自然的，国公爷还掌握着我的身家性命，日后还要多多倚仗您。”

姬蘅轻笑一声：“你知不知道，成王举事后，皇上会如何派兵？”

“当今朝中有武卫将军和平戎将军。”姜梨道，“不是这二人吗？”

“出身行伍之间，年纪轻了些，比起成王的势力来说，未必多有优势。”姬蘅淡淡道。

姜梨道：“可先帝在世的时候便重文轻武，以至于朝中武将并不多，这二人已经是佼佼者……啊，我想起来了，还有昭德将军夏郡王！”

夏郡王是先帝同父异母的兄弟，虽然不是一个娘亲生的，但先帝当年与夏郡王，倒也兄友弟恭，可后来又不知怎的，先帝派夏郡王去了西北酷寒之地镇守边疆，一年到头也不能回京。如今夏郡王的儿子只怕和洪孝帝差不多大。

这位夏郡王又是极为出名的昭德将军，手下兵士作战勇敢。旁人猜测也许正因如此，先帝当年才让昭德将军去了西北，而不是贬官。他手下的兵士作战勇猛，却也野性难驯，只有昭德将军才能将他们管得服服帖帖。

“你还知道夏郡王？”姬蘅有些意外，“知道得不少。”

毕竟当年昭德将军去西北的时候，姜梨还没有出生。对于姜梨这个年纪的姑娘来说，应当极少听过这个名字，只怕燕京城的许多人也早已忘记了这么个人。

“国公爷想说的，是不是就是他？”

姬蘅没有回答，半晌后，才慢慢翘起唇角，道：“谁知道呢？”

姜梨瞧着他，姬蘅不知道在想什么，那双琥珀色的眼眸，颜色深重了许多。她敏感地察觉出，这个夏郡王或许对姬蘅来说有很大的影响。

她突然又想到，其实北燕还有一位骁勇善战的将军，就是姬蘅的生父金吾将军姬暝寒。当年人们称北金吾、南昭德。论起军功，两人不相上下。如果姬暝寒没有不知所终，那么如今力抗成王的应当是姬暝寒，而不是千里之外的昭德将军。

姬蘅……也许是想起了自己的父亲，姜梨默默地想。

那一日，在国公府见过姬蘅后，姜梨并没有做什么。倒是右相府中，近来算是有桩喜事。

燕京城人人都晓得永宁公主嫁到右相府上月余就有了身孕。这是李家的福气，也是李家的喜事。

永宁公主住在右相府里，补品源源不断地送来，安胎药每日吃着，看上去李家对这个孩子也算是关怀备至。不知怎的，永宁公主总觉得，李璟每次看自己小腹的目光里没有半点温情，反而透着一股冷漠。

这令她十分不安，总疑心李璟发现了这孩子的身份。她摸着小腹，道：“再过几日，这孩子就三个月了。”

短短三月时间，娇艳的容颜枯萎，她显得憔悴又虚弱，不复以往的美丽。永宁公主揽镜自照，不由得喃喃自语："这个样子，沈郎看了怕也是会嫌弃的吧……"

她把镜子一摔，道："不想待在屋里了，出去走走吧。"

"好。"梅香赶紧过来搀扶她。

她让梅香扶着她往李璟的院子那头走去。

李璟的院子虽然偏僻，好在安静，没有别的下人。只有关了一个书房的哑巴，哑巴不会说话，况且她也可以不进书房，就在院子里走走，也能暂时清净一会儿。

走了一段时间，便一个下人也看不到了。再走十几步远，就能看到李璟的院子。永宁公主道："李璟倒是会挑地方。"

梅香正要说话，突然身后的草丛里跳出一人，梅香还没来得及反应，便被那人一个手刀劈向后颈，晕了过去。永宁公主大叫一声，那人又伸手狠狠地一推永宁公主，草丛的后面是装饰用的台阶，约有五尺高，永宁公主被这么一推，一下子跌了下去！

她大叫一声，只觉得眼前一黑，顿时昏了过去。

右相府在这个和平日一般无二的夜里，突然忙碌了起来。

宫里的太医得了消息，急急忙忙深夜往右相府上赶。这可是永宁公主，肚里孩子也是皇家血脉，要是有个三长两短可如何是好。替永宁公主把过脉后，太医只能摇头，对着李璟长长叹气。

李璟就明白过来，永宁公主肚子里的孩子没了。

他立刻做出一副沉痛的表情，还是李濂和李仲南将太医送走的，他坐在永宁公主榻前的凳子上，看着永宁公主，几乎要抑制不住嘴角的笑意。

这一个月来，李璟准备了无数种办法，想让永宁公主"不小心"滑胎。无论他怎么做，永宁公主最后都安然无恙。那些泼在地面上的油，熏香里点着的可使人流产的药，以及吃食中不动声色添加的药材，通通都没有用。想来是永宁公主实在紧张肚子里的孩子，任何东西都不假手于人，以至于那些都没有派上用场。

李璟觉得很头疼，他不能明目张胆地剥夺这个孩子，否则皇家会怪他们照顾公主不力，可一直找不到机会下手，永宁公主的孩子就会越来越大，流产就越危险。虽然李家人不会为永宁公主的死伤心，但现在这个时候他们还需要永宁公主来维持李家和成王的关系，让成王以为欠了李家而对李家心怀愧疚，从而补偿他们。

因此，永宁公主不能死。

本来还在为此事焦头烂额，不知道要用什么法子才能神不知鬼不觉地让永宁公主落胎，没想到今日他突然听到自己院子附近传来尖叫。等下人过去后才发现，永宁公主和她的婢女倒在地上，婢女昏迷，永宁公主倒在台阶下，身下全是血迹。

起初李璟还紧张了一刻，以为是府里进了刺客，永宁公主这是没命了，但太医来后仔细地检查过，永宁公主除了跌倒以外，并无任何伤痕，是流产了。

李璟打心里愉悦，李濂说也许是永宁公主在散步的时候不小心跌倒，所以滑胎，但周围昏迷的丫鬟也说不清。

不过，这到底解决了他的一个难题，他的神情也轻松起来。

正在想着这些的时候，永宁公主醒了过来。

看见李璟的第一眼，永宁公主吓了一跳，似乎没想到李璟会在她的房里。紧接着，永宁公主面色大变，像是想起了之前发生的事，下意识去摸自己的小腹。小腹平坦，她看向李璟，颤抖地问："本宫的……"

"公主，"李璟深深地叹了口气，悲伤地看着她，"孩子没了，我们的孩子没了。"

永宁公主愣愣地看着他，突然大叫道："不可能！"她起身要下床，嘴里嚷道，"我要找太医，你在欺骗本宫，本宫的孩子怎么会没有呢？"

"公主！"李璟强忍着厌恶抓住她的手臂，痛声道，"是真的！你从台阶上跌倒下去，太医已经来过，孩子没了，你要保重自己的身体，日后我们还会再有孩子的。"

"从台阶上跌下去……"永宁公主喃喃道，"对，不是，我不是从台阶上跌下去的，是有人推我！"永宁公主反手抓住李璟的手臂，"李璟，你们府上有人对本宫行刺，是他推本宫跌倒，是他害得本宫失去孩子！"

李璟心中一动，面上却不动声色，追问："公主可看清推你之人的脸？"

永宁公主摇了摇头："没有，他蒙着脸，我什么都看不见。"

李璟心中松了口气，永宁公主复又看着他，恨声道："是他杀了我的孩儿，你们李府上侍卫如此松懈，害本宫深陷危险。这是你们的过错，本宫要同太妃说明此事，要告诉大哥，倘若不找出此人抽筋扒皮，本宫誓不为人！"

李璟心中一惊，没想到永宁公主竟然如此看重她肚子里的孽种，到了这个时候，还想着为孩子报仇。他沉吟着还要如何安慰永宁公主几句，外头突然传来带着哭腔的声音，梅香从外头跌跌撞撞地进来。

梅香扑倒在永宁公主榻前，哭道："都是奴婢不好，奴婢没有保护好小殿下……"

永宁公主狠狠给了梅香一巴掌，怒道："都是你！倘若你能机灵一些，早点发现此人，倘若你没有被他打晕，本宫的孩儿也就不会死！贱人！"

梅香一句话没说，只是捂着脸抽泣。永宁公主看着看着，眼泪也扑簌簌落下来，哀声道："我的孩子……"

她是为了保全这个孩子才嫁到了李家，才会迫不及待进门，如今孩子没了，她在这之前所做的一切都没了意义，还要留在李府做什么？早知今日，何必当初，她还不如早早听刘太妃的话，或者按照沈玉容说的，直接喝药将这孩子除掉，也不必嫁到李家，如今还是自由身，等得了机会，还是能嫁给沈玉容。

眼下是赔了夫人又折兵，永宁公主不知道前途在哪里，十分茫然。

李璟见她失魂落魄的模样，心中掠过一阵快意。永宁公主把李家当傻子，带着孩子就想嫁到李家，也没有问过李家人答不答应。

他装模作样安慰了永宁公主几句，越是这般，永宁公主就越是不想见到他。若不是去李璟的院子，她何必遭此厄运。永宁公主是把一切能怪罪的人都怪了。

等李璟离开后，永宁公主靠着床榻坐着，呆呆看着天，道：“全完了……”

梅香抽泣着：“殿下不可这么说。”

“我该怎么办？”永宁公主恍若未闻，“如今我已经成了李家人，孩子也没了，沈郎不会再要我，我也不想嫁给李璟，什么都完了……”

“殿下，你可千万别这么说。”梅香爬到永宁公主面前，“便是为了死去的小殿下，您也要打起精神来！这一次分明是有人在算计您，你还得为小殿下报仇啊！”

永宁公主像是被梅香的一句话惊醒过来，看着梅香道：“对……本宫还要为孩子报仇。那路上分明是有人算计我，有人不想我怀了他的孩子，想要害本宫的孩子……本宫一定要找到他！”

旁的也就罢了，在右相府上突然出现了一个黑衣人，没有要梅香和她的性命，却是把她推倒，分明就是冲着永宁公主肚子里的孩子来的。是什么人要害她的孩子？

“这人应当还在右相府。”梅香道，“殿下这个时候更不可离府，千万莫说回到公主府或是到宫里养身子的话。那人既然是在右相府出现的，右相府白日里也不会进来外人，说不准是府里的人。仔细找找，总能寻到蛛丝马迹，殿下，奴婢会查出对方究竟是谁，给小殿下报仇的！”

像是被梅香的情绪感染，永宁公主也慢慢平静下来，道：“没错，本宫不能就这么走了。本宫要让李家给个交代，这是李家的失职。待找到那人，本宫要他百倍千倍偿还，必然要他付出血的代价！”

永宁公主和梅香的话，李家并无其他人知道。另一头，李璟正在与李仲南和李濂说话。

“此事真不是你所为？”李仲南问。

李璟摇了摇头：“我不会用如此直接的办法给人留下把柄。”

李仲南看向李濂，李濂也道：“也不是我。大哥的事，我向来不敢插手。”

李仲南奇道：“这就奇怪了，莫非是府里真进了刺客？今日已经派人去查，府里并未有什么不对。”

“或者是大哥你的心腹替你解决的？”李濂问，“知晓你为此事发愁，所以主动出击？”

“怎么可能？”李璟道，“既是做了，自然该前来邀功，如今连人也没见到。不过不管怎么说，这都了了我一桩心事，还该谢谢他。”

“未必是什么好事。”李仲南皱眉道，“她终究是在我们府上出的事。永宁公主自来骄横跋扈，刘太妃那头还好说，要是将此事告诉成王，借此夸大，成王对我们李家怕是有所微词。”

“说起谁对不住谁，不是那个女人更对不起我们李家吗？成王还想送我们一顶绿帽子戴，别说这件事我们不知道是谁所为，便真是我们所为，成王也是理亏。让我们李家帮别人养儿子？成王自己怎么不养？”李濂道。

因着永宁公主早与人珠胎暗结一事，李家终于还是对成王生了嫌隙。

“话虽如此，但现在他是我们的主子，他的安排我们只得受着。”李仲南面沉如水，“璟儿，我看你还是在府里彻查此事，若实在查不出来，便想办法给永宁公主一个她想要的交代。”

这个意思，便是要寻一个替罪羊了。

李璟道：“知道了，父亲。”

李仲南望了望窗外，夜空幽深漆黑，道：“在这紧要关头，事事顺着她吧，切勿和成王发生争执。一切，等事后再说。”

右相府上永宁公主落胎的事，赵轲第一时间就告诉了姜梨。

“这么快？”姜梨问赵轲，“永宁公主和李家人可起过什么疑心？”

赵轲摇了摇头。

姜梨放下心来，想来李家人和永宁公主现在最关心的就是凶手是谁，至于永宁公主肚子里的是真货还是假货，倒是没有细细去考究。不知道姬蘅的人是用了什么法子，连流产这回事都做得天衣无缝，把三个月后药效消失、孕象不见这件事完美地遮掩过去。

天下间大约没有什么他解决不了的难题。

“永宁公主要找出凶手，李家为了息事宁人，必然会在这几日之内送给永宁公主一个‘凶手’。以永宁公主的脑子，不会怀疑其中真假，只会先将自己的愤怒发泄出来。”

赵轲闷头听着，晓得姜梨接下来要吩咐事情了。

果然，姜梨转向他，微笑道：“接下来的事，就要麻烦赵小哥了。”

“二小姐请说。”赵轲道。

“得想个法子告诉永宁公主才行，想要置她肚子里的孩子于死地的，不是别人，就是李大公子。李大公子已经得知了永宁公主给他戴了绿帽子的秘密，为了公平起见，永宁公主也应该知道李大公子的一个秘密才行。是时候让永宁公主发现李大公子的秘密了。”她道。

赵轲领命离去，姜梨看着窗外。春夜，天上的星辰渐渐多了起来，闪闪烁烁，很是明亮。

明日天气一定很好了，她想。

永宁公主流产的事，到底还是传到了宫里。

刘太妃大怒，扬言一定要彻查此事。相比之下，成王倒是没有多在意，因他近来忙着更重要的事——逼宫造反，所以永宁公主的事情也就暂且放一放了。

李家一时之间成了众矢之的，虽在努力查凶手，但两三天里也查不出什么苗头。而永宁公主却像疯了，从早到晚都叫嚣着要李家拿出个说法。她找不到凶手，就把气全都出在李家。

夜里，永宁公主坐在屋里，面色烦躁。

她的身子恢复很快，流产本应是一件消耗身子的事，可不过短短一日，永宁公主就恢复过来，可以自如地走动，若非李家人晓得她有过身子，只怕说出去也没人相信，还以为她从未有过身孕。

不过正因如此，李璟也没料到永宁公主恢复精力如此之快，对于永宁公主的催促，显得有些忙乱无措。

梅香捧着熬好的汤药从外头进来。

“今日李家又没有给个说法。”永宁公主怒道，“简直岂有此理！”

她瞧了一眼梅香端上来的汤药，看着看着，又想起那个无辜死去的孩子，心开始隐隐作痛。更让她寒心的是，如今她流产的事，想来朝中上下已经传开了。沈玉容也应当了解一星半点，可沈玉容竟然没有来看她，哪怕只是托人带封信、传句话也好呀。

可是没有，什么都没有，她等来等去，等来的是一场空。

这可是沈玉容的骨肉！他竟然一点儿也不念及亲情。

永宁公主想到此处，有些伤心。她晓得沈玉容是个薄情之人，这一点，从他对薛芳菲的态度就能看出来，但万万没想到有一天，这薄情也会用在自己身上。

越想越是烦躁，越想越是不甘，永宁公主问：“梅香，今日沈郎那边可有口信传来？”

半晌没有回答，她转过头，见梅香站在桌前，神色不定地擦着桌子，反反复复擦着同一块地方，眼睛却不知看向空中的哪一处。分明是心思不在此处，永宁公主狐疑地再叫了一声：“梅香！”

梅香慌乱地回过头，道：“殿下？”

“你怎么回事？”永宁公主眉头一皱，“是不是有事情瞒着本宫？”

“奴婢……奴婢……”梅香转过身，走到门前，见外面没有其他人，便将门掩上，回到屋里，一咬牙，在永宁公主面前跪了下来，“奴婢方才从外面回来，路过一间小屋，听到了一些事……”

“何事？”

梅香便娓娓道来，她去拿给永宁公主煎的补药时，路过一间暗房，暗房虚掩着，梅香本打算走过，突然听见暗房里有人说话。李家下人说话，梅香也没打算去偷听，但在其中突然听到了永宁公主的名字，梅香就停下脚步，见周围无人，顺势侧身贴在门缝里，仔细听着里面的人究竟在说什么。

其中一人道：“公主肚子里的孩子总算是掉了，幸而是掉了，这下大公子不必费尽心力在公主的安胎药里动手脚，还老是没什么反应。说起来公主莫不是没有喝药？否则怎么会一点动静也没有？要不是这次大公子下了狠手，还不知能不能成功。”

“那可不？要是等她肚子再大些，再想动手就难了，容易出人命。在这之前咱们大公子用了多少法子啊，在地上泼油用药用香什么都试过了，就是没反应。如果这回被推下台阶还没动静，我都要怀疑她不是普通人，练过什么神功了。”

另一人又道：“你小声些，要是被人听到就麻烦了。总之现在这结果就是最好的。成了，咱们也别说这些了，赶紧做事吧。等公主再闹几日，殿下给找个替罪羊不就成了？”

梅香在一边听得心惊胆战，有心还要探听更多秘密，那两人却转头谈起其他的事情。远处有人的脚步声，梅香不敢停留，怕被人发现自己的踪迹。她不敢直接闯进屋中将这两人揭穿，要知道这里毕竟是李家。如果这两人说的是真的，凶手是李璟，李家人一定会杀人灭口，只怕还没等她将此事告诉永宁公主，自己就从世上消失了。

因此她假装若无其事地站起身，轻轻离开，继续去厨房端药，然后回到永宁公主的屋子里。她将药放下来，心中却惴惴不安，想着如何与永宁公主提起此事。

终于被永宁公主发现了端倪。

永宁公主听完后，嘴唇哆嗦了几下，道：“他们好大的胆子。”忽而又扬高了声音，“他们好大的胆子！”

“公主不可！”梅香赶紧阻拦道。

永宁公主眼睛一瞪：“你做什么？李璟害死了本宫的孩子，本宫要他偿命！本宫这就去找李璟说个明白，看他究竟还有什么话好说。难怪了……”她冷笑一声，“本宫就是觉得他们李家对寻找凶手一事多有敷衍，原来凶手就是李璟，真是贼喊捉贼，只怕本宫的举动在他们眼里也只是个笑话吧！”

永宁公主激动极了，梅香压低声音道：“殿下，此事尚未得到证实。奴婢一开始不敢告诉您，便是因为奴婢也不清楚此事究竟是不是真的。倘若有人故意引奴婢去那房间，让奴婢听到那席话，为的就是嫁祸给李大公子，咱们岂不是入了对方的套。殿下一定要冷静！”

“哦？”永宁公主气急败坏道，“你要本宫如何冷静？现在你告诉本宫，李璟可能杀了本宫的孩儿，便是可能，本宫也实在冷静不了！”

“奴婢并非是要为李大公子说话，也不是给李家脱罪，而是为了公主着想。殿下且想一想，倘若真是李大公子动的手，李大公子为何要这么做？难道李家是不想要孙子，还是他们已经察觉到了什么？”

永宁公主一愣，慢慢地平静下来，过了一会儿，她道：“李璟肯定早就知道本宫怀的不是李家的骨肉，他一开始看本宫的时候，眼睛里面就没有一丝一毫的感情。”

第一次请太医来府上，宣布“喜讯”的时候，永宁公主就觉得李璟父子三人怪怪的。那时候永宁公主还怀疑自己看错了，现在想想，根本不是看错。也许他们一开始就知道那孩子不是自己的。

“这个浑蛋！”永宁公主咬牙切齿道，“把本宫玩弄于股掌之间！”

这两个月来，永宁公主为了这个孩子所说的谎，大约在李璟眼中也是极可笑的。他什么都知道，却装作一无所知，还陪着永宁公主做戏。

“倘若李大公子真的一早就知道此事，他是如何知道的？可有证据，还是听到了风声？”梅香还是一如既往地冷静，“这些现在都不知道。”

“你想说什么？”

“奴婢想说的是，便是殿下此刻到太妃娘娘和成王殿下面前说是李大公子害死了殿下的腹中骨肉，只怕也没人相信。在这之前，务必要讲究证据，拿着证据试探李大公子，就知道李大公子究竟是不是幕后主谋了。”

永宁公主问道：“如何拿到证据？”

“奴婢从那两人交谈中听闻，李大公子曾使用过各种手段希望殿下流产，但最后都没有用，这也是因为殿下在李家的时候对腹中小殿下保护极好，别的不说，李家厨房里煎的安胎药，殿下是一碗也没有吃过的，唯恐有人在里头下药，都是吃的奴婢从公主府带来的安胎药丸，但是那些安胎药，别人不知道，以为殿下都喝过了，其实是被奴婢倒在了门前柳树下。

“那些药里还剩下一些药渣，积攒下来也不少，现在奴婢去挖，应该还能挖出来一些。只要拿到药铺里给大夫闻一闻，就晓得里面有没有致人流产的药。倘若有的，就说明方才那两人说的话是真的，李大公子是真的要置小殿下于死地。倘若那些药渣没问题，就说明那两人在说谎，为的就是诬蔑李大公子，让殿下与李大公子两败俱伤。”

过了许久，永宁公主才道：“好，就听你的。你去把那些药材挖出来，明日拿到药铺里问个清楚。如果不是便罢了，要真是李璟害了本宫的孩子，本宫就算拼了这条命，也要拉着他们李家一块儿陪葬！”

她的眸中满是复仇烈火，梅香低头道：“是。”

永宁公主小产的事传遍了朝野，沈玉容不是不知道。

等他回到沈府，便见沈府门口停着一辆马车，这是宁远侯府的马车，沈如云来了。

他走了进去，小厮迎上来替他脱去外裳。待走进厅堂，沈母和沈如云正在说话，见他来了，立刻站起来。

沈如云自从嫁到宁远侯府，除了回门那日，还是第一次回来。她穿着比从前更精致，衣裳繁复得令人眼花，头上、手上、脖子上全戴着首饰。

看上去她的日子过得还不错，脸上的焦躁之色却多了不少。成为妇人以后，似乎把她作为少女时仅存的一点儿娇俏可人也给磨灭了。

“大哥，”沈如云站起身，劈头盖脸的就是一句，“你知道不知道，公主她小产了！”

沈玉容看了她一眼，在一边坐下。丫鬟赶紧倒上热茶，他端起来喝了一口，才面无表情地道：“知道。”

“你怎么也不去问问她？你应当想法子见她一面！”沈如云道，“现在正是她最脆弱的时候。”

“她现在是李璟的妻子、李大奶奶，我以什么身份去见她？”沈玉容平静地道。

“便是嫁了人又如何？总归她心里只有你，又没有那劳什子李璟。”

“沈如云！”沈玉容厉声道。

沈如云吓了一跳，呆了片刻，又嘀咕道：“本来就是嘛，公主待我们家不薄，她流了产已经很可怜了，我是同情她才这样说的。”

“是啊，”沈母也忍不住发话，“玉容，你不要责怪你妹妹，你妹妹说得也没错。公主对你的心意，我们沈家都是知道的。你可别辜负了人家。”

沈玉容心中划过一丝无力。他的家人口口声声向着永宁公主，不是因为永宁公主与沈家有多么深厚的情谊，而是因为永宁公主的身份能让他变成驸马，让他与成王成为连襟。这样一来，他能凭借这层关系，一步一步往上爬。

“她已经嫁人了，母亲。”沈玉容提醒道。

“我知道，可是现在她小产了呀。”沈母道，“她小产了，心里又是有你的。只要你去说几句，她可以同李家和离，嫁到咱们沈家来。”

“对对对，”沈如云也热络地道，“咱们沈家不会像李家那般，会好好照顾她的！”

光听这些，人们大约会觉得真是热心肠的一家人，居然不顾这女人之前成过亲，与别的男人有过孩子，迎着盼着要将她娶到自家来。这还是在不知道永宁公主肚子里的孩子是他的前提下，要是知道了，只怕更是闹得不停歇。

“这件事别想了。”沈玉容冷冰冰地道，“她是不会和离的，也不用进沈家的门。”

沈如云和沈母愣了一下，沈母失望极了，沈如云却道：“为什么呀？她是公主，她想要嫁谁不是自己的自由吗？李家没有照顾好她，她自然有理由和离。恰好大哥你有过妻子，娶她看起来最登对呀！”

登对……沈玉容心里简直想要放声大笑，原来在自己妹妹眼里，他和永宁公主是登对的。也许吧，他们一样的心狠手辣。

“没有为什么。”沈玉容道，“天晚了，你回去吧。”说罢，他没有再理会沈如云，与沈母点了点头，就离开了厅堂，往院子里走去。

身后，传来沈如云同沈母争执的声音，沈玉容不想听。他如今的官位也不低，但不知为何，沈母和沈如云还是希望他能依靠着永宁公主往上爬。曾几何时，她们只让他好好念书，省吃俭用就为了给他凑够上学堂的银子，从不抱怨。如今，分明已经衣食无忧，却还是不满足。

什么时候变得贪婪起来的？沈玉容不知道，等他惊觉事情已经到了一个无法挽回的地步时，已经不知道怎样做才好。

为了获得更高的权力地位，他的家人不惜要他出卖尊严，便是对方已是个嫁人的妇人，也要他同对方暗通款曲。沈玉容觉得有些恶心。

他实在不愿意。

在这些事情上纠缠，而近来唯一感到欣慰的，居然是永宁公主肚子里的那个孩子没有了。身为父亲，沈玉容不感到一点悲伤，甚至感谢那位凶手，不管对方是谁，他不在意，只是欣慰对方帮了他这个忙。

让他彻底和永宁公主割离开来。

沈如云与沈母说了一会子话，才坐上回府的马车。

宁远侯府不管她，并不是因为她是沈玉容的妹妹不敢管束，而是因为周彦邦根本不在意她的存在，漠不关心。因此无论是她白日出行，还是夜里回娘家，都没人管。

这次回沈家，除了劝沈玉容与永宁公主和好以外，沈如云也狠狠地同沈母倒了一通苦水。

嫁到宁远侯府后，沈如云的日子并不好过。周彦邦成日流连花楼，饮酒作乐，晚上喝得酩酊大醉才回来。沈如云见了就生气，可周彦邦看待她根本就像是个陌生人，哪里把她当作妻子，甚至对那个沈家的妾姜玉娥，都比对沈如云好。

姜玉娥会伏低做小，对周彦邦极尽体贴，还有数不尽的下作手段，总是把周彦邦缠在自己院子里。沈如云想要发作她，可每每抓不到姜玉娥的把柄。

沈如云这才发现，在内院后宅之中，她竟没什么手段。也许是因为沈家本就没什么女眷，唯一一个外来的薛芳非又是温顺柔和的性子，在沈家，沈如云没有对手，也犯不着去学什么。在宁远侯府这个陌生的战场，她成了手无寸铁之人。唯一可以仰仗的，也就是世子夫人这个身份，可这个身份，周彦邦根本不放在眼里。

沈如云求周彦邦怜爱不成，又老被姜玉娥使阴招，又急又气之下，只得求助宁远侯夫人、她的婆婆。

侯夫人看上去慈爱，安慰了她一番，实则旁敲侧击地问起沈如云的大哥沈玉容，可否在皇上面前替周彦邦美言，让周彦邦得以回返仕途。

这件事沈如云同沈玉容提过，可是被沈玉容拒绝了。见说了几次，沈如云都是支支吾吾，侯夫人也懒得管这些事了，下次沈如云再来诉苦的时候，侯夫人就称身子不舒服，根本懒得出来。

想想也是，反正周彦邦在仕途上也没有前程了，他爱怎么玩就怎么玩，旁人至多在背后议论几句，被说几句又不会掉块肉，何必为了这些小事伤了母子感情呢?

沈如云是真的束手无策，本想求助永宁公主。沈玉容不肯帮忙，永宁公主肯定会帮忙，可永宁公主在这个关头嫁到了李家。沈如云慌了神，如果永宁公主嫁到李家，和沈玉容断了往来，他们沈家还能走多远，是不是好日子就到头了？因此，她才会急匆匆地回到沈府，来劝沈玉容，即便是永宁公主嫁人了，也不要和永宁公主划清界限。

可惜她的想法似乎和自家大哥背道而驰。

沈如云两边不讨好，宁远侯府她没有办法解决自己的困境，沈家沈玉容又是这么个态度。沈如云突然觉得，要是薛芳菲在就好了，至少她会替自己想一个解决的办法，她那么聪明，必然能有一个办法让自己在宁远侯府站稳脚跟。

马车在夜里疾驰而去，沈如云按了按额心。

薛芳菲已经死了，她不应该去回忆一个死人。况且正是因为薛芳菲的死，沈家才有今天的繁盛。

她只是被最近的烦恼弄得有些晕头转向，她只是越来越看不懂沈玉容，而已。

一天一夜，听上去挺短的四个字，对于永宁公主来说，却分外漫长。

昨夜，梅香在柳树下挖到了药渣，等到今日白天，趁着府里采买的机会出了府门。

永宁公主一个人待在屋里，一直等到傍晚，等到李璟父子都回来，等到永宁公主用过单独的晚饭，屋子里的灯都亮起来。

正等得不耐烦的时候，外面突然传来梅香与丫鬟们说话的声音，永宁公主精神一振，从榻上坐起身来，下了榻，正好梅香从外面进来。

永宁公主挥手屏退了下人，让梅香把门关上。梅香把门掩好，确定四周无人后，才从怀中掏出那个装着药渣的纸包。

“奴婢今日出门，为了避免出差错，一连跑了好几个药铺，让人闻药渣里究竟有什么。”

永宁公主急急追问：“可有什么发现？”

梅香看了永宁公主一眼，沉声道：“这药渣里的确混有致人小产的药物。刚开始不会有事，连续服用一月有余，身子会极为虚弱，只要走动一下，便会很容易小产，而怀有身孕之人，却很难察觉身子的这种变化。”

“那两人说的是真的，李大公子是真想谋害小殿下！”梅香道。

永宁公主踉跄着后退一步，靠着床柱，忽而握紧拳头，目光几欲喷火，一字一顿，咬牙切齿道：“李璟，本宫要你的狗命！”

“殿下，”梅香尚且有些犹豫，“如今咱们在右相府上，到底是别人的地头，即便您身边有侍卫……怕是不能与他们撕破脸。”

永宁公主冷笑一声：“照你的话说，本宫眼下就应该躲在屋里，在这里假装一无所知，没听见那些人说的话吗？李璟接下来就会随意找个替罪羔羊，来打发本宫。他就躲在暗处，一直等着看本宫的笑话，一想到这里，本宫就恨得咬牙切齿。”

若说现在有什么人是永宁公主最为痛恨的，自然就是李璟无疑了。李璟害死了她和沈玉容的孩子，还要做出无辜的姿态，假惺惺地嘘寒问暖。

不等梅香继续说话，永宁公主又道：“你也不必怕这怕那，李家也就是我大哥养的一条狗罢了，狗若是敢咬主人，那是要被打死的。李家若是不怕出事，自然可以对着本宫来。可惜这一回，本宫不打算放过他们！”

说罢，将屋门用力一推，立刻走了出去，气势汹汹地去找李璟算账。

梅香见此情景，只得跟上去。

她走得很快，于是那原本长得令人疲倦的路，今日也像变短了不少。待到了那间偏院，周围立刻变得安静下来。

永宁公主啐了一口，道：“真是个怪胎，连住的地方也是如此诡异。”

梅香看着紧闭的书房大门，轻声问：“殿下。”

永宁公主深吸一口气，示意梅香上前，自己走到门前，顿了一刻，高声道：“李璟，你这个浑蛋！”

梅香一把把门推开，屋里灯光大亮，一切无所遁形。那张宽大的桌上，李璟正半伏着身躯，在他身下是上次永宁公主和梅香所见到的少年。少年衣衫褪至腰间，面红耳赤，听见动静，往这头看来。

梅香和永宁公主同时大吃一惊。

但见这屋里的少年有几人皆是如此，衣衫不整，其余衣衫整齐的则跪坐在一边，对面前的景象视而不见。那几个衣衫不整的，还有上次见到的八九岁小孩，露出暧昧的痕迹。

一瞬间，许多事情都豁然开朗。

为何这院子要如此之偏，为何这些小厮全都是长相清秀的少年孩童，为何他们全都是哑巴。什么心善救助孤儿，无非是给他龌龊的行为一块遮羞布！这些孩子之所以被毒哑，是为了让李璟尽情发泄兽欲而不被人发现！

真是恶心！

饶是永宁公主也忍不住后退一步，面露嫌恶。

李璟没料到会有人在这个时候突然闯来，目光变得暴戾，看清是永宁公主后，也愣了一下。他松开手，少年跟着直起身子，永宁公主看得清楚，那少年身上青一块紫一块，脖颈间还有带血的齿痕。

李璟站起身，慢条斯理地扣着衣裳上的扣子，看着永宁公主，并不惊慌，反而还带了点笑容，道：“公主怎么来了？”

永宁公主冷笑道：“难怪你日日不与本宫同房也不觉得不快，原来李大公子的爱好别于常人。”

李璟笑了笑，道：“每个人都有一些特殊的爱好，公主有，我自然也有。只要这爱好没有妨碍到别人就可以，是不是？还是，”他看了一眼那些瑟瑟发抖的孩子，“公主不喜欢我这个爱好，需要我改变呢？”

“谁关心你这些见不得人的爱好？”永宁公主不屑道，“本宫才没有那么多心思在你身上。李璟，你杀害了本宫的孩子，本宫要你付出代价！”

“杀害？”李璟一愣，“公主弄错了吧，我怎么会杀死自己的孩子呢？”

永宁公主看着他，李璟一脸惊诧莫名，永宁公主差点相信李璟是真的没有做那些事情。她很快道：“谁知道你为何要这么做。你日日吩咐厨房煎好的药渣，里面有致人小产的药材，若不是本宫小心，便要着了你的道。你看你的伎俩不行，便让人在路上推了本宫一把！本宫小产，全都是你一手造成！”

“公主，”李璟闻言，毫不动容，“安胎药里的药材，自然可以是煎药之人在其中动的手脚。怎能怨我？我能体谅公主痛失孩子的难过，却不能理解为何公主要将这些事都怪罪在我头上。那可是我自己的孩子，虎毒不食子，我有什么理由，去谋害自己的孩子呢？还是说，”李璟微笑道：“这不是我的孩子。”

她道：“你少来胡说八道。本宫虽然不知道你为何要杀害亲生孩子，但此事本来就是你所做。李璟，你吃了熊心豹子胆，连本宫的孩子也敢害！”

“公主口口声声说是自己的孩子，却丝毫不提我。”李璟轻飘飘道，“旁人听上去，还以为公主的孩子不是我的孩子呢。”

见他怎么都不肯承认此事是自己所为，永宁公主恨极，又不能在这里承认这孩子本来就不是李璟的。李璟一副有恃无恐的样子，永宁公主也不能拿他怎样，总不能现在冲过去把他杀了。

她暂且做不到。

“总之，此事就是你所为！”到最后，永宁公主也只能气急败坏地丢下一句，“你等着吧，李璟！本宫绝不让你好过！”匆匆走了。

永宁公主走后，李璟面上的笑容渐渐收了起来。他看了一眼屋子里的少年们，眉头一皱，道：“滚出去。”

那些少年抱着衣衫退到外面去。李璟一个人在书桌前坐下来，按了按眉心，只觉得烦躁。

竟然被她发现那些药渣了？李璟自认这件事做得天衣无缝，除了他的心腹外，并无人知道。而他的心腹是绝不可能将此事泄露的。以永宁公主的脑子，如何会怀疑到自己身上？

永宁公主知道了这一层，事情就变得难办了。谁知道永宁公主接下来会做什么事，她嚣张跋扈，不懂后果，根本不会思考太多，若是一心想要报复李家，做出什么骇人听闻的事，也是有可能的。

到时候，十有八九会两败俱伤。

李璟从桌下抽出一张纸，搁在一边的笔还带了点没用尽的余墨。他写下几个粗糙的笔墨不饱满的字：沈玉容。

也许这个名字能让永宁公主有所收敛。

但愿她想清楚，冷静下来。

另一头，回到屋里的永宁公主坐在榻上，道：“李璟这个浑蛋！”

梅香开口安慰："殿下先别生气，至少今日可以确定，李大公子的态度看上去的确就是凶手。倘若不是，他自会着急地为自己辨别，今日李大公子虽然否认，可一点也不急着证实自己的清白，好似……好似知道殿下也不能拿他怎样。"

"本宫不能拿他怎样？"永宁公主把桌上的茶壶水杯一拂，怒道，"本宫偏就要他吃不了兜着走！"

"可是他不承认，"梅香道，"他不肯承认谋害了小殿下，况且在别人看来，他也的确没有理由杀害自己的孩子。"

"不承认就罢了？"永宁公主道，"他不是在自己府上豢养娈童吗？还是以救助孤儿的名义，甚至还毒哑了他们。这位李大公子的嘴脸是时候让天下人看清了。本宫不能指认他杀害了孩子，至少可以选择和离，也能让天下人看看，皇帝将本宫指给了这么一个人面兽心的畜生，究竟是何居心。"

将李璟的真面目揭露出来，她就能名正言顺地与李璟和离，皇帝如此识人不清，百姓也会认为是皇帝的不是，恰好又能给成王创造机会。

梅香想着想着，道："这也可以。只是殿下打算如何揭露李大公子的真面目呢？"

好一会儿，屋里都没有动静。梅香等得有些忍不住的时候，永宁公主终于开口了。

她道："一不做二不休，既然李璟有恃无恐，我就当着文武百官的面，把他的丑事全部说出来。这样一来，事情就再也没有转圜的余地，他们李家也只能乖乖认命。这就是招惹了本宫的下场！我要他们李家，走在路上都被人戳脊梁骨，成为天下间最大的笑话！"

燕京城在沉寂中等来了一场春雨。

街道上行人打着油纸伞，行色匆匆地走过。农人却感激这场春雨，从春日就开始等待秋日的丰收。

洪孝帝上早朝的时候，一如既往准时。日日都是那些事，兴修水利工程，拨发赈灾银两，想法子充盈国库，总归太平盛世也没什么风浪。

一年里有无数个这样的日子，这样的日子已经过了许多年。

快要下朝，突然一个女子的声音不合时宜地插了进来："皇上！"

大殿之上岂容女子喧哗？众人一看，居然是永宁公主，她不是从殿前过来的，而是从殿后，推开了阻拦的太监跑过来。她的妆容今日看起来分外凄惨，也许因为通红的眼眶，也许因为苍白的脸色。总之，朝臣们都是第一次见到精致娇艳的公主殿下有如此柔弱凄惨的模样。

"怎么回事？"洪孝帝怒道，"谁让她进来的？"

"皇上！"永宁公主扑倒在地，对着洪孝帝连磕几个响头，哭道，"求皇上看在亲缘的分上，救救永宁公主！您若不相救，永宁公主就要没命了！"

这般模样，像是真的到了绝境，走投无路。

站在前边的李仲南父子眼皮子狠狠一跳，谁也没料到永宁公主会这样冲出来。这公主仗着身份为所欲为惯了，金銮殿也敢随意闯。这更是李璟没有料到的，以为永宁公主就算再嚣张，也要顾及几分李家，至少顾及成王。他们是成王的人，永宁公主要对付李家，就是要削弱成王的势力，她若是有脑子，决计不敢这么做。

但永宁公主在自己认定的事上绝不会多想一分，想要谁死，谁就得死。

李璟忍不住朝成王看去。

成王也是一呆，根本不知道发生了何事。这些日子，他忙着自己的大事，对永宁公主并不上心。永宁公主贸然闯进来，令李家大吃一惊的时候，也打了成王一个措手不及。一边是他的妹妹，一边是他的心腹。平心而论，在这个关头，他宁愿保李家也不愿意得罪李家，李家是他举事中重要的助力，要是因为永宁公主而出事，他的大业可就毁了！

“永宁公主，别胡闹，赶紧回去！”成王语带警告，“这不是你说话的地方。”

永宁公主置若罔闻，知道机会只有一次。如果这一次不和李璟和离，她定然和离不了。且为了保住这个秘密，李家会让她长长久久做这个李夫人，永远不会放她自由。

她绝不要那样的未来，就算为了沈玉容！永宁公主的目光扫过殿中的沈玉容，他站在朝臣中间，神情平静，没有看她，就像金銮殿中突然闯进了一个毫无关系的陌生人。

永宁公主心中一痛，对李家的恨更深一分，不等别人说话，就对着洪孝帝道：“臣妇……想要与李璟和离，求皇上恩准！”

此话一出，周围一片哗然。

李璟拼命朝永宁公主使眼色，成王还在劝：“永宁公主，家务事怎么能拿到朝中说，回去！来人！”

不等来人将永宁公主拉出去，永宁公主已经迅速开口，道：“皇上，李璟表里不一，在府中狎玩男童！以照顾孤儿为由将他们带入府中，甚至喂他们哑药，为的就是将他们变成娈童！这种人面兽心之人，我一刻也不能与他待下去，皇上赐婚不可违，求皇上允准臣妇与他和离！”

满朝哗然。狎玩男童？毒哑？这都是李大公子做的事？未免太令人震惊，要知道这位李大公子可是举朝皆知的善心人！

众人的目光让李家父子感觉芒刺在背，恨不得将说话的永宁公主撕个粉碎。

成王和沈玉容也是诧异，这件事他们不知道，但成王很快就皱起眉头，即便如此，当着文武百官的面说起，永宁公主这是疯了吧？

“这其中恐怕有误会。”成王只得站出来为李璟说话，“李璟不是这样的人。”

“我有什么理由去陷害自己的夫君？”永宁公主惨笑道，“你们若是不信，大可以追查。我相信世上没有不透风的墙，他做的事定然有蛛丝马迹留下。”

朝臣议论纷纷，李璟心中陡然生出一股无名之火。若将此事就这么认了，他们李家日后真的要被人戳脊梁骨。退一万步说，即便成王举事成了，坐上了那个位子，想要提拔李家，但李家的这个笑话能被人笑话一辈子，也许还会影响李家的后辈。

成王不会用一个名声不好的臣子。

因此，李璟看着永宁公主道："即便下官知道公主的秘密，公主也不应当如此陷害下官，要知道，公主要是好好与下官说和离的事，下官也会答应的。"

"秘密？什么秘密？"朝臣一听，顿时来了兴趣。

永宁公主心中一跳，嘴硬道："你在胡说八道些什么？本宫说你的那些，本就是事实，根本不是陷害。你休要巧舌如簧，又想编造出什么理由来欺骗世人？"

"公主殿下怀着身子嫁入李家，下官本来不想说，每个人都有难言之隐，况且殿下绝非品性败坏之人，想必是遇到了不好的事。下官知道这个秘密，只是偶然，其实要是公主不说出来，下官也一辈子不会说出来，这是公主逼的，下官很是无奈。"

这叫什么事？什么叫怀着身子嫁入李家？

成王惊住了，他一直都不知道永宁公主有身孕一事，以为永宁公主是和李璟在一起后有的孩子。他知道李璟不会在这件事上信口开河，想必是真的！

沈玉容也是脸色微微一变，此事竟然被李璟知道了？永宁公主不是瞒得好好的，这是怎么回事？

永宁公主没料到李璟居然会来鱼死网破这招，就冷笑道："你这才是诬蔑本宫吧。本宫是嫁给你才有的孩子，没料到本宫小产后，你竟然拿此事往本宫身上泼脏水！"

"是吗？"李璟叹息一声，仿佛很遗憾，"下官可是有证据的。譬如太医，譬如安胎药，最重要的是，新婚之夜下官喝醉了，睡的书房，小厮都知道，并未与公主同房。之后公主生病，下官只得去偏房。从未碰过公主殿下，殿下就有了身孕，不是很奇怪吗？又或者这孩子确实是公主来李家之后有的？"

这话意味着什么？意味着永宁公主嫁入李家之后与人私通！

"你！"永宁公主大怒，"你血口喷人！"

"下官有没有血口喷人，有人想来最清楚不过。"李璟看向站在群臣中的一人，淡淡道，"中书舍人沈大人，你说是吗？"

沈玉容皱眉。

李璟道："你是孩子的父亲，你最清楚不过。"

此话一出，满朝皆惊！

沈玉容？永宁公主？这二人何时攀上了关系？

成王脑子一团乱，怒道："李璟，这话不可乱说！"

他虽然也袒护李家，但不代表李家可以在这里说出永宁公主的秘密。永宁公主一旦变成一个不自爱的在成婚之前就与人有染的女子，连他的名声也要受到连累。

李家并非是这般冲动的性子，何以今日会在金銮殿上和永宁公主这样互相揭丑，两败俱伤！

李璟心中清楚，永宁公主把他豢养娈童的事说出去，若是不反击，只怕天下人都要相信永宁公主的话，他们李家便从此沦为笑柄。她做初一，他也就不怕做十五。

还有沈玉容，明哲保身做得极好，这把火怎么也烧不到他身上来，于是他就作壁上观。可是凭什么，凭什么沈玉容的孽种要让他们李家来养，这一切的一切，都是因沈玉容而起，要不是永宁公主怀了沈玉容的孩子，又要保全这个孩子，怎么会让刘太妃请求太后早些赐婚，让他们李家遭此横祸。

总之都成了百官的笑话，那就一个都别想跑，全都拉下水！

沈玉容怎么也没想到，突然之间他就成了千夫所指。他不知道李璟如何会知道孩子的父亲是自己，看永宁公主的神情，显然也很意外，应当不是永宁公主说出去的。

他应该怎么办？一向机敏的沈玉容，这一刻是真的束手无策。于是他那云淡风轻的笑容也快支持不住，只得开口为自己辩解："李大人此话不实，这是诬蔑……"

"是不是诬蔑，沈大人心中清楚，"李璟也道，"要是有心相查，也总能查出些蛛丝马迹。沈大人不必急着自证清白，会有证据来证明这一切。"

永宁公主小产后的第二夜，李璟收到了一封信，有人放在了小厮的案头，上面写着给李大公子。小厮交给了李璟，李璟打开来看，只见里面有一张纸条，上面写着，沈玉容就是永宁公主肚子里孽种的父亲。

李璟不知道这封信是谁送来的，也不知信上所言是真是假，但他仔细回忆，似乎每一次有沈玉容在场的宴席，永宁公主都会前去。便是没有邀请永宁公主的，永宁公主也会以各种理由出现。人在回忆时，总会想起一些平日里忽略的小细节，当李璟知道了这层关系再去回想，便发觉永宁公主和沈玉容之间的确有些说不清道不明。

况且，除了沈玉容以外，也没有更符合的人选了。

方才被永宁公主一激，李璟说出永宁公主的秘密，永宁公主在慌乱之中偷偷地看了一眼沈玉容。

就是这一眼，让李璟不再迟疑，说出了沈玉容的名字。

都是聪明人，朝中老狐狸数不胜数，多少能看出端倪。只怕永宁公主说的是真的，李大公子说的也是真的。李大公子是真的有豢养男童的习惯，而永宁公主也是真的与沈大人珠胎暗结，为了避人耳目才嫁到了李家。

众人震惊的同时，权当是看一场笑话。姜元柏安静地站着，嘴角含着笑，心中却想起当初姜梨对他说的，为何要将永宁公主嫁到李家。如今证实姜梨说得没错，还不到三个月，李家就鸡飞狗跳，李仲南这老脸都丢尽了。

李家倒霉，姜元柏当然最高兴。

而这一切，只因那一日姬老将军生辰宴上，姜梨在国公府多听别人说了几句，就是这几句，彻底改变了李璟和永宁公主的命运。想着想着，姜元柏就往肃国公那头看去。

姬蘅站在人群一侧，饶有兴致地看着，显然把朝堂之上鸡飞狗跳的一幕当作戏台子上的戏子在唱念做打，他只是一个局外人。

姜元柏忍不住有些迷惑，这样看来，成王和右相应当和姬蘅不是一伙儿的，否则姬蘅何以如此漫不经心地看戏。

金銮殿上一切都乱糟糟的时候，还有一人也做看戏人，不动声色地将底下人的一举一动尽收眼底。

便是洪孝帝。

他没有制止永宁公主说下去，也没有阻拦李璟说话，甚至对他之前十分看好的沈玉容，也没有半点庇护。他不说话，只看着这些人互相撕扯。

直到苏公公拖长着声音示意大家都停下来，众人倏尔惊觉，帝王竟然一直没有说话，就这么默默地看着。

这是什么意思呢？是不管的意思吗？众人发现谁也看不穿洪孝帝心中在想什么，成王也在心中怀疑。他的势力一日比一日壮大，对这个皇兄却一日比一日忌惮。他这般迫不及待要在今年举事，也是因为这个顾虑，总觉得要是再等下去，就晚了。

洪孝帝看向永宁公主，忽然笑了。

这个笑容更加高深莫测，连跟了皇帝许多年的姜元柏也不由自主地打了个冷战。

“既然如此，”洪孝帝道，“你要与李璟和离，朕准了。”

永宁公主和李璟的事情到底还是传了出去。

一时间，燕京城流言四起。

永宁公主这回没办法如她所说的“谁要是敢背后说道就杀了谁”，因她被成王软禁起来。成王大怒，永宁公主在金銮殿上这么一闹，不仅让他名声受损，还让李家与他在这个重要关头离心，他的另一名心腹沈玉容也被牵扯进来。

桐儿问：“姑娘，那永宁公主真的早就与沈大人珠胎暗结了？”

姜梨道：“是的。”

桐儿便愤愤道：“真是太不要脸了。怀着身子还嫁给别人，不过那李家李璟也不是什么好东西。外面都说了，李璟到处找那些长得漂亮的孤儿少年，寻回李家去，做……总之他们怎么能和离呢？就应当祸害对方才对。”

姜梨笑笑：“不和离，怎么能牵扯出沈玉容？”

“对，还有沈玉容。”桐儿道，“旁人将他妻子骂了个狗血淋头，却不知他一边做着深情款款的模样，一边和永宁公主有染，沽名钓誉，我呸。”

姜梨笑了笑：“你还知道沽名钓誉这个词哪。”

“当然。”桐儿又自言自语道，“也不知道李璟和永宁公主有什么深仇大恨，非得在金銮殿上互相揭短，要不是他们自己说出来，怕是这一辈子人们也不知道他俩做的那些丑事呢。”

姜梨微微一笑，李璟和永宁公主的矛盾，在于那个根本不存在的孩子。在永宁公主眼里，没有什么比她和沈玉容的孩子更重要。李璟害了她的孩子，她绝不可能放过李璟。

只是就连姜梨都没想到，永宁公主竟然会直接闯进金銮殿，大约过去永宁公主一帆风顺惯了，自认为李家只能哑巴吃黄连，有苦说不出。哪知道李家不是省油的灯，而且李家知道的秘密，更为重要。

不过眼下这两败俱伤的局面，正是姜梨乐于见到的。

白雪问道："可是皇上没有发作李璟，也没有发作沈状元，除了名声受损外，他们还能怎么样呢？"

"看上去是这样，不过李大公子和沈状元的官怕是当不下去了。"姜梨笑道，"皇上也正是料准了这一点，才没有对他们做出任何处治。"

不必说什么，御史们的弹劾就会雪花片一般飞向皇帝的案头。沈玉容和李璟很快会体会到"人言可畏"四个字，他们的官到头了。

丢了官位的李璟，会对永宁公主更加仇恨，成王再如何安抚，双方也会生了嫌隙。而没了官位的沈玉容，只是一个普通白身，从骨子里流着自私血液的沈家人，会把这一切怪罪到永宁公主头上。

一个普通的沈玉容，一个招来骂名的永宁公主，二人待在一起，不必姜梨出手，他们自己就能把自己的热情消磨没了，取而代之的就只有怨气。

等那个时候，薛芳菲和薛昭的案子就能重见天日了。

沈玉容和永宁公主的这点风月消息传遍了燕京城，自然也传到了叶家耳中。

叶明煜道："早觉得当年之事不对了，现在看来，怕是沈夫人的恶名也跟这劳什子公主脱不了干系吧。"

"有可能。"叶世杰感叹道，"我自入朝为官，见这位小沈大人口碑很好，没有人说他的不是。难为他装了这么长久，只是'深情'二字用在他身上，未免不太合适。"

"就是，一边说给夫人守孝，一边勾搭公主，连孩子都有了，还让人带着孩子嫁给别人，官场真他娘的乱！世杰，你可不能沾染这些恶习，咱们叶家没这些混账事。虽然你三叔我也是万花丛中过，但没去祸害什么良家妇女。你要是在外胡闹，看老子不打断你的腿！"

他说得凶神恶煞，叶世杰只得无奈地应了一声："……我知道，三叔。"又看了一眼另一边的院子，轻声问道，"三叔，薛先生知道此事了吗？"

"知道了。"叶明煜道，"那海棠刚才进去呢，可怜的，要是薛小姐真是被那对狗男女害死的，我要是老爷子，非得难受死不可。"

屋里，海棠站在薛怀远身边，把自己从外面得知的永宁公主和沈玉容的事情，仔仔细细地说给薛怀远听了。

"老爷，"海棠轻声道，"既然他们的嘴脸已经暴露出来，再等几日，姜姑娘说过，等收集好了所有证据，就能给小姐和少爷报仇了。"

薛怀远神情平静，目光却十分悲伤，道："是啊，阿狸和阿昭，等这天等得太久了。是我做爹的不好，没有好好照顾他们。”

“不是的，”海棠道，“是那些人太可恨。老爷千万不要自责，少爷和小姐要是在天有灵，看到您这般，也会心疼的。”

“放心吧。”薛怀远正了正神色，“我会好好活下去，为了阿狸和阿昭……至少我要亲眼看到，沈玉容和永宁公主得到应有的惩罚。”

海棠点了点头。

李家这桩风流案到了最后，燕京百姓谈论最多的，已经不是李璟豢养男童的事，而是永宁公主和沈玉容究竟是什么时候在一起的，居然还有了孩子。

沈府里，沈如云和沈母都在，沈玉容坐在屋里，这两日，从家里到朝堂这条路，从朝堂到沈府这条路，出门和归家，都需要极大勇气。而他的勇气，已经耗尽了。

沈如云见他回来，道：“大哥，今日皇上有没有什么话说？”

沈玉容道：“没有。”

沈如云松了口气，道：“还好，还好，还以为这一回官位都要保不住了。看来是公主在皇上面前替你说话，才有惊无险。”

沈母也道：“就是，你寻了机会，去见公主一面，安慰安慰她，发生了这等事，她是女子，一定很受伤。”

沈玉容不明白，到了这个地步，沈母和沈如云居然对永宁公主仍有期待。难道他们不明白，这次事情过后，不仅是他，也不仅是李璟，连永宁公主都没有翻身之地了吗？

洪孝帝什么都不说，不是因为偏爱他这个臣子，而是洪孝帝知道，即便不说什么，沈玉容和李璟也会主动辞官。

是的，他准备主动辞官。他也想厚颜留在朝堂上，可这两日下来，沈玉容发现太难太难了。

“明日我会同皇上说明，我要辞官。”沈玉容道。

“什么？”沈如云和沈母同时惊叫起来，沈母站起身，看着沈玉容道：“你刚才说什么？”

“我要辞官。”

“你疯了，”沈母激动地道，“连皇上都没有责罚你，你主动辞官做什么？现在你要做的不是辞官，是好好与永宁公主说道。既然她已经和李璟和离了，旁人又知道了你和她的关系，你大可以与她成亲，这不是很好嘛！”

沈玉容突然觉得有些好笑，这话要是被永宁公主听在耳中，一定觉得受用至极。永宁公主一心想要嫁到沈家，沈母又一心想把永宁公主娶进门，看上去十分美满，除了他自己。

“大哥，你要想想清楚，”沈如云道，“你要是辞官，这一切可都没有了，咱们沈家日后靠什么生活？你总不能还让娘去给人做针线活吧！我在宁远侯府，也会过不下去的！”

沈玉容也有些茫然，他这一生汲汲营营，无非是为了出人头地。等进了官场，节节高升，到了这个地步，一切戛然而止，他辞了官，回到了最初，什么都没了。

荣华富贵皆成泡影，恩怨情仇转瞬成空。

还有薛芳菲……

他恍恍惚惚地想。

“大哥，你到底在想什么，你别愣着不说话啊。”沈如云见沈玉容沉默，忍不住开口催促。

正在这时，沈府的小厮从外面跑进来，神色匆匆，看见沈玉容就道：“少爷，出事了。”

“何事？”沈玉容问。

“外面都在传，永宁公主今日被皇上贬为庶民了！”

贬为庶民？意味着她不再是高高在上的公主，和天下的平民百姓没什么两样，成为了她最看不起的蝼蚁、庶民。

第四章　**报应**

金銮殿上掀起的轩然大波，到了两日后，总算是有了决断。

中书舍人沈玉容和李大公子双双辞官，至于永宁公主，则被贬为庶民。

刘太妃得了消息后，第一时间去找洪孝帝说情。皇帝压根儿没见她，刘太妃等了半天，愤然离去，也不提此事了。

公主府门口都是官兵把守，从此以后，这座府邸不再属于永宁公主。永宁公主刚同李璟和离，公主府又不能回，可真是走投无路，无家可归。

刘太妃与成王说道，要成王找到永宁公主，将永宁公主安顿下来。永宁公主即便被贬为庶民，刘太妃也不能置之不理。想着再等些日子，天下改换新主人，她的女儿依旧可以风风光光进京。

成王无奈，令人偷偷接应了永宁公主，让她暂时住在客栈。

永宁公主一辈子也没住过这般破旧的客栈，要找成王换地方。成王怒气冲冲地斥责了她，因着永宁公主在金銮殿上的一闹，沈玉容辞官了，李璟也辞官了。李家和他生了嫌隙，因此对永宁公主这个罪魁祸首，成王也颇有怒气，道：“既然有了身孕，为何不告诉本王，还要执意嫁给李璟？”

“我若告诉大哥，大哥也不见得会让我得偿所愿吧！”永宁公主不甘示弱，“皇上的圣旨都下了，母妃都没办法的事，大哥还能怎么办？说不准还会为了安抚李家，让我在那之前就不要这个孩子！大哥说得冠冕堂皇，却不知我到底为何会变成如此模样！你若是有本事坐上那个位子，我和母妃又何至于忍气吞声这么多年！”

成王大怒，当即给了永宁公主一巴掌，两人不欢而散。

因此，从被安顿到现在，永宁公主一步也没有跨出过这间客栈。

说来可笑，当年她嘲笑薛芳菲不过是小吏的女儿，身份低微，可以任她践踏侮辱，如今她却比薛芳菲还要不如，成为了庶民。

永宁公主躺在榻上，闭上眼睛，只想等睁开眼时，有人来告诉她，一切都只是梦，她仍旧是公主。

门口有了响动声，她坐起身一看，梅香从外面走了进来。

梅香走到永宁公主面前，轻声道："殿下，奴婢刚刚从外面听得消息，沈大人辞官了。"

"什么？"原本还恹恹的永宁公主一震，"他怎么会突然辞官？"

"说是今日一早辞官的，还有李璟也辞官了。"

永宁公主闻言，怔了片刻，才道："是本宫连累了他，若不是李璟那个浑蛋……他又何至于此！"

她愤恨的同时，心中又划过一丝不安。对永宁公主而言，无论是贬为庶民，还是住在这间客栈，都只是暂时的。只等成王当了皇帝，她还是公主。

但沈玉容不一样。因为自己蒙羞，主动辞官，这对沈玉容来说，不仅是身份上的转变，还在他的自尊上狠狠踩了一脚。

而沈玉容骨子里是个十分自傲的人，只怕会因此责怪自己。

永宁公主心神不定，如今身份地位没有了，孩子也没有了，唯一有的就是沈玉容。倘若沈玉容也离开她，那她费尽心机，真成了一场空。

她从床榻上跳下来，道："梅香，本宫要去沈府一趟。"

与此同时，姜梨的马车正向国公府驶去。

姜梨坐在马车上，今日去找姬蘅，倒也没什么特别的事，关于永宁公主和沈玉容，姬蘅已经把对她来说最难的一部分做好了，剩下的事要容易得多，总觉得再当面致谢一回才好。

还有就是，永宁公主究竟把姜幼瑶关在什么地方，在日后永宁公主的罪行上，她不介意加上姜幼瑶这么一条。姜幼瑶好歹也是姜家嫡出小姐，永宁公主要是被证实加害姜幼瑶，便是板上钉钉的谋害官眷。

马车到了国公府门前，姜梨下车往府内走去，今日没见着文纪，也没见着姬蘅，只看到姬老将军在院子里练剑。看见她，老将军就放下手里的剑走过来，高兴地问她是不是过来帮着烤鹿肉。

姜梨只好道："我是来找国公爷的。"

"阿蘅出去了。"姬老将军道，"不知道什么时候回来。怎么，他没告诉你？"

姜梨道："我今日来未曾与国公爷打招呼，是以他也不知道我什么时候过来。"

闻言，姬老将军立刻露出一个了然的神情。

姜梨问："既然国公爷现在不在，老将军可否容我在府上多待一刻，等他回来？"

“你要等那小子回来？”姬老将军道，“他平时早出晚归，出去就不知道什么时候回来，说不准回来就夜里了，你也要等？”

“要是真有那么晚，我便先走，只是现在走的话，倘若他下一刻又回来了，又有些可惜。”姜梨笑道，“我出来一趟并不容易。”

“你既然不介意白等，那就等呗。国公府上还是请得起你一杯茶的。”说罢，姬老将军就道，“去我的书房吧，外边儿热，我让下人给你上壶茶。”说罢，自己先往书房走去。

姜梨瞧着他的背影，心中一叹，姬老将军比姬蘅还要霸道。

老将军的书房，和姬蘅的书房截然不同。姬蘅的书房是正正经经的书房，老将军的书房，除了扔在案头的几本兵书，笔墨纸砚什么都没有。满墙挂的都是兵器，各种各样的刀剑斧头长枪，还有立在书桌前的一副甲胄，看上去金光闪闪，十分威风。

见姜梨盯着甲胄看，老将军就大笑道：“怎么，好看吧！这可是老夫当年上战场时穿的。”他的话语里带着自豪和得意，只是又变得失落起来，“可惜再也不能穿了。”

她道：“老将军的藏品倒是很丰富。”

“那是当然了。”姬老将军道，“可惜阿蘅小子不肯用我这些称手的兵器。他就知道那些花里胡哨的，用什么扇子！”

姜梨心想，那大约是姬老将军没有看到姬蘅用扇子杀人时候的场面，那把扇子不比这些刀剑驽钝。

她想起姬蘅的爹也是将军，便问姬老将军道：“为何国公爷不做将军呢？先帝在世的时候对将军信任有加，兵权在手，虽然如今盛世太平，可也没见着将军练兵。”

姬老将军道：“兵符丢了。”

“什么？”这一回，姜梨是真的诧异极了。

姬老将军对姜梨道：“暝寒的事，你应当也听过。暝寒当年消失，是带着虎符一起消失的，这么多年都没有下落。先帝在世的时候追查，包括如今的皇上也在追查，可都无功而返。这件事不能为人知道，旁人以为兵权仍在国公府，只是阿蘅行事无状。

“北燕这么多年未有兵事发生，是以这件事便是有人怀疑，却也无法证实。但有兵事的时候，倘若人问起金吾军，众人迟早都会知道的。虽然大家总说金吾军如今已经没落了，其实……”

姬老将军笑着看向姜梨：“丫头，你知道不少。老夫也不怕告诉你，金吾军早早就交到阿蘅手上了。阿蘅没有兵符，命令不了金吾军，且那些兵士听的也是暝寒的指令。旁人说的金吾军没落了其实不假，所以一旦有兵事，金吾军也不会出动，一是没有虎符无法调令，二是本就没落，上不得战场。咱们国公府，也就只有国公这个爵位了。”

姜梨听着，总觉得不是这么回事。姬蘅在朝堂上众人忌惮，绝对有底气。即便不是金吾军，也有其他。更何况手里有这么一支军队，姬蘅怎么会白白浪费？或许姬老将军是被姬蘅瞒住了，姬蘅也许是顾虑着什么。

忽然又想起上一次见姬蘅的时候，曾说起与金吾将军齐名的夏郡王，昭德将军殷湛。姜梨就问：“老将军可还知道近年来昭德将军殷湛的事情？”

此话一出，姬老将军面色变了变，半晌没有说话，过了一会儿才道：“丫头，很多事情你不知道内情，便不要问。问得多了，对你也没有好处。我不管阿蘅对你说了什么，你又知道什么，但是不要插手，你就是安全的。”

这还是姬老将军第一次如此严肃地与自己说话，姜梨想了想，道：“知道了，老将军，我不会再问了。”

姬老将军满意地点了点头：“聪明的丫头。”

姜梨虽然表面说着不问，内心却晓得，这个昭德将军怕是大有问题，否则姬老将军不会严厉地提示她，姬蘅那一日的神情也不会那般异样。姜梨一直不明白，姬蘅为何要让成王、洪孝帝、姜家分成三股稳定的势力，又借这种分立的局面，成为洪孝帝的心腹。

如今看来，姜梨却是有点明白了，这是她胡乱的猜度，但猜度有时候可能歪打正着。也许就如洪孝帝在成长的同时，姬蘅也在增长自己的势力。他可能要对付某一股之前无法应付的势力，所以要增加自己的筹码。和洪孝帝之间，洪孝帝借他的势，姬蘅何尝不是借洪孝帝的势？成王不过是个幌子，姬蘅的真正目的从来都不是成王，而是背后的那个人。

那个人会是夏郡王殷湛吗？

姜梨不知道。

闲话了一会儿，姬老将军又去院子里练剑了。姜梨坐在书房里，一手支着脑袋，一会儿想着姬蘅，一会儿想着虎符，一会儿想着夏郡王，昏昏沉沉的，不知什么时候便睡着了。

等姬蘅回到府中的时候，已经是傍晚时分。

燕京城的天边难得出现晚霞，金红的光从天边流泻下来，看得人目眩神迷。姬蘅抬头瞧了一眼，花圃外面都是散落的花瓣，那是老将军练剑时弄出的一地狼藉。老将军练完剑，累了倒头就睡，完全忘记了姜梨还在自己的书房里。要不是门房小厮之前告诉了姬蘅，姜二小姐来了国公府还没离开，姬蘅可能根本不知道府里多了这么一个人。

姬蘅没有让文纪去找，却是自己一间间找过去，直到推开姬老将军的书房门，他停住了脚步。

余晖透过窗户爬上女孩子的脸庞，把她的头发也染成了毛茸茸的金色。她闭着眼睛，睫毛垂下来，鼻尖小巧，嘴巴秀气，安安静静睡着的时候，没有平日里的清醒和偶尔的狡黠，就是安静。

文纪站在姬蘅的身后，姬蘅挥了挥手，示意他出去。文纪退了出去，姬蘅走到了姜梨身边。

姬老将军的书房里放的全是兵器，众人常说这屋里杀伐之气太重，过于凶厉。除了老将军自己，旁人都不大愿意踏足。

但姜梨就安然睡在这里，似乎没有一丝一毫的不适。也不知是她的骨子里本就带着兵器一般的悍然锋利，还是因她的存在，满屋子的凶器都柔和下来。就连那身金色甲胄，也像是一位温柔的将军，正守护着柔弱的小姑娘。

姬蘅在姜梨的对面坐下来，桌上的茶早就凉了。他拿过一个干净的茶盅，给自己倒了一杯，慢慢地喝起来。没有叫醒姜梨，也没有出声，一切无声如画。

直到姜梨觉得冷，醒了过来。

等她醒来的第一眼，看见的就是红衣青年坐在自己对面，把玩着手中的折扇，屋里已经亮起灯火，正是傍晚，太阳还剩一丝余光，昏暗中留着最后的晚霞模样。

"国公爷？"她懵懵懂懂地问。

"你倒是不见外。"姬蘅似笑非笑道，"把这当自己家了？"

姜梨默了默，笑起来："不知什么时候睡着了，大约是老将军的书房睡着安心，有这么多兵器在，非常安全。"

"你在姜府难道睡得很不安稳，怕什么，怕梦中有人害你性命？"他一针见血地问。

姜梨脸上的笑容淡下来，道："也许吧，或许是我天生多心一些。"

沉默了一下，姬蘅问："你怎么过来了？"

"嗯？"姜梨想起了来的目的，"永宁公主和沈玉容如今都是庶民了，成王和李家也生了嫌隙，我没想到会这么快就成功，很感激国公爷。"

她眼神清澈恳切，姬蘅瞧了她一眼，忽然展开扇子，挡在了姜梨和自己面前。

姜梨一愣。

紧接着，她看见姬蘅的扇子下多了一只扇坠，正是自己先前送给姬蘅的那只，血色的蝴蝶追随着扇子上的金丝牡丹翩飞，这把杀人的利器看起来越发缠绵悱恻。

姜梨就笑："国公爷开始用这扇坠了啊，倒是很相配。"

姬蘅收回折扇，也看了看那只扇坠，称赞道："你的手艺很好。"

"多谢。"姜梨笑道，"能得国公爷一句夸奖，感觉很值得。"

姬蘅笑了笑。黄昏之中，晚霞迷离，灯火明亮，让他的脸看起来忽近忽远，眸色也褪尽了深处的凉薄，变得温柔起来。

"你接下来打算怎么办？"姬蘅问，"关于永宁公主和沈玉容之间。"

"成为庶民以后，属于他们的特权就应当瓦解了。"姜梨道，"薛县丞已经醒了过来，我想，是时候让薛芳菲和薛昭的案子重见天日了。"

"你要开始反击了吗？"姬蘅饶有兴致问，"以什么身份？"

"不必我的身份。薛县丞是薛芳菲父亲这一点，便足以令所有燕京人关注，我要做的无非就是帮他一把，这也是理所当然，毕竟桐乡一案也是由我出面。有一个海棠，一个萧德音，人证俱在。薛昭的案子要难办许多，因为当初的人都已经不在，但是没有证据，所以我得想办法弄出些证据。当其他证据确凿的时候，没有人会去一一求证新的证据，不是吗？”

姬蘅道：“考虑很周全。”

“还有一件事，就是姜幼瑶。”姜梨问，“国公爷可否告诉我，永宁公主把姜幼瑶藏在了什么地方？时机成熟，姜幼瑶的存在也能为永宁公主的罪行再加一等。”

姬蘅道：“在她的私牢，你们要进去不容易。倘若永宁公主出事，成王绝对会第一时间一把火烧了她的私牢。里面有太多关键人物，斩草除根。”

姜梨道：“国公爷……”

“又想要我帮你？”他唇角一勾，凑近一点，姜梨看得清楚他眼角的红色泪痣，“上次是扇坠，这次你打算用什么来换？”

“国公爷想要什么？”姜梨问，“若力所能及，我定会做到。”

“我不喜欢找别人讨要。”姬蘅挑眉，“我喜欢别人主动送上。你既然要我帮忙做事，如何讨我欢心，就是你要考虑的事。”

“那我想想。”姜梨心领神会。

姬蘅托腮看着她，突然道：“你对薛家，真是仁至义尽啊。”

姜梨怔了怔，道：“国公爷不觉得，薛家很可怜吗？”

“可怜？”

“薛家落到如此地步，薛芳菲固然可怜，但若非她识人不清，也不会引狼入室，没发现枕边人包藏祸心，甚至害了自己家人。”姜梨低下头，“沈玉容、永宁公主有罪不假，可是薛芳菲，怕并不是全无错处吧？”

姬蘅意味深长地看着她：“你向来对死去的人不会这样苛刻，怎么对薛芳菲单单如此？”

姜梨问：“国公爷难道觉得我说得不对吗？”

姜梨和姬蘅从前也曾说起过薛芳菲，但那时候，他二人的关系不是如今这般平和。姜梨有心隐瞒，姬蘅有心试探，当时的谈论自然作不得真。

但是今日突然说起薛芳菲，姜梨便想要知道，过去在姬蘅的眼里，薛芳菲是个怎样的人。她知道他说过自己“美则美矣，毫无灵魂”，然后呢？还有没有别的？

姬蘅道：“对如何，不对又如何？”

“国公爷应当见过薛芳菲的。”姜梨执拗地问，“在国公爷的眼里，她是个什么样的人？”

什么样的人？姜梨想，他也许会说蠢人、笨人、脑子坏了的人，甚至是木讷的人，以姬蘅骨子里的傲慢，看不上任何人，薛芳菲在他眼里定然是不值一提的。

姬蘅似乎对她这般执着的询问有些意外，修长的手指摩挲着扇柄，琥珀色的眸子深深，想了想道：“美人。”

回去的路上，想到姬蘅说的话，姜梨忍不住笑起来。

桐儿问：“姑娘同国公爷说了什么，这般高兴？”

“只是闲谈罢了。”姜梨道。

她没想到在姬蘅眼里，过去的薛芳菲终究得了一个“美人”的评价。不过，这样也很好。

马车慢慢行驶在回姜府的路上，姜梨想着，贬为庶民的永宁公主，想必按捺不了多久就会去找沈玉容。很快，永宁公主就会领悟到现实的残酷。

当年在沈家，对沈家人骨子里的精明和凉薄，薛芳菲是付出了一条性命才看清楚。什么满口仁义道德，都是假象。没有了公主身份的金枝玉叶，这一回来到沈家，怕不会得到如从前一般尊贵的待遇。

永宁公主有苦头吃了。

就如姜梨所想的那般，在客栈里待了许久的永宁公主，总算来到了沈府。

她头上戴着斗笠，坏名声像是烙印在了她的脸上，无论走到哪里，都要接受人群嘲笑的目光。

这些贱民，永宁公主恨恨地想。那些平日连看她的裙角一眼都不敢的人，如今却可以指着她，肆无忌惮地谈论。

沈府牌匾上的“状元及第”四个字，不知是不是因为最近沈府突遭巨变，连下人也无心打扫，蒙了一层灰。

马车在沈府门口停下，永宁公主慌忙下车，让梅香赶紧去敲门。那门房原先也认识公主，从前见了永宁公主毕恭毕敬，今日一见她二人，先是诧异，随即犹疑，竟没有立刻开门。

“大胆！”梅香低喝道，“还不给主子开门！”

那小厮见梅香声色俱厉的模样，才将门打开。

永宁公主心中恼怒至极。不过是一条看门狗，竟也学会了扒高踩低。她心中打定主意，等见了沈玉容，一定要把这小厮发卖出去！

沈府的下人还是往常那些，气氛却比从前低迷许多。永宁公主一进沈府便摘下了斗笠。沈家下人见了她，没有一个上前来迎接，皆是低着头装作看不到。

永宁公主气急败坏，可眼下还没见着沈玉容，总不能把这些下人都换掉。

永宁公主对沈府的路很熟，想先去前堂，找个丫鬟让沈玉容来见她，谁知道走到前堂，先看到了沈母。

沈母坐在前堂的藤椅上，正在教训一个小丫鬟。永宁公主走了进去，梅香叫了一声：“沈夫人。”

沈母诧异地回头，一看她二人，立刻站起身，脸上堆起熟络的笑容，道：“公主殿下。”

“沈夫人，”见沈母对她的态度还是一如往昔，永宁公主心中稍微舒坦了些，“我来找沈郎。”

她说的是我而不是本宫，让沈母也怔了一刻，又想起她贬为庶民的事，脸上的笑容消退了几分，先是吩咐下人去叫在书房的沈玉容，等下人走后，沈母问道：“公主，皇上的圣旨究竟是什么意思，您……果真是被贬？”

永宁公主勉强笑了笑，道：“不过是暂时的。”

沈母一听永宁公主这样说，还以为是永宁公主敷衍她的假话，当即就道：“那这么说，玉容的官位，你是没有办法在皇上面前说上话的了？”

“如今不能。”永宁公主皱眉，沈母突然扬高的声音，听在她耳中十分刺耳。

沈母的失望立刻表现在了脸上。她之前虽然得知永宁公主被贬为庶民，心中到底存着一线希望。永宁公主可是刘太妃最受宠的女儿，大哥还是成王。只要刘太妃在皇帝面前说几句好话，也许能让皇帝收回成命。

沈玉容不顾她的阻拦，执意辞了官已经让沈母十分失望，这会儿听永宁公主如此说来，沈母顿时有种人生前途茫茫、黯淡无光之感。永宁公主现在变成普通人，儿子也丢了官，他们沈家日后可就真的止步于此。

想到这些，沈母看向永宁公主，心中忽然生出一股怨气，要不是永宁公主怀了身子，嫁给了李家，和李家人在金銮殿上撕破脸皮，他们沈家又何至于落到如此境地。

是永宁公主祸害了她的儿子！

“如今您也不是公主了……”沈母皮笑肉不笑道，“外头的人说什么的都有，如果您没有什么事的话，最好还是不要轻易登门，要知道外人看见了，是要说闲话的。咱们玉容已经被您的事弄到了辞官的地步，再这样下去，我们母子都要在燕京城待不下去了。”

梅香和永宁公主都诧异地看向沈母。不过一句话的工夫，沈母就变脸变得毫无预兆！

“沈夫人，”永宁公主高声道，“我说过了，这只是暂时的！”

被永宁公主的声音吓了一跳，沈夫人一时间住了嘴，然而她看永宁公主的目光却再无之前的热络。

正在这时，身后有声音传来：“母亲。”

是沈玉容来了。

看见沈玉容，永宁公主喜出望外，叫了一声：“沈郎。”

无限委屈心酸。

沈玉容看着沈母道：“母亲，我和公主有话要说，先走了。”

“哎——”沈母拉住他，有心提点儿子几句，但又顾忌永宁公主的嚣张脾气，最后只得道，“你说快些，说完了该用饭了。”

沈玉容颔首，永宁公主高兴极了，迫不及待上前拉住沈玉容的手。沈母看了她一眼，忍了忍，这才离开。

沈玉容见沈母走后，从永宁公主的手中抽回自己的手，对她道："公主。"

"沈郎，我知道你辞官了。"永宁公主道，"当初我没想到李璟会知道你的事。我不知道他会把你牵扯进来。早知如此，我是无论如何都不会与他争执的！"

"我知道。"沈玉容道，"我不怪你。"

永宁公主几乎热泪盈眶，把头轻轻靠在沈玉容的肩膀上，泣不成声："沈郎，你可知我为何要与李璟那浑蛋不依不饶，是因为他害死了我的孩子。那孩子是李璟安排的人杀死的，他早就想杀死我们的孩子。他知道那是你的孩子……我绝不能原谅李璟。若我得了机会，一定要为我的孩子报仇！"

沈玉容闻言，面色并无动容，只道："你为何说那孩子是李璟杀死的？"

永宁公主便将李家发生的事细细与沈玉容说了一遍，包括梅香听到的两个说话声。沈玉容听完经过，才道："恐怕是你弄错了。"

"什么？"

"李璟要除去这个孩子，不会用这等明目张胆的办法。如你所说，在安胎药里动手脚，或许是李璟所为。突然出现的刺客，应当不是李璟所做。"

"不是的。"永宁公主皱眉道，"我能确定此事就是李璟所为。不然除了他，还有谁这么做？可是沈郎，"她慢慢地站直身子，看向沈玉容，"这是你的孩子，为何我感觉不到你有一点伤心？"

沈玉容静静地看着她，半晌后道："他已经死了。"

"可那是你的孩子！"永宁公主尖声道。

她突然发现，从开始到现在，说起这个孩子，沈玉容也好李璟也好，神情里都没有一丝一毫的哀恸。但凡对这孩子有一点儿感情，就不会这般冷漠。如永宁公主这般心狠手辣的人，知道自己小产之后，也是真真切切痛过一回的。

难道他就没有一点点感情吗？这可是他的骨肉！

"永宁公主，"沈玉容看着她，神情仍然冷静得可怕，"事情已经发生了，你不应当一直抓着不放。"

"所以呢？"永宁公主问，"你也认为我是错的？我应当装作不知道，不该找李璟报仇，不该在金銮殿上揭穿他，不该让你受牵连，害你丢官，是不是？是不是！"

她的言语间生出一股彻骨的悲哀。

她知道自己已经回不了头了，也不想回头。现在想想，其实很多时候，她都能看出来沈玉容待自己并非真心，但她很爱沈玉容，至于他真心还是假意，都不重要。

譬如此刻，沈玉容仍旧不说话，永宁公主就首先败下阵来。

她知道自己争不过沈玉容，因为她爱得深，注定斗不过。而且，眼下沈玉容也是她的最后一根救命稻草，她没有别的办法，只有抓住他才能不溺水身亡。

"对不起。"永宁公主艰难地道，"是我不好，连累了你。"

沈玉容回答："没关系。"

“沈郎，”永宁公主道，“如今我已被贬为庶民，虽然大哥给了我不少银子，但在外面走动，难免会招人口舌，我不想再住在客栈里，我想要和你住在一起……我已经和李璟和离了，外面的人说我，也没有道理。”

她看着沈玉容，小心翼翼低祈求着。

沈玉容道：“好。”

梅香站在门外看着，目露担忧。看上去困境暂时解决了，但事情真会如此顺利？别的且不说，便是沈母这张嘴脸，对上永宁公主骨子里的自负，迟早也是要出问题的。

永宁公主被贬为庶民和沈玉容辞官，对整个沈家影响都极大，沈母对永宁公主颇为不满，而沈如云在宁远侯府得到的关照在一夜之间全被没收。

沈如云走到府里哪个角落，都能听到议论声。她没想到，曾经带给沈家无限憧憬和荣耀的永宁公主，如今成了一块甩也甩不掉的狗皮膏药，而过去和永宁公主的关系，成了令人厌恶的污点。

宁远侯和宁远侯夫人今早还叫她去了一趟屋里，旁敲侧击沈如云应该主动和离，免得宁远侯府也成为别人眼中的笑话。

沈如云气得恶心，从宁远侯夫人屋里出来的时候又遇见了姜玉娥。

“原来是姐姐。”姜玉娥见了沈如云，袅袅婷婷行了个礼，笑道，“这几日姐姐娘家府上的事情，妾身也听说了。世子爷说起时，妾还为姐姐捏了一把汗，越是在这个时候，姐姐越是要挺住啊。熬一熬，也就过去了。”

沈如云一想到周彦邦也知道了此事，还拿此事在姜玉娥面前羞臊自己，便恨不得一头撞死。她冷笑道：“姜姨娘倒是好兴致，日日在府里闲逛。”

“毕竟妾身心情好嘛。”姜玉娥道，“方才从夫人门前经过，夫人好像想让姐姐提出和世子爷和离？也是，出了这种事，一直赖在府上，总觉得不好过。”

“便是我与世子爷和离，也轮不到你！”沈如云咬牙切齿道，“你不过是用下作手段进的府，你的爹也只是姜家一个庶子。宁远侯府便是要再为世子爷寻夫人，也绝不会是你这种低贱玩意儿。你就算费尽心机，最后也只是为他人作嫁衣裳！”

“那又如何？”姜玉娥的笑容在沈如云的一番话中烟消云散，但她仍要刺一刺沈如云，“我进门的时候，就知道自己做的是妾，只要世子爷宠爱就好。但你呢？你是光明正大被宁远侯府八抬大轿抬进来的正妻。不过，下场不见得比我好多少！至少我不会被人赶出去。”

“世子爷不会休了我的，我也不会和世子爷和离。”沈如云恨道。

“是吗？原本世子爷娶你，就是因为你大哥是皇上喜爱的臣子而已。沈如云，你自己有什么可取之处？放在人堆里一眼都找不到。现在你大哥已经辞官，什么都不是，沈家名声也臭了。你凭什么以为宁远侯府还会要你这个破落户？沈玉容当初做官的时候，世子爷都看不上你；沈玉容一无所有的时候，世子爷就更不可能看上你了。你还是趁早滚得远远的吧！”

永宁公主被贬为庶民的第五日，燕京城又出了一件大事。

上一次在桐乡案中被陷害入狱的县丞薛怀远，一大早去了长安门，打石狮鸣冤鼓。

长安门前的石狮沉寂了多年，不过短短半年时间，却先后两次被人惊醒，而两次案子的主角都是同一人。

这回不像上回，因上回桐乡案事关重大，廷议之上又让人明白，这位可怜的县丞曾是北燕一位重臣，于是洪孝帝十分重视，亲自迎见。

很快，薛怀远要状告的冤情也出来了。薛怀远状告当今公主，不，如今已是庶民的永宁公主和曾为中书舍人的沈玉容，这二人在一年前暗通款曲，合谋杀妻灭嗣，诬陷薛芳菲与人私通，这是其一。

薛怀远还状告当今京兆府尹和永宁公主勾结，残害其子薛昭、薛芳菲的弟弟，令人杀害薛昭，扮作为匪寇所杀，销毁证据。这是其二。

两个状告，在燕京城掀起了轩然大波。

倘若是假的且不提，但倘若是真的，永宁公主和沈玉容这二人是真的狼心狗肺，没有一丝人性了。

人们回忆起当初桐乡案在燕京城闹得很大时，曾有一阵子谣言四起，说当初令人陷害薛怀远的冯裕堂，本就是听命于永宁公主。只是那时候皇家下令封口，且没有确凿证据，永宁公主也没有必要千里迢迢去为难一个从未有过交集的县丞，如今看来，此事大有文章。

薛怀远是薛芳菲的父亲，薛昭是薛芳菲的弟弟，薛家接二连三出事，要不是姜二小姐回襄阳时得知此事，顺手救了一把薛怀远，只怕薛家如今三个人一个都没留下来。薛家这么倒霉，说背后没有人作怪，谁也不信。薛怀远的状告一出来，燕京城的人就豁然开朗。

这分明就是沈状元想搭上公主做驸马，无奈原配漂亮又贤惠，怎么也挑不出错处休妻，干脆一不做二不休，直接害死她和腹中骨肉，连她家中的老父亲和兄弟也没放过，可谓是残忍至极。

人们不禁又想起那位曾艳绝京城的才女薛芳菲。

现在想想，那位貌美温柔的沈夫人，才学品性在燕京城也是数一数二的，与她交往过的夫人都觉得如沐春风。沈状元放着这么好的夫人不要，去讨好永宁公主，可见也是很贪慕权势了。不仅如此，一日夫妻百日恩，他竟然能对自己的夫人痛下杀手，这要何等无情的心肠。

一时间，燕京城里到处都是骂永宁公主和沈玉容奸夫淫妇的声音。

案子是由大理寺、刑部和都察院三司会审的。

萧德音得知了这个消息，亦是十分惊愕。这些日子，她一直待在府里不曾出门。听闻永宁公主和李家闹崩，她十分高兴。等听闻永宁公主被贬为庶民，她更高兴，但心知并不是万无一失，现在永宁公主是失势了，可万一有一天卷土重来，自己还是会有危险。

就在这个时候，薛怀远的状告就像一场及时雨，把萧德音的心都浇活了。要是薛怀远状告成功，按照北燕的律令，永宁公主死路一条。这样一来，当初她做的事情就没人知道，永宁公主也更不可能来灭她的口，可以真正高枕无忧。

萧德音没想到，那位早就成了疯子的薛怀远居然会清醒过来，不过没关系，不管是薛怀远还是姜梨，谁状告都行，她会做人证，在永宁公主通往地狱的道路上，多推她一把。

萧德音笑着拨弄起面前的古琴，连日来的阴霾一扫而光。

燕京城因为薛怀远的这一阵冤鼓方寸大乱之时，公主府也被人封了。

趴在公主府屋檐上的文纪和赵轲二人，一直等着门口的侍卫喝醉。

四面的屋檐上还有一些黑衣人，都是国公府的人，等在此处接应。

赵轲道："来了。"

与此同时，门口的两个侍卫咚的一声歪倒在门框上，抱着酒坛子呼呼大睡起来。

并不怪这些侍卫玩忽职守，实在是因为这座公主府已经被搬空了，既然被搬空，也没什么人会再来。

赵轲和文纪对视一眼，顺着房檐疾走，待到里院时翻身跃下，落在地面上。那里，姬蘅早已站着等待他们。

他不再穿华美的衣裳，夜行衣看上去简单利落。他走到最里面的一间屋子，那是一间茶房，只有一张矮桌，上面连茶壶和茶杯都被收走了，什么也没留下。

姬蘅顺着屋子走了一圈，伸手在墙壁上一一抚过，待抚到一处时顿住，往里用力一按，只听轻微的咔的一声，那块砖凹陷下去，紧接着，整面墙开始缓缓移动，换了个面儿，露出一道门来。

姬蘅率先走了进去，文纪和赵轲紧随其后。

那是一条长长的密道，沿途都有火把照明，像座地下宫殿。里头还有隐约的水声，直到走到密道的尽头，空间豁然开朗，整个密室呈现在眼前。

这是一处私牢，到处都是铁栅栏围成的牢狱。地上遗留着血迹，还有腐臭的味道。有些铁栅栏后的人影一动也不动，显然是死掉很久了，却也没有人将他们清理出去，就在这里慢慢地化作烂泥。

墙上是带血的钩子，还有烧红的烙铁乱七八糟扔在地上，水牢里老鼠吱吱乱叫，捧着一团血肉模糊的东西津津有味地啃。带着盐水的鞭子，长着刺的木马，淬了药的银针，应有尽有。饶是文纪和赵轲这样见多识广的侍卫，见着眼前的一切，也忍不住有些厌恶。

“找找姜幼瑶。”姬蘅道，“如果是清醒的，捞出来丢到姜家门口，如果已经不清醒了，把司徒的药喂她一颗，别让她死了。”

赵轲和文纪领命。要在这么多死人和半死之人里找姜幼瑶并不是一件易事。这里所有人都黑乎乎臭烘烘的，一时半会儿也分不清。赵轲和文纪找人去了，姬蘅则在牢里慢慢地走着。

关在铁栅栏后的这些人，除了死的、昏死过去的，剩下的活人，要么已经被折磨得失去神志，手舞足蹈地在里面唱歌，要么还没有失去神志，但已经没了生机，就算姬蘅走过，也只是呆呆地看着，一言不发，像是不懂得求救的傻子。

长时间在永宁公主的折磨下，这些人早就断绝希望。只盼着来个人给他们一刀，让他们早些结束痛苦。

姬蘅漫不经心地顺着牢狱走着，直到走到一处牢狱前。

那人像是早就听到了声音，一点一点顺着里面往外爬。说是爬，是因自牢里深处到铁栅栏前，有两道清晰的血迹，他的膝盖处不知道怎么了，鲜血已经凝固。整个人跪在地上，全身像是从血池子里捞出来似的，分辨不清面目。

这人却是公主府私牢里唯一一个有动静的。虽然他的模样十分可怕，但一双眼睛十分清明。他双手拉着栅栏，连手上也满是伤痕，隔着栅栏想要扯姬蘅的靴子，但知道自己手上有血污，便在姬蘅的靴子面前停下动作。

姬蘅低头来，正与这人的目光相接。

这人的脸上全都是疤痕和血污，什么都看不清楚，但这一双眼睛没有沾上一点儿污泥。他甚至努力朝姬蘅挤出一个笑容。

文纪已经找到了姜幼瑶，赵轲刚走过来，见姬蘅在一个陌生的囚犯面前停下脚步。赵轲问道：“大人，这人——”

那个人费力地张了张嘴，想要说话，不知是因为被灌了哑药，还是因为嗓子暂且发不了声，并没有任何声音出来，只能看清楚他的嘴巴，说出的是四个字。

他说：请您，救我。

“带他回去。”姬蘅道，“看司徒能不能治。”

“哎？”赵轲有些奇怪，姬蘅从来不是一个心地仁善的人，更不可能路见不平，拔刀相助。

“治好了，给你做个伴。”姬蘅道。

赵轲道：“大人，这人的腿怕是废了。”

“没关系。”姬蘅道，“有用就行。”

那满身血污的人听了，立刻露出感激的神情来。

“他看起来和其他人不一样。”赵轲道，“也不知道哪里得罪了永宁公主，竟然落得如此地步。”

“回去查查他的底细。”姬蘅说完，看向另一头，文纪正从后面过来。

文纪道："主子，姜幼瑶找到了，看样子神志不清，照主子的吩咐，给她喂了司徒姑娘的药，几日之内不必死了。"

赵轲对文纪道："搭把手，大人让把这人救出来。"

文纪闻言，将这人从牢里捞了出来。等捞出来的时候才发现，这人并非穿着一件红褐色的衣裳，而是一身白衣，都被满身的血浸透了。

姬蘅略一思忖，道："永宁公主干的，故意留他一条性命，慢慢折磨。"

"他看起来挺清醒的。"赵轲道，"不容易，寻常人被这么长时间的折磨，早就疯了。就是现在不能说话也不能动，啧，要是腿没废，看起来是个好苗子。"

那人闻言，双眼黯淡了一些，不过很快隐没，姬蘅看在眼里，若有所思。

"也不知他怎么得罪了永宁公主，"赵轲一边嘀咕着一边把血人扛在身上，"可惜了。"

三人出了公主府的私牢，临出门时，姬蘅和赵轲先行，待二人离开后，文纪蹲在私牢门前的茶房外，点燃了一根烟竹。

一声巨响，在深夜的燕京城分外洪亮，门口两个喝醉的侍卫都被惊醒，一跃而起，嚷着往茶房这头奔来。

文纪的身影隐没在夜色中。

另一头，国公府里，得了姬蘅命令的赵轲飞奔回去，将扛在肩上的血人往司徒九月的炼药房外一放，高呼道："司徒小姐，司徒小姐！"

门啪地被打开，司徒九月出现在门口，不耐烦道："何事？"

"大人从外面救回来个人，不知道能不能治好，还请司徒小姐帮忙看看。"赵轲抹了把汗。

"姬蘅救人？"司徒九月秀眉微蹙，"你在说什么笑话？"

"是真的。"赵轲道，"九月姑娘，这人伤得非常重，大人也不知道能不能救活。不过这人挺有意思的，您先看看，再决定救不救。"

"我说过我不是大夫。"司徒九月不悦，不过还是往门边侧了身子，示意赵轲扛进来。

"挺有意思"四个字吸引了她，天下哪里有那么多有意思的人，若是遇见了，当然要救，因为这也是一件有意思的事。

赵轲扛着那人进来，将人平放在炼药房里一张仅容一个人睡下的小榻上。司徒九月上前一看，那人竟然还有知觉，只是不能动弹，对着她微微一笑。

司徒九月一愣。

她一生见过许多嘴脸，做大夫的时候看过的感激、惶恐和做毒医时遇到的厌恶、憎恨。无论是哪一张脸，得救还是被毁灭，都不会如此平静。

"他是什么人？"司徒九月问。

"不知道，大人让去查查这人的底细。"赵轲也不瞒司徒九月，"是在永宁公主的私牢里发现的人。”

“永宁公主？”司徒九月挑眉，“又是她？姬蘅这是给姜梨帮忙去了吧。”

赵轲挠了挠头，笑得尴尬。

司徒九月伸手掀开这人的衣裳，床上的人身子一颤，赵轲倒吸一口凉气。

这人浑身上下全是疤痕，没有一块完好的地方。大约永宁公主把所有用得上的刑罚都用在他身上了。

“司徒小姐，”赵轲看着都觉得可怜，“这人伤得有些重……我看他腿好像是折了，还能不能好？”

司徒九月扫了一眼那人的膝盖，道：“不可能。”

薛怀远状告永宁公主的当天夜里，燕京城出了一件大事。一大早，公主府被官兵围得水泄不通。

日光也难以掩去公主府门口的血腥之气。官兵们不时从里面抬出一具又一具的尸体，尸体已经开始发臭。一些还活着，却是血肉模糊，辨不清楚真面目。

围观的百姓愈来愈多，官兵们驱赶不散。因此还不到晌午，整个燕京城都流传开了，成王的妹妹竟然在自己的府上设了一间私牢，里面全是惹她不快的人。永宁公主把这些人囚禁在府里，用尽残忍的手段折磨。传话的人说得绘声绘色，听的人觉得脊背发凉。

听闻那些被囚禁的人里头，有一些竟还是朝廷官员。最重要的是，里面还有当朝首辅的千金小姐，姜家三小姐。

传言一出，这件事便闹大了。首辅千金和寻常百姓不同，永宁公主胆子再大，对于当朝首辅总也要顾忌一两分吧，可听说姜三小姐被救出来的时候，人已经疯了，还被挖掉了一只眼珠子，形容可怖。

人们纷纷议论此事，一来是说永宁公主的手段残暴，且不把皇帝放在眼里。先帝在世时，就不许任何臣子私设牢狱，身为公主，却如此行事，可见不把洪孝帝放在眼里。二来，不知姜家三小姐如何招惹了永宁公主，才会被永宁公主如此苛待。挖掉一个女子的眼珠子，分明是不想让对方活下去了。

听说首辅姜元柏得知此事后，亲自赶到公主府，已经把姜幼瑶接回府去，同时立刻进宫见皇上。

前有薛怀远状告永宁公主和沈玉容合谋杀妻灭嗣，后来姜元柏求皇帝主持公道为女儿报仇，一个是贬为庶民的公主殿下，一个是早就丢了官的前状元，百姓议论纷纷，皆认为这二人不可能全身而退。

不管外头的传言如何，姜府里，姜梨仍旧不慌不忙。

昨夜里，想来是国公府的人在公主府藏着私牢的房间里放了烟竹，惊动了守夜的官兵。官兵赶过去一看，却见到牢门大开的私牢，当即吃了一惊，连夜回禀朝廷。今儿一早，朝廷再派人前来查看，见到了私牢里头各色的酷刑，以及被折磨得奄奄一息的囚犯。

在这群囚犯中，有一人分外显眼，这人脖子上戴着的首饰似乎是宫里的贡品。负责搜查的官员以为这是哪个重要人物，忙将此人单独救出来，待擦干净脸，随行的一位侍卫认出来，竟是姜首辅从前的掌上明珠，姜家三小姐姜幼瑶！

天可怜见，姜家三小姐便是日后好了，只怕这辈子也毁了。

“去看看她吧。”姜梨起身道。

“老夫人不是不让您去？”桐儿道，“说是三小姐现在不太好，怕吓着您。”

“无事。”姜梨道，“我若是不去，反倒招人口舌。”

永宁公主要的就是姜幼瑶绝望，才会一开始就挖了她的眼珠子。失去了一只眼珠子，日后还能做什么？光是这份绝望，就能生生摧毁姜幼瑶。

姜梨和桐儿去了瑶光筑。

瑶光筑已经许久没人住了，春日到来，这里也没有一丝一毫的生机，到处都是颓败的痕迹。待走到院子外面，堂里姜老夫人、卢氏和杨氏都在。姜景睿和姜景佑在另一头，姜丙吉一直在哭，嬷嬷哄着，满屋子哀哀戚戚。

“阿梨，你怎么来了？”卢氏看见她来。

“我来看看三妹。”

“还是别，”卢氏看了一眼屋里，“幼瑶现在不好，我看了都有些不舒服，你还是别进去了。”

姜梨看向姜老夫人，姜老夫人怔怔地看着外面，姜府里接二连三出事，这位精明的老夫人也开始迅速衰老。想来也是，虽然因为季淑然的事，姜老夫人对姜幼瑶不复从前的宠爱，但姜幼瑶毕竟是在姜老夫人面前长大的孙女，看到姜幼瑶凄惨痛苦，姜老夫人的内心并不好受。

“二婶，大夫来过了，怎么说的？”姜梨轻声问道。

卢氏摇了摇头：“没的治。”说罢，眼里闪过一丝怜悯，“太可怜了。”

姜梨道：“我还是进去看看吧。”

卢氏没能拦住姜梨，姜梨走到屋里，见两个丫鬟正在屋里伺候着。

姜幼瑶坐在床榻一角，没有脱鞋袜，一句话也不说，脸上、手上都有鞭痕，最可怕的是左眼眼眶空荡荡的，看上去触目惊心。

两个丫鬟低着头不敢直视姜幼瑶的眼睛。姜梨走到姜幼瑶面前，姜幼瑶也只是盯着被子上的图案，一动不动。

“她说过话吗？”姜梨问屋里的两个丫鬟。

其中一个丫鬟回答道：“不曾，大夫说被喂了哑药的。”

“她就这么坐着？”

那丫鬟点头：“是，不说话也不闹，很安静，就这么坐着发呆。”

姜梨无声叹了口气，姜幼瑶是真的疯了，不是装疯。永宁公主的确是彻底摧毁了她，但就算救回来的姜幼瑶没疯，迟早有一日也会崩溃。

姜梨说不出心里是什么感受，大约季淑然走之前也没料到，自己的女儿最后会变成如此模样。姜幼瑶被送到姜家已有半日，燕京城传得风风雨雨，季家不可能不知道。可到现在，季家人也没有前来看一眼，未免令人心寒。

姜梨走出了屋子，姜老夫人还在，终于回过神，看向姜梨。

姜梨走到姜老夫人面前，姜老夫人仿佛倦极了，只道了一句："二丫头，你说这是不是报应？"

这是不是报应？姜梨不知道。

她握住姜老夫人的手，道："如果有报应的话，世上最该报应的，是永宁公主。祖母放心，"像是对姜老夫人说话，又像是对自己说话，"父亲会给三妹讨个说法的。"

永宁公主和沈玉容被官兵堵到沈家的时候，永宁公主还不敢相信自己的眼睛。

她高声道："你们要干什么？竟敢这么对本宫！别以为现在本宫失了势，你们就能为所欲为，等日后，待日后……"

为首的官兵不耐烦地打断了她的话："别日后日后的了，先保住你这条命再说吧！"

沈玉容敏感地察觉到这人语气不对，询问道："请问出了何事？"

到了现在，他仍旧衣着洁净，语气温和，若不是知道这人究竟犯了什么罪，只怕官兵也很难对沈玉容生出恶感。其中一个官兵道："薛怀远和姜首辅一起状告二位。"

"状告？"永宁公主冷笑道，"状告我何事？"

"自然是状告你二人狼狈为奸，合谋杀害薛芳菲、薛昭姐弟二人，还囚禁姜家三小姐在私牢之中，挖了人的眼珠子。现在姜首辅不干了，找陛下要个说法。俗话说血债血偿……"

官兵们说得很不客气。

永宁公主道："你说私牢？"她心中一惊，立刻晓得大事不好。府上的私牢，沈玉容并不知道，甚至连成王都不知道。这些年，得罪过她的人不少，永宁公主都一一让他们付出了代价。起初只是几个人，后来囚禁的人越来越多。当朝是不许设私牢的，一旦被发现，是要掉脑袋的罪。何况那私牢里还有许多朝廷官员，就算是小官，有这么两三个，她也死罪难逃。

看见永宁公主猝然变色的脸，沈玉容心中浮起一丝不祥的预感，问她道："什么私牢？"

"没、没什么。"永宁公主勉强笑了笑，"沈郎，没事的。薛怀远的罪名分明就是胡说八道。什么薛芳菲，什么薛昭，他们想往我们身上泼脏水，哪有这么简单！姜元柏又如何？我大哥和母妃，一定会想方设法回来救我们。沈郎，你要相信我！"

她喋喋不休，沈玉容的眼里闪过一丝厌恶。

官兵推搡着他们往府外走，闻讯赶来的沈母号啕道："你们要做什么？你们为何要带走我的儿子？你们这是私闯民宅，我能去告你们的！"

走路的官兵猛然见到一泼辣妇人横在面前，心中不耐，一把将沈母推到一边，沈母被推得一个踉跄，顺势跌倒在地，不顾形象，指着永宁公主道："是她！都是这个女人害的！是这个女人引诱玉容，是她仗着公主的身份威胁我儿子，玉容什么都不知道，一切都是这个女人害的。你好狠的心肠，你把我们沈家害惨了，你这样黑心肝的，死后都是要下地狱的呀……"

永宁公主震惊地看着她，大约没料到这个从前总是讨好谄媚她的妇人，有朝一日敢这样谩骂自己。

她尚来不及回话，官兵们已经推搡着她继续往前走，永宁公主转头去看沈玉容，却见沈玉容浑浑噩噩地走着，神情麻木，像是没有看见她的愤怒，也没有听到身后沈母的谩骂和哭泣。

沈玉容跌跌撞撞地走着，门外早已聚集了许多看热闹的人，他们对他指指点点，厌恶、鄙弃的目光，他恍若未觉。

恍惚中，他好像看到了薛芳菲。她站在人群之中，不再是熟悉的温柔模样，而是冷冷地看着他，像在看一个陌生人，像在嘲笑他的狼狈。

他的确狼狈极了。

叶府里，叶世杰正与薛怀远说话。

"薛先生请放心，"叶世杰道，"薛家的这桩案子，眼下看来十拿九稳。薛芳菲和薛昭姐弟二人之死的真相，想必很快就会水落石出。"

薛怀远道："但她毕竟曾是公主，就算现在不是公主，成王和刘太妃也不会轻易认输。"

叶世杰沉默，听闻刘太妃得知消息，一大早就去了金銮殿找洪孝帝，成王也在。这桩案子牵连太广，成王和刘太妃都意识到事情的重要性。正是因为这个，姜元柏甚至派了一些侍卫来到叶府，将叶府保护起来。倘若成王想杀人灭口，极有可能蹿进叶家杀害薛怀远。

"没事的，薛先生。"叶世杰道，"表妹说了，有海棠姑娘作为人证，况且永宁公主的罪名也不止这一条，就算是姜家，也不会让此事轻易揭过。"

"我担心的是芳菲的罪名。"薛怀远怅然，"沈玉容和永宁公主，是不会轻易承认的。"

叶世杰微微一笑："这一点，表妹也早就想到了，所以除了海棠以外，表妹还安排了一个人证。"

"谁？"

“明义堂的琴艺先生，萧德音。”

萧德音在下午的时候，来到了姜家。

姜梨正在屋里作画，听到萧德音前来，搁下纸笔，走到外头，就见萧德音正在门口，有些焦急地朝里张望。

姜梨让白雪请她进来。

萧德音进了门，一见到姜梨，就迫不及待上前道：“小梨，今日我听到了幼瑶的事情，立刻登门来探望幼瑶，幼瑶变成了这个样子，我很痛心。”

姜梨道：“多谢先生挂怀，三妹变成这样，我也很痛心。”

“永宁公主实在太可恨了。”萧德音悚然道，“这等手段竟然用在一个姑娘家身上，令人发指。”她说这番话时，难得地真情流露。

萧德音只要想到自己也险些落在永宁公主手上就是一阵后怕，要是她也变成姜幼瑶那副模样，只怕是生不如死。因此，她匆匆赶来这里，就是为了询问姜梨一件事。

她道：“小梨，芳菲的生父薛先生突然状告永宁公主和沈玉容谋害芳菲……是怎么一回事？”

姜梨讶然地看着她：“是怎么一回事，先生不是最清楚？先生不是早说薛姑娘是被沈玉容和永宁公主合谋害死的，怎生现在还来问？”

萧德音尴尬地回答：“我自然知道其中内情，我只是奇怪……为何状告的人是薛先生，而不是小梨你？”

姜梨更加奇怪地看着她：“薛姑娘是薛县丞的女儿，眼下除了薛姑娘，还有薛公子，两条人命，自然是做父亲的薛县丞为自己的儿女声讨。我到底是个外人。”

萧德音也晓得姜梨说得有道理，但还是觉得不妥。

姜梨问：“我记得萧先生曾经说过，若是有朝一日我想为薛姑娘洗清冤屈，萧先生是会出来做证的。”

“……是。”萧德音答道。

“那现在萧先生可以出来做证了。”姜梨微微一笑。

萧德音蹙眉：“可如今状告之人是薛县丞，薛县丞虽然是芳菲的生父，但他在燕京城势力单薄，由他出面，很容易被人打压。永宁公主虽被贬为庶民，可刘太妃和成王还在，势必要想办法救她出来的。”

姜梨看着她笑。

“小梨，你笑什么？”萧德音有些不安。

“我只是想到一件事。”姜梨道，“萧先生不会是怕连累自己，才不敢出面吧？”

“怎么会？”萧德音立刻否认，“我只是在为薛县丞担心，既然要为芳菲和芳菲的弟弟平反，最好是一举成功，否则还会招来报复。”

“原来如此，先生是为了薛县丞着想，我还以为先生是觉得由薛县丞出面不够稳妥，才不肯做证的。”

这个玩笑一点儿也不好笑，反倒让萧德音的掌心渗出细汗。她道：“怎么会呢？”

“好吧，我也不瞒先生说，虽然此事不是我出面，跟首辅府也没什么关系，但这件案子，已经是板上钉钉的事实了。”

萧德音眼睛一亮，询问道：“为何？”

“人证物证，铁证如山。而且薛家的案子虽和我们姜家没有关系，但我三妹的确是被永宁公主囚禁到私牢里，我父亲不会轻易罢休。”她看向萧德音，微笑道，“不过有先生的证词当然更好，虽然薛县丞手中也有证据，但关于沈玉容和永宁公主是如何下手谋害薛芳菲的，却还差一点。如果先生能站出来，我能拿姜家的名义担保，永宁公主和沈玉容只会在这一次三司会审中，杀人偿命。”

最后四个字，说得萧德音心动不已。她向来认为斩草该除根，如果这一次能让沈玉容和永宁公主都丢掉性命，那么关于薛芳菲的一切，就真正过去了。

“先生大可以放心出面，我们姜家会保护先生不被伤害，此事过后，燕京城的所有人都会称赞先生大义，时隔这么多年，还记挂着为好友洗清冤屈，是真正的品性高洁之人。”

萧德音心里深以为然。姜梨为她描绘的画面，将她在这件事中不堪的一面全部抹去了，只剩下了美好。她便想，罢了，就算是为了薛芳菲做的最后一件事。虽然当年她是下手害了薛芳菲，但如今若是能在帮薛芳菲平反一事上做出点牺牲，就算是帮了薛芳菲。

恩怨两清，她也不必再背负良心的枷锁。

“好。”萧德音看向姜梨，“我出面做证，可是应当怎么做呢？”

“这就很简单了。”姜梨笑道，“三司会审的那一日，先生只要出面做人证，把知道的真相说出来就是了。”她对萧德音行了一礼，“学生代那位薛姑娘，谢过先生大恩大德。”

“不敢当。”萧德音连忙侧身避过，“芳菲是我的好友，我理应这么做。”

姜梨淡淡一笑。

而她会好好“谢谢”萧德音的。

三司会审的那一日，燕京城万人空巷。

刑部公堂外面的街道几乎都被人堵满了。官兵不断地驱逐百姓，有些百姓索性爬到自家房顶上相望。

刑部尚书何钦，大理寺丞魏明严，都察院使侯岩三人皆是奉洪孝帝钦命，彻查此案。由于此案涉及燕京城的京兆尹，更是不敢怠慢。然而三人都清楚，就目前薛怀远奉上的证据和新查到的罪证来说，永宁公主和沈玉容的罪名几乎可以说是板上钉钉。

三司会审中，姜元柏也特意求了洪孝帝在侧旁观。他身为姜幼瑶的父亲，姜幼瑶却被当朝公主私自囚禁伤害，其父之心可以谅解，洪孝帝准了。

永宁公主和沈玉容被带上公堂的时候，二者皆是十分狼狈。

永宁公主怒道：“你们在干什么，还不快把本宫放开！”

这些日子，她被迫在牢里待着，不过有成王的接济，倒也不至于太差。因此永宁公主便也生出了一种感觉，一切都是暂时的。只要成王还是成王，她的母妃还是刘太妃，他们就会想办法保住自己。等永宁公主翻身之时，这些害过她的人，一个都没有好下场。

今日这些人丝毫脸面也不肯给她。何钦一口一个罪妇，气得永宁公主七窍生烟。她看到了坐在一边的姜元柏，盯着自己的目光里满满都是仇恨。

永宁公主心里清楚，姜元柏这是给姜幼瑶报仇来了。

薛怀远的诉状被人拿在手上，一字一字读起，满满都是血泪。沈玉容的目光却落到了一旁的薛怀远身上。

薛怀远静静地盯着他，让沈玉容感到难以压抑的疼痛，他想到了当年薛芳菲出嫁的日子，薛怀远站在他面前，对他道：“阿狸就交给你了。”

他对这个岳丈是十分佩服的，也晓得这位丈人是位有才之人。只有这样的父亲，才会教出那般聪慧的女儿。

薛怀远也很喜欢他，除了觉得他们家住燕京，离得太远以外，对他赞不绝口。那时候他们彼此都认为，这是一桩绝佳的婚事，薛芳菲是找到了良人，这一生都将琴瑟和鸣，恩爱白头。

谁知后来……

永宁公主折磨薛怀远的时候，沈玉容没有过问。他晓得就算自己阻拦，也未必阻拦得了。他越是阻拦，永宁公主就越是妒忌，就算表面上放过薛怀远，私下里一定会用更加可怕的手段去折磨。

所以沈玉容佯作不知。

但他也不知道这是不是他为自己找的借口。因为沈玉容明白，一旦薛怀远得知了燕京城薛芳菲身上发生的事，一定会不远千里来到燕京城，为女儿之死寻找真相。

也许是他想要自己心安吧，之所以对薛家后来发生的一切不闻不问，假意没听到，无非是他也觉得斩草要除根。

薛怀远的脸上是十足的平静，就像是另一个薛芳菲，明白了一切、想通了一切的薛芳菲。他弃了自己应有的喜怒哀乐，只用平静的语气诉说真相，默默地为儿女做能做的事。

海棠作为人证也出现了。

乍见到海棠，永宁公主愣了一下，尖叫一声道：“你怎么还活着？”

“没想到吧，永宁公主，”海棠漠然道，“当年你的人为了隐藏真相，杀害了姑娘身边的人。我与杜鹃逃了出来，九死一生，最后杜鹃死了，我甚至没敢为她收尸，苟延残喘，活到现在，就是为了今日。”她昂头，“将你和这狼心狗肺的王八蛋做下的恶行，昭告天下！”

“你！”永宁公主咬牙，心中怒极。

海棠跪倒在地，将那些年来沈府里发生的一切细细道来。包括沈玉容是如何与永宁公主暗通款曲，永宁公主在设计陷害了薛芳菲以后，又是如何将所有知情人一一灭口，手段残忍至极。

薛怀远听着听着，忍不住微微闭眼，连手心都在发抖。虽然他已经听海棠说过一遍，但再听的时候，还是忍不住为自己女儿心疼。

他怎么能让阿狸一个人面对这些豺狼虎豹！

海棠诉说完毕，又有一人上前，却是明义堂的琴艺先生萧德音。

姜元柏忍不住目露惊讶，他认识萧德音，晓得是姜家小姐们的先生，但不晓得萧德音是什么意思。

萧德音也道：“民女可以做证，沈玉容和永宁公主的确是合谋陷害了薛芳菲与人私通，然后杀妻灭嗣。”

此话一出，永宁公主大笑道：“萧德音，你装什么？当年陷害薛芳菲的不是你吗？本宫给了你药，你便乐颠颠地去接了。怎么，现在本宫失势了，你也要顺势来踩一脚，别忘了你是什么身份，等本宫出去了，你以为你还能活多长？”

萧德音心口直跳，面上却镇定自若道：“无论公主殿下现在怎么往民女身上泼脏水，民女也不会改口的。至于公主殿下莫须有的诬陷，也不会有人相信，芳菲与我是好友，是所有人都知道的。我没有必要加害芳菲，和公主你不一样。”

永宁公主大怒，但的确说不出个所以然。当初找萧德音，就是因为萧德音是薛芳菲最好的朋友，世人皆知。就连永宁公主自己都没料到，萧德音会答应得这么顺利。她以为萧德音是个识时务的，没料到那是因为萧德音根本有恃无恐。

就算是到了现在，只要没有足够的证据，单凭自己的一面之词，所有人都会相信萧德音的无辜，因为萧德音完全没有理由加害薛芳菲呀！

萧德音娓娓道来，那一日薛芳菲喝了酒后，是如何反常，而永宁公主也在场，当然，她省去了自己，只说是永宁公主的人对薛芳菲下了药，做了一场好戏，让薛芳菲名声尽毁，从此不再出门，却也方便了沈府对可怜的薛芳菲下手。

萧德音说话极有条理，也许是因为这段话她早已在心中说过无数次，才显得如此真实，教人挑不出错处。待她说完，永宁公主和沈玉容的罪名又加了一等。

看着三位大人的神情，萧德音就晓得自己是赌对了。看样子，今日的会审，永宁公主再无生路。姜梨说得没错，这回过后，世上就再也没有什么可威胁到自己了。

当然了，萧德音在公堂之上顶着永宁公主的诬陷，也要为薛芳菲做证的事也会传出去，为她赢得良好的美名。

萧德音得意极了。

就在这个时候，一个声音突然响起来："不对。"

"何事不对？"魏明严问。

"萧先生所言不对。"说话的是海棠，"沈玉容和永宁公主有私情不假，设计陷害我家小姐与人私通、害我家小姐背负骂名不假，但这件事并不是什么永宁公主的下人做的。递上那杯酒的是萧先生你，在酒里下药的也是萧先生你，扶小姐回房的当然还是萧先生你。"

海棠冷冷道："萧先生，当年的事情知道的人几乎已经死了，但还没有死绝。实在很不巧，我就是那个没有死绝、恰好又知道所有经过的人。我家小姐与人私通，的确是永宁公主设计的一个毒计，但你远远没有你自己说的那般清白，因为你就是永宁公主的刽子手，你知道所有经过，你是她的同谋！"

此话一出，满场皆惊！

萧德音万万没想到会在公堂之上突然冒出这么一个人。姜梨事先将这桩案子掌握的证据告诉了她，为了让她相信这桩案子是十拿九稳的。也正是因为这些证据，萧德音才相信了姜梨，站了出来，但姜梨没告诉她，这人证里还有一个薛芳菲的贴身丫鬟，也就是在这时候，她才看清了海棠的脸，心中震惊不已。

海棠？她怎么还活着？！

"你……你在胡说什么？我为何要这么做？芳菲是我的好友，我与她情同姐妹，怎么会害她？！"

"因为你自诩燕京第一琴师，我家小姐的琴艺却远远高于你。你不在乎钱财，却独爱盛名。你怕我家小姐夺你风头，才会心生妒忌，甚至不惜和永宁公主合谋，明知道那杯酒会害了我家小姐一生，却还是让我家小姐喝掉。"

"你胡说！"萧德音慌张不已，她心底不为人知的秘密，就这么被海棠毫不保留地揭示出来。

"什么情同手足？我家小姐视你为知己，你却恩将仇报。什么夫妻情深，我家小姐对姑爷一心一意，姑爷却与人合谋杀害枕边人。我家小姐从来一颗真心待人，遇到的却尽是狼心狗肺之人，这世上的坏人全让她遇见了。只有我家小姐最可怜，最可悲，最可笑！"海棠说到最后忍不住哭了起来，哭声里的悲伤和痛恨令人动容。

永宁公主大笑起来，似乎看到萧德音这样窘迫十分高兴，道："萧德音，你看到了吧？你以为扳倒本宫就没有人知道你做的那些事了？你比本宫更可恶，本宫至少不喜欢薛芳菲，薛芳菲对本宫来说，也只是个陌生人。你却是薛芳菲的姐妹，还说自己琴声高洁呢，你莫不是在说笑，真是笑死本宫了！"

萧德音连连道："不是的，不是的。"

在场的人顿时感到一阵荒唐，当初薛芳菲与人私通一事，燕京城传得沸沸扬扬。人人都说这女子仗着美貌不安分，沈状元对她如此之好，她却不满足，实在是燕京城的耻辱。可如今看来，当年天下人都错了。那莫名背负着骂名的女子才是最可怜的人。

那般美丽温柔的夫人，却被情同姐妹的好友欺骗，被承诺共度一生的丈夫残忍杀害，被公主以最残酷的手段羞辱。她做错了什么呢？她什么都没做错，若说真的做错了，大约就是爱上了一个无情冷酷却偏要装出深情不悔的人吧！

“还有我家少爷。”海棠道，“少爷得知小姐在燕京城出事，立刻赶到京城，以为查到了蛛丝马迹，找到了京兆尹，就能替小姐报仇。谁知道京兆尹却和这恶毒的公主沆瀣一气，杀了少爷，还装作是匪寇所害。”

海棠惨笑道：“这是个什么世道！天子脚下，竟然有这样荒唐的事发生！若在朝为官的人皆是如此，民不告官不究，民告官牢坐穿，那还设什么劳什子的府衙？直接告诉天下人，若是平民百姓，受了天大的冤屈也不要说，说了也是白费力气，没有什么能为百姓做主，因为这官都是要看人脸色的！”

这话一出，何钦高喝一声放肆，同在的三人也忍不住冷汗涔涔。海棠这番话，已经不是在说沈玉容和永宁公主的罪行，是在声讨天下官场，是在指责皇帝，说皇帝任用奸臣，让奸臣危害百姓。

天子名声岂容这样诬蔑，但今日的事情是瞒不住的，很快海棠说的一番话就会传到宫中。

姜元柏也忍不住看向海棠，海棠说完泪如雨下，知道这番话也许会给自己招来杀身之祸，但这一年来，薛家出的事都在印证她说的这一点。

说什么太平盛世，说什么天下清明，实则就是纸糊的清明，轻轻一捅，也就破了。

洪孝帝听了后会作何感想，也许会审视过去，也许会改革吏治，不让悲剧重演。

薛芳菲的丫鬟似乎都是聪明的，姜元柏想，可惜了。

薛芳菲和薛昭的这桩案子，时隔多年，阵势浩大，然而三司会审的结果却比预料的要顺利许多。

在府里设私牢、谋害官眷、与当朝官员勾结合谋害死百姓、操纵官场……一桩桩一件件，盘点下来，永宁公主和沈玉容罪名无可抵赖，当受极刑，三日后问斩。

听到结果的时候，所有知情人顿感大快人心。

京兆尹作为当年助纣为虐、害死薛昭的一员，也受到了惩罚，剥夺官职，终身流放。萧德音虽然没有直接害死薛芳菲，却在薛芳菲被人陷害一事上，递上了那杯掺了药的酒，被责令五十大板。她一个女人，五十大板下去不知道还有没有命。想来便是有命在，也是奄奄一息，活不了几年的。

当然，对于萧德音来说，打多少板子、活多少年都不是最重要的。最折磨她的是，关于她和薛芳菲的那点事传出去后，天下有多少人会在背后骂她心肠恶毒，装模作样。萧德音为名声所累，装了一辈子，到头来名声尽毁，对她来说，活着也没有任何意义了。

等三司会审结束，官兵将永宁公主和沈玉容二人押下天牢。姜元柏站起身，率先走了出去。永宁公主落得如此下场，姜元柏一点儿也没有为此感到高兴，姜幼瑶的一生已经毁了，再也不可能回到从前的样子。

海棠过来扶起薛怀远，跟着往外面走去。叶世杰和叶明煜等在外面，薛怀远上了马车，一上马车，发现姜梨也在。他愣了一下，道："姜姑娘。"

"薛县丞。"姜梨微微一笑。

姜梨一大早就去了叶家，和叶世杰驱车赶到刑部门口，他们进不去里面，只和外头的百姓一样，等着最后的结果。直到听到结果的前一刻，姜梨的心都是揪起来的，并不像她表面上看起来的平静。

这一日，她等得实在太久太久了。

薛怀远发现，姜梨的眼角似乎有一点晶莹，他沉默了一会儿，道："之前姜姑娘说过，有一日会告诉我，为何会对薛家伸出援手。现在，恶人已经得到惩罚，是那个时候了吗？"

他语气十分温和，像是认真询问，姜梨心中忽而生出一种悲凉的感觉。薛芳菲和薛昭二人死亡的真相终于大白于天下。寻了这么久的公道，总算是没有消失，可是这公道是要用性命来偿还的。

她还不能告诉父亲真相，因为自己前途未卜。

"现在还不是时候。"姜梨咽下肚子里的悲伤，"但有件事，也许薛县丞想要知道。"

"何事？"薛怀远问。

"关于薛昭的坟墓。"姜梨道，"薛昭出事的时候，海棠已经被逐出沈家，因而不知道薛昭葬在何处，又因为当时正值薛芳菲被人议论，薛昭的后事办得十分隐秘，旁人不知道葬在何处。我已经托人打听到地方了。"她看向薛怀远，"既然真凶已经大白于天下，薛县丞可以将这个好消息告诉薛昭。至于要不要让薛昭回到家乡，就全看薛县丞自己的主意。"

姜梨想让薛昭魂归故里，而不是在燕京城这个没人知道的地方。除了自己，连祭拜烧纸钱的人都没有，这么冷冷清清。父亲已经知道了薛昭的死讯……也应当见见薛昭。

"好啊，多谢姜姑娘费心。"薛怀远道，他的声音里有一丝不易察觉的颤抖，"阿昭知道了此事，一定很欢喜，很欢喜。"

姜梨别过头去。

很欢喜吗？她却只有深深的悲伤和无奈。

关于永宁公主和沈玉容的决断，传遍了整个燕京城。

刘太妃哭红了眼，扯着成王的袖子，道："英儿，你去帮帮永宁公主，你救救你妹妹，你妹妹不能就这么死啊！"

一开始得知薛怀远状告永宁公主的时候，刘太妃还没将此事放在眼里。谁知道把姜元柏也扯进来了，当他们知道永宁公主竟然把姜幼瑶也囚禁在自己的私牢里，刘太妃险些晕过去。

事关当朝首辅，这桩案子无论如何都不可能被压下去了。果然，一切快得令人措手不及。

刘太妃试图去求过太后，可太后听完后，只是淡淡的一句“帮不上忙”，就打发了刘太妃。刘太妃转而去求洪孝帝，谁知道洪孝帝比太后更狠，刘太妃压根儿就见不到洪孝帝。

眼见着永宁公主和沈玉容即将被问斩，刘太妃终于意识到，这一次，可能真的没有谁能救她的女儿。她只能同成王哭诉。

“别哭了，母妃。”成王被刘太妃哭得心烦意乱，“不是我不想救永宁公主，而是现在没有人能救她！永宁公主的胆子也太大了，竟然在府里设私牢，还把姜幼瑶给囚禁了起来，姜元柏怎么可能放她一条生路。但凡永宁公主有一点忌惮，就不会弄成如今的局面！”

刘太妃怒道：“你怎么能这么说你妹妹。”说罢又哭起来，“我早就说了，那沈玉容不是良配，不是好东西。你妹妹就是被那个沈玉容拖累了！还有你，你早知道沈玉容是个什么样的人，怎么能不阻止你妹妹和那个人来往！你妹妹落到如今地步，你也有责任！”

“够了！”成王大喝一声，他也心烦意乱，正在快要举事的关键时候，偏偏永宁公主在背后拖后腿，先是和李家决裂，害李璟辞官，李仲南对自己生了异心，又和沈玉容的关系大白于天下，沈玉容也辞官，自己又少了个助力。现在更好，姜家对自己虎视眈眈，永宁公主的名声败坏，连他也被连累了。有个这样的妹妹，他成王真是倒了血霉。

刘太妃被成王这么一吼，一下子不哭了，看向成王，绝望地道：“英儿，真的没办法再救永宁公主了吗？”

成王看着刘太妃，有些不忍，最后还是道：“母妃，儿臣无能为力。不过，”他话锋一转，“此事皇帝做得实在太绝，我看再拖下去，也不是个办法，倒不如将时间往前提一提。待我杀进皇宫，坐上高位，当初那些人如何羞辱永宁公主的，我必要替永宁公主一一讨回，那时候……永宁公主也就能瞑目了。”

他说得十足阴鸷，声音在空荡荡的寝殿里回响，阴森森的，刘太妃看着他，呆了片刻，像是终于认命，道：“好。”

国公府的后院里，炼药房中，司徒九月从房中走出来，到了隔壁小屋，推门走了进去。

小屋里只有一张床，一张椅子。司徒九月进去后就坐在椅子上，看向床榻上的人。

躺在床榻上的青年并没有睡着，而是抬头望着天，不知在想什么。他全身上下扎满了银针，一点也不能动弹。司徒九月知道他听得见，走的时候恐吓他，若是他动弹了，让银针错了位，很有可能一命呜呼，到时候可别怪别人。

其实这是她恶意的捉弄，便是这人动了，也不会出事。但司徒九月走进来的时候就知道了，过去的一夜，几个时辰里，这人的确是一动不动。

这需要很大的勇气，因为施针的时候，药性会慢慢挥发出来，随着时间的流逝，变得又疼又痒，难以忍受。这人却是忍受了，甚至看到司徒九月进来，还对她露出了一个笑容。

司徒九月一愣。

十分庆幸，永宁公主没有毁了他的脸，使得这人的好相貌得以保存下来。他生得很是俊秀，透出一种明朗和英气。就算落到这个田地，对司徒九月露出的笑容还像什么都不曾经过一般和煦。

“有什么好笑的。”司徒九月冷冷道，“都混成这惨样了。”

司徒九月替他检查过，这人应当年纪不大，也就十七八岁，全身经脉都断了，这辈子也不可能重拾武功。他的腿最为严重，司徒九月猜测，可能是找重物生生将他的腿自膝盖以下的骨头碾碎了，再找了药物续骨。这样往来好几次，他的两条腿这辈子也不可能站起来。司徒九月绞尽脑汁，最后还是遗憾地发现，没有一种办法可以使这人的处境改变。

从此以后，他就是一个废人。

从他的样貌和性情来看，这少年应当是个心境开阔、英气疏朗之人，但日后就要沦落到坐在椅子上过日子，未免令人唏嘘。

司徒九月掀开他的衣裳，将银针一根根拔下。少年的脸红了，司徒九月觉得好笑，想着他可真是个单纯的人。

“大……大夫……”正想着，那少年冷不防突然道。

司徒九月一怔：“你会说话了？”

他吃力地点了点头。

司徒九月之前发现，这少年并非被喂了哑药，而是大约受刑的时候忍不住痛呼出声，直到把嗓子都喊哑了。这几日，司徒九月用药给他调理着，以为还要过几日才能开口，没想到今日就可以了。

他的声音非常嘶哑，且透着一股疲惫，说话的时候，忍不住露出些痛苦的神情，可见说话对他来说也很费力，他道：“多谢。”

“别对我道谢。”司徒九月道，“我只能救你的命，其他的，我没办法。”

他的腿废了，武功也没了，是不可能成为国公府的侍卫的。而且国公府不养无用之人，这少年迟早会被驱逐出去。

司徒九月并不会轻易同情别人，只是觉得这少年脸上的笑容可能会在得知这件事后消失，不由得有些惋惜。

那毕竟是很难得的纯粹。

“我的……腿……”

“没救。”

少年目光一黯，但还是笑了，道：“没关系，多谢大夫……”

“你不觉得可惜吗？”司徒九月扬眉，“我以为你会伤心欲绝。”

“留有……命在……就很好了。”

“你有什么执念，或是要完成的事吗？”司徒九月问，“要留着一条命去做？”

少年一愣，清澈的眼眸渐渐深沉，氤氲出司徒九月看不明白的雾气，就在司徒九月以为他不会回答的时候，少年开口了，说：“报……仇。”

意料之中的回答，这世上，让人不肯去死的原因，除了报恩，就是报仇。

司徒九月拔掉最后一根银针，问：“永宁公主？”

“不……错……”

“那你就不必担心了。”司徒九月一笑，“永宁公主和沈玉容下大狱了，再过几日就要问斩。”

少年吃了一惊，问：“……怎会？”

司徒九月眉头一皱，不习惯与人说这么多话，可对这陌生的少年，司徒九月实在是说得太多了。

“还能有什么？杀人偿命罢了。你想知道，等你好起来的时候自己去问吧！”

司徒九月收拾好药箱就要离开屋子，快到门口的时候，突然想起了什么，犹豫了一下，还是回头问：“对了，你叫什么名字？”

那少年沉默了片刻，轻声道：“我叫……阿昭。”

阿昭，司徒九月将这个名字在心里默念两次，心道少年只说了名字而不肯说姓氏，大约是身份非同寻常。

但她又在意这些做什么？左右只是个萍水相逢的人罢了。

刑部的天牢里，永宁公主和沈玉容被扔进了牢狱。

永宁公主隔着栅栏扯着沈玉容的衣服，道：“沈郎，现在我们该怎么办？”

到了现在，成王和刘太妃也没有人来与她接应，永宁公主终于感到了恐惧。

“沈郎，你倒是说话啊！”

沈玉容转过头，淡淡地看着她。他那死灰一般毫无波澜的眼睛，突然让永宁公主感到害怕，她不自觉地松开攥着沈玉容袖子的手。

“没有办法。”沈玉容道，“我没有办法。”

永宁公主愣了一会儿反应过来，尖声道：“怎么会没办法呢？事情到了如此地步，你怎么能说你没有办法呢？你是在骗我对不对，对不对？你还有办法，我们不会死的，对不对，沈郎？”

她恐惧又疯狂的表情落在沈玉容眼里，不知为何，沈玉容心里竟闪过一丝快意。

像是要故意击垮她，沈玉容又道："我没有骗你，是真的没有办法，认命吧，永宁公主，这就是报应。"

永宁公主和沈玉容被关进刑部天牢，死囚是不可以有人去探望的。

芳菲苑，姜梨坐在桌前，望着窗外出神。

天上下起了小雨，二月到了尽头，三月初，燕京城的雨水开始多起来。淅淅沥沥的雨水打在窗沿，干枯了一个冬季的土地也湿润起来，生出新绿。

"姑娘，"桐儿走过来关窗，"您想好去国公府送什么东西了吗？"

"再想想吧。"姜梨道，"我先去瑶光筑，有话要对父亲说。"

姜元柏自从三司会审后就没有再上朝，整日在府里陪着姜幼瑶。他的心里内疚至极，总觉得若是自己当初对姜幼瑶不那么冷淡，姜幼瑶也不会赌气跑出府去，遇到这等祸事。如今人疯了，姜元柏便经常陪着她，像是补偿。

到了瑶光筑，果然一眼就看见在院子里的姜元柏。

姜元柏坐在院子里，看着姜幼瑶出神。姜幼瑶在丫鬟的簇拥下坐在软凳上，呆呆地看着天空，她被挖掉眼珠子的那只眼睛缠上了厚厚的白布，只剩下另一只眼睛，眼神也是呆滞混沌的。

姜梨的脚步在院子边上停了一停，道："父亲。"

姜元柏循声看过来，看见是姜梨，道："阿梨，你怎么来了？"

"我来看看三妹，也来看看父亲。"姜梨说着走上前来。姜幼瑶对姜梨的出现毫无察觉，她沉浸在自己的世界里，谁也打扰不了她。

姜元柏长长叹了口气，姜家这些年顺风顺水惯了，可也不过短短一年时间，就变得七零八落。季淑然死了，剩下的两个女儿，姜梨变得陌生而客气，姜幼瑶直接疯了。他感到一阵无力，就连仕途，现在看来也是前途迷茫。

姜梨轻声道："有一件事，我想请父亲帮忙。"

"何事？"姜元柏问。

"刑部天牢里，死囚是不能让人探望的。"姜梨道，"我想见一见永宁公主，希望父亲能与刑部的人说一说，破例而为。"

闻言，姜元柏拧起眉，问："你去天牢看永宁公主做什么？"

"有些问题的答案还需永宁公主为我解开，就算为了薛县丞而问吧。"姜梨道，"我不用进去，隔着栅栏看看她就好了。父亲能不能答应我？若是不能，我再想别的办法。"

她语气温和，然而说的是"若是不能，我再想别的办法"，而不是"若是不能就算了"。

姜元柏盯着姜梨，这个女儿内心的执拗是他也觉得诧异和罕见的，且她极有主张，对他这个父亲并不完全坦诚。

当初是他一手把姜梨推出自己的生活，如今就要独自吞下这枚早已酿好的苦果。

所以，他只好道："好，我去说，你只管去就行了。"

以姜元柏的身份，与刑部的人打声招呼，让自己的女儿去看一个死囚，并不是大难题。尤其是世人都知道永宁公主害死了姜家三小姐，姜梨也不会做什么。

姜梨笑了笑："多谢父亲。"又看了看姜幼瑶，"父亲要照顾三妹，那我就不打扰了。"转身离去。

姜元柏看着姜梨离去的背影，苦笑一声，哪里是什么特意来看他特意来看姜幼瑶，分明就是要与他说这件事而已。这个女儿啊……还真像是叶家人，交易归交易，恩怨分明。

这天傍晚，等姜元柏的人过来说已经与刑部的人打好招呼，姜梨可以随时去刑部"探视"的时候，姜梨就决心出门了。

白雪看了看外面："姑娘，外面还在下雨，要不算了？"

"明日就要问斩了。"姜梨道，"今日不去，明日就没有机会。"

桐儿见姜梨在自己梳头，愣了一下："姑娘怎么自己梳头？奴婢来吧。"

"不用了。"姜梨已经插上最后一根簪子，"我已经梳好了。"

她站起身来，桐儿和白雪不由得一愣。

姜梨自来衣裳从简，素淡为主。然而今夜的姜梨却像是变了一个人。她描了螺黛，轻扫了一层脂粉，越发显得肤如凝脂，口脂也是淡淡的红色。一双眼睛仍旧清澈如水，却又多了些看不明白的东西。她穿着月白绣花小袄，妃色长锦裙，随云髻，玛瑙簪，耳垂两滴米粒大小的红宝石耳坠，显得明艳又陌生。

桐儿喃喃道："奴婢都快认不出姑娘来了。"

"走吧。"姜梨笑了笑，"别等得太晚了。"她推门走了出去。

雨水未停，姜梨走得很慢，省得溅起的泥水脏污了裙角。从前做薛芳菲的时候，她愿意把自己装点得格外美丽，看沈玉容眼中的赞叹欣赏。然而今夜，她再做回熟悉的打扮，却不是为了取悦别人，而是为了提醒他们。

薛芳菲可以好好活着，以另一种方式。永宁公主令人勒死她的前一刻，还在劝她下辈子托生千金之家，今夜她就告诉永宁公主，她已得偿所愿，却不知现在的永宁公主，会露出何等神情？

上辈子的恩怨，总该做一个了结的。

刑部天牢，此刻灯火晦暗，老鼠奔跑过发出窸窸窣窣的声音。角落里，永宁公主抱膝坐着，紧挨着沈玉容那面的栅栏，仿佛这样会得些生气。

这三日，她哀求过，威胁过，把自己腕间的镯子褪下给狱卒，希望他们能向成王或是刘太妃传个话。狱卒收了她的镯子，转头就走，再无音讯，永宁公主气得破口大骂。骂了半日，嗓子也哑了，累得没了力气。

死囚临走时的断头饭总是分外丰盛。之前永宁公主一直谩骂这里的饭食糟糕，等真到了最后一日，满地的佳肴摆在面前，永宁公主却不肯吃一口。

与她相反的是沈玉容，断头饭送来时，沈玉容还有心情慢慢地享用，给自己倒了一杯酒。

外面突然传来人的脚步声，还有狱卒的说话声。过了一会儿，狱卒的声音消失了，那人的脚步声还在继续，不紧不慢的，在牢狱里格外清晰明显，传到永宁公主的耳中。

永宁公主忍不住注意起来。

脚步声在往她和沈玉容的牢房走来，永宁公主心中一个激灵，陡然间浮起新的希望。若这人是刘太妃和成王派来的……一定是的！他肯定是来告诉自己，成王和刘太妃已经做好了准备，很快就会把她救出去，让她不要担心！

永宁公主迫不及待地扑到铁栅栏面前，想要看清楚来的是什么人。

她看到了一边干净的裙角。

女人？永宁公主疑惑地抬起头，藏在牢房深处、黑暗中靠墙的沈玉容也抬起眼来，往这边看了一眼。

灯火逐渐映亮了那人的脸，雪肤花貌，秀眉杏眼，干净而明艳，年轻女子含笑俯视着她，永宁公主愣了一刻，差点要叫出声来，薛芳菲！

这身装束打扮真是像极了当年的薛芳菲！那时候她第一次见沈玉容，对沈玉容芳心暗许，得知沈玉容早已有了妻室，心中不屑，找了个由头，在宴会上见着了薛芳菲。

虽然早就知道薛芳菲的盛名，但永宁公主以为，不过是一介妇人，又是从山野乡村出来的女子，父亲只是个小吏，外头传说再盛，不过是以讹传讹，实则不然。然而等她真的看见那明艳动人的女子，心中便疯狂地涌起了不甘。

永宁公主执拗地想要得到沈玉容，除了真的很喜欢沈玉容外，不知这其中有没有一点是因为，沈玉容是薛芳菲的丈夫，所以永宁公主更想要得到他。

她到底是妒忌薛芳菲的。

她心中一阵恍惚，见面前的女子缓缓蹲了下来，隔着铁栅栏与自己相望，道：“公主殿下。”

永宁公主突然看清楚了她的眉眼，她不是薛芳菲，她是姜家二小姐姜梨。

“姜梨？！”永宁公主怒道，“你怎么会来？”

姜梨出现在这里，当然不会是来救她的。

“我特意过来，只是为了和公主说几句话而已。”姜梨偏头看她，温温柔柔地道，“公主如今住在这里，其实还是我的功劳呢。”

永宁公主一怔：“你说什么？”

“公主殿下和沈大人的一段情，之所以公之于众，是因为和李大公子撕破脸。公主对李大公子不依不饶，无非是因为李大公子害死了你的孩子。”姜梨轻轻道，“可这件事，公主真是冤枉李大公子了，你根本没有怀孕，一切不过是因为我用了一颗假孕药，让你以为自己有了身子，为了遮掩，迫不及待地嫁到了李家，才会弄到如今地步。所以说，”她笑得明媚，“你说，这一切是不是与我有关？”

“你……”永宁公主的神情从吃惊转为震惊，又从震惊转为愤怒，突然扑上前来，伸手要来抓姜梨的脸。姜梨后退一步，永宁公主隔着铁栅栏没办法再抓到她，只能徒劳尖叫道，“你这个贱人！我要杀了你！”

沈玉容侧头看着这边，听不太清姜梨究竟对永宁公主说了什么，使得永宁公主这般愤怒，他只是盯着姜梨，死死地盯着。

“虽然孩子是假的，但你当年对薛家所做的事情是真的。”姜梨平静地道，“所以即便你告诉别人，也没有人会相信你的话，明日一早，你还是会被押赴刑场，付出你应该付出的代价。”

永宁公主喘着粗气，盯着姜梨的目光就像要把姜梨撕碎：“你为什么要这么做？”

“永宁公主，”姜梨盯着她的眼睛，“我之所以这么做，是因为你让我这么做的。”

“我？”

“你说……”姜梨的声音温软又轻柔，在黑暗里，却渐渐渲染出可怖的色彩，“我是小吏的女儿，你踩死我，就跟踩死一只蚂蚁一样简单。下辈子投胎，记得托生在千金之家。”

永宁公主先是疑惑，随即如遭雷击。

那一日早就模糊的话语，突然无比清晰地出现在她脑海之中。

“本宫和沈郎情投意合，可惜偏有个你，本宫当然不能容你。若你是高门大户的女儿，本宫或许还要费一番周折。可惜你爹只是个小小的县丞，燕京多少州县，你薛家一门，不过草芥。下辈子，投胎之前记得掂量掂量，托生在千金之家。”

“记住了，便是你容颜绝色，才学无双，终究只是个小吏的女儿，本宫踉死你——就跟踉死一只蚂蚁一样简单！”

“你、你、你……”永宁公主忍不住后退一步，“你是人是鬼？你是薛芳菲？！”

“薛芳菲”三个字，终于触动了藏在暗处的沈玉容，他慢慢地爬过来，隔着铁栅栏看向姜梨。

姜梨没有看他，只是看向永宁公主，突然勾唇，低声道：“谁说不是呢？”

“不可能，不可能……”永宁公主拼命摇头，往后退去。她认为这一切都是她在做梦，或者根本就是姜梨在吓唬她。

但永宁公主心知肚明，薛芳菲死前，只有她和两个婆子在场。两个婆子早已被灭口，世上除了她，再无人知道她与薛芳菲的对话。姜梨说的却是一字不差，她又从何得知？

这根本不可能！永宁公主跑到牢房深处，像是惧怕到了极点，拒绝与姜梨对视。

姜梨看了永宁公主一眼，这个毁了她前生的女人，现在如此狼狈，一句话就能令她如惊弓之鸟，这样的永宁公主，突然让她觉得索然无味，连报复都意兴阑珊了。

姜梨站起身往外走，一只手拉住了她的裙角。

沈玉容仰头看着她，轻声问："是芳菲吗？"

熟悉的眉眼，他的目光里带了些震惊，也带了些希冀，仿佛只要姜梨说一个是，他就有无穷无尽的话要对姜梨说；倘若姜梨说一个不是，他就有比天还要大的失望和委屈。

但姜梨只是低头，用力一扯，把裙角从沈玉容手里挣脱开来。她看也不看沈玉容，往外走去。

夫妻恩情，早在当年就已经斩断了。如今他的忏悔也好，执迷不悟也罢，道歉或是磕头流泪，她都没有半分兴趣。

是不是薛芳菲又如何？总之和沈玉容已经没有任何关系了。

姜梨走出了牢房，外面的雨还未停，狱卒讨好地冲她笑，桐儿和白雪没想到她这么快就出来了。

三人往马车走去。

待走到马车前时，姜梨一愣。

车夫已经换了人，露出的脸是赵轲。

赵轲道："大人请二小姐去国公府。"

白雪和桐儿面面相觑，姜梨已经轻车熟路地上了马车，道："走吧。"

她做完了这件事，永宁公主和沈玉容已经伏法，按照之前和姬蘅的约定，他应该来取自己的命了。世上没有白白得来的好处，报仇这回事，没有姬蘅，由她一人做来，想来不会像如今这样顺利。

付出代价也是应该的。她无话可说。

国公府的门口，灯笼被打湿了。赵轲把马车停好，桐儿撑开油纸伞，扶姜梨下了马车，一同往国公府里走去。

姹紫嫣红的国公府，花圃里的花得了绵绵细雨，越发娇艳欲滴，似乎冬日里的那层白霜也被淋了干净，显出了原本艳丽的模样。

门口的鸟笼里，小红把头藏在羽毛中，睡得正香。

文纪守在姬蘅书房的外面，见赵轲带姜梨来了，对姜梨道："大人在书房里。"

姜梨点了点头，将白雪和桐儿留在外面，自己推门走了进去。

书房里关上了窗，点亮了灯，外面是淅淅沥沥的雨声，屋里是摇曳的灯火。姜梨将门掩上，于是那最后一丝凉风，也从屋里消失殆尽了。

姬蘅坐在桌前，坐姿懒散，红色衣袍及地，露出绣着繁复花纹的一角，灯火下像是流动的珠宝，而他的眼睛比宝石还要动人，长眸微眯，就是潋滟多情。

姜梨走进屋后，他的目光就朝姜梨瞥过来，微微一怔。

今日的姜梨，穿着打扮与往日很不一样。她往日便是素净的清灵少女，如今看着却多了明丽娇艳的色彩，陌生的装束，陌生的妆容，也变成了一个陌生的女子。

就像不是三月里初开的雪白梨花，带点淡淡的甜，而是四月深山里藏起来的桃色，一片旖旎的风情。

他站起身，挑眉道："你今日穿得很不一样。"

姜梨笑了笑："是吗？"

她是特意这么穿的。她去见永宁公主，了却这一段恩怨，不能用姜二小姐的身份，她得变成薛芳菲，她用薛芳菲的灵魂和永宁公主对话。

"国公爷叫赵轲让我前来，可是有什么事？"姜梨询问。

姬蘅走近她。他个子很高，身影投下的阴影覆在姜梨身上，从窗户上映着的影子来看，仿佛两个人亲密的姿态。

他问："你刚刚从刑部天牢出来，去看了永宁公主？"

姜梨道："是。"

姬蘅点了点头。他的手骨节分明，修长洁白，把玩着手中的折扇，低头看向姜梨，目光潋滟动人，唇角带着惑人的轻笑，声音却十足清明。

他问："她为什么叫你'薛芳菲'？"

姜梨一震，猛地抬起头来，他都听到了！

姬蘅的人难道潜在天牢里，听到了永宁公主和她的对话吗？

女孩眼睛微睁，太过清澈，以至里面一瞬间的慌乱和无措无所遁形，年轻男子貌美如戏文里的精魅，举止都带着蛊惑人心的优雅。他拿扇子轻轻抵住她的下巴，令她不得不昂起头来，直视着他可以洞察人心的琥珀色双眸。

他看着姜梨，微笑着，低低叹息了一声，语气醉得令人毛骨悚然。

姬蘅道："你果然不是姜梨。"

随着这句话的尾音消失在空气里，他步步紧逼，姜梨慢慢后退，直到背后触上身后的书桌，避无可避。她身子不自觉后仰，又被姬蘅伸过来的手扶住腰部，免得她向后跌倒。

他还是知道了，就算这段时间他对她放纵、帮助，甚至称得上是对朋友一般的关心体贴，但他心里对她的怀疑，一刻也没有停止过。

也许他从头到尾都不曾相信过任何人，也不曾给予过别人信任。就如同他此刻暧昧又亲密的姿态，唇角含笑又温柔，但眼神如此凉薄。

姜梨听见自己平静的声音："国公爷曾经与我做过一个约定，现在那件事情完成了，你可以来履行约定，这条命，是时候还给国公爷了。"

姬蘅目光一暗，笑容越发惑人，手上的扇柄从姜梨的下巴轻轻移到了喉咙之上。

她生得纤细柔弱，连喉咙也是细细的，像被扼住脖颈的白鹤，一瞬间有种凄美的脆弱。但她神情平和，一点儿慌乱的痕迹也找不到。

她一心赴死。

姬蘅并不是一个喜欢问为什么的人，许多事情在一开始的时候，他就已经弄清楚了答案，他不喜欢有脱离自己掌控的意外发生。如果这件事情到最后还没有弄清楚，他也不会执着，而是弃绝。

所以握着扇柄的手，那双洁白的、修长的、像是应该拿起棋子和茶盅的风花雪月的手，慢慢地收紧了。

姜梨感觉到了脖颈上的冰凉，嗅到了死亡的气息。死亡的气息和姬蘅身上的味道一般，带着一种凉意的清香，涩涩的。

姬蘅的目光落在扇柄之下，那只垂下来的扇坠上。

扇坠嫣红如血，蝴蝶展翅欲飞，红色的蝴蝶和白皙的皮肤有种莫名的契合。姬蘅看着看着，眸色微微一动。

紧接着，姜梨感觉到，冰冰凉凉的扇柄仍然抵在自己的喉咙，她的耳边却突然响起一个低沉喑哑的声音："你的命，我不要了。"

耳边传来微痒的触感，呼吸近在耳闻，姜梨诧异间匆忙睁眼，看见的就是他微微侧过的脸。

"作为交换，"他饶有兴致地道，"说出真相，不要说谎，嗯？"

他紧紧盯着姜梨，姜梨几乎招架不住，在这样的眼神下，就是铁石心肠的人，也会忍不住动心。明明知道他全身上下都散发着危险，却还是要为他片刻的温柔所感。

"我……"

"我就当你答应了。"他收回扇柄，顺便伸手，将姜梨垂在眼前的一缕发丝别在耳后。

姜梨脸颊发烫，只好专注地盯着姬蘅衣袍上的那一粒金扣。

"我可以告诉国公爷你想知道的一切，但恐怕国公爷不会相信我说的话，反而以为我在说谎。"姜梨抬眼看他。

他道："不会。你说的一切，我相信你。"

姜梨微微一怔。

他的眼神如此认真，距离如此之近，她看得见对方长长的睫毛，还有眼角的红色小痣，她甚至生出一种冲动，想要摸上一摸。然而她很快按捺住了，她不知道这一刻的心动是因为姬蘅生得太美，表现得太温柔而令她有片刻迷乱，但她明白，出了这间屋子，她心里的那只小鹿就会停止扑腾，重新变得理智而冷静。

"倘若你相信，我就告诉你。"她努力让自己的语气听不出有什么分别。

姬蘅看了她一会儿，慢慢地松开手，姜梨得以松了一口气，站直了身子。姬蘅以扇子一指书桌，上面有一壶茶，两只茶盅，他道："坐。"

姜梨定了定神，走到了桌前坐了下来。这次不等姬蘅动手，她先给自己倒了杯茶，端起茶盅来喝了一口。

雨夜里，热茶迅速安抚了她方才自进屋以后产生的慌张、难受、激动和犹豫，让她重新平静起来。

姬蘅笑着看她，在她对面坐了下来。

他问：“你叫什么名字？”

姜梨：“薛芳菲。”

他倒茶的动作微微一顿，看向姜梨。她回答得如此爽快平静，是因为她也没有别的借口可以敷衍。要不如何解释在天牢中，永宁公主对着她叫出的那声薛芳菲？

姜梨想，其实姬蘅自己心里也是有答案的。她对薛家过于关注，对于襄阳桐乡很是熟悉，还有一切发生在姜二小姐身上不合理的事情，但如果她是薛芳菲，一切都变得合理了。姬蘅不可能没想到这一点。

所以她也就不白费工夫了。

姬蘅继续倒茶，清亮的茶水盛在雪白的茶盅里，呈现出一种春日的色彩。他问：“姜二小姐在什么地方？”

姜梨道：“我就是姜二小姐。”

这一回，姬蘅笑了，他说：“何意？”

“我是薛芳菲，也是姜二小姐。我在沈家被永宁公主的仆人勒死后，醒来后的第一眼，已经在青城山。身边的人告诉我，我是姜二小姐，于是我才知道，我是燕京首辅的女儿，因为杀弟弑母被送到了青城山思过。”

姬蘅挑眉：“这么说，你没有改变你的容貌？”

姜梨微微一笑：“这大约很难。如果不信的话，国公爷可以让人来检查，九月姑娘可以证明。”

她的脸庞在灯火下洁白可爱，皮肤吹弹可破，看样子倒不像是假装的。

“你想说，这是怪力乱神的故事？”

姜梨低下头，轻声道：“我早就提醒过国公爷，如果我说了，国公爷很可能并不相信，认为我在说谎。”

沉默了一会儿，姬蘅的声音响起，道：“我不认为你在说谎。”

姜梨抬起头，忍不住道：“国公爷难道不觉得，我说的话很是荒谬吗？”

“荒谬归荒谬，不过世上很多真相，本来就是荒谬的。”

他不为此事惊诧，也没有用异样的目光看她。他对姜梨的态度，和从前几乎没什么两样。

“所以你成了姜梨以后，就直指沈玉容和永宁公主，报仇雪恨，不死不休？”

姜梨苦笑一声：“我还能做什么呢？过去的事情已经发生了，我总不能让薛家的人白白受苦。既然上天垂怜，再给了我一条生路，我自然要报仇。”

姬蘅点了点头：“有理。”

“那么国公爷呢？”姜梨忍不住问，“知道了此事以后，不会认为我是不祥之人，很可怕吗？”

“不祥之人？”姬蘅挑眉，他道，“你死过一次，还能活过来，这叫有福之人，真正的不祥之人，是连新生的机会都没有的。”

姜梨闻言一愣，总觉得姬蘅话中有话。她沉默了一下，道：“国公爷已经知道真相了，我所做的这一切，就是因为我是薛芳菲。我必须要做这件事。国公爷倘若认为我说的是真话，是否可以不再追究我与您的那个约定？”

姬蘅似笑非笑地看了她一眼：“你这是想过河拆桥，知恩不报？”

“倘若我有什么帮得上忙的，定会倾尽全力。”姜梨认真道。

“这句话你已经说过很多次，”姬蘅摆了摆手，“但没什么用处。”

“也不一定吧。”姜梨笑了笑，“倘若夏郡王回京的话，或许姜家能为国公爷的筹谋出一份力。”

姬蘅的笑容渐渐淡了下来，转头看向姜梨：“小家伙，你知不知道自己在说什么？”

“成王很快会举事，燕京二将如今镇守边疆，且兵线不接，昭德将军一定会回京救困的。”姜梨道，“国公爷为的不就是这一刻吗？”

她想来想去，总觉得姬蘅做这一切，包括之前的稳固局势，后来又主动打破，逼成王提前举事，无非为了引出这个夏郡王，但姬老将军对夏郡王讳莫如深，更让姜梨认为这其中有什么问题。

姬蘅低声笑了，看着姜梨：“听说薛芳菲锦心绣肠，冰雪聪明，原本我还不信，如今看来，是真的了。”

他的目光里是不加掩饰的赞赏，姜梨一笑：“我知道的，国公爷从前还认为我是木头美人。”

“薛芳菲当然不是木头美人，不过是沈玉容让她变成了木头美人而已。”姬蘅淡笑道，“是他没有眼光。”

“我倒不这么认为，他只是眼光过于长远，以至于栽了跟头。”

“你不恨他了？”姬蘅问。

“恨如何？爱又如何？他欠我的，最多也只能还到这里，赔上一条性命，再多的，也没有了。”姜梨道。

姬蘅道：“有理。”他手持茶盅，“喝一杯？”

姜梨笑了，她也举起茶盅，以茶代酒。

外面的雨淅淅沥沥下个不停，春雨如酒，情愫如酒，两只茶盅在空中一碰，发出清脆的响声。

她仰头将茶一饮而尽，像是要饮尽所有属于薛芳菲的苦涩。

“之前的约定作废了。”姬蘅的声音懒懒淡淡，如夜里沉醉的春风，传到了姜梨的耳朵，“从此以后，姜二小姐，你自由了。”

姜梨知道他说的是什么意思，薛家的案子已经了了，从此以后，薛芳菲的过去是真的彻底结束了。她将成为真正的姜二小姐，继续在这个世间生活下去。而这出戏也彻底落幕，曲终人散，姬蘅不会留在原地。他二人之前的交往，到此为止。

姜梨心里闪过一丝极轻极轻的失落。虽然一开始她对姬蘅提防怀疑，但事实上又付出了一定的信任。这是基于她对姬蘅实力的认可，也是对他人品的认可。

好像是一个朋友，一起乘舟渡过惊涛骇浪的部分，等中途分别的时候，总有些莫名感伤。

姜梨看向他："这段日子，国公爷对我照顾有加，多谢了。"

姬蘅笑了笑："不必客气。"

姜梨笑了。

等她离开姬蘅书房的时候，姬蘅没有起身送她。姜梨走到门前，雨还未停，白雪将伞撑好，姜梨回头看了一眼屋里，姬蘅坐在书桌前，他的背影在灯火之下，显出一种惊艳的寂寥来。

她转过头，走进了雨水之中。

赵轲送她们几人离开，临走时，姜梨看见司徒九月匆匆从院子里走过的身影，她大约很忙，都没看到姜梨几人。

姜梨问赵轲："九月姑娘是在做什么？"

"近来府里来了个病人。"赵轲道，"司徒小姐在给他治伤。"

能让司徒九月医治的病人，定然不是普通的病人，国公府的秘密有许多，姜梨也不便多问。于是她没有回头，径自离开了。

司徒九月匆匆回到屋里，叫阿昭的少年躺在床上。他现在还不能下床，每日都由司徒九月来施针。他能见到的，除了来给他送饭和照料他的小厮，就只有司徒九月了。

长此以往，他与司徒九月也算是认识了。

"司徒大夫，"阿昭问，"刚刚我听外面有人说话，是什么人？"

"有吗？"司徒九月皱起眉，"我没有注意，可能是姬蘅的客人吧。你先别动，我给你施针。"

另一头，文纪走进了书房，姬蘅仍旧坐着看向窗外。

窗户已经被打开，风把灯火吹得摇摇欲坠，影子也被拉得跌跌撞撞。细密的雨丝飘到了桌上，一些溅进了茶盅，荡起细细的涟漪，如一朵花开。

"大人，姜二小姐已经走了。"文纪道。

姬蘅嗯了一声，才收回目光。

他垂眸看向对面，对面的凳子上早已没有了温软的女孩，唯有她剩下的茶盅提醒着这里曾有过人。

从薛芳菲到姜二小姐，不可思议的经历，但似乎只有这样才能解释所有的一切。难得的是曾经死过一次，还能赤诚地去相信一个人。

该说是愚蠢，还是珍贵？

而他在扇柄抵住她的咽喉，刹那间，心里竟滋长出了一丝不舍和怜惜。这令他悚然，令他不由得审视自己，令他必须和女孩划清界限，再不往来。

看戏之人是不可以入戏的，一旦入戏，会失了分寸，失了清醒，陷入戏里的悲欢离合，那才最可怕。

他不能有任何软肋。

第二日是永宁公主和沈玉容处刑的日子。

姜梨早早用过饭就要出门。姜元柏得知她也要去观刑，欲言又止，最后才道："很可怕，你不要去看。"

"无事，我不看处刑，只站在外面看看就是了。"姜梨笑了笑，"也替三妹出口气。"

姜梨与姜元柏道过别以后就出了门，马车行驶到刑场外时已经进不去了，百姓以及看热闹的马车都把路给堵死了。白雪和桐儿不得不拿银子开道，才让马车又往里稍稍停靠了一点，至少能看见刑台上的两人。

永宁公主和沈玉容穿着脏兮兮的囚服，头发蓬乱，再无从前的讲究精致。义愤填膺的百姓早已自发提着菜篮子，不断地往他们头上身上砸鸡蛋扔菜叶，二人十分狼狈。

姜梨以为永宁公主即便到了这地步，也会维持她飞扬跋扈的本性，破口大骂，但她今日竟然一个字也没有说，耷拉着脑袋，连表情也看不见。沈玉容的目光在人群中睃巡，像是在找什么人。

明知道他看不见自己，姜梨还是往后退了一步，躲在了白雪身后。她忽然又觉得好笑起来，当年薛芳菲被永宁公主害死的时候，沈玉容就在门外，亲眼目睹，却袖手旁观，眼睁睁看着她命赴黄泉。如今沈玉容要死了，她成了旁观者，送沈玉容最后一程。

人世间的事，倒真是一场奇怪的轮回。

忽然间，有妇人大哭的声音传来，间或夹杂着谩骂，姜梨顺着声音看去，便看到一个熟悉的人影，正是沈母。

沈母哭倒在刑台前，一面大呼着我儿，一面又谩骂永宁公主。姜梨将她的骂声听得清清楚楚，沈母骂的是沈玉容原本有大好前途，却被永宁公主这个淫妇给连累了，甚至连薛芳菲，沈母都拿出来说，只说自己原先那个媳妇薛芳菲如何善良贤惠，能干体贴，却被永宁公主以恶毒的手段害死，还栽赃在沈玉容身上。

姜梨心中哂笑，沈母这会儿是不管不顾地撒泼，碍于各种原因，成王和刘太妃没能救了永宁公主，但不代表真的不关心。沈母迁怒永宁公主，刘太妃也会迁怒沈家。沈玉容是死了，沈母的胡乱谩骂自然也会惹恼刘太妃。

只怕处刑过后，沈母也活不了多长时间。刘太妃本就恼怒沈玉容，又怎么能允许一个普通妇人侮辱自己唯一的女儿。

若是沈玉容心中还有自己的母亲，就应该在这时候开口，提醒沈母一两句，但沈玉容没有，他只是茫然地执着地在人群中一遍又一遍搜寻着。他的目光是如此明显，以至于许多人都感受到了，还以为他是寻劫法场的人，在等着救兵前来。

但是没有，什么都没有。没有救兵，沈玉容所期待的人也没有出现。

直到那一刻。

刽子手立在沈玉容身后，手起刀落，银光一闪，一线鲜血喷在地上，圆圆的脑袋滚了下来，沾满泥泞，什么都分辨不清。

在沈玉容身边的永宁公主尖叫一声，可还没等她叫完，死亡的刀光接踵而至。

人群蓦地发出一阵欢呼，姜梨垂眸，面无表情地转身走开，一切都结束了。

不管“状元杀妻”案是多么令人惊骇，随着永宁公主和沈玉容被处刑，一切好像都结束了。

这件事情解决后，姜梨有时候会不知道自己应当做什么。如寻常小姐那般，在家绣绣花写写字，安宁又满足地活着，等有朝一日迎来一门门当户对的亲事，便披上嫁衣嫁了，为夫君生儿育女，操持家务，似乎就是她下半生的结局。

但姜梨并不愿意那么做，仍然经常去叶家，薛怀远还寄住在那里，虽然他说过几次想要回襄阳桐乡，但叶世杰极力挽留他，一面是从薛怀远这里，叶世杰能得到许多做官的提议，对他日后的仕途大有裨益，二是成王只怕会对薛怀远怀恨于心，单让薛怀远一人出门，大约会有危险。

叶明煜许诺薛怀远，等到年底他回襄阳的时候，一定把薛怀远带上，至于今年，就先让薛怀远住在燕京城的叶家。薛怀远认为叶家对薛家平反有莫大恩情，因此也不好推辞，应承了下来。

这让姜梨松了口气。

她和薛怀远闲谈，好几次，“我就是薛芳菲”这句话到了嘴边，就是说不出来。

她也有恐惧，倘若她说出来薛怀远不肯信怎么办？那一刻，她竟然怀念起姬蘅来。倘若薛怀远能像姬蘅一样，对怪力乱神的事也深信不疑，或者，对她说的话也深信不疑，那就最好了。

姬蘅……姜梨垂眸，成王举事迫在眉睫，这些日子，姬蘅应当有许多事情要忙吧。但是自从那一日他知道她的身份过后，他们便再无交往，就连赵轲也从姜家消失了。

这也许是姬蘅想要和她划清界限的表示，姜梨心想，不由得又失笑，这人果真十分无情，交易结束，连一点点联系也要斩得干干净净。

不过这样也好。

正想着，桐儿从外面走进来，道：“姑娘，奴婢刚从府外回来，听到了一件事。”

“何事？”姜梨问。

“宁远侯世子休妻了！”

“周彦邦休妻？沈如云？”姜梨怔了怔，“为什么？”

“定然是因为沈家出事了呗。”桐儿道，“宁远侯世子当年娶沈家小姐，不就是因为沈家小姐的哥哥是中书舍人，要给沈家一个交代吗？现在沈玉容都被砍了脑袋，沈家小姐当然就没什么用处了。要是还坐着世子夫人的位子，宁远侯府必然要遭人耻笑的。”

桐儿对当年宁远侯府悔婚之事耿耿于怀，说起宁远侯府，也是极尽挖苦之能事。姜梨笑笑：“你说得对。之后呢？沈如云怎么样了？”

桐儿摇了摇头：“状元府已经没有了。听说沈如云找到了沈母，两个女子前去向当初交好的富贵人家请求帮助……不过沈家恶贯满盈，谁还敢帮忙，她们碰了一鼻子灰，不知道现在在哪里呢！”

姜梨微微一笑：“原来如此。”

这就是报应吧。不想再去想这些，姜梨道：“算了，日后宁远侯府的事也与我们没有关系。”

剩下的姜玉娥在宁远侯府是得意也罢，失意也好，都是离她很远很远的。

她自己的事情，尚且还理得不甚分明。

成王府里，近些日子，下人们都是小心翼翼的，生怕一不小心就触怒容易发怒的主子。

厅堂里早已坐了许多人，成王坐在为首的位子，在他下首，挨近左首边是李仲南。

“诸位，”成王道，“我们的日子，恐怕得提前了。”

这些日子，洪孝帝处处针对，成王心中恼火，本就有提前举事的决心，加之永宁公主的事又在上头狠狠地浇了一把油，只恨不得现在就打进皇宫去，把洪孝帝从那个位子拽下来，狠狠地践踏在脚下。

要知道，这段时间因为永宁公主，他遭受了多少嘲笑和议论。那些人虽然当面不敢说什么，背地里却几乎要把他的脊梁骨都戳破了。成王希望有朝一日自己坐上那个位子的时候，清清白白，不落人话柄。如今看来是不可能的，所以倒不如什么顾虑全不要了，放手一搏。

成王看向身边的李仲南，问道：“右相以为如何？”

李仲南笑笑，道：“全凭殿下做主。”

成王心中有些不悦，李仲南分明是在敷衍。他知道李仲南是因为当初永宁公主一事与他生了嫌隙。要知道他才是君，李仲南不过是臣子。如今是他捧着李仲南，对李仲南礼遇有加。要是李仲南不识抬举，他也不介意给李仲南好看。

当然不是现在，而是等他坐上高位、手握大权的时候。

李仲南面上在笑，心中也很是窝火。永宁公主这么一闹，李璟日后就成了李家的污点。现在他们李家上朝都得小心翼翼，不能让人看出是李家的马车，省得被人在背后指指点点。李璟还丢了官，好好的仕途就这么毁了。

成王说自己不知道永宁公主怀孕的事，怎么可能？分明是想李家做那个倒霉的人，莫名其妙给别人养儿子，一想到这里，李仲南就气不打一处来，成王这是把他们李家当什么？当傻子！

这口气怎么也咽不下去，就像卡在喉咙里的一根鱼刺。李仲南心中打定主意，此次成王举事，他们李家不会从中作梗，但在其中动点手脚也不是不可以。得让成王明白，他并不是高枕无忧，若是没有李家，他这个成王的位子，只怕坐得还不如洪孝帝安稳。

要成王对他们李家不敢下手，还得毕恭毕敬！

成王转头询问其他臣子，与他们一同商议举事等重要事宜，有意无意冷落了李仲南，像是故意给李仲南一个忠告。

李仲南不以为然，心中冷笑，忠告？他很快就会还给成王。

燕京城的皇宫里，春日花又开了不少。

韶光如梦，红颜易逝，花和人都是一样。

洪孝帝正在慈宁宫，陪着太后诵经。

太后专注念经，仿佛世上没有什么事比眼前的这件事情更重要。这样的日子，日复一日，年复一年，似乎从洪孝帝登基以来，她就是这个样子。

她不插手朝政，也不如刘太妃跋扈，听说她年轻的时候也是如此，温婉贤淑，从不争风吃醋，将不是自己的孩子抚养长大，看着他登基成为皇帝。如果没有太后，当年的洪孝帝，说不准早就被野心勃勃的刘太妃两母子吃得渣都不剩。

但要说洪孝帝与太后之间感情有多亲密，却也不见得，无非是表面上的和平罢了。

陪太后诵了一会儿经文，洪孝帝走出慈宁宫。他没有回御书房，昨夜里看了一夜的折子，今早又早朝，总共也睡了不到几个时辰。他要回寝殿休息，才走到寝殿门口，苏公公迎上来，道："陛下，丽嫔娘娘来了。"

丽嫔从门后走出来，在宫中众多的美人中，她看上去是最为心平气和的一个。她对洪孝帝笑道："臣妾做了些点心，用的今年新出的洋槐蜜，陛下尝上一点可好？"

没有人能拒绝这样温柔的请求，洪孝帝轻笑道："好。"

他紧绷的脸在这时也舒缓了。

丽嫔就笑着把洪孝帝扶到了桌前，桌上摆着精致的点心和热茶。丽嫔的指尖似乎还残留着蜜糖的甜蜜气息。

洪孝帝笑着拿起一块糕点送进了嘴里，丽嫔适时端上一杯热茶。洪孝帝吃完后喝了一口茶，喟叹道："还是你有心。"

"皇上忙于公务，臣妾能做的也就只有这点了。"丽嫔笑道。

洪孝帝也笑："说起来，朕昨日里听母后说，今年新进宫的美人有你的表妹，你怎么不告诉朕，让朕照拂？"

丽嫔笑容微僵，她没有孩子，季家的人之前还总是求神拜佛，让她吃各种稀奇古怪的药，巴望着怀上一个，坐稳后宫的位子。可时日久了，她的肚子没动静，季家人渐渐失望，就把主意打到了别的地方。

丽嫔知道他们是什么意思，要自己帮忙，帮助那个年轻的美人夺得帝王宠爱。替她挡刀挡枪，出谋划策，最后成为一颗弃子，被榨尽最后一滴血，替季家牺牲。

凭什么呢？丽嫔绝对不要。她好不容易才坐到了今天的位子，凭什么把一切都拱手让人。尤其是对方凭借着年轻美丽，就轻而易举拥有一切，也太不公平了吧！

所以丽嫔什么都没做，她假装不知道季家送进来的那位表妹，甚至拒绝与季家人见面。她对季家的愤怒，渐渐滋长为仇恨，以至于姜幼瑶出事后，丽嫔都不想去问，不愿意再为季家人奔走。当然，她也深知以季家人的本性，断不会替姜幼瑶报仇。

丽嫔心中百转千回，面上却露出一个哀戚的笑容，垂下头，突然跪了下来，道："臣妾知罪。"

洪孝帝微微一愣，拉着她的手坐到身侧，笑道："你这是怕朕宠爱别人，吃味呢。"

"陛下的身边可以有许多美人，臣妾也只是微不足道的一个。当陛下宠爱别的美人时，臣妾也什么都不能做。臣妾唯一能做的，只是希望将陛下的宠爱留得久一些，臣妾知道这是逾矩了，请陛下责罚。"

她说得哀婉又可怜，任哪个男人面对如此佳人，都不会无动于衷。

"朕不会抛下你的。"洪孝帝大笑，"只要你不背叛朕，朕就不会抛弃你。"

丽嫔心中一跳，隐约觉得不安。她身边的这个男人，拥抱是如此温暖，让她的怀疑烟消云散。

不会的，洪孝帝不会知道的，她做得很隐秘，没有人会知道。

同时，她又在心中冷笑，她不奢望什么帝王的宠爱，帝王的宠爱只是一时的，有朝一日，她一定会被更加年轻可爱的美人所代替，会成为后宫里那些过气的女人，那些衰败的花，成为春日里，一捧新鲜的艳泥。

她会走到最后，不惜一切代价，也不惜牺牲任何人。

丽嫔眼里闪过一丝狠意。

白日里的春雨到了夜晚，总算是停了。

三房，杨氏拿着几匹新的布料，一进门就道："玉燕，快过来。"

姜玉燕从门后走了出来，杨氏拿着布在姜玉燕身上比画了两下，道："可以做两身新衣裳了。"

"娘，我穿不了……"姜玉燕瑟缩了一下。她容貌平平，不爱穿这些华美的衣服，衣服会把她的容貌衬托得更加平凡寡淡。杨氏却不明白这一点，总是恨不得把所有精致隆重的衣裳首饰往她身上套。

“没什么穿不了的。”杨氏瞪了她一眼，“再过几日，我带你出去赴宴，届时穿好看些，你也到了该说亲的年纪。那些太太见你穿得好看，总会多看你几眼的，难道你不想嫁个好夫婿？”

姜玉燕不敢辩驳什么，她也明白，她不像姜梨有一个做首辅的爹，不如姜玉娥好看，她全身上下没有什么引以为傲的东西，只怕是不能嫁一个如意郎君。

“娘，这花布从何而来？”姜玉燕问道。

“是你妹妹送来的。”杨氏道，“你妹妹在宁远侯府，布料倒是很多，挑了两匹送过来让给你做衣裳，你姐姐还事事想着你呢。你给我多学学你妹妹。”

姜元兴从外面走进来就听到杨氏在数落姜玉燕。杨氏性子泼辣，姜玉娥的性子肖似杨氏，姜玉燕却像姜元兴一样木讷。因此杨氏总是看不惯姜玉燕，要姜玉燕好好学学姜玉娥，可人的性情又怎是轻易能改变的？

“别说玉燕了，”姜元兴忍不住道，“有什么可说的。”

杨氏见姜元兴回来了，就对姜玉燕道：“你先回房休息吧，我和你爹有话要说。”

姜玉燕点了点头，转身拿着灯走出了屋子。

姜元兴往凳子上一坐，问：“什么事？”

“玉娥今日来信了。”杨氏从抽屉里，摸出一封信来，递给姜元兴，“说是周彦邦休妻了。”

“休妻？”姜元兴点头道，“沈家出了事，宁远侯府自然会休妻。”

“玉娥在信里的意思是，虽然宁远侯府不错，但周彦邦无法进入仕途，高门大户的女儿只怕也没有轻易要嫁到周家的。如此一来，她有希望做世子夫人。”杨氏道。

“世子夫人？”姜元兴反问，“怎么可能？”

“怎么不可能？”见姜元兴信都没看就一口否认，杨氏也心里不舒服了，“你说说，玉娥论起才学样貌，比那些官家小姐不差吧。凭什么不能做世子夫人？听玉娥说，现在周彦邦对她不错，可见感情是很好的，差就差在出身上。”

这话又刺到了姜元兴的痛处，姜元兴道：“所以？出身如何更改？我们虽然在姜家，却不是大房二房！”

“你忘了。”杨氏推了他一把，“倚靠着姜家，自然什么都没有，但你现在可是右相的人。右相又是成王的人，我们可是替成王卖命的。要是讨好了成王，办成了一件漂亮事，给你加官晋爵，还不是手到擒来？届时我们的女儿身份自然不同凡响，宁远侯府岂敢怠慢，只会上赶着把玉娥给扶为正室！”

“你说得倒是容易，我们能做什么？当初的事不过是个偶然。”姜元兴道，“现在右相根本不搭理我们！”

季淑然的事三房告诉了右相，借此得了右相很大一笔银子。右相还许诺，日后有什么消息大可以告诉他，他会付出丰厚的报酬。那时候姜元兴和杨氏尝到了甜头，还以为要转运了，可除了季淑然一事外，他们并没有得到什么姜家的机密，自然也没法告诉右相。右相渐渐也就冷落了他们，毕竟没什么用处。

“我的夫君，你可真是没有脑子。”杨氏凑近低声道，“也不想想，永宁公主是怎样才落到如今这步田地的。要不是咱们府上的二小姐多管闲事，在桐乡救了薛怀远，薛怀远也不会恢复神志，还状告永宁公主和沈玉容。可以说，没有姜梨，永宁公主也不会死。永宁公主最恨的是谁，定然是姜梨呀！”

姜元兴目光变深：“你的意思是……”

“永宁公主是成王的妹妹，成王定是要给永宁公主报仇的。我们虽然不晓得姜家有什么秘密，姜元柏和姜元平又狐狸似的精明，不留一点把柄，但姜梨只是个小姑娘，再怎么厉害，也不会翻了天去。如果成王想动姜梨，咱们只需要告诉成王，姜梨什么时候会经过，什么时候出门，甚至帮着稍稍安排一些，自然就成了。到那时，咱们立了大功，成王心中高兴，你仕途得意，玉娥还愁不能被扶为正妻？”

第五章　**动心**

燕京城的桃花陆陆续续开放的时候，天气已经暖和到称得上是暖春时节了。草长莺飞，花红柳绿，夜里春雨一下，第二日就是明媚的日光。

明日是姜梨的生辰，或者说是薛芳菲的生辰。姜梨已经提前与叶明煜说好，明日去叶家做客。姜梨想趁着这个机会，和薛怀远一同度过自己的生辰，同薛怀远摊牌，说出自己的身份。

她总要同薛怀远说出自己就是薛芳菲的事实的，无论薛怀远是否相信。如果薛怀远相信，那么他们父女，又多了一个在这世上活下去的理由和依靠。

因此第二天一大早，姜梨早早地就起来梳妆打扮。

外面阳光正好，听说这几日附近山上的桃花都开了，许多人去山上看桃花，顺便去寺庙里求姻缘。

姜梨坐在马车里，看着马车外街道边熙熙攘攘的人群，不知道是因为即将面对和薛怀远坦诚相待而感到紧张，还是别的什么原因，她从昨夜起就开始心神不宁，眼皮跳个不停。她竭力安慰自己，没事的，父亲一定会相信自己。

姜家和叶家这条路原本走过千遍万遍，别说是车夫，就连姜梨也早就熟悉了，但今天走起来却觉得分外漫长。

“姑娘，是不是有些热？”桐儿掏出帕子，替姜梨擦拭额上渐渐渗出来的细汗。

“怎么出汗了？”白雪问，“会不会是受了风寒？”

桐儿一听，也紧张起来：“不会吧？要不去医馆里找个大夫看看？”

姜梨摇了摇头：“不必了，我只是有些热而已。”刚说完这句话，她的心就猛地一跳，不知为何，越发不安紧张起来。

还没来得及再说些什么，外面突然有人尖叫，马车猛地往旁边一歪，桐儿和白雪猝不及防，都被摔到了马车背后，桐儿道："怎么回事？"

姜梨抓着车窗的边缘，倒也没有如桐儿和白雪东倒西歪，只听得车夫的声音在外面响起："二小姐，前面出事了，好多人，过不去呀！"

姜梨掀开马车帘，就能看到外面，许多人正在惊慌失措地奔跑，还有如姜梨的马车一般横冲直撞。那车夫刚说完这句话，前面的马匹像是被什么刺激了，疯狂奔走起来，又因为人群的阻挡，根本跑不开。

"怎么回事？怎么这么多人？"白雪吓了一跳。

紧接着，就有人高呼起来："杀人啦！"

隐约可见人群中有穿着麻布衣服、和普通百姓一般的人在其中快速游走，只是手中却带着锃亮的长刀。百姓惊慌失措，四处奔跑逃窜，越发弄得人群拥挤不堪。孩子的哭声、人们被绊倒咒骂的声音、杀手用刀割破皮肤的声音不绝于耳。

"天哪！"桐儿脸色发青，"有人杀人了！"

"别怕，"姜梨冷静地道，"城守备军就在附近，听到动静会立刻赶过来。"话音刚落，她们自己的马车便停住，再也不动了，与此同时，传来了车夫的惨叫。

桐儿吓得瑟瑟发抖，却还是伸手把姜梨护在身后，白雪道："姑娘，咱们不能留在马车里，府里的马车太显眼了，咱们避……"

马车帘突然被人一掀，一个陌生的中年人猛地出现在面前，目露凶光，手持一把弯刀，一个箭步登上马车。桐儿尖叫一声，一把将姜梨推下马车，自己迎了上去。那刀一下子挥舞过来，姜梨只看到桐儿的胳膊往前一挡，一线血色模糊了她的眼睛。白雪身材高大，堵在门口，道："姑娘先跑！去旁边躲一躲！"

那人目光闪了闪，在姜梨与弯刀男人对视的时候，姜梨突然明白过来，这人是冲着她来的！她看了一眼尚在马车里的白雪和桐儿，那人果然抛下了她们，往自己这边而来。姜梨一咬牙，转身往人群里跑。

人群里到处都是鬼哭狼嚎之声，地上全是踩得一片狼藉的鲜血，简直像人间地狱。

城守备军很快到了，不过一炷香的时间，那些人却丢掉了弯刀，迅速脱身，因着他们穿的是普通百姓的衣服，此刻又到处是人，一时半会儿，这些城守备军竟然拿他们无可奈何。好容易抓到一个正在行凶的人，可才刚制伏他，那人突然紧咬牙关，嘴角溢出一丝鲜血，缓缓倒下，没了气息。

竟是在牙关里藏了毒药的死士，一旦被人抓住，就咬破蜡丸自尽，谁也掏不出他们的真话。

"怎么回事？"为首的城守备军大怒，"一个人都抓不到！这些人既是死士，怎么会无缘无故伤害普通百姓！"

他身边的手下问："会不会是西戎……"

"不可能！西戎人当初被金吾将军驱赶到沙漠深处，现在都成不了气候，怎么会来燕京城！而且百姓也说了，看起来这些就是北燕人，要是西戎人，一眼就能看出来，怎会那么容易混迹在人群中！”

“不管怎么说，大人，先安抚百姓要紧。”手下道。

四处都是哭泣声，许多人在混乱中与亲人走散了，面前一位头发蓬乱的母亲就跑丢了一只鞋，可她眼下也顾不得，一边哭泣一边喊着孩子的名字。

桐儿倒在马车边，那刺客冲进马车的一刻，桐儿用自己的手臂挡住了挥向姜梨的一刀，这会儿伤口还在流血，白雪扯下自己的裙角替她包扎，桐儿已经疼得晕了过去。

城守备军已经站在此处，没有受伤的百姓眼下都立刻回家去了，受伤的也被送进了附近的医馆。唯有那些失去亲人的，或是与亲人失散的还留在原地，但人已经比最开始少了许多，至少一眼看上去不至于分辨不清谁是谁。

白雪一边走，一边四处顾盼，她不敢喊出姜梨的名字，只好高声道：“姑娘！姑娘！”

与她相似的人不在少数，因此她的呼喊并非最显眼的。这么短一截街道，姜梨要是逃走了，不可能离开此处，一定会听到白雪的声音，而且姜家的马车还在原地，虽然车夫已经死了，但姜梨只要看见了马车，就会循声找来。

但是……没有，没有姜梨的回答。

白雪不死心，又连连叫了两遍，这阵子除了那些死去的人的家人，几乎已经没什么人了。便是和亲人失散的，也都找到了亲人。白雪的模样引起了官兵的注意，有一个小官兵就问白雪：“姑娘，你找谁呢？”

“我家小姐……”白雪焦急地道，“她……她刚刚也在人群里，我们失散了。大哥，你能不能帮我找找？”

那小官兵道：“这条街已经找遍了，所有失踪的人也都找到了，你是说，你家小姐还没有找到吗？贵府小姐是……”

“找遍了？”白雪心中一片冰凉，不由得后退两步。

叶明煜一大早，就开始让府里的厨娘们忙活。

桌上早已摆满了琳琅满目的饭菜，不知道的还以为哪家老夫人寿宴。

叶世杰也回了府，海棠扶着薛怀远走了出来。

叶世杰问：“姜梨还没有来吗？”

阿顺摇头：“门房那头守着，还没动静。”

“奇怪，”叶明煜道，“阿梨这丫头平日最守时，还怕我们等她，怎么今日耽误了这么久？再等下去，饭菜都凉了。”

“不会是出了什么事吧？”叶世杰皱眉道。

“呸呸呸，”叶明煜敲了他脑袋一下，“有你这么说表妹的吗？再说了，燕京城，天子脚下，你表妹又是姜家的大小姐，还能出什么事？青天白日的，能被人拐跑了不成？”

“燕京城也有土匪。”海棠忍不住道。

“什么土匪，咱们家就是最大的土匪，谁敢匪过我们？这不是班门弄斧是什么？谁敢匪我们，那就是太岁头上动土，我叶老三一声令下，全江湖的兄弟们都给我帮忙……”

“好了好了。”叶世杰听不下去，打断了他的话，问，“要不找个人去姜家问问，是不是姜梨有什么事耽误了，来不了。”

叶明煜闻言，神情也紧张起来：“这倒有可能，姜家那一屋子乌七八糟的事，莫不是阿梨在姜家又被欺负了？要不我去看看，怪不放心的。”

他才说完这话，在门口蹲着的阿顺突然去而复返，道：“老爷，姜家来人了！”

说的是姜家而不是姜二小姐，桌前的几人都是一怔。

阿顺带着那个姜家的小厮进了屋，那小厮看起来也是火急火燎赶来的，衣裳上还有尘土，满脸是汗，一见到人就开口：“叶三老爷，我们家小姐出事了，来不了了！”

“出事？”屋中几人都吓了一跳，薛怀远也皱起眉。

“出什么事了？”叶明煜粗声粗气地道，“姜元柏又欺负她了？”

小厮连连摇头：“不是，不是。是二小姐今儿一早就乘马车来叶府，路上遇着匪寇杀人事件，混乱中小姐人丢了，现在找也找不见。老爷这会儿都疯了，正在找官兵搜查整个燕京城呢！”

“什么！”叶世杰也站起身来。

“什么匪寇杀人事件？”薛怀远问。

那小厮道：“小的也不大清楚。就听说半个时辰前，在这附近不远的路上，突然出现了一帮人，穿着普通百姓的衣服混在人群中喊打喊杀，杀了十几个人，好容易抓到一个凶手，还咽了毒药，小的听说那些人是死士，但不知道是来做什么的。”

薛怀远又问：“如姜姑娘这般失踪的，又有几人？”

小厮脸色难看极了：“就只有我们家小姐。”

此话一出，屋里几人神情各异，叶明煜更是急得一把抽出腰间佩刀，骂了一句：“娘的！阿梨这丫头不会是被人掳走了吧！”

“不好。”说话的人是薛怀远，“这些人既然是死士，必是有目的而来。若只是为了乱动人心，大可以穿更令人恐慌的服饰，造成更多伤亡，再自尽而死。他们却要混在普通百姓之中，可见为着便于逃脱，说明还是为了达成目的。再者，从头到尾只失踪了姜姑娘一人，说明他们的目标就是姜姑娘，他们是为了姜姑娘而来。那十几个死去的百姓，不过是为了掳走姜姑娘而牺牲的替罪羊。”

薛怀远的话令人心惊，叶明煜皱眉道：“不是吧？阿梨可是姜元柏的女儿，燕京城谁敢故意和姜元柏对着干？”

叶世杰却道："薛先生说的是对的。"

"姜姑娘真的有危险？会是谁做的？"海棠忍不住问。

"燕京城里，敢对姜家动手的寥寥无几，其实很简单就可以猜到，十有八九不是刘太妃，就是成王。当然了，也许还有右相，只是右相没有道理针对姜梨一个姑娘，所以刘太妃和成王的嫌疑最大。"叶世杰道。

薛怀远点头："不错。"

"成王和刘太妃？有什么证据能直接找他们算账？"叶明煜迫不及待道。

"这只是我们的猜测，叶老爷。"薛怀远道，"现在最重要的是找到姜姑娘的下落，而不是报仇。姜家在燕京城势力广大，为了确保安全，他们一定会想办法把姜姑娘送出城外。我看应当在城门仔细盘问过往人马。"

叶明煜把刀往背上一扛："我去叫兄弟们过来！"

"我出去看看。城守备那边，我也认识几个人，我去和他们说说。薛先生请留在府里，一旦得了什么消息，还请薛先生坐镇。"叶世杰交代道。

"好。"薛怀远回答，"一切请小心。"

姜府里，此刻也正是一团乱麻。

桐儿被送回府里，大夫来替她重新包扎过，写了药方，厨房里正在煎药。

姜元柏已经出去寻官差彻查整个燕京城，卢氏忙着照料晕倒的姜老夫人，姜景睿和姜景佑也被勒令不准出府，整个燕京城人心惶惶。皇帝知道此事后，大发雷霆，命令手下官员尽快查出凶手的下落。

这时候，反倒没有人关心白雪了。

白雪守在桐儿的床前束手无策，不知道能做什么。在把桐儿送回府后，白雪不甘心，又跑到了那条街道上，一遍一遍走了好几遍，甚至把沿街所有的商铺都找了一遍，皆是无功而返。

她心中自责得要命，后悔当时应该跟着姜梨一道跑，如果那刺客跟上来，就帮姜梨挡刀，也好过现在姜梨不知所终，不晓得在什么地方遭受折磨。

她想着想着，床上的人动弹了一下，桐儿慢慢地醒过来。

她乍然醒来，脸色还很苍白，似乎手上的伤还疼得很，咬着嘴唇，睁眼看见白雪的第一件事，就是问："姑娘呢？姑娘没事吧？"

白雪说不出话来。

"你怎么不说话？"桐儿见她不说话，急问，"姑娘没事吧？"说话的动作太大，扯动了伤口，桐儿发出嘶的倒抽冷气的声音。

白雪连忙道："大夫说，你伤口没好，需要静养几日。别激动。"

"你快跟我说说，姑娘有没有受伤？"桐儿还是追问。

白雪摇了摇头，低声道："我不知道……姑娘不见了。"

桐儿一愣："什么叫姑娘不见了？"

"你替姑娘挡了一刀后，那刺客还要过来，我把姑娘推下了马车，让她赶紧逃走。姑娘跑进了人群……然后城守备军来了，那些刺客就跑了。我在原地找了很久，没找到姑娘的影子……老爷知道了，已经派人去找姑娘的下落。"

"你怎么能让姑娘一个人跑呢！"桐儿怒道。

白雪嗫嚅了一下嘴唇："对不起……"

桐儿见她自责的模样，心也软了，就道："算了，此事也不怪你，你若不把姑娘推下车，那刺客迟早会扑上来杀了姑娘的。"想到之前千钧一发的时刻，桐儿也心有余悸，"老爷一定会找到姑娘的。燕京城毕竟就这么大……"她像是安慰自己，又像是安慰白雪，絮絮叨叨说了许多。

但二人其实不约而同想到了，当初姜幼瑶也是突然失踪，姜元柏派人去找，却怎么也找不到，最后好容易在永宁公主的私牢里找到，却只剩下一只眼睛。

永宁公主的私牢是不见了，但谁能保证燕京城这么多户人家，就没有别的人偷偷在府里设私牢？若是姜梨也被囚禁到了私牢……她们简直不敢想象。

"没事的。"桐儿小声道，"姑娘吉人天相，必然会逢凶化吉。"

姜府里另一头，三房屋里，杨氏和姜元兴也得了这个消息。

把姜玉燕打发出门后，杨氏和姜元兴回到了屋里。杨氏低声道："是成王殿下动的手吧？"

姜元兴道："不知道。"

杨氏提前得知了姜梨这一日要出门的消息，就想法子告诉了右相。她晓得最近李仲南和成王大约是有些不愉快，只让李濂代为转告。没想到今日姜梨出门就失踪了，杨氏才不相信这是巧合，分明是成王得了消息，动了手。

"既然成王得手，咱们现在也算是了了成王一桩心愿，比起右相来，成王出手更加大方。夫君，我看你接下来，只怕会飞黄腾达，让大房和二房也望尘莫及了。"

姜元兴却不如杨氏那么喜悦，反倒显得有些烦躁的样子，敷衍了几句。

杨氏看出了他的心不在焉，不满意了，道："你这是什么死样子？怎么，心软了？还是怕了？我可都是为了你好！"

"她毕竟是我们的侄女，而且是个小姑娘。"姜元兴道。

"你女儿也是个小姑娘！"杨氏厉声道，"就算你心疼姜梨，也要为玉娥想想，为人妾的感受！还有玉燕，玉燕也要找人家了，难道你希望她像玉娥一样，给人做妾，还是根本就嫁一个一穷二白的秀才，日日为了生计奔波，在夫家也要战战兢兢地生活！"

姜元兴不说话了。

杨氏看着他垂头丧气的样子，欲言又止，最后放缓了声音，道："你要知道，我做这一切，都是为了我们好。姜家和我们不是一家，我们只有靠自己。”

姜元兴长叹一声：“我知道。”

从白日到夜里，整个燕京城人人自危。谁也不知道那些凶残的刺客会什么时候蹿出来，街道上只有仍在搜查姜二小姐下落的官兵。

姜元柏回到了府里，神情疲倦，眼睛发红，不知道是累的还是急的。姜老夫人好容易醒转了过来，问起姜梨可找到了，姜元柏也是摇了摇头。

明月和清风得了消息，立刻回了芳菲苑。守在桐儿床前的白雪听了，一句话也说不出来。

桐儿当即忍不住哭了，道：“姑娘怎么办？那些人带着姑娘，定不会让姑娘好过。都是我不好，如果当时我再谨慎些，姑娘也不会丢。”

“不怪你，怪我。”白雪也哽咽了。

“你说，姑娘现在会不会害怕？”桐儿怔怔地道。

“不会的。”白雪回答，“姑娘很勇敢。”

桐儿正要说话，目光突然落在了窗台上。那里放着一枚白瓷哨子。桐儿晓得，每次姜梨一吹哨子，那个娃娃脸侍卫就会出现。后来有一天，姜梨把那个哨子放在窗前，说以后用不上了。

桐儿想着，大约是那个侍卫不在姜家了，但看着这哨子，桐儿突然想起一件事来，赵轲是国公府的人。

她用右手抓住白雪的袖子，凑近道：“白雪，你快去国公府，求肃国公找姑娘。”

白雪讶然。

“老爷找不到的人，肃国公一下子就找到了。听姑娘说，三小姐也是他发现的。别人没办法的事，肃国公一定有办法。”桐儿的语气罕见地冷静起来。

白雪道：“但是肃国公未必会帮助姑娘，而且姑娘也不知道此事。”

“听着，姑娘信任肃国公，”桐儿道，“从我们回燕京城开始，我就明白了，姑娘从不轻易信任任何人，但肃国公是个例外。姑娘相信他，我相信姑娘相信的人。”

燕京城这天深夜，突然下起大雨。

马厩里，小蓝不安地扬起蹄子，烦躁地在地上跺了跺，对石槽里的草料看也不看，倒让养马的小厮急了起来。

院子里的鸟笼里，小红也被雷声激得喳喳直叫，侍卫将鸟笼提到屋里去，这样它便会觉得外面的雷声小了一些。

漆黑寒冷的雨夜，天上没有一颗星，只有浓重的乌云。正在这时，国公府门口响起一阵急促的敲门声。

门房的人猛地一惊，出去一看，便见外面站着个女子，披着斗篷，然而全身上下都被淋湿了，落汤鸡般站在眼前。

“这位姑娘？”门房皱了皱眉，这么晚了，还有谁会来国公府？

那姑娘抬起脸，道：“我、我是姜家二小姐身边的丫鬟白雪，我想见国公爷，有重要的事告诉他！”

那门房这才看清楚，的确是姜梨身边的白雪。别人不熟悉，但对于姜梨，国公府的下人们都是熟悉的。

门房拉着白雪往里走了一点，遮住了外面的风雨，道：“白雪姑娘，大人现在不在府里，不知什么时候才能回来。你都被淋湿了，要不先进去换件干净的衣裳，喝点热水，外面雨这么大，你怎么就自己跑来了？”

白雪心中顿时生出一种难以言喻的感受，外人都说肃国公喜怒无常，就连国公府的下人们眼睛也是长在脑袋顶上的，从不正眼看人，可事实是，他们并没有外面说的那般冷漠。

“不……因为我要说的事情真的很重要……这位小哥，国公爷什么时候能回来？”

门房为难道：“这……大人的行踪，小的们是不知道的。白雪姑娘要等人的话，先进去等吧。外面风雨要进来了。”

伴随着这句话，又是一阵风刮来，白雪只好往里走了走。门房见她如此，就招呼另一个小厮带着她进国公府里换衣裳。

白雪是自己跑出来的，不能让姜元柏晓得姜梨和国公府关系匪浅，所以不能用府里的马车。现在这时候，街道上到处是搜寻追查姜梨的官兵，白雪撑着伞慢慢走，未免引人注目，她只能一路跑过来。等跑到的时候，自然也是湿淋淋的，狼狈极了。

白雪换好衣服出来后，便站在国公府花圃外的长廊里。小厮劝她安心等待，白雪无论如何都安不下心。天气越是恶劣，她就越是担心姜梨，不知道姜梨身在何处。

正在这时候，突然有人叫她的名字，白雪回头一看，居然是司徒九月。

看见白雪，司徒九月奇道：“你怎么来了？就你一个人？姜梨呢？”

“司徒小姐！”白雪唤了一声，仿佛抓到了救命稻草，“您与国公爷走得近，可知道国公爷什么时候回来？”

“他？”司徒九月摇头，“我和他可不近。再说，他出去做事，我怎么会知道？看样子你家小姐没来，只有你一人在。”她上下打量了一下白雪，“你这么急急忙忙跑来，是找姬蘅帮忙的？怎么，你家小姐又遇上麻烦了？”

司徒九月成日在炼药房里，自然不晓得外面发生了何事。况且姜元柏为了保护姜梨的名声，暂时没有对外说明姜梨失踪了。那些官兵不会到处乱说，而姬蘅不在，国公府的人也不会特意去查这件事。

白雪道：“不是遇上麻烦了，是失踪了。”

司徒九月原本满不在乎的神情一顿，看向白雪，问：“失踪了？”

“是啊。”白雪便将白日里发生的事情又原原本本地说了一遍，末了才对司徒九月道，“所以这件事，真的很重要。上次三小姐的事情也是一样，虽然老爷让官兵去查，可最后什么下落也没有，还是国公爷找到了永宁公主的私牢。奴婢就想着，以国公府的本事，也许能早些找到姑娘……司徒小姐，国公爷到底什么时候回府？”

司徒九月的神情凝重起来，道：“据我所知，他应该出城去了。”

白雪愣住。

“他这次是有要事在身，一时半会儿应该回不来。如果你想要姬蘅帮你找人，暂时是不行的了。”

白雪的脸上顿生失望之情。

司徒九月沉吟了一会儿，道：“也不是全无办法，我想个办法告诉姬蘅这件事，看姬蘅如何安排吧。虽然他人不在燕京城，也许可以帮忙安排。你也别急，既然对方是有备而来，特意掳走你家小姐，便不是单单为了要你家小姐的命，否则现在姜梨的尸体也该出现了。再者，”她直言不讳地道，“假若姜梨真的不幸死了，就算是冲着她和国公府的交情，姬蘅也会帮她报仇的。”

这话倒不如不说。

“你留在这里也帮不上什么忙，还是回去吧。”司徒九月道，“我想，姬蘅今夜是不会回来的。”

白雪默了片刻，晓得守在这里也于事无补，而且司徒九月说了要帮她把此事告诉姬蘅，姬蘅知道事情经过后，应该会出手，她也算没有白跑一趟。

白雪就向司徒九月行了个礼，道了谢，离开了。

等白雪走后，司徒九月回到炼药房隔壁的小房间。

那叫阿昭的少年现在已经可以坐起来，虽然仍旧不能行动，但神志是很清醒的。

阿昭此刻也没有睡着，见司徒九月进来，就微笑道：“方才听见司徒大夫和人在外面交谈，提到了公主府私牢。”

“是啊，”司徒九月道，“有个朋友失踪了。说起来，她与你还有些关系。”

阿昭不解。

“当初她是想救自己的妹妹，才嘱托姬蘅帮忙查找下落，姬蘅找到了公主府私牢里，本来只是为了她的妹妹，不想巧遇了你，才把你带了出来。可以说，如果不是她，你现在还在那牢里待着，哪有重见天日的一天。”

阿昭闻言，亦是诧异，随即道：“那位……朋友，如今失踪了吗？”

“今日早上失踪的，现在还下落不明。”

“既是司徒大夫的朋友，司徒大夫看上去怎么一点儿也不……”

“悲伤？焦急？”不等阿昭说完，司徒九月就打断他的话，她一笑，只是笑容也是冷冰冰的，“朋友也好，家人也罢，对我来说，只是一个名字，没有特别的意义。与其操心别人，不如操心自己。”她拿出一根针，“我就是这样的人，比如可以救你，也可以杀你。”

阿昭并没有被她的话吓住，只是笑着摇头。

“你笑什么？”

“没什么，就是想起了家姐。”阿昭道，“家姐从前也总是教诲我，操心自己，别操心别人。”

“那你姐姐还真是挺聪明的。”司徒九月一边为阿昭施针，一边问，“她现在在什么地方？”

半晌没有听到回答，司徒九月抬头一看。

少年明亮的眸子黯淡下去，像是蒙上了一层灰霾，他轻声道：“家姐已经去世了。”

燕京城里有刺客在街道上杀害百姓一事发生后，抓捕刺客未果，两日后，宫中又发生了一件大事。

丽嫔正在与季家新送来的年轻秀女季婉说话，季婉生得美貌，虽然不如年轻时的丽嫔出众，却胜在年轻水灵，重要的是她才十六岁。

季婉轻言细语地回答丽嫔的话，语气中有小心翼翼的追捧，也有一丝因年轻才有的底气和得意。

丽嫔笑着拉着她的手，温柔抚慰，而季婉对丽嫔描绘的未来生活充满向往，三言两语就有些飘飘然了。丽嫔看在眼里，心中轻蔑。季家人千挑万选，没料到就选了这么个人来。

二人正说得热闹，姐姐妹妹十分熟络的时候，忽然有人冲进了丽嫔的寝殿。丽嫔还以为是皇帝来到，才道了一声“陛下”就愣住。

她的宫女，红珠和绿芜都被人用布巾堵着嘴巴，被两个高大的婆子按倒在地，动弹不得，冲着她连连摇头。

“这是怎么回事？”

一个内侍从外面走了进来，冷冰冰地漠然道：“丽嫔娘娘，您与成王私通的事儿，陛下已经知道了。”

“什……什么？”丽嫔如遭雷击，强撑着笑道，“公公说的是什么话？这是没有的事！”

“您与成王殿下书信往来的证据都已经找到了。”内侍似乎也不愿意和丽嫔多说一个字，直接招呼婆子，“动手！”

丽嫔还没来得及说话，便被婆子按住手脚，堵住口舌，如红珠和绿芜一般。她恐惧又慌乱地看向两个宫女，红珠和绿芜也是满脸绝望，丽嫔心中一怔，突然明白，是真的东窗事发了。

季婉正在和丽嫔亲亲热热地说话，冷不防有这么一出变故，吓了一跳，连忙跪倒在地。待她听懂了丽嫔的罪名之后，更是吓得魂飞魄散。宫里的嫔妃与人私通，是要抄家掉脑袋的大罪，她可是季家送进来的人，她跑得了？！

一个都跑不掉！

季婉几欲昏厥，眼睁睁看着那群人押着丽嫔几人出了寝殿，没再管她。季婉心知肚明，便是此刻管不着，也总会被人想起来。丽嫔犯的罪，连她听起来都觉得胆战心惊。

丽嫔和成王通奸的事，算是皇家丑事，不宜外扬，然而还是一夜之间传遍了整个燕京城。

也不知道是谁第一个说起来的，但忽然就这么满城风雨了。官兵们查封了季家，抓走了季家所有人，百姓看这阵势，就晓得传言是八九不离十。

听说刘太妃在宫里被囚禁起来，这毕竟是成王犯下的大逆不道之罪，她这个生母也脱不了干系。接着就是抓捕成王，可是成王不知是提前得了消息还是怎么的，成王府里小厮下人还在，包括成王的姬妾，然而成王自己却不见了。

或者说，他是早已逃走了。

燕京城顿时大乱，百姓自然要指责这对奸夫淫妇。说起来，这一年来发生的许多事，似乎都逃不开"奸夫淫妇"四个字。从季淑然的事开始，到永宁公主和沈玉容，再到成王和丽嫔。

但是百姓传着传着，就传成了成王早有谋逆之心，才会犯下大不敬之罪。如今逃窜，就是准备着举事谋反。

这话传得有理有据，民间人心惶惶，朝廷也人人自危。

右相府上，李仲南怒道："洪孝小儿，这是在逼成王提前举事！"

"爹，"李濂道，"成王不是本就打算提前举事吗？"

"准备周全和突然被迫自然是不一样的。"说话的人是李璟，神情阴鸷，"看来皇帝是早有准备了，丽嫔的事不过是个幌子。"

"他早就知道丽嫔和成王之间有私情，却留着丽嫔，佯作不知，无非就是在这个时候名正言顺讨伐成王。这小子心机深沉，是我小看了他！"李仲南恨声道。

"父亲，应当想想现在我们怎么办。"李璟道，"成王现在是逃走了，他的安排稍有变动。我们留在燕京城，也许皇帝会对我们下手，是时候做准备了。"

"不用急，"李仲南平静下来，"皇帝现在还不敢对我们动手，朝中我们的人那么多，没有把握，皇帝不会先动作。我看还是先想办法和成王取得联系，他在燕京城外，恰好还需要我们做眼睛。"

李璟神情有异。

李仲南看见了，拍了拍李璟的肩："璟儿，你放心，永宁公主的事老夫还没有忘。虽然此次是老夫帮着成王，但也不会让成王如此轻易得偿所愿，咱们李家在这场大事中，必须要占举足轻重的地位！"

李璟笑了笑，道："全凭父亲做主。"

燕京城外，一辆马车正行驶着。

这辆马车看起来再普通不过，马车里坐着两女一男，两个女子皆是农妇打扮，男子像是外头做生意的，头上包着头巾。

其中一个女子年纪大些，和那男子大约是夫妻。他们一左一右将年轻女子卡在中间。

中间坐着的人，却是姜梨。

姜梨听着马车车夫和男人的对话，心里一阵阵凉下去。马车已经出燕京城几百里了，便是家里的人来找，也是决计赶不上的。

那一日，桐儿替姜梨挡了一刀，白雪又将她推下马车，姜梨转身跑进了人群中。那些人既然是冲着她来的，混在人群里也许能混淆视听。谁知道她才刚混进人群，就被人抓住了手。那时候姜梨就明白，这些装扮成普通人的凶手，在这条街上闹了这么一出，杀害了许多无辜的百姓，其实都是幌子，最重要的目的还是抓她。

但是谁泄露了她的行踪，会让人守在这条必经之路，看起来还是提前安排好的？除了叶府的人外，就只有姜家人才会知道那一日她要去叶家。虽然好像叶家的人才值得怀疑，但姜梨几乎第一时间就想到了姜家三房。

姜家三房本来就已被右相收买，也可以说是成王的人。成王因为永宁公主，到底会迁怒上自己，拿自己的一条性命换取三房的前程，对杨氏和姜元兴来说，是一笔很划算的买卖。

杨氏一向很精明。

她被人抓走后，就以眼下这模样混过了城门处的检查。那时候城门还没来得及封锁，他们轻而易举就通过了。那个男人给姜梨喂了一颗药，姜梨的脸上便迅速生满红色斑痕，且不断咳嗽起来，不能说话，也不能动弹。那女人给姜梨换上了农妇的衣服，又给她戴上了面纱，路过城门的时候，对守备军说他二人是夫妻，姜梨是他们生病的妹妹。寻常人看见这样咳嗽又可怕的病人当然是躲都来不及，加之他们的行令也没有问题，便放行了。

于是，姜梨就这么被带出燕京城，一路朝南。

已经过了四天，姜梨不晓得燕京城现在是什么情况，心里也很着急，却是束手无策，她连吃东西都要那个女人来喂。只有每天晚上他们把她关在房里的时候，才有暂时的自由，但也不能说话，便是动弹也是有气无力，浑身软绵绵的。他们在她的吃食里下了东西。

她不能说话，也不能向这二人询问究竟是谁绑走了她。姜梨想来想去，除了成王，不会有别人。

成王留着她的命，大约还存在用她来威胁姜元柏的意思。只要成王举事途中，姜元柏不插手，成王的胜算又多了几成。

虽然姜梨认为希望很渺茫。

走了一段路，已经到了晌午，马车在一处酒馆前停了下来。男人先跳下马车，女人搀扶着姜梨走下马车。姜梨浑身软绵绵的，没有一丝力气，若是不让人扶着，连走路也会摔倒。

他们三人进了酒馆，那女人轻轻替姜梨整理了一下面纱，姜梨便咳嗽起来。她一咳嗽，面纱被吹起一点，露出了满是红斑的可怖的脸。顿时，酒馆里的人全都往旁边退了开去，生怕姜梨传染自己。

女人露出一个不好意思的笑容，道："我家妹子得了病，实在对不住了。"

"得了病就往里面坐，别染到我们身上了。"邻桌的客人毫不客气地道。

姜梨就被他二人带到了最里面。

这酒馆大约是方圆十里最近的一家，里面客人很多，对话就这么传到了姜梨的耳中。

"哎，你们听说没有，成王谋反了！"

"听到了，这成王可不是个东西，之前还和宫里的丽嫔娘娘私通，这不是胆大包天嘛。"

"说起来丽嫔为何要与成王私通，丽嫔娘娘不是在宫里很得宠嘛，听闻那季家都鸡犬升天了。"

"哈哈哈，这回倒是真的升天了。兄台，难道你不知道，季家都已经被抄家了。这丽嫔也是，有陛下宠爱还不安分，偏要招惹成王，这下可好，害了自己，连家里人都一起害了。"

"你们说，成王谋反，会不会打到咱们这里来？是不是要打仗了？"

"别吧，现在还没动静呢。再说要真打仗，关咱们小老百姓什么事，还是别瞎掺和了。"

身边的男人女人目光如常，女人还给姜梨喂饭，并不为此动容，姜梨就晓得，看来他二人是早就知道这些事了，不过心中难掩惊讶，洪孝帝居然这么快就动手了？

她这般想着，听到酒馆外面有人说话。一人道："这酒馆人也太多了，我可不愿意和他们挤在一起。"

另一人就道："没让你在这吃，喂完马就走。"

姜梨听见这二人声音的一瞬，先是一愣，随即立刻激动起来。她听得没错，这二人分明就是赵轲和文纪！

他们在这里！

姜梨的心中陡然生出无限希望。只要赵轲和文纪在这里，是不是说明姬蘅也在这里？倘若如此，她就有希望挣脱这些人。否则一旦继续南下，一直被送到成王手中，她就没有任何机会可以逃跑。

我在这里！姜梨在心中无声呐喊，但嘴巴发不出声音，想吹哨子，可哨子放在了府里，就算在身上，她也没有力气拿起来吹，而且第一时间就会被身边的女人拿走。

赵轲的声音响了起来：“喂饱了，走吧。”

姜梨眼中的光熄灭了。

外面传来马蹄的声音，赵轲、文纪的声音渐渐远去。姜梨动弹不得，也没办法走出去看一看，姬蘅是否在此地。

那女人仍然耐心地给姜梨喂饭，任何人见了都不会怀疑她们是一对亲姐妹。姜梨乖乖咽下嘴里的饭。她能感觉到，白日里客栈里的饭是没有下药的。那药吃一次，可以让人十二个时辰里绵软无力，所以女人也只是在晚上的饭菜里下药。姜梨若是吐出来，这女人就会直接放在茶水里给她灌下去。

姜梨想要仔细聆听赵轲和文纪究竟往什么地方走，可外面实在太嘈杂，她非但没有听到赵轲和文纪的足迹，反是隔壁桌谈论的声音又传进耳朵。

“各位，你们说会不会打仗啊？黄州离燕京城还有这么远，要是打仗，咱们遭殃，等那些兵过来的时候，人怕是早就被杀光了吧！”

“屁话，要真打仗，当然是往燕京城里打，往咱们黄州打什么，黄州又没有……”周围陡然安静下来，说话的人似乎也才意识到自己说了什么，连忙将到嘴的“皇帝”二字给咽了回去。

姜梨听着这些人说话，心中一惊，黄州？竟然已经到了黄州？

这些日子，姜梨一直都在马车上，也没能弄清楚到底去了什么地方，只在每日下马车吃东西的时候看看沿途风景，判断应当是一路南下了。

这么三五天的工夫，他们居然跑到黄州来了？

姜梨忽然又想起一个传言，好似刘太妃的家乡就是黄州。成王莫不是要以黄州为起点，在黄州举事吧？这么一想，的确有可能。

她心中惊涛骇浪，面上却没有任何慌乱，任由那女人喂好饭，细心地替她戴好面纱，扶着她上了马车。男人则是去结账。

姜梨被女人搀扶着，走到了外面。

刚刚走到外面，她就愣住了。

不远处停着一辆黑金软轿，姜梨喉头一紧，张了张嘴，却是没有声音发出来。

那是姬蘅的轿子，姬蘅就在附近！

姜梨曾坐过那轿子去国公府，晓得只有姬蘅这样娇气又挑剔的人才会如此。不知道他怎么来到了黄州，文纪和赵轲也不在，轿子前什么人也没有，因此，也无从得知轿子里有没有人。如果按文纪和赵轲方才的谈话来看，他们已经离开了这里，那么这只是一顶空轿子。

但不知为何，姜梨有一种直觉，轿子里的人就是姬蘅，他就在里面。

姜梨忍不住想停下脚步。她身子无力，一直靠在女人身上，任由女人搀扶着她。她咬破自己的嘴唇，使自己稍微清醒一些，仿佛这样也能得些力气，身子往右一偏，想要逃开女人的桎梏。

那女人也没料到姜梨居然还有力气挣脱，骇了一跳，姜梨才刚挣脱，恨不得现在就扒到轿子旁，可是没有了女人在一边支撑，她就如一只软软的布袋，倒在了地上。

姜梨摔倒在地，周围的人都看过来。付完银子的男人一出来看到这一幕，走过来问："怎么回事？"

那女人忙蹲下扶姜梨起来，笑道："方才踩到了石头，没站稳，妹妹滑倒了。"

她假装心疼地拍了拍姜梨，姜梨便大力咳嗽了两声，被风吹起的面纱下露出红色的疤痕。那些本来好奇往这边看的路人立刻后退一步，捂住鼻子，生怕被姜梨传染，躲得远远的，再也不多看姜梨一眼。

那女人道："妹妹，这回可要看清楚了，别再滑倒，小心些。"

姜梨在面纱下无声地喊了一遍又一遍姬蘅的名字，但直到她被送上马车，那软轿纹丝不动，没有人从上面下来，也没有人出声。

他并没有发现姜梨，就这么和姜梨擦身而过了。又或许他根本不在这轿子里，一切都是姜梨无望的期盼而已。

待上了马车，男人立刻让车夫启程，马车开始行驶的时候，男人问女人道："刚才是怎么回事？你做事怎么不小心些？"

那女人没好气道："这贱人还想逃呢，真是不死心。我瞧着这几日挺乖顺的，没料到她还有这么一出。"

"逃？"男人伸手拍了拍姜梨的脸，"能逃到哪里去？既然都来到这里了，小美人，你最好听话些，也好少吃些苦头。"

"你可别打她的主意。"女人提醒道，"这可是殿下要的人。"

"你我二人都清楚，殿下要她又不是喜欢她，是为了折磨她。既然如此，反正都是要折磨，当然是越凄惨越好，你管我做什么？殿下现在不是还没到嘛。"

姜梨一愣，成王还没到黄州？

那女人啐了他一口："总之我已经告诉过你了，别打什么主意，出了问题，我可不会替你说话。"

男人不耐烦道："知道了知道了，不会做什么的。"

虽然话是这么说，姜梨却感觉那男人的目光如一条湿冷的蛇，在自己身上慢慢睃巡，黏糊糊的，十分恶心。她心里不由得警惕起来，然而又全无办法。听身边二人的语气，他们是要留在黄州了。

赶路的行程结束，他们应当会在一个固定的地方停留下来。这样一来，这男人想要对她做什么，只在一念之间。她不能保证什么时候会发生，但至少她不能吃那些令人全身不能动弹的药。不过，女人谨慎得很，每天晚上都会亲自来喂药。

姜梨的手心不由得渗出汗水。

没有多少时间了。

燕京城里，姜元柏仍旧没有放弃搜寻姜梨的下落。

芳菲苑的丫鬟们整日垂头丧气。白雪每日要去城里找人，桐儿伤还没好，也是看着姜梨桌上的哨子难过。怎么这么巧，姬蘅这阵子恰好不在燕京，若是在的话，是不是姜梨就能被早些找到？

燕京城的百姓都为成王和丽嫔私通、姜二小姐失踪的事震惊，其余的反倒漠不关心了，包括萧德音去世。

萧德音死了。

永宁公主和沈玉容被斩首示众，当年犯下的恶行昭告天下，萧德音自然也没能逃过责罚，虽然没有要她一条命，却是狠狠打了五十个板子。萧德音这般奄奄一息地回去，府里的丫鬟找大夫来与她看，倒也续着一条命。听闻有一日萧德音屋门没关，在床上听到门外几个丫鬟谈话，说是燕京城的人如今是如何议论萧德音，说萧德音惺惺作态，凶残虚伪。萧德音气急攻心，吐了几口血，竟是被生生气死了。

萧德音一辈子爱在人们仰望尊敬的目光中活着，希望自己的琴艺天下无双，如今任何一个人都看低她，她自然不堪忍受。即便不被气死，终究有一日也会忍不住众人异样的眼神，自绝生路。

若是从前，燕京第一琴师去世的消息传出，自然人人都要感叹惋惜，但正逢多事之秋，哪里还顾得上萧德音这个人。便是有人偶然得知，也只是说一句活该，草草了事。

萧德音就这么结束了她的一生。

瑶光筑里，姜元柏正陪姜幼瑶坐着，婢女的声音从外面传来：“老爷，二老爷来了。”

姜元柏站起身，转过头，就看到了自己的弟弟。

姜元平朝上朝下，总是一副笑眯眯的老好人模样，因此才得了“笑面虎”的称号。这些日子一连串的事情下来，姜元平脸上的笑容也没了。

“大哥，我们进屋说。”姜元平道。

姜元柏看他似乎有重要的话，便屏退身边人，和姜元平进了屋里。

等到了屋里，姜元柏关上门，先问姜元平道：“宫里如何了？”

这几日，忙着找姜梨的下落，姜元柏没有去宫里，洪孝帝也能体谅。

“刘太妃被囚禁了，我原以为陛下要用刘太妃来威胁成王。”

姜元柏冷笑--声：“成王怎么会受威胁？”

“陛下也是这般认为的，刘太妃应当难逃一死，不过为了羞辱成王，会特意在成王举事之后。”

姜元柏闻言，目光微诧，随即点头道：“也好，若是在此之前，难免成王拿此做话头。”

“大哥，我要说的不是此事，前几日，有人看见姜元兴去了右相府上。”

姜元柏目光一厉：“那个浑蛋！”

“虽然不知道他和右相说了什么，但大哥，我以为事到如今，最好立刻分家，再同皇上说明情况。咱们不能被姜元兴一人给害了，否则到时候整个姜家兜着，都要为姜元兴陪葬。虽然一开始留着姜元兴是为了后面有用，可看样子，成王都举事了，姜元兴再留着，只怕是祸患。”

“你说得也有道理。”姜元柏看着自己的弟弟，“明日我进宫一趟，同皇帝说明此事，至于分家，你让弟妹把事情经过告诉娘，娘会明白的。”

姜元平点了点头，过了一会儿，又轻声问道：“大哥，你说阿梨出事，会不会和他们有关？”

姜元柏一愣，脸色顿时变了，道：“他们敢！”

夜幕降临的时候，姜梨和那一男一女来到了客栈门前。

这已经不是山间，而是城里了。女人扶着姜梨下了马车，伙计只看了姜梨一眼，就别开目光，男人把银子交给掌柜的，伙计带着姜梨二人上了楼上的房间。

这是一间非常冷清的客栈，以至于好像除了姜梨和这一男一女之外，就没有别的客人了。伙计把他们送上去后，开了两间房。那女人和姜梨一间，男人一间。房间里不知是不是很久没有人住过，蒙上了一层细细的灰。

姜梨被搀扶着走到里面，被按到床榻上坐下来。男人又给了伙计一点碎银子，伙计就下去张罗饭菜，一会儿给楼上送来。

一般来说，到了晚上，药效渐渐退去，姜梨就不会完全动弹不得，但身体仍旧软绵绵的。这等力气，要威胁或是自尽都十分困难。而且她仍旧不能说话，就算张嘴，也发不出声音。

所以，姜梨也就没动，一来是让这二人放心，二来是积蓄一些力气，虽然这力气少得可怜。

“总算是到了。”那男人揉了揉肩，“这几日赶路，可真是教人吃不消。”

“不知道要在这里待上多久，殿下才会来。”女人道。

“不管殿下什么时候来，把这位小姐管好才是正经事。”男人摸了摸下巴，看着姜梨，不知是为了故意恐吓还是无聊，“真不知道殿下会对你做什么，小美人，你怕不怕？”

姜梨面无表情地看着他。

那男人见她如此，啧了一声，又抬手掀开了她的面纱，姜梨一张斑痕累累的脸就露在他面前。男人似乎被恶心到了，别过头，问女人道：“药呢？”

女人问：“你做什么？”

“你不觉得她这个样子实在很难看吗？”男人不以为然。

“我说过了，别打她的主意。”女人冷冰冰地道，“她是殿下要的人。况且之前殿下也说过了，这女人狡猾得很，你莫要被她钻了空子。”

“狡猾？”男人打量着姜梨，大约是姜梨的脸现在的确惨不忍睹，他的视线刻意避开了姜梨的脸，在姜梨身上流连了一番，才笑嘻嘻道，“我怎么觉得这小美人乖巧得很。”

那女人道：“你若是不怕死，自然可以为所欲为。”

正在这时候，伙计送饭菜上来了。那女人立刻又露出老实的笑容来，等伙计走后，她熟稔地把饭菜分为三份，从怀里掏出一个药瓶，拔掉瓶塞，往最后一份饭菜里倒了些药粉。

她把饭菜送到姜梨面前。

但这回，姜梨并没有张开嘴，而是紧紧闭着。

“你不吃？”那女人一边说着，一边把一口饭塞到姜梨嘴里。

姜梨动也不动，任她这么做，不咀嚼，也不咽下去。那女人发了狠似的往她嘴里塞，姜梨只是冷冷地看着她。

女人试了好几次也不成功，将碗一摔，冷笑一声，直接拿起桌上的茶壶，把手里的药粉下在了茶壶里，接着，她抓起姜梨后脑的头发，逼迫姜梨仰起头，把壶嘴往姜梨嘴巴里一塞，狠狠地往姜梨嘴里灌起来。

姜梨被灌了许多水，险些被呛住，等那一壶水灌了个干净，姜梨早已没了力气，软绵绵地倒在了地上。

“哟，小美人，”男人道，“我早就与你说过了，何必反抗，乖一点，就能少吃些苦头。我这可是为了你好。”

那女人看也没看姜梨一眼，招呼男人上桌吃饭。他二人埋头吃喝起来，也不顾还在地上的姜梨。药茶刚灌下去，姜梨便感到一阵头晕眼花，连动动手指的力气都没有。

等用过饭菜以后，女人才走到姜梨身边，把姜梨扶起来，扔到了床上。她的动作十分粗暴，拉扯中姜梨的脑袋也磕到了。就是这点疼痛，让姜梨稍微恢复了清醒。她听到那女人叫伙计上来把空了的碗碟收走，一切恢复了安静。

外面，天色已经暗了下来，

平日里，姜梨都和这女人一间屋子，男人一间屋子，男人曾对姜梨动手动脚，也提出过要和姜梨一间屋，都被女人拒绝了，大约是怕成王。

不过今日，当男人又提出让他和小美人住在一起的要求时，女人出乎意料地道：“好啊。”

姜梨和男人同时一怔，男人一下子坐起身，问：“真的？”

"这贱人的眼睛看着让人不舒服。"女人道，"你既然那么喜欢，随你了。不过你最好收拾干净，免得殿下问起来。"

男人像是得了巨大的便宜，立马笑道："不会，殿下不会为了她怎么样的，殿下留着她本来也是慢慢折磨嘛。说不准我这么做，正是对了殿下的意。哎，你要是没事，那什么，先走吧，春宵一刻值千金……"他笑得十分猥琐。

那女人走到姜梨面前，看了姜梨一眼，目光充满了幸灾乐祸，转头走出了屋子。她一走，那男人就迫不及待地走到姜梨面前。

"小美人。"他恶心的脸近在眼前。

姜梨用尽所有力气也动弹不得。身体好像不是自己的，没办法做出任何举动，这一刻，姜梨的心里陡然间迸发出巨大的绝望。她不能自救，也没有人来救她。前生就是这样，虽然她并没有与那个男人私通，但那一刻的绝望仍然历历在目。如今为何已经有了重来一次的机会，却连这噩梦都要重演？

甚至比那一次还要令人绝望。

那男人笑嘻嘻地拉开姜梨的面纱，似乎又觉得姜梨此刻的脸太过骇人，晦气地啐了一口，道："不能先给你用药，真可惜。"他又把那面纱给姜梨戴上，于是姜梨的红斑被遮掩了大半，只露出一双秀媚的眼睛。

"小美人，你这双眼睛长得可真好看。"那男人一边说，一边迫不及待去解自己的腰带，脱去外裳后，又赶紧来帮姜梨解衣裳。他的动作实在算不得温柔，简直就跟野兽似的。衣料发出被撕裂的声响，从姜梨的肩头滑下。

白皙的皮肤几乎让这人眼睛都看直了，他怪笑了一声，就要扑上来。

姜梨流下眼泪，恍惚中，仿佛回到了前生死亡的那一刻，永宁公主的仆妇勒着她的脖颈，她无能为力。

就在她闭上眼睛的时候，突然听得外头一声巨响，几乎就在耳边。姜梨一惊，身上的男人也是一怔，那男人从姜梨身边站起来，这头的动静想来也惊动了邻近房间的人。姜梨听到旁边的房间门一响，应当是那女人赶来了。

屋子里烛光拉扯着人的影子，微微晃动。姜梨仰躺在床上动弹不得，无法转过头起身去看来人究竟是谁，只听见男人和女人疑惑警惕的声音。

"阁下何人？"

有人的脚步声往里逼来，一步一步，不紧不慢。姜梨的目光越过挡在面前的男人，终于看到了男人身后的那人。

年轻人着红色的衣裳，慢慢地朝屋里走来。他的靴子镶着精致的金边，袍角有翻飞的蝴蝶，他一步一步往姜梨的床边走来，影子逐渐在烛光中清晰。他有一张仿佛精魅的惑人容颜，那男人和女人只是微微后退，如临大敌似的盯着他，没有动作。

他走到了姜梨身前。

姜梨的眼泪，一瞬间流了下来。

在孤立无援走投无路中，突然发现一线新的生机，这生机来势汹汹，挡也挡不住，以无可抵挡的耀眼光芒，照亮了她的余生。

年轻男人手持折扇横在胸前，琥珀色的眼眸格外动人，眼尾微微挑起。当他挑眉的时候，像是把人的心也要勾走。他眼角的泪痣在灯火下，如他扇坠上的那只血色蝴蝶，妖冶得夺人魂魄。

“阁下何人？”那女人又重复了一遍。这些人天生对危险有一种感知，面对姬蘅，忌惮不已。

年轻男人看了姜梨一眼，目光在她裸露的肩膀上微微一顿，很快，他转回目光，看向面前的两个人，目光仍然缱绻，似笑非笑地开口。

他说：“竟然欺负到我的人头上，你们胆子真不小。”

听完这句话，面前的男人和女人突然朝姬蘅扑过来。

他们大约想趁着姬蘅不注意，暗下杀手，年轻男人的笑容冷下来，扇子一开一合间，挡住扑面而来的银光。他那扇子也不知是用什么材质做成，看着分明柔软又精致，却刀枪不入。下一刻，那扇子已经轻轻划过这二人的脖颈，仿佛蝴蝶亲吻初开的桃花，又轻柔得像是一阵风。

这一切发生得实在太快，几乎没有人看清姬蘅的动作，而他已经收回扇子，站在二人面前，懒懒淡淡地微笑。男人和女人还维持着之前的动作，脖颈间显出一道血线，扑通一声倒了下去。

一击毙命。

姜梨费力地往眼前看去，只觉得站在面前的绯色身影莫名令人安心。他转过头来，看向姜梨，眉头微微一蹙，仿佛嘲笑般地道：“这样狡猾，怎么会落到别人手里。”

姜梨觉得很委屈。

姬蘅话虽这么说，却弯腰想把姜梨扶起来，等他握住姜梨手臂的时候，似乎才发现姜梨被喂了药，浑身上下都软绵绵的。他啧了一声，只能伸手环过姜梨的肩膀，把姜梨打横抱起来。

他身材高大，抱着柔弱的女孩子也毫不费力。姜梨的衣裳被男人扯得破烂，好在姬蘅的衣袍宽大，也能把她包个严实。他抱着姜梨，跨过地上男人与女人的尸体，十分嫌弃似的，生怕沾到一丁点血污。

客栈楼下的伙计和掌柜的听见动静早已吓得溜之大吉，外面一个人也没有。姬蘅抱着姜梨走出来，走到外面去。

外面是街道，这么一个美貌的男人站在街道上，过往的行人纷纷投来目光。他叹息一声，似乎认为十分难堪。也不知他是如何过来的，没有乘坐马车，也没有轿子，只是抱着姜梨慢慢地顺着街道往前走。

虽然知道自己的脸上还蒙着面纱，亦有红斑，就算外面的人看见姬蘅抱了个姑娘，也不会认出他抱的是谁，但当着陌生人的面被男子抱在怀里，还是让姜梨红了脸，不自在极了。

沈玉容是个恪守礼仪的人，自诩为君子，即便是他们花前月下的时候，也不曾做出什么出格的事。她那时不觉得有什么，反倒觉得古板得可爱。

姬蘅和沈玉容是截然不同的人，他和薛昭有些相像，只是薛昭是少年的肆无忌惮，姬蘅当然已经不是少年，他之所以肆无忌惮，是因为他凡事喜欢顺着自己的心意来，无所顾忌。

姜梨能看到夜色如墨，沿途灯火慢慢亮起来，这是陌生的黄州，但大约是有了姬蘅，她又觉得没什么可怕的。

姬蘅倒也不在意旁人的眼光，反而他的容貌不可逼视，旁人看几眼便要低下头，尤其是街边走过的少女，胆子大些的，直勾勾地盯着姬蘅看，连姬蘅怀里抱着个姑娘也不在意。

不知走了多久，姜梨感觉姬蘅在一处宅子前停了下来。他敲了敲门，很快就有人来开门，待门一开，一个熟悉的声音响了起来："大人……嗯？姜二小姐？"

这是赵轲的声音。

姜梨很诧异，自己都变成这副德行了，赵轲居然还能认出自己。紧接着，赵轲又道："大人，您今晚出去就是找姜二小姐的？您是怎么找到姜二小姐的？她怎么会到了黄州？她是自己过来的吗？她是不是来追您的？"

姬蘅道："她这个样子，是像自己追来的？"

姜梨："……"

赵轲挠了挠头，道："是不太像。"

"少废话，"姬蘅不耐烦道，"先进去。"

姜梨被姬蘅抱着回到了屋里。这座宅子并不大，却很是干净整洁，像是黄州本地人的住宅。

等她被放到床上后，屋里灯火大亮，从远到近立刻响起了一阵吵嚷的声音。姜梨才被喂了药，被他们这么一吵，又觉得头晕眼花。

却是陆玑、闻人遥走了进来。

陆玑看见姜梨，惊讶道："姜二小姐，你怎么会在这里？"

闻人遥则道："燕京城里不是现在到处都在找姜二小姐的下落？还以为是被贼人掳走了，难道姜二小姐你是跟着我们一道来的黄州？"

姜梨没有力气动弹，也没法说话，只能看向姬蘅，希望姬蘅明白自己的意思。

姬蘅看了她一眼，伸手握住她的手腕，随即道："她中了软筋散。"

闻人遥吓了一跳，"走的时候问司徒借了药，好像没有软筋散的解药吧。"

陆玑摇头："倒也不用解药，软筋散只能维持十二个时辰，十二个时辰之后自然有解。就是不知道姜姑娘现在吃下药多久了。"他望向姜梨。

姜梨说不出话。

“啊！”闻人遥像是终于反应过来，“姜二小姐怎么一直不说话？她该不会是被喂了哑药吧！”

姬蘅皱眉看了她一会儿，伸手在她穴道上点了两下，姜梨只感到喉咙一轻，有一种冲破桎梏的轻松，再开口的时候，就能发出声音了。

“国公爷。”大约是许久没说话，她的声音涩涩的，“多谢国公爷救命之恩。”

闻人遥看了看姬蘅，又看了看姜梨，问：“姜二小姐，你不是自己跟过来的？”

“我被人掳走，一路南下，来到这里。”姜梨脑子清楚了些，“我听掳走我的人说，是成王的吩咐。”

“成王？”陆玑思忖了一下，“是为了永宁公主的事？”

姜梨道：“应该如此。”

屋里静了一会儿，闻人遥又疑惑地看向姬蘅：“那阿蘅是怎么找到你的？我们一直在一起，没看到你向他求救啊。”

“其实今日晌午的时候，在一处酒馆里吃饭，我听到了文纪和赵轲说话的声音。当时我不能说话也不能动，没办法发出信号。出来的时候，我看到了国公爷的轿子，”姜梨说到此处，顿了一下，“我试图让国公爷认出我来，就摔了一跤，但轿子里好像没人。其实我也不明白，国公爷是怎么发现我的？”

姬蘅笑了一下，道：“我在轿子里。”

屋里几人一怔。

“你摔倒的时候，玉佩也摔到了地上。我听过你玉佩摔落的声音，那块刻着狸猫的玉，声音很特别。”他道。

姜梨愣住，说起来，这块狸猫玉佩并没有被那对男女收走，也许是因为他们认为玉佩没有任何攻击性，又也许是因为狸猫玉成色一般，不值多少银子，他们也就懒得顺走了。

却恰好救了她一命。

“国公爷……就凭玉佩摔落的声音知道是我？”姜梨问。

“你可别小看阿蘅的耳朵，”闻人遥熟络地把手搭在姬蘅的肩膀上，“阿蘅不仅习武听力过人，小时候还是学过戏的，学戏的人对声音的细微差别分辨得很清楚。对我们来说，玉佩落在地上都是一个声，对他来说就有特别和不特别之分。”

姬蘅道：“闻人遥。”

闻人遥的得意戛然而止，立刻站起身，道：“那啥，我先出去一会儿。二小姐肯定没吃东西是吧？我去找点吃的来。”

陆玑道：“姜姑娘身子可觉得不舒服，要是不舒服的话，现在可以找个大夫……”

“不必了，陆玑，你先出去。”姬蘅道。

陆玑愣了一下，退了出去。

赵轲和文纪也离开了。

屋子里剩下姬蘅和姜梨两个人。

姬蘅又把姜梨扶起来，令她靠着床榻坐起身，顺手摘去了她的面纱。他动作倒是极为自然，姜梨却是心中咯噔一下，竟然有些无措。

她曾在喝水的碗里看过自己的脸，全是红斑，状如恶鬼。姜梨还记得这位国公爷最是喜美恶丑，看见自己这个样子，定会嫌恶有加。

她只能垂下眼眸，眼不见为净，看不到姬蘅是什么表情，也就不管了。

“你为何躲着我？”姬蘅挑眉道，“不敢看我？”

姜梨一愣，抬眼看去，撞进了对方笑盈盈的双眸中。

他的眼睛里有深深浅浅的笑意，但这种笑意里没有嘲弄和恶意。

年轻男人手指冰凉，摸到了姜梨的眉眼，凑得很近，对着这张一片狼藉的脸，居然也看得下去，道：“他们下手还真狠，小姑娘，你毁容了。”

姜梨怒视着他，原本的忧愁忐忑一扫而空，哪有这样的人，别人都毁容了，他还有心思在一边笑！

姬蘅笑道：“没事的，反正你也不是燕京第一美人了，毁不毁容也没什么。”

姜梨一愣，姬蘅说的是，反正她也不是薛芳菲了，失去了特别漂亮的那张脸，现在怎么样都无所谓。

“不用担心你的脸。”姬蘅道，“这些红斑会慢慢退掉，等过几日自然就好了。”

姜梨回答：“我不担心这个，你说得也没有错，现在的皮囊对我来说许是件好事。”

这回答令姬蘅意外，他问：“为何？”

“至少能以此为借口推掉亲事，不必嫁人。”

姬蘅挑眉：“你不想嫁人了？”

“国公爷知道我的过去，没有必要这么问吧。”姜梨轻声道，“一朝被蛇咬，十年怕井绳，换谁成了我，都会一样。”

“你是遇人不淑，”姬蘅道，“日后你要是嫁人，大可以来问我，燕京城的底细我可以帮你查清楚。”

“那可不行。”姜梨玩笑道，“我没有什么能与国公爷做交易了，我们的约定也已经履行。而且现在我不想把自己的命给你，我爹活过来，我舍不得死。”

“你过河拆桥的功夫也是你爹教的？”他问。

“那倒不是。”

两人沉默了一会儿，姜梨问：“国公爷来黄州，是为了成王的事吧？”

“可以这么说。”

“成王什么时候举事？”姜梨问。

“近两日。”

姜梨抬眼：“是从黄州开始吗？”

“差不离。”

“那么黄州很危险了？”

姬蘅的目光移到姜梨脸上：“我可以让人把你送回燕京。”

“我还是留在这里吧。”姜梨道。

姬蘅挑眉：“为什么？”

“怕是我还没有回到燕京城，成王就开始动作了。届时一乱，谁知道会发生什么事。倒不如跟着你，在你身边，总不至于丢了性命，倒是比外面更安全一些。”

姬蘅盯着姜梨一会儿，突然勾唇笑道：“你该不是担心我，特意为了我留下来吧？”

姜梨的心跳得有些快。

她避开姬蘅的目光，平静地道：“怎么会？不过国公爷要这么想，也不是不可以，毕竟是我的救命恩人，应当报答。”

姬蘅没再纠结这个问题，笑道：“你要留在这里，当然没问题。不过黄州很危险，我也无法保证接下来会遇到什么事。你如果要跟着我，可能不如在燕京安全。”

“我是死过一次的人了。”姜梨轻声道，“没什么好怕的。”

姬蘅闻言，怔了怔，过了一会儿，突然问：“我听说，薛芳菲是被勒死的？”

“是。”姜梨回答，“三司会审沈玉容和永宁公主的时候，案宗里已经说得很明白。”

“什么感觉？”

“很痛苦……”姜梨的目光有些恍惚，从前她能清楚记起永宁公主脸上的每一个表情，自己当时的窒息难受，但当永宁公主和沈玉容死后，那些事情就变得很遥远了，再回想起来，模模糊糊，什么都不真切。

她是真的放下了吧。

姬蘅拍了拍姜梨的头，道：“你好好休息，我让人过来伺候你。有什么事，明日再说吧。”

姜梨道：“烦请国公爷递个信儿，告诉我爹和舅舅，我暂且安全，不必担心。”

“好。”姬蘅一边说，一边往屋外走，走到门口的时候，姜梨的声音从后面传来。

她说：“成王举事，夏郡王回京吗？”

姬蘅的背影顿了一顿，什么话也没说，也不回答姜梨的话就离开了。

姜梨坐在床榻上，屋里的灯火让她心里渐渐安宁下来。最开始的紧张、恐惧和愤怒都已经烟消云散。这间屋子里有陆玑等人，倒也不必担心安全。

她竟然睡去了。

陆玑从外面找来婢女伺候姜梨的时候，姜梨已经睡着了。那婢女帮姜梨掖好被子，同陆玑等人说明了情况后离开。

陆玑问姬蘅道："姜姑娘要留在黄州？"

姬蘅点头。

"她留在黄州会不会不安全？"闻人遥问，"成王就要开始动作了。"

"现在让人送她回燕京才是不安全。"姬蘅道，"她自己想留下来。"

"但成王不是一开始就想掳走她找她麻烦吗，这要是成王发现她还在黄州，肯定不会放过她的。"

姬蘅道："你认为他能在我面前抓人？"

闻人遥摇头，又点头："我的意思是，你带着姜二小姐，不方便。"

"总之，姜姑娘出现在这里都是个意外。"陆玑道，"之前司徒小姐让人送信，说是姜姑娘被掳走了，倒是没想到误打误撞，在这里被大人发现。我看，还是写信给司徒小姐，让司徒小姐报信给姜家叶家，让他们不必再找了。"

姬蘅道："你看着办吧。"

陆玑退下去写信了。闻人遥留在屋里，不时地看看姬蘅，似乎在想什么。

姬蘅道："有什么话就说。"

"阿蘅，你觉得……"闻人遥斟酌着语句，"姜二小姐会是那个人吗？当年命卦里的女人。"

"不会。"

闻人遥抬起头："为啥？"

"不为什么。"

第二天姜梨醒来的时候，天已经大亮。一个陌生丫鬟见她醒了，连忙扶她起来梳洗。看到这个丫鬟，姜梨就想到了留在燕京城的桐儿，要知道她被人掳走之前，桐儿为了替她挡刀，胳膊被刀伤到了，现在也不知怎么样，不晓得最后白雪和桐儿是否安然无恙。

她忧心忡忡地梳洗过后，用了饭。软筋散的药效消散了一些，她能稍微动动手脚，虽然还是软绵绵的没力气。

"扶我去外面看看吧。"姜梨对婢女道。

婢女扶着姜梨走到屋外，这是一间四合院，并不是很大，四方各有一间房，只有一个院子。闻人遥蹲在地上不知道干吗，姜梨被搀扶着走近了一点，看见他的身边围绕着几只肥鸽子，正在啄地上的玉米。

他居然在喂鸽子。

"闻人公子。"姜梨道。

闻人遥背对着姜梨，闻言站起身，回头看见姜梨，笑道："姜二小姐，你怎么起来了？"

姜梨看了看天，天已大亮，她没在院子里看到其他人，就问："其他人呢？"

"文纪和赵轲还在，大人和陆玑一早出去了。怎么样，今日身子好一些了吗？可还觉得没有力气？"闻人遥问。

姜梨道："好多了，多谢闻人公子关心。"

"真要谢，你还是谢阿蘅好了。"闻人遥笑眯眯道，"毕竟昨日是他把你救回来的。"

姜梨道："国公爷的恩德，姜梨没齿难忘。"

"也不必没齿难忘，道个谢就好了。"闻人遥不以为然道，又看到了姜梨的脸，"这红斑不知道什么时候才能好，姜二小姐一直留在这里也好，黄州除了我们以外，没有人认识你。等你脸上的痕迹散去后，再回去也没人知道。要是现在就这么回去，燕京城的人看到了，指不定要传出什么风言风语。唉——"他像煞有介事地叹了口气，"人言可畏啊，还是躲着点好。"

姜梨觉得这人真奇怪，分明是走奇门遁甲一派，却浑身上下充满了烟火气，没有一丝高人的风范。不过，这也许就是他们扶乩门的过人之处？

只听闻人遥又絮絮叨叨地道："说起来，阿蘅那么个挑三拣四的人，昨日看见你的脸，居然不曾嫌弃，还把你抱回来……"他看着姜梨，眨了眨眼睛。

姜梨被他盯得一脸莫名。

"姜二小姐，你是不是喜欢阿蘅？"

"什么？"姜梨讶然。按照闻人遥方才说的话，接下来好像也该是"阿蘅喜欢你"，而不是"你喜欢阿蘅"吧？

姜梨只得耐心地回答他："国公爷救过我的命，我感谢国公爷，拿他当朋友。还望闻人公子慎言。"

这种温柔的"慎言"对闻人遥起不了什么作用，他很认真地十分困惑地道："阿蘅不是一个喜欢亲近陌生人的人，就算他亲近的、身边交好的人，也都不是什么好人，除了我以外，个个不是省油的灯。"

姜梨："……"

"姜二小姐你不一样啊，"闻人遥道，"你可是个好人，阿蘅居然会对一个好人这般好，这就奇怪了。你说你不喜欢阿蘅，怎么可能？"

姜梨："为什么不可能？"

"我总觉得，你就是阿蘅命里的那个女人。"闻人遥说着说着，就要伸手来抓姜梨的手，"姜二小姐，要不我给你算一卦，看看你这命道如何。"

姜梨讶然："你们扶乩门不是一生只能为一人占卜吗？"

"是啊。"闻人遥说得理所当然，"所以我为你算卦，就不靠扶乩门的本事了，我当年下山的时候到处偷师，到现在，除了本派以外，也算小有所成。你喜欢哪一派的，我若是会用，就用那一派来帮你。”

“闻人公子，我现在在黄州已经安全的消息，能不能让我爹和舅舅知道？我不见了，他们一定很焦急。”

“阿蘅昨儿晚上就吩咐过了。”闻人遥道，“信已经在路上，姜姑娘不必担心。”

白日里就这么过去了，看看书，发发呆，一转眼到了晚上。

外头灯火亮起来的时候，姬蘅和陆玑二人仍旧没有回来。

婢子过来问道：“小姐可要休息了？”

姜梨看了看天空，星星藏进了云中，外面的街道上似乎还能听到酒楼里歌姬的歌舞声，只是声音不如最开始那么响亮——夜到深处，一切安静下来。

“我还不想休息，你先出去吧。”姜梨摇了摇头，“我累了就上榻。”

那婢子便退了出去。

说来也怪，往常这个时候，姜梨多多少少也会有些睡意，今日却是精神得出奇。她不知道是不是因为软筋散，抑或单纯因为姬蘅不在，总觉得不够安定。总之，她是一点儿睡意也没有。好在到了这个时候，已经过了十二个时辰，软筋散的药效彻底消失了。

姜梨睡不着，只好在屋子里走来走去。这间屋子应当是女儿家的闺房。红帐软床，十分香软。姜梨在梳妆镜前坐下，昏暗的灯火下，脸上还是斑痕点点。

镜前放着一个巴掌大的朱色篓子，里面放着一卷细线，还有一把剪刀。姜梨掂了掂剪刀，不是很重，用起来也很顺手，就将它收进了袖中。

她原先那些磨得尖尖的簪子，还有姜景睿给的匕首什么的都被成王的手下掳走时给清理了。没有东西防身，总觉得少了些什么。

虽然有文纪和赵轲在，可凡事还是多一重保障为妙。

姜梨收起剪刀，又走到窗前。她不知道姬蘅什么时候回来，已经是深夜，也许他今夜根本不会回来。闻人遥早就回屋休息了，屋里的灯火看样子也灭了。姜梨仍旧没什么睡意，因为太过冷清，甚至想要叫醒闻人遥，让他陪她说说话。

烛火微弱，蜡烛掉下眼泪，一滴滴掉到了桌上，发出清晰的声音，本应是宁静的夜晚，不知为何，姜梨却觉得不安起来。

实在是因为周围太安静了。

春日的夜晚虽然安静，却也会听到一星半点的声音。譬如青蛙的叫声，池塘里游鱼甩尾巴的声音，鸟雀的呓语，或是晚风的声音，这些声音点缀在夜里，静谧又热闹，欣欣向荣。

但今夜静得有些过分，姜梨什么也没听到，仿佛所有的东西都约好了，在同一刻戛然而止，而之前还隐约传来的歌舞声，不知什么时候全部消失了。

姜梨莫名起了一层鸡皮疙瘩。

她想了想，穿好外裳，轻轻打开门。

甫一打开门，便感到这门撞在了人的身上，她的门前不知何时竟已蹲着两个人，姜梨险些惊叫出声，一人立刻开口，压低了声音，短促地道："二小姐，是我！"

是赵轲的声音。

就着屋里的烛火，姜梨才看清蹲在她门口的，竟然是赵轲和文纪二人。她惊讶极了，值夜何必两个人？一人睡的时候，一人休息，轮流来即可，怎么这般谨慎？

她才刚刚想到这一层，不远处又传来惊喜的声音，是闻人遥的声音："姜二小姐，你怎么也出来了？"

姜梨诧异极了，问赵轲："怎么回事？"

"怕是今晚有动静，成王可能要动手，趁夜袭占领黄州，城外都是兵马。"赵轲回答。

"黄州里也有成王的人？"姜梨问。

赵轲怔了一下，才点了点头，又意识到黑暗里姜梨未必看得见他点头，就道："是了。本来不想打扰二小姐，这一夜就算过去了，没想到二小姐自己出来了。"他迟疑了一下，"二小姐怎么突然出来？"

"我总觉得心神不宁，要出事的感觉。"姜梨道，"想出去看看，没想到一出来就遇到了你们。"

赵轲恍然。

他们这厢说话，闻人遥似乎对自己被冷落感到不满，居然又从另一头跑了过来，手里还拿了两个小木板凳，递给姜梨一个，道："你们在说什么？姜二小姐，不如都在这里坐下吧。"

姜梨道："为何不去屋里坐？"

"怕会错过信号。"赵轲解释。

姜梨了然，又问："姬蘅现在在什么地方？"

"他要对付夜袭。"闻人遥热情地回答，"跟守城军首领交涉去了。他是国公，守城军也得听他的话，如果是姬蘅，成王的人暂且是进不来的。不过他留在黄州的人可能乘机作乱，也许会杀害无辜百姓，也许会大开城门放那些兵马进来，所以今夜至关重要。"

姜梨明白了闻人遥的意思，道："那些百姓呢？"

闻人遥道："除了城门附近的守城军以外，一部分会留在城里，不过今晚……多半有烧杀劫掠的事情发生。"

动乱动乱，犯上作乱，总归不过一个乱字，遭殃的永远是无辜百姓。这一点即便是姬蘅也没办法改变，他不可能救下所有人。再者，姬蘅也不是心慈手软的人，也许他来黄州守城，破坏成王的计划，也并不是要挽救这一城百姓，而是单纯为了达成自己的目的。

“姜二小姐不用担心。”闻人遥道，“阿蘅虽然不在，我可以保护你。跟着我，你放心吧！”

姜梨并不怎么放心，尤其是对闻人遥，要说赵轲和文纪二人守着，倒不如说闻人遥比她还需要保护。

这般想着，却见漆黑的天空不知什么时候被染亮，像是有人拿了火把在天上随意涂抹，把那一块涂成红色。紧接着，红色越来越大，越来越亮，几乎要照亮半个黄州城，再然后，一声嘹亮的鼓号响起。

敌军夜袭！

姜梨立刻转头去看赵轲和文纪二人，二人的神色是前所未有地凝重。不远处，与之相邻的地方，开始响起慌乱的脚步声。像是这鼓号声惊醒了不少睡梦中的人，百姓匆匆披衣而起，出来看是出了什么事。

就在这时，姜梨屋子里的蜡烛也燃尽了，火苗微微晃动一下，完全熄灭。屋里再无一丝光亮，只看得到远处被照亮的天空。

外面的响动还在继续，还有急促的脚步声，吵吵嚷嚷忽远忽近，小孩子哭了起来，还有狗吠，十分热闹。

在这慌乱的情景里，姜梨坐在门口，眼眸明亮，映着发光的天空，倒是一点儿不见惶恐。闻人遥看着看着，突然笑了，道：“姜二小姐临危不惧。”

“比起手无寸铁的百姓和在城门口对峙的兵士，的确没什么可怕的。”姜梨回答。

“你这般胆大，和阿蘅很相似。”闻人遥想到了什么，“在他无所倚仗的时候，也是这样胆大。”

姜梨笑了笑，不置一词。姬蘅的过去是怎样的她不知道，现在也没工夫去听闻人遥说过去的事情。只因天空中突然升起一道信火，这信火和之前的鼓号不同，转瞬即逝。

紧接着，外头的人声变得嘈杂起来，女人和孩子的哭声更大了。

与此同时，从宅院的外面扔来几支火把。黄州的院落并不大，房屋都用木头做成。赵轲一跃而起，打飞了几支火把，仍有一支火把落下来，屋子几乎立刻被点燃，只听赵轲骂了一声，道：“他们泼了油，快走！”

文纪护着姜梨跑出屋子，刚一出屋子，便被外面的景象惊呆了。整个黄州城火光四起，街道上一排整齐的宅院此刻正熊熊燃烧，仿佛蜿蜒的火蛇，在追逐奔跑的人。

这也罢了，闻声而起的百姓立刻想拿水扑灭火苗，可火势越来越猛，那些人竟在之前便泼了油！

姜梨还没来得及询问文纪，就听得远处传来此起彼伏的尖叫，还有人追赶哭泣，从另一头的街道里跑出了不少百姓，衣裳上溅满了血，有人在背后追赶他们。

是成王事先安排在黄州的人。

姜梨蹙眉，成王想要以黄州开始，北上燕京。今夜夜袭，黄州城里有他的人，城外有他的兵马，里应外合，黄州守城军在这么突然的情况下，当然不是成王的对手，但成王大约也没料到一件事，就是姬蘅居然会来。

姜梨身边都是慌张奔跑的百姓，文纪护着姜梨，道："二小姐先走！"

姜梨道："不能救救他们吗？"

"守城军马上就到了。"文纪语气很是冷漠，"我们的责任是保护二小姐。"

他说话的时候，姜梨眼睁睁看着离自己几步远的地方，一个小孩子被人群推搡着，落在了后面。一个持剑的黑衣人狞笑着追了上去，眼看就要追上。

姜梨来不及多想，一把推开文纪，往那个孩子身边跑去。那孩子已经吓呆了，又跌倒在地，绝望地哭泣起来，就在此时，有人跑了过来，将自己抱起，回头就跑。

那黑衣人也没料到突然有人冲过来救这孩子，也没多做什么，立马就跟上了姜梨。姜梨拖着一个孩子，再跑也跑不了多久，就在快被追上的时候，文纪赶了上来，和那黑衣人厮杀起来。

姜梨乘机跑到了一边，赵轲赶了上来，忍不住道："二小姐，你实在太乱来了！"

"我……"姜梨也知道方才实在太险，"对不起，可是……我没办法看着他就这么死了。"

那孩子也不过五六岁的模样，呆呆地看着姜梨，似乎这会儿才反应过来，哇的一声大哭起来，委屈得打嗝，双手死死抓着姜梨的衣袖。姜梨心酸无比，这孩子身上满是血迹，怕是他的父母已经遭遇不测。他那双圆圆的眼睛却让姜梨想起了薛昭，她如何忍心把这孩子放在这里不顾？

文纪与那黑衣人缠斗了一会儿，那黑衣人见不是文纪的对手，竟不恋战，转身就跑。文纪也没有去追，万一中了旁人的调虎离山之计又该如何？

闻人遥喃喃道："这成王杀生造孽无数……连百姓的死活也不管了。"

赵轲对此却看得很开："一将功成万骨枯，自古就是如此。天下不缺百姓。"

说话的时候，城门的鼓号声又激烈了，不知是不是姜梨的错觉，只觉得脚下的土地也跟着震了几震。

闻人遥的脸色难看起来："战事有变，只怕成王的兵马比想象中的还要强。"

"我们现在应当如何？"姜梨问，"整座城都被烧了，也没什么安全的地方。"

"守城军来了之后，那些黑衣人应当不会到处乱窜，现在重要的是城门。"闻人遥严肃地道，"他们之前引起混乱，就是为了打开城门放那些人进来。一旦成王的兵马进城，就算有阿蘅，守城军这么点人，也不是他们的对手。"

姜梨沉吟了一下，道："他们应当没有成功吧？至少眼下是没有，倘若成功了，也不至于如此。"

"的确是，所以他们会变本加厉。"闻人遥道，"希望阿蘅应付得来。"

姜梨这回倒是没提出去城门。他们现在几人也做不成事，要是去了，倘若被那些人抓住，成为要挟姬蘅的把柄，那才是得不偿失。

守城军的人很快来了，与赵轲和文纪是认识的，其中一人请赵轲和文纪带着姜梨去了一边。黄州城到处都是火光，这时候也被扑灭了一些。百姓聚在一起，这时候回过神，稍稍好了一些。

男人们有些不安，女人们则是抱紧了身边的孩童，皆是望着城门的方向，谁都觉得今夜格外漫长。

被姜梨救下来的小孩子呆呆地望着天边，迟迟不见他的家人来找他。姜梨一问起，他就哭，好容易不哭了，姜梨才晓得，那些黑衣人是从城南开始屠杀的，当时他的家人都在熟睡，只有他的哥哥抱着他冲了出来，可最后哥哥也死了。

姜梨问他："你叫什么名字？"

"林尧。"他抽抽噎噎地说。

姜梨只得哄着他，就像小时候哄薛昭那样。等把他哄睡了，才交给闻人遥。

这里离城门还有些距离，但隐隐似能听到城门处刀戈相向的声音，还有马蹄声。这些声音传到这里，引得女人们瑟瑟发抖，恐惧的神色出现在每一个人的脸上。

姜梨有些担心。

成王为了这一刻早已做了多年打算。从那时候算起，姬蘅不过是个幼子，等懂得为这一刻开始筹谋之时，又是很多年过去了。如她、如文纪赵轲、如闻人遥陆玑孔六他们，总是一味地相信姬蘅，认为姬蘅什么都能做到，但姬蘅说到底也只是个普通人，凡体肉躯，也会有危险。

但她什么都不能做。

姜梨叹了口气，什么都不能做，总好过添麻烦。只要熬过这一夜，想来成王的兵马士气就会受损，不如当初。再等下去，援军就会来，为了一个黄州搭上所有的筹码并不合适，成王一定会在援军赶来之前整顿兵马北上燕京，一举打进皇宫。

但是不对，这样的话，姬蘅在这里做这一出又是为了什么？

姜梨总觉得有什么地方不对，燕京城里有御林军，但燕京城的百姓太多了，一旦成王打进来，后果不堪设想，必然要请援军。西北的夏郡王昭德将军……昭德将军？

犹如一道光，终于照亮了现实，姜梨突然明白了。

姬蘅不在燕京，却来到了黄州，与成王这般胶着到底是为了什么。大约是为了令燕京城的皇帝调令昭德将军殷湛回京。等成王这头纠缠过去，再上燕京时，恰好可以遇上殷湛。

姬蘅这么做是为了更好地消灭成王？这太费周折了，又或许……只是为了殷湛？

姜梨不明白，想要思考这个问题，不知不觉，东方天际白，一夜过去。

姜梨是被闻人遥推醒的。

她醒来的时候，身边昨夜里一起睡在地上的百姓，有的还在睡梦中。文纪不见了，赵轲还在，闻人遥抱着林尧，看着她道："二小姐，你醒了？"

“怎么回事？”姜梨看了看周围，彻底清醒了过来，“结束了吗？”

“成王的兵马已经暂且退去了，大家都回家了。乱军今日应当不会再来。以阿蘅的预判，只要昨夜守住了，成王就攻不到城里来。”他凑近姜梨道，“陛下已经派武卫将军来解困了。”

姜梨闻言，道：“武卫将军一来，能用的就只有平戎将军，平戎将军不可能离开驻地，难道夏郡王要回来了？”

“十有八九。”闻人遥说着站了起来，因着手里抱了个孩子，又在地上坐了一夜，他险些没有站稳，踉跄了一下。

姜梨也跟着站起身来，赵轲道：“二小姐，我们先回去吧。”

姜梨点了点头。

一路上，街道两边一片狼藉。黄州城虽然比不上燕京城繁华，却也算得上热闹美丽。如今这座城被昨夜的大火摧残过后，只剩下烧焦的黑色，到处都是断壁残垣。地上还有干涸的血迹和尸体。一些人正跪在家人的尸体前痛哭，一些人则拖着疲惫的身体，开始重新把毁坏的家收拾好。

姜梨一路走，一路唏嘘感叹，当走到黄州城府衙门口的时候，便见两座石狮子旁整整齐齐躺着几排黑衣人。这些黑衣人全都死了，面上却没什么伤口，身上也没有多余的伤口，都是一刀毙命，一些嘴角流出污血。

姜梨问：“这是昨夜出来放火的那些人，成王安排在黄州城里的人？”

赵轲道：“是。大人已经派人去搜查他们的下落。这些人都是死士，也问不出来什么，抓到了格杀勿论。已经找到的就这些了，不过不保证城里没有余孽，所以二小姐一定要注意安全。”

姜梨点头：“我知道。”

赵轲带着姜梨和闻人遥继续往前走，这条路的尽头总算出现了一座宅院。除了门框焦黑外，其余的地方还算完整。赵轲带姜梨二人走进去，文纪已经在里面了。待走到厅堂，看见了陆玑。陆玑可能是一夜未睡，神情难掩疲惫，自来修理得整整齐齐的胡须此刻也变得有些杂乱。看见姜梨二人，他道：“你们回来了。”

“陆玑，你怎么看起来很累的样子？”闻人遥道，“累就休息，别撑着。”

陆玑正想说什么，目光落在闻人遥怀里的林尧身上，林尧见陆玑看着自己，一扭头，把头埋进闻人遥怀里。这男孩子刚刚遭逢家中巨变，十分不信任人。

“这是哪来的？”陆玑问。

“姜二小姐昨夜从刺客手里救下来的，父母兄弟姐妹一家都没了，就剩了他一个逃了出来。我瞧着他这样子，倒是很适合我们乩仙门，寻思着要不要收他做徒弟。”

“做徒弟？”姜梨诧异地问，“什么叫作适合乩仙门？”

闻人遥倒是坦然：“我们这种人，泄露天机，篡改他人命运，就是和命反着来，老天爷当然不容许，所以我们天生就是天煞孤星。乩仙门的门生，都是从小遭逢家中巨变，父母妻儿老小全都死绝了的。我也是一样，我是孤儿，我爹死的时候把我托付给了师父。我下山这么多年，还从没收过徒弟，实在是因为那些家里人死绝了的，大多年纪太大了。便是有年纪轻轻的，也一心想为家人复仇，我才一说收徒，人家就把我给撵走了。这小家伙不错，他年纪比我小得多，父母家人的仇人又已经被解决，在世上没什么牵挂，最适合来我们门派，做我的徒弟。”

姜梨听得目瞪口呆，道：“不管如何，就算闻人公子想要收徒弟，最好也还是问一问林尧的主意吧。这到底是他的事。”

“自然，自然。”闻人遥一边回答着，看样子根本没把姜梨的话放在心上。

姜梨叹了口气，也没有与他多说。现在这时候，也实在没心思管这些，还是先把小林尧安抚下来为好，以后的事，以后再说了。

陆玑对姜梨道：“大人在屋里。”

姜梨看向他，陆玑就回答：“二小姐要是有话想说，可以去屋里找大人。”他站起身，“我先去休息两个时辰，闻人，你把门守好。赵轲和文纪也累了一夜，都快休息吧。”说罢，他就转身去了另一间屋子，把门关上了。

闻人遥耸了耸肩，对姜梨道：“我先带这小子回房。”

姜梨站在姬蘅的屋门前，犹豫了一下，还是推开门。

屋里的人坐在桌前。

昨晚夜袭过后，早晨开始下雨，绵绵不绝，天空阴沉，使得早晨也如傍晚。姜梨走进去的时候，只能看得到一个背影，待走近了，就看见姬蘅倚在木椅上，微微合目。

她在姬蘅旁边的椅子上坐了下来。

听见姜梨的动静，他睁开眼，看向姜梨。

“抱歉，”姜梨道，“我不是故意要吵醒你。”

姬蘅懒洋洋地笑了笑，虽然没说什么，但能感觉到这一日的守城也并不轻松。

姜梨的目光又落在姬蘅身上，为了方便，他没有穿红色衣裳，换了黑色甲衣。这令他平日里惑人的气势淡了一下，变得凛冽沉肃。

黑色的衣裳便是有血迹，也是看不出来的。

姜梨问：“你……还好吧？”

“当然。”姬蘅道，“听说你救了一个小孩？”

“是，那孩子家人都死了。”

“姜元柏会气死的。”姬蘅挑眉，“他狡诈如狐，却养了一个怜爱天下人的女儿。”

姜梨道：“只是想起了阿昭。阿昭小时候也是他这样的。”

“那你就养着他吧。”姬蘅道，“让他跟着薛怀远也行。”

林尧没有了父母，薛怀远失去了儿子，倒是可以做个伴。

姜梨微微一笑，姬蘅想得长远。

她又看向姬蘅，问："成王不会继续攻城了吧？等他得了武卫将军前来的消息，会马上上燕京的。"

"当然。"姬蘅道，"从黄州到燕京一路藏的都是成王的兵马，等他杀到燕京的时候，兵马雄厚，势不可当。就算站在那里，也足以令燕京民心大乱。"

"但夏郡王不是要来了吗？"姜梨道，"陛下无可奈何，只得召回夏郡王。当年陛下未曾登基的时候，夏郡王就去西北了，这么多年，对于夏郡王，陛下大约也没什么其他想法，不会生出提防。"

姬蘅转过头，静静地看向姜梨。他琥珀色的眸子在明明暗暗的光线中晦暗又明亮，没有了逢场作戏的多情，多了些姜梨看不明白的东西。

"国公爷，"姜梨沉默了一会儿，"你真正想要对付的，其实是夏郡王吧？"

姬蘅没有回答。

姜梨就自顾说起来："当年不知道先帝为何要驱逐夏郡王去西北，但夏郡王在西北一待就是多年。陛下没有理由召回他，除非成王生事，等成王生事，夏郡王就会回京。这一切都是因为国公爷当年费尽心机造成的朝势三分局面。否则任何一边先倒下，就会让夏郡王出现的时机不对。或许夏郡王迟早都是要回京的，即使不是现在，也会是以后。国公爷之所以挑这么个时机，不过是因为这个时机对夏郡王来说，并不是最完美。"

"但我还有一事不解，如果你想要对付殷湛，大可以用其他的法子，为何要用战争，还要光明正大把殷湛召回燕京。不知道为什么……"她垂下头，"让我想到了薛家和永宁公主。我费尽心机想要替薛家报仇，把永宁公主引入世人眼中，因为只有这样，才能让薛芳菲的死重见天日。我是为了替薛芳菲翻案，你，又是为了什么？"

她声音清脆温和，外面昏暗的光照在她的侧脸上，那些红斑也被模糊了，令她的脸露出清秀的轮廓来。

年轻男人低低笑了一声，声音仍旧是无谓的，他说："单凭你刚才那番话，就可以死了。"

姜梨道："我当然知道。"

"那你还问？"

"我希望帮上忙。"

姬蘅没有咄咄逼人，不知道是累了还是不想谈论此事，只是道："你帮不上忙，别白费力气了。"

姜梨蹙眉，他就再次合上双眼，仿佛倦极。

他还是没有回答她的问题，可对于姜梨的猜测，也没有否认。姜梨已经睡过一觉，并不困，便也坐在姬蘅身边发呆。

远远看去，就像在守着他一般。

成王在黄州城外举事的消息，一夜间传遍了燕京城。

百姓纷纷唾骂成王狼心狗肺，先前便和宫里嫔妃私通，如今又是造反，可见早有谋逆之心。一时间，成王成了人人喊打的对象。

丽嫔的娘家季家，因为丽嫔和成王有染被抄家砍脑袋。行刑那一日，百姓去观看的不少，无一人同情季家人，反而是愤恨有加。成王如此狼子野心，丽嫔如此不知廉耻。有人就把当年季淑然的事也拿出来说了，说季家人是一丘之貉，没一个好东西。

季彦霖只怕做梦都没想到，他千方百计送进宫中为季家争取了无数荣耀、使得季家在过去那些年蒸蒸日上的丽嫔，会做出如此大逆不道的事。听闻在牢中，丽嫔和季彦霖相遇的时候，季彦霖还抓住丽嫔，问她为什么要这么做。

丽嫔的回答也是耐人寻味，道："父亲都已经找了顶替我的年轻姑娘来，我自然也要为以后做打算。我为季家争取了这么多，父亲有如今的地位，都是我在宫里辛辛苦苦与人周旋得来的。你们现在看我生不出皇子，没有用了，寻思着再找一枚棋子，可也没问过我甘不甘心。既然季家不考虑我，我自然也没有必要为季家打算。我们既然是一家人，自然要同甘共苦，没的苦我一人吃、享福你们来的道理。我可不是什么观音活菩萨，成全了别人牺牲自己。我们季家人的天性，就是死了也要拉人陪葬！"

一番话说得毫无悔改之心，听闻当时季彦霖就疯了，要杀了丽嫔，若不是狱卒拦住，只怕丽嫔就要被季彦霖打死。

季家一家出事的时候，姜元柏什么话都没说。即便是这样，朝中同僚还有嘲笑姜元柏的。毕竟季家曾是姜元柏的姻亲，姜元柏自然也是忍了下来。成王举事，姜梨失踪，燕京城里有刺客，一桩桩一件件接踵而来，早已弄得人焦头烂额。

宫里，刘太妃得了一杯鸩酒。

冷凄凄的宫殿，哪里比得上她的寝宫，连个伺候的人都没有，一夜之间，从天上跌到地底。刘太妃怎么也没想到自己会落到如今地步。在她和成王最初的计划中，一切并不是这样的。成王会派人先将自己接出宫，再开始举事，但丽嫔和成王之间的私情突然被捅破，丽嫔被抓，季家被抄家，成王逃出城，几乎都是一夕之间的事。

成王逃了出去，却唯独遗忘了自己这个生母，让她一个人留在宫里，面对来者不善的洪孝帝。

刘太妃本还想着，她是太妃，于情于理，洪孝帝都不会做得太难看。或许洪孝帝还会认为自己有价值，留着自己一条命，用来威胁成王。留得青山在，不怕没柴烧，只要有一条命在，一切都好说。等成王杀了那个兔崽子，自己做了皇帝，她就不是太妃，而是太后。

年轻的时候没能做上皇后，到了如今，不能连太后都做不成。眼看着只差最后一步，怎么能功亏一篑？她不要！

眼前的鸩酒盛放在精致的金器里，酒杯上镶嵌了细小的红宝石，是刘太妃向来最喜爱的华丽。若是从前，她大约还挺喜欢这金器，然而今日，犹如看到了索命的恶鬼，不断后退，拼命摇头，形状全无。

"不……不要……"

内侍重复了第三次："太妃娘娘，请吧，咱家还等着同陛下复命呢。"

"不……我是太妃……我不能死，你们让皇上来见我！我有话要对他说，他不能就这么杀了我！我要见皇上！"

内侍不耐烦道："陛下不可能见您的，娘娘，赶紧喝了这杯酒，咱家好复命呢。"

刘太妃仍是不动，拼命躲避着，甚至想要冲出去推开门，内侍同身边的两个小太监使了个眼色。小太监立刻按住刘太妃。刘太妃拼命挣扎，她在宫中养尊处优多年，如何挣得开，几下就脱力了。小太监熟络地按住她的手脚，一人撬开她的牙关，把那壶鸩酒生生给灌了下去。

待灌下去之后，小太监松开手，刘太妃卡着自己的喉咙，拼命伸手往嘴里抠去，试图把喝下去的鸩酒吐出来。她衣裳全乱，发髻也散了，眼泪鼻涕流在一起，哪里还有半分形象。

她却什么也不管，只顾趴在地上抠喉咙，似乎只有这件事才是最紧要的。然而她抠着抠着，开始呕血。渐渐地，身子一软，倒在地上，双目圆睁，整个人抽搐了几下，不动弹了。

刘太妃死了。

内侍吩咐小太监清理屋子，自己走了出去。不远处的花园里，太后和洪孝帝正在说话。

太后大多数时候都在慈宁宫抄经书，只有很少的时间出来走走。皇宫里春光无限，红花大朵大朵开放起来。洪孝帝是刚刚下朝不久，与太后在这里撞见，正在说话。

给刘太妃送鸩酒的内侍恰好来复命，待知道刘太妃已死，洪孝帝点头算是应了，小内侍就退了下去。

太后叹了口气。

"母后可是在为刘太妃可惜？"洪孝帝问。

太后摇了摇头："近段日子，死了太多人，哀家觉得，不太平。"

从永宁公主开始，便不断开始死人，沈玉容、丽嫔、季家、燕京城的刺客，到现在的刘太妃，的确是比较多了。

"那是他们咎由自取。"洪孝帝淡淡道，"母后心地仁善，却管不了人自讨苦吃。"

太后笑了，道："陛下是把赐死刘太妃的事昭告天下了吗？"

洪孝帝道："是。"

"成王没有动作。"太后感叹道，"到底是母子一场。"

刘太妃被赐死，也并无人来宫里相救，甚至成王都没有在宫里安排棋子，一旦情况有变，立刻把刘太妃营救出宫。不知道是成王漏算了这一点，还是压根儿不在意刘太妃的死活。

洪孝帝感叹道："是啊，到底是母子。"

太后看向洪孝帝，道："皇上这几日也累了，应当多注意休息。"

洪孝帝称是。他们亦是母子，平日里倒也没什么摩擦。只是刘太妃和成王是亲母子尚且大难临头各自飞，太后和洪孝帝还不是亲母子，待有朝一日遇到什么事情，还会如眼下一般平和？

谁也无法预料。

太后问："陛下，听闻成王在黄州城门举事，武卫将军赶去救援。燕京……可有危险？"

"母后不必担心，"洪孝帝道，"朕已令昭德将军带兵回京，护城抗敌。他日夜赶路，定能在成王上燕京之前抵达。"

"昭德将军啊……"

洪孝帝不再说话。风卷起地上的树叶，飘到了花园旁边的池塘里。水波打着旋儿，把那树叶也吞了进去。

再也不见踪迹。

姜家，姜元柏得到了一封信。

门房将信交给姜元柏，道："老爷，小的晌午就打了个盹儿，醒来的时候，这信已经在怀里了，小的也不知道是谁送来的，跑出门去问了问，都说没有人进屋。信上写着给老爷的……老爷，您要不先打开看看？"

姜元平和姜元柏正在说话，被这小厮闯进来塞了一封信，亦是有些诧异。姜元柏狐疑地盯着手中的信，想了想，打开来看。

信很短，只有几行字，姜元柏看完后，神情复杂未明。

"大哥，信上写了什么？"姜元平问。

"是阿梨……"姜元柏皱眉道，"阿梨现在在黄州，成王的人把她带到了黄州，被肃国公救了下来。现在阿梨和肃国公在一起。"

"阿梨找到了？"姜元平先是一喜，紧接着，他奇怪地看向姜元柏，"被肃国公救了？肃国公怎么会救阿梨？"

"也许是碰巧撞上了。"姜元柏眉头深锁，"他见过阿梨。"

"肃国公可不是一个喜欢胡乱插手别人事情的人。别说是阿梨，就算是对姜家，和咱们也没什么交情。他会这么好心，救下阿梨？"

姜元柏也有些怀疑，不由得想到上次姬老将军寿辰，偏偏请了姜梨一人前去赴宴。虽然姜梨称自己不知道其中缘由，但姜元柏总觉得其中没那么简单，姜梨是有什么事情瞒着他。

姜元柏吩咐外面小厮道："备马，立刻派人去黄州，接二小姐回府！"

"大哥，"姜元平按住姜元柏的手，"不可！"

"为何？"姜元柏看着他。

"现在黄州正是混乱的时候，成王的兵马还在城外未退，你要是在这个时候去接人，只怕弄巧成拙。那些人既然掳走了阿梨，就是冲着阿梨来的。若是阿梨出现在他们的视线中，反而有危险。姬蘅的本事你我二人都清楚，就算整个黄州陷落，姬蘅也能全身而退。阿梨跟着他，比跟着旁人安全许多。"

"我信不过他。"姜元柏道，"姬蘅此人心思莫测，谁知道他想干什么！"

"大哥，"姜元平道，"他要是有心想做什么，就不必从成王的手里救下阿梨了。就算是想要利用阿梨算计什么，总也会保住阿梨的命。你就不要担心了，事到如今，昭德将军即将回京，你还不如看看，接下来我们姜家应当如何吧！"

接下来的几日，黄州的城门外，成王的兵马又发动了几次兵袭。不过黄州地势易守难攻，加之几次守城军都守住了城，成王的兵马士气大损，并不如第一日夜袭的时候凶猛了。

黄州的百姓仍旧战战兢兢地过日子，但守城军的顺利守城，让他们也渐渐生出信心来。除了修补那晚烧伤的房子之外，也在努力恢复之前的生活。城守备军每日还是在街道上巡视搜寻，看有没有刺客，省得哪一日又作乱，引起百姓混乱。

这天早上，一连下了几日的雨终于停了，闻人遥在院子里教林尧念他的卦盘上的字。林尧的父母兄弟姐妹，都由闻人遥和姜梨操持着下葬了。林尧也没有别的地方可去，就赖在了这里。

陆玑从外面走进来，道："刘太妃被赐死了。"

姜梨刚刚起床，走到堂厅听见的就是这么一句，而姬蘅坐在椅子上喝茶。

"已经死了吗？"姜梨走出来，也在椅子上坐下，"成王没有派人去救？"

"没有。"陆玑耸了耸肩。

"那皇上的引蛇出洞算是落空了。"姜梨道。

姬蘅闻言，笑了一声："未必。"

姜梨看向他，陆玑解释道："成王本性自私，去宫里营救刘太妃，实在是太过危险，还会打乱他原本的计划。一旦出了这件事，刘太妃是必然要牺牲的。皇上要是真想引蛇出洞，必然有别的办法。恰是因为皇上了解成王的本性，才直接赐死了刘太妃。刘太妃左右躲不过一死，不如早一点死，给百姓一个交代。"

"原来如此。"姜梨点了点头。

"还有，陛下已经派了武卫将军前来黄州。"

姜梨道："这是个好消息。"

武卫将军一来，黄州城就算是保住了。

陆玑看了一眼姬蘅，才道："昭德将军也在回京的路上了。"

他的语气很奇怪，姬蘅神情未变，只道："成王要上燕京了。"

姜梨想了一会儿，问道："成王打不过昭德将军的，是吧？"

姬蘅轻轻一笑，道："一只狼和一只老虎，你认为是狼咬死老虎，还是老虎吃掉了狼？"

他说得轻描淡写，却让姜梨心中发凉。姬蘅这话表面上是说成王不敌昭德将军，但深究起话里的意思就不同了。成王为了这一刻早已准备了多年，那么昭德将军又是从什么时候开始准备的？

正想着，姬蘅站起身，往外面走去，陆玑问他："大人要去什么地方？"

"出去走走。"他走到门口，顿了一下，问姜梨，"一起？"

姜梨站起身："好。"

日光还是如往日一般灿烂，下过雨后，太阳更加明亮。城里的街道上到处都是石块和掉下来的木梁。一些已经修补过，还有人家在住。一些修补不好，人们便寻了些茅草，在一边搭起了茅草屋。地上还有没来得及下葬的棺材，一些僧人坐在棺材旁边，念经超度。

孩童们不晓得出了什么事，趁着爹娘不注意，兀自和玩伴做游戏，开心地笑出声。父母却晓得接下来并不太平，个个忧愁着脸。

街边的商铺大多已经关门。前面有一家茶点铺还开着，门梁已经烧得漆黑，里面桌子椅子比之前少了许多，一对老夫妻正在忙碌。

只是这几日，谁还有心思坐在这里吃茶点，因此搭起的草棚里，桌前一个人也没有。

姜梨在茶点铺前停下脚步，道："我去买点东西。"

姜梨想买些茶点，倒不是为了自己，而是林尧。小家伙虽然每日有人陪着，但到了晚上时常做噩梦，哭闹个不停。闻人遥也束手无策。小孩子喜欢甜一些的食物，买些回去，想必林尧会喜欢。

那对老夫妇看见姜梨前来，便问姜梨需要什么。姜梨选了一些，等着老翁包起来的时候，顺便询问妇人："大娘，城里都这样了，你们怎么还开店呢？"

那大娘笑了一笑，道："这家店是老店，是我们父辈留下来的。我们吃住都在店里，就算打仗打进来，我们也没别的地方可去。再说了，那些兵真要是进城，躲在宅院里和在街道上都是一样的。活着一日，就过好一日，我们这把年纪了，也就不怕什么了。"

她说话的时候，老翁已经把糕点包好，送到了姜梨手里。姜梨想付银子，猛地想起今日换了件衣裳，把荷包落下了。她想了想，正要褪下手里的镯子，一只修长的手伸过来，握着一锭银子，放在老妇人面前。

“这……”老妇人吃了一惊，“用不了这么多。我们也没有多余的铜板……”

“不必了。”

姜梨回头一看，姬蘅不知什么时候已经走到了自己身边。大约是等她等得久了，又看见了她的窘境，特意来解困。

“小姑娘，”那老妇人立刻感激道，“您的夫君，可真是位好人。”

姜梨脸一红，正要分辩，姬蘅却已经拽着她离开了。

姜梨怀里还抱着散发着香甜味道的油纸包，想了想，抬起头去看姬蘅，就见姬蘅嘴角仍然噙着漫不经心的微笑，不疾不徐地往前走。

“你刚才听到了吗……”

“什么？”他侧头看向姜梨。

“这位大娘说你是好人。”姜梨面不改色地回道，“你不是说，世上只有我一人认为你是好人，现在可以说是两人了。”

姬蘅一怔，大约没料到她要说的是这个。不过很快反应过来，道：“我也不介意让她收回自己的话。”

这话说得凉飕飕的，姜梨无言，这才发现，姬蘅牵着她的袖子，然而他们衣袖宽大，远远看去，便像是他牵着自己的手一般。姜梨莫名感到不自在，也不晓得姬蘅是因为讨厌别人靠近自己，还是因为尊重姑娘家，才会刻意保持距离。

姜梨偷偷地想把自己的袖子从他的手里扯出来，可惜怎么也没能成功，还因为动作太大，身子摇摇晃晃，差点绊了一跤，被姬蘅扶了一下。

“走路小心。”他含着笑意道。

姜梨只得放弃。

他二人在黄州城的街道上走，如今的黄州，白日里敢这么大摇大摆在街上走的，委实不多。加之姬蘅容貌太盛，立刻引起了许多人的注意。人们藏在窗户后，宅院门后，偷偷地瞧着他们。尤其是年轻的女孩子，见姬蘅气度不凡，早已暗中打量，顺带连姬蘅牵着的姜梨也看个不停。

姜梨真是哭笑不得，实在不喜欢这种被人当稀奇般赏看。

姜梨道：“国公爷，我看我们还是回去吧。或者你一人逛逛，我先回去。”

“你做薛芳菲的时候，应该很习惯了。”姬蘅提醒。

姜梨噎住。倒也是，她刚嫁到燕京城的时候，容貌艳绝，也曾走到哪里都被人打量。一开始也是不自在，后来便习惯了。

如今她早已不是薛芳菲的样子。

姜梨道：“过去是过去，现在是现在，我早已不是薛芳菲了。”

姬蘅：“那你就更应该习惯。”

姜梨问：“为什么？”

“我不喜欢和灰老鼠待在一起，”他回答得理所当然，“如果你不够好看，就不要站在我面前。”

姜梨想起来，对了，这人是个喜美恶丑的。她忽然又抓住了姬蘅方才话里的漏洞，难得起了促狭之心，就抬头问姬蘅：“那国公爷的意思是，现在我还是很好看了？”

声音里的雀跃和得意藏也藏不住，姬蘅忍不住转头看她。女孩子仰着头，眼睛清澈带着笑意，少女独有的爽朗和奋勇映在其中，让她像是初生的梨花，洁白可爱，纯粹得令人也要跟着笑起来。

姬蘅心中一动。

从一开始的温和却淡漠、狡猾又孤独的少女到现在，她一直喜欢笑，不过这和初见时候的姜梨来说，已经判若两人。或许这才是她真正的模样，在过去那些年里，薛芳菲在少女时代不曾遇到沈玉容的时候，就是这个样子。

很难想象后来的她变成了一个无趣的妇人，成日忙于琐事，收起了她的灵气和聪慧，和燕京城那些美貌的官家夫人没什么两样。沈玉容把一株温软可爱、爽朗动人的梨花变成了一株成日在昏暗的花圃里厮杀的食人花，真是暴殄天物。

他从不是怜香惜玉之人，世上的美丽女子也见过不少。他曾被人骂铁石心肠，无情无义，但是这一刻，也觉得阳光温软，她笑容可爱，只希望这样的笑容能长久维持下去。这个姜梨，就如眼前一般，做个永远奋勇的少女，有孤注一掷的勇气和上天眷顾的好运气。

他凑近了姜梨，轻声道：“嗯。”

姜梨怔住。

原先想好的，准备用来和他针锋相对、调侃他的话戛然而止。青年嘴角的笑意温柔，琥珀色的眸子里，没有了深深浅浅的薄情和虚伪，就像此刻的日光，温暖明亮。

她突然说不出话来，脸颊慢慢地红了。

那只已经沉寂的小鹿又慢慢地站了起来，慢慢地抬腿，试探地走路，然后蹦蹦跳跳，在她的心里跑来跑去，把她的心搅成乱麻。

姜梨几乎能听到自己心跳的声音。

她其实已经忘记自己当初喜欢沈玉容的时候，是怀着一种怎样的心情，那毕竟过去了很久，但现在，此刻，她知道自己也许有一丝丝的，稍微的，对眼前这个男人动心了。

这可不是什么好事，姜梨怔然不知所措。而始作俑者似乎毫无所觉，站直身子，往前走去。

日光洒在他高大的背影上，将他的人也染成金色。

姜梨知道，大事不妙了。

夜里，姜梨睡不着。

姬蘅的屋子在姜梨的对面，打开窗，能看见他屋子里的灯火还亮着，姬蘅也没睡。

姜梨坐在桌前，看着桌上慢慢燃烧的蜡烛发呆。她没有去找姬蘅说话，实在是因为她的心情并不平静。或者说，当她发现自己的心思，在不知所措之下，就明白不能再同以前一样行事。

在基于朋友关系的相处中，不知什么时候，她对姬蘅的感情比之前深了一层。她爱过人，明白心动是什么感觉。哪怕只是刹那，但那不是错觉。

这是不好的事情，且不说她这一辈子便想着不要嫁人，独自一人活下去。她现在还是姜家的小姐，姜元柏和国公府是没有任何牵连的。当然，最重要的是，姜梨晓得姬蘅的薄情。他是个不错的人，生得极美，又总是在她狼狈的时候伸出援手，帮过她不少忙。

人在困境的时候，对于曾对自己出手相助的人总是充满感激，但这感激不知何时变成了一点喜欢，姜梨晓得，这或许也不该怪自己，倘若姬蘅真要对一个人好，没有人会不动心。

但对一个人好，未必是喜欢她。

他这样的人，大约是不会喜欢上什么人的。就如他自己所说，他不需要真心，自然也不会付出真心。如果喜欢姬蘅，注定是一场绝望而漫长的等待。姬蘅不是沈玉容，但喜欢上姬蘅，未必比喜欢上沈玉容好。

她应该斩断自己错误的绮念。

姜梨这么想着，吹灭了屋里的灯。房里陷入了黑暗，一切重归寂静。

一切和原来没什么不同。

接下来的几日，就连闻人遥和陆玑也察觉到不对。文纪自来沉默不会说什么，赵轲蹲在门口的时候，目光却时常在姜梨和姬蘅之间打量。

闻人遥偷偷问姜梨："姜二小姐，你和阿蘅吵架了？"

姜梨惊讶道："没有。为何这么说？"

"你和阿蘅之间怎么怪怪的。"闻人遥想了想，"说不出来，反正不对。"

姜梨道："闻人公子感觉错了吧，小尧在叫你了。"

闻人遥连忙去照顾林尧。

屋顶上，文纪和赵轲也在咬草根，赵轲问文纪道："哥，你说大人是不是对姜二小姐说了什么重话？"

文纪："……"

赵轲："姜二小姐和以前不一样，上次我看他俩还一起出去了，感觉没什么问题啊，怎么突然就变成这样了，虽然还是一样说话，总觉得没那么亲近，姜二小姐都不去找大人谈心。"

文纪："……"

赵轲："你倒是也说两句啊，这是怎么回事？"

文纪："……"

赵轲吐掉嘴里的草，鄙夷地看着文纪，道："你可真是个木头！"一转身跳下房顶了。

屋里，陆玑和姬蘅说完事情，也问："大人，您和姜二小姐之间，出什么事了？"

姬蘅挑眉："不明白。"

陆玑意味深长道："二小姐躲着您呢。"

姬蘅笑了笑，没说什么，站起身推门走了出去。

屋外，姜梨正在擦拭桌子，看见姬蘅和陆玑从屋里出来，笑道："国公爷，陆先生。"

她语气温和，笑容也客气，一切都恰到好处。姬蘅不由得抬眼看了她一眼，挑不出一点错处，但任谁都能感觉到，姜二小姐和刚来黄州城的时候不一样了。

她刻意在保持和他们的距离。

姜梨心中轻轻叹了口气，她也不知道该怎么办才好，只好用笨办法。如今是身在黄州，不得不每日都见到姬蘅。等回到燕京城以后，没什么事尽量不见姬蘅，这样一来，日子久了，心中的那点喜欢，慢慢就随风而逝。

但她仍旧表现得太明显了吧。

"你收拾一下，"姬蘅道，"明日回燕京城。"

姜梨先是一愣，道："明日？"

"武卫将军已经来到了黄州，和黄州守城军在一起，成王兵马已经退到城外五十里外，今夜就要连夜撤离。"姬蘅道，"黄州没什么事了。"

姜梨问："我一人回去吗？"

姬蘅奇怪地看了她一眼，道："我也要回京。"

这就是一起了，姜梨的眼中闪过一丝失望。这点失望被姬蘅看在眼里，目光动了动，嘴角却勾起，道："你希望一人回去？"

"当然不是。"姜梨已经整理好心中思绪，"国公爷与我同行，自然安全许多。这一路上怕是还有成王的兵埋伏其中，倘若遇到会很危险。"

"是很危险。"闻人遥也站出来道，"阿蘅，真要现在回京？不能多等一段日子，等成王的事情结束以后再回去？在黄州一定安全，成王只怕是要上燕京的。"

"明日启程。"姬蘅的声音淡淡的，"殷湛快要回去了。"

殷湛，姜梨一愣，昭德将军？姬蘅果然是为了昭德将军。不过昭德将军的脚程这么快，也实在出乎意料。毕竟云中离燕京也有一些距离。而昭德将军已经几十年未曾出现在旁人眼中了。

闻人遥似乎也晓得了事情的重要性，不再劝告。

"我和大人已经说过了，出行的时候还是要乔装一下。"陆玑道，"避开成王的兵马。我们要慢半日出发，只是还是危险，尤其是二小姐需要注意。成王之前就对你起了杀心，如果发现你的踪迹，不会手软。”

姜梨回答：“我知道。”

姬蘅轻笑道：“放心，不会有事。”

他带着笑意的语气让姜梨心中一凛，只道这不过是掺了毒的鸩酒，看着美味醉人，却不可沉沦。

她便微笑着道：“多谢国公爷。”

闻人遥和陆玑还没听出来，姬蘅已经微微蹙起眉。他自来都是笑着的，尤其是对着姜梨的时候，这般神情令闻人遥和陆玑莫名其妙。

姜梨佯作不知，晓得自己的反应和疏离蹩脚又明显，姬蘅不可能不知道，但又没有更好的办法，只能咬着牙死撑。

好在姬蘅没有继续纠结此事，又吩咐了几句明日出发的事就离开了。

等姬蘅离开以后，姜梨回到了屋子。她其实没什么可收拾的，因为是被掳到黄州城，身上什么都没带，只有一点后来买的衣裳，加起来也就一个小包裹。

她不想去想和姬蘅有关的事，那会让她束手无策，便转而想起别的事。

回到燕京城后，她就会同薛怀远坦白。那一日，本来也应该是她同薛怀远坦白的，若不是中途被贼人掳走，她或许已经和父亲相认。不知父亲看见她是如何反应？

还有姜元柏，她和姬蘅留在黄州的事，之前向闻人遥询问，姜家和叶家都已经知道了。姜元柏定然会怀疑，以姬蘅的性子为何会救下她，而自己还留在黄州，和姬蘅在一起。姜元柏也是老狐狸，之前薛家的事能平安无事地瞒过去，是因为姜元柏一直睁一只眼闭一只眼。但有关姜家的事，尤其事关朝廷，肃国公的地位如此敏感，姜元柏一定不会掉以轻心。

她还得寻个绝妙的理由，应付好姜元柏的怀疑才行。

第二日早上，姬蘅打算出发。

马车是武卫将军送的，晓得姬蘅在黄州，特意寻了一辆大马车，还询问他们需不需要兵马沿途保护安全，陆玑婉言谢绝。

马车十分宽大，姜梨和闻人遥坐在里面，闻人遥还抱着林尧，很快姬蘅和陆玑也上来，赵轲和文纪扮作车夫，马车往黄州城外走去。

闻人遥把林尧哄睡着后，掀开车帘，姜梨也顺着往外面看去。记得刚到黄州城的时候，城外热闹而干净，进城出城的百姓众多，如今却是一个人也没有，连土地都变成了焦黑色。

血腥气长久不散，透过眼前这些，似乎能看到那一夜成王兵马夜袭的惨烈。虽然最后黄州城是守住了，但绝不轻松。

气氛变得有些沉重，闻人遥放下马车，想要寻个高兴些的话头，看向姜梨道：“哎？姜二小姐，你的脸似乎好多了。”

姜梨伸手摸了摸自己的脸，道："好像是。"

时间过了这么久，她脸上的红斑也渐渐消散了。除了凑近看还有淡淡的红痕，隔远一些，几乎看不出来了。

姬蘅闻言，也看向姜梨，他笑盈盈的，却让姜梨颇不自在，姜梨避开他的目光，佯作无意地低下头。

"真是太好了。"闻人遥眉飞色舞地道，"看着二小姐又恢复到从前的花容月貌，我由衷替二小姐感到高兴。不过——"他话锋一转，"咱们这一路上，应该不会遇到成王的兵马吧？"

姜梨问："他们不是已经走了吗？"

"倒也不一定是一起走的，也许会遇到散兵之类。"陆玑道，"赵轲和文纪走的是小路，遇上的可能性不大。"

"不管不管，"闻人遥道，"是你们让我跟着一起的，你们得负责我的安全……还有姜二小姐的安全，是吧？"

陆玑白了他一眼："知道了。"

接下来，四人就无话了。姜梨能感觉到姬蘅的目光落在自己身上，带着些审视，这令她感到不自在极了。她不禁有些后悔，早知道就强烈要求两辆马车，不管和谁，只要不是和姬蘅在一辆马车上就好。姬蘅的眼睛太毒，看事情又太过透彻，就算姜梨再怎么隐瞒，只怕也瞒不了多久。等他知道了自己这点隐秘的心意，也不知会如何。

好在姬蘅是个聪明人，心思也不会轻易为人知晓，他不说出来，姜梨便也佯作不知。闻人遥是个心大的，过一会儿就说起别的事。陆玑倒是比姜梨想象中的更为健谈一些，妙语连珠，连后来醒过来的林尧也被陆玑的话吸引了注意力。

回燕京的路比想象的更为顺利。

赵轲说，白日里赶路，不慌不忙大约第七日可以抵达。前两日都平安无事地过了，到了第三日，马车继续向前，和之前没有任何不同。

从黄州到燕京，出了城门之后，人家就越来越少。加之为了避开成王的兵马，赵轲二人走的又是小路，几乎是往山里走。走到第三日，四周全然成了荒野，前不着村，后不着店，什么也没有。

闻人遥看了一会儿外面，道："今日可能要留宿山里了。"

姜梨没什么感觉，闻人遥见她无动于衷的模样，问："姜二小姐，今夜要留在山里，你怎么一点也不吃惊？"

"这里也没有别的客栈，山里倒是有人家，只是不一定找得到，一味去找人家，容易迷路，比起来，住在山里倒是不错的选择。"姜梨回答，"只是晚上生火太危险，怕引来歹人，还是在马车上休息。"

她说得自然，令闻人遥感觉古怪，看着她，一时不知道说什么。

姬蘅却是笑了，很是了然。原先在桐乡时，薛芳菲还曾和薛昭一起去山里打猎，有时候晚了，回不了家，也就生火在树下睡上一夜。桐乡的山里没有歹人，只有野兽，生火也只是为了驱逐那些野兽而已。

正在这时，林尧的肚子咕噜叫了一声，林尧道：“姜姐姐，我饿了。”

姜梨从包袱里掏出一些干饼和水递给他，道：“吃一点吧。”

到了晌午的时候，前后都没有客栈，看起来就算再走很长一段路，也不会有。姜梨就把干粮分给了陆玑等人，赵轲和文纪也停下马车，暂且在这里休息一会儿，吃点东西。

大家下了马车。

姬蘅手里拿着干饼，姜梨原以为，如他这般挑剔的人，大约是不会碰这干粮的，姜梨想看看他到底吃什么，没料到他就直接拿起干粮送到嘴边，慢慢地吃起来。

姜梨一愣。

这人的优雅却是刻在骨子里的，就算吃块干粮也是从容不迫、慢条斯理，仿佛吃的是什么人间美味。姬蘅注意到她的目光，看过来，怔了怔，突然笑了，说：“你看我做什么？”

“没什么。”姜梨低头吃自己的。

闻人遥从草丛里跑过来，抱怨道：“这干饼也实在太难吃了，有没有别的可以吃的。”他忽然想到了什么，“哎，二小姐你不是会烤鹿肉做叫花鸟嘛，这山里兔子鸟雀多，要不咱们去打打猎，你来烤吧？”

姜梨道：“这里可没有打猎的弓箭，况且我们现在在赶路。”

“文纪和赵轲身手很好的，我去问问他们。要不我自己去掏鸟窝，抓点麻雀来。好姐姐，你手艺那么好，不用可惜了。”

他居然连好姐姐也说得出口，可见是不要脸了。姜梨无奈，陆玑坐在树底下，优哉游哉地吃干粮，顺便给了闻人遥一个鄙夷的眼神，姬蘅压根儿就没搭理他。闻人遥抛下一句“我就当你是答应了”，跑到了赵轲和文纪身边。不过侍卫二人好像并不打算附和闻人遥的打算，姜梨就看着闻人遥磨蹭了半天，最后垂头丧气地站起来，似乎不死心，往旁边的灌木丛去了。

他这是自己去抓鸟雀？姜梨看向姬蘅：“他一个人……不会有危险吧？”

姬蘅笑了一下：“不会。”

姬蘅都这么说了，姜梨自然也没什么好说的。林尧正蹲在地上，一边吃干饼一边看蚂蚁。

等大家的干粮都吃完了，闻人遥还没有回来。姜梨心中有些不安，就问：“要不要去找一找闻人公子，都这么久了……”

她话还没说完，突然见姬蘅神色微变，心中一诧，就听见灌木丛发出窸窸窣窣的声音，闻人遥满头大汗地出现在眼前，一见到他们就喊道：“快跑！”

可他的话还没说完，那灌木丛中就发出更大的声音，有人跟了过来！

闻人遥狼狈地跑到了陆玑身边，陆玑和姬蘅、赵轲他们动也没动，像是没看到闻人遥这般模样。紧接着，灌木丛后出现了几个人，皆做兵士打扮，这里离黄州城很远了，不可能是武卫将军的人，也不是守城军的人，想必就是成王的兵马了。

原来因为成王兵马走的是大道，行程也比他们快些，没料到在这里撞见。看样子，这是落单的散兵，大约是跟在成王兵马后落下的人。

来人一共五个，却生得身材高大，带着杀人过后才有的戾气。看见姜梨一行人，为首的人就问："你们是什么人，在这里干什么？"

"兵爷，"说话的是陆玑，笑道，"我们是从永州赶路过来的客商，恰好路过此地。本来是想去黄州的，谁知道黄州城城门不开，只得回永州去。听说外头乱得很，才走了山路。"

陆玑说这话的时候，面上带着些讨好的笑容，仿佛真是个胆小怕事的客商。

"马车留下，"那为首的兵士道，"其他人滚！"

姜梨心下松了口气，还好这些人没动刀，他们现在还带着一个孩子，姜梨和闻人遥都没有武功，真对起这些人，到底会束手束脚。这也不是最重要的，最重要的是，这些人万一引来不曾走远的成王兵马，那么多人一起过来，就算姬蘅有再大的本事，也是双拳难敌四手。

那些人的目光在他们几人身上扫过，一个孩子，一个年轻公子，一个看起来胆小怕事的客商，两个车夫，姬蘅的容貌太盛了，但他敛去自己危险的气息后，便只是一个漂亮得有些过分的年轻人，没什么特别。

那些官兵的目光在姜梨身上停住了，有个人说："女人也留下！"

姜梨心中咯噔一下，随着那人说话的工夫，几个兵士的目光就在姜梨身上流连起来。她脸上的斑斑红迹眼下几乎全好了，看起来便是一个窈窕清秀的少女，落在这些人手里……

闻人遥首先就叫起来："兵爷，这不好吧，你们要是要银子……我们有的是……还望高抬贵手。"

其中一个兵士猛地抽出刀来，冲闻人遥喝道："不想死就滚开！"

闻人遥被吓了一跳，躲在陆玑身后的林尧哇地大哭起来，哭得几个兵士心烦意乱，有一人就目露凶光，提着刀朝林尧几人走过去，另两个却直直朝姜梨走来。

他们目光贪婪，盯着姜梨的眼神就像狼看到了猎物，姜梨的手摸到了袖中那把剪刀，还是她被姬蘅所救后，住在黄州城的那日，从梳妆台的篓子里摸到的。剪刀精巧，一直被她藏在袖子中，本以为用不上了，没料到会在这里用上。

她忍不住看向姬蘅。姬蘅仍旧是笑盈盈的模样，只是看着她，没有要动手的意思。姜梨知道他不会放任眼前的一切发生，但她的心还是随着这两人的走近，慢慢地提了起来。

就在其中一个兵士淫笑着走到她身边、手快挨到姜梨的脸时，姜梨猛地抽出了袖中剪刀，恶狠狠地朝面前的人刺去。然而下一刻，她只看见眼前有红影闪过，那袭红色的长袍裹住了她，有人在自己耳边说话。

他的声音低醇而轻柔，却带着一点冷意："别怕。"

姜梨呆住，等看清楚的时候，就见面前那人双手从手腕处齐齐被斩掉。

姜梨看不清楚他是如何被斩掉双手的，只看见姬蘅的扇子上沾了一点血光。他从袖子里掏出雪白的绢帕，擦拭干净扇子上的血迹，随手扔掉绢帕。

绢帕轻飘飘地落在地上，地上的人举着光秃秃的手腕惨号着，翻滚着，叫声撕心裂肺。赵轲走过来，一剑刺穿了他的喉咙，结果了他的性命。

姜梨这才看清楚，其余四人已经倒在了地上，皆是见血封喉，想来是赵轲和文纪的手笔，至于眼前这一个，大约是得了姬蘅亲自动手的殊荣，被他用扇子斩了双手。

"死人了。"闻人遥道，叹息一声，双手合十，"罪过罪过。"

好一副悲天悯人的模样，一开始若不是他四处乱跑，怎么会引来这几人。

陆玑不以为然，仿佛对这样的事习以为常，对姬蘅道："那咱们就继续赶路吧。"

林尧年纪小，吓得一直流眼泪，姜梨看向姬蘅，姬蘅看着她，笑了笑，拍拍她的肩，道："没事了。"

只一句没事了就让姜梨安下心来。她正要说话，突然不远处传来一阵马蹄声，其中夹杂着人的咒骂呼喊。

众人一愣。

陆玑道："不好，这些人不是散兵，只怕还有其他人。听人数不少，还是赶紧走吧。"

大家便匆匆上了马车，赵轲和文纪也不敢耽误，扬鞭就跑。姜梨坐在马车里，山路颠簸，脑子里还是方才的事。谁都没有料到会在中途发生这样的事，身后那些兵士不知道一共多少人，闻人遥和陆玑都是神情凝重，姜梨晓得事情并不像她想的那么轻松。

林尧紧张地挨着闻人遥坐着，他很乖，不怎么吵闹，马车里一片沉寂。

姜梨有些心烦意乱，低下头时，突然一愣，从她的脖颈处露出一截红绳，是那根绑着狸猫玉佩的红绳，眼下红绳还在，底下却轻飘飘的，玉佩已经不见了。

她先是怔住，随即有些惊慌，再仔细一想，只怕是方才和那些兵士纠缠的时候，不小心被人把玉佩扯下来遗失了。姜梨觉得有些遗憾，那是父亲送给她的玉佩，能证明自己确是薛芳菲，她一直小心保存着，没想到会在这里丢失。

但也没有办法，总不能让马车掉头回去寻找。倘若恰好和成王的兵马碰上，只会得不偿失，因此，姜梨悄悄抓住红绳扯了下来，捏作一团，塞到了袖中。

她心里正在遗憾，姬蘅突然道："停车。"

马车戛然而止，赵轲和文纪在外问："大人？"

姬蘅道："我有些事要做，路上留记号，晚上与你们会合。"

“大人，不可。”陆玑一听急了，“成王的兵马在后面，虽然不知道有多少人，但至少是一队，咱们马上就要出山了。你一人落单，遇上了他们怎么办？”

“我自有分寸，”姬蘅道，“你们继续往前，不用管我。”说完这句话，他就下了马车，陆玑还要再劝，姬蘅已经不见了。

赵轲和文纪自来是只听姬蘅的话，姬蘅既然让他们自己往前，马车也就重新疾跑起来。陆玑皱着眉，一个劲儿地道：“胡闹，胡闹！”

闻人遥也吃了一惊，等姬蘅走了后，才想起来问道：“阿蘅这是做什么去了？哎，”他掀开马车帘子看了一眼，“他居然是往回走的，他这是干吗？”

“我如何得知。”陆玑没好气地答道，又看向姜梨，好声好气地问，“姜姑娘可知道大人是为何而去？”

姜梨茫然地摇了摇头：“我也不知。”

陆玑眼里闪过一丝失望，唉声叹气的，不再说话了。

姜梨的心里亦是奇怪和紧张，一路上，姬蘅都没有与他们分开过，也说好是一起回燕京城的，怎么突然在这个紧要关头独自离开，他是要去做什么事？这件事不能被其他人看到？虽然晓得姬蘅不喜欢别人窥见自己的秘密，姜梨心里还是有些恼火。

未免太令人担心了。

正在这时，她的指尖又摸到袖中那把冰凉的剪刀。之前姬蘅没有斩断那兵士的手时，她还拿出了剪刀，狠狠刺向兵士，后来姬蘅把她救了下来，浑浑噩噩的，姜梨就把这剪刀收了回去。

这会儿平心静气想起来，她怎么记得……她这把剪刀，是刺中了人的？

姜梨从袖中拿出那把剪刀。

银色剪刀小巧精致，泛着冷色，然而上面有些凝固的红色，姜梨就呆住了。闻人遥忽然见姜梨拿了一把剪刀出来，奇怪道：“这是哪里来的剪刀……怎么还有血？”

姜梨的脑中立刻浮现起那一刻，姬蘅挡在自己身前，红色的衣袍护住了自己的身体，当他说别怕的时候，身体似乎微微颤抖了一下。

那一切发生得太快，而她茫然无措，竟然忽略了一些关键。姬蘅挡在她面前的时候，那把剪刀来不及收回，刺中了他。只是不知道到底刺中了什么地方，他装得若无其事，红色的衣袍又掩饰了伤口，她便什么也看不见，不晓得他被自己伤害了，也不晓得他忍着疼痛，还云淡风轻地掩饰。

姜梨闭了闭眼。

他身上还带着伤，独自一人不知道去做什么了，然而眼下危机四伏，步步惊心。

她什么也做不了，也帮不上忙，只能在心底默默祈求。

祈求他平安无事。

赵轲和文纪果然很听姬蘅的话，一直不停赶路。每赶一段路，赵轲和文纪就要停下来做个记号。到了天黑的时候，在山里，他们竟然找到了一间茅草屋。

屋子许久都没有人住了，大约是上山打猎的人留下的草屋。一进去，只见地上都结了蛛网。有两间房，每间房有一张榻，但榻上没有被褥，窗户也是纸糊的。厨房里有石头砌起来的灶，灶里有些柴火。

“就在这里住下来吧。”陆玑道，“好歹有个能歇脚的地方。”

闻人遥去寻干柴，这回不敢同之前一样走太远，就在附近捡拾一些枯枝，打算烧点热水。姜梨拿了门边的扫帚，把屋子里外稍稍收拾一下。

赵轲和文纪在屋子四周走了一圈，查探周围情况。四周安静得很，看样子平日里没什么人来过。

等一切都收拾好后，大家都进屋坐下来。赵轲和文纪坐在门边，闻人遥坐在地上，这里连板凳都没有，只好把石头搬进屋，大家就坐在石头上。

“阿蘅怎么还不回来。”闻人遥道，“你们说他不会有事吧？”

“大人不会有事的。”陆玑道，“就是不知道是不是遇到了什么麻烦。”

“就算遇到了麻烦，以阿蘅的本事，应当能解决。”闻人遥看向姜梨，“能解决吗？”

姜梨：“我不知道。”

她本就心慌，不知道自己的那一剪刀扎到了姬蘅什么地方，若是伤得很重，会不会影响姬蘅。

“放心吧，”沉默寡言的文纪开口了，“大人自有分寸，很危险的事，他不会做。”

这句话倒让众人稍稍放下心来，他是极会权衡利弊的人，不会做无谓的牺牲。

到了夜里，大家都睡了，姜梨自个儿拥有一间房，因她是女子，然而却睡不着。

赵轲和文纪睡在外面，好随时应对突发状况。

姜梨总是心神不宁，便干脆坐起身，走到屋外去。赵轲和文纪在地上铺了褥子，就当床睡在上面。姜梨才走出去，就看见一个人走进来。

竟然是姬蘅。

赵轲和文纪也醒了，姬蘅对他们摆摆手，两人便作不知。闻人遥、陆玑和林尧在另一间屋子，姜梨怕吵醒他们，忍不住走上前，轻轻拉着姬蘅走去她自己的那间屋子。

屋里没有凳子，就让姬蘅坐在床榻上。

此刻没有灯，只有清亮的月光。

她压低了声音，问：“你、你没事吧？你去做什么了？”

年轻男人的手修长有力，他摊开掌心，中间躺着一枚玉佩，上面的狸猫憨态可掬。

姜梨一愣。

“我捡到了这个。”他笑道。

姜梨愣愣地看着他的手。

那枚玉佩完好无损，月光透过窗照过来，连同他的手一起显得莹润洁白，仿佛那狸猫也要活过来。他像是从晦暗世界走出来的美艳精魅，拿着惑人心神的信物，递到自己面前。

“这……”姜梨不可置信地看着他。

“白日你落下了这个。”姬蘅身子往背后一靠，浑不在意道，“我忘记还给你。”

姜梨将玉佩握在掌心，从心底生出失而复得的欢喜，又有一丝疑惑，但她的疑惑很快就被淹没了，从姬蘅的身上传来一阵血腥气。他穿着红色的衣裳，月光下看不出来什么，因此也不知道究竟是别人的血还是他自己的血。

他方才没有回答姜梨的问题，因此姜梨也不知道他去了哪里、做了什么。她唯一能问的就是：“你是不是受伤了？”

姬蘅笑了笑，没有说话。

姜梨从袖中摸出那把剪刀，放在了桌上，像是做了错事的小孩，有些忐忑：“……后来我在这把剪刀上看到了血迹，我之前分明刺中了那个人的……其实是刺中了你吧……你……”

姬蘅笑着看向她，道：“你还是不相信我，阿狸。”

姜梨怔了一下，只在一瞬间，明白了姬蘅的意思。

当时姬蘅就在身边，其实她心里知道，姬蘅是会出手的，但还是在那一刻拿出了剪刀。她并没有把自己全部的软肋暴露在姬蘅面前，给自己留了一条退路。她仍旧不完全相信姬蘅，即便她对他有一些喜欢。

这些都被姬蘅看在眼里。

她道：“对不起……”

“这也不怪你，”姬蘅打断了她的话，挑眉道，“你毕竟死过一次。”

姜梨心中有些沮丧，然而仍旧打起精神，勉强笑了笑，道：“那么，你有没有受伤？如果……”

“没有。”姬蘅站起身，“我没事，你早点休息吧。”

他要往屋外走去。

“你这样，睡在什么地方？”姜梨问道。

“不用担心我。”他只丢下这么一句，就走了出去。

姜梨还想跟出去，但怎么也迈不动脚步。过了好久，月光隐没在云层中，屋里全然黑下来。外面传来轻微的动静，似乎有人说话的声音，大约是赵轲和文纪。她坐在床榻上，上面是薄薄的被褥，心中一片茫然。

这或许对她来说也是一件好事。如果姬蘅认为她就是这样自私薄情、不值得信任之人，他们之间的关联也会慢慢切断。

到底还是遂了人的愿。

屋外，赵轲点亮了火折子，文纪寻了清水，正在为坐在石凳上的姬蘅清理伤口。

他的衣袖被撩开，露出手臂上的伤痕，像被什么尖锐的器物划开，伤口不长，却比较深。文纪替他清理，赵轲从包袱里找出一只巴掌大的药瓶，文纪接过来，撒了一些药粉在伤口上。

姬蘅纹丝不动，仿佛觉不出痛。

赵轲道："大人，您这是在外面与人动手受的伤？"

他并不知道姬蘅这伤口并非与人动手留下，而是姜梨误伤。

文纪帮姬蘅把伤口包扎起来，动作熟稔。姬蘅把外袍脱了下来，即便红色看不出血污，但到底沾染上了一些痕迹，仔细去看，还是看得出来。

"大人……"文纪迟疑地问道，"您为何要回去？"

姬蘅没有回答文纪的话，只是看着手上的伤口，那里被文纪包扎得妥妥帖帖，他道："做好你自己的事。"

他没有笑了，文纪和赵轲心中一凛，晓得姬蘅这是不高兴的表现，当即没说什么，去门口守夜了。

姬蘅坐在石凳上，目光深幽。

他到底做了不该做的事情。

第二日，姜梨起来的时候，闻人遥正在外面和姬蘅说话。

姜梨和陆玑、闻人遥打招呼，和姬蘅也打招呼。彼此都心照不宣，仿佛昨夜里什么都没发生。众人忙着赶路，上了马车，这一路上姜梨比先前更为沉默。若非闻人遥不断找话与她说，她甚至能一路上都不说一句话。这沉默被闻人遥看在眼里，连陆玑都关心地询问发生了什么事。

姜梨只好用正在思考回燕京后如何应对父亲的疑问搪塞过去。

"这有什么难的？"闻人遥道，"你只管把这些事都推到我们身上就是了。你被成王的手下掳到黄州，恰好被阿蘅所救。你提出要回燕京，但是阿蘅太忙，没时间找人护卫你回京，你不得已，只能等到现在。姜首辅就算想要说什么，也与你无关，你让他去国公府找阿蘅，让阿蘅与他说说。"

姜梨："……"

闻人遥还真是深知祸水东引的道理。

"不知燕京现在怎么样了。"陆玑叹息一声。

姜梨问："按我们现在的行程，成王的兵马比我们快一些，等我们到了燕京城的时候，会不会在城外就遇到成王的人？或者我们刚进城的时候，对上成王进城的时候，一片混乱，只怕城门不会开，我们如何进城？"

陆玑耐心解释道："姜二姑娘，我们走的这条小路会比另一条路近一点。况且我们赶路赶得急，会比成王兵马更早到达燕京城。至于城门的事，你就更不用担心了。”

姜梨闻言，放下心来。

这之后，果然如陆玑所说，一路十分顺利。走出最难走的山路之后，即便是小道，速度也开始加快，再没遇到什么不速之客。

等到了第七日早上，燕京城已经近在咫尺。

燕京尚未受到成王兵马的影响，至少没见着什么奇怪的人。不过城门内外往来的人少了许多，可能是百姓到底有些害怕，而城门口的小将比之前谨慎多了，每过一个人，都要仔细盘查。

闻人遥看了看外面，道：“看来成王还没打到这里来。”

“那也快了。”陆玑说着，跳下马车，手里拿着行令路引，去外面和守城的两位小将说了什么。小将们恭恭敬敬让了开去，姜梨猜测陆玑没有隐瞒姬蘅的身份，才会如此顺利。

马车驶到了城里。

外头是熟悉的熙熙攘攘，闻人遥把马车帘子掀开一小半，对林尧说道：“你看，这就是燕京城了。”

到底是小孩子，立刻为燕京城的繁华看花了眼。林尧喃喃道：“哥哥，燕京城的街道好宽啊，比我们那里两条路还要宽！”

“那是，”闻人遥又不是燕京人，却也露出了与有荣焉的模样，“不然怎么叫燕京城呢？”

姜梨听着他们的攀谈，不由得失笑，却撞上姬蘅的眼睛。他仍旧唇角带着笑意，姜梨头一偏，侧过身去，避开了他的目光，跟着林尧往外面看去。

街头上是卖糖人、面人的，玩杂耍的，还有说书人的声音，到处都是人声鼎沸。比起一片狼藉、满目焦土的黄州，燕京就像世外桃源，那些战争、尸体、大火和恐惧隔得很远很远，是分明不同的两个世界。

姜梨也难免有些恍惚。

正想着，就见林尧扒着马车窗往外伸手。他大约看见外面杂耍的，觉得新奇，就站了起来，身子摇摇晃晃的，半个身子都在车窗外。

姜梨道：“小尧，下来，你这样实在危险！”

话音刚落，马车就晃动了一下，前面不知怎么回事，像是马匹受惊了。整辆马车剧烈地晃了晃，接着猛地停了下来。林尧的身子晃了一下，摔出了马车。

姜梨惊呼一声。

他还是个孩子，就这么摔下去很有可能没命的！

姜梨顾不得其他，立刻跑下马车。马车外，已经围了不少看热闹的人，没有听到孩子的声音，姜梨心中一紧，几乎不忍去看，赵轲和文纪才将将把受惊的马匹安抚下来。

就在这时，突然传来一个轻柔的女声："这是谁家的孩子？"

姜梨抬眼一看。

在她的面前站着一个年轻女子，美艳得过分。然而在美艳中，又带了一丝飒爽的英气。她穿着一身骑马的红色衣裳，俏丽热烈，穿着打扮不像是燕京人氏，一只手拿着马鞭，一只手抓着林尧。林尧惊魂未定地看着姜梨，突然哇的一声大哭起来。

他朝姜梨伸手："姐姐！"

"这是你的弟弟？"那女子一边说着，手一松，林尧跌跌撞撞地朝姜梨跑过来，扑到姜梨怀里，身子瑟瑟发抖，看起来吓得不轻。

姜梨道："多谢姑娘搭救。"

那女子扬眉，正要说话，目光突然越过姜梨，一下子顿住了。

姜梨若有所悟，回过头去。

身后，姬蘅走了出来。

每个第一次见到姬蘅的人，只怕都要为他的容貌所慑。男人如此，女人就更是了。

这个陌生女子盯着姬蘅，一时间没有移开眼。姜梨心中一顿，姬蘅并不是个爱凑热闹的人，对林尧也没有表现出特别的欢喜。这样的情况，按他平日的性子，是根本不会下马车的。而他现在却主动走到了自己面前。姜梨当然不会认为姬蘅是为了保护自己，因为这里也没什么危险，有的只是一个美艳的年轻姑娘。

闻人遥也从马车里跑了出来，看到林尧安然无恙，这才松了口气，嘴里念叨道："我的小徒弟哟，你这是要吓死师父了。"他一转头，也看到了这名陌生女子，先是一愣，随即就欢喜起来，笑眯眯凑上前道："这位姑娘生得好看，还有一副侠义心肠，实在是很难得。敢问姑娘是哪家府上的，改日在下提着礼物登门，谢谢姑娘对我这徒儿的救命之恩。"

那女子的目光从姬蘅的脸上移到了闻人遥脸上，道："不必了。"可不知为何，顿了顿，又突然道，"你们是什么人？"

她说着你们，目光却又往姬蘅身上看去，分明是醉翁之意不在酒。

只是她的这句话，还是无人回答。

正在这时，又有一人前来，姜梨看清楚了，方才马车之所以猛烈晃动，是因为迎面也行来一辆马车。那马车十分华贵，比起姜梨他们乘坐的有过之而无不及，大约是两辆马车相对行驶，过不去才突然停下。

那马车上有人下来，走到女子面前，问道："之情，怎么了？"

叫之情的女子摇了摇头。

姜梨又看向下来的这个人，这人五官和女子有些相似，或许有些亲缘关系，但气质又截然不同。他穿着一身白衣，姜梨曾见过许多外表温和有礼的男子，譬如沈玉容、从前的周彦邦等，然而这男子的温润像是从骨子里透出来的。他五官俊美，又透出一丝正气，很容易一见就让人对他生出好感来。

这一男一女容貌都十分惊艳，且穿着打扮也不像普通人，华贵得有些过分。姜梨在脑中搜寻一番，想不起来燕京城有这样的人物。若是有这样的人物，应当早就被人谈论有加，不会籍籍无名。

那男子看到了姬蘅，被姬蘅的容貌震了一震，又看向姜梨，姜梨便牵起嘴角，对他笑了笑。这男子也立刻回了一个笑容，随即对身边的女子道："既然没什么事，我们就先走吧。"

他二人转身往马车那边走，走了几步，那女子突然又回过头，走到闻人遥身边，道："我叫殷之情，你若是要道谢……就来殷家找我吧。"

她虽是对着闻人遥说话，目光却仍旧对着姬蘅。姬蘅笑盈盈的，这女子咬了咬唇，这才转身离开。

等她离开后，姬蘅什么话都没说，自己上了马车，姜梨想了想，也跟着回到了马车上。闻人遥把发生的事情告诉了陆玑，手舞足蹈地道："这姑娘主动与我说了她的名字，她也是觉得我不错，才会主动告知吧！"

陆玑白了他一眼。

姜梨有些气闷。

"那女子自称殷之情。"陆玑开口道，"燕京城里，可有姓殷的大户人家？"

姜梨也才想起来，不曾听过燕京城有姓殷的大户人家。姓殷……姓殷……她突然想起了什么，心中一诧，回头一看，正对上闻人遥惊讶的眼光。

闻人遥和她显然想到一块儿去了。

"该不会是……"姜梨怔然。

姬蘅缓慢地勾起唇角，笑道："殷湛的儿女，已经到燕京城了。"

燕京城的街道上，和姜梨他们的马车截然相反的方向，另一辆华丽的马车正在疾行。

马车里，殷之情神情不定，不知在想什么。过了一会儿，她才问道："之黎，你说方才那些人……是什么人？"

殷之黎摇了摇头，开口道："刚才那个红衣男人气度不同于常人，看样子，不是普通人。临走之时，爹说的人里没有这么一号人，我也不知他是什么来历。"

"总归不是普通人。"殷之情喃喃道，"我在云中，不曾见过这样的人。"

殷之黎笑着看向她，不说话，殷之情猛地回过神，发现殷之黎的笑意，推了他一把，道："你笑什么？"

"那个男人的确是世间少有的人物。"

"胡说八道。"殷之情责怪他，"我只是觉得好奇而已，况且也不曾见过相貌生得这样好的男人。我之前还以为，你就是世上最好看的男儿了。"

殷之黎的确生得很好看，任谁看见他，也不会怀疑这是一个温柔正气的好人。比较起来，方才穿红衣的男人容貌过于艳丽，而他懒懒淡淡的笑容，怎么看都透着一股亦正亦邪的轻佻。

这是和殷之黎截然不同的男子，但也许正是因为这份截然不同，才会让殷之情格外注意。

“相貌不过皮囊而已。”殷之黎道，“只是这男人不像是寻常人，你……多注意些。”

殷之情横了他一眼，道：“我当然知道，我并未有其他心思，不过好奇罢了。你没看见吗，那男人的身边还有别的女子，看模样不像是兄妹，或许正是他的……有情人。”

“那女子也不是普通人。”殷之黎道。

“她看起来没什么特别的，怎么不普通了？”

“能走在那男人身边，还习以为常，看样子不是他的手下，可见和那男人关系匪浅，即便不是有情人，也是他信任的人。她不觉得紧张，也不觉得不安，可见与男子之间的地位是平起平坐的，你说她如何不普通？”殷之黎笑着回答。

他想起站在红衣男子身边的那位少女，男子容貌如此之盛，身边的人被他衬得几乎要看不见了，然而这少女丝毫没有受到影响。那份清灵的气质，让她清秀的脸变得十分生动，格外引人注意。

殷之情瞧着他，道：“你不会也……”

殷之黎笑道：“怎么会？”

“那你为何刚才要笑。”殷之情道，不过很快就把这件事抛之脑后，“你自来有主张，我也不会说什么。说起来……”她犹豫了一下，“我们去了姜家好几次，为何姜元柏始终推托，不让我们见那位姜二小姐呢？”

殷之黎笑容微顿：“或许她不在府中。”

“不是说已经找回来了？这该不会是他的推托之词，其实不想答应这门亲事吧。”

“姜元柏性情狡猾多疑，自然不会一口答应，不过见一面应当没什么，我只是觉得，姜二小姐可能的确找到了，但不在府中，以至于姜元柏没办法让我们见到她。”

殷之情道：“不管他打的是什么主意，总要见一面。你记得，不论如何，你和姜二小姐的亲事都是要成的，这是爹的交代。”

“我知道。”

姬蘅的马车直接到了国公府，姬蘅、陆玑和闻人遥便下了马车，林尧也被闻人遥带走了，文纪和赵轲继续驾着马车往姜府而去。

这令姜梨松了口气，至少面对姜元柏的时候也好应付一些。

等马车行到姜府门口，姜梨下了马车，门房的人看清楚姜梨的脸时，吃惊得都结巴了：“二、二小姐！”

姜梨笑着冲他点了点头：“是，我回来了。”

姜梨回来的消息立刻传遍了姜府。

晚凤堂里，姜老夫人和二房的人都到了。卢氏一看见姜梨就拉着她的手道：“小梨，你可算回来了。这些日子，二婶每晚睡也睡不安稳，实在是担心得紧呀！”

姜梨笑着拍了拍她的手：“我没事的，二婶。”

姜景睿问：“听说你到黄州去了，怎么到的黄州？谁救了你？我问爹和大伯，他们都不肯告诉我。姜梨，到底是怎么回事？”

姜梨心中了然，姜元柏和姜元平果然没有将此事告诉旁人。不过姜老夫人大约是晓得的，因为她没有如姜景睿一般疑惑，只是问：“黄州那边正是战乱，二丫头，你有没有受伤？那些贼人有没有伤着你？”

“没有。”姜梨道，“黄州的守城军一直在同成王的兵马对峙，那些兵马没能进城，倒是十分安全。”

“可是我听说，”这回说话的是姜景佑，看着姜梨，“成王的人在黄州城内烧杀抢掠，死了很多人。”

这是瞒不住的，姜梨就道：“的确有这样的人，不过我大概是运气好，所以没遇上，平安躲过了。”

“你是被什么人保护了吧？”姜景睿凑近道，“所以安然无恙，那人是谁啊？都能从成王的手里把你救出来，可见是有能耐的。你说出他的名字，大伯也好登门致谢。”

姜梨心中失笑，正要说话，外面突然响起一声：“阿梨。”

回头一看，却是姜元柏匆匆赶回来了。姜梨叫了一声父亲，他看着姜梨，又看了看周围，道：“你跟我到书房来。”

姜老夫人对姜梨点了点头，姜梨便跟着姜元柏到了书房。一到了书房，门掩上后，姜元柏就打量了一下姜梨，道：“你怎么样，有没有受伤？”

姜梨摇了摇头。

姜元柏稍稍松了口气，紧接着问：“这到底是怎么回事？那些人是怎么把你带出燕京，又带到黄州的？肃国公又是如何知道你被人掳到黄州救了你？”

闻人遥写信给姜元柏和叶家的时候，对于姜梨的具体境况，也没有写得很仔细，看姜元柏一头雾水的模样，显然不清楚到底是怎么一回事。姜梨便坐了下来，将自己那一日在街道上与白雪走散后，如何被那些人乔装打扮带出燕京的过程讲了。

又说起那些人如何将她一路带到黄州，姜梨省略了自己在酒馆外看到姬蘅的轿子，向姬蘅求救的经过。这会引来姜元柏的怀疑，一来是姜梨如何与姬蘅这般熟稔，一眼就能认出他的轿子，二来是世人皆知姬蘅最不爱插手管闲事，更不会怜香惜玉，姜梨求救，姬蘅怎么会主动应下来？

“后来我在客栈，那女人要对我动粗，我拼命挣扎，可能是被路过的肃国公侍卫看见了。之前在宫宴上，那两个侍卫见过我，知道我的身份，想来是告诉了肃国公，肃国公就将我救了下来。”她笑着看向姜元柏，“父亲，肃国公是好人，他救了我的命，我们应当感谢他。”

“好人？”姜元柏笑了一声，看向姜梨，“你到底年轻不知事，姬蘅可不是什么善良之人。我只怕他还有其他的筹码，不过是拿你做了幌子。”

姜梨安静地听着，姜元柏有这么个反应在她的意料之中。换了是她自己，姬蘅若不是一而再再而三地帮助自己，若不是自己经常与他相处，在姜梨眼里，姬蘅怕只是个心思诡谲、狠辣无情的人。

“不过，”姜元柏话锋一转，“他到底救了你一条性命，应当是要感谢的。只是你就不要去了，就由为父去感谢吧。”

姜梨点头。

姜元柏看向姜梨，少女容貌清灵可爱，越发精致秀丽。再过不久，她就要过十六岁生辰，是最好的年华。

他想起前几日自己见到的那位温润俊美的男子，谈吐适宜，眉目间隐有正气，姜元柏很是喜欢。只是正逢多事之秋，又有成王在其中举事，姜家自顾不暇，对接下来的变化也看不大清楚，姜元柏不敢轻易做决定。

但那人……总归比那个喜怒无常、高深莫测的肃国公要好得多。

“阿梨……”姜元柏忍不住开口道，“肃国公容貌艳丽，权倾朝野，但并非良配……你……勿要对他生出心思。”

姜梨面上浮起一个淡薄的微笑，道：“不必父亲说，我也知道的。”

姜元柏打量着姜梨的神情，见她说这话的时候目光坦然，不像是谎话，这才放下心来。

姜梨问：“父亲，今日在晚凤堂里怎么没看到三叔三婶，也没有看到四妹妹？”

姜元柏顿了顿，才道：“分家了。”

“分家？”姜梨讶然，“怎么会突然分家？”

姜元柏冷笑一声：“这一次你突然被人掳走，只怕就是三房的人搞的鬼。他们将你的行踪想办法告诉成王，成王才能在你去叶家的必经之路上设计将你带走。他们三房的人心怀鬼胎，留着也是个祸害，你祖母就让分家了。”

“这么短的日子里，就分好了？”姜梨问。

“不过是一个庶子，分家何须麻烦，不必请族人来主持。这么多年，没有了姜家，他们什么都做不了，自然也带不走什么。”

姜元柏的态度是从来没有过的强硬，姜梨想了一会儿，道：“这样也好，三叔他们和成王有联系，可以说是投靠了成王。现在又是关键时候，若是不分家，日后追索起来，难免连我们也要被连累。分家也是向皇上表明，姜家对皇上绝无二心，更不可能和成王同流合污。”

姜元柏叹了口气：“我也是这般想的。”

“说起来，”姜梨想到了什么，“我回府的消息舅舅还不知道。晚一点我想去叶府看看舅舅和表哥，告诉他们我回来了。”

“不行。”

姜元柏的声音斩钉截铁：“上次就是在去叶家的路上出事的，燕京城里不知道还有没有漏网的刺客，你要是出现，难免危险。如果你要见他们，可以让他们来姜府，但最近几日，你最好不要出去。”

姜梨心中叹了口气，姜元柏会这么说，其实她也想到了。不等她辩驳，姜元柏就打开书房门走了出去，没有一点商量的余地。

姜梨也无可奈何。

等她回到芳菲苑，撞上了正要赶出来的桐儿和白雪。桐儿看见姜梨，嘴巴一瘪，泪水滚滚而下，道：“姑娘，你可算是回来了，奴婢还以为再也见不到你了……呜……”

“我没事的。倒是你，”姜梨拉起她的手看，“你当时替我挡过一刀……可还有事？”

桐儿抽噎着摇了摇头：“老爷让大夫给奴婢看过了，没有什么大碍的，日后还能跟从前一样照顾姑娘。倒是姑娘这回吃了不少苦头，那些贼人实在太可恨，听说姑娘被掳到黄州去了，黄州那边还在打仗……奴婢真的担心极了，只怕姑娘出什么事。”

姜梨只好反过来劝慰她：“我真的没有事，你看我现在不是好好的？”

白雪也围了过来，红着眼眶道：“都怪奴婢没用，当时没有看好姑娘，否则姑娘也不必吃苦了。”

姜梨轻声道：“国公府的事情我都知道了，要不是你去国公府求助，肃国公也不会这么快知道我不见的事。你做得很好，白雪，谢谢你。”

白雪不知所措地望着她。

又见过了清风和明月，姜梨才回到屋里。将屋门关上后，桐儿再三确定姜梨的确没有伤到一根手指后，才稍微放下心来，转而问起姜梨别的事情：“听闻姑娘被人所救，但不知道是谁……姑娘，方才你说国公府……那人是国公爷吧？”

姜梨道：“是。”

桐儿和白雪都知道姜梨与姬蘅关系匪浅，因此也不觉得有什么。桐儿还道：“国公爷还真是个好人哪，这三番两次地帮姑娘，可见是把姑娘当作自己人了。姑娘这些日子都和国公爷待在黄州……”她小心翼翼地打量姜梨，未出口的话姜梨却是转瞬明了。

姜梨淡淡一笑，道：“倒也不是每日都见，他有事，将我托付给其他人了。”

桐儿闻言，唔了一声，方才的神情消散了不少。姜梨却被她这句话勾起了些莫名的情绪，只觉得心中有些烦乱。

她站起身走到桌前，道：“白雪，帮我磨墨。我既回到府中，理应见一见舅舅和表哥，只是父亲不让我出门，只得劳烦他们跑一趟了。”

白雪连忙去给姜梨铺纸磨墨。

燕京城叶府里，小厮拿着信冲到了正坐在院子里发呆的叶明煜面前，道：“老爷，姜家、姜家送帖子来了！”

叶明煜眉头一皱：“姜家送的帖子，有什么好看的！姜元柏打什么主意，不接！”

“不是姜首辅，是表小姐、表小姐的帖子！”小厮解释。

“阿梨？”叶明煜愣了一愣，随即狂喜道，“阿梨回来了！”

他可是高兴坏了，立刻就让人去叫叶世杰，整理好衣裳准备出门去见姜梨。

叶世杰得了消息，也很高兴，令人备好马车，正要出门的时候，薛怀远赶了过来。他这些日子气色好了不少，似乎从永宁公主和沈玉容被处刑、薛芳菲和薛昭二人案子的大白于天下之后，就卸下了重负。他每日去薛昭的墓前说说话，教教叶世杰一点为官之道，渐渐地也有了一些薛县丞或者薛凌云的影子。

“叶老爷，”薛怀远道，“我刚刚听说，姜姑娘回到姜家了。”

叶明煜点头：“是啊，对不住，刚才一时高兴，忘记告诉老爷子。”

“我也想去看看姜姑娘，”薛怀远道，“之前的事，姜姑娘帮了我们薛家太多，姜姑娘出事后，我心中也一直担心。”

他尚且有些迟疑，大约是觉得叶明煜和叶世杰去姜家看姜梨，自是名正言顺，毕竟他们是姜梨的舅舅和表哥，而他自己和姜梨非亲非故，倒是有些不好说。

不过，薛怀远内心对姜梨有种尤为奇妙的感觉。也许是因为姜梨帮芳菲洗清冤屈，又或许是那位姜姑娘本身爽快坦荡，还可能是她和阿狸在某些方面出奇相像。姜梨被人掳走的时候，薛怀远的心中也生出了焦躁和担忧，让他夜里也睡不好。

今日晓得姜梨回到姜府的时候，薛怀远提起的心一下子就落了下来，也想看看姜梨有没有受伤，现在怎么样。

薛怀远看着叶明煜，叶世杰开口道：“薛先生就和我们一道去吧，我想表妹看见了薛先生，也会很高兴的。”

叶明煜手一挥，就道：“走走走，一块儿去！”

姜梨坐在屋子里，帖子已经给叶家送去了。她不能出府，永宁公主和沈玉容的事情过后，她一时也不知道自己还能做什么。好像接下来能做的，就是安安分分做一个首辅家的小姐，但未免令人惆怅。

她不由得按住了胸口，掏出一块刻着狸猫的玉佩。

玉佩纹路清晰，还带着温热。姜梨的手指抚过玉佩的纹路，脑中却不由自主地想起那一日，姬蘅从马车上消失，夜里又突然出现在茅草屋外，对自己摊开手，手里是这枚玉佩。

他说："你还是不相信我，阿狸。"

他的容貌浓艳，于是理所当然地，她认为他的情感也是决绝浓丽，让人望而却步。姜梨有些理解他为何执着于做一个看戏人不肯入戏了，最怕是自己动了真心，到头来却成为别人的戏，悲欢离合都是假的。

她又想起那些在黄州的日子，她手里抱着装有糕饼的油纸包，他牵着她的袖子，不紧不慢地在街道上走着。分明是满地狼藉，不算什么好景致，却也能清楚地感觉到春日的到来。

春日不知什么时候到来了，如同不知是从哪一刻开始动心。等发现的时候，已经草长莺飞、花红柳绿，令人割舍不得。

她闭了闭眼。

正在这时，清风和明月的声音响了起来："姑娘，姑娘，叶三老爷和叶表少爷来看您了！"

姜梨吃了一惊，她那帖子送到叶家也不过半个时辰，本以为今日叶明煜他们是不会来了，没想到居然来了，还这么快，想来是得了帖子立刻赶了过来。

姜梨吃惊过后，忍不住笑起来，打开屋子，就看见叶明煜和叶世杰从院子外赶过来的身影，在他们身后，海棠和薛怀远也来了。

看见姜梨，叶明煜老远就朝姜梨挥了一下手，道："阿梨！哎，阿梨！"

姜梨就笑道："舅舅。"

一行人到了眼前，叶明煜一把扯住姜梨，将她上上下下看了一遍，道："阿梨，你没事吧？出去了这么久？有没有受伤？那些贼人现在在什么地方，有没有对你动手？哎，早知如此，当初就应当教你一些拳脚功夫，也不至于这般被人轻易掳了去。"

姜梨笑着打断了他："我真的没事。舅舅，表哥，薛先生，先到屋子里面坐坐吧。白雪，倒茶。"

原本宽敞的屋子，立刻坐满了人。白雪倒好热茶，叶明煜毫不客气，一杯灌了下去，喘了口气，道："阿梨，我们刚刚见了你的帖子，立刻就赶了过来。"

"原本应当是我去叶府看你们的。"姜梨笑道，"只是父亲觉得眼下燕京城里还是不太平，让我不要在外走动，是以只能给你们下帖子了。"

"你爹其他事做得不怎么样，这件事做得倒是对。"叶明煜道，"这些日子你就不要出府了，万一那些人贼心不死，再把你掳走怎么办。我听说那些是成王的手下，狗东西，真是狼子野心的叛贼，我看他不仅打着谋朝篡位的心思，连个小姑娘都不放过！"

叶世杰道："三叔，慎言。"

叶明煜道："知道了知道了，我不说了就是了吧。"

姜梨道："掳走我的贼人已经死了，舅舅不必担心。"

叶世杰看了看姜梨，低声问道："是……他做的？"

他说的"他"，自然指的是肃国公。

姜梨点了点头。

“阿梨，”叶明煜皱起眉，“他到底是什么意思？后来我问过世杰了，这个人在朝中可不是什么好人，他……不会是看上你了吧？”

桐儿瞪大眼睛，叶明煜说话也实在太直接了。就连薛怀远和海棠听到，也忍不住微微侧目。

“没有的事，舅舅，”姜梨只好平心静气道，“他只是恰好路过，认出了我。至于救我，也是因为父亲的关系，朝中的事情很复杂，我也不知道具体原因。不过绝不可能是因为舅舅说的那样，他什么样的人没见过，我实在不值一提。”

“什么叫你实在不值一提。”叶明煜闻言，顿时不乐意了，“你可是我们叶家的姑娘，他也不过是长得好看一些，就是骗骗小姑娘罢了。阿梨你这么聪明，也不只看人外貌，定不会被他迷惑的，是吧？”

叶明煜盯着姜梨，仿佛非要姜梨给他吃颗定心丸。

姜梨哭笑不得，只好道：“是是是，舅舅，我不会被他迷惑的。”

姜梨觉得很奇怪，她没有这些心思的时候，似乎一切风平浪静。等她发现了自己的心思，并且为之苦恼的时候，好像一夜之间所有的人都发现了，姜元柏也好，桐儿也好，还是现在的叶明煜也好，都在不着痕迹地提醒她，他们不是一路人，自然也走不到一起。

何必多此一举，其实她比所有人都清楚。

叶明煜又问了些姜梨在黄州城发生的事，以及黄州城现在是个什么情况。叶明煜和叶世杰在这里，一直坐到了傍晚才打算回去。他们问得细，姜梨也就耐心地回答。薛怀远也问了姜梨一些话，姜梨一一答了。她本来决定这次回京之后，就上叶家对薛怀远坦白身份。眼下姜元柏不让她出府，倘若在这里说，又只怕隔墙有耳，且若是薛怀远听了神情有异，会引起府里人的怀疑。姜梨也只得按捺下来，打算这一阵子过去之后，再去叶府与薛怀远说清楚。

天色已晚，叶家人不可能在这里留宿，叶明煜和叶世杰要回去了。姜梨送他们到门口，却见薛怀远突然站在自己的书桌前不动了。

姜梨觉得奇怪，走过去问：“薛先生怎么了？”她的话音消失在喉咙里，只见薛怀远低着头看着手里的东西，正是那块刻着狸猫的玉佩。

方才叶明煜来得急，姜梨也走得急，并未注意，随手就把玉佩放在桌上了。这会儿却被薛怀远看见。他拿着玉佩，颤巍巍地看向姜梨，语气有些莫名的激动，道：“姜姑娘，这玉佩……这玉佩是怎么来的？”

叶明煜和叶世杰脚步一顿，皆是不解地看向薛怀远，不知道薛怀远何以对一块玉佩十分在意。

桐儿见状，惊讶道：“姑娘，这不是我们在当铺……”

“这是我在当铺赎回来的。”姜梨打断了桐儿的话，“当时我在当铺里看见了这枚玉佩，觉得上面的狸猫很好看，就赎了回来。”

她不能在这里当着叶明煜和叶世杰说出真相。

叶明煜问：“薛先生，这玉佩怎么了？”

“这是阿狸的玉佩……”薛怀远喃喃道，“上面的狸猫，还是我亲自凿刻的……”

叶明煜和叶世杰都愣了愣，这才反应过来薛怀远说的是阿狸，而不是阿梨。叶明煜哈哈大笑道：“真的吗？那还真是有缘，我们阿梨和薛家大概是前生结下的缘分，这也能遇到！”

海棠动了动嘴唇，什么话都没说，桐儿满脸疑惑，叶世杰却又奇怪地看了姜梨一眼。

“姜姑娘……”薛怀远看向她，“这枚玉佩，能不能卖给我……阿狸的东西，我想要收回来。”

姜梨道：“既然是芳菲姑娘的东西，薛先生就拿走吧，不必付什么银子。”

“谢谢你，姜姑娘。”薛怀远小心翼翼地把玉佩放在手中，像是得了无价之宝，珍而重之。他看着姜梨，似乎还想说什么，最后却什么都没说。

姜梨晓得，薛怀远大约是想问她和薛家究竟有什么渊源，但也意识到现在不是说话的时候，只能忍住了。

等叶明煜一行人离开后，桐儿站在屋里，看着姜梨问：“姑娘，那玉佩不是您让奴婢给赎回来的吗？怎么一开始……您就知道是薛小姐的东西吗？”

姜梨道：“是啊，从一开始我就知道。想来薛先生也知道了。”

到底是父女，在薛怀远面前，她又不会极力掩饰，甚至希望薛怀远发现自己的不同，于是露出的马脚愈来愈多。父亲是个聪明人，只怕这一回，是真正起了疑心。

她应当想法子早些与父亲坦白。

国公府里，姬蘅的归府，似乎就没有姜梨那么引人注意了。这是自然，他经常出城办事，有时候隔个十天半月都不回来，连姬老将军都习以为常，自然算不得什么。

倒是屋檐下鸟笼里挂着的那只八哥小红，看见姬蘅回来，热情欢迎道：“美人！美人！”

这八哥是个好色坯子，也亏得姬蘅对它格外宽容，没有一把捏死它，更助长了它嚣张的气焰，仿佛背后有人撑腰，院子里的下人都被它啄了个遍，上次还把赵轲盘子里的肉给叼走了。

大家不敢动它。

八哥嗓门大，整个院子里的人都听到了，自然也包括司徒九月。说起来，这八哥大约是个欺软怕硬的角色，在国公府里怼天怼地，对姬蘅溜须拍马，对司徒九月敬而远之。

司徒九月正在花圃里摘花，闻人遥拉着林尧过来时，还得意地给司徒九月看，道：

“这是我的小徒弟，林尧。来，小徒弟，这是司徒姐姐。”

司徒九月瞥了一眼林尧，林尧吓得一哆嗦，躲在了闻人遥身后。司徒九月道：“和你一样，胆小鬼。”

“是你太凶悍，吓着孩子了。”闻人遥拉起林尧往外走，“小尧，我们走，别管这个凶姐姐。你记住了，这花圃里的花都是有毒的，你平日千万要离得远一些。”

林尧乖乖点头。

司徒九月忍了忍，把摘好的花草放进了匣子，往炼药房走去。文纪和赵轲站在边上，赵轲问：“司徒小姐，之前送来的那小子……怎么样？”

“看起来没什么问题，不过武功全废，也不可能站起来。要是姬蘅想让他加入你们，绝对不可能。”司徒九月回答。

“那现在怎么办？”赵轲请文纪拿主意，“是不是告诉大人一声？大人已经把这人给忘了吧？也没听他提起过。总不能一直让他住在国公府，都不知道他是什么身份。”

“你们可以好好打听一下他的底细。”司徒九月挑眉，“我告诉过他，他的腿已经不可能好了，但他还是在尝试。有几次甚至背着我想要下床，当然是不可能的。我看他是个有执念之人，和寻常人不一样。”

赵轲道：“既然在永宁公主的私牢里，定是和永宁公主有过节儿之人，顺着这一点查下去就行了。”

司徒九月：“那是你们的事。”说完就拿着匣子走了，只是走到炼药房旁边的那间小屋门前时，顿了顿，还是走了进去。

屋里，那位叫阿昭的少年手里捧着一本书，正在看。司徒九月看见，他看的是什么山水游记。

少年见司徒九月进来，就放下书，对司徒九月笑道：“司徒大夫。”

“你身上的外伤继续调养下去，过不了多久就会全好了。”

“多谢司徒大夫。”阿昭犹豫了一下，“过去我也曾有过伤，不过调养起来实在需要很长时间。司徒大夫只用了这么短的时间就将我治好了，可见医术高明。”

“我并非真正的大夫，你不必如此恭维我。”司徒九月道，“有件事情想问你，你与永宁公主有何深仇大恨？”

阿昭愣了一下，顿了顿，道：“她害死了我全家。”

司徒九月点了点头，像是对这个答案并不意外。

“有件事我也想问司徒大夫，”阿昭道，“上次司徒大夫说，永宁公主和沈玉容被处刑，因为杀人偿命的罪名，却没有说是哪一户人家，请问……”

司徒九月答道：“那就很多了，听说他二人杀的人不少，不过最重要的，大概是永宁公主把当今首辅家三小姐的眼珠子给挖了，关在私牢，得罪了首辅，才会被打下牢狱。”

司徒九月并没有提起薛家一事，在她看来，单单只是薛怀远鸣冤，未必就能扳倒永宁公主。永宁公主这回之所以栽跟头，完全是因为在公主府里设下私牢，犯了皇帝的大忌。且连姜元柏的亲女儿也敢动，姜元柏可不是会白白吃亏的人，害了他的女儿，姜元柏肯定要想法子报复的。

“那位首辅大人吗？”阿昭喃喃道，“没想到，最后竟是他替我们家报仇。”

司徒九月道：“不管怎么样，现在你的仇人也没有了，你也不必报仇。不过你这样子当成不了什么事，索性想做什么就做什么。”

阿昭笑了笑，道：“从前我希望日后走遍天下，遍访名山大川，行侠仗义，快意恩仇。如今我仍然这样想。在那之前，我还有一些事情要做。”

司徒九月替他上药，一边道：“那你如今可不能遍访名山大川，至于你所说的还有一些事情要做，不会还是想要报仇吧？永宁公主已经死了，莫非你连成王和刘太妃也不放过？那我也能告诉你，成王现在正在带兵造反，刘太妃已经在宫里被皇帝赐死了。”

少年愣了一愣，这些事是他之前闻所未闻的。

司徒九月看他不说话，就问：“你还没告诉我，你说要做的事是什么。你不能在这里惹麻烦，要是会连累这里的人，最好现在离开。”

阿昭道：“司徒大夫请放心，我不会报仇了。既然仇人已了，再去追究也是无济于事。不过我还有父亲，他现在仍在家乡，我被永宁公主囚禁在私牢里折磨了快一年，想来我父亲以为我早已死了。等我稍微好一些后，会回家乡见父亲一面，死去的人不可能复生，但至少活着的人还要继续。”

这份坦荡从容令司徒九月也忍不住侧目，他极快接受了过去，也极快走了出来，仿佛从来不曾经历过痛苦。

司徒九月突然就有些明白，赵轲说姬蘅在永宁公主的私牢里，独独将这人救出来是为什么。

他看着司徒九月，笑道：“司徒大夫总说自己是毒医，修的是毒而不是医。天下间，拿药箱的未必不会杀人，拿刀的也未必不会救人。司徒大夫虽然修的是毒，但救了我，对我来说，就是心地善良的好人。”

他目光明亮坦诚，笑容真挚，几乎要晃花司徒九月的眼睛。司徒九月别开眼，心想这少年不知道是愚蠢还是可贵。

“你家里还有什么人？你现在不能走太远，如果可以，应当让你家人来接你。”

少年的声音低落下去：“家里只有家父和家姐，家姐去世后，不知道父亲后来怎么样，有没有上燕京，所以才想回去看一看。”

“你家乡在什么地方？”司徒九月问。

“襄阳桐乡。”

“桐乡？”司徒九月一怔。

“怎么？”阿昭看向她。

“没什么，只是有些耳熟而已。”司徒九月摇了摇头，心中却想，那不是姜梨之前审查案子的地方吗，就是那桩来自桐乡的案子牵扯出了永宁公主，才有了后面的人。

或许下一次看见姜梨，可以让姜梨来询问这少年的家人。还有那桐乡县丞薛怀远，既然已经恢复神志，做县丞做了那么多年，自然也认识桐乡的人家，看一看这少年，说不准二人过去还是旧识。

心里想事，司徒九月都没有注意阿昭，直到被阿昭的声音打断思绪，回头一看，发现阿昭看着她，问："司徒大夫，你怎么了？"

司徒九月这才惊觉，在这个陌生的少年身上，她实在花费了太多的心思。

或许只是因为他笑起来太过单纯热烈，甚至有些难得的稚气。即便遭受伤害仍旧豁达温暖，令她想起漠兰的太阳。

她已经忘却的，短暂又快乐的岁月。

司徒九月站起身来，道："没什么。"

她提着药箱，不顾给阿昭上了一半还没上完的伤药，匆匆出门了。

嫡嫁千金

DIJIA
QIANJIN

【完结篇】

千山茶客 著

【下册】

江苏凤凰文艺出版社
JIANGSU PHOENIX LITERATURE AND ART PUBLISHING, LTD

第六章　**心意**

姜梨回到燕京城第五日，听说成王的兵马到了燕京城百里外的野地。

一时间，燕京城人心惶惶，成王来势汹汹，兵马黑压压的一片，据说一旦攻进城里，势不可当。

姜梨仍旧没能出府，姜元柏实在管得太紧，就连姜老夫人也得了空闲就让姜梨去晚凤堂，明里暗里都是在说最近燕京城乱得很，让姜梨不要到处乱跑。

不能去叶家，不能去国公府，姜梨便发现，她在燕京城里的朋友实在少得可怜。贵女圈唯一的朋友柳絮，这些日子也忙着被她娘拉着到处赴宴，相看人家。毕竟柳絮比姜梨要大一岁，柳夫人已经开始操心柳絮的终身大事。

姜梨这时候反倒有些庆幸起来。姜元柏忙得团团转，一时半会儿还想不到她的亲事。大房又没有当家主母，姜老夫人年事已高，姜幼瑶出了这事，姜老夫人也受了打击，每日只管着姜元柏和府中琐事。卢氏更不会主动插手大房的事，至于三房，早已分家分了出去，便不是一家人，何来插手一说？所以，姜梨暂且不担心自己嫁给谁。

想来成王造反在即，姜家也没有这个心情操办喜事。

正胡思乱想着以后的事，桐儿对姜梨道："姑娘，外面都在说，今日昭德将军回京了。"

"昭德将军？"姜梨站起来，"你说的可是真的？"

"千真万确，"桐儿道，"外面院子里跟着采买的丫鬟都见到了。昭德将军坐在大马上，威风极了。奴婢今日才知道，原来还有个昭德将军。听闻昭德将军当年赫赫有名，这么多年，怎么不曾听过他的传闻呢？"

那是因为在很多年前，昭德将军就已经离开燕京。后来北燕未曾起过兵事，这位昭德将军也就被人忘记了。姜梨小时候曾经听过这位昭德将军，却不是他上阵杀敌的，而是说他生得极为俊美，可与当时的金吾将军相提并论。

和金吾将军……姜梨想，那就是姬蘅的父亲姬暝寒了，传说姬暝寒和殷湛惺惺相惜，颇有些兄弟义气，只是这传言不知道是真是假。毕竟一人去了西北云中多年，一人干脆多年杳无音信，生死不知。

“他是今日才回的燕京城吗？”姜梨问。

桐儿答：“是的。百姓很高兴，说这下就不用担心成王的兵马攻进来了，又多了一位将军，定然是陛下让将军回来保护燕京城的。”

成王的兵马刚到燕京城外，昭德将军就在这个时候赶了回来，当然能大大地安抚民心。若是巧合也就罢了，如若不然，这位昭德将军只怕目的并不单纯。

殷湛这般大张旗鼓，且不论成王和洪孝帝是什么看法，姬蘅总归是知道的。对于他布置了这么久的局，在最终的局眼，不知道姬蘅又要做什么。

姜梨不知道，也无从得知。

殷湛在燕京城掀起的风浪比姜梨想象的还要大。不说外面如何，今日一天，姜梨走在府里，都能听到四下里小厮们的议论，都是那将军如何英俊潇洒、威风凛凛。

珍珠到了芳菲苑门口，白雪来禀报，姜梨见了她，珍珠就笑道：“二小姐，老夫人让您去晚凤堂一趟。”

姜梨应了，心中却有些奇怪，白日里已经去了晚凤堂，怎么此刻还要她去，许是有事要说，只是这么晚了，能有什么事？

等姜梨到了晚凤堂，发现姜景睿和姜景佑不在。姜老夫人坐在屋里，姜元柏、姜元平和卢氏都在。

“二丫头，”姜老夫人见她来了，先让她坐下，单刀直入道，“三日后，郡王世子和平阳县主要来府上做客，你记得好好梳妆打扮一下。”

“郡王世子，平阳县主？”姜梨一愣，脑中闪过一个念头，“是夏郡王的……”

“不错，”回答姜梨的是姜元柏，“你可能也知道了，今日夏郡王已经回京。”

姜梨奇道：“父亲，夏郡王过去和我们姜家有什么往来吗？”

“过去是没什么往来。”姜元平笑眯眯地开口，“但是未来也许是有的。”

他这话意有所指，姜梨一时半会儿也没有明白。想了一会儿，想到那一日和姬蘅在街道上遇到的一双容貌出色的男女恰好姓殷，听姜元柏的意思，夏郡王刚好有一子一女。

姜梨便问：“父亲，世子和县主的名字，是不是一个叫殷之黎、一个叫殷之情。”

这一回，连姜元柏和姜元平都愣了一下，姜元柏问：“你怎么知道？”

这就是了。姜梨一时有些失神，倒是没想到那一日在街上看见的男女就是殷湛的儿女，且竟比殷湛早几日到燕京城，这是为何？

想到三日后，那对男女来府上时也会认出自己，姜梨也没有隐瞒，对姜元柏坦白道："我回府的那一日，马车在街道上撞到了另一辆马车，那马车上下来一男一女，自称是殷之黎和殷之情。"

姜元柏和姜元平面面相觑，一直听着的卢氏像是明白过来，惊讶道："呀，原来你们早就见过了，这可真是巧呀！"

她的语气里除了欢喜之外，还有些高兴，这令姜梨更加疑惑。她撞见那对兄妹，值得卢氏如此高兴？据姜梨所知，姜家和殷家是没有任何往来的。

姜元平道："既然小梨你早与他兄妹二人认识，那三日后倒是一桩好事，也算是缘分。"

姜梨沉默了一下，才道："姜家是要与昭德将军交好了吗？"

姜元柏道："你为何这样问？"

"父亲，如今正是多事之秋，成王造反，朝局混乱，右相又在暗中动作，这个时候更是不能出一点差错。昭德将军突然前来，还不知道是什么底细，父亲做任何决定，都要三思。"

卢氏看了看姜梨，又看了看姜元柏，面色茫然。姜老夫人倒是目光微动，但也没有说话。

姜元柏看着姜梨，姜梨平静地与他对视，过了一会儿，姜元柏才道："你是个姑娘家，有些事情就不要管那么多了。"

姜梨不再说话了。

卢氏见周围沉默下来，就道："小梨，我前些日子拿了几匹新料子，做衣裳的时候也给你做了几身，等会子我让丫头给你送去。还有些首饰，你生得这么好看，不好好打扮，真是太可惜了。"

后来，姜元柏兄弟俩就出去了，卢氏拉着姜梨絮絮叨叨说了一阵子话，姜梨才回到芳菲苑。回到屋子，她坐了下来，按了按额心。

姜元柏如果要和殷家交好，姜梨只觉得不妙。看姬蘅的样子，分明是要对付殷湛的，如果姜家和殷家站在一条线上，姜家也就成了姬蘅的敌人。

那未免太遗憾。

"姑娘，"一片安静中，桐儿突然道，"您可知道，为何老夫人和二夫人要你那一日好好梳妆打扮？"

姜梨道："每次赴宴，他们都要我好好梳妆打扮。况且如今府里的小姐只有两位，姜幼瑶已经不可能见人了，我若是不打扮，难免落人口实。"

"不是的。"桐儿绕到桌子后面，看着姜梨，认真地道，"奴婢觉得，老夫人这是在给您相看人家呢。可能是想看看那位郡王世子是什么人，姑娘喜不喜欢，才会特意嘱咐的。"

白雪停下手里的动作，姜梨也是一愣，随即摇了摇头，笑道："不可能吧。"

殷家和姜家联姻？这像什么话。她之前甚至没听过这么一号人物。而且都这个时候了，姜元柏哪里顾得上她的终身大事。

“怎么不可能？”桐儿急了，“姑娘，您相信奴婢。且不说老夫人和二夫人的眼神，奴婢不会看错的，分明是希望你们能成。”

姜梨指尖微微一动。

郡王世子……

姜梨的脑海中浮现起那一日在街道上遇到的俊美男子。他看起来性情很温和，也有些正气，不像是个坏人，真正的姜二小姐可能会喜欢。

但她毕竟不是姜二小姐，即便这人生得如何好，姜梨一开始就不想了解，甚至从内心感到一阵抗拒。

“姑娘听到郡王世子不高兴吗？”白雪突然开口。

“胡说八道，”桐儿道，“奴婢听闻，那郡王世子生得十分好看，待人也温和有礼，连下人都厚待有加，外面传言他是慈悲心肠。姑娘怎么会不高兴？”

白雪低下头，默默地擦拭桌子，过了一会儿，她开口道：“奴婢还是觉得，肃国公好。”

姜梨一怔。

桐儿连忙对白雪做口型，可惜白雪只顾着擦桌子，还擦得锃光瓦亮，忽略了桐儿的目光。

“郡王世子再好，也没有帮过姑娘。”白雪嘀咕道。

姜梨忽地笑了。

连丫鬟都看得出来。

国公府，夜里，书房中，年轻男人靠在椅子上，看着手中的信。

他神情慵懒，嘴角噙着笑意，摇曳的灯火下看上去冷峻又好看，格外惑人。

有人从外面走进来，是个黑衣侍卫。他便放下信，随手拿起手边的扇子，侍卫进了门后，先是说了一通朝中的事，姬蘅漫不经心地听着。

“属下刚刚得到消息，”文纪迟疑了一下，才继续道，“殷之黎和殷之情三日后要去姜家赴宴。”

把玩折扇的动作一顿，姬蘅反问：“姜家？”

“是。”文纪道，“此前殷之黎已经多次同姜元柏见面，似乎一直想登门拜访，不知为何一直等到现在，姜元柏才给他发了帖子。属下猜测，可能是为了姜二小姐，姜二小姐之前不在燕京，所以姜元柏没有让殷之黎登门。姜二小姐回府后，姜元柏就给殷之黎下了帖子。”

姬蘅挑了挑眉，嘴角仍然噙着笑容，眼神却变得犀利。

他道：“殷之黎啊。”

三日后的早上，姜梨起来后，桐儿忙着给她梳妆打扮。

既是姜老夫人和卢氏都嘱咐过了，今日姜梨也得细细打扮一番。好在卢氏送来的几件新衣裳，颜色倒也不是特别鲜艳。清清淡淡，很适合姜梨。桐儿又挑了和衣裳颜色相衬的发簪耳环给姜梨戴上，看着镜中的少女，感叹道："姑娘如今，可真是没有从前的影子了。"

姜梨看着镜中的少女，很奇怪，当她刚刚从姜二小姐的身体里醒过来的时候，也曾看过那孩子的模样，面黄肌瘦，瘦弱极了。而今不过一年半载，属于孩子的稚气已经完全褪去，显出少女的青涩和动人。

她其实应该感谢上苍，从薛芳菲又回到了年轻的小姐，人生有了重来的机会，看上去未来也有无限可能。就如卢氏和姜老夫人打的主意，她这样的女孩子，未来要做的就是这么不慌不忙地美丽下去，寻一个良人，琴瑟和鸣，富贵一生。

但她到底不是真正的姜二小姐，也不愿意禁锢在无波无澜的时光中。

姜梨站起身，走到外面院子。院子里的花都开了，桐儿自从回到芳菲苑后，就卖力地在院子四周撒上花种，秋冬日的时候还不觉得，春日一来，花朵争相开放，哪里还有姜梨刚到姜府时各处萧条的模样。

"姑娘，奴婢早就说了，咱们的日子会越过越好的。"桐儿笑道。

姜梨也笑了："自然。"

她也希望能越来越好。

正在说话的时候，明月过来道："姑娘，老夫人身边的翡翠姐姐刚刚来过了，说是郡王世子和平阳县主已经到了门口，让你赶紧过去。"

"这么早？"桐儿咕哝了一句。

总归要见的，姜梨也不怕，道："我们走吧。"

才到了晚凤堂门口，没来得及走进去，就看见花园的尽头，有小厮带着人从外头走进来。瞧这样子，应当就是客人了。因此，姜梨没有再往里走，而是在门前停住脚步，看向来人。

来人是一双男女，便是那日姜梨在街上遇到的容色出众的兄妹。

男子是殷湛的儿子，容貌俊美，温润如玉，穿一身白衣，惹得姜家的小丫鬟忍不住红着脸偷偷看他。他亦是好性情，一直微笑着，好似对什么事都能包容。

走在他身边的女子，是平阳县主殷之情。今日一身嫣红镂金鹤纹裙，烟罗大袖衣。她容貌本就明艳，鲜艳的色彩，恰好也衬了她的气韵，让人觉得她美得咄咄逼人。她眼睛大而媚，也喜欢带着笑容，但和郡王世子的笑容比起来，她的笑容就有点艳光四射，热烈非凡了。

姜梨看着那女子的一袭红衣，莫名就想到了姬蘅。不知为何，姜梨觉得，这位平阳县主今日穿了这么一件红衣，或许因为她本就喜欢这样夺目的色彩，或许……是因为姬蘅。

那二人行至姜梨面前，殷之情的脚步突然顿住，看向姜梨，先是蹙起眉，大约觉得姜梨眼熟，随即咦了一声，仿佛想起姜梨是谁，惊了一惊。

殷之黎也停下了脚步，目露意外之色。

姜梨微微一笑，道："我是姜家府上二小姐姜梨，几日前在街上，县主救了我的朋友，我们见过的。"

殷之情恍然，道："原来你就是那个姜二小姐姜梨！"她转头去看殷之黎。

殷之黎也愣了愣，突然笑了，道："原来我们早已见过，真是有缘。二小姐，在下殷之黎。我妹妹的名字，你已经知道了。"

姜梨也笑："见过世子。"

他们在门外说话，卢氏的声音从里面响起："小梨啊，你怎么不进来，是世子和县主来了吗？"

"我们进去说。"姜梨道。

殷之情和殷之黎点头。

几人进了晚凤堂，所有的人都到齐了。姜元柏和姜元平也在，姜梨注意到，殷之黎和殷之情的身后并没有其他人，也就是说，昭德将军殷湛并没有前来，这令人纳闷。如果说姜元柏是想要和殷家交好，何以殷湛不出现，却让他的一双儿女来登门?

那一头，姜老夫人和殷之黎兄妹已经开始说话。

姜梨原以为姬蘅所针对的殷家人，自然不是什么好人，不过这对兄妹的言谈举止却应当不是装出来的。殷之黎态度温和有礼，殷之情倒像是沾染了一些将门才有的爽快利落，说话有些直率，来来去去都是些家常趣事。

就连二房那位霸王姜景睿和一心沉迷圣贤书的姜景佑，也目不转睛地听着他们说话。

卢氏脸上的满意之色更多，姜梨心想，若不是因为二房没有女儿，只有两个儿子，只怕卢氏恨不得让殷之黎做她的女婿。

姜元平还好些，说话笑眯眯的，姜元柏今日却没怎么说话，一直审视着殷之黎，偶尔像是在思考什么。姜梨心中了然，只怕桐儿说得没错，今日分明就是来给她相看"良人"的，而显然，这位良人至少在目前没出什么纰漏，家里的所有人看上去都很满意，除了姜梨自己。

殷之黎和殷之情是同父异母的兄妹，桐儿这几日早已费尽心机帮姜梨打听清楚了，殷之黎的母亲在生殷之黎的时候去世了，几年后，殷湛的续弦又生下了殷之情。不过虽然二人不是一母同胞的兄妹，感情却还不错。

说说笑笑了一阵，姜老夫人突然道："你们都是年轻人，二丫头，景睿、姜佑，你们陪世子和县主到院子里走走，说说话吧。我们这些上了年纪的人同你们闲谈，久了只怕你们也觉得乏味。"

虽然殷之黎和殷之情表示不会，但卢氏也在一旁劝着，几个年轻人还是出了门。

姜梨笑笑，什么话都没说，跟着走出去。今日在晚凤堂，从头到尾，她都表现得十分沉默。她晓得姜老夫人是什么意思，不过是希望她和殷之黎相处一阵子罢了，只是未出阁的男女待在一处，未免令人奇怪，所以才加上了殷之情和姜景睿兄弟。

殷之情在前面走，她长得太好看，连姜景睿都忍不住频频朝她看，主动与殷之情说话。殷之情倒是很爽朗，走着走着，姜梨忽然发现，自己和殷之黎独独被留在后面。

她先是愕然，随即又了然，今日在场的人，大约都晓得姜老夫人打的是什么主意，变着花样在给他们相处的机会。姜景睿兄弟不必说了，那位平阳县主，看来也是希望他们能成的。

没有了吵吵闹闹，姜梨的心反而平静了下来，索性把脚步放得更慢，在花园里有一搭没一搭地跟殷之黎聊着。

走在殷之黎身边，她没有丝毫不自在。人大约都是这样，倘若心里有个人，眼里也就看不到其他人了。殷之黎是很好，但在姜梨眼中，那和她又有什么关系？

她这般无所谓，落在殷之黎眼里就成了恬淡和从容。

年轻的女孩子穿着黛青软缎裙，碧色锦春衫，发簪是红豆簪，耳边垂着两粒小小的青玉。深深浅浅的绿色，让她在一众姹紫嫣红中，格外英朗起来。

她的侧脸小巧秀气，有种和官家小姐不一样的精致。她不像是呵护在花圃里的灿然娇花，反倒像山谷间溪水旁生长的一株特别的植物，亭亭玉立的姿态，不为取悦任何人而存在，动人的舒服。

“来到燕京城后，我听过许多有关姜二小姐的传闻。”殷之黎突然开口，声音也是温和的。

姜梨问：“什么传闻？”

“传闻实在很多，不过最令我印象深刻的是，二小姐带着桐乡县民上京打石狮鸣冤鼓，为桐乡县丞薛怀远平冤的故事。”他笑道，“我听闻此话，觉得很惊讶，世间还有这样的女子，很想见一见，就向姜首辅递了帖子。”说到此处，他赧然道，“我知道这样做有些唐突，但并没有别的意思，只觉得这样的女子很值得结交。”

他又笑了：“我原以为这样的女子大约是热烈爽直的，就如我的妹妹之情一样，也是个飒爽的姑娘，不想原来那一日在街上遇见的就是你。说实话，二小姐和我想象的不一样，不过这么一来，我也就明白了燕京城的百姓为何那样说二小姐。”

听闻这话，姜梨好奇起来：“燕京城的百姓是如何说我的？”

“说首辅家的二小姐清灵可爱，纯洁良善如雪白莲花。起先我并不相信，总觉得他们传言中的姑娘未免太柔弱了一些，如何做出那么多事。现在看来……人不可貌相，倒是我短视了。”

他说话的姿态令人十分舒服，不疾不徐，赞叹就是赞叹，好奇就是好奇，没有作伪的痕迹，也没有刻意恭维。

姜梨笑道：“原来百姓是这样说我的。”

“和二小姐很像。”

“什么？”

“清灵可爱，莲花。”他说。

面对这么一位如玉公子的赞叹，想来无论哪位女子听到都会害羞得脸红。然而姜梨听完只觉心中好笑。所以说，殷之黎到底还是不了解她，他只看到了自己的表面。

“我听说二小姐当年在明义堂的六艺校考中也得了第一。”殷之黎道，“这很难。”

“如果世子也在校考人中，世子也能拿到第一。”姜梨回答。

据桐儿打听到的消息，这位郡王世子也是文武双全，没有他不擅长的事。

“可惜那一日我并不在场，否则就可以看见二小姐的风姿了，实在遗憾。”殷之黎笑道，“真希望日后还能有机会。”

姜梨微微一笑：“世上之人，比我高明的不在少数，世子自然能看到最好的，但那不是我。”

她这话的意思里似乎还含了些别的什么。殷之黎看向姜梨，姜梨神情平静，他若有所思了一会儿，不再说话。这时，他们走到了院子的石桌前，上面摆着棋盘和棋子，殷之黎就问：“二小姐，对弈一番可否？”

“好啊。”姜梨道。

二人在石桌前坐了下来。石桌在树下，透过枝叶间隙，细碎的日光洒在棋盘之上，变成错落的金色。

殷之黎对姜梨做了一个请的手势，姜梨选了黑子，殷之黎选了白子。

黑子先行。

姜梨其实也许久没有与人下棋了，薛昭不喜欢下棋，薛怀远倒很喜欢。年幼时，薛怀远就拉着薛芳菲下棋，硬生生把一个臭棋篓子变成了高手。刚刚嫁到沈家的那几年，沈玉容也喜欢和她下棋，也曾有过“赌书消得泼茶香”的温柔风雅，只是后来，下棋的兴致也被越来越多的琐事消磨了。

再后来，她成了姜梨，一心只为复仇，并没有可以对弈之人。姬蘅似乎不喜欢下棋，至少没与她下过，所以殷之黎算是在她成为姜梨后，与她对弈的第一人。

殷之黎棋风温柔，但一步步走得很坚定，相比之下，姜梨的棋路看起来毫无章法，有些蹩脚，但六艺得了第一的人，怎么会对棋类一窍不通？

殷之黎喟叹道：“二小姐的棋路倒是别出心裁。”

“只是用些小聪明罢了。”姜梨说话的工夫，转瞬又落下一子，状若随意道，“世子也知道，成王的兵马最近到了城外，准备起兵造反。”

殷之黎手一顿，温声答道：“我知道此事，父亲这次回京，就是奉旨前来捉拿叛军。”

“昭德将军能制服叛军吗？”姜梨问。

她这话说得实在是有些天真烂漫，仿佛打仗对她来说，只有输赢之分。

殷之黎就笑了笑："二小姐放心吧，有父亲在，叛军不会进城的。"

"那昭德将军是比成王更强了？"姜梨问。

殷之黎才落下一枚白子，闻言抬起头来，看向姜梨。

女孩子似乎没有察觉对面之人的异色，只是拿着黑子在认真思索于何处落子才好，随口道："昭德将军想来不会只护城，还得去剿灭叛军吧。否则成王的人一直在城外盘旋，长此以往，城外的人不能进城，城里的人不能出城。万一成王干脆去攻别的城池，是了，史书上不是有过记载，叛军借用此法攻下半壁江山，自立为王了。"

"二小姐这么想也没错。"殷之黎重新低下头，随着姜梨落下一子，他也跟着落子，动作很快，不像姜梨还要思考，"叛军迟早是要被消灭的，只是一旦战争开始，遭殃的都是老百姓。"说到此处，眼里闪过一丝沉痛之色。

姜梨把他的这点痛色尽收眼底，心中诧异，传言郡王世子是个心地善良之人，现在看来，不像假话。

姜梨道："战争也是为了保护更多的百姓，这和世子无关，世子不必太过自责。"

殷之黎也笑了："父亲常说我有妇人之仁，不是好事，二小姐见笑了。"

"心怀仁义，并不是什么丢人的事。世子不必这样说。"姜梨微笑道，"世子很好。"

"你总是世子世子地叫我，未免生分。我们之前在街上见过一面，又一起下棋，总归是朋友了。"殷之黎温声道，"日后就不要叫我世子了。"

姜梨愣了一下，犹豫了一会儿道："殷公子。"

虽然比世子好些，却也没有熟络到哪里去。好在殷之黎并不是个得寸进尺的人，对姜梨的这个称呼也很满意。

二人认真下棋。

周围竟也没人来打扰，连个倒茶的丫鬟都没有，却正好落得清净。一开始，是殷之黎的白子占上风，看似每次都把姜梨的黑子逼到绝处，而黑子总能绝处逢生。下到中间的时候，黑子慢慢追赶上来，把白子吃掉一些，二人旗鼓相当，不分伯仲。于是，殷之黎原本极快的动作也慢了下来，甚至还会停下来思考一会儿。

一直到最后。

黑白棋子各占半边天，姜梨落下最后一子，抬起头来，笑道："赢了。"

她一直淡淡的，虽然温顺客气，总像蒙了一层什么，此刻的笑容却是发自肺腑。女孩子笑靥如花，眼神明亮，日光透过树枝落在她身上，格外动人。

殷之黎也愣了愣，随即看向棋盘，摇头笑了，一边笑一边道："我原以为自己是目标坚定之人，如今看来，姜二小姐才是。"

看似横七竖八、不着边际的棋路，其实从头到尾，目的都是一个。她走得小心，走得谨慎，不如殷之黎周全，但却像花了很长时间去布一张网。布网的时候，自然什么都收获不到，但她也不急，耐心等着，不疾不徐等到网布好了，猎物走过去，一路杀过去，片甲不留。

真是温柔的一刀。

“二小姐的棋风是温柔还是犀利，我看不出来。”殷之黎苦笑一声，“不过，二小姐很厉害，我甘拜下风。”

温柔还是犀利？姜梨的脑海中浮起一个人的身影来，就如她总是想问，他究竟是多情，还是薄情？

姜梨笑道：“殷公子也很厉害。”

棋品看人品，从殷之黎的棋风多多少少能看出他这个人。虽然温和，但绝不懦弱，谁要想从他手里讨便宜，或是欺骗他，应当也不大可能。

她这话说得真心实意，殷之黎也笑了笑。二人刚要起身，殷之情的声音传了过来：“我找了你们好久，原来躲在这里下棋。”她看了一眼姜梨，又对殷之黎道，“你不是向来眼高于顶，我要与你下棋，你都不愿意吗？”

“你的棋艺太糟糕。”殷之黎一副头痛的样子，“且总是悔棋，还是自己与自己下吧。”

殷之情哼了一声，却也没有计较他的话。

姜景睿和姜景佑跟在身后，看到他们就道：“时候也不早了，宴席只怕要开始了，先去外面吧。”

姜梨点了点头。

她本是很自然地随着大家一起走，但走着走着，便感觉自己袖子被拉了一下，回头一看，却是殷之情。

姜梨有些狐疑地看着她。

殷之情看向姜梨，似乎有些犹豫，终究还是低声问道：“姜二小姐，有件事情想要问你。”

姜梨心中浮起一丝异样的感觉，只道：“县主请说。”

“那一日我和哥哥在燕京城的街道上遇到你，你的身边还有一位穿红衣的公子。敢问那位公子是谁？”

姜梨盯着她。

殷之情似乎有些不好意思，脸颊微微泛红，见姜梨不回答，又问了一遍：“姜二小姐？”

“那是当今肃国公。”姜梨回答。

“肃国公？”殷之情愣了一愣，可能对燕京城的官家并不怎么熟悉，像是第一次听见这个人，“我没有别的意思，那位肃国公与姜二小姐是什么关系？”

姜梨不知道是因为云中民风开放，这位县主习惯直来直往，还是她此刻故意这么说。姜梨思忖了一下，才道：“只是认识，略有往来。”

“你们关系很好吗？”

姜梨摇了摇头：“不算太好。”

此话一出，殷之情眼睛一亮，顿时扬起嘴角，她笑起来的时候格外好看，姜梨莫名觉得有些刺眼。

“日后我们就要在燕京城住下去了。”殷之情一笑，对姜梨意有所指道，“哥哥不常与人下棋，也不常与女子相处得这样好，看样子他很欣赏你。”

一个两个的，都来暗示些什么，姜梨心中不由得发笑，面上却仍然笑道：“世子很好，能得到世子欣赏，是姜梨的荣幸。”

殷家兄妹在姜家的这顿家宴，算是宾主尽欢。这对兄妹既有趣又有礼，还十分有耐心。当年先帝让昭德将军去西北苦寒之地，当然算不得什么好去处，但当席中姜元平问起他们在云中的生活时，兄妹二人的语气里却没有一丝怨愤或不甘，仿佛对他们的生活很满足。

世上知足常乐的人不多，能苦中作乐的人更少。眼见着姜老夫人和卢氏眼中的满意之色越来越浓，姜梨却越来越沉默。

殷之黎没有刻意靠近她，对她的态度很友好，维持在一个谦和有礼的距离，仿佛对待一位朋友，让人生不出反感。姜梨知道这种感觉，就像叶世杰、闻人遥对她一样，甚至殷之黎做得比他们更好，让人舒服。

只是朋友和夫君的区别，姜梨还是明白的。

等天色渐晚，殷家兄妹要告辞了。姜梨送他二人出门，等回到晚凤堂，只有姜老夫人和卢氏在。

姜老夫人招了招手：“二丫头，你来。”

姜梨走到了屋里。

屋子里的男眷都离开了，卢氏看着姜梨，喜滋滋问道：“小梨，这位郡王世子今日一见，果然名不虚传，不仅生得一表人才，还温文有礼，看着是个好孩子。娘，你说是不是？”

“夏郡王的确很会教儿女，这一双儿女，都很出色。”姜老夫人看向姜梨，“二丫头，你认为郡王世子是个什么样的人。”

姜梨淡淡道：“祖母，郡王世子是个什么样的人，与我有关系吗？”

屋子里的两人都是一愣，站在门边的白雪和桐儿面面相觑。

卢氏轻咳了一声，道：“小梨，你向来聪明，怎么在这件事上反而糊涂了？郡王世子怎么和你没有关系了，你……”

姜老夫人却是看出了一点端倪。姜梨那么聪明，怎么会看不出来姜家人的用意，而她这般问话，却是极为反常的。

姜老夫人温声问道：“那么，二丫头，你认为郡王世子有什么不好？”

“祖母，我说过了，郡王世子好与不好，都与我没有关系，我也不必去评判他如何。”姜梨语气带了一丝不易察觉的冷然，“不过站在姜家的角度来看，并不适合与殷家人过多交往。陛下本来就对姜家猜忌未了，殷家现在的势头没人能看明白，小心驶得万年船，我仍然觉得，姜家还是不要自讨苦吃。”

一番话说得卢氏瞠目结舌：“哎呀，小梨，你说得太过了，哪有那么严重……”姜元平没有与她说过这些，她是觉得姜梨有些危言耸听，但看着姜梨不像说谎的表情，下意识又有一点相信，于是不再开口，不知所措地看向姜老夫人。

姜老夫人深深地看了姜梨半晌，才道：“二丫头，你说这些话，真的是为了姜家着想？”

“祖母不相信，我也没有办法。”

“我只是怕你生了不该有的心思。”姜老夫人道。

姜梨微微一笑，没有反驳，这话反驳起来也没有什么意思。就算姜家真的希望她嫁给殷之黎，姜梨也认为，不应该在眼下这个时候急急忙忙表态，至少等成王事情过后，看殷湛是什么态度再说。

倘若……殷湛是下一个成王呢？

姜老夫人沉默片刻，道：“你先回去吧。”

姜梨点了点头，转身要走，姜老夫人的声音又从身后传来：“记住，你是姜家的女儿，你姓姜。”

姜梨闻言，心又冷了半截。似乎身在大户人家，总要把家族荣耀摆在第一，自己的一生就该被牺牲。且不说真正的姜二小姐会作何选择，如今的姜梨已经不是真正的姜二小姐。如果真要追溯那位姓姜的女儿，她早就在一年前，在无人问津的青城山，死在那一场落水过后的风寒中了。

她占了姜二小姐的身子，帮姜二小姐洗清莫须有的罪名，找出杀害叶珍珍的凶手，帮叶家摆脱麻烦，但她可不欠姜家什么，自然犯不着为姜家赔上自己的一生。

姜梨转身走出了晚凤堂。

姜老夫人看着她的背影，轻轻地叹了口气。

这个孙女比她想象的更为倔强，对姜家也没有很深的感情。要她为姜家赴汤蹈火，这孩子是肯定不会同意的，她只会转身就走，就像现在一样。

卢氏小心翼翼地问：“娘，小梨是不是不喜欢郡王世子？我是觉得，郡王世子是真不错啊，放眼燕京城里，也找不出比这孩子更好的人了。眼下小梨也到了婚嫁的年纪，若是错过了这个机会，转头只怕会被人捷足先登。娘，再说今日你也见到了，世子的确是个好的，对吧？她怎么就不喜欢呢？”

“是啊。”姜老夫人目光悠远，“她怎么就不喜欢？”

外头，姜梨一路沉默地回到了芳菲苑。

白雪和桐儿也不敢出声，掩上门后，桐儿没头没脑地说了一句：“其实姑娘不喜欢那个世子，也是很自然的。”

白雪和姜梨一起转头看向桐儿。

桐儿理直气壮地道：“我觉得国公爷待我们姑娘更好，长得也更好看，比他们家还有银子。他们之前还在云中呢，国公爷可是燕京人，比起来，当然是国公爷和我们姑娘更配了。”她见姜梨没有出声阻止，胆子大了些，走到姜梨面前，认真地道，“姑娘，就算老夫人、二夫人、老爷、二老爷、二少爷、三少爷他们都认为郡王世子好，姑娘认为国公爷好，也千万不要觉得自己势单力薄，还有奴婢呢，奴婢也认为国公爷好，还有白雪。白雪，你说是不是？”

白雪赶紧点头：“奴婢觉得国公爷很好的。”

她的两个丫鬟大概怕自己心情低落，进而怀疑自己的眼光，铆足了劲儿想要证明她的眼光是没错的，惹得姜梨哑然失笑。

她瞒不过自己身边的人，桐儿和白雪既然这般认为，她也懒得纠正。

“不是这个原因。”姜梨道。

桐儿问：“那是什么原因？”

“这个殷家……”姜梨道，“我总觉得，还有什么隐瞒的东西。”

燕京城一处宽敞的宅院里，屋里有人正在说话。

坐在书房里的男人已过不惑之年，身材高大，十分俊朗。他肤色偏黑，看上去孔武有力，又有一种奇妙的儒雅，使得他悍勇的气质也削弱了几分。他五官出色，和站在他面前的年轻男子亦有几分相似。

这便是夏郡王，大名鼎鼎的昭德将军殷湛。

他说话的时候总是带着三分笑意，人也很爽朗，拍着殷之黎的肩膀，问道：“之黎，你今日去了姜府，可曾见到姜家那位二小姐？”

“见到了。”一边的殷之情插嘴道，“爹，那位姜二小姐，原来几日前我们曾见过。当时他们马车上掉下来一个孩子，被我救了。她还与我道过谢，今日去了姜家，听她自称二小姐，我还吓了一跳。”

“哦？”殷湛有些意外，“你们已经见过了？倒是有缘。”

“可不是嘛。”殷之情道，“哥哥这样的人，居然和姜二小姐下完了一整盘棋，不得了。我看这位姜二小姐，十有八九是要进我们殷家了。”

殷湛一笑：“是吗，之黎？”

“姜姑娘的棋艺很好，胜了我一子。”殷之黎笑道。

“胜了你？”殷湛意外，随即笑了，“看来这位姜二小姐果真很是聪慧。既然六艺校考第一，可见才华是不缺的，又肯帮助萍水相逢的陌生人鸣冤鼓，可见胆量和侠气也是有的。就是不知道容貌……”

“容貌也不错，”殷之情道，“虽然算不得特别出色，也算得上好看吧。哥哥喜欢就行了呗。”

“之情。”殷之黎制止了她的胡说八道。

殷之情便不作声了。殷湛看着殷之黎笑了，似乎窥见了殷之黎的心思，殷之黎的脸微微泛红。好在一边的殷之情已经岔开了话头，问：“爹，你知道燕京城的那位肃国公吗？”

“肃国公？”殷之黎怔住，“是金吾将军的儿子姬蘅吗？你问他做什么？”

“我今日在姜府里听到有人说起这个名字，觉得好奇罢了，原来肃国公的名字叫姬蘅。爹，他是个什么样的人啊？既然是将军的儿子，也是将军吗？”

她问得急，一向耐心的殷湛这回却没有好脾性地回答她：“你不要问这些事了。反倒是姜家怎么会提起姬蘅，难道姜家和他有什么往来？”

殷之黎问：“之情，你真是在姜家听到的？”

殷之情自然不能说是自己主动打听的。况且她想，姜梨和姬蘅走在一起，又说和姬蘅不是太熟，想来是因为姜家的关系，姬蘅才和姜梨有所往来。这样一来，姜家肯定和姬蘅有关系，殷湛这么问也没错，她就道：“是真的。”

殷湛的脸色逐渐凝重起来，过了一会儿，才对殷之黎道：“你先不要管这些事，之黎，你与姜二小姐走近些，之前交代你的事，你也看着办吧。”

殷之黎目光动了动，才道：“知道了，爹。”

白日里送走了殷家兄妹，夜里姜梨睡不着了，觉得心中烦闷，干脆披起衣裳站起身，走到院子里。

月色如水，树影倒映在青石地上。夜里的春风带着凉意，冬日的料峭并未完全消退。

她在院子里慢慢走着，突然听见花坛边的草丛里有什么东西窸窣作响，于是愣了愣，走近一看，一个人正背对着自己蹲在地上，好像在拔草。

“你……”姜梨才堪堪说了一句话，那人一个激灵转过头来，倒把姜梨吓了一跳，“赵轲？”

“哎？二小姐，”赵轲回答，“好久不见了。”

“你怎么会在这里？”姜梨心中奇怪，赵轲早在很久之前就离开了姜家，“你半夜三更在这里做什么？”

赵轲轻咳了一声，站起身道：“二小姐，大人让我过来看看首辅府里有没有什么事发生。”

“什么事发生？”姜梨疑惑，不明所以。

赵轲挠了挠头：“我也不知道，可能就是让我来看看二小姐有没有遇到什么麻烦吧。”

姜梨愣了一下，随即笑了：“多谢他好心。不过没什么特别的事发生，我也很好。”

赵轲看着姜梨，目光有些奇怪，最后叹了口气，道：“对了，大人还说，如果姜二小姐没有睡着，可以去国公府坐坐。”

姜梨讶然。

“二小姐现在好像没有睡着，所以想去国公府坐坐吗？”

姜梨哭笑不得，把这种事说得轻描淡写，也就只有国公府的人了。她的确有些事情想问姬蘅，关于殷家。不过也正因为是殷家，她心里多少有了点顾虑。

姜梨对赵轲道：“可以是可以，但是你应当知道，最近昭德将军回京了，今日他的儿女还来了姜家，我不知道昭德将军和你家大人的关系，但多提防一些总是好的。如果我们现在出府，会不会被殷湛的人发现？”

赵轲道：“二小姐不用担心这一点。殷湛已经多年未回燕京，燕京的小路未必全都清楚。我们走的这条路不会被任何人发现。不过，二小姐对殷家最好还是多留个心眼。”

赵轲平常说话做事，都是按照姬蘅的交代来的，极少发表自己的意见。今日还是第一次以自己的口吻嘱咐姜梨。姜梨再一次确定，姬蘅的目的就是殷湛，因为连他的手下都清楚。

姬蘅和殷湛迟早有一天会对立，姜梨觉得有些迷糊，她无法参与到过去的时光，对于昭德将军也知之甚少，因此实在猜测不出，过去国公府和昭德将军有什么过节儿。

也许今夜她能问出点什么。

这样想着，姜梨点头道：“如此，我想去国公府一趟，劳烦你了。”

赵轲道：“二小姐放心，跟我走吧。”

说起来，姜梨也许久没有踏足过国公府了。想想，上一次和姬老将军、闻人遥他们在国公府院子里烤鹿肉，仿佛是上辈子的事。

等马车停在国公府门口，门口的侍卫看见姜梨，眼睛一亮，对姜梨咧嘴笑了笑。

赵轲道：“笑什么笑？”

“姜二小姐好久没来了。”侍卫打开门道，“快请进。”

姜梨心里生出古怪的感觉，赵轲也觉得有些不对，但两人没多想便走了进去。

一路上，没看见几个下人，待走到了花圃边时，赵轲道：“到了。”

姜梨道：“没见着国公爷。”

“在那。”赵轲示意她看。

花圃的边缘处正有一个人，因他不是站着，身边的花草又高，姜梨一时半会儿没看见。待她走近了几步，就看见姬蘅半跪在地上，手拿着一把铁铲在挖土。

姜梨吃惊：“你家大人怎么自己做起花匠来了？”

赵轲没有回答。

姜梨走近了，姬蘅大概怕地上的泥土弄脏了衣裳，没有穿外袍，只穿了黑色的里衣，看见姜梨，笑道："来了。"

"这是什么名贵的花？"姜梨问，"值得国公爷亲自来种。"

"也不是很名贵。"他一边说，一边继续掘土，姜梨看见他周围放着的不是花苗，是一棵树苗，看不出是什么树，也就小孩子那么高。

姜梨小时候跟薛怀远、薛昭在桐乡种过树，因此一眼就看出来，姬蘅可能是第一次种树，办法实在不对。关键是他还悠悠然然的，仿佛十分不在意，随手弄着，似要弄到天荒地老。

人的闲情逸致真是什么时候都有。姜梨实在看不下去，挽高袖子，道："你松手，我来吧。"

姬蘅手一松，姜梨接过小铲子，她比姬蘅挖得快，动作也熟稔，很快就挖好了一个不大不小的坑，恰好可以放进两棵树。姬蘅就在一边笑盈盈地看着她，神情若有所思。

"你以前种过树？"

"种过。"姜梨道，"和父亲在院子里种了一棵杏树，可惜没过几月就死了。倒是后来种了一株葡萄，长得很好，秋日里，父亲要拿这些葡萄送给别人。"

姬蘅笑了，他说："有意思。"

"我也没想到国公爷会在深夜里这么有兴致，特意来种树。"她突然想到了什么，转头问，"你不会叫我夜里来，就是帮你种树吧？"

"怎么会？"姬蘅懒洋洋道，"我本来打算自己种的，不过你好像很有经验。"

姜梨不说话了，挖好深坑，让赵轲去拿了一壶凉水，往坑里浇了一点，让姬蘅与她一起扶着树苗放到坑中，然后开始填土。

文纪不知什么时候也来到了院子里，看着姬蘅和姜梨的模样，问赵轲："大人在做什么？"

"和姜二小姐一起种树呢。"赵轲抱着手臂道，"姜二小姐也真是有本事，你看她种树的模样，比你我还要熟稔。"

花圃里，姬蘅填好最后一铲土，问姜梨："这样就好了？"

"再浇一次水吧。"姜梨说道。

她拿了水壶，仔仔细细不紧不慢地又浇了一遍，确定把树苗都浇透了，这才放下水壶，道："这下好了。"

夜色里，她的额头渗出亮晶晶的汗珠，姬蘅微微一笑："可能等你长大了，它也长大了。"

他说的是树苗。

姜梨转头去看那棵树苗，树苗枝叶青翠，清风拂过，枝叶晃动，像是一瞬间也有了生命，在这姹紫嫣红的花圃里，它不是最显眼的，却是最富有生机的。

姜梨看着它，道："只是不知道它长大的时候我又在哪里了。"

姬蘅看向她，女孩子的语气是真的怅惘，还能听出一些不舍和茫然，仿佛下了决定，立刻要远行，临走时却有些不舍。

她转过头，看向姬蘅，道："现在我们能谈谈你今夜叫我过来的原因了吧。"

姬蘅带姜梨去了书房。

他的书房还是一如既往地肃杀冷清，到了书房门口，姬蘅却没有进去，道："我先去换件衣服。"

他的里衣沾染了不少泥土，姜梨只是手脏了，洗洗就好，他却不得不换一件衣服。她就坐在姬蘅的书桌前，桌上的茶是热的，还有两个茶盅。姜梨给茶盅斟满茶水，其中一杯放在对面。

刚刚做好这一切，有人推门进来。

姬蘅披了一件红色的外衣，这样的衣服他似乎有很多，只是金线银线绣出的花纹不一样。姜梨托腮看着他，他挑眉坐下来，问："看我做什么？"

"今日殷家兄妹来我们府上了。"姜梨道，"殷湛的女儿，就是那一日在街上，救了小尧的姑娘。"

姬蘅盯着她，没有说话。

"走的时候，她向我打听了你。"姜梨道，"她问我，那一日跟在我们身边的你是什么身份。"

"你告诉她了？"姬蘅问。

"说了，我若是不告诉她，她也迟早会知道。"

姬蘅看着姜梨，意味不明地说了一句："你倒是大方。"

姜梨不明白他这话是什么意思，心里还有几分不易察觉的恼火。要怪就怪姬蘅自己，那一日分明可以不下马车，若是他不下马车，殷之情没有看到，自然也不会有这么多事。

她的恼火姬蘅没有察觉，只问："殷家兄妹为何突然去姜家？姜元柏和殷家过去可没什么往来。"

"本来没什么往来，至于现在……"姜梨一怔，当然是晓得为什么。因为姜家人为她相看的"如意郎君"就是殷之黎。

她本来可以坦荡地把这话说出来，不知为何，话到嘴边就是说不出口。

"殷家不会是要和姜家做亲家吧？"姬蘅似笑非笑道。

姜梨猝然抬头，对上姬蘅漂亮的琥珀色凤眼。他眼里情绪深深，姜梨看得不甚分明，但觉得他这话里的意味也有几分试探和挑衅。

姬蘅竟然知道这事？也是，他若是有心打听什么事，只要有迹可循，自然可以打听到。

既然他已经知道，姜梨之前的纠结和难以启齿这会儿都用不上了。

她便点了点头："也许是。"

"给你看夫君？"姬蘅笑问。

姜梨咬了咬牙，道：“也许是。”

“那你是怎么想的？”他饶有兴致地问。

姜梨看着他，姬蘅全然没有被这个消息所影响，甚至还有心情来问她这些。姜梨的嘴边便浮起一个自嘲的笑，他果然随时随地都可以抽身离开，做局外人。

“我没有什么想法。”姜梨道，“殷家现在是什么底细，还不知道。姜家要是贸然与殷家结亲，倘若上了贼船，再想下来就难了。”

“除此以外？”姬蘅挑眉，身子往背后一靠，漫不经心地道，“对殷之黎这个人，你有没有动心？”

他动作随意，语气里却有一丝不易察觉的冷然。姜梨没有注意，想了一会儿，才认认真真地道：“国公爷知道的，作为薛芳菲的时候，我已经狠狠吃过一次苦头，要轻而易举动心，不怎么容易。”

“殷之黎看上去还不错，我听说，你们家里人也很喜欢他。”姬蘅道，“你完全没有喜欢的意思？”

他本不是这般无聊的人，就连当初知道她是薛芳菲，关于她和沈玉容之间那些过往和恩怨，也没有多问一句。今日却莫名其妙问了许多问题，可见是对殷家非常看重了。

“我完全没有喜欢的意思。”姜梨道，“郡王世子看起来是个好人，比沈玉容要强得多。但沈玉容是前车之鉴，我自然对男子也称不上什么喜欢不喜欢、动心不动心。”

她这番话说得委实诚恳，姬蘅听着听着，突然问她：“你的意思是，我就不是什么好人了？”

姜梨一愣，只听他又道：“你可没有对我敬而远之。”

“国公爷当然是好人。”姜梨笑道，“可是国公爷的好，和他们的好不太一样。沈玉容是表里不一，人面兽心；殷之黎看样子心怀大义，心怀大义固然好，可站在大义之人身边，却害怕有一天，他为天下人负了自己。而国公爷，我想是宁负天下人，也不会让天下人负你……看重的人。”

他轻声笑起来，十分愉悦似的说：“我早就说了，你的嘴巴很甜，谎话都说得真心实意。”

“我并没有说谎，国公爷就是这样的人。”

姬蘅道：“那你现在不要说谎，回答我的问题。”

姜梨道：“好。”

“除了沈玉容以外，你没有对别的人动过心？”

他的声音消散在夜里，比春风还要醉人。姜梨怔怔地看着面前的人，他唇角含笑，眼眸动人，蛊惑般坐在自己面前，让人生出一种错觉，他是从深山里出来的精魅，随时要人性命。

姜梨低下头，声音温顺，道：“没有。”

姬蘅的目光闪了闪，道：“好吧。”

令人窒息的沉闷感消失了，他终于放过了她。

“姜元柏打的什么主意我不管，但是殷之黎，你要和他保持距离。”姬蘅开口道。

姜梨道：“为何？”

“你既然也不喜欢他，自然没必要和他老是待在一起。你总是问我殷家和国公府到底有什么渊源，我可以告诉你，殷湛，迟早会死在我的手里。殷之黎和殷之情也不可能不成为我的敌人。阿狸，”他温柔地道，“不要和我的敌人纠缠在一起，也不要让我为难。”

他的敌人？

这是姬蘅第一次亲口当着姜梨的面承认，殷家的确是和国公府有仇的。可是为什么，姜梨刚想问，姬蘅就道：“不要问为什么，我不能告诉你。”

“殷家知道跟你是仇人吗？”姜梨问。

姬蘅笑了一笑，道：“殷湛肯定知道。”

殷湛肯定知道，意思就是殷之黎和殷之情可能不知道？这么一来，姜梨心中更加确定，只怕殷家和国公府的恩怨，和姬蘅的父母有关。

但姬蘅不说，她问了也是白问。

“那殷之情呢？”姜梨问，“且不论我如何，平阳县主主动跟我打听你，我想肯定不是心血来潮。她可能是认为国公爷很好了。”

“你这是在吃醋吗？二小姐？”他挑眉反问。

“没有的事。”

“那真是令人遗憾。”姬蘅道，“殷之情的话不必担心。我说过，庸脂俗粉最好不要出现在我面前。”

他是喜美恶丑，可是……

姜梨道：“平阳县主的容貌，实在没有可挑剔的地方。”

姬蘅摇了摇头：“天下的女人，薛芳菲算得上美人。”

姜梨心中一跳，不明白姬蘅是什么意思，只得提醒道：“薛芳菲已经死了。”

“所以现在全天下的女人，在我眼里都是庸脂俗粉。”他笑盈盈道。

姜梨道：“国公爷这是连我也一道骂进去了。”

“你不一样，”他沉吟了一下，“你比她们可爱。”

姜梨：“……”

从国公府回来后，姜梨几乎上床就睡下了。夜里种树也花了不少力气，身子累得很，自然睡得很熟。第二日早上，桐儿和白雪发现她的新鞋底上沾满泥土，还吃了一惊，姜梨就道是自己在院子里走动，不小心走到花园里去了，蒙混了过去。

接下来，燕京城没有发生什么特别的事。不知道是不是姜梨之前在晚凤堂说的话对姜家人有所触动，至少这半个月以来，姜老夫人没再和姜梨提殷之黎的事。殷家的两兄妹，也没有来姜府做客了。

这让姜梨大大松了一口气，寻思着这两日就可以趁门房不注意，偷偷溜出府去叶家。不过，姜家的门房管得越发严了起来。

这半月，成王兵马按兵不动，就在燕京城外，但迟迟不进攻，也不退兵，弄得燕京城里的百姓提心吊胆，街上玩闹行走的人都少了很多。

姜梨知道，随着时间一日日流逝，成王的兵马是消耗不起的，迟早要攻进燕京城。至于到时候昭德将军会如何应对，姜梨暂且想不到。

直到那一日晚上。

姜梨夜里早早上了床，突然被外面的嘈杂声吵醒。姜梨起先还以为自己在做梦，但随即发现院子里灯火通明，醒来的不止她一个，才惊觉不是那么回事。

她披上衣服下床，才走到院子门口，就看到丫鬟们跑来跑去。桐儿和白雪也在外面，看样子刚要过来叫醒她。姜梨觉得奇怪，就问："桐儿，怎么回事？"

桐儿道："姑娘，您起来了？奴婢正要去叫醒您。老夫人让您赶紧去晚凤堂，别留在院子里了。"

她语气里的焦灼怎么也掩饰不了，院子隔壁也起了响动。姜梨一诧，一个念头浮现在心头，把桐儿拉到一边，低声道："成王动手了？"

"姑娘，您怎么知道的？"桐儿道，"二老爷的人吩咐我们千万不要到处说，免得大家惊慌。姑娘，还是先去晚凤堂吧，晚凤堂外面有府里的侍卫护着，安全一些。"

事关重大，姜梨便也没有拖延，应了一声就往外走。

等到了晚凤堂，才发现人全齐了。大房二房的人都在，就连丫鬟小厮也站在晚凤堂门口。也亏得分了家，三房不在，不然这么多人，一个晚凤堂怕是不够站。外面都是侍卫，姜老夫人让他们走到晚凤堂里面的屋子里。

姜丙吉是小孩子，察觉气氛不对，张口就要哭。姜老夫人劝了他几句，姜丙吉才安静下来，又哭累了，很快睡去，姜老夫人就把他交给嬷嬷，让嬷嬷带着他去里屋睡觉。

姜幼瑶也坐在屋里，她的一只眼睛缠着白色的绷带，另一只眼睛也是木呆呆的，傻傻地坐在椅子上，一言不发。

卢氏有些害怕，看姜幼瑶这样子，越发觉得瘆得慌，就和姜梨挨得近一些。

"父亲和二伯父呢？"姜梨问。

"他们出去了，不在府里。不过你二伯父说了，咱们府上是安全的，不会有什么事，小梨不用担心。"卢氏笑着道，语气却有些惶恐。

姜梨道："想来昭德将军会处理好一切的。"

殷湛如今还有心思让殷之黎来姜家做客，可见成王对他来说并没有多可怕。

姜景睿问姜梨："你怎么一点也不怕？"

"二婶不是已经说过了，不会有什么事。再者，陛下特意让昭德将军回京，就是为了应付成王。”

“听说昭德将军当初也是战功累累。”说起殷湛，姜景睿很有兴趣，“不知道殷大哥日后会不会也成为将军。”

他亲热地称殷之黎为殷大哥，姜梨听在耳中，心里不以为然，谁说将军的儿子就是将军了。姬蘅的爹还是金吾将军，这么多年，也没看姬蘅拿起长枪。金吾将军的虎符到现在还没找到，姜梨心中一动，该不会姬蘅藏着什么后招，说是金吾将军的兵马都废了，其实不然，就等着有朝一日和殷湛对起来的时候，突然出现？

但如此一来，洪孝帝肯定会生疑。

屋子里不知不觉安静下来，不再有人说话。每个人的表情都是凝重的，时间一点点流逝，也不知下一刻会不会有敌军破开城门，在燕京城大开杀戒。谁也说不准自己能不能活过今夜，当然不再有心思说笑。就连外面那些小厮和丫鬟都沉默了，望着院子里的天空，猜测外头可能出现的情况。

国公府倒是和从前一样。姬老将军去书房里转了转，走到墙边，在挂满兵器的墙上找到一把长刀。他把长刀抽出来，搬了张凳子坐在院子里。长刀许久没用，有些生锈。他就挽起袖子，坐在院子里磨刀。

黑沉沉的夜，这么一位满头银发的老者坐在院子里慢慢地磨刀，发出令人牙酸的响声，若是有人走过，怕是要吓破胆。国公府里的下人们早就习以为常，不觉得有什么，倒是挂在屋檐下的那只八哥在笼子里扑腾个不停，似乎有些焦躁。

叫阿昭的少年半夜也被惊醒了。

宅院外面隐隐传来喧闹的声音。他摸索到床边柜子上的火折子，将油灯点上，就看见屋外似乎有人影，阿昭愣了一下，不确定地叫了一声：“司徒大夫？”

那人影顿了一下，折返回来，推门走了进来。

看见阿昭如此，司徒九月皱了皱眉，问：“你怎么醒了？”

“外面很吵，我才醒了。”他看着司徒九月的打扮，奇道，“司徒大夫这么晚还要出去，是……外面发生了什么事情？”

“成王造反，今夜动手，外面乱得很。”司徒九月看了他一眼，“你继续睡吧，别出来了。”说完就要关上门，走出去。

“等等。”阿昭叫住她。

司徒九月不耐烦地问：“你还有什么事？”

“成王造反，这府里的人……不会有什么问题吗？”阿昭问。

司徒九月好笑，道：“这里是国公府，燕京城里不会有比这里更安全的地方。你住在这里，不会有人闯进来，别说成王还没攻进城，就是攻进城了，只要你在这府里，也没人敢动你。”

阿昭愣了一下，才回道：“我不是这个意思，就算再怎么铜墙铁壁，也是人做的，有时候出事并非人本事不好，只是怕被钻了空子，猝不及防。”他笑了笑，“我便是如此。”

这下，轮到司徒九月发怔了。

“司徒大夫是大夫，也是女子，若是遇到危险，怕是难以自救……”

“你该不会是要我留在这里吧？”司徒九月一扬眉，“你如今连走路都不能，如何保护我？”

“我并非要说此话，只是让司徒大夫去找武功高的人，不要独自一人待着。不过，倘若府上无人，司徒大夫遇到危险，恰好我在身边，即便我没有办法下床走动，也失去了武功，帮司徒大夫挡刀挡剑也是可以的。”

他这话要是寻常男子说出来，难免显得油嘴滑舌，然而他说来十分真诚，让人相信，他的确就是如此想的。

“我不明白，”司徒九月道，“你与我非亲非故，照你这么说，却愿意为了我牺牲生命，这是为何？就凭我救了你一条命，你就要这般回报？”

“司徒大夫就算没有救我的命，遇到危险的时候，我也会帮忙。因为司徒大夫是女子，而我是男子，男子应当保护手无寸铁的老人、孩子和姑娘，不是吗？”

他眼睛明亮，在一片喧闹声中显得尤为坚定。真是奇怪，分明是武功全废的人，现在又不能走路，这样的人是不可能真正保护谁的。司徒九月却觉得，在这人身边格外安心。

她道：“那你就说错了，我可不是什么手无寸铁的弱女子。六岁的时候，我的亲叔叔就杀了我爹，为了夺回我爹拥有的一切，你可知道我做了什么？”

阿昭摇头。

“我给他们的厨子下了药，威胁厨子在他们的吃食里动手脚，我婶婶和她的儿子、女儿全吃了毒药，若是没有解药，三日之内就会全身溃烂而死。我以为他会愿意用自己的性命换回妻儿的性命，这样也算是为我爹报仇，谁知道他竟眼睁睁看着妻儿活活疼死。”

阿昭看向司徒九月，嘴唇动了动，似乎想说什么，最后还是什么都没说。

“这之后，他就千方百计想要抓到我，杀了我。因为我的存在对他来说就是威胁。我从家乡逃出来，不知道杀了多少人。我从六岁起就开始杀人了。我的确没有武功，追杀我的人都是高手，却全都死在了我的手中，就是因为我全身上下每一个地方每一件物品，都可能有毒。”她轻描淡写地说起这些事，“我知道你想做一个侠士，可能你从前就是这样的人吧。惩恶扬善，匡扶正义，救助弱小，满足你做英雄的心理，也救人性命，是件皆大欢喜的事。我可不喜欢这样。我从小认定的是弱肉强食，不需要旁人来救，谁要是害我，我就杀谁。我与你不是一路人，你也不要想着保护我，拯救我，对我来说，那很可笑，也不需要。你好好休息吧。”

说完这些话，她就转身走了出去。

春末夏初的一夜，原本应当很美好，然而这一夜却分外漫长，每个人都睁着眼睛，毫无睡意，等着不知何时才会传来的好消息。

姜梨也是如此。

天空一点点褪去了黑色，重新清澈敞亮起来。不知什么时候，月亮消失了。远处传来鸡叫的声音，渐渐泛白的长空尽头，生出了朝霞。

有小厮气喘吁吁地从外头进来，道："退、退了，成王退兵了！"

卢氏急忙追问："真的？"

"真的。大家都从屋里出来了。"小厮极高兴，"小的还在路上遇到了老爷，老爷说大家一夜都辛苦了，早些用饭休息，没什么事了。"

姜梨心想，看来燕京城是守住了。

姜老夫人也是大大松了口气。她年纪大了，守了一夜，嬷嬷赶紧带着她去屋里休息。卢氏也站起身，姜景睿和姜景佑也伸了个懒腰，唯有姜幼瑶睡得好，还有姜丙吉，根本不知道发生了何事。

姜梨坐了一夜，觉得身子酸痛，等回到院子，胡乱吃了点点心和热茶，就脱去外衣，在床上躺了下来，竟然半天没有睡着，反而一直想着成王的事。

昭德将军守住了燕京城，但成王的兵马究竟损耗了多少，暂时还不知道。倘若要完全解决这个祸患，昭德将军只怕还要追出城去，才能将叛军全部歼灭。成王的兵马虽然多，却也多不过殷湛的人。原本成王的计划里，也没有殷湛这么一号人，想不到殷湛的兵竟然如此能打，云中那鬼地方，没有消磨殷湛的一分锐气，反而让他更加勇猛了。

姜梨并不担心殷湛不能消灭成王，甚至有种直觉，成王筹谋了多年的叛乱，只怕会极快地被殷湛平定。但殷湛的回归真的是好事吗？连她都能想到的，难道洪孝帝想不到？

不知道洪孝帝现在是什么感觉？

洪孝帝现在是什么感觉，暂时没人知道。君心不可测，也没人敢去揣测。

宫中，大殿里，太后正与洪孝帝说话。

大约是燕京城掀起的风浪实在太大，连已经不问世事的太后都打听起外面的消息。昨夜里，燕京城无数百姓家中彻夜燃着灯火，等待一个结果，宫中又何尝不是？

听闻太后在慈宁宫念了一夜佛经，殊不知无数太监和宫女亦是，都在心中暗暗祈祷，祈祷一夜平安无事。

可能老天也有仁善之心，听到了他们的祈祷，令他们躲过一劫。

"成王的人马总算是退了。"太后道，"哀家的这颗心，也算是放回了肚子里。"

"昨夜让母后担心了。"洪孝帝笑道，"成王能退兵，也有母后的一份功劳。"

"哀家什么都没做。"太后也笑了，"不过是抄抄佛经罢了，哀家自己心里也明白，这回多亏了夏郡王。要不是他带兵赶回来，成王也不会这么快退兵。"

“这次的确是昭德将军的功劳。”不知是有意还是无意，洪孝帝并没有称呼殷湛为夏郡王，“等以后论功行赏，朕也会好好赏赐他。”他又喟叹了一声，“听说当年昭德将军战功累累，这么多年过去，他还是宝刀未老，听说一双儿女也极为出色，朕见过他，还不曾见过他的儿女。”

“哀家也听说过此事。”太后道，“等之后皇上论功行赏，不妨赏赐他的儿女，而不是夏郡王本人。他爵位已经够高，金银财宝想来当年先帝也赏了不少。”

“母后考虑得是。”洪孝帝道，“这一切，还得等成王的事彻底解决以后再做打算。”

太后沉默了一会儿，道：“陛下是打算让夏郡王乘胜追击？”

“当然，昭德将军和朕想的一样，朕也告诉了昭德将军。成王狼子野心，这么多年筹谋不断，却忘记了朕同样在防着他。想要坐上这个位子，也并没有他想的那么简单。”

他这话是含笑说的，只是年轻帝王的眼里已经有了杀气腾腾和野心，让人听得心中发冷。

太后动作微微一顿，半晌才慢慢道：“这么多年，皇上也不容易。这位子，终究不是成王能肖想的，所以他是自讨苦吃。皇上这么做也好，等成王的事情过后，天下也就太平了。”

“这也要多亏母后。”皇帝笑道，“是母后日日念经祈福，才能天佑北燕。”

太后笑了笑，不再说话。洪孝帝看向远处，宫外的天空格外湛蓝，是个天朗气清的好日子，谁都想要掌握天下大权，可如画江山，处处杀机。走了一个成王，有没有别人呢？

想来是不缺的，不过有一件事他也没有说错，他收拾得了一个成王，自然也收拾得了其他人。螳螂捕蝉黄雀在后那一出戏，没到最后，谁也不知道谁是黄雀谁是蝉。

到了成王退兵后的第二日下午，众人才休息好。

姜梨起床的时候，都快傍晚了。她昏昏沉沉的，却还记得让小厮给叶明煜去捎封信，问问叶明煜那边的情况。

小厮去得快回来也快，叶明煜让人捎了口信给她，说叶府一切都好，让姜梨待在府里不要出来，照顾好自己，若是有什么应付不来的，就让人去叶家说一声，他就过来保护姜梨。

听见叶府也没什么事，姜梨就放心了。这一日就算这么过去了，也算有惊无险。到了第五日，成王的兵马没有继续第二次攻城，倒是昭德将军殷湛带着兵打出去了。

前几日的恐慌还未散去，又来了新的担忧。桐儿和白雪也是心事重重的模样，白雪煮茶的时候，差点把茶水倒在桌子上。

“怎么了，白雪？”姜梨笑问，“想什么这么出神？”

白雪道：“奴婢担心家里的爹娘，这场仗不知何时才能打完，也不知会不会连累家里人。”

“枣花村离燕京城不是很远吗？即便是打仗，暂时不会波及枣花村吧。”桐儿回道，“比起枣花村，你还是先担心担心自己吧。昭德将军就这么打出城去了，他是要把成王彻底赶出燕京城外，可要是成王卷土重来怎么办？”

姜梨笑道：“我看他倒不是驱逐而已，恐怕是想将叛军一网打尽，彻底消灭。”

桐儿问：“真的吗？那倒是好事一桩，奴婢们也不必日日夜夜担心，昭德将军做了这么一件大事，之后还是要回云中的吧。奴婢还以为他会留在燕京城，一直防着成王卷土重来。”

“怎么会？国库未必养得起这么多兵将。”姜梨说着，心中突然一动，桐儿的话提醒了她。俗话说，狡兔死走狗烹，要是彻底将成王的兵马消灭，殷湛再留在燕京城也没有什么意思，可殷湛还是如此乘胜追击，要么就是他心思单纯，一心为国，没有想太多，只要保护了燕京，立刻就会回云中；要么就是他心思太深，已经有了别的打算，即便清理了成王，也料定自己不会回云中，能够留下来。

这是为何？

姜梨的心中慢慢地浮现一丝不安。

明月从外面走进来，看着姜梨，犹豫了一下才道：“姑娘……郡王世子来了。”

殷之黎？他怎么来了？

姜梨蹙起眉，她自来见人带着三分笑意，唯独每次见到殷之黎都会有些抗拒，大约是因为知道姜家和殷家打的什么主意，才会如此。

她走出院子，就看见殷之黎跟在丫鬟的身后来了。

这一回，连殷之情都没出现。

姜梨对他行礼：“殷公子。”

“姜姑娘不必对我如此客气。”殷之黎依旧一身白衣温润，“我刚才已经见过了姜老夫人。今日是奉父亲之命，同姜首辅说几句话，话说过了，顺便给姜姑娘送东西。”

姜梨诧异地看着他。

殷之黎也像是明白自己有些唐突，赧然笑了笑，道：“其实是之情送给你的，她知道我今日要来姜府，就托我送一下。我本想交给姜老夫人，但姜老夫人让我亲自交给你。”

姜老夫人仍然没打消让她和殷之黎在一起的念头，姜梨心中这般想着。就见殷之黎掏出了一个小匣子，道：“我有看过，感觉很适合姜姑娘。”

姜梨打开匣子，一看就怔住了，匣子里是一把扇子。她把扇子抽出来，扇面洁白，不知是用什么布料做成，微微泛着光泽，上面绣着一朵梨花，十分别致。清清淡淡的颜色，然而扇柄又是玉做的，摸上去冰冰凉凉。扇子有很多，可做得这般金贵可心的很少。

但姜梨并没有太高兴，这扇子固然好看，但比起姬蘅那把金丝牡丹折扇来，还是要逊色许多。

殷之黎笑道："马上也要到夏日了，这把扇子想来姜姑娘也用得着。"

"多谢平阳县主的好意，也多谢殷公子特意将扇子给我送来。"姜梨笑着道谢。

殷之黎道："姜姑娘喜欢就好。"

"我很喜欢，谢谢，也会好好收起来。"姜梨把扇子放回匣子，又把匣子合上，交给了白雪。

她说会好好收藏，而不是使用，殷之黎目光微微一顿，随即温声道："不客气。这几日燕京城里不太平，姜姑娘要多注意。我听闻成王手下之前将姜姑娘带到了黄州，为防旧事重演，还是小心为妙。"

姜梨笑道："我知道，这几日父亲都不让我出府了。说起来，殷将军现在在与成王对峙，殷公子不必去吗？"

殷之黎苦笑一声："我本想随父亲一起去的，父亲却让我留在燕京，说一旦燕京有什么变故，我也好应付。"

姜梨道："看来殷公子也懂操练之术了？"

"身在将门，多少也要学一点，不仅是我，之情也要学的。"

姜梨笑道："可真是令人佩服。"

殷之黎道："我倒觉得姜姑娘有军师之风，虽没有武功，手无寸铁，也能千里之外决胜战局。"

"殷公子说的人是我？我何时做过这些事？"

殷之黎笑道："桐乡那些事，我们在云中都已经听说了。之情之前还跟我说，很想见一见你，上次见到你后，又说你与她想象中的不同。看上去实在安静温和，不像是杀伐果断的女子。"

"论起杀伐果断，我就不班门弄斧了，殷公子何必打趣我。"

她落落大方，殷之黎与她玩笑的时候，也没有显出一点羞怯来。

"不知道殷将军那边的战况如何？"

"姜姑娘不必担心，成王虽然筹谋多年，但他毕竟不是行伍出身，兵士中多是乌合之众，论起排兵布阵来，并非我爹的对手，所以成王的叛乱迟早会平定，不过是时间早晚而已。且我听父亲的人传信说，用不了一月，能将成王的兵马尽数消灭。"

他应当是为了安慰姜梨才说的这话，却让姜梨想到了一点别的东西。她问："那成王的事情过后，殷将军和你们会回云中吗？"

殷之黎一愣，随即笑道："这……还不知道。"

姜梨的心里就有了计较，不再说什么。

殷之黎又道："我们第一次见面的时候，之情救了一个小孩子，本以为是姜姑娘的弟弟，可听闻姜姑娘没有这么大年纪的弟弟。"

“那是我在黄州的时候救下来的孩子。”姜梨道，“他的家人全都在黄州动乱时死在贼人刀下，全家就剩他一人，我看他孤苦无依，本想带他回来的。后来我那位朋友心善，就干脆收了他做徒弟。”

“朋友？”殷之黎笑道，“就是那一日跟在肃国公身边的人吧。”

他知道了姬蘅的身份，想来是殷之情告诉他的。

“姜姑娘和肃国公很熟吗？”

“不太熟。”姜梨笑了笑，“如果殷公子是想替县主打听肃国公的消息，恕我无能为力，帮不上什么忙。”

殷之黎愕然地看着姜梨，随即笑了，好似十分无奈，又有些好笑：“没想到姜姑娘这般直率。”

“县主也很直率。”

“之情之前一直生活在云中，天真烂漫，不懂世事，肃国公很出色，她只是随口问一问，没有别的意思。”殷之黎道。

“我知道。”姜梨微微一笑，“我也只是随口一说，没有别的意思，殷公子不要在意。”

她语气温和，几乎称得上驯良，然而说的话总是让人心头发堵。殷之黎就没再和姜梨说姬蘅，转而说起别的事。

说了好一会儿话，殷之黎才离开。

姜梨没有去送，她现在满心都是殷湛究竟要做什么，哪里还顾得上殷之黎。倒是院子里的丫鬟都围过来，面面相觑，明月小声道：“姑娘，这位殷公子为何要特意过来看你？”

桐儿道：“去去去，人家就是替县主过来送东西而已，姑娘问了他点战事。我们姑娘本就心系百姓，他是将军的儿子，知道现在境况如何，姑娘就是问久了一点，耽误了时间。别胡说，没有什么特别的事，也不是特意来看姑娘的。都散了吧，散了啊。”她一边挥手，一边把看热闹的明月和清风推了出去。

姜梨走到院子里，白雪把门掩上，桐儿朝外面撇了撇嘴，道：“真是看热闹不嫌事大。”

白雪把匣子放到了姜梨面前，道：“姑娘，这扇子？”

姜梨本想让人把扇子给收起来放好，不知为何，又改变了主意，就道：“也快入夏了，就放在桌上，哪一日热起来，正好可以用上。”

司徒九月说，天下万物相生相克，连大夫都晓得用以毒攻毒之法。她要是连把扇子都对付不过，还真是白长了这么大岁数。

她不喜欢殷之黎，也不要姬蘅了，索性自己好好过，谁知道以后又会发生什么，纠结来纠结去，不过是徒增烦恼。

人生就是要快刀斩乱麻，才叫快意恩仇。

国公府里，阿昭正艰难地挪动着身子。

司徒九月后来给了他一个椅子，椅子底下有几个轮子，被人扶着可以走动。他仍旧不能走路，但无事的时候，也尝试推着自己到院子里去晒晒太阳。

他在院子里遇到了赵轲。

阿昭认识赵轲，有一次赵轲过来看他，对他说："你小子倒是有福之人，当日你从私牢里出来的时候，还是哥哥我把你背出来的。"

阿昭对他表示了感谢。

他知道自己住的地方是国公府，国公府的主人叫肃国公，他也曾听过姬蘅的名字，记忆里是一个心狠手辣的美男子，但赵轲又说，那一日在公主府私牢里，是姬蘅看见他，让人把他带出来的。

按理说，他过去惯常讨厌玩弄权术、心机深沉之人，但生死边缘走过一遭，阿昭的很多想法都变了。沈玉容看起来是个好人，念过那么多书，阿昭心里也是佩服的，但就是这么一个手无缚鸡之力的读书人，却对自己的妻子做出了猪狗不如的事。

而姬蘅……阿昭心想，他是和沈玉容完全不同的人。恶名在外，人人忌惮，但这样一个人却把自己从牢里救了出来。他救自己出来有什么意义呢？他的双腿已经残废，武功也没有了。赵轲对他说，一开始姬蘅救他，可能是为了让他在国公府里做侍卫，如今他是做不成侍卫了。而这位国公爷也像是把阿昭忘在脑后，阿昭进了府后，都没见过他。

阿昭还记得上一次看到姬蘅的时候，在那牢房暗无天日、日复一日的折磨中，每个人都已经习惯了黑暗，一开始还会哭号，到最后连求生的意志也被磨灭了。阿昭坚持着，在他以为自己也快坚持不下去的时候，有一天，私牢里有了动静，他原以为是永宁公主又带人来折磨他们了，不想来的却是几个陌生男人。

其中两个男人得了什么吩咐，便顺着牢房挨个搜寻，似乎在找人。剩下的那个男人则是漫不经心地走着，在这般状如地狱的可怕景象里，他居然视若无睹、闲适从容。

阿昭不知道这些人来做什么，但他不愿意错失任何一个机会，哪怕赌上自己的性命。如果赌赢了，他就能出去为姐姐报仇；如果输了，也不过是一条命。留在这里，迟早会被玩腻了的永宁公主杀死。

他拖着两条腿爬到了牢房的栅栏前，恰好看见那男人从面前走过，于是他艰难地伸出手，抓住了他的衣角。

男人的靴子在自己面前停了下来。

他看到一张极其俊美艳丽的脸，从他那双眼睛里，还有不屑一顾的漠然，虽然他还噙着笑意。

阿昭心中一冷，有些绝望，但还是说出了自己想说的话。

然后，他就得救了。

现在想起来，从那时候起，他就有了一种难以言喻的宿命感。

回想被救出来到现在，仿佛一切都是一场梦。

少年双手扶着椅子，忽而听见脚步声，他转过身，就看见不远处的花圃中，有个男人正站在那里。

男人很年轻，穿着一件艳红的长袍，侧脸英俊得不可思议，阿昭看了一会儿，恍然大悟，这人正是那一日在公主府的私牢中，将他救出来的男人。只是那一日的他穿得黑色肃杀，一时间竟没有认出来。

阿昭想要当面同这个救命恩人致谢，他救了自己一命，但自己还没来得及说一句谢谢。

他艰难地推着轮子，往花圃那头而去。

越是走近，就越能看到那红衣青年站在一棵树前，确切说，是一株树的幼苗，长得不高，稚嫩青葱，在这片生机盎然的花圃中，几乎要被淹没了，然而红衣青年独独盯着它，不知道在想什么。

轮子划过地面，发出清晰的声音，他想那男人是听到了，只是没有注意。过了一会儿，在阿昭要到他眼前的时候，他才漫不经心地转头看过来。

看见他的瞬间，阿昭不由得想起姐姐，当年多少人称赞薛芳菲是绝色佳人，阿昭以为世上的男子没有与姐姐相配的，沈玉容虽然有才华，论起美貌来，还是逊色一些。然而姬蘅若是和自己的姐姐站在一起，绝不会被比下去。一个沉鱼落雁，一个世无其双。只是姐姐清丽出尘，姬蘅浓烈艳丽。

“呆子！呆子！”一个声音突兀地响了起来，打断了阿昭的思绪，他循声看去，就看见红衣青年的肩头还站着一只通体漆黑的八哥。八哥一双黑豆般的眼睛瞅着他，歪着头看了他一会儿，鸟喙一张，又是一声呆子！

姬蘅的扇子往肩头轻轻一拂，那八哥便扑腾着翅膀飞走了。

“大人。”阿昭主动打破沉默，“那一日是大人在公主府的私牢里将我救了出来，一直没有机会见到大人，今日一见，只想当面对大人说一句，多谢大人救命之恩。”

那男人扬了扬唇角，不在意地道：“不必。”

阿昭愣了一愣，道：“尽管如此……”

“不用对我心存感谢，”姬蘅道，“听司徒说，你想报仇？”

“是，只是我的仇人好像已经不在人世了。”阿昭苦笑一声，“真是造化弄人。”

“你大可不必为此失落，人生在世，向来欢喜光景少于艰难光景，你要是好好活下去，说不定过不了多久，就能遇到你的下一个仇人，还是很有机会的。”

他说话刻薄，摆出一副高高在上的姿态，还不近人情，但不知为何，阿昭心里竟也没有很生气的感觉。

姬蘅似乎不打算和他多说下去，转身要走，阿昭问：“大人……不需要我做什么来回报吗？”

“当然，”那男人的声音不紧不慢地从前面传来，“你很自由，想离开的时候，随时都可以，不用跟我说。”

就……这样？

阿昭觉得奇怪极了，姬蘅竟然对他无所求，肃国公“喜怒无常”，所以那一日会救自己，也只是因为自己恰好赶上他的“喜”吗？

眼见着对方越走越远，身影渐渐消失，阿昭才收回自己的思绪，重新看向院子上方的天空。听说成王和回京的昭德将军打起来了，现在还不知是什么结果，父亲不知道在何地，还有姐姐……他想到这里，不禁黯然。永宁公主折磨他的时候也曾说过，薛芳菲死了，就算他回桐乡，也不会让姐姐一个人留在燕京城，他会带着姐姐的棺木一起回去，哪怕只剩下骨灰。

战事每日从前方传回燕京，次次都是捷报。成王筹谋多年，在昭德将军的勇猛无敌下，像是个笑话，不堪一击。

时日久了，燕京城的百姓也松懈下来，纷纷认为成王溃败是迟早的事，只要昭德将军在，北燕就不会有叛军作乱。于是街道上行走的人也渐渐多了起来，日子还是要照常过的，除了一些老人和胆子极小的妇人，大多数人已经不再受影响。

燕京城的春日就这么过去了，夏日的炎热像是一夕间生长出来的，日头火辣辣的，小贩们挑着担子开始卖消暑的冷食。大户人家干脆不再出门，躲在装了冰龙的屋子里乘凉。

桐儿一边坐在屋里刺绣一边问姜梨：“姑娘，再过不久就是您的生辰了。”

姜梨怔住，道：“是吗？”

她自己也没察觉，去年这个时候，她还在青城山。在青城山，是没有人为她过生辰的。今非昔比，她成了姜二小姐，姜家自然要给她过生辰的。如今已是七月十二，等到了七月底，姜二小姐就满十六岁了。

白雪从外面走了进来，道：“姑娘。”

姜梨见她神情有异，就问：“怎么了？”

“外面都在说，成王败了。殷将军拿着成王的脑袋进宫了，几十万叛军尽数被灭，血把江水都染成了红色。”

姜梨皱眉道：“成王死了，叛军被灭了？”

白雪点了点头：“应当是真的。奴婢还听从外面回来的人说，昭德将军回京的时候，百姓都自发站在街道边相迎。”

姜梨并不在乎殷湛得不得民心，只是反复想着白雪说的话。成王虽然算不得聪明绝顶，但筹谋了这么多年，也算沉得住气。

但昭德将军居然没有和成王的兵马纠缠，就这么一路砍瓜切菜般杀过去，就这么……胜了？

这还不到两个月。

姜梨的心里生出不寒而栗的感觉。

她的凝重神色令白雪和桐儿也跟着紧张起来。姜梨看着桌上，因是夏日，她平日里打扇过后就随手放在桌上。扇子精致可爱，温润无害，但殷家真的别无所求吗？

“白雪，替我磨墨。”姜梨道，“我要写信给表哥。”

叶世杰在朝为官，可能会听到一些风声，若是不知道，让叶世杰提防一下也好，省得莫名其妙就惹祸上身。

今夜的燕京城分外热闹。

酒楼里的说书人将昭德将军战场杀敌的事编成话本，来听书的人将酒楼二楼都坐满了，场场如此。

殷府里，殷湛脱下外袍，梳洗过后，走进了书房。

门外有人敲门，殷湛叫她进来，是个中年美妇。她生得十分娇媚动人，眉眼和殷之情有些相像，正是殷之情的母亲，殷湛后来娶的夫人，殷夫人。

殷夫人小心地把食篮放在桌上，将装着冷食的小碗一碗一碗拿出来，带着几分讨好的笑：“妾身今日新做的，将军刚从外面回来，这些都是清甜解暑的冷茶，吃一盏可以解腻。”

殷湛看也没看她，只道：“放在桌上吧。”

殷夫人眼里闪过一丝失落，还想说什么，殷湛已经不耐烦地道：“你出去吧，之黎要进来了。”

这是在驱赶她的意思。殷夫人敛下眉眼，提着空食篮，温柔地道：“那将军记得吃上一点，妾身刚好做了两碗，世子也用一碗。”

殷湛已经拿起桌上的信来看，没再注意她，殷夫人转过身出了门。出门的时候，恰好遇着刚要进来的殷之黎，殷之黎温和地笑道：“母亲。”

殷夫人笑了笑，嘱咐殷之黎记得吃做好的冷食，这才出了门，又将门带上了。

她这进进出出不过片刻的工夫，低头走过去时，不去看周围丫鬟们的神色，但即便不去看，她也能感觉到背后嘲讽的眼光，芒刺在背。

但这样的眼光，她也默默承受了这么多年。

她家境一般，不是什么高官大户的女儿，论家世配殷湛，实在算是高攀。然而众人都以为，殷湛娶她续弦，是因为她生得娇媚貌美，连她爹娘都如此认为，喜气洋洋地将她嫁过去。

一开始，殷夫人也是高兴的。这位将军高大英俊，又立下无数战功，只是有一位先夫人留下来的儿子，给别人当继母，殷夫人一开始还有些不愿意，但殷之黎乖巧温和，对她这个继母也从不刁难，反而客气有礼，令殷夫人渐渐放下心来。

谁知道殷家没有问题，殷之黎也没有问题，有问题的是殷湛。一开始，殷湛也对她十分体贴，等她怀了身孕，生下了殷之情后，殷湛就一反常态，对她冷落起来。

那时候他们已经离开燕京到了云中，殷夫人有苦说不出。她以为是殷湛对她厌烦了，便主动为殷湛纳小妾，以为这样就能挽留殷湛的心，谁知殷湛也不看那些小妾。这就令殷夫人不解。

从一开始的惶恐不安、乞求原谅，到最后的麻木认命，掩耳盗铃，其实也就是几年的工夫，甚至殷夫人还苦中作乐地想，他虽然冷落她，不与她同房，也从不关心她，但他至少也没有去找别的女人，可见还是尊重她的。

在殷之情面前，殷夫人装得若无其事，于是殷之情竟没发现，自己的母亲和父亲之间早已形同陌路。

她知道府里的丫鬟在背后怎么说她，说她空长了一张娇媚动人的脸，却连个男人也守不住。殷夫人只能苦笑以对，俗话说，对症下药，可殷湛的变化好像是一夕之间，她也不知道是什么原因，如何对症下药？也只有慢慢地看着病入膏肓，得过且过。

她快步回到自己的院子。

另一头，书房里，殷之黎端起桌上的茶碗，小心尝了一口，道："母亲的手艺很好，爹应该尝一些，免得伤了母亲的心。"

"我在宫里已经吃过了。"殷湛道，"你既然喜欢，就多吃一点。"

"父亲实在是……对母亲太苛刻了些。"殷之黎摇了摇头，似乎不赞同殷湛的做法。

殷湛道："这些事你就不要操心了，我和你母亲的事我们自己知道。"

"是。"殷之黎道，"今日还没来得及恭喜父亲，这回旗开得胜，灭了成王叛军，又立一功。"

"成王此人，刚愎自用，不值一提，灭了他，并不是件值得骄傲的事。你也切莫自满，这次若非怕燕京城出事，我就让你跟我一道去了。"

"孩儿也想一道去。"殷之黎笑道，"战场杀敌才是痛快。"说这话的时候，他面上的儒雅之色褪去一些，显出将门才有的血性来。

"这一次宫宴上，陛下可能会论功行赏。爵位和金银，我也不缺，我想和你商量一下，替你求一道圣旨。"

殷之黎问："什么圣旨？"

"求陛下给你和姜家二小姐赐婚的圣旨。"殷湛道，"战功换来一门亲事，并不亏，你觉得如何，之黎？"

殷之黎愣了一下，一时没有说话，只是看着殷湛。

殷湛道："怎么？你不喜欢姜家二小姐？"

"不，可是……"殷之黎有些犹豫。

"既然喜欢，就没有什么可是的。"殷湛拍了拍殷之黎的肩，"我也是为了你着想，姜家二小姐现在已经到了年纪，成王的事情过后，姜家势必崛起，想要和姜家结亲的人家多得很，我不替你争取的话，只怕被人捷足先登。我已经问过姜元柏，我看姜家人的意思，也是很喜欢你的。”

“只是这件事，姜二小姐并不知道吧。”殷之黎道，“这对她来说，未免太意外了。”

“你以为姜家二小姐不够聪明？能在燕京城里做出这么多事的姑娘，可不是什么普通的姑娘。你这些日子频频造访姜家，就算姜二小姐自己觉察不出，姜家人也会暗示的。她若没有强烈地拒绝你，我想应当就是默认的意思。我问你，她有没有表示出抗拒这门亲事？”

殷之黎犹豫了一下，道：“没有。”

“你是北燕最好的男儿，怎么到现在反而变得优柔寡断，你这么好，姜家二小姐还会看上其他人不成？你就不要瞻前顾后了，姜二小姐生辰也快到了，等那一日，你好好陪陪她。”

说罢，他就大笑着走出门去，不再看殷之黎。殷之黎站在原地，看着桌子上两碗晶莹剔透的冷食，却想起姜家花园里姜梨的眼神。

她眼神温和清澈，但他总觉得隔着一层什么。倘若在还未交心的时候就这样宣布与自己的喜事，姜二小姐会如何？

殷之黎总觉得，只怕姜二小姐并不会高兴。

七月二十九是姜家二小姐的生辰。

姜梨一大早就收到了姜家人送来的各样贺礼，无非都是衣裳首饰，要么就是金银。叶明煜也令人送了东西过来，是银票。薛怀远画了一幅画送过来，姜梨珍而重之地挂在书房的墙上。

她今日不能去叶府，因为今日府上有客人来，而这位客人正是殷之黎。到了现在，殷家的心思已经昭然若揭。

“姑娘今日要穿什么？”桐儿问。

姜梨道：“那件吧。”她随手指了一件。

待梳洗好后，明月进来道：“姑娘，郡王世子和县主已经到了，老夫人让您去晚凤堂。”

“好。”姜梨应了，镜子里的少女眉清目秀，只是目光里不见多欢欣。

桐儿低声叹了口气，心里也为自家小姐可惜。肃国公的容貌、地位也并不比郡王世子差啊，甚至有过之而无不及。虽然名声是不怎么好，但和姜梨相处了那么久，也没有伤害过姜梨，还帮了不少忙。

姜老夫人和姜元柏怎么回事，想到让殷公子做姑爷，怎么就没想到让肃国公做姑爷呢？倘若和国公府议亲，那可真是皆大欢喜了。

等姜梨来到晚凤堂，果见殷之黎在这里。这一回，殷之情也在，他们送给姜梨的贺礼用匣子装着。

姜家希望姜梨能与殷之黎多相处一些日子，就让姜梨陪着这对兄妹去院子里走走。姜景睿和姜景佑留在晚凤堂照顾姜丙吉。

明明知道是姜家的安排，姜梨也没有反驳，殷之黎走在前面，殷之情和姜梨落在后面。

早晨的院子不是很热，夏日的风一吹，绿浪滔滔。殷之情走着走着，突然扯了一下姜梨的袖子，小声问道："姜二小姐，你去过国公府吗？"

姜梨惊诧，看向殷之情。

殷之情今日也穿着一件大红的薄纱长裙，这样的衣裳恰到好处地衬托了她的明丽。见姜梨看着她，殷之情道："之前我曾在宫里见到过肃国公。"

姜梨听到此处，忍不住停下脚步。

"那位肃国公应当是刚刚从宫里出来，我们在御花园见到了。我想我们见过一次的，就主动同他打招呼。他也回了招呼，我本来想与他多说两句，但他好像很忙，很快就走了。"

"如此。"姜梨感觉有些微妙。

"我听闻国公府搜集了世间各种奇花，是燕京城风景最好的地方，可惜从没去看过。姜二小姐既然和肃国公相识，去过国公府吗？"她盯着姜梨，语气里有几分不易察觉的试探。

姜梨几乎没有犹豫就摇头道："没有，我没有去过国公府，不知道里面是何种境况。"

"原来你也没有去过国公府。"殷之情语气失望，神情却轻松起来。

"县主好像对肃国公的事很感兴趣？"

"算是吧，我在燕京城听到了许多有关他的传闻，不过没见过他几面，总觉得这个人很神秘。"殷之情笑道，"日后想来还有见面的机会，倒也不急于一时。"

她的话可谓十分直白爽朗了，也许云中那边的女子惯来就是这样。姜梨听在耳中，却有些不舒服。

"哎，我们都落后哥哥好远了，先过去吧。"殷之情拉着姜梨走到殷之黎身边，殷之黎发现她们落在后面，已经站在葡萄架下等着。殷之情把姜梨往殷之黎面前一推，笑道："我突然觉得有些口渴，哥哥，姜二小姐，你们在此说说话吧，我带丫鬟去茶坊里喝点茶解渴，北燕比云中夏日热太多了。"说完，不等姜梨回答，殷之情就带着丫鬟们走远了。

姜梨看着她们的背影，哭笑不得。

"对不起，"殷之黎尴尬地同姜梨道歉，"我妹妹没有什么坏心，她很单纯，做事不会考虑很多。"

姜梨道："没事的，殷公子不必跟我解释。我倒是觉得县主和殷公子兄妹情深。县主和殷公子，似乎是同父异母的兄妹？”

殷之黎愣了一下，随即笑道：“是，我的生母走得很早……后来……母亲待我很好，视如己出，我和之情从小并不生分。”

姜梨仔细观察殷之黎说话时候的眼神，看样子没有说谎，至少殷夫人的确没有苛待过殷之黎，他们母子关系才会如此和谐。

姜梨道：“真叫人羡慕。”

殷之黎笑了笑，道：“姜二小姐也有姐妹兄弟。”

姜梨但笑不语，殷之黎也晓得姜家的情况，意识到自己说错了话，面上有些红，正想岔开话头，冷不防看见姜梨手里的扇子。那把扇子还是殷之情送给姜梨的，因着近来天热，姜梨也就用了起来。

“姜二小姐已经在用这把扇子了？”殷之黎笑道，“我还以为姜二小姐不会用。”

“这把扇子很好，用起来也很舒服，多谢县主。”姜梨回答。不管这把扇子是不是殷之黎挑选的，但既是以殷之情的名义相送，姜梨用起来就没有任何负担，也不会有什么名声上的顾忌。

她是在提醒殷之黎。

殷之黎笑了笑，道：“姜二小姐喜欢就好。日后姜二小姐要是有什么需要，也可以找我或是之情，能帮忙的，我们都不会推辞。”

姜梨看着他：“殷公子实在客气了，这样旁人会说闲话的吧。”

“应当不会。”殷之黎道，“因为姜二小姐是我和之情的朋友。”

他含笑说话，专注地看着姜梨，目光带着暖意。姜梨被他看得不自在，只好别过了头。

他对姜梨好，但并不过分，就像对朋友，维持在一个很舒服的距离，因此姜梨才愿意和他说话。

但今日，姜梨能感觉到，他的态度比前几次明显了些，往前大跨了一步。

这是为何？

她勉强维持着温和的笑容，一直等到晚上，殷之黎兄妹从姜家离开。

这一回，姜老夫人总算没让姜梨送走这对兄妹后到晚凤堂说话，姜梨回到了芳菲苑。

白雪把今日殷家兄妹送的两个匣子抱了过来，问姜梨道：“姑娘，这是平阳县主和郡王世子送的东西，要不要打开？”

姜梨道：“打开吧。”

白雪依言打开，殷之情送的是一副宝石头面，一看便价值不菲。殷之黎送的则是一本书，看着平平无奇，姜梨翻开来看，是前朝大儒留下来的手抄孤本，有价无市。

姜梨看了一眼之后，就道：“收到箱子里去吧。”

白雪依言把东西放了回去。姜梨四处没看到桐儿的身影，就问：“桐儿去哪了？”

“她说去厨房给姑娘端点冷食，不过去了有一阵子了，姑娘，要不要奴婢去看看？”

“没事。”姜梨摇头，“许是有什么事耽误了，我也没什么事，只是问问她而已。”

姜梨坐在桌前，随手找了一本书在眼前翻，不知为何，她的心一直跳得很快，总觉得有什么事情要发生。她按住额头，正要揉一揉，突然外头有人敲门，白雪问了一声，桐儿的声音在外面响了起来。

白雪把门打开，桐儿进来，白雪看着她空空如也的双手，奇道：“你不是给姑娘端冷食去了吗？怎么什么都没有？”

桐儿支吾了两句，姜梨见她如此，就道：“有什么话你直说就是了，都是自己人，不必担心。”

“不、不是担心这个……”桐儿犹豫了一会儿，看向姜梨。姜梨点了点头，桐儿才像是得了勇气：“姑娘，老爷要把你嫁给殷公子！”

姜梨和白雪吓了一跳，白雪道：“你在说什么？怎么突然说起这事？”

“桐儿，你是不是听到了什么，别害怕，你告诉我，我来想主意。”姜梨安慰她道。

桐儿这才镇定下来，道：“奴婢晚上本来是想要去厨房给姑娘端冷食的。天热，奴婢想从晚凤堂后面的屋子绕一绕，那里路近些，谁知道从窗户底下走过的时候，恰好听到老夫人和老爷正在说话。

“奴婢听到老爷对老夫人说……殷将军这回打了胜仗，陛下必然要论功行赏。陛下论功行赏的时候，就请求陛下赐一道圣旨，给姑娘和郡王世子赐婚。”

姜梨一愣，以战功换一门亲事？这或许对别人家的小姐来说，是一件面上有光的事，显得自己金贵，得夫家看重。然而在姜梨听来，炎炎夏日，如同一桶凉水兜头盖脸浇下来，让她从头到脚都冷成冰块。

殷湛还真是一条活路都不给人留，如果是洪孝帝赐婚，这门亲事就再无转圜余地。就如当年飞扬跋扈的永宁公主，还不是圣旨一下，只能乖乖嫁入李家？

殷家不惜牺牲战功也要让自己嫁入门，看来是非要和姜家做亲家不可。

桐儿道：“奴婢听老夫人的意思，像是很高兴。说姑娘嫁入殷家也是有福了，日后高枕无忧，不必操心什么。唯一担心的就是殷家会不会回云中去，但是殷将军这回灭成王有功，皇上应当不会再让他回西北了。而且和咱们府上做了亲家，老爷和二老爷也会劝着皇上，想办法让殷家留下来的。”

姜梨忍不住冷笑：“殷家还真是打得一手好算盘。”

桐儿被姜梨的脸色吓了一跳，但听来的话还是要继续说下去：“老爷还说，如今姑娘已经过了十六岁生辰，陛下赐婚的话，今年冬日就可以完婚。奴婢还想再听一些，那边有脚步声，只好逃走了。”

两个丫鬟都看得出来，姜梨属意的分明是肃国公，姜家怎么能乱点鸳鸯谱，让姜梨和殷公子成亲？白雪想了想，道：“姑娘要不要去找老爷，说个明白。既然姑娘认为殷家不妥，说出理由，老爷毕竟是您的父亲，只要姑娘说得有理，也会听进去的。”

“和他说话没什么用。”姜梨道，“父亲也要为姜家着想，况且殷家来者不善，手段还高明，我就算与父亲说了，他也不会信。”

“那……要去找国公爷帮忙吗？”桐儿小心翼翼地问。

姜梨手抵在桌上，忍不住紧握成拳。殷家的动作很快，而且还是用这种不入流的方法，让她找不到一个可以拒绝的理由。难怪今日殷之黎对她的态度不一样，可见殷之黎已经提前知道，在庆功宴上，殷湛会向洪孝帝讨一个赐婚圣旨。他们把自己当作瓮中之鳖，只等着任人宰割。一瞬间，姜梨心中的戾气暴涨，死过一次后，她最讨厌的就是被人控制，逆来顺受。

想要她，她偏不让！

既然明着不能拒绝，暗中她有的是办法。姜家这出戏，她想善始善终，却不想被人当作棋子。这出戏她不看了，这局棋也不下了，她要跳出棋盘，至死也不当别人的棋子。

姜梨站起身，披上外衣，道：“等夜深的时候，我们走吧。”

白雪问：“姑娘去哪？”

“国公府。”姜梨道，从腰间把那只瓷哨取了下来。这个哨子她已经很久没吹了，虽然赵轲好像已经不在姜府，姜梨还是决定赌一次，到了深夜，吹响这个哨子，看看结果如何。如果没有人来，她就自己去，想办法走一趟国公府。

桐儿眼睛一亮，道：“姑娘是要和肃国公……这样会不会太冒险了？”她真是半喜半忧，喜的是姜梨去找心上人解决问题，忧的是世人不都说，私奔没有好下场，那些富家小姐和穷小子私奔的故事，到最后都是贫贱夫妻百事哀、富家小姐被抛弃的凄惨结局。

不过……自家姑娘暂时不缺银子，肃国公更不穷，这样应该也不是问题吧。

她还没来得及思考这究竟是不是一件好事，姜梨的声音就传来了：“不是。我去见他，和他告别。”

告别？白雪和桐儿看着姜梨，惊得说不出话来。

姜梨的心却是由一开始的犹疑变得坚定。看上去她似乎没有办法更改这件事情，唯一能做的就是离开姜家。当姜元柏发现自己不见了以后，自然会想法子拒绝这门亲事。只是在离开之前，姜梨还须带上薛怀远。她准备明日去叶家同薛怀远坦白身份，也同叶明煜好好地道别。毕竟相交一场，姜梨没有舅舅，早已把叶明煜当作自己的亲舅舅。

她夜里去见姬蘅，除了和姬蘅告别，还想恳求姬蘅，若是可以，在她和薛怀远离开燕京城的路上稍微帮一点小忙。要避开姜元柏也许不难，但若是殷家也来搜寻她的下落，姜梨并没有把握完全脱身。到时候真要被抓住，只怕还会连累薛怀远。

她是非走不可了。

夜色渐渐笼罩下来，院子里越来越静，白雪和桐儿在院子门口张望了一会儿，确定府里的人几乎都睡着了。姜梨站在窗前，摊开掌心，掌心躺着那枚哨子，她把哨子放在唇边，轻轻吹响。

清脆的哨音在夜里分外清晰，桐儿和白雪站在姜梨身后，紧张地注视着窗外。

姜梨等了半晌也没等到有人前来，有些失望，转过头来对白雪道："我们自己想办法出去吧。"

话音刚落，就听见面前的树上传来一个声音："二小姐想去哪里？"

姜梨猝然抬头，就看见窗前的树枝上不知何时蹲着一个人，看样子在这里已经蹲了很久了。见姜梨仰头看他，就从树上跳下来，正是赵轲。

"你什么时候来的？"姜梨惊讶，"我还以为你不在府里。"

"我一直在这里，来了有一阵子了。看二小姐没有别的吩咐，就在树上睡了一觉。"赵轲道，"刚听见二小姐吹哨子，二小姐有什么事？"

姜梨不晓得方才桐儿的话他有没有听到，道："我想去国公府一趟，有话对姬蘅说，他现在在府上吗？"

赵轲注意到，姜梨说的是姬蘅而不是国公爷，他觉得今日的姜梨有些奇怪，道："大人在府中，二小姐现在要去见大人吗？"

姜梨道："是。"

"那二小姐跟我走吧。"

姜梨对桐儿和白雪道："你们两人留在府里，见过姬蘅以后，我自会回来。"

桐儿和白雪点了点头，姜梨和赵轲离开了，芳菲苑里的灯也灭了，一切重归寂静。

马车在国公府门口停下，姜梨跳下马车，随着赵轲一同往国公府内走去。

每次到国公府都是有各种各样的事，姜梨也没有认真打量过国公府，今日却看得格外认真，像是要把这里的一草一木都镌刻在脑海中，日后回忆起来，也能贮藏多年，而不是经年一过，记忆模糊。

她的异样举动被赵轲看在眼里，赵轲越发莫名其妙。

待到了院子里，赵轲先让姜梨在这里等待，自己去通报，又过了一会儿，赵轲道："大人在书房，二小姐随我来。"

姜梨跟着赵轲到了姬蘅的书房，书房的门虚掩着，姜梨推开门走了进去，赵轲在身后把门带上。

姬蘅坐在桌前看折子，桌上的折子摞得老高。见姜梨来了，他站起身，没再管那些折子，走到小几前坐下，道："你怎么来了？"

桌上还是两个茶盅一个茶壶，他给姜梨倒了一杯茶，像过去无数次那样，这在他看来几乎已经是习惯。

姜梨跟着坐下来，姬蘅把茶盅推到她面前，慢条斯理地给自己倒茶，一边倒一边道：“怎么不说话？出什么麻烦了？”

姜梨忽然失笑，好似每次她来都不是什么好事，带着一堆麻烦来寻求帮助。不过转念一想，姬蘅说得也没错，而且他嘴上说着，每一次却都替她处理妥帖了。

姜梨端起桌上的茶盅，夏天喝的茶是凉过的，带着晚风的淡淡凉意，微苦却清香。姜梨笑道：“其实我今日来，是同国公爷道别的。”

姬蘅喝茶的动作一顿，放下茶盅，看向姜梨，琥珀色的眸子里是意味不明的情绪，他问：“道别？”

“这一年来多谢国公爷照拂。虽然一直说日后国公爷有需要，我定会用尽自己的全力来帮助，国公爷每次都说我在说谎，现在看来，可能国公爷说得没错，我大概是要食言了。”她笑得温软，“我要离开燕京城，日后很可能不会再回来。临走希望和国公爷道别，否则不告而别这种事做出来，未免太没有良心。”

姬蘅挑眉：“你说这话是什么意思，日后不会回来？姜元柏可知道此事？”

姜梨摇了摇头：“我是瞒着他的，或者说，我要离开姜家，离开燕京。”

姬蘅问：“姜家逼你做了什么？”

“是我自己的主意。”

“是殷之黎的事吧？”

姜梨顿住。

年轻男人手持茶盅，茶盅却衬得他的手格外好看。他神情漫不经心，语气却笃定，道：“殷家逼婚了？”

他竟然猜到了？

姬蘅蹙眉：“他们怎么敢逼婚？”

“是赐婚。”既然姬蘅都知道了，姜梨也不准备隐瞒，“我的丫鬟听到父亲和老夫人的谈话，殷湛打算在庆功宴上陛下论功行赏的时候，以战功换一门赐婚，赐婚我与殷之黎。”

这话说出来，姜梨感到屋子里冷了一下。姜梨看向姬蘅，他仍然笑盈盈的，只是笑容怎么看都有几分煞气。他靠在椅子上，衣裳披在外头，露出里面的中衣，中衣也是随意敞着，露出锁骨，整个人便格外活色生香，在夜里更加勾人。

姜梨别开眼，道：“倘若真的赐婚，我也没有别的办法，父亲和老夫人看样子很喜欢殷之黎。”

“你不想和殷之黎成亲，才逃婚的？”他盯着姜梨，问道。

“对。可是我暂时没有别的办法，我也劝过姜家，不要和殷家走太近，可是父亲不听。有件事情我也想要请求你，倘若日后你和殷家对峙，我相信殷家不是你的对手，可否饶过姜家，至少保他们一条性命？”

姬蘅挑眉：“不要。”

姜梨说："为什么？"

"他们又不是你真正的家人，你为何要保姜家？姜元柏现在把你当成筹码，我要是你，我就把他们全杀了。"他说得轻描淡写。

"无论怎么说，在我成为姜二小姐之后，姜家也给了我一个容身之所。我不是要威胁国公爷，只是希望能做到无愧于心，至于国公爷肯不肯、做不做，都与我无关。走之前我会留下一封信提醒父亲。"姜梨道，"同样的，他肯不肯听，也要看姜家的造化了。"

"你还真是善良啊。"他语气微带嘲讽，忽然又凑近问，"你为什么不想和殷之黎成亲？"

为什么？

晚风吹得外面的树婆娑作响，姜梨觉得姬蘅这个问题问得很奇怪，道："自然是因为我并不喜欢殷公子，也不打算成婚。国公爷也知道，我嫁过人，也被人骗过伤过，成亲这回事，对这辈子的我来说，已经不是必须完成的了。"

"倘若你遇到了真心喜欢的人怎么办？"他欺身逼近，"你也不打算嫁人？"

他和自己距离太近，姜梨险些屏住呼吸，想要别开头，又撞进姬蘅的眼眸里。初见时她惊讶于这年轻人的美貌，凤眼狭长含情，如今若是跌进他琥珀色的眼眸中，就难以再爬出来。

"不会的，"她强迫让自己镇定，只微笑道，"我暂且没有遇到中意的人，也不必考虑这些莫须有的问题。等真的有一日遇到了，再说怎么办。"

女孩子姿态躲闪，却偏要装出一本正经的模样，她还真是可爱，分明已经嫁过一次人也被伤过一次，却好像不懂得保护自己，说勇敢也好莽撞也罢，她还是会喜欢人，也不会被一些外来的事影响，变成另一个人。

或许现在的姜梨，褪去仇恨的姜梨，和少女时候的薛芳菲没什么两样。

姬蘅忍不住又往前凑近了一点，偏着头，仔仔细细打量她，目光锐利："你说谎。"

姜梨抬头看他："怎么会？"

"你不愿意嫁给殷之黎的原因，我知道。"他嗓音低醇，爬过人的心上，酥酥麻麻，"你喜欢我这件事，我早就知道了。"

轰的一声，姜梨脑中仿佛有什么东西炸响，慌乱之下，下意识就要否认："不，我没有……"

下一刻，她的唇被堵上了。

年轻男人的容颜近在咫尺，姜梨睁大眼睛，将他的睫毛看得一清二楚。他的唇柔软温暖，在她的唇齿间缠绵，他一手扶着姜梨的后脑，将她往自己身前带，加深了这个吻。

没有人会在被姬蘅吻过后仍然把持得住，饶是姜梨也一样。他神情温柔，动作却坚定，姜梨挣扎了好几下，才把他推开。

她捂着自己的唇，看着对面的年轻人，道："姬蘅，你！"

"生气了？"姬蘅笑了笑，低头看着姜梨，目光宠溺又柔和，"你喜欢我这件事，我知道，那我喜欢你这件事，你知不知道？"

姜梨愣住了。

他好整以暇地看着她，姜梨被他的目光看得尴尬，讷讷地道："你说什么……"

"我本来不想这么快把你牵扯进来，小姑娘，"他替姜梨把垂下来的头发别到耳后，"但是你好像有些心急，我可不能让你跑了。"

他动作自然，让姜梨有些不知所措。对于姬蘅，她以为对方的确是拿自己当朋友，不管这照顾和关心里究竟是同情还是一时兴起，总归和喜欢没有半分关系。他这样的人，大约是不会喜欢上别人的。但他此刻的这一番话，让姜梨不得不怀疑起自己来。

"你喜欢我吗？"她轻轻地问。

女孩子目光纯澈，带着真心的疑惑，实在是很招人喜欢，姬蘅忍不住，低头在她额头上亲了一下，道："当然。"

姜梨道："你不会是骗我的吧？"

姬蘅挑眉："我看起来像是会骗女人的人？"

姜梨想了一下，道："不像。"

姬蘅绝不会骗女人，因为他懒得这么做，对于他来说，许多事情很容易就能办到。当然，他也不必费心去骗，想来他只要稍稍温柔一些，自然有人为他倾倒，前赴后继。

"所以你不用离开燕京城。"姬蘅道，"我来想办法。"

姜梨疑惑："你有什么办法？殷湛打的是皇家赐婚的主意，他如今打了胜仗，皇上信任他，他要用战功换赐婚，皇上不会不同意，总不能公然抗旨。"

"你不必担心，"他笑盈盈道，"他不会有这个机会的，也不止他一人会请人赐婚。"

姜梨怔住："你……"

"小姑娘，你愿不愿意嫁给我？"他挑眉。

他喊得十分自然，分明晓得自己是嫁过人的，却总是用这么亲昵的称呼叫她。也让姜梨恍惚产生一种错觉，前生一切都是大梦一场，早已梦过无痕，她仍然是无忧无虑的少女，也能被人呵护在掌心，珍之重之。

"你要是不愿意，可以暂且不答应我，"姬蘅轻描淡写道，"等你答应的那一日再说，不过我想，既然你那么喜欢我，迟早都会愿意的，是不是？"

姜梨道："不是的。"

姬蘅道："你说谎。"

"我可不知道你会不会变成第二个沈玉容，"姜梨大大方方地笑了，"我能去喜欢一个人，也能去相信一个人，但现在不会无底线为对方做任何事，吃一堑长一智，姬蘅，我要先爱自己，再去爱人。”

她以为姬蘅听了这话会生气，然而他只是笑着摸了摸她的头，道：“那很好，你就不用受伤，我也放心了。”

姜梨看着他，他的眼神要比过往任何一次都认真，他没有说谎，他说的是真的。

“我从来不认为无私是什么好事。”姬蘅轻声道，“不过我认为，你学不会自私也没有关系，那些事情我来做，你只做你想做的事。”

姜梨低下头，手指无意识抓住手里的扇子。那是殷之情送她的扇子，燕京城的夏日热得很，这扇子好用，姜梨也就随身带着。她的动作被姬蘅看在眼里，姬蘅的目光落在她的扇子上，微微一顿，下一刻，便将那扇子从她手里拿过来。

“殷之黎送你的扇子？”他问。

姜梨点点头，又摇头：“是殷之情送的。”

姬蘅嘴角噙着笑，慢慢地将那扇子展开，扇面上有梨花，扇柄处却刻着一朵小小的莲花，那本就是白玉做的扇柄，通体雪白，刻着的莲花轻巧可爱，纤毫毕见。

姬蘅气定神闲道：“殷之黎真是大手笔，就是眼神有些问题。什么白莲花，分明是吃人不吐骨头的食人花。”

姜梨先是愕然，随即明白姬蘅说这话的意思，立刻回过神，道：“你怎么知道殷之黎与我说的话，赵轲还待在姜府里吗？”

“我不放心把我的小姑娘一个人丢在那种地方。”他说，“当然要让人盯着你了。”

姜梨才觉得有些感动，就看见他拿着那把扇子，对她道：“这把扇子，我没收了。”

“这可是我的东西。”姜梨道。

“你的东西？”他唇角一翘，突然伸手握住姜梨的下巴，另一只手摩挲着她的唇瓣，语带警告道，“小姑娘，你以后再收别的男人的东西试试看。”

姜梨不作声了。

他指尖微凉，摩挲在人的唇瓣上，那里却像要被灼伤似的。姜梨复又想起方才猝不及防之下的那个吻，面上更是烫得出奇。

恍惚间，她听到姬蘅轻笑一声，说：“原先看你胆子大，眼下怎么怕我怕得要命？”

“我不是怕你。”姜梨挣脱了他的手，“不过是有些不习惯罢了。”

“无妨，以后你会慢慢习惯。”

姜梨看着他，沉默下来，姬蘅也只是耐心等待，过了一会儿，她才开口问：“我是不是会让你的计划生变？倘若你出面阻拦殷家的这门亲事，势必会让殷家人注意到你，到那时候，会不会坏了你的事？”

“殷湛早就注意到我了，有没有你的亲事都一样。”姬蘅微微一笑，安慰她道，

"你不用在意。"

"我还是不明白殷湛和你的恩怨是什么，如果你现在不想说，我也不问了。不过，他回燕京城的目的又是什么？和姜家联姻，怕也不只是殷之黎自己的主意，我不是绝色天仙，殷之黎不会见了我一次就喜欢上我，究竟是为了什么？"

"李仲南现在已经不行了，文臣之首就是姜元柏。"姬蘅淡声道，"拉拢了姜元柏，朝中一半的势力就都拉拢了。"

姜梨听他用的是"拉拢"二字，心中一跳，脱口而出："他想当第二个成王？"

姬蘅微笑道："还有更好的理由吗？"

"为什么？"姜梨越发迷惑，"他若是要篡位，这么多年在云中都默默无闻，为何要等到现在，在皇上年幼的时候不就可以做这件事了吗？"

"陛下要成长，成王要成长，夏郡王当然更要成长。不然你以为，当年先帝为何要把夏郡王驱逐去云中，不过是因为先帝发现了蛛丝马迹，却又没有更多的证据，心中狐疑，只能驱逐。说到底，先帝到底念旧，若是我……"姬蘅漫不经心道，"绝不会养虎为患。"

"他和你……"

"嘘——"姬蘅做了一个噤声的手势，对姜梨笑道，"很多事情，你不用知道，知道越多，就越危险。我这么喜欢你，可不希望你出什么事。"

姬蘅不愿意说的，怎么问也问不出来，姜梨也只能作罢，实在不行，自己想办法去打听就是。只是听到殷湛的谋逆之心，她还是大吃一惊。

"父亲……姜家不会被连累吧？"

"只要你和殷之黎的亲事不成，就没什么可担心的。"姬蘅说得云淡风轻，"姜元柏这个人，有心无胆。殷湛的主意，姜家未必知道。一旦殷湛表现出他的野心，姜元柏自然会退避三舍。"

"我只是觉得，皇上一旦误会姜家和殷家一样有了反心……"她忽然想到了什么，问道，"皇上知道此事吗？"

姬蘅但笑不语。

姜梨立刻就明白了姬蘅的意思，洪孝帝竟然知道。洪孝帝果然比众人想象中藏得更深。不知道殷湛知不知道此事，不过就算殷湛知道了此事，也会不以为意，对殷湛来说，他兵强马壮，燕京城的御林军根本不是他的对手。

姬蘅看起来是不怕殷湛的。

莫非那枚丢失的虎符……

"小姑娘，不要胡思乱想了。"他道，"你只要乖乖待在府上，一切都会解决的。"

"姬蘅，"姜梨看着他的眼睛，"你不要出事。"

姬蘅一顿，随即笑了，声音温柔，道："好。"

和姬蘅谈完后，姜梨也准备回去了。她今日本是准备来和姬蘅道别，结果稀里糊涂反而和对方道明了心迹。

值得庆幸的是，对方也喜欢她。

想到这里，姜梨便忍不住扬起嘴角。

她心里想着这些，和姬蘅走了出去。这一回，他没有再牵姜梨的袖子。他的手修长宽大，把姜梨的手握在掌心，仿佛一辈子都不会松开。

“笑得这么开心。”姬蘅道，“看来你很喜欢我啊。”

“牵得这么紧。”姜梨马上反击，“看来你很怕我跑掉啊。”

“有什么可怕的。”他轻哼了一声，“你跑到天涯海角，我总有办法把你抓回来。”

姜梨嗤笑，懒得和他说，姬蘅送她到府门口的马车上。二人路过花圃的时候，院子旁边坐着一个人。那人正费力地用双手扶着椅子，姿势奇怪。

姜梨看见那个背影，觉得心中一跳，莫名就问：“那是……”

姬蘅也朝那边看去。

“那是之前救回来的小子。”赵轲解释，“他腿断了，司徒小姐不让他走路，白日里他就坐在轮椅上，这小子心里憋着一股劲儿，老是不认命，晚上偷偷跑出来练走路。”他感叹一声，“倒也是个硬骨头，就是可惜了，武功都废了，司徒小姐也说过，他不可能再站起来，怎么就这么倔？”

姜梨瞧着那背影，那人果如赵轲所说，站起来极为艰难。那椅子靠着屋门的窗户，他两只手撑在窗台上，企图撑起身子，然而费了很大的力气，也只稍微撑起来一点，而且扑通一声又跌落下去，听得姜梨都替他疼。

姬蘅道：“让他回去吧。”

月影下，这一幕实在看得人心酸，哪怕只是一个模糊的背影，却让姜梨心痛起来。她也不知道为什么，就停住脚步，直直地盯着椅子上的人。

赵轲得了姬蘅的吩咐，径自往那人身边走去，一边走一边喊道：“阿昭，别练了，这么晚了，别人还要睡觉呢。大人让你回去休息了。”

姜梨一听，浑身发抖，疑惑道：“阿……昭？”

第七章　**重圆**

“阿……昭？”姜梨疑惑道。

姬蘅目光微微一动，还没来得及说话，就见姜梨快步朝那人走去。她走得极快，到了最后几乎要小跑起来。赵轲也没料到姜梨突然赶了上来，诧异地看着姜梨，没有说话。

椅子上的少年转过头，看见姜梨也是一怔。月光下，他的影子由模糊到清晰，仍旧是熟悉的眉眼，却少了几分稚嫩，多了几分坚毅。他的脸上还有一些淡淡的疤痕，一双眼睛还是如从前一般澄澈，只是带着疑惑看向姜梨。

姜梨的脑子嗡地一响，双手不受控制地往少年脸上摸去，似乎要分辨这究竟是梦还是现实，她喃喃道：“阿昭……”

少年疑惑道：“这位姑娘……认识我吗？”

他的声音如从前一般清亮，炸响在姜梨耳边，姜梨身子一抖，一个激灵回过神，愣愣地看着他。

不是假的，阿昭在说话，是阿昭的声音，不是梦，赵轲和姬蘅也在这里，这也不是阿昭的鬼魂。

一瞬间，她的心中同时被巨大的喜悦和悲痛充满，一下子抱住阿昭，大哭起来。

女孩子的哭声在院子里回荡，格外清晰，赵轲张大嘴巴，下意识往姬蘅那头看去。姜二小姐居然抱着这个叫阿昭的小子，如此亲密，该不会从前就有私情吧？要真是这样，自家大人情何以堪？姜家二小姐先前才和大人手牵手，这会儿却当着大人的面抱起别人来，这可真是……

阿昭被姜梨这么抱着，一时也有些手足无措，脸顿时涨得通红。本能地要推开，然而这姑娘哭得撕心裂肺，如此伤心，莫名让他也跟着鼻酸起来，一时间竟不忍心推开她，任由她伏在自己肩头，泣不成声。

因是夜里，姜梨的哭声很快就惊动了旁人。

笼子里的小红扑腾个不停。

姬老将军似乎也被吵醒了，中气十足地在隔壁院子里吼，让姬蘅消停点。

姬蘅走过来，抓住姜梨的手臂，将她从阿昭身上拉起来。赵轲注意自己主子的脸色，发现姬蘅竟没有生气的意思，一时之间更惊讶了。姜二小姐做了这种事，大人竟然还如此包容，难怪人们总是说红颜祸水了。

姬蘅道："进屋说。"

姜梨抹着眼泪，推着阿昭的轮椅进了屋，姬蘅也跟了进去，剩下赵轲在屋外守着。

阿昭平日里就住在司徒炼药房旁边的小屋里，陈设倒也简单。姬蘅坐在床边，拉姜梨坐下，阿昭点亮了油灯，看向姜梨，还是有些不自在，正想说话，就听见姜梨问："你的腿怎么了？"

阿昭张了张嘴，这般莫名其妙的女子，问自己又问得如此熟稔，但阿昭鬼使神差之下也老老实实地回答："司徒大夫说我的双腿断了，日后不可能站起来。我总想着能不能再试一试，夜里就自己扶着窗台站一会儿，坚持不了多久。我怕司徒大夫看见后会生气，所以才晚上练习，没想到被大人和姑娘看见了。"

"断了？"姜梨说完这句话，眼泪顿时又流了下来。

姬蘅轻轻叹了口气，掏出一方手帕，替她擦眼泪。阿昭也不知所措地看着姜梨，这姑娘听到他腿断了，就哭成这副模样，他们素不相识，她为何要为自己如此难过？

阿昭只好手忙脚乱地安慰："姑娘不必觉得我可怜，虽然站不起来，但我还活着，留着一条命在，日后想做什么都可以。世上比我可怜的人很多，有些甚至还没能活着，比起来，我已经很好了。"

闻言，姜梨愣住，道："活着？对了……你为什么会在这里……你不是死了吗？"

阿昭一愣，看向姬蘅。

姬蘅温声道："你还记得，那一日你叫我去永宁公主的私牢里找姜幼瑶。"

姜梨点了点头。

"我在私牢里的时候看见了他，他向我求救，我就把他带了回来。"姬蘅回答。

听到这里，少年的脸上突然闪过一丝恍然，道："你是……姜二小姐？"

阿昭还记得赵轲说过，那一日是姜二小姐请姬蘅去私牢里找人，却无意间撞到了他。算起来，姬蘅是他的救命恩人，姜梨也算是救了他一命。如果没有姜二小姐让姬蘅去公主府的私牢，他也不会被发现。

他道："原来姑娘是姜家二小姐。"

姜梨看着他，他的眼里充满了对自己的感激。在薛昭看来，姜梨只是一个救命恩人。

“我不是姜二小姐，”她道，“我是姐姐，阿昭。”

薛昭愣住了。

姜梨见他仍然疑惑的模样，就知道薛昭根本没听懂，就又说了一遍：“阿昭，我是薛芳菲，是你的姐姐。”

她的声音忍不住颤抖起来，姬蘅握住她的手，姜梨稍稍安心了些。阿昭却如遭雷击，盯着姜梨，半晌才道：“你、你在说什么……”

面前的姑娘是陌生的，薛昭绝对没有见过这位小姐，而他的姐姐，只要薛昭想起来，便觉得心痛至极。

“你不相信我，是吗？”姜梨轻声问。

“我不认识你……我的姐姐，已经死了。”薛昭看着她，愣愣地回答。

“你身上有一块圆形胎记。”姜梨道。

薛昭怔住，他的确有一块胎记在大腿内侧，自小就有，除了家人以外，旁人不知道。但这也没什么，他被送到国公府后，治伤的时候也许被人看到了。

“你五岁的时候，同我去树林里，陷入了沼泽，是我把你救上来的。当时你我二人都以为活不了了，最后还是侥幸捡回了性命。父亲不让我们去树林里玩，所以回去后，我们谁也没有对父亲说起此事，这是你我二人的秘密。”

薛昭睁大眼睛，他知道姜梨说的是真的，那件事没有第三个人知道。因为生死攸关，在他脑海里格外清晰。

“你喜欢吃桂花糕，喜欢喝青竹酒，最喜欢去桐乡张大叔的酒馆，你平日里出门总是带着一串铜板，一锭银子。那银子是你从赌坊里赢来的彩头，从不肯用，说是攒够了五十两，就去买一把宝剑。你喜欢我给你做的靴子，不喜欢爹买的笔墨，自小你就跟我亲……”

她说了一大段，中途都不停顿，随着她说得越来越多，似乎可以看到薛昭从一个幼童变作意气风发的少年郎。

阿昭的眼眶不知不觉红了，身子颤抖起来，盯着姜梨。

直到姜梨看见他掉了一颗眼泪，她问：“你现在信了吗，阿昭？”

阿昭似哭似笑地看着她，过了好一阵子，突然叫了一声：“……姐！”

信！怎么不信？她说的那些事，本就在他身上发生过。包括他的那些习惯，旁人想要查他，查不到他心里的想法。那些年，姐弟二人的对话，到现在姜梨能一字不落地说出来。他知道，自己的姐姐可是记忆力超强的！

而且她说话的神态实在和薛芳菲太像太像了。如果姜梨不说，薛昭也只会觉得这是一个巧合，但当姜梨说明自己的身份，再看那些蛛丝马迹，就都成了不容辩驳的证据。分明是陌生的眉眼，但薛昭恍惚间只觉得自己的姐姐又活了过来。

“姐姐！”薛昭喊道。

“阿昭……”

“姐姐！你真的是姐姐！外面的人都说你死了，我也以为你死了，你怎么还活着，你怎么变成了这副模样？”他恍然道，“你是不是易容了，怎么成了姜家的二小姐？这些日子你怎么样，是不是沈玉容和永宁公主害死了你？还有爹，你去看过爹吗？他知不知道我们的事？”

他的问题实在太多，姜梨笑中带泪道：“没事，我一件一件说给你听。”

“阿昭，我现在已经不是薛芳菲了，我是姜元柏的女儿姜梨。当时沈玉容和永宁公主算计我，害我失了名声，只得留在府中，永宁公主想要给我下药，令我油尽灯枯，被我发现端倪，就勒死了我。”

已经是第二次听这种事，姬蘅还是忍不住微微凝眸，薛昭怒不可遏，咬牙切齿道：“混账！”

“我不知道是怎么回事，当时我也以为自己死了，等我醒来的时候，变成了姜家的二小姐。当时的姜二小姐住在青城山，我便想办法回京，为的就是回到燕京城，找机会报仇。”

薛昭问道：“所以，永宁公主和沈玉容，如今被人状告处刑，是你做的？”

“是。不过我在暗处，是爹来写的状纸。”

“爹？”薛昭吃惊地问，“爹也在燕京？”

姜梨叹了口气，薛昭被永宁公主关的时间太久了，根本不知道外面发生了何事，所以根本不知道薛怀远在桐乡受了多少苦。

“永宁公主在我死后，令人去了桐乡，诬蔑爹，将爹下狱，爹在狱中受尽折磨，神志不清。我成为姜梨后，因姜梨的外祖父在襄阳，便想法子去了襄阳一趟，知道了爹的境况，为给爹平反，就带着桐乡百姓和爹上燕京城告御状。后来爹就一直留在了燕京城，九月姑娘也治好了爹。”

姜梨把自己是如何一步步复仇的事说了一遍，薛昭听完，又惊讶又愤怒，末了道：“他们可真是狠毒，姐姐……你在姜家，受了不少苦吧？”

虽然姜梨说得轻描淡写，但薛昭知道，在一个陌生的地方站稳脚跟，并不是一件易事。

“我没什么，姜家人都还不错。”姜梨问，“倒是你，当日我只知道你被匪寇所杀，还将你安葬在烟雨楼。直到我死之前，永宁公主才告诉我，是京兆尹将你的行踪告诉她，她才杀了你。”

薛昭也是第一次知道此事，大吃一惊，随即道：“那一日我的确是寻京兆尹，也万万没想到他竟然和永宁公主是一伙的，只是我没有死，我被打昏了，等醒来的时候已经在公主府的私牢里。我后来知道是永宁公主干的好事，恨不得杀了她替你报仇，可惜实在做不到。我想，她也许是为了激怒你，让姐姐带着恨意和不甘心死去，才故意这般说的。”

姜梨点头，那具和薛昭一样的尸体，看来也是永宁公主动的手脚了。

她看着薛昭，心中又涌上了巨大的悲恸："如果我早知道你在公主府的私牢里，一定会想办法把你救出来。不会让你在里面白白吃了那么多苦头，连……"她看着薛昭的腿，连站起来都做不到了。

薛昭却朝她笑了笑，道："姐姐，我说过了，我还有一条命在，在我看来，上天已经很眷顾我了。我本以为我就会这样无人知晓地死在公主府的私牢里，没想到还会被人所救，更没想到还能遇到姐姐，爹也在燕京城。天无绝人之路，人人都说苦尽甘来，咱们受了苦，以后的日子，定然都是好日子吧！"

他惯来豁达潇洒，连这种事都能笑着说出来。他越是如此，姜梨越是难过。

"姐姐，爹知道你的身份吗？"薛昭问。

姜梨一顿，轻轻摇了摇头："我不知道如何跟他说，不过，就这几日，我也打算与爹坦白了。"

"姐姐，你说的话，爹一定会相信。虽然你现在变成了姜家小姐，有些难办，但至少咱们一家人都还在燕京。我也想去见见爹，我可不可以去见爹？"

姜梨就看向姬蘅，问："可以让阿昭去叶府吗？"

姬蘅道："可以，我让文纪护着他去。"

薛昭看了看姜梨，又看了看姬蘅，刚看到姜梨，知道自己姐姐还活着，沉浸在狂喜和激动之中，竟然忽略了方才的所有话姜梨都是当着姬蘅的面说的，没有隐瞒。

薛昭问："大人早就知道了姐姐的身份？"

姜梨点头："他知道，报仇的时候，他也帮了许多忙。"

薛昭刚想说什么，目光落在姜梨和姬蘅握在一起的手上，目光里闪过一丝困惑，然而他什么都没说。他其实还想问一问姜梨和姬蘅是什么关系，来国公府这么长时间，薛昭就只见过姬蘅一次，那一次的冷淡和这一次的温柔截然不同。

是因为自己的姐姐吗？

那姐姐呢？她是如何想的？

但姬蘅在眼前，薛昭也不可能问出来。姜梨看着薛昭的腿，道："阿昭……你的腿……"

"站不起来没什么的。"薛昭道，"我之前一直在夜里躲着司徒大夫练，是因为我以为从此以后，就只有爹和我了，倘若我不能站起来，谁来照顾爹？但姐姐还活着，我突然觉得，这一切都不重要了。只要我们一家人还活着，就很好。"

他真心显出满足的情态来。

姜梨其实还想与薛昭多说一阵子话，然而姬蘅打断了她："时间不早了，你该走了。"

姜梨看了看天，她今日在国公府待的时间很长，要是再待下去，等回到府中，说不准天都要亮了，要是被人发现可就糟糕了。

薛昭也明白过来，就道："姐姐，你快走吧，如今你是姜家小姐，姜家要是知道你夜里出行，不是一件小事。”

“好。”姜梨知道他们说得有理，就站起身道，“阿昭，我改日再来看你。你去见父亲那一日，提前让人告诉我，我同你一起去。你在我身边，我才好同父亲说明我的身份。”

薛昭笑了：“放心吧，姐。”

姜梨又好好嘱咐了一遍薛昭要注意什么，薛昭笑着全应下来，姜梨这才和姬蘅走出屋子。

赵轲在门口蹲了许久，看见姜梨二人出来，忙让开。只见姜梨双眼微肿，像是哭过，姬蘅倒是看不出什么表情。赵轲心里胡思乱想着，莫不是自家大人看见姜二小姐和阿昭关系亲密，威胁了姜二小姐，要么就是把阿昭给杀了。

他远远地跟在姬蘅和姜梨身后。

“谢谢你，姬蘅。”姜梨声音闷闷的，“你救了阿昭。”

“举手之劳而已。”姬蘅道，“况且我当时也不知道他是你弟弟。”

他的确没想到这人是姜梨的弟弟，薛昭在府上很久了，他都没注意薛昭叫什么，如果不是今夜赵轲喊了一声阿昭，这样的真相不知何时才能知道。但是，他很庆幸自己当时的举手之劳。

“你和司徒大夫都是我们薛家的恩人。”姜梨轻声道，“你将他们救出来，九月姑娘把他们医好。阿昭恢复得如此之快，九月姑娘功不可没。”

“我没让她那么上心地对待一个陌生人，是她自己这么做的。”姬蘅挑眉，“你的弟弟，很不简单。”

“他当然不简单。”姜梨笑了，“就如你们所说，就算在私牢里，他也没放弃不是吗？阿昭就是这样的人。只是我现在想起来，仍然有些后怕。如果那一日我没有让你去私牢里找姜幼瑶，如果你没有看到阿昭，如果你看到了阿昭没有把他救出来……我的弟弟，仍然活着我却不知道，让他生生受着折磨，只要想起来，我就觉得害怕。”

她抱着肩膀，似乎想到了极可怕的事，连唇色都苍白了。

姬蘅蹙眉，敲了一下她的额头。

姜梨捂着头看向他：“你做什么？”

“哪有什么如果。”他说得理所当然，“没有如果，所以我才会遇到他，把他救出来，他才会活着。如果说如果，一开始如果我没有遇到你在青城山捣乱，就没有这么多事了。”

姜梨愣了愣，笑了，道：“也是。”

走了一会儿，快要到门口的时候，姜梨又问：“可是姬蘅，有件事我还是不明白，当时的你怎么会救阿昭呢？就算阿昭向你求救，你为何那么轻易就答应了？”

姬蘅从来不是一个心地仁善的家伙，旁人求救，大多数时候他都是作壁上观的，可独独这一次，私牢里，阿昭抱着他的靴子，他就答应了下来。

姬蘅笑了笑。

为什么？世上哪有那么多为什么？身在黑暗中的人，总会不自觉被光明吸引，就如他会喜欢姜梨这样的女人。她多余的温软和善良，本来是他最为厌恶的东西，但奇怪的是，就是因为那些他厌恶的品质，他又喜欢上了她。

薛昭也是一样，在黑暗的牢笼里，他看见了奄奄一息的少年，少年艰难地在地上爬行，双腿拖出长长的血迹，抓着他像是抓住了一束天光，突然就让姬蘅想到了曾经的自己。

他在黑暗中爬行，他把灵魂卖给了恶鬼，他弃了所有柔软的情感，没有软肋，所以他看到这少年的时候，突然生出一丝怜悯。

于是，他一手把他从黑暗里拉了出来。

没有为什么，他只是不想看到当初的自己重复过去的历程而已。

却误打误撞，救了姜梨的弟弟。

姬蘅停下脚步，低头看着姜梨。

姜梨仰着头看他，女孩子的目光和她的弟弟如出一辙，却多了一丝坚毅和坦荡。

“我不知道。”他说。

你为什么要救他？

我不知道。

“也许，”他含笑叹息道，“这是命运的指引，我没法拒绝。”

这一夜，姜梨回到姜府后，恰好赶在天亮之前。桐儿和白雪等了她许久，见姜梨平安归来，才松了口气，之后便让姜梨上榻休息。

这一睡直睡到第二天中午，姜梨醒来的时候神清气爽，桐儿和白雪惊讶地发现，她的笑容格外轻快灿烂，之前的心事似乎一扫而光，让人看着也跟着止不住嘴角上扬起来。

桐儿还记得昨夜姜梨说的话，等姜梨梳洗过后开始用饭，便问姜梨：“姑娘，咱们什么时候离开燕京城？”

“不走了。”姜梨道。

白雪和桐儿面面相觑，白雪问：“国公爷有办法？”

姜梨的脑中浮现起昨夜里他亲吻自己的画面，还有他说的：“小姑娘，你愿不愿意嫁给我。”

姜梨的脸一下红了，若无其事地点了点头，道：“所以不必走了。”

她虽然什么话都没说，但两个丫鬟见她如此情态，心中咯噔一下，顿时明白了几分，心中真是又喜又忧，喜的是自家姑娘高兴，她们当然也为姜梨高兴；忧的是可千万莫要做出什么出格的事，要知道永宁公主就是个活生生的例子。

姜梨不知道两个丫鬟心中所想，她高兴的不仅是姬蘅喜欢她这件事，还有什么事，是比一家团聚更让人高兴的呢？

她不能在白日里光明正大地去国公府，但是去叶府还是可以的。前些日子因为成王的关系，姜元柏不让姜梨独自出门，如今成王的叛军已经尽数被殷湛清剿，燕京城没什么危险，她自然也能出府了。

姜梨用完饭，稍稍休息了一会儿，就道："我去晚凤堂找老夫人。"

白雪问："姑娘找老夫人可有什么事？"

"我看姜家的门禁到现在应当可以解开了，我得去叶府一趟。"

之后，姜梨就去了晚凤堂，找姜老夫人说话。因昨夜里和姬蘅敞开心扉，又见到了阿昭，姜梨的心情前所未有地好。之前因为殷家一事对姜家众人的抵触抗拒也烟消云散，她笑容温软诚挚，看得姜老夫人也愣了愣。面对这样的姜梨，姜老夫人的心也软了几分，等姜梨说出想去叶家的时候，姜老夫人想也没想就答应了。

姜梨得了姜老夫人的首肯，又与姜老夫人说了一会子话，就要离开。离开前，却又被姜老夫人叫住。

姜老夫人对她道："二丫头，你不要记恨我们，你是姜家的姑娘，姜家只会为你好。"

姜梨脸上的笑容淡了几分，若是之前桐儿没有偷听到姜元柏和姜老夫人的谈话，姜梨也不会将她此刻说的放在心上，但当知道内情以后，姜梨就知道，姜老夫人这是在为之后赐婚的事情做铺垫。

姜梨笑了笑，客气地同姜老夫人告别，走出了晚凤堂的大门。

姜老夫人叹了口气，不再说什么了。

国公府里，薛昭的身份，好像一夜之间就被所有人知道了。

"原来你是薛芳菲的弟弟。"司徒九月恍然，"难怪你的仇人是永宁公主。"

"当时不告诉司徒大夫，实在是因为情势所迫，贸然相告，怕连累了司徒大夫。"薛昭不好意思地笑道。

"你不必告诉我这些，不过……"她疑惑地问，"你和姜梨曾经见过？不然她怎么会认出你？"

国公府的人都知道阿昭是薛芳菲的弟弟，然而并不知道如今的姜梨就是薛芳菲。

薛昭道："她……她和我们薛家曾经有些渊源，所以也是见过我的。"

司徒九月不疑有他，道："早就看出来了，她和你们薛家关系匪浅，不然怎么独独对薛家另眼相待，又是报仇又是平反，做得可真不少。"

在旁人眼中，姜梨为薛家做这些自然是令人费解的，只有薛昭知道原因。他道："听说司徒大夫也救了我的父亲……多谢司徒大夫。"

"我没有救你的父亲。"司徒九月道，"救人的是姜梨，我只是让他恢复神志而已。"

薛昭一笑，道："无论如何，没有司徒大夫，就没有现在的父亲，司徒大夫的恩德，我们薛家没齿难忘。"

司徒九月不以为意，并没有把薛昭的话放在心上。她这一辈子，杀过的人比救过的人多多了，要是把每一个人说的话都放在心上，才是真累。她如此态度，薛昭也没有生气，只是忽然想到了什么，问："司徒大夫，有件事情我很好奇。"

"你又有什么好奇的事？"

"肃国公和姜家二小姐……关系很好吗？"薛昭问。

司徒九月闻言，先是一顿，随即看向薛昭，少年紧紧盯着自己，流露出紧张和好奇，她一扬眉，问道："你关心这个做什么？姜梨和姬蘅什么关系，和你有什么关系？"

"我只是很好奇罢了。"薛昭道。

薛昭很奇怪，昨夜里姜梨遇到自己，只是一个巧合，那么就是说，她来国公府的目的是为了找姬蘅。她也没有避讳姬蘅知道她是薛芳菲的身份，若不是信任一个人，何以做到这种地步，但姬蘅凭什么就能得到姜梨的信任呢？薛昭不由得又想到姬蘅牵着姜梨的手，还有言语间对她独有的温柔。

原先的姐姐有倾国之貌，天下男子前赴后继自然不在话下，如今的姐姐……容貌比不得从前，还能收服肃国公这样的男子吗？

薛昭茫然发呆的模样被司徒九月看在眼里，司徒九月极快地收拾好药箱，白了他一眼，转身走出了屋子。

赵轲恰好来找薛昭，看见薛昭在屋里，就道："阿昭，大人让我找你过去。"他绕到薛昭身后，推着薛昭的轮椅往屋外走去。

薛昭赧然道："我自己推就好了。"

"阿昭……薛少爷这是说哪里的话，你身上还有伤不方便。"赵轲笑眯眯地回答。

薛昭被他一声薛少爷叫得也是呆了呆，等回过神来的时候，已经被赵轲一路飞奔着推到了姬蘅面前。

姬蘅在花圃面前，他的肩头还停着那只聒噪的八哥，看见薛昭，鸟喙一张，一声呆子脱口而出。

薛昭："……"

"你来了。"姬蘅转身看向他，随手递给他一封信，"阿狸给你的信。"

薛昭听到"阿狸"二字时，又是一惊，这是薛芳菲的乳名，只有薛怀远才这么叫她。哪怕是沈玉容，薛昭也不曾听过对方这般叫薛芳菲。

"呆子！"小红的一声惊叫把薛昭叫回了神，薛昭这才拆开信，看完后脸上便有抑制不住的激动，"姐姐叫我明日一起去叶家见爹！"

一边的赵轲不小心听到这一句，心中纳闷，怎么才一夜工夫，这小子就叫姜二小姐姐姐了？攀亲带故的本事也实在太强了点。

姬蘅点了点头，道："明日让赵轲送你过去。"

"多谢大人。"薛昭真心实意地道，忍不住又看向姬蘅。或许是因为知道姬蘅和姜梨的关系匪浅，薛昭看姬蘅的目光里就带了几分打量。见这青年连红衣都穿得极为好看，一张脸艳丽妖冶，虽然容貌太盛，却也不显脂粉气息，江湖中人能感觉到他的杀伐之气，虽然收敛起来，到底有些狂妄。

在气场上，他比沈玉容要高出许多，容貌上也是。至于舞文弄墨的功夫，因薛昭不喜欢，因此也不觉得算是个长处。武功……啧，薛昭的目光落在他手中那把华丽的折扇之上，这扇子上可有不少玄机。

"你看我做什么？"姬蘅挑眉问道。

"大人……和我姐姐是什么关系？"薛昭考虑良久，决定还是单刀直入地问。

"什么关系？"年轻男人合起扇子，华丽的金丝牡丹转瞬便消失不见，只看见严丝合缝的一条，他略略沉吟，才含笑道，"过不了多久，你就该叫我姐夫，这种关系。"

薛昭险些被呛住，赵轲头皮发麻。

他说得真是直白。

姜梨和薛昭约好第二日一同去叶家看薛怀远。当日早晨，桐儿和白雪扶着姜梨一起出府上了马车。因提前跟姜老夫人打过招呼，姜老夫人没有说什么，只是多派了几个姜府的侍卫跟着，免得中途出什么事。

夏日里到了正午时分，热得人浑身难受。姜梨走得早，日头比较浅，然而她心情激动，难以平静。

到了叶府门口，正好看见门口停着一辆马车，赵轲和薛昭前脚刚到叶府，后脚就看见了姜梨。薛昭一见姜梨，差点脱口而出姐姐，然而立刻就住了嘴，笑着对姜梨道："姜……姜姑娘。"

"阿昭。"姜梨叫得很顺口，看了看周围，没看到姬蘅的影子。赵轲走到姜梨身边，低声道："大人今日不在府上，让我将薛少爷送过来。"

姜梨点了点头："多谢。"心中却想，殷湛还不知道要在朝中玩什么花样，姬蘅要费心对付他，想来这些日子是很忙碌的。因此她也没有多说什么，就道："我们先进去吧。"

叶府中，叶世杰上朝去了，叶明煜是提前得了姜梨要来的消息，早早就在屋里等待，他知道国公府要来人，以为是司徒九月，没想到看到了一个坐在轮椅上的少年。他猜测这又是什么能人异士，疑惑地问姜梨："阿梨，这位小少爷……"

"叶老爷。"薛昭主动开口，笑道，"这些日子，从桐乡到燕京，多亏叶老爷护着我爹，您对我们薛家的大恩大德，薛昭结草衔环也要相报。日后若是有用得着薛昭的地方，薛昭赴汤蹈火，在所不辞。"

叶明煜下意识拱手道："哪里哪里，都是举手之劳，小兄弟不用客气。你刚才说……你爹，薛家？你爹是……”

薛昭正要说话，这时候，海棠从院子里端茶过来，看见薛昭先是一愣，手中的茶壶砰的一声打翻在地，众人都回过头去看，海棠只是傻傻地看着薛昭，薛昭微微一笑：“海棠。”

“少……少爷！”海棠失声叫道，“您还活着！您不是……”

“我没有死。”薛昭笑道，“姜二小姐将我救了出来。”

“少爷？”叶明煜终于回过味儿来，“你是薛家少爷？”

叶明煜和薛怀远住了这么久，对于薛家的事情早已了解得七七八八。知道薛怀远还有个儿子叫薛昭，不过也被永宁公主害死了。如今这坐在轮椅上的少年，竟然自称薛昭？

叶明煜走到姜梨面前，扯了扯姜梨，低声问道：“阿梨，这是怎么回事？你是怎么找到薛昭的？”

“这就说来话长了。”姜梨微微一笑，“舅舅，我们还是快些去见薛先生吧，阿昭既然还活着，薛先生要是知道了，一定很高兴。”

叶明煜连忙点了点头：“说得也是，走吧走吧，给薛先生一个惊喜！”

屋里，薛怀远正在看书。

海棠轻轻敲门，得了薛怀远的应声才推门进去。海棠进去后，只站在门口，却不走近，叫了一声：“老爷。”

薛怀远问：“怎么了？”

“少爷……少爷回来了。”海棠道。

薛怀远一愣，还没反应过来海棠这话是什么意思，就看见姜梨推着一个坐在轮椅上的少年走到了自己身边。那少年眉眼熟悉，眼中带泪，却还是笑着叫了薛怀远一声：“爹！”

薛怀远直直地盯着薛昭，渐渐地，他的嘴唇哆嗦起来，想伸手摸一摸薛昭的肩膀，却又颤巍巍的，仿佛害怕这是一场梦，不敢上前，生怕梦醒之后，再也看不到薛昭了。

薛昭主动握住薛怀远的手，道：“爹！是我，我回来了，我没有死！”

薛怀远被薛昭握住手，那双手温暖真实，并不是幻觉，他像是这时候才敢相信，叫了一声阿昭，顿时老泪纵横。

薛昭一边哭一边道：“都是孩儿不孝，惹得父亲担心。若是孩儿早点见到爹，也不会让爹受永宁那毒妇的折磨。”

“阿昭，”薛怀远道，“你的腿怎么了？”

薛昭看了看自己的腿，笑了一下，道：“爹，我不能走路了，不过还好，我还活着！”

他说得云淡风轻，薛怀远却一下子就明白过来，知道自己这个儿子侠骨柔情，希望闯荡江湖。这样一个年岁正好的少年，从此以后都要被禁锢在椅子上，再也不能飞翔，这对他来说是多么大的痛苦。

薛怀远嘴唇发白，自来对薛昭严厉，这一回却是忍不住拍了拍薛昭的手，道："没关系，阿昭，没关系的。"

一屋子的人都听得格外心酸。

"阿昭，你到底去了哪里，姜姑娘说你死了，我还去看过你的墓地，据我所知，你的确是……"

"爹，那是永宁公主的陷阱，我没有死，只是被关到了永宁公主的私牢里，她折磨我，却要用我的死讯来刺激姐姐和爹，我原以为逃不出来了，没想到还能活着。"薛昭解释。

薛怀远的目光落在姜梨身上，道："你说……是姜姑娘救了你？"

"是的。"薛昭回答。

薛怀远疑惑地看向姜梨，叶明煜也十分不解，都知道公主府的私牢是无意间被人发现的，但当时也没有人看见薛昭，姜梨又是如何找到薛昭的，况且还能一眼认出薛昭的身份？联想到之前姜梨对薛家的诸多帮忙，薛怀远就更加怀疑起来。

"爹，这件事说来话长，我慢慢跟你说。"薛昭看向叶明煜等人，"叶老爷……抱歉，你们其他人，可否稍微回避一下？"

叶明煜耸了耸肩，自觉退了出去，人家爷俩说话，他一个外人的确是不方便听，况且万一薛昭要说什么秘辛呢。海棠和赵轲也退了出去，叶明煜一回头，看见姜梨站在薛昭的轮椅后没动，就问姜梨："阿梨，你怎么不出来？"

"姜二小姐留下来吧。"薛昭道，"我也有些话想要对姜二小姐说。"

叶明煜一愣，赵轲已经把门关上了。叶明煜呆了呆，才道："什么啊，阿梨是我们家的人，怎么到他们家去了！"

赵轲低头专注地看着地面，知道薛昭为什么要让姜梨进去，薛昭都管姜梨叫姐姐了，攀亲带故起来，当然要做得更为亲密才能让姜梨对薛家越来越好啊。这小子，赵轲心中暗暗地想，倒没想到是个会拍马屁的角色。

屋里，薛怀远和薛昭坐着，薛昭对姜梨道："姐姐，你也坐吧。"

听到"姐姐"二字，薛怀远愣了一愣，薛昭怎么对姜梨这般亲切？

"薛先生，"姜梨坐下后，才看着薛怀远道，"之前您一直问我，为何对薛家屡次施以援手，从桐乡到燕京，一路报复永宁公主和沈玉容，如今又救了薛昭。我与您说，这是因为我与薛家曾经有过渊源，至于是什么渊源，您一直不知道，我也不曾告诉您，因为我实在不知道怎么说，也怕您不相信我，认为我在胡说八道，但现在阿昭回来了，我没什么好怕的，自然也能说出来。"

薛怀远盯着姜梨，呼吸渐渐急促起来。

"爹，我是阿狸。"

薛怀远呆住了。

他鲜少有这般惊讶的时候，然而今日先后两次，先是薛昭，后是姜梨，这二人却是让他接二连三说不出话来。

姜梨有许多话要说，本想一点点地诉说过去的事，让薛怀远相信她就是薛芳菲，可是甫一叫爹，她的眼泪就流了下来，止也止不住。

一位与自己非亲非故的小姐，即便帮助了薛家很多次，但薛怀远也知道，她是姜元柏的女儿，阿狸早就被沈玉容和永宁公主害死了。姜梨和薛芳菲是全然不同的两个人，但当面前的女孩子泪眼模糊地看着自己，他的眼前突然就出现了阿狸小时候的模样。小姑娘性子好，他那时候刚到桐乡，处理政事，每日很晚才回家。薛昭是男孩子，自然性子粗糙，阿狸是女孩子，却也坐在院子里乖乖等他天黑才回来。那时候，薛怀远一回去，小姑娘就跳起来，软软地叫他爹，声音里又是委屈又是高兴，让他的一颗心都要融化了。

当他看着姜梨在自己面前流眼泪的时候，就不由自主地探手过去，想要摸摸她的头，他也的确这么做了，怔怔地道："阿狸……"

姜梨愣住了。

她没料到薛怀远这么容易就相信了，或者说，没想到薛怀远会这么容易就认出了自己。这或许就是血脉亲情，割舍不断，即便换了一个身份，换了一张脸，也能轻而易举认出来。没有她想象中那么纠结，那么多怀疑，一切就这么顺其自然地发生了。

薛昭本来也很紧张地看着他二人，生怕薛怀远不相信姜梨的话，伤了自家姐姐的心，想着到时候自己帮着姐姐证明，却没想到薛怀远叫了阿狸。

姜梨能确定他叫的是"阿狸"而不是"阿梨"，因为对于姜二小姐，薛怀远从来叫的都是姜姑娘。

"爹，你相信姐姐的话了！"薛昭道，"太好了！"

"阿狸……"薛怀远老泪纵横，他原本也是个颇有气度的中年人，如今却苍老如姬老将军那么大岁数一般。他伸手握住姜梨的手，也不知道是恍惚梦境，还是清醒着，"阿狸……爹的阿狸还活着……"

姜梨一下子从椅子上站起身，在薛怀远身前跪下去："爹，女儿不孝，当初若不是女儿同沈玉容成亲，怎么会为薛家招来如此祸患，还连累爹和阿昭受尽折磨，都是我的错！"

"不不不，"薛怀远慌张地要扶她起来，语气里没有一丝责备，"这怎么能怪阿狸？都是爹的不是，爹成日忙于公务，没有关心你……没有替你打听清楚，沈玉容是个什么人，才会将你嫁过去，你在沈家一定吃了许多苦，爹都不知道……"

"你们别这么说。"薛昭道，"此事不怪爹，也不怪姐姐，谁能想到沈玉容会是这么个人？当初他在桐乡的时候也是人模狗样的。换了旁人来看，就算想打听，也打听不出来。人的本性要在面临巨大抉择的时候才会显现出来，之前沈玉容没什么选择，自然算不错，后来他富贵了，才变了心。"

薛昭这一番话令薛怀远慢慢地清醒过来。他拉着姜梨，让姜梨在身边坐下，看向姜梨，姜梨的脸，实在是和薛芳菲完全不一样，然而她的神情和动作，却又让薛怀远觉得薛芳菲犹在身前，薛怀远一时有些混乱，道："阿狸……你的脸，你怎么成了……成了姜元柏的女儿？"

姜梨和薛昭对视一眼，这件事迟早都是要解释的。姜梨便将自己之前同薛昭解释过的说一遍，薛怀远听完后，目露惊异。薛昭在一边插嘴："姐姐，你这是借尸还魂啊，从前只在酒楼的说书人那里听过，没想到会发生在你身上。不过老天爷待你还算不错，变成了姜家二小姐，好歹也是个官家，幸好没有变成个男人。否则便是你找到了爹，跟爹说你是姐姐，爹也不会相信你的，还会以为是个疯子。"

薛昭自从见到了姜梨，得知薛怀远也在燕京城，便逐渐恢复了从前跳脱的性子。姜梨之前还怕他因为站不起来一蹶不振，如今看来倒是可以放心了，就连这件事他都能用玩笑的口吻说出来，可见和从前没什么两样。

"就是说，虽然你是阿狸，现在却已经是姜家二小姐的身份了？"薛怀远问道。他的心中涌起一阵酸酸的感觉，分明是自己的女儿，可如今要叫别人爹，也不能光明正大地相认。

"没事的，爹，我早就想好了。"姜梨道，"我日后会想法子认你做义父，姜首辅若是同意，我是可以叫你爹的。旁人只会以为我们是义父义女的关系，但我们自己知道就好了。"

"没那么容易吧。"薛昭插嘴道，"官家规矩多，认个义父可不像是在桐乡那么简单。姐姐，你要是认义父，认个高官权贵也就罢了，认爹……怕是那位首辅大人会以为你在胡闹。"

姜梨道："我自有办法。"

"有什么办法？"薛昭见缝插针地问，"难道是要那位大人帮忙？"

姜梨明白，那位大人指的是姬蘅。那晚和薛昭相认时，她没有避讳姬蘅，姬蘅还牵着她的手，被薛昭看在眼里，傻子也能猜出她和姬蘅不是普通关系。

"那位大人是谁？"薛怀远疑惑地问。

"没、没什么。"姜梨像是做错了事情被抓到的小孩，笑着敷衍过去，"就是一位曾经帮助过我们的人罢了。"她瞪了薛昭一眼，薛昭别过头去，假装没看到姜梨的眼神。

"难怪，"薛怀远没注意到薛昭的眼神，"你会一直帮着薛家……"

姜梨的确和薛家有很深的渊源，因为她本来就是薛家的女儿薛芳菲啊！

"阿昭是怎么回事？"薛怀远又看向薛昭，"你是如何把阿昭救出来的？"

不等薛昭说话，姜梨就先抢过话头，道："是我的一个朋友，我请求他帮忙去私牢里救姜家的三小姐姜幼瑶，那位朋友在私牢里看见阿昭，阿昭向他求救，他也不知道阿昭是我的弟弟，便将阿昭救出来了。后来我……我去那位朋友府上时，恰好看到阿昭，才知道阿昭居然活在世上，之前都被永宁公主骗了。我与阿昭相认后，就决定带阿昭来看您。”

薛怀远不疑有他，只感叹道：“这可真是巧得很，阿狸，你要好好谢谢你那位朋友。”

“我知道的。”姜梨回答。

“那位哥哥可不只救了我的命，姐姐的事情、爹的事情也帮了不少忙。”薛昭扬眉道，“好像听他府里帮我治伤的大夫说，之前爹在桐乡的案子，那位哥哥也帮了不少忙，可以说是咱们薛家的恩人。”

薛怀远闻言，讶异地问道：“阿狸，你的这位朋友是位公子吗？”

姜梨只得尴尬称是，又道：“我与他认识，其实还是因为他与姜首辅认识……”

“那位哥哥可是个好人，爹还记得为你治病的那位司徒大夫吧，就是受哥哥所托来帮忙的。司徒大夫后来又救了我，成王举事那一日，他们都将我保护得很好。我想，连我的忙都如此相帮，定然是看在姐姐的分上，帮姐姐的忙肯定更多了。”

薛怀远不是傻子，薛昭这么明里暗里地暗示，他立刻就转过弯儿来，诧异地看向姜梨，姜梨正对薛昭使眼色，叫他不要胡说八道。薛怀远心中就更诧异了，他一手养大的女儿，是个什么脾性他自己最清楚。倘若真的和薛昭嘴里的哥哥没什么，自然可以大大方方否认，然而她只是让薛昭住嘴，却没有否认，已经说明了一些问题。

“阿狸……”薛怀远道。

“爹，阿昭他胡说八道，我的朋友的确帮了我许多，我日后也会感谢他的。”

薛怀远看着姜梨，心中叹了口气。原来她是薛芳菲的时候，生得实在太好，远近十里八乡的人家都来打听，想将阿狸娶回家去。薛怀远却觉得那些人家都算不得最好，最后他瞧出来，阿狸喜欢上了沈玉容，沈家来求娶的时候，他就答应了。对于沈玉容，薛怀远还算满意，这个年轻人有才华，出人头地是迟早的事，对阿狸也不错。唯一让薛怀远觉得不放心的是，沈家在燕京城，燕京那样的地方，沈家无官职在身，阿狸容貌太盛，若是有人生出歹心，沈家怕是护不住。

不过沈玉容站在薛怀远面前，信誓旦旦地承诺，一定会考上状元做官，庇佑阿狸一生一世，薛怀远见他诚恳，便也答应了。阿狸喜欢的人，想来也是好的。

沈玉容考上状元做了官的消息传到桐乡来的时候，百姓乡亲都来恭喜他，说阿狸好福气、好眼光，这样就能做锦衣玉食的官太太，薛怀远面上笑着，心中却总有些担忧。果然，到了最后，他的担忧成了事实，原来沈玉容为了薛芳菲可以走上仕途，但也可以为了走得更高而牺牲薛芳菲。

虽然阿狸眼下不说，但薛怀远也能想到，当初在沈家，阿狸受了多大的委屈。如今她是官家千金，想来普通人也不敢打姜梨的主意。

薛怀远知道，阿狸成了姜梨，在姜家自然有好处，不过坏处也不少，抛开高门大户里的钩心斗角不说，如今阿狸的亲事，薛怀远也做不得主了。父母之命媒妁之言，越是官家，越不可能让子女凭着心意去嫁娶。婚姻不再只是婚姻，身在姜家，阿狸想要嫁给自己喜欢的人，是一件多么难的事，薛怀远明白。

眼下薛昭的暗示、阿狸的反应都说明，阿狸可能有了心上人，就是那位救了薛昭的“哥哥”。

薛怀远不知道是喜是忧。喜的是阿狸没有因为沈玉容的事从此失去对人的信任，忧的是如今阿狸的心上人未必能和阿狸走在一起。无论如何，关于阿狸有喜欢的人这件事，薛怀远却没有半点不悦。

他的女儿本就是天下间难得的好姑娘，好男儿求娶，是一件寻常的事。就算阿狸之前看错了人，那也不是她的错，如果她仍然再次喜欢上另一个人，薛怀远心里也只会为她高兴。

他甚至为她骄傲，这才是薛家的姑娘，敢爱敢恨，永远有勇气、有希望。

他心中思量万千，面上却浮起一个宽和的笑容：“日后有机会，阿狸也让我见见你的朋友，我也想要当面跟他道谢，谢谢他对你的照顾。”

姜梨怔住，脸颊发热，心中却温暖。这就是父亲，永远会站在她身后，无论她做什么决定，身后都有家人的支持，那些惶惑、烦恼和纠结，就会在家人的温暖中烟消云散。

薛昭问姜梨道：“姐姐，接下来你有什么打算呢？”

姜梨迟疑了一下，道：“我如今在姜家，也不能离开燕京，恐怕是不能回桐乡去的。阿昭，爹，你们想要留在燕京，还是回桐乡去？”

“回桐乡做什么？”薛昭道，“爹现在已经不是县丞了。而且我们怎么能让姐姐你一个人留在燕京城？当年就是因为让姐姐一个人在燕京城，才会被沈玉容那个畜生所害，我们留在燕京城，好歹能保护你。”

“是啊，阿狸，”薛怀远也道，“爹放心不下你。”

姜梨道：“好，那咱们都不走，就留在燕京城。”

“我想和爹住在一起，”薛昭道，“姐姐，那位叶三老爷好像是姜二小姐的舅舅，你能不能与他说一声，让我留在叶家，或者我们一起搬出去也行。我和爹在一起，好歹互相有个照应。”

“这个好说。”姜梨道，“叶府这么大的宅子，只有世杰表哥和舅舅两个人，舅舅人很爽快，你们住在这里，想来他是不会介意的。”

“阿狸，”薛怀远迟疑地道，“我和你弟弟现在住在叶府，之前也一直没能跟你说，如今我不是县丞没有俸禄，你弟弟又站不起来，原先家中的积蓄也早就被冯裕堂拿走了。我们住在这里叨扰叶三老爷，却一分银子不出，实在是……实在是过意不去。”

“爹，别担心。”姜梨笑道，“我成了姜二小姐后，手头上也有了不少积蓄，你们若是觉得不舒服，我把银票交给你们，你们再给舅舅。”

薛怀远惭愧极了：“阿狸，怎么还要你来养我们……”

“我本来就是薛家的人。”姜梨轻声道，“爹要算得如此清楚，是因为我如今姓姜，就生了嫌隙？”

薛怀远一听，立刻道：“当然不是！在爹心里，你永远是爹的阿狸。”

姜梨笑了起来。

薛昭看了看姜梨，又看了看薛怀远，摇了摇头也笑了。罢了，无论如何，如今一家三口还能团聚，已经像是上天赠的大礼，若是太贪婪，上天把这一切又收回去了怎么办？他们理应知足的。

姜梨又陪着薛怀远和薛昭说了好一阵子话，三人将这些年对方不知道的事情一一道来。姜梨也说了当年自己是如何被沈玉容和永宁公主所害，略过了那些残酷的细节，说得轻描淡写，即便是这样，仍旧听得薛怀远和薛昭难过痛心。

这一说话，竟然到了下午。

叶明煜在外面敲门，道：“薛先生，薛少爷，阿梨，你们什么时候出来？都说了这么久了，要不出来吃点东西再继续说吧。”

他们这才想起来，到现在都没来得及吃午饭，被叶明煜这么一提醒，才觉出饿意来。

姜梨推开门和叶明煜道了一声抱歉，让薛怀远和薛昭一起出来吃饭。因他们三人都没吃饭，叶明煜也只能陪着挨饿。叶世杰早就下了朝，得知薛怀远的儿子薛昭还活着，而且正在自己府里，也惊讶了一回。

饭桌上，叶明煜对薛怀远和薛昭父子团聚的事表示恭喜，姜梨也提到了可不可以让薛昭日后住在这里的事情。

叶明煜想也没想就答应了，道：“住吧住吧，阿昭住在这里挺好的。这府里就我和世杰两个人，世杰还老不在，你们住在这里，我也就不怕薛县丞整日孤单了。”

“银子的事……”

姜梨的话还没说完，就被叶明煜打断：“阿梨，你是不是忘了，咱们家最不缺的是什么。薛先生和阿昭住在咱们叶家，还用什么银子。别说那些了，平白伤感情！”

他话都说到这个份上，再强说便显得有些奇怪了。姜梨也只得作罢，不过看薛昭和薛怀远的神情倒是轻松了一些。

这一日天黑后，姜梨不得不回府去。叶明煜和叶世杰要送她去府门口，姜梨拒绝了，倒是薛昭提出有话要和姜梨说，姜梨答应了下来。

叶世杰神情古怪地看着他们远去。

出府的路上，姜梨一直推着薛昭的轮椅，赵轲远远地跟在后面。薛昭坐在轮椅上，随手从路上折了一根草拿在手上玩，轻声道：“姐姐，那个叶大少爷吃饭的时候一直在看我们。”

“大约是诧异我与你的关系吧。”姜梨没多想，“毕竟在他们看来，我和你看上去太过熟稔了，有点奇怪。”

“嗤——”薛昭笑了一声，“他根本就是醉翁之意不在酒，我们什么关系和他有何关系？我看他的姿态，分明是对我有敌意。”

“胡说八道。”姜梨回答，“好端端的，他怎么会对你有敌意。”

“那就要看姐姐做了什么。”薛昭笑得促狭，“我姐姐从前在桐乡的时候就有好多公子老是爬我们家墙头，要是叶大少爷在桐乡，怕是爬得最高的那个。”

姜梨没好气地敲了一下他的头：“我看你是伤全好了，不知道疼，什么话都敢说。”

“看来是落花有意流水无情——”薛昭故意拖长了声音道。

这没什么，从前有许多公子，包括他在桐乡交好的伙伴，老是让他带些东西给薛芳菲。有时候是脂粉，有时候是风筝，薛昭带一次回去就被薛怀远揍一次，后来薛昭也就不带了。

如今这样，真像是回到了过去。

他的姐姐，就算换了容貌，果然还是不缺人为她倾倒的。

“姐姐，我问你一件事，看样子你是不喜欢叶家大少爷是吧？”

姜梨又好气又好笑，道：“叶少爷是表哥，你少拿人家作筏子。”

薛昭不为所动，他突然问：“你和肃国公是什么关系？”

姜梨一怔，推着薛昭的轮椅也不自觉慢了下来。她知道薛昭迟早会问这个问题，在面对薛怀远的时候，薛昭说的那些话，便说明薛昭早就注意到那晚她和姬蘅的亲密。

但她实在是不知道怎么和薛昭说。

她嫁过人了，被沈玉容害得遍体鳞伤，转头又喜欢上别人，旁人也许会说她水性杨花，姜梨知道，薛昭和薛怀远绝对不会，他们会为自己找到了喜欢的人而高兴。

姜梨犯愁的是，这个人是姬蘅。

就像姜家人对她亲事的看法，殷之黎才是极好的选择，容貌才学没的挑，性情温和，又心地善良。而姬蘅就不一样了，容貌虽好，却太过艳丽。性情更是喜怒无常，传言他心狠手辣，杀人如麻，这样的人怎么看都充满了危险，姜家人劝她不要和姬蘅走得太近，叶明煜也曾这样劝她。

她实在是怕，怕薛昭和薛怀远也会这么劝他。

“姐姐，你喜欢肃国公，是不是？”薛昭追问。

姜梨的脚步停了下来，她听见了自己的声音，轻轻地、有些不确定地问：“如果我说是，阿昭会不会阻拦我？”

“阻拦？”薛昭一愣，忍不住转过头来。

夏天傍晚，晚霞散去，她的容貌模糊起来，就像她的声音，抑或是心情，忐忑、小心和谨慎。

薛昭又回过头去，爽快地道：“为什么要阻拦？他又不是不喜欢你，还想当我姐夫呢。”

从叶家回到姜府以后，姜梨脸上都是笑着的。

桐儿和白雪不解，不知道今日姜梨心情怎么会如此之好，想着可能是许久没见叶明煜和叶世杰的原因。

待回到姜家，和姜老夫人见过，姜梨才回了芳菲苑。等她回去后，就将门掩上，自己坐在书桌前。

今日她实在很高兴，父亲和阿昭都在自己身边，还相认了。这是不幸之中的万幸。阿昭的话，也让她不再有任何顾虑。姜家人希望她能嫁给殷之黎，却认为姬蘅不是好人选。全世界都在否认姬蘅的时候，至少阿昭还站在她这边。姜梨的心也就放下了。

来自家人的鼓励，永远最珍贵。

她仿佛卸下了之前所有的烦恼，接下来都是等待了许久的好时光，连睡觉都是带着笑容。

就这么一连十几日过去了。

燕京城中又发生了一件事。右相李仲南李家被查出与成王勾结谋逆，李仲南带着两个儿子连夜出逃，被城守备军抓住，负隅顽抗的时候中剑而亡。洪孝帝下了死令，彻查和李家有关的人，李家上下几百口全部拉出去砍头。

至此，曾经风光一时、几乎可与姜家分庭抗礼的右相，消失在北燕的历史中。作为成王的左膀右臂，李家这个结局也是意料之中。意料之外的是，洪孝帝所展露出来的果断和冷漠，令人意识到，当年那个看起来不起眼的小皇帝，如今已经成了真正深不可测的帝王。

姜梨得知这些消息的时候，正在府里看书。她这些日子没什么事，除了偶尔去叶家看望亲人，就在姜府里看看书写写字，如今看书写字和当初又不一样，心境也真正闲适了下来。

李家人被砍头的时候，桐儿和姜家的下人们一起去凑热闹，回来后就与姜梨道：“哎呀，那些人的血都把地面染红了，实在太可怕了。”

白雪道：“谁叫他们包藏祸心，这是咎由自取。”

姜梨笑笑，姜元柏这回算是除了心腹大患，不过也并非可以高枕无忧。当初姜家、成王和洪孝帝局面三分，现在成王这一派彻底崩溃，局势的平衡被打破，焉知洪孝帝会不会转头对付姜家？虽然这一次在成王的事情中，洪孝帝大约可以看出姜元柏没有谋逆的胆子，但帝王之心不可测，倘若他就是要怀疑姜元柏，该如何？

加之姜元柏还打着和殷家联姻的主意。

想到殷家，姜梨手上翻书的动作就顿住了，不由得叹了口气。右相的事，若说殷家没在其中推波助澜，姜梨怎么都不信。一来殷湛本来也要对付成王一派，二来清理了右相，姜家也能从此和殷家交好，他们之间的联姻也就多了一层保障。

但姜梨不怎么担心这门亲事，因那一日姬蘅说过了，只让她在府里好好待着，其余的事交给他来办。姜梨便相信，他的确能处理这桩事，至少不会让她和殷之黎真的成亲。

再热十几日，便是立秋，天气就要转凉，到那时，这一年的夏日便是真正过去了。

这天晚上，姜老夫人突然让珍珠来芳菲苑，让姜梨去一下晚凤堂。姜梨带着丫鬟一到屋里，就看见所有人都到齐了。

“二丫头，”姜老夫人指了指身边的位子，“来，坐。”

姜梨依言在姜老夫人身边坐了下来。

姜元柏和姜元平坐在姜梨右侧，姜元柏看着姜梨，似乎想说什么，但最后还是什么都没说。自从上一次因为殷家的事情和姜元柏不欢而散后，姜梨就没怎么和姜元柏相处了。

“二丫头，”姜老夫人开口道，“明晚我们要进宫，陛下为昭德将军庆功，府上接了帖子，你三妹如今不能去，姜家的小姐里只有你一人前去了。”

“是啊，”卢氏也热络地道，“届时好好打扮一下。”

她们这么一说，姜梨就明白了，尤其是姜景睿，还悄悄地对她挤眉弄眼，姜梨就想到之前桐儿在晚凤堂偷听到的姜元柏和姜老夫人的谈话——洪孝帝论功行赏的时候，殷湛就会提出赐婚的事。

“好。”姜梨言简意赅地回答。

见她如此爽快，姜家人反倒有些踌躇。姜元柏更是盯着姜梨，他知道姜梨不愿意此事，然而在他看来，殷之黎是个不错的选择。姜元柏之前也担心过，姜梨似乎和姬蘅走得有些近，然而他后来派人暗中查探，又发现姜梨和姬蘅没什么关系。

姜元柏不明白姑娘家在想什么，姜梨极有主意，他的想法根本动摇不了姜梨。但如今，只有和殷家联姻才是对姜梨、对姜家最好的选择。

“小梨，”卢氏道，“这些日子，你有见过郡王世子吗？”

姜梨微笑着道：“二婶说笑了，这些日子我都待在府里，怎么会见到郡王世子？”

屋里气氛莫名变得尴尬僵硬起来，卢氏连忙岔开话头，说起别的事，只是听的人都各怀心事，兴致缺缺。

姜梨也就陪着他们，直到夜深才回去。

要出门的时候，姜元柏突然叫住姜梨。他们走在后面，姜元柏走得很慢，道：“阿梨，你……恨不恨我？”

他问这话的时候，很是迟疑，姜梨转头看他。

姜梨还记得自己刚到姜家的时候，姜元柏意气风发的模样，可后来季淑然、叶珍珍、姜幼瑶的事情一桩一桩过去，姜梨发现，这个男人眼中只有疲惫，脸上甚至添了几道皱纹。

姜梨道：“我不恨父亲。”

但也不爱。

姜元柏却像被这句话感动了，松了口气，道：“我不会害你的，小梨。”

姜梨笑了笑，往前走去，没有再回答姜元柏的话。

人的感情是很复杂的，连姜梨也没有办法判断这一刻姜元柏的心思。她想，姜元柏对姜二小姐，也许是真的有父女之情，但又能毫不犹豫地在姜二小姐抗拒的情况下安排这门亲事，如果是真的姜二小姐在这里，她能明白姜元柏的一片苦心吗？

姜梨庆幸她不是姜二小姐，因为如果是薛怀远这么对待她，她会很难过。

桐儿走在姜梨身边，姜元柏的身影已经越来越远。等回到芳菲苑后，桐儿看着白雪点起了灯，把门掩上，欲言又止地看向姜梨，目光满是担忧。

“怎么了，桐儿？”姜梨看她这副神色，奇道。

“姑娘，老夫人让您明天进宫，大抵就是说赐婚那回事了，可怎么办呀？”

“姑娘不是说过，国公爷会处理的？”白雪问。

“奴婢还以为国公爷会让殷家改变主意呢，可如今看来，庆功宴还是照常，说不准国公爷没能劝住殷家人。”桐儿急得团团转，“现在就算要走也来不及了。”

白雪也跟着担心起来。

姜梨看着两个丫鬟，不知为何，摇摇头笑了起来。旁人都说殷之黎好，可两个丫鬟还有阿昭却不这么认为，这样一来，至少她不是完全站在世人的对立面。

“没关系。”姜梨安慰道，“明日会好的。”

“明日？”两个丫鬟不明白姜梨的意思。

“总之，不必操心了。”姜梨笑道，“到了明日，自然有明日的办法。”

她说得笃定，桐儿和白雪渐渐平静下来，她们相信姜梨，也没有继续说下去。等姜梨夜里上了榻，想着明日的事情，不由得有些紧张。

她是故作平静，但倘若明日姬蘅真的当着百官的面请求赐婚……该当如何？这一步，实在险之又险，但她心底也许是有一些喜欢冒险的，竟然丝毫不抗拒。

姜梨又看了看窗外，窗外静悄悄的，只有幽深的树影，她已经许久没有看到姬蘅了，确切算起来，应当是从那一日见过阿昭之后。

姜梨知道，姬蘅这段日子很忙，因此也并不觉得有什么，但是明日……明日宫宴上，大约就能看到他了。

明日的事明日再说，姜梨盖好被子，闭上了眼睛。

燕京城的夏夜，听得到蝉鸣，万籁俱寂，有人从街道的尽头走出来。

年轻男人一袭红袍，走得不紧不慢，倘若此刻有人看到，定会怀疑自己见到了传说中的精魅，惊讶于他容貌的绝艳。

这人径自走入了国公府。

院子里有人亮着灯笼，待姬蘅的脚步声响起的时候，那两人同时站起身来。一人是青衫文士，一人是翩翩公子，正是陆玑和闻人遥二人。

闻人遥道："阿蘅，你可算是回来了。"

陆玑道："大人，进屋说吧。"

三人进了书房。

姬老将军已经睡了，司徒九月正在药房里忙碌。自从薛昭去了叶家之后，司徒九月不必给薛昭施针，一时半会儿竟然清闲下来。她这几日也有些奇怪，总有些心不在焉。被闻人遥问了几次问烦了，就一头扎进炼药房，早出晚归，谁也不见，一心炼毒。

书房里，姬蘅在椅子上坐了下来。

"大人……去见过皇上了？"陆玑问。

"不错。"

"皇上怎么说？"

"当然是答应了。"姬蘅笑了一下。

陆玑却笑不出来，道："大人，如今做这个决定，只怕会引来夏郡王的怀疑……过早把目光投在您的身上。"

"就算我不这么做，他也会一直盯着我。"姬蘅浑不在意道，"他要得到他想要的东西，我就是障碍，他迟早会杀了我，不是他死就是我亡。我总不能因为片刻的安稳，就把自己的东西拱手相让吧。"

陆玑说不出话来，他跟了姬蘅这么久，不能说是了解，但有一点他是明白的，没有人能从姬蘅手上抢东西。

姬蘅对姜二小姐的心思，他们这些人，包括傻大个儿孔六都看出了端倪。殷之黎在这个时候想要赐婚，无疑是在找死。但陆玑还是认为，这局棋已经到了结局，也是最精彩的时候，切勿因小失大，自乱阵脚。

姬蘅不喜欢下棋，不是因为他下得不好，陆玑曾和姬蘅有过一局对弈，姬蘅的棋艺实在精妙，之所以不愿意与人对弈，是因为棋能观人，多少会泄露一些对弈人的想法，而姬蘅不喜欢被人揣测。

"那大人应当考虑一下倘若现在殷家对我们动手，我们的对策。"知道劝不了姬蘅，陆玑便换了个话头。

"殷湛没有本事，只能屯兵马。"姬蘅眼里的轻蔑一闪而过，"没有别的对策，到最后都会殊途同归。"

闻人遥听着姬蘅和陆玑之间的谈论，突然插嘴道："阿蘅，我突然觉得，姜二小姐恐怕就是那个卦签里的女子。"

姬蘅动作一顿，看了他一眼，没有搭理他。

陆玑又与姬蘅说了一阵子话，才和闻人遥离开了姬蘅的书房。出去后，他并没有跟闻人遥各自回屋，而是站在屋前，陆玑问闻人遥："你一直说，姜二小姐是卦签里的女子，是什么意思？"

闻人遥道："我们乩仙门一生只为一个人扶乩。你要知道，阿蘅这个人，自来为他扶乩算卦的时候都是十分顺利的，只有一次。”

陆玑皱眉：“什么时候？”

“阿蘅十四岁的时候，我为他扶乩，那一次的卦签十分不同。”

莫名地，陆玑竟有些紧张，大约是因为闻人遥脸上的玩笑之色也消失不见，甚至称得上是凝重。

闻人遥也想起了当年。

那时候，姬蘅还是个美貌的少年，坐在对面，香炉里青烟袅袅，他穿着一身红衣，眉眼艳丽，仿佛不是凡尘中人。

闻人遥道：“阿蘅，你这个样子，真是让人害怕‘红颜薄命’四个字。”

小姬蘅没有理会他。

紧接着，龟甲上渐渐出现了卦象。

姬蘅不耐烦地问：“是什么？”

面前的陆玑也问：“是什么？”

两句话，隔着十年又重合在一起，让闻人遥仿佛回到了当年，他隔着烟雾缭绕，看着红衣少年，一字一字解卦道。

“冬月生，王侯之相，十年后，因女祸遇劫，暴尸荒野，鹰犬啄食。”

第二日，姜老夫人果不其然又送来一匣子首饰，让姜梨好好挑几样。

姜梨从其中挑了几样看起来不那么夸张的，道：“就这些吧。”

稍稍收拾打扮了一下，姜梨看天色也不早，估摸着时间应该差不多了，就让桐儿和白雪一起出发。

到了晚凤堂外面的院子里，姜老夫人已经在等姜梨，卢氏笑道：“刚刚正要叫珍珠去叫你，不想你自己倒是来得巧。”

姜老夫人打量了一下姜梨，目露满意之色。

姜梨容貌肖似姜元柏，气质却像叶珍珍，烂漫温柔，又比叶珍珍多了几分灵动和狡黠。她和姜家人站在一起，一点儿不像是一家人。

姜元柏被自己心里突如其来的这个想法吓了一跳，忙道：“既然都到了，那就走吧。”

姜梨和姜景睿两兄弟坐在一辆马车上，姜景佑倒是没说什么，反而是姜景睿，一直看着姜梨。

姜梨莫名：“你看我做什么？”

“你知不知道今日祖母让你一起去宫中，是做什么？”姜景睿问。

姜梨心中顿了一下，不咸不淡道：“庆功宴，还能做什么？”

“你怎么一点儿也不好奇？”

姜梨反问：“有什么可好奇的，难道你知道些什么？”

姜景佑拉了一把姜景睿，提醒姜景睿不要胡说。这件事落定之前，要是被别人知道了，平白害了姜梨的名声。姜景睿也知道利害关系，便没有说下去，只是仍旧有些不甘心。

“如今成王和右相都倒了，不知四妹妹和五妹妹如何？”姜梨突然道。

她只是随口提起，这些日子也没听到三房的消息。

姜景睿道：“好好的，你干吗提那家人？难道你还同情他们，要知道你当初被掳到黄州去，可就是三房下的狠手。”

“不是同情，只是好奇罢了。”姜梨道。

“三房的消息我倒是听过一点。”说话的是姜景佑，轻咳一声，“三婶……听说不小心落水死了，三叔把四妹妹托付给杨家的亲戚，如今也不知所终。至于五妹妹的消息，我不是很清楚，不过宁远侯府最近在和城里的高家议亲，听说高家小姐将要嫁到宁远侯府。”

姜梨闻言倒是没有太大惊讶。三房当年站在成王一边，赌一个前程，自然也要做好赌输的准备。杨氏的落水和姜元兴的不知所终，只怕都是有心人故意为之。姜玉娥也没什么可同情的，宁远侯府那家子本就不是什么好相与之人，她当年心心念念要嫁过去，沈如云出事后还尽力打压，自然也该想到，她有一日也会落到沈如云的下场。可惜的是，姜玉燕出生在三房，并非她能主宰，她自己其实也没做什么伤天害理的事，只是性子懦弱了些，却要为这些不是她做的事情付出代价。也许三房贪婪的恶果，如今是让姜玉燕承受了。

“他们那家本就心术不正，死了也活该。”姜景睿厌恶地道。

姜景佑摇了摇头，没说什么，姜梨也沉默下来。

不管怎么说，成王的事，随着他的最后一条走狗右相的覆灭，似乎彻底落下帷幕。那些和成王明里暗里有关的官僚，也都终止于这场战争。

一切似乎风平浪静了下来。

但姜梨隐隐感到不安。

就像这夏日的天气，分明还是阳光大好，日暖风轻，但姜梨总觉得，过不了多久，就会阴云密布，风雨欲来。

唯有见机行事了。

马车在宫门口停了下来，姜梨和姜景睿他们下了马车，站在宫外朝宫里看，姜梨一时感慨万千。

她进宫好几次了，校考过后的授礼，宫宴，廷议……一桩桩一件件，辗转办成了许多事情。如今再到这里来，原先针锋相对的季淑然死了，姜幼瑶疯了。原先一心想要报复的永宁公主和沈玉容，也早已为他们犯下的罪行付出了代价。

周围也有一些同僚到了，热络地与姜元柏打招呼。如今右相彻底崩溃，文臣之首当仁不让地回到了姜元柏身上，连带着姜元平一派也与有荣焉。官场之上，见风使舵的人最多，忙着来恭维的人也不在少数。

也有许多家中有子尚未娶妻的同僚夫人，将目光投向了姜梨。

可以说，如今姜梨算是姜家真正的掌上明珠，谁要娶了姜梨，便能借着姜家的势头，蒸蒸日上。

姜梨注意到那些夫人打量她的眼神，像是在打量一件物品，她微微皱眉，站在了姜景睿身后，隔绝了那些目光。

待到了宫殿，姜梨发现，今日来论功行赏的臣子其实并没有多少，至少没有前一次宫宴来得多。再仔细一看，姜梨心中明白了几分。朝中和成王右相有牵扯的不在少数，这一回清理了不少人，重臣几乎少了一半。当然，这并不代表北燕的朝局就此动荡，洪孝帝怕是早在许久之前就为今日做了准备，早早开始扶植新贵，如今这批狼子野心的老臣腾出位子，刚好可以给新人让路。这些新臣对洪孝帝绝对忠心，等姜元柏这一批老臣也退位之后，朝中的格局就和从前全然不同，里外都是洪孝帝的人了。

姜元柏看着周围，不知是不是也想到了这一层，神色有些异样。

姜梨本以为今日柳絮会在，看了一圈，并未看到柳夫人的身影。想来今日的宫宴，柳夫人不在受邀之列。

不过这样一来，姜梨就没有认识相熟的朋友了。姜景睿和姜景佑倒是有两个兄弟，很快就去与他们说话。姜梨站在大殿角落，和卢氏站在一起，忽然有人叫她的名声："姜二小姐！"

姜梨回头一看，竟是殷之情在背后叫她。

姜梨忙道："平阳县主。"

殷之情走过来，高兴地道："我刚到就看见你了，你也是刚到的吗？"

姜梨点头，看向殷之情。殷之情今日实在打扮得很明艳。她穿着孔雀纹锦衣，玫瑰红长尾鸾裙，朱唇皓齿，盈盈顾盼，饶是姜梨见了，也禁不住在心中称赞一句，好一个芙蓉玉面的绝色佳人。

殷之情生得妩媚惊人，性情却直率，伸手来拉姜梨，道："我哥哥在那边，走，你与我一起去和他打个招呼吧。"

姜梨还没来得及说话，卢氏就笑眯眯道："小梨，你就去吧，恰好郡王世子也在，你们年轻姑娘家，与我待在一处也没什么意思。"

姜老夫人也点头。姜梨心中摇头，面上却只能笑道："好。"

殷之黎正站在殿外，与一位年轻人说话。

殷之情喊道："哥哥。"

殷之黎恰好和面前的人说完话，正要离开，听见殷之情的叫声，回头一看，见到姜梨一愣，随即眼中浮起一丝笑意，温声道："姜二小姐。"

"殷公子。"姜梨回道。

殷之情眨了眨眼睛："你们先说着，我去跟娘说一声。"不等殷之黎说完，她就先跑了。

殷之黎有些无奈："抱歉，舍妹……"

"县主天真烂漫，很可爱，殷公子不必介意。"姜梨笑道。

殷之黎闻言，神情放松了下来，也跟着笑道："姜姑娘还是这么善解人意。"

他二人站在一处，自然也吸引了不少人的目光。男子白衣温润，俊美和煦。少女青衣灵动，秀媚乖巧，倒是一双璧人。殷之黎相貌家世都出众，自然也有许多姑娘倾慕于他，有心之人见此情景，猜测倘若殷家和姜家联姻，倒是没有别人什么事儿了。照如今这模样看来，殷之黎和姜梨似乎也很熟稔，莫非早就有此端倪？

姜梨感受到许多猜疑的目光落在自己身上，心中啼笑皆非，却丝毫不紧张。落在殷之黎眼中，却是姜梨并不反感与他待在一块儿。他看着姜梨，奇道："姜姑娘怎么不拿之情送你的扇子了？"

"扇子？"姜梨一愣，想起扇子已被姬蘅没收，到现在没还回来，也不知道他是怎么处理的。姜梨心中好笑，面上不自觉就带了点笑意。

殷之黎见她如此，轻声问道："姜姑娘？"

姜梨这才回过神，道："那把扇子……夏日快要结束，我瞧着天要凉了，就将扇子收了起来。"

殷之黎怔住。

姜梨还想再胡诌两句，一个声音从身后传了过来，懒洋洋的，带了点笑意。

"常恐秋节至，凉风夺炎热，弃捐箧笥中，恩情中道绝。"他意有所指地问，"姜二小姐这是把谁比作弃妇啊？"

姜梨回头一看，就见姬蘅走了过来。

他大约刚到，今日穿着一身红底黑牡丹的长袍，艳丽又幽深的图案在他身上却异样契合。男子不必涂脂抹粉，站在这里，也将满殿争奇斗艳的女儿家比了下去，任谁在他那双狭长含情的琥珀色眸子中，都会变得黯然失色。

他就站在姜梨身后，姜梨的身前站着殷之黎，姬蘅个子很高，竟比殷之黎还要高上一点。他居高临下地看着二人，笑盈盈地抚过自己的扇子。那扇子一寸寸展开，上面的金丝牡丹异常妖冶，夺人心魄，扇柄处一只血色蝴蝶翩飞起舞。

殷之黎愣了一下，目光追随着那把扇子，忽然便觉得自己送给姜梨的那把扇子实在很寡淡。他的目光又从扇子转到了姜梨和姬蘅二人之间。

年轻男人妖冶艳丽，姜梨清丽脱俗，站在一起，却没有一丝怪异，反而让人自惭形秽，觉得无论如何都插不进这两人之间。

如此契合。

"国公爷。"姜梨颔首道。

听见姜梨的话，殷之黎才回过神。

他是听过肃国公的名字的，也知道殷之情一直很注意姬蘅，上次匆匆一瞥，却没有这一次近距离看这般惊艳。他刚想和姬蘅行礼，姬蘅却看也没看他一眼，从他身边走过，不知是不是殷之黎的错觉，他觉得姬蘅似乎看了他一眼，目光讥讽又轻蔑。

姜梨蓦地有些尴尬，心中暗骂姬蘅，何必当着她的面让殷之黎出丑，这样如何下得了台。

殷之黎却十分好脾气，姬蘅走了后，他笑了笑，道："今日一见肃国公，果然名不虚传。"

姜梨仔细打量殷之黎，见殷之黎是真的没有一丝怨愤之气，仿佛真心实意在称赞。不管是装的还是真的，他能做到这一点，至少不会让人难堪。

殷之黎又笑道："秋日要来了，扇子也用不上，收起来最好。"他嘴上这么说，心里却念着姬蘅的诗句。那首诗的意思是，扇子到了秋日就被人丢弃，好比被丢弃的女子。姬蘅莫非在提醒他，秋扇有别的意思？

他的笑容就有些心不在焉。

姜梨并不想和殷之黎多谈，见殷之黎有些失神，就找借口回了卢氏身边。这之后，姜梨一直寸步不离地跟着卢氏，她实在不想应付殷家这对兄妹，不顾卢氏对她的暗示，只装作不知。

再过不久，皇帝和殷湛也到了。

今日本就是为给殷湛庆祝战功，自然是以殷湛为主。姜梨也是第一次见殷湛，和她想象中的不太一样。她以为殷湛会肖似叶明煜那种豪迈大汉，没料到生得又英俊又野性，和殷之黎一点儿也不像。殷湛五官轮廓十分深邃，和殷之情很像，殷之黎却温润如水墨画，柔和得一塌糊涂。

姬蘅坐在殿中一角，姜梨与他离得太远，看不见姬蘅是什么表情，因此也不知道姬蘅有没有看殷湛。

宫宴很快开始了。

姜梨低头慢慢地吃东西。到现在为止，洪孝帝还没有提赏赐的事，殷湛也没有求赐婚，太后和皇后也都在。一向不怎么出慈宁宫的太后，今日显得很高兴，同皇后说着话。曾经荣宠一时的丽嫔，如今也成为一抔黄土，朝廷里的臣子又蠢蠢欲动，想着让哪个女儿进宫最好。洪孝帝如今帝位是坐稳了，没有了成王，也没有了后顾之忧，又正年轻，哪个女儿要是入了洪孝帝的眼，自然能带着家族飞黄腾达。

因此，今夜许多年轻的女眷使出浑身解数，装扮得美如天仙。

姜梨心中却不这么想，从丽嫔的事就能看出，只怕这位帝王并非一个耽于女色的帝王。想做第二个丽嫔，可没那么容易。满场芬芳中，殷之情格外显眼，她本就生得国色天香，加之又盛装打扮，叫人不注意都难。旁人以为她也是怀着要进宫的心思，姜梨却知道，殷之情的目的分明就是姬蘅。

看他们今日一同穿红就知道了。

平阳县主这回也是煞费苦心，可惜她并不知道，姬蘅和殷家有深仇大恨，注定要你死我活，殷之情的心思也注定没有结果。

酒过三巡，觥筹交错间，洪孝帝就说起殷湛此番剿灭成王叛军的功劳，道：“夏郡王剿灭成王有功，理应赏赐，还当重重地赏！”

殷湛从席中站起身来，众人都盯着他，他一撩袍角，对着洪孝帝跪倒下去，道：“剿灭叛军，是微臣分内之事，微臣不敢居功，都是陛下调令得当。微臣有一事相求，望陛下看在微臣此番带兵平叛的分上，恩准臣的请求。”

“哦？夏郡王有何请求，但说无妨。”年轻的帝王心情很好，看向臣子的目光十分宽和。

“臣有一子，如今二十有三。”殷湛道，“犬子爱慕首辅姜家嫡出二小姐，臣恳请陛下赐婚犬子与姜家二小姐，臣不胜感激。”

此话一出，厅中众人皆是安静下来，静得连一根针落在地上都能听见。

殷湛保持着跪地的姿势，殷之黎先是愕然，随即也跟着站出来，跪倒在地。洪孝帝一时没有回答，只是盯着殷湛，不知道在想什么。

女眷们半是羡慕半是妒忌地看着姜梨，殷家愿意用战功来换一个赐婚，可见是很看重姜梨的。男眷们则是妒忌殷之黎，殷湛这么说，洪孝帝定然会答应，姜二小姐日后只怕就要成为殷家的世子夫人了。

姜元柏笼在袖子中的手却是渐渐握了起来，额上也开始渗出汗珠。不是因为其他，而是洪孝帝并没有一口答应。

洪孝帝为什么不答应？只不过是一桩赐婚而已。

姜元柏忽然想到姜梨之前与他说的那些话，燕京朝堂尚且不稳，过早与殷家走近，并非什么好事，当心惹祸上身。他当时只觉得姜梨有些危言耸听，毕竟殷湛才立下这么大的功劳，又没有做什么出格的事，这么多年在云中也很安分，洪孝帝看样子也很信任他，否则不会在成王举事的时候，让殷湛回来解困。

但现在是什么意思？莫非皇帝并不是全然相信殷湛？

时间慢慢地流逝，洪孝帝只是看着跪倒在地的殷家父子，渐渐地，朝臣也觉出不对来，皆是大气都不敢出，静静地看着眼前一幕。

殷家父子一动也不动，殷之情逐渐涨红了脸，本以为一切水到渠成，怎么看样子，却不是如此顺利。

太后见洪孝帝迟迟不肯说话，笑道：“陛下，哀家觉得，这门亲事倒也不错。两个孩子瞧着也十分般配，姜家二小姐是个好的，这殷家的世子，哀家瞧着也十分出众。”

太后的话音刚落，忽然有人笑了一声。因着在寂静的大殿中没有一人说话，这带着几分嘲讽的笑意，就清清楚楚飘进了众人的耳朵。

殷之情大吃一惊，这个时候居然有人敢这么做，岂不是在和太后对着干？她循着声音望去，就看到那个她见过两次、每一次都夺人心魄的红衣身影在角落里，灯火中，慢慢地显露出全样来。

姬蘅一手撑在脑后，一手提着酒壶，自顾斟酒。他神情慵懒，动作随意，或惊愕或狐疑的目光中，他摆出一副事不关己的姿态，却尤为动人。似乎感到了众人的目光，他侧头一看，一双含笑的凤眼几乎要溺死人。

他慢条斯理道："呵呵，夏郡王，你恐怕晚了一步。"

殷湛也看向姬蘅，殷之黎的心中突然浮起一丝不好的预感。下一刻，他听到头上的洪孝帝朗声大笑起来："没错，爱卿，这回你可是晚了一步。在你之前，已经有人求到了朕的头上，朕连圣旨都拟好了，赐婚肃国公和姜二小姐。苏公公——"

苏公公忙小步上前，从身边太监手里的托盘上拿起圣旨展开，长声唱道："奉天承运皇帝，诏曰：肃国公姬蘅行孝有嘉，文武并重，而今已至弱冠，首辅姜家二小姐姜梨，年方十六，品貌端庄，秀外慧中，故朕下旨钦定为肃国公之妻，择日完婚。钦此！"

这一袭赐婚，来得委实令人诧异，所有的人都转不过弯儿来。分明是夏郡王求皇帝赐婚姜二小姐和郡王世子，结果最后却赐婚姜二小姐和肃国公。

肃国公？

太后脸色微变，殷湛低着头，看不清楚表情，殷之黎心中像是堵了一块石头。皇帝不仅没有赐婚他与姜梨，还赐婚了姜梨和肃国公，无疑是一巴掌狠狠地打在了他们父子脸上，让他们颜面无存。

"姜大人，"苏公公提醒道，"接旨呀！"

姜元柏猛地一愣，这才回过神来，站起身接旨，因为太过慌张，差点摔了一跤。

倒是姜梨镇定自若，姬蘅也走了过来，一撩袍角，笑盈盈道："多谢陛下成全。"

洪孝帝看了姬蘅一眼，似乎也很满意自己的这门赐婚。对于其他人来说，却是惊讶大过惊喜。

洪孝帝复又看向殷湛，大度笑道："夏郡王，这回可不是朕不愿答应你，实在是你来晚了一步。朕瞧你的儿子的确是个出类拔萃的人才，不如你说，要是瞧上了别家的女儿，只要是尚未婚嫁，亦无婚约在身的，朕现在立刻赐婚。"

满场的女儿家霎时间又激动起来，皆是期盼地看向殷湛。

殷湛却抬起头，半是失落半是释然地道："那倒不必，此番是姜二小姐与犬子无缘，怨不得他人。"他又转向姜元柏和姜梨，笑道："恭喜姜大人，姜二小姐！"

姜元柏勉强笑了笑，只知道一件事，洪孝帝只怕对夏郡王的态度并不是信任那么简单。今日这桩赐婚，背后暗流涌动，令他冷汗涔涔，隐约觉得之前同意与殷家联姻一事，是做错了选择，如今倒是连累了姜家，洪孝帝对姜家可能也有所怀疑了。

姜梨对殷湛一笑，殷湛见姜梨这般情态，眼睛一眯，目光在姜梨和姬蘅身上打了个转，这才收了回来。

这一桩赐婚猝不及防，接下来，洪孝帝还是赏赐了殷湛许多金银珠宝，因殷之黎求赐婚不成，还得做些补偿。再回到席中时，众人议论的重心早已变了，姜梨、姬蘅和殷之黎三人就成了人人议论的话头。

姬蘅又回到角落，面对四面八方的目光浑不在意，依旧慢慢地斟酒自饮。那些看姬蘅的人也知道他喜怒无常，不敢明目张胆地看，而是偷偷摸摸小心翼翼地看。

比起来，看姜梨和殷之黎的目光就有些肆无忌惮了。

姜梨回到席上，姜家其他人都神情莫名，尤其是姜老夫人和姜元柏两兄弟，脸色难看得很。姜景睿和姜景佑，以及卢氏并不知道其中内情，只觉得这桩赐婚的人突然变成了姬蘅，当然更不好相与。别说是成为姜家的姑爷，便是平日，也要躲得他远远的才行。

殷之情坐在殷之黎身边，脸色苍白，摇摇欲坠，几乎要哭出来。她原本以为今天是一桩喜事，姜梨和殷之黎是铁板钉钉的事实，自己的哥哥样样都好，姜梨和殷之黎相处也不错，姜家人也喜欢殷之黎，这桩亲事没有任何不成的理由，然而就真的是不成了。

不仅如此，赐婚给姜梨的人，还变成了肃国公姬蘅。

殷之情只觉得上天在与她开玩笑。

殷夫人担忧地看着她，却也无能为力，她在殷家其实说不上话，更不可能改变皇帝的圣旨。

坐在殷湛身边的殷之黎虽然面带微笑，看上去丝毫不将方才的事情放在心上，然而举杯的动作却有些心不在焉。

不仅是殷之情，就连殷之黎自己也认为这桩亲事不会有什么意外。现实狠狠地给了他一耳光，他觉得……有些异样。

宫宴开始之前，那位美貌的肃国公从他身边走过，慢悠悠地念了一首诗，现在想想，他那时满是志在必得和看戏之人的嘲笑。殷之黎想，他的确是姜梨的秋扇，秋日一到，没有任何作用，便该丢弃。

殷之黎自嘲地笑了笑，活了二十多年，顺风顺水，喜欢他的姑娘不计其数，没想到自己也会有爱而不得的一日。他知道现在也许对姜梨算不得深爱，但的确是很喜欢，至少在这之前，对别的姑娘，他没有如此放在心上。

那把扇子……殷之黎闭了闭眼。

他不知道姬蘅和姜梨是如何看待他送的那把扇子，但必然是……觉得他不自量力。

这桩赐婚，姬蘅想必早就知道，才会抢先在父亲前一步求得圣旨，那么姜梨知不知道？

殷之黎不由得微微侧过头，隔着人群去看姜梨。

女孩子坐在席上，脊背挺得笔直，侧影清秀而美好。她唇角含着一抹淡笑，和无数次面对殷之黎的笑容没什么两样。殷之黎却可以清晰分辨出她的笑容里多了几分轻松。

她果然是知道的，殷之黎心下一沉。

正在这时，耳边响起了殷湛的声音，那声音十分轻微，只有殷之黎一人能听到。

“做你该做的事，现在，不要分心。”

殷之黎一个激灵，重新挂上了温和的笑容。

高位上，洪孝帝看着眼前的一切，似乎饶有兴致，皇后规矩地坐在一边，什么话都不说，她自来都是这般温和顺从，就像年轻时候的太后。

太后……太后的护甲轻轻划过椅子，发出轻微的响声，而她浑然未觉，目光极快地在殷之黎和殷湛的身上一扫，随即隐没下去。

谁也没看到。

这一场庆功宴，本是为夏郡王殷湛准备的，然而到头来却是殷湛失了颜面，没能得到自己想要的东西。

庆功宴结束的时候，大家散去出宫。许多同僚向姜元柏道喜，姜元柏心中苦涩，面上只得笑着应承。姜梨站在一边，目光落在姬蘅身上，他的目光遥遥与姜梨的相接，见姜梨看着他，便扬唇一笑，端的是令人目眩。

这时候居然还敢做得这么明显，也不怕人瞧出了端倪，姜梨心中暗道，忙低下头，避开了姬蘅的目光，装作若无其事的样子。

却不知这一切被两个人看在眼里。

一个是殷之黎，一个是殷之情。兄妹二人本就一个中意姜梨，一个中意姬蘅，自然注意着对方的一举一动。这会儿眼睁睁看着姜梨和姬蘅的眼神交流，分明不像是不熟，殷之情怔怔站着，差点忍不住眼泪。

殷之黎眼中闪过一丝黯然。

她果然是早就知道的，姬蘅的求赐婚，大约她也是满含欣喜地去接受吧。殷之黎心中难受极了。他想起自己每次去姜府的时候，姜梨也对着他笑，那时候他以为至少姜梨是不讨厌自己的，但看到姜梨看姬蘅的眼神，他就明白姜梨真正喜欢一个人是什么模样。

绝不是她面对自己的时候。

殷湛走过兄妹二人身边，面上仍然带着爽朗的笑，道：“走吧！”

殷之黎这才反应过来，整了整心情，装作什么事都没有的样子。殷夫人也拉起殷之情的手，轻声道：“之情，走吧。”

一家人就这么离开了。

另一头，姜元柏好容易敷衍了一堆同僚的祝福，姜梨离开的时候，姬蘅已经不见踪影了。

回府的路上，姜梨仍然和姜景睿兄弟二人共乘一辆马车。姜梨猜测，等会儿回到姜府以后，姜元柏就该找自己“谈心”了。

果然，马车行到了姜府门口。姜梨想回院子，才走了几步，就被姜元柏叫住：“小梨，你跟我过来一趟。”

白雪和桐儿担忧地看着姜梨，姜梨给了她们一个安心的眼神，自己和姜元柏走进了书房。

门一掩上，姜元柏转头就道："今晚肃国公求赐婚的事情，你是不是一早就知道？"

姜梨道："不是。"

姜元柏狐疑地看着她。

"我的确不知道这桩赐婚，甚至我也不知道夏郡王会向皇上讨要这门赐婚，不过有件事我知道，姜家和殷家绝对不可以走得太近。只要有这个苗头，一定会有人跳出来阻拦。我没想到这个人是肃国公。"

姜元柏半信半疑，道："你说的是真的？"

"父亲不相信我，我也就没有必要继续说下去了。"姜梨态度坦荡，倒是让姜元柏觉得是自己太过斤斤计较。

"肃国公为什么会求娶你？"姜元柏道，"在此之前，黄州也是，他救了你……你们……是不是早有往来？"

"黄州的事是个偶然，我和肃国公之间也不是父亲所想的那般。至于肃国公为何要求娶我，我猜，只怕他早就知道了夏郡王要和姜家联姻的消息，不过是先下手为强罢了。"

"那就是说他看重你，才会和殷家抢人了。"姜元柏道。

"父亲也实在太高看了我。"姜梨微微一笑，"无论是殷家还是国公府，想来都不会为了女儿推翻大局。我想，肃国公之所以求娶我，不是因为看重我，只是不想让姜殷两家联姻罢了。父亲别忘了，肃国公效忠的是陛下，陛下在这桩赐婚里，态度也耐人寻味，看样子，陛下宁愿让我嫁到国公府，也不愿意让我嫁到殷家。这说明了什么？"

姜元柏看着姜梨，其实他已经猜到了那个可能，只是不愿意去相信，如果说出来，就证明之前是他看走了眼，他做错了选择，日后可能还要为之前的选择付出代价。

"陛下怀疑夏郡王，不信任夏郡王。夏郡王手握兵权，父亲又是文臣之首，焉知夏郡王不是下一个成王？成王尚且没能拉拢姜家，要是被夏郡王得逞了，你让陛下如何安心？相比之下，肃国公一无兵权，二有忠心，当然是肃国公为上佳。我猜，说不准连赐婚这件事，其实都不是肃国公自己提出来的，是陛下的主意，只是肃国公照办而已。"

姜梨的话，真假难辨，听上去却比全真全假更容易让人相信。姜元柏也是如此，他回想起宴席上洪孝帝的反应，洪孝帝的确不信任殷湛，这一点，姜梨没有说谎。

"夏郡王到底做了什么……"姜元柏喃喃道，"倘若陛下不信任他，当初就不会把他召回京。"

"成王举事迫在眉睫，夏郡王当然要出来立功。"姜梨回答，"父亲有没有想过，也许即便没有这次成王的事，夏郡王有朝一日也会回京。陛下不过是将计就计，就当是关起门来打狗，先把夏郡王放在眼皮子底下，要动手什么的，也会看得更清楚。"

姜元柏皱眉盯着姜梨，觉得姜梨知道的可能不止这么多。她对殷家的态度一开始就是回避，像是早就知道殷家是个麻烦。但姜梨如何知道这么多？整个燕京城里，她认识的官家除了姜家以外，叶世杰算一个，可连他都不知道的事，叶世杰就更不可能知道了。莫非是……姬蘅？

姜元柏又觉得头疼起来，姜梨口口声声说和姬蘅并无关系，但姜元柏的直觉告诉他，并非如此。

“父亲，”姜梨问，“当年先帝为何要把夏郡王调去西北云中？”

姜元柏摇了摇头：“当年先帝做决定的时候，我还不是首席大学士，不知道其中内情。但这么多年过去了，也从没有什么风言风语传出来。可见知道这件事的人很少，先帝没有告诉其他人。”

他这么一说，姜梨就越发怀疑，无缘无故的，先帝怎么会突发调令？在此之前，听闻先帝和夏郡王关系极好，虽然同父异母，却比亲生兄弟还要亲。一定有什么事情导致他们产生了隔阂，但这件事又没有严重到让先帝直接杀了夏郡王，所以留了一线生机，却导致如今的混乱。

姜梨的话也提醒了姜元柏，他不再追问其他的事，而是若有所思起来。

过了一会儿，姜元柏看向姜梨，道：“算了，你先回去吧，这些事情，我慢慢再打听清楚。”

姜梨颔首，正要离开，又被姜元柏叫住。

他说：“小梨……陛下的赐婚，没有办法更改，你嫁给肃国公，也许并不如表面上的风光……你可愿意？”

“父亲，最重要的并非我愿不愿意，而是事情已经没有转圜的余地。”姜梨回过头，淡淡道，“当初父亲希望我能嫁给殷之黎，可没有管过我愿不愿意，即便我表达出了抗拒。”

姜元柏动了动嘴唇，姜梨说得他哑口无言。

“肃国公姬蘅不过是传言坏了一点罢了，殷家倒是人人称好，可独独被陛下提防，那才是会牵扯姜家到万劫不复的深渊。我既是姜家人，就摆脱不了身在其中的宿命，既然如此，倒不如找一个看上去赢面大的站队。从成王一事，父亲也许能看出来，陛下可不是等闲之辈，我以为，陛下最大，胜过夏郡王。”

说完这话，她便对姜元柏行礼，退出书房，头也不回地离开了。

叶府里，得知这个消息的时候，薛怀远正在与叶世杰论书。他们一老一少相处倒比亲父子还要和谐，叶世杰聪敏好学，对薛怀远的见识胸襟多有佩服，平日里遇着难解的问题，便去问薛怀远。薛怀远也从不藏私，将自己所会的倾囊相教。

相比之下，薛昭就不如叶世杰对那些书本感兴趣了。虽然他如今不如从前灵活，跳脱的性子却还是和从前一般无二，最喜欢的是和叶明煜待在一块儿。叶明煜在院子里练武的时候，薛昭就一脸羡慕地看着。叶明煜也知道薛昭是个练武的材料，可惜被永宁公主废了，他就把坐在轮椅上能够用的兵器通通拿给薛昭试了一遍，还试图让薛昭学会在轮椅上用鞭子，倘若鞭法学得好，也不会全然被动。

这一日也是一样，深夜，薛昭推着轮椅，在叶明煜的房中转了几转，叶明煜有好几大箱子宝贝，都是他从前跟着商队游历经商的时候买回来的。不是特别贵重的东西，但都十分奇特。他非常大方地让薛昭挑自己喜欢的。薛昭左看右看，惊叹的同时，又对叶明煜这样潇洒的生活充满向往。

二人正在说话的时候，阿顺从外面进来了，道："老爷……老爷……"

"什么事啊跑得这么喘。"叶明煜看了他一眼，"天塌了？"

"也不是天塌了，"阿顺急得跺脚，"是表小姐、表小姐出事了！"

"阿梨？"叶明煜眼睛一瞪，"阿梨怎么了？"

薛昭坐在一边，起初听到表小姐的时候，还没反应过来，毕竟还不大适应姜梨成了叶家的表小姐，可听到叶明煜叫阿梨的时候，登时也急了，想站起来，奈何双腿无力，只得紧紧注视着阿顺。

阿顺结结巴巴道："外面都在传，今日宫里给昭德将军庆功，陛下赐婚了表小姐，将表小姐许给了肃国公！"

"什么？"叶明煜掏了掏耳朵，险些以为自己听错了，"阿梨被许配给了肃国公？"

这是怎么回事，给殷湛庆功，怎么最后给姜梨赐了婚，皇帝是糊涂了还是根本分不清谁是谁，怎么乱点鸳鸯谱？

薛昭却是愕然过后，飞快地想到了姬蘅。他那时候询问姬蘅和姜梨之间是什么关系，姬蘅说是很快要做他姐夫的关系。薛昭还想，这位大人说话未免也太自负了些。没想到今日就成了现实，他果真成了自己的姐夫，而且还是皇上赐婚，这……怕不是偶然的吧！

阿顺还在说："听说之前本来是昭德将军拿战功请陛下赐婚表小姐和郡王世子的，可是陛下却说，昭德将军来晚了一步，已经有人请求赐婚了，皇上圣旨都拟好了，那人就是肃国公。"

"我……"叶明煜憋得脸颊通红，憋出了一句，"怎么会是肃国公？！"

怎么会是肃国公？

可是圣旨已经下了，现在说什么都晚了。叶明煜也满脸无奈，不知如何是好，倒是一边的薛昭呆呆坐了片刻后，突然想起了什么，推着轮椅就要出门，道："我去看看爹！"

"看爹？"叶明煜狐疑，一句"这个时候看什么爹"还没出口，薛昭就已经推着轮椅跑得没影儿了。

叶明煜追出去，就看见叶世杰从隔壁薛怀远的房间里出来，看见叶明煜，快步上前，道："三叔，他们说的是真的……"

“是真的。”叶明煜看着他，叶世杰动了动嘴唇，什么话都没说。

叶明煜了然地拍了拍他的肩膀，道：“世杰啊……你表妹……你还是忘了吧。”

另一头，薛昭推着轮椅进了屋，薛怀远也有些回不过神，薛昭一看他这个样子，就知道薛怀远也知道了此事。他把门带上，推着轮椅到了薛怀远面前，试探地道：“爹？”

薛怀远的目光慢慢移向他。

“爹是不是知道了，姐姐被赐婚的事？”薛昭问。

薛怀远沉默，他表现得不如叶明煜惊愕，但不代表内心就毫无波澜。半晌，他才道：“知道阿狸成了姜家小姐后，我就一直担心一件事。我怕之后她的亲事再也由不得我做主，也由不得她做主，最后会所嫁非人，但我也想好了，如果真到了那一日，我就带着你们姐弟离开燕京，天大地大，总有藏身之处，大不了一辈子隐姓埋名，也能过得舒坦。”

薛昭静静听着薛怀远继续说下去。

“但我没想到，在这件事情上，我比自己想象的还要没用。你姐姐受的是圣旨，普天之下莫非王土，真要追究起来，就算我们逃到天涯海角，也没有用。阿昭，”薛怀远问，“这可怎么办？”

他爱惜自己的女儿，不愿意女儿受苦，又没有别的办法，天下间难道还有比这更无奈的事情吗？

“爹，您想多了。”薛昭心头一酸，“您忘了，姐姐是什么样的人，若是她不想嫁的人，无论如何都不会嫁的。加之沈玉容的事情过后，在这件事上，她只会更加谨慎。”

薛怀远蹙眉：“你这是何意？”

“爹可知道，姐姐要嫁的人是谁？”

“是肃国公，我听过他的传言，只是当年我离开燕京城的时候，还不曾有他。金吾将军是个难得的英雄，可惜了。听说姬蘅喜怒无常，杀人如麻，做事全凭喜好，我怎么敢把阿狸交给他。”薛怀远长长叹了口气。

“爹，当年咱们全家可都是觉得沈玉容挺好。就连我也觉得他手无缚鸡之力，定然做不出什么出格的事，可最后怎么样，这个人是怎么对姐姐、对我们薛家的？表里如一的人，如今可真是太少了，爹。”

薛怀远意识到了什么，看着薛昭道：“怎么？你知道姬蘅什么事？”

“你还记得姐姐的那个‘朋友’吗？把我从永宁公主府的私牢里救出来的人，就是肃国公姬蘅。”

薛怀远大吃一惊，道：“怎么会？”

“不仅如此，据我所知，姐姐在回襄阳桐乡插手冯裕堂的案子时，也是姬蘅在其中帮忙。司徒大夫也是姬蘅派来给爹治病的。成王之前掳走姐姐去黄州，姐姐也是被姬蘅救了下来。最重要的是，我是如何与姐姐相认的？就是因为有一日姐姐去国公府，在国公府里见到了我，我们才得以相认。但是爹，您要想想，姐姐为何要去国公府？可见和肃国公不是点头之交，而是很有交情。”

薛怀远还是第一次听到这些，薛昭之前也提示过，姜梨有一个“朋友”，薛怀远虽然心中奇怪，姜梨不愿意多说，他也就没有追问。现在看来，那个和姜梨关系匪浅的“朋友”，原是肃国公姬蘅。

“他……为何要做这些事？”薛怀远问。

“爹，不管他的目的是什么。人家帮了我们，我们总不能忘恩负义，转头就骂人家是个魔头。外人传言他如何无情，但在我看来，他却是救命恩人。”

薛怀远沉默，他没有见过姬蘅，不太能分辨薛昭的话是不是事实。

“那一日我在国公府里看见了姐姐，姐姐与我相认的时候，是没有避开肃国公的。”薛昭道，“这也就说明，姐姐很信任姬蘅，以至于敢将自己的身份和盘托出。我以为经过沈玉容的事情后，姐姐不会轻易相信他人，所以姬蘅一定是经过考验，被姐姐认为是可以相信之人。”

“阿狸真的没有避开姬蘅？”

“是真的。所以我想，这门赐婚虽然在世人眼里不见得是好事，但对于姐姐来说，却未必是坏事，甚至我瞧着肃国公，旁人嘴里心狠手辣的人，却不怕麻烦，为姐姐做了许多事，何尝不是有心？说不准……”薛昭顿了一下，“这门赐婚肃国公求来的时候，姐姐也是知道的。”

叶家和姜家因为这突如其来的赐婚而方寸大乱，殷府里却是一片安静。

下了马车，进了府，殷夫人就想先拉着殷之情回院子。殷之情挣脱开来，走了两步，走到殷湛面前，一瘪嘴，差点哭起来。

殷湛看了她一眼，道：“之情，你先和你娘回屋去。”

殷之情眨了眨眼，殷之黎拍了拍她的肩，温声道：“有什么事明日再说吧，今日很晚了，之情。”

殷夫人也跟着点头，紧张地看着殷之情。殷之情忽然觉得有些难堪，也不顾殷夫人在背后的呼喊，自己先跑回了院子。殷夫人只得无奈地冲殷湛和殷之黎一笑，追了上去。

殷之黎看着殷之情的背影，叹了口气。

殷之情生得娇媚动人，花容楚楚，但事实上，殷湛最疼爱的还是殷之黎这个儿子。虽然对殷之情也算娇宠，但绝不同于殷之黎这般亲手带大，亲自教他认字念书、骑马射箭。殷之情就是被奶娘带大的，但从小到大，殷湛也没短缺过殷之情什么，而且因为殷家没有什么姨娘通房庶子庶女，殷之情的日子过得也算天真烂漫。

不过比起和殷湛，殷之情和殷之黎这对异母兄妹感情反而要好些。

还在发怔的时候，殷湛的声音在耳边响起："你跟我过来。"

殷之黎跟着殷湛到了书房。

灯火下，殷湛的脸色褪去了宫宴上的爽朗，虽然称不上阴沉，却也绝对不悦。他道："今晚的事，你知不知道？"

殷之黎摇头："我不知道。"

"我猜你也不知道。"殷湛道，"今日我看姜元柏的神情，看上去不像知情的样子。姬蘅这般作为，实在令人意外。你之前与姜二小姐相处不是很好吗？"

殷之黎压住心中酸涩："是很好。"

"这就很奇怪了，"殷湛道，"姜梨今日接旨的时候并无惊讶，甚至还对我笑了一下，我怀疑她是不是早就知道此事，甚至是和姬蘅串通的。毕竟在这之前之情曾经说过，他们刚回燕京城的时候同乘过一辆马车。"

对，殷之黎心中想，那是他第一次见到姜梨。

"起初我也以为他们关系匪浅，后来打听过，原是姜梨被成王手下掳到黄州，恰好姬蘅经过，顺手救了她，所以后来他们一道回了黄州。但我总觉得奇怪，姬蘅可不像是见义勇为的人。姜梨和他之间果然不简单。今日虽然没有真凭实据，我还是以为，姬蘅是故意这么做的。之黎，"他看向年轻人，"你和姜梨相处的时候，没有发现她有心上人？"

殷之黎心中更加不是滋味，只道："没有，姜二小姐没有表现出来。"

"也许是姜家的主意。"殷湛道，"姜家把我们欲与他们联姻的事情告诉了姬蘅，姬蘅才得以抢先一步，在我们之前求得圣旨，否则不可能这么巧。"

"可姜首辅不是愿意联姻吗？"殷之黎疑惑地问。

"姜元柏是只老狐狸，怕是也在权衡利弊、摇摆不定。就是要看我们与国公府谁的实力更强罢了。是我低估了他。"殷湛道。

殷之黎不说话。

"这件事不是你的过错，并非你不如姬蘅，没能夺得姜二小姐芳心。实在是因为姜家早就有备而来，做了两手打算，咱们漏算了一层。"

殷之黎苦涩地想，不是的，并非如此，姜二小姐是真的喜欢那个人，她看姬蘅的眼神，还有有关扇子的暗示，他的确是输给了姬蘅。

"这些都是小事，之黎，你不要为此受挫。"殷湛道，"姜家如此不守信，日后自然也会付出代价。当务之急，是我们要留在燕京，等留在燕京城，第一个要对付的就是肃国公姬蘅。"

殷之黎张了张嘴，想问为什么，最终还是沉默了。他其实以前也问过殷湛这个问题，但殷湛不肯告诉他，殷之黎也只能作罢。今日就算他问了，也得不到答案，只能麻木称是。

从殷湛屋子里走出来的时候，殷之黎的脚步十分沉重。

身后，书房里的灯火明亮，似乎要彻夜通明。殷湛就是这样的人，有数不尽的公务要处理，即便在云中的时候，很多人嘲笑他成了个空壳将军，一辈子都回不到燕京城，殷湛还是如此。小时候殷之黎很疑惑，不明白殷湛在云中，天高皇帝远的，每日怎么还会有这么多的事，后来长大了，这个疑惑也没有解决，但殷之黎学会了不问，大约是习惯了。

他走得很慢，一步一步，不知不觉，竟然走到了殷之情的院子外。

等回过神的时候，殷之黎摇了摇头，转身要走，忽然一个声音叫住了他："殷之黎！"

殷之黎回头，就看见院子里，殷之情坐在石桌前，难过地看着他。

殷之黎心中叹息，走上前去，左右看了看，没看到殷夫人的身影，就问："母亲呢？"

"我说我要睡了，让她回去了。"

"你怎么回事？"殷之黎道，"快擦擦脸吧，满脸都是眼泪。"

殷之情拿袖子胡乱抹了把脸，今日为了去宫宴，她是精心打扮过的，描摹脂粉，如今眼泪把脂粉都洗干净了，倒是别样的美。

"爹说什么了？"殷之情问，"这门赐婚可还有转圜的余地？"

殷之黎道："那是圣旨，抗旨是要掉脑袋的。"

殷之情闻言，大失所望，看着殷之黎，心中戚戚，道："你我真是同病相怜。"

她倒是没有对殷之黎隐瞒自己的心思，当然了，殷之黎的心思也没有瞒过她。他们兄妹看上的心上人，却阴差阳错成了一对，这要写在话本子里，只怕听戏的人也不会相信。

"爹一定安慰了你吧。"殷之情闷闷地道，"告诉你不必伤心，下一个会更好？"

殷之黎苦笑，众人都认为他受宠，殷湛会对他所有的喜怒哀乐感同身受，但事实上不是的。其实有时候殷之黎自己也很费解，他知道父亲对自己好，所以从小到大就严格要求自己，做父亲心中最完美的儿子。无论是用兵排阵，还是文章华篇，他都做得出色至极。每当看到父亲脸上露出的骄傲笑容，他就会觉得一切都是值得的。

但小时候可以遵循父亲的心愿做事，长大后，他也有了自己的想法，尤其是父亲在很多时候，不告诉他为什么，只让他去做，久而久之，殷之黎也会生出抗拒。

这一次来燕京城，和姜梨联姻，殷之黎一开始也是拒绝的。若不是后来听到了姜梨的那些传言事迹，亲自见了姜梨，殷之黎的心里也不会十分愿意。可惜，他难得愿意和父亲去做同一件事，就在这么突兀的情况下失败了。

殷之情十分难过，殷之黎道："别哭了，没事的。你瞧我也跟你一样，不也没哭。你这么漂亮，自然以后能找到更好的。"

"可以后更好的人我也不喜欢。"殷之情很倔强。

殷之黎闻言不以为意，她才见过姬蘅几次面，甚至话都没怎么说，不过是一时兴起，说得决绝，很快就会淡忘。反而是他自己，看上去云淡风轻，实则……没有人知道他的沮丧。

都过去了。殷之黎看着天上，深深地吸了口气。

愿赌服输。

宫中，华宴散去，灯火幽微，热闹消失后，看起来反而比平日里更加冷清。

太后和洪孝帝正往御花园走去。

洪孝帝让妃嫔们都散去了，他今日饮了些酒，却还未醉，看起来心情十分愉悦。太后微笑道："皇上今日很开心。"

"自然。"洪孝帝道，"朕记得几年前的时候，姬老将军就跟朕提过，如果遇到了合适的姑娘，一定要指婚给肃国公，国公府缺个女主人。都几年过去了，朕总算是满足了姬老将军的愿望，也算是不负所托。"

他眼角眉梢都是笑意，太后跟着笑道："今日的事哀家也被吓了一跳，原本还以为会赐婚给郡王世子的，没想到肃国公倒是先了一步，皇上之前可没告诉哀家这回事。"

"母后不知，是因为肃国公自己找到朕面前。燕京城里都说肃国公此人喜怒无常，何尝把什么人放在心上，他却主动在朕面前提起想娶姜二小姐，朕恰好觉得姜家不错，姜二小姐之前在桐乡案上的表现也有勇有谋，肃国公眼光不差，朕也就顺水推舟，做个成人之美。"

"只是可惜了郡王世子。"太后感叹，"哀家今日瞧着他，很受打击。"

"那是他与姜二小姐无缘，怨不得别人。"洪孝帝笑道，"再者大丈夫何患无妻，不必如此耿耿于怀。"

"说得也是，肃国公这回真是得偿所愿。"太后像是想起了什么，面上带着些回忆的神色，"哀家还记得他小时候被姬将军带着进宫，真像画上走出来的娃娃。小时候性子倒也还乖巧，反倒是越长大越让人琢磨不透，令人害怕。"

洪孝帝不以为意："肃国公只是行事张狂了些。别人不去招惹他，他也不会去找别人麻烦的。"

这话却是明明白白站在姬蘅一边了。太后笑着看了洪孝帝一眼，没有再继续说下去。二人走过御花园最后一段路，天色不早，太后称乏，就先回了慈宁宫。

洪孝帝站在花园里，面上还带着愉悦的笑容，静静地看着太后和宫人的背影远去。苏公公站在一边，低着头，不知为何，心中却划过一丝不安。

"走吧。"洪孝帝道。

太后回到慈宁宫后，先回软榻上坐着。宫女们忙过来为她捶肩按背，上茶打扇，殿里还燃着香，太后的心情似乎平静了些。

"昨日肃国公进过宫？"她皱眉问道。

离太后身前最近的一个宫女回答："并未看到肃国公的踪影。"

太后眉头皱得更紧了些。过了片刻，她对面前的宫女道："你去传个信，让殷湛现在不要轻举妄动，皇上……防着他。"

那宫女点头称是，抬起头来，赫然是一张熟悉的脸，是当初永宁公主最信任的贴身丫鬟梅香。

不管怎么样，事情都已经发生了。

夏末秋初，姜梨的亲事就这么被定了下来。皇帝的金口玉言谁敢毁？都只得乖乖准备。

姜元柏亲自去了一趟国公府，回来的时候告诉姜梨，同姬老将军商量过了，因为赐婚有些突然，姜家什么都没准备，所以要等到明年夏天才能完婚。

最高兴的是芳菲苑的丫鬟们，确切地说，是白雪和桐儿。姜梨能和喜欢的人成亲，天下没有比这更好的事了。所以关于嫁衣首饰，还有荷包上该绣什么图案，桐儿和白雪反倒是比姜梨更加热络。

姜梨哭笑不得。在得知赐婚以后，姜梨还去了叶府一趟，叶明煜拉着她就问到底是怎么回事，好容易安抚了叶明煜，轮到薛怀远和薛昭，姜梨又不知道如何解释。

不过就连这件事情薛昭也提前帮她做好了。薛怀远表示早就知道了姜梨和姬蘅之间的关系，倘若姜梨是真心喜欢姬蘅，薛怀远不会有任何异议。

总而言之，在姜家难以办到的事，在薛家轻而易举就得到了理解。薛怀远还告诉姜梨，他没有见过姬蘅，不过听薛昭所说，应当不是传闻中那样无恶不作。加之薛怀远也相信，姜梨是个有分寸的姑娘，倘若姬蘅真是那样的恶人，姜梨怎么会喜欢？他相信姜梨的眼光，不过，还是希望有一日能见见姬蘅，这样他才放心。

姜梨自然答应了，只是回到姜家之后才开始犯难。叶明煜看姬蘅横竖不顺眼，如何会主动让姬蘅去叶家。再说姬蘅去叶家看薛怀远……要是被人知道了又该如何？

她觉得有些头疼，不由得按了按眉心。

桐儿正在描花样子，见她如此，就道："姑娘怎么了？是不是累了，要不去榻上歇一会儿吧，都看了一早上的书了。"

"该歇会儿的是你吧。"姜梨回答，"你从早上起来就坐在这里描花样子，不累吗？"

"不累呀。"桐儿笑嘻嘻地道，"奴婢做得可开心了，姑娘你看，绣的荷包上做成牡丹花样怎么样？要么蝴蝶？奴婢把几个花样子都描了出来，姑娘仔细挑一个，给别人的由奴婢来做，给国公爷的，姑娘得自己做。"

姜梨无言以对，道："我为何要给他做荷包？"

"现在不比从前了。"桐儿仍旧乐滋滋的，"姑娘和国公爷都有了婚约，自然要交换信物。"

"我不爱做针线。"姜梨道。

“姑娘要是给国公爷做荷包，国公爷会很高兴的。是不是，白雪？”桐儿问在一边晒茶的白雪。

白雪是个实诚人，愣了一会儿，才道：“我不是国公爷，不知道他会不会高兴。”

姜梨狐疑，姬蘅会高兴吗？这人对穿的可是极为讲究。姜梨都见过好几次，他的衣裳料子上乘，每日都要换，虽然都是红色，图案却不同。她的手工虽然不算差，可比起来也实在是寒酸。

弄巧不如藏拙，这是姜梨深知的道理。

“姑娘，过几日要不要再去逛逛首饰铺子？哎呀，咱们府上没有姑娘出嫁，也不知道出嫁的时候要准备些什么。”桐儿道，“奴婢还是去向人打听打听吧。”

姜府的小姐里也就只有姜玉娥嫁了人，还是做妾，没有良辰吉日，也没有八抬大轿，根本称不上出嫁。

“还早得很。”姜梨道，“不必心急。”

几人正说笑着，明月气喘吁吁地从院子外跑了进来，道：“姑娘，国、国公爷来了！”

桐儿和白雪一愣，紧接着才回过神，姜梨站起身来，道：“怎么会？”

“真的！奴婢才从晚凤堂过来，国公爷正在和老夫人说话，老夫人还想叫珍珠姐姐来找您过去，国公爷说不必了，他来找你就是。”明月一口气说完。

姜元柏和姜元平现在都不在府里，姬蘅来这里干吗？

姜梨正想着，就听见姬蘅的声音从院子门口响起：“你的丫鬟还真是机灵，这么快就来通风报信了。”

姜梨回头一看，姬蘅正从院子外面走来，一袭红袍在风雅的姜府里格外显眼，明月几个丫鬟连忙行礼，姜梨就让她们去做自己的事，不必在这里待着。

芳菲苑的小丫鬟们脸红得能滴出血来，姜梨瞧着有趣，闻人遥虽然也温柔俊美，却不如他会勾人，小丫鬟们正值妙龄，哪经得住他这么无意识地撩拨。

这人分明是故意的，姜梨心中恼怒，抓着他的袖子，让他进了自己的屋，将门一关。忽而又反应过来，这么做似乎有些不妥。

姜梨正要把门打开，姬蘅道：“打开做什么？省得别人看见了。”

“别人看见？”姜梨问，“看见什么？”

“看见你对我垂涎欲滴，上下其手的画面。”他含笑道。

姜梨瞪了他一眼，道：“你怎么会来？”

姬蘅靠在姜梨书桌的边缘，顺手拿起姜梨之前看的书翻了几页，随口道：“过来看看，你我都有婚约在身，我来看看岳父。”

姜梨正端起茶喝了一口，闻言差点把嘴里的茶全吐出来，道：“你在胡说些什么？”

“没有胡说。”他放下姜梨的书，挑眉道，“这边这位岳父我是见过了，虽然他不大喜欢我，我也不在意。叶家那位岳父大人，阿狸，你什么时候带我去看看？”

姜梨怔住。

她险些怀疑姬蘅是她肚子里的蛔虫，父亲想要见姬蘅，姜梨还在犯难如何对姬蘅开这个口，他却自己说了出来。姜梨看向姬蘅，轻声问道：“你愿意去见吗？”

“为什么不？”他一手握着折扇，身子探过来，另一只手摸摸姜梨的脑袋，“这不是应当的？”

姜梨一下子笑出来：“谢谢你啊。”

“你真要谢我……”他突然坐到姜梨身边，两张椅子挨得极近，姜梨猝不及防，他的脸已近在咫尺，声音温柔，含着些诱哄的蛊惑，“就给我唱首曲子。”

姜梨蹙眉，道：“我不会。”

“我知道你会。”他气定神闲地道，“我听过。”

“你何时听过？”姜梨诧异。

“唔，明义堂校考的时候。”

姜梨这才想起来，《胡笳十八拍》前，她唱过一首桐乡的歌谣，想来姬蘅是在那时候听到的。她道：“闻人遥还说你会唱戏，你怎么没有唱给我听？”

他笑了笑，道：“我以后唱给你听。”

姜梨本想反驳，一扭头差点撞到姬蘅脸上，呼吸相闻间，她的心跳似乎也停止了。年轻人的目光落在她娇嫩的双唇上，她唇色饱满，没有擦口脂，却如樱桃一般红艳，他慢慢地凑近……

姜梨猝然别过头去：“姬蘅！”

他也实在明目张胆！还没嫁过去呢，就敢在屋里这般轻薄，日后岂不是要上天？

姬蘅看着她，笑了起来。

姜梨有些慌乱，有些恼怒，狠狠地瞪着他。姬蘅却又安抚似的摸了摸她的头，说的话却是十足十的威胁：“你不唱的话，小姑娘，我就要亲你了。”

她带着恼怒，心不甘情不愿地唱起来。

“春江月出大堤平，堤上女郎联袂行，唱尽新词看不见，红霞树影鹧鸪鸣……新词宛转递相传，振袖倾囊风露前。月落乌啼云雨散，游童陌上拾花钿。”

她声音清亮温暖，听起来别样动听，原是有些气愤地在唱，唱着唱着，却温软起来。

姬蘅伸手揽住了她的肩。

他个子高，下巴抵住姜梨的额头，闭上了眼睛，长长的睫毛垂了下来。

姜梨是什么时候唱完的，她自己都不知道，只是感觉抱着自己的姬蘅一动也不动，她想仰头看一下，姬蘅的声音却从头顶响起来：“别动，就这样待着。”

不知为何，这一瞬间，姜梨似乎能捕捉到他一些异样的情绪，那是一个陌生的姬蘅，脆弱的，茫然无助的。

她便一动也不动。

秋日的阳光不如夏日热烈，泛着金色，照在他们身上。她其实应该推开姬蘅的，倘若被下人看到，万一有多舌的，难免麻烦。

然而，她什么都没做。

在她需要帮助的时候，姬蘅帮助了她。即便这些帮助可能打乱他的计划，他也没有计较。如果现在她还要吝啬于一个拥抱，那就是忘恩负义，而且，他的怀抱没有想象中的冰冷，姜梨觉得很好。

过了很久很久，久到姜梨以为姬蘅睡着了，维持着一个姿势，在她觉得疲倦的时候，姬蘅松开了手。

他端详着姜梨，唇角一勾，道："小姑娘，你真可爱。"

他像是真心赞扬，因此姜梨也不觉得害羞，只是有些担忧地问："你怎么了？是有什么事情发生了吗？"

"没有。"姬蘅沉吟，"我只是想，什么时候去见岳父大人更合适。"

姜梨道："你说了算。"

她倒是时时刻刻都能去叶府，姬蘅却不一定。他要盯着殷湛的动静，未必一直都在燕京城里。

"就这几日吧。"姬蘅道，"我让赵轲给你口信。"

姜梨点头，想了一会儿，道："殷家……那边可有什么动作？"

姬蘅嗤笑一声："正想方设法留在燕京，看来也是沉不住气了。"

"你多小心。"

"放心。"姬蘅回道。

短暂的温情很快就结束了，在姜元柏回来之前，姬蘅离开了姜府。虽然姜元柏现在也管不着他，他本来是皇帝亲口赐下的姑爷，真要进姜家，大可大摇大摆就是了。不过大约是不想和姜元柏互相揣测，姬蘅走得也很爽快。

桐儿和白雪进屋的时候，面上都忍不住笑，姜梨问："你们笑什么？"

"外面都说国公爷心肠歹毒，无恶不作，他们那是没看到国公爷是如何对姑娘的。奴婢们觉得，只怕那殷家的郡王世子也不及国公爷温柔。况且殷家世子对什么人都温和，国公爷却只对姑娘一人温柔，奴婢们为姑娘感到高兴，姑娘没看错人。"桐儿说了老长一串。

姜梨笑了："你倒是知道得多。"

她心里那些不安和迷茫已经无影无踪。只是想到不知姬蘅什么时候去看薛怀远，还是会有些紧张。父亲会喜欢姬蘅吗？倘若他们不和，她要如何化解？

还真是难题。

第八章　**曲终**

十月初五的时候，燕京城已经非常凉爽。这一日早上，姜梨用过饭，披上衣裳，准备出门。

姜梨打算去叶府，她和姬蘅已经约好，今日一同去叶府见薛怀远。还没出门，外面就下起小雨来，上了马车后，姜梨想到接下来的事，不免有些担心。

姜元柏和姬蘅见面，姜梨并不担心，平日里朝堂宫宴之上，姬蘅和姜元柏已经见过面，且姜元柏也懂得面子上的事。可薛怀远不一样，当年就是因为看不惯官场黑暗才辞去工部尚书的职务，姬蘅平日里又独来独往惯了，和薛怀远在一起，也不知道能说什么。薛怀远大义正气，和姬蘅根本就是两种人，姜梨光是想想就觉得头疼。虽然有薛昭在可能要好些，但薛昭也经常好心办坏事，火上浇油。

这么一想，姜梨心里越发担忧，催促了车夫几次，恨不得早些到叶府，省得姬蘅先到了叶府，和薛怀远先见了面怎么办。

桐儿劝慰道："姑娘，雨天路滑，可不敢走太快。今日咱们出门的时间也早，很充裕的，不会迟，叶老爷不会责怪姑娘。"

姜梨勉强笑笑，好容易才看到叶府的大门，马车夫勒住缰绳，马车在叶府门口停了下来。白雪先下了马车，打着伞，桐儿扶姜梨下马车，三人一同往叶府走去。

门房小厮熟稔地给她们开门，姜梨问："可有其他人来了？"

小厮一愣："其他人？没有呀，今日不是只有表小姐过来？"

看来姬蘅他们还没到，姜梨方才松了口气，门口又响起马车的声音。这辆马车却比姜家的大得多，极为华丽。姜梨看过去，那马车帘子就被人一掀，一个熟悉的身影跳了出来，跟着出现的还有他跳脱的声音："姜二小姐，好久不见了！"

姜梨愣住，竟然是闻人遥。

今日不是姬蘅来此，闻人遥来做什么？紧接着，姜梨看见闻人遥身后，一个小脑袋探了出来，是姜梨从黄州救回来的林尧。林尧自从跟着闻人遥回到燕京城后，姜梨就很少见到他，不知道被闻人遥拉着鼓捣什么，如今小小年纪就穿着道童的衣服，倒是颇有仙气，看上去瘦了些，许是长高了。

再然后，司徒九月从马车上跳了下来，再然后是姬老将军，最后那马车帘子被一只漂亮的手挑开，姬蘅慢条斯理地从上面走了下来。

姜梨目瞪口呆。

她实在不知道本是姬蘅一个人来，怎么突然就变出了这么多人。姜梨道："这是……怎么回事？"

这一行人先走进了叶家大门，外面不再有人看到，闻人遥才道："姜二小姐，听说你和阿蘅定亲了，我十分高兴，今日阿蘅要来看你的叶家舅舅，我想，他一人总归不好，作为他的朋友家人，我们也应当在场，不然，人家还以为国公府无人，虽然确实是这样。"

姬老将军中气十足地喝道："国公府怎么会无人！姜丫头，我听说你和你舅舅关系很好，你舅舅又是个江湖英雄，老夫很欣赏！特意来看看他！"

姜梨看向司徒九月，目露疑惑之色，司徒九月冷道："我不是来看谁的，薛昭身上的伤口还需用药，我过来送药。顺便看一下伤口情况，方便制新毒。"

姜梨觉得这话怪怪的，司徒九月这分明就是在为薛昭好，是在做好事，何以急不可耐地否认她的好意，强调是为了"制毒"？姜梨心中摇头，只道大约司徒九月是个面冷心热的姑娘，在这件事上有些别扭，才不愿意让人察觉她的好心。

姬蘅含笑道："他们都是来参观的，走吧，阿狸。"

他这话说得也是十足嘲讽了。姜梨都能想到，除去司徒九月不说，这群人死乞白赖扒着姬蘅的马车，非要跟着一块儿来的景象。

叶府门口的小厮也惊呆了，万万没料到表小姐来叶家做客，怎么会带来这么大一帮人。不过也不敢怠慢，一边叫人过去通报，一边引路。

姜梨和姬蘅并排走，低声道："你没有劝过他们吗？"

"劝过。"姬蘅眼眸一眯，"不过，你难道不觉得，这样更好？"

姜梨呆了呆，才明白姬蘅是什么意思。单从姬蘅自己来看，虽然姜梨知道他千好万好，但不是每个人都和姬蘅深入交往过，不知道姬蘅是什么性情也情有可原。姬蘅带了这么多人来，也就从侧面否定了肃国公喜怒无常、无恶不作的传言。

倘若他是这样的人，身边决计不会有亲人朋友。姬老将军、闻人遥和司徒九月，甚至林尧都来了，这就说明，姬蘅并不是传言中那么冷酷无情，他对自己人相当厚爱。

才走到叶府院子，还没到厅中，叶明煜已经闻讯赶来。他先是看了看姜梨，道："阿梨，你怎么不是一个人来的？"目光落在姬蘅身上，顿时又没有了声音。

每一次看到姬蘅，叶明煜只觉得这人身上的杀气怎么也遮不住，危险极了。要把姜梨交给这么危险的人，叶明煜是不放心的，但圣旨已下，他们一介商户，也别无办法。他又看到姬老将军，顿时为姬老将军身上的正气和坚毅所折服。

毕竟是上过战场的将军。

叶世杰跟在后面，脚步一慢，他看到了姜梨和姬蘅并肩而行，也看到了姜梨对姬蘅的信任。

这是她最珍贵的东西。

两方人马见面，彼此都有些尴尬，不知从何说起。这时候，一个高兴的声音打破了沉默，道："姐……姜二小姐！司徒大夫！"

司徒九月目光动了动，薛昭推着轮椅从后面走过来。他在叶府的这些日子，看上去比在国公府的时候高兴很多，面上有了些少年特有的飞扬神采，笑容还是一如既往地温暖。

"阿昭，"姜梨道，"我们来看看舅舅，也想看看薛先生和你。"

叶明煜心中嘀咕，姜梨来看他，他当然欢迎，但带了这么一帮子来路不明的人来看他，他就有情绪了。然而当着外甥女的面，他只能挤出一个格外虚假的笑容，道："那你们先说，我让人去看看厨房。"

叶明煜走了，叶世杰抱歉地笑了笑，他其实也看出来，恐怕姜梨带的这些人，主要是来看薛怀远的。虽然不知道为什么，但姜梨和薛家的关系本来就颇为奇特，叶世杰是个聪明人，便道："我去看看三叔，你们先去找薛先生吧。"

姜梨感激地对他笑了笑。

薛怀远在院子里看书。

薛昭活泼，白日里跟着叶明煜学鞭法，因此最早就知道姜梨要过来。薛怀远要晚些，等他知道了此事想过来，姜梨已经带着人来到了他的面前。

当着其他人的面，姜梨也只能叫他薛先生。

"姜姑娘。"薛怀远从善如流地道，他站起身，看着面前的一群人，目光先落在了姜梨身边的姬蘅身上。

年轻男人的容貌实在英俊艳丽极了，眉目间自有魅惑，却又带了一丝杀气，最重要的是他长了一双琥珀色的含情双眸，眸中却没有一丝混沌，清醒得近乎冷酷。

只有在他偶尔投向姜梨的目光里，才会有刹那的温柔。

一瞬间，薛怀远对姬蘅的看法，改变了。

他活了大半辈子，曾和阎王擦肩而过，见识过人心险恶、世道艰难，不敢说看透人心，却多少能看出一些。沈玉容那样待人温和有礼的，却对自己的枕边人痛下杀手，而姬蘅这样恶名昭著的，独独把温柔的一面给了姜梨。

一个父亲，看见自己如珠似玉的女儿被人放在掌心呵护，总归是高兴的。

"您就是薛先生吧。"姬蘅道，"阿狸经常说起您。"

在场的所有人都呆住了，包括姜梨，都跟见了鬼似的看着姬蘅。姬蘅何时这么规矩有礼地与人说话？别说他自己的亲祖父，就是对着洪孝帝，姬蘅的笑容只怕都带着三分懒散和随意。

莫不是遇见了一个假的姬蘅？姜梨心里突兀地冒出这个念头。

姬老将军也被孙子这番话震住了，大惊失色，为了挽回自己方才的失态，他看着薛怀远道："薛尚书，可还记得老夫？"

薛怀远做薛凌云的时候，还很年轻，姬暝寒都还没娶妻，那时候金吾将军的威名还在，虽然一个是文臣，一个是武官，却都听过彼此的名字。金吾将军战功赫赫，薛凌云修运河造福百姓。

不过多年过去，死的死，散的散，再次相逢，却是这样的关系。

薛怀远道："姬将军。"

姬老将军哈哈大笑："我后来听说了你的事，这些年，你也过得不容易啊。好在阿昭这小子还活着，不知道吧，阿昭还是我孙子给救回来的！"

薛怀远郑重其事地对着姬蘅道："多谢国公爷救命之恩。阿昭，还不道谢。"

薛昭草草地谢了，道谢这种事，在国公府的时候他就已经做了。现在姬蘅既然是准姐夫，那就是一家人，拜来拜去有什么意思？

闻人遥见一直没有自己插嘴的机会，颇不甘心，逮着个机会就开口，道："我们今日来，都是为阿蘅的事来的。姜二小姐和阿蘅的亲事，虽然是皇上赐下的，但我们阿蘅可不是随随便便什么人都愿意被赐，能与姜二小姐议亲，阿蘅也很高兴。我们都知道姜二小姐和薛家的渊源，又很看重薛先生，所以就都来看看，大家也好认识一下。"

他嘻嘻哈哈，言行无状，这么说姬蘅，要是放在平日，姬蘅怕是早就让他滚出去了。然而今日姬蘅却什么都没说，只是任由闻人遥胡说八道。

薛怀远的心里，又满意了一层。

那些旋涡、利弊、危险，姜梨已经身在其中，这一点没办法改变。而且姜梨自己做的决定，谁也没有办法替她更改，就算她的父亲和兄弟也必须尊重她。不过现在看来，阿狸这个选择，没有看上去那么糟。

薛怀远不知道姬蘅是个什么人，但姬老将军的正直他却是知道的。就算姬暝寒不在了，由姬老将军一手养大的孙子，到底也会继承一些姬家的品质吧。

姬老将军的内心其实也十分纳闷。这样一大家子见亲家，和和睦睦笑着商谈事情，理应发生在姜家才对。毕竟姜梨是姜家的小姐，然而姬蘅一次也没有提过要去姜家，反而是这一次，主动来与他说，要一起去叶家。

去叶家看姜梨的舅舅？这姬老将军勉强能理解，毕竟听闻姜梨和她的三舅舅很好，可是到了叶家，叶明煜只是打了个照面就不见了，自己反而被拖着来与薛怀远说话。姬老将军也不是个傻子，看得出来，这分明就是特意来看薛怀远的。

姜梨对薛怀远比对姜元柏还好，这话姬老将军也听过，当时还很幸灾乐祸了一回。

活该，姜元柏那么老奸巨猾，姜梨却格外正直勇敢，当然会和薛怀远这样的好官更投缘，但眼下一看……这似乎有些过分了吧？

姬老将军心中百转千回，面上却一点儿不表现出来。罢了罢了，总归是给孙子来见亲家的，见姜元柏或是见薛怀远，对他来说也没有差别，知道了会号啕大哭的也是姜元柏不是他，那他还介怀什么，还是随他去吧！

这么一想，姬老将军就干脆利落地抛开了心中的疑惑，和薛怀远走到屋子里的茶桌前坐下，边喝茶，边说起过去的峥嵘岁月。

这一下，反倒把其他人晾在了院子里。

姜梨有些愕然，这实在出乎她的意料。姬老将军可能许久没见到故人，一时半会儿兴起，薛怀远反倒成了陪他说话的人。

姜梨无奈地看向姬蘅，姬蘅含笑道："没事。"

姜梨只得沉默，闻人遥看着坐在轮椅上的薛昭，问他："薛少爷，你这手里拿的是什么，鞭子吗？"

"嗯。"薛昭笑道，"叶三老爷教了我一套鞭法，又送了我一根鞭子，我便用这根鞭子习武，日后也不至于真的手无缚鸡之力，还能保护想要保护的人。"

站都站不起来了，却口口声声要保护别人，这样的人也实在是世间少有。薛昭丝毫不觉得有什么，在他的眼神里甚至找不到一丝晦暗。

他道："这鞭子我还不熟练，等用熟练了，再去换一根。"

司徒九月看着薛昭，突然就想起在国公府的时候，薛昭说起关于保护的那席话来。

她道："这鞭子不好。"

众人疑惑地看向她，薛昭也问："司徒大夫何以这么说？"

"要用鞭子杀人，实在很费力气，相比之下，刀剑匕首要容易得多。你坐在轮椅上，力气不如站着的人，杀人就更难了。"

闻人遥嗤之以鼻，道："司徒，你好歹也是个姑娘，怎么口口声声都是杀人。咱们这位薛少爷喜欢的是劫富济贫、惩恶扬善，不是看人不顺眼就杀，和你不一样。"

司徒九月一愣，"和你不一样"几个字，她过去也曾听过无数次。她小时候逃亡，别人说她和别的小姑娘不一样，过于冷酷。她杀人的时候，别人说她和其他大夫不一样，像刽子手。不一样就不一样，那又如何？可今日这个"不一样"，听起来却格外刺耳。

她的脸色渐渐沉下来。

姜梨看在眼里，心中一动，正要说几句将话头岔过去，薛昭却开口了。

薛昭道："可是要保护一个人，就免不了杀人啊。要自保的话，杀人也没有关系的吧。"

他这么说着，笑眯眯地看着司徒九月，目光和煦宽容，足以融化冰雪。

司徒九月怔住。

“我从小认定弱肉强食。我不需要旁人来救，谁要是害我，我就杀谁。”蓦地，那一日，自己与薛昭的谈话又出现在司徒九月的脑中。

她说的是实话，所以她故意吓唬那些人，让他们厌恶她，这正合她意。如果可以重来，如果她还是漠兰的公主，如果没有那些动乱，谁愿意拿起淬了毒的宝剑而不是带着芳香的花朵，谁愿意平白无故颠沛流离提心吊胆地生活?

她觉得自己没有错，哪怕她偏执、心硬、冷漠，然而这都是为生活所迫。为了活下去，她把自己从天真烂漫的公主变成了人人惧怕的魔头，世上的人惧她，骂她，视她如蛇蝎，却没有一个人试图去理解为什么。

好像她生来就很喜欢杀人取乐。

但是眼前这个少年，这个和她截然不同的少年，梦想是走遍名山大川，惩恶扬善，别说杀人，可能他这辈子都没干过什么坏事，干净如白纸，却能站在她面前，说出一番近乎于理解的话。

就像光把黑暗中的人拉出来，只一句就能让人得到救赎。

薛昭笑道：“如果我的鞭子能杀人，我身边的人就不必杀人了。等我强大到有足够的能力保护亲近的人，他们就不必为了自保而拿起刀。司徒大夫——”他叫司徒的时候，固执地用“大夫”二字，虽然司徒九月一直强调，她并不是大夫，她是会害人的毒姬。

薛昭道：“有什么办法能让鞭子和匕首刀剑一样呢？”

司徒九月沉默。

她知道薛昭在为她解围，他就像照顾一个丢了脸出了丑再普通不过的女孩子，让她不至于难堪。

“有，”她听见自己的声音，“在鞭子上淬毒。”

薛昭笑了，道：“好主意，那就劳烦司徒大夫，能不能赠我一点毒药？”

闻人遥不明白薛昭和司徒九月是什么意思，只觉得他二人气氛有些怪异。姜梨却是若有所思地看着这一幕。

“你弟弟真是个人才。”姬蘅站在姜梨身后，含笑开口。

“你也觉得……”

“别问我，”姬蘅道，“和我无关。”

姜梨瞪了他一眼，她心中有些猜疑，一时也不确定，不过看着薛昭和司徒九月，倒是觉得这样也不错。正在这时，姬老将军从屋里走了出来，喝饱了茶，满脸红光，看起来颇为高兴，走到姬蘅身边的时候，拍了一下姬蘅的肩，道：“臭小子，薛尚书叫你进去。”

姜梨讶然。

闻人遥也奇怪：“薛先生找阿蘅进去做什么？”

“我怎么知道。”姬老将军不悦，“我又不是长舌妇，还打听他要说什么，快去吧，”他不耐烦道，“站着干什么？”

姬蘅进去了。

姜梨留在屋外，心里有些担忧，不知道他们会在里面说什么。她焦灼的神色被薛昭看在眼里，薛昭推着轮椅来到姜梨身边，示意姜梨过来。

姜梨俯下身，薛昭就低声在她耳边道：“爹看女婿，自然有许多要交代的话。他又知道你的身份，爹也不用忌惮什么，姐姐你也别担心，爹不会吃了姐夫的。”

他一口一个姐夫，倒是喊得十分自然。姜梨心道，她才不担心薛怀远做什么，父亲向来待人温和，她担心的是姬蘅把父亲气着了。

一扭头，却见司徒九月正盯着她和薛昭，若有所思。姜梨心中一顿，她和薛昭这会儿的姿势实在太亲密了些，司徒九月并不知道薛昭和姜梨是姐弟，难免会多想。

她站直身子，大约是窥见了司徒九月的这点心思，反而格外宽容，就对司徒九月道：“九月姑娘，你今日过来不就是为了看看阿昭的伤口，以便研制新的毒药吗？不如先去给阿昭看看吧。”

薛昭有些迷惑地看着姜梨，不明白姜梨怎么突然说起这事。不过司徒九月的一片好心，他也不会拒绝，就笑道：“是吗？司徒大夫，我身上的伤如今好了许多，如果能对你炼毒有用，那真是太好了。”

司徒九月动了动嘴唇，道：“跟我进来吧。”

姜梨正想和姬老将军说几句话，就看见不远处，姬老将军和叶明煜正说得热火朝天，他们应当是在讨论刀法之类的，姬老将军脸红脖子粗，声音震天响。

林尧盘腿坐在石凳上，石桌上放了装满点心的盘子和花茶，他吃得不亦乐乎，嘴角都是糕点屑。姜梨看着看着就笑了，掏出手帕帮林尧擦嘴，一边道：“慢点吃，小尧，国公府里没有为你准备这些吗？怎么吃得如此急？”

闻人遥也拈起一小块桂花糕放到嘴里，叹道：“别说是小徒弟了，就连他为师我都没在国公府里吃过这么好吃的糕点。”

姜梨奇道：“为何？叶家不缺银子，请得起厨娘，可国公府也不穷，怎么会在吃食上苛待？”

“姜二小姐，你真以为姬蘅会贴心到给大家做这种小孩子姑娘家喜欢的甜食？国公府的厨子都是按阿蘅和老将军的口味做饭，这些东西平时是不做的。想吃自己去街上买，当然了，如果哪天阿蘅下厨，是可以吃一吃的。只是阿蘅下厨的日子太少了，十年里可能就几次。”

姜梨听他说得好笑，不由得笑了起来。

闻人遥以为姜梨不信，连忙道：“我说得可是千真万确。就算如今你和阿蘅定亲了，日后我得叫你一声嫂子，关于阿蘅的不好我还是要说的。”说着说着，他又嘀咕起来，“说起来，阿蘅怎么就和姑娘定亲了呢？我还以为他一辈子不会娶亲的。”

“为何他一辈子不娶亲？”姜梨问。她本以为闻人遥会说姬蘅性情恶劣之类，却没料到闻人遥的回答令人意外。

“因为那个卦签啊！”

姜梨问：“什么卦签？”

闻人遥也没有隐瞒：“十年前给阿蘅卜卦的时候，卦象显示‘冬月生，王侯之相，十年后，因女祸遇劫，暴尸荒野，鹰犬啄食’ 。一听这卦象就很凶，阿蘅虽然表面上没把这件事放在心上，但这么多年我也没见他提起娶妻生子的事，所以我想也许他还是在意的吧。不过没想到，他竟然主动找到皇上求了赐婚。”

姜梨闻言：“女祸是什么？”

“就是因为女人惹出的祸事呗。”闻人遥似乎意识到自己说得不妥，赶忙补救道，“我不是在说二小姐。而且那个卦象……可能也不准吧。阿蘅自己都不怕，我师父也说过，扶乩门一代不如一代，到了我这一代，扶乩的本事已经一塌糊涂，简直有辱师门，所以可能出错了。”

闻人遥见姜梨神色不复方才轻松，暗骂自己多嘴，突然想到了什么，就道：“姜二小姐也不用担心，这卦象里还没有完，只是一面，还有后面的，我……”

他话音未落，薛怀远屋子的门就开了，姬蘅从里面走了出来。

闻人遥立刻忘记了自己要说的话，看着姬蘅奇道：“你居然挺高兴？”

姜梨看向姬蘅，姬蘅脸色很好，嘴角含笑，似乎十分轻松。她的心稍稍回落了一些，薛怀远也紧接着走了出来，看起来也不错。他对着姜梨含笑点了点头，姜梨的心，这才彻底放了下来。

她走到姬蘅身边，轻声问道：“我父亲和你说什么了？”

姬蘅嘴角一勾：“说你骄纵任性，让我日后多担待。”

姜梨瞪了他一眼，还要再说什么，叶明煜已经招呼大家去前厅用饭。因为是家宴，不必拘束。

叶家人大约还有些不自在，其他人也就罢了，姬老将军爽朗耿直，闻人遥是个爱凑热闹的自来熟，林尧就是个小孩子，司徒九月倒是性子冷了些，但是个大夫，而且长得很漂亮。但姬蘅就不行了，虽然姬蘅也长得漂亮，但太富有侵略性，虽然噙着笑容，但总让人忌惮下一刻他会不会就要把人拖出去灭了。

而且叶明煜很固执地认为，姬蘅抢走了自己的外甥女，原本他的主意是撮合姜梨和叶世杰，这样日后姜梨也算是嫁到自家，叶家会好好呵护她，谁知道中途杀出这么个人来。

叶明煜吃饭的时候目光都带着恨意。

姜梨心中好笑，不过令她欣慰的是，薛怀远、薛昭和姬蘅竟然相处不错。薛昭是个单纯少年，姬蘅对他有救命之恩，心早就偏向姬蘅了。父亲虽然没有表现出特别的欢喜，但也绝对不抵触，而且不知道是不是姜梨的错觉，她甚至觉得，比起对当年的沈玉容来，薛怀远似乎更喜欢姬蘅一些。

等到了下午的时候，各人都要回去。姜梨对姬蘅低声道：“你先在外面等我一下，我和父亲、阿昭有话要说。”

姬蘅点了点头，闻人遥和姬老将军已经在门外上了马车。司徒九月也收起药箱，叶明煜在外头冷眼瞧着，心道这是怎么回事，自己是姜梨的舅舅，但无论是姬蘅还是姜梨，却总是和薛怀远说悄悄话，难道薛家和国公府有什么关系？

另一头，姜梨和薛昭、薛怀远回到了屋里。

姜梨关上门，道：“爹，您和姬蘅今日在房中，到底说了什么？”

薛昭满不在乎道：“姐姐，都说了是岳父交代女婿的事儿，你怎么就不明白呢？”

姜梨没好气地道：“我又没有问你。”

在薛怀远和薛昭面前，她过去的脾性就展露无遗，仿佛没有经历过那些巨大的伤害。薛怀远看在眼里，一时也有些怔忪，但很快就回过神，笑道：“你弟弟说得没错，我的确是交代了他一些事情。毕竟日后要把阿狸交给他，我现在还不放心。”

姜梨有些紧张地问：“那结果怎么样？”

“旁人怎么说他我不管，毕竟世上表里不一的人太多了。就算外头人都觉得这个人是好人，但他对他的家人朋友，也不一定如表面上和善，所以爹不在乎别人的评论，爹要自己看。正直、诚实、善良的人，天下有很多，也许并非阿狸喜欢的。阿狸喜欢一个人，总会有些理由。我之前不明白阿昭说的姬蘅是如何护着你。今日我与他说了一席话，我觉得，可以放心了。”

姜梨讶然地看着他。

“爹可以很放心地把你交给他。”薛怀远笑道。

薛怀远想到了从前。

薛芳菲生下来没了娘，一个粉雕玉琢的小姑娘，他又当爹又当娘把她拉扯大。小时候家里穷，没有丫鬟，连头发都是薛怀远学着给薛芳菲梳的。把薛芳菲嫁给沈玉容的时候，他有多舍不得可想而知。

那时，沈玉容跪在他面前保证，说肯定会中状元，飞黄腾达，让阿狸过上好日子，好好呵护她。其实那时候，薛怀远并没有很高兴，他知道自己的女儿并非攀附富贵的性子，最想做的，也并非夫君飞黄腾达。那时候阿狸喜欢沈玉容，沈玉容也有这个心，薛怀远也就罢了。

今日的姬蘅，没有在薛怀远面前下跪，他能从姬蘅眼里看出年轻人的骄傲，和过去的姬暝寒如出一辙。姬蘅和沈玉容不同，国公府有权有势有银子，他不必费心如沈玉容一般去夺，他能为阿狸做什么呢？

“我保她一世安稳顺遂，永远快乐，永远不必为了别人委曲求全，去做另一个人，这个‘别人’，也包括我自己。”姬蘅道。

他的话像是最珍贵的承诺。

前生，阿狸就是因为沈玉容，为了沈家，委曲求全做了不快乐的事，姬蘅明白这一点，于是说，让阿狸永远做阿狸，不必为了任何人，包括他去改变。

“我不明白，你喜欢阿狸的是什么？”薛怀远道，“因为容貌？她如今已经不是燕京第一美人。因为勇敢，因为聪明？姬蘅，你身边这样的女子并不少。”

“薛大人，”姬蘅含笑道，“不是因为我喜欢她的品质才喜欢她这个人，是因为我喜欢她这个人，才喜欢她的品质。假使她是个杀人如麻、飞扬跋扈、骄纵任性、心思歹毒的女人，只要我喜欢她，无论她是什么样的，我都喜欢。”

天下有几个人敢说这样的话？承诺容易，真心的承诺却太难。他本就是浓烈艳丽的人，所以他的喜欢，也是如此决绝深刻。

“天下污名多少，我不怕。”姬蘅淡笑着开口，“不好的事情由我来做，她可以永远如眼前这样。薛大人，”他看着薛怀远的眼睛，琥珀色的眸子清醒得近乎冷酷，然而他的话却如此温柔，“沈玉容护不住她，我可以。”

就是这一句话，让薛怀远所有的质疑都没有了。

薛怀远道：“你赢了。”

姬蘅仍旧笑着。

“阿狸交给你了，姬蘅。”薛怀远道，“请你好好照顾她。”

那个年轻人褪去传言中的阴毒，温和得不可思议，他说：“我也会好好照顾你们，因为你们是她的家人。”

同姬蘅的对话似乎还在眼前，薛怀远就见面前的姜梨蹙起眉，道：“可是你们到底说了什么呀？”

“阿狸。”薛怀远道，“爹老啦，也许以后不能陪着你长长久久地走下去。他能护住你，爹对他有信心，你也应该对他有信心，也对你自己有信心。”

姜梨沉默。

她看得出来，薛怀远是真心放松下来，和姬蘅的这一次会面，比姜梨想象的要顺利。薛怀远不肯说，姜梨也就没有继续追问下去。爹不说，自然有爹的道理，况且这是父亲和姬蘅两个男人之间的交谈，是他们之间的秘密，理应尊重。

她又叮嘱了薛怀远，就要离开，薛昭在后面道：“姐姐，帮我跟姐夫道别啊。”

这孩子！姜梨心中好笑，他倒是比谁都接受得快，想了想，姜梨就道：“阿昭，你平日里对司徒大夫，也该好好致谢。人家替你治伤，你又没有付诊银，怎么也说不过去吧？这可不是薛家的门风。”

说完这句话，她就不管呆若木鸡的薛昭，自己出门去了。

等到了外头，与叶明煜和叶世杰道别，姜梨才走到姬蘅身边。她其实本来还有一些话要和姬蘅说的，奈何闻人遥他们都已经上了马车，要说什么都不方便，也只得各自分别。只是分别前，姜梨还是忍不住道：“今日你怎么会那样客气地对父亲说话，吓了我一跳。”

姬蘅对人说话可从没有这么客气过。

“因为那是你爹，因为你啊。”他笑着道。

姜梨怔住。

前生，她是为了别人而改变，知道那种心酸，不曾受过别人为她而改变的包容，如今，姬蘅这个所有人眼中的恶人，却为她改变。

她笑了起来，觉得姬蘅真是上天为了弥补她送来的妖精，就像那些野史话本里的书生，倒霉关头，从天而降一位绝色妖姬，替他红袖添香，与他耳鬓厮磨，之后一路金榜题名，扶摇直上。

只是那些绝色妖姬最后都没有好结局，那些书生也都抛弃了她们，只当是一段艳遇，她在心里默默念道，她永远不会抛弃姬蘅。

姬蘅见她盯着自己只顾着笑，便伸手捏了捏她的脸颊，他下手很轻，嘴上嗤道：“傻里傻气。”

真好。

薛怀远和姬蘅见面的事，就这么顺利地过了，在那以后，姬蘅就忙碌起来，姜梨没能和他再见一面。赵轲又重新回到了姜家当花匠，桐儿旁敲侧击地问姜府的下人，下人们还一脸理所当然地告诉桐儿，之前赵轲离开是回家奔丧了。

这个谎言倒还有理有据，一开始就为了回来做好铺垫。

天气一日比一日冷，再过不了一两个月，燕京城就要入冬了。

姜家人也很忙碌，姜梨有时候一连好几天都看不到姜元柏和姜元平的身影。姜梨猜测是因为殷湛的事。姜老夫人和卢氏开始为姜梨准备嫁妆。当年叶珍珍嫁过来的时候，嫁妆丰厚。季淑然过门后，将那些东西据为己有，本想着全都给姜幼瑶出嫁的时候陪嫁，不想会有这番变故。姜老夫人就把仓库的钥匙给了姜梨，让卢氏给拟一个嫁妆单子。

日子就这么平淡地过着，直到姜梨从赵轲嘴里得到一个消息。

夏郡王殷湛不必回云中了。

姜梨听到这个消息的时候，并不是很意外，但还是问道：“为什么？”

赵轲道：“说是入冬了，从燕京到云中一路大雪，兵马行之不易，浪费粮饷，且云中不必守，相反，应当提防成王的势力卷土重来，燕京城才最危险。”

姜梨笑了笑，这个理由说不上不好，但也说不上好。可见殷湛是真心想要留在燕京城，而殷湛应该也从上一次洪孝帝赐婚的事上看了出来，洪孝帝对殷家起了疑心，他干脆不再掩饰自己的野心，就算做得很明显也要留下来。

殷湛和成王不一样，成王做了多少年的筹谋，洪孝帝就准备了多少年，但殷湛是不久前才回的燕京城，这么多年，朝中几乎要忘记这个人。若不是他在此次平叛中展露出来的骁勇令人震惊，朝堂里的人都不会把他放在眼里。对于殷湛，洪孝帝没有准备，也没有了解，他不能轻举妄动，等着人自投罗网的办法，对殷湛不适用。

彼此都在暗中较劲。

姜梨心里也有一些担忧，这样太平的日子不知什么时候就会结束，一旦结束，国公府和姜家势必要受到牵连。

但愿平安无事。

深宫中，百花凋零，繁盛过后，异样凄清。花园里的花几乎凋谢了，便是那些常青树，在暗沉的天气下，也像是蒙着一层尘埃。

年轻的帝王负手而立，皇陵外，重兵把守。他站在墓碑前，墓里葬着他的生母，夏贵妃。

深宫之中，各种有关夏贵妃的传言，许多宫里的老人死的死，散的散，留下来的实在很少，那些过去的芳华也就没有人再提起。洪孝帝作为皇子，看过北燕朝廷变迁，几度风云，本该对这些事情云淡风轻，但作为儿子，记得母亲，是一件理所当然的事。

和刘太妃年轻时候的泼辣美艳不同，和太后年轻时候的温婉端庄不同，夏贵妃狡黠灵动，聪慧美貌，待下人宽和，聪明有主见，知进退，先帝很欣赏她。

但大抵“红颜薄命”四个字是个诅咒，夏贵妃在生下他不久后就病逝了。洪孝帝不知道他的生母长什么样。他只能在宫里画匠曾经的画作中看到夏贵妃的模样，只能靠着那些不知真假、只言片语的传言拼凑起夏贵妃的性格。即便如此，每当他站在生母墓前的时候，脑中的回忆也只是一片空白。

先帝把他交给了现在的太后，太后那时候有太子，和他并不亲近。后来太子早夭，太后甚至一度认为他是杀人凶手，直到太医来为他洗清冤屈，证明太子是先天不足，突发心疾而死。

但当时所有人，包括他的父皇，看他的怀疑目光，他到现在都忘不了。有时候半夜从梦中惊醒，那种刻骨的悲愤和绝望，历历在目。

再然后，皇帝立他为太子，成王母子越来越嚣张，为了保住自己的位置，太后拿他做筹码，和成王母子相斗。暂且算是在一条船上，他和太后总不能撕破脸，至少要表现得母慈子孝，不能让人钻了空子。

是什么时候和太后看起来格外亲近，仿佛一对真正的母子，洪孝帝已经记不得了。但在他心里，过去从来不曾过去，他从来没有真正从那些事情中走出来过，所以听到姜梨的遭遇时，他会如此愤怒。他渐渐学会了如何做一个真正的帝王，但如何做一个儿子，这件事在他很小的时候就被剥夺了。

“母妃，”帝王神情恍惚，有一丝不易察觉的脆弱，他的声音似乎也是茫然的，“你现在，过得怎么样呢？”

与此同时，慈宁宫里青烟袅袅，梅香小步上前，走到佛像前面跪坐的人身边，轻声道：“太后，探子刚刚回来，陛下去了皇陵夏贵妃的墓前。”

穿着绸衣正在敲打木鱼的太后手一顿，烟雾缭绕中，她的面上浮起了一个浅淡柔和的笑容。

她幽幽叹息一声："真是养不熟的白眼狼。"

十一月，燕京城下了第一场雪。

雪不大，天气却已经冷极。听闻东边那头的山都被雪封住了路，猎人不敢往山里走。也有为了生计不惜涉险进山的，这个时节，猎得一块白狼皮卖给富贵人家的夫人，能得百两银子。

皇宫外面的宫墙房檐上覆盖了一层白雪，银装素裹。刚进门的小太监和小宫女还很稀奇，在院子里扫雪的时候总是忍不住拿脚去踩，有时候休息无人，团个雪球，互相扔着玩儿，倒也颇有意趣。

年长些的，就没有这样好的兴致了，看着这些新来的宫女，只是连连摇头叹息。有今朝无来日，年年都有人进宫，年年都有人死去。君不见这白雪纯洁，地下却掩埋了多少无名尸骨。宫里看着富丽堂皇，实则凶险，对他们来说，大约最大的幸事就是平平安安度过几年，到了年头顺利放出宫去，成家生子，安稳一生。

慈宁宫里念佛经的声音近来没有往日频繁。太后在殿里坐着抄写经书，没一会儿便手脚僵硬，宫女连忙拿暖炉来让她焐手。

"年纪大了。"太后叹了口气，"总是手脚冰凉。"

"许是殿里太冷了些。"梅香回道，"奴婢等会儿让人多添几个地龙。"

太后笑了笑，没有说话，只是轻轻按了按眉心，梅香道："太后要不要先去寝殿休息一会儿？"

"好。"太后回答。梅香依言把太后扶到寝殿，才走到寝殿门口，太后一愣，突然道，"梅香，你守着门口，不要让别人进来。"

梅香没有问为什么，只是点头退了出去。太后这才看向里面的人。

她的床榻边正坐着一人，那人两手撑在身后，腿跷在椅子上。她惯来娇贵，床榻褥子都是最精致软和的，这人这么坐下去，便将床坐凹下去了大半。

"你不要命了？居然敢来这里。"太后平静地道，竭力掩饰眼里的愕然。

那是个中年男人，生得刚毅英俊，还带着一些不属于燕京城的落拓潇洒。闻言，他也只是笑了一笑，不以为意，道："柔嘉，好久不见了。"

太后的身子轻轻一颤，柔嘉是她的闺名，这么多年过去，先帝在世的时候，从来不曾这么叫过她，倒是眼前这个男人，无论她是林家的小姐，抑或是太子妃，甚至是皇后，如今已是太后，他叫她的时候，永远叫柔嘉。

这个男人是殷湛。

夏郡王，先帝的兄弟，大名鼎鼎的昭德将军，就这么闯进了太后的寝殿，还唤她唤得如此亲密。

太后这么多年的平静神色就此有了一丝裂缝，甚至显出些紧张来。

“别担心，”殷湛道，“我过来见皇上，来你这里的时候，没有人发现，你要相信我的本事。柔嘉，你还是这么小心谨慎。”

太后冷冷道：“毕竟几十年前，我已经因为不小心而闯过大祸了。”

殷湛沉默了一会儿，才道：“那都过去了。”

“对我来说并没有。”太后淡淡道，“我吃斋念佛几十年，就是为了弥补当年的罪过。”

“哦？”殷湛笑道，“我还以为你是在为我祈祷，祈祷我平安无事。”

他这话十足轻佻，太后拧起眉头，道：“我不明白，你回来做什么？”

“柔嘉，”殷湛收起了笑容，“你总是不肯说出真心话，我回来的目的，和你这么多年的目的，不是一样的吗？”

太后道：“我没有什么目的。”

“你应该见过之黎了。”殷湛打断了她的话，“他长得很像你。”

太后的身子突然忍不住颤抖起来，她从开始保持到现在的镇定，到了此刻，突然瞬间崩溃。

“之黎，他是……”

“他是你的孩子。”殷湛温柔地道，“这么多年，我将他教得很好，他很出色，就是心肠软了些，这很不利。”他的面上显出一点烦恼的神色来，“对于他日后要做的事，这是一个阻碍。”

“你对我说这些做什么？”太后冷笑，“他纵然是我的……也见不得光。你既然已经再娶了夫人，就安心过你的日子吧。”

“原来你是因为这件事生我的气。”殷湛反而惊喜似的笑了。他这副神情若是落在殷夫人的眼中，只怕要大吃一惊。他坚毅粗粝，潇洒落拓，但唯独没有柔情。原是他把所有的柔情，都用在了眼前这人的身上。

“先帝当年提防我，我不得不娶，不只是为了我，也是为了你，为了之黎。”殷湛道，“有了之情后，先帝打消了顾虑。我就没再碰她了，柔嘉，”他盯着太后的眼睛，“我的心里从来没有别人。”

太后扭头，想要避开他的目光，一转头却撞进了旁边的铜镜。铜镜里的女子，已经不是当年娇俏动人的模样，多少年过去了，她的容颜渐渐衰老，甚至生出几根白发。岁月对美人的摧残从来毫不留情，这其中，对女人又要比对男人残酷。殷湛比从前更成熟、更迷人，站在他身边，任谁都不会觉得他们般配。

皇宫，终于把她变成了陌生的模样。

“我不想听这些。”太后道，“如果你是来叙旧的，请你出去。当年我已经说得很清楚了，此生不要再见，看来你并没有把我的话放在心上。”

“当年是情势所逼，我筹谋了二十年，就是为了今天。”殷湛道，“柔嘉，就算到了现在，你心里还是有我的，不是吗？就算你舍得我，总舍不得之黎吧。你与他这么多年没有相见，他一直以为自己的生母早就死了，倘若我告诉他的生母……”

“不！”太后快速打断他的话，“不要告诉他。”

“你知道这是不可能的，柔嘉。”殷湛道，“他应当学着接受自己的命运，也应当和亲生母亲相认，难道你不想让他叫你一声娘？之黎很善良，不会恨任何人，不舍得你难过的。”

太后肩头耸动起来。

她在宫里待了这么多年，看上去与世无争，却能牢牢地保住身份，确切地说，先帝在的时候，她就一直把皇后这个位子坐得很稳，一切都无可挑剔。

太后是林家小姐，年轻的时候，是封城伯的长女。温婉贤淑之名众所周知，十六岁的时候，被当时的皇帝指给了太子，成为太子妃。

一入宫门深似海，从此萧郎是路人。太后的心中也是有一位萧郎的，这位萧郎不是别人，正是和太子同父异母的兄弟，当时还是皇子的夏郡王殷湛。

林柔嘉有一日上山去寺庙祈福，遇见了歹人，恰好那时候殷湛在附近，便救了林柔嘉一命。林柔嘉心怀感激，替受了伤的殷湛包扎。两个年轻人便生出特别的情绪。她为殷湛的英勇威武动心，殷湛喜欢她的娇柔温婉。封城伯认为女儿遇袭的事情传出去不好，便没有声张。当时在场的林家下人也全都被处理了。于是过去这桩事，便没有外人知道。在旁人眼中，林柔嘉和殷湛仍然是不相干的两个人。

但情感的滋长并不需要任何环境，喜欢就是喜欢，有时候轻飘飘的一眼，长而久之，就会引发巨大的执念。殷湛本来打算让人去林家提亲，可还没来得及，宫中赐婚的消息就传来了。

林柔嘉成了太子妃。

人生大约就是这样，总会有这样那样的不圆满。林柔嘉想，也许殷湛就是她此生也圆满不了的一个执念。她决定放下年少的这段相思，好好做太子妃。

她做得很好，皇帝驾崩，太子成了新的皇帝，她成了皇后，甚至还诞下了小太子。

那是林柔嘉进宫以后最快乐的时光。封城伯感到很满意，隔三岔五就让林夫人进宫来陪女儿说话，林家都以林柔嘉为荣。她的兄弟姐妹因此得到荫庇，还有皇帝，皇帝因为得了小太子，对这个长子格外关心，平日里没事就到慈宁宫来转转，这是最让林柔嘉惊喜的。

皇帝三宫六院七十二妃，不可能宠幸一个女人，尤其是做皇后，更要贤明大度，不可妒忌。但林柔嘉始终只是一个小女人，她受不了被冷落，于是因儿子而带来的关切，对她来说就格外受用。

再然后，宫里陆陆续续有了其他皇子。刘淑妃生了二皇子，夏贵妃生了三皇子，还有新的美人妃嫔。皇帝宠爱刘淑妃，欣赏夏贵妃，对二皇子和三皇子也很好，好在太子是皇帝教着长大的，皇帝最宠爱的还是太子。

夏贵妃生下了三皇子后，很快去世，皇帝把三皇子养在皇后名下。林柔嘉表面待三皇子和气，实则厌恶，她怕这孩子生出不该有的念想，想和太子争夺东西，不由得处处提防。毕竟太子是林柔嘉最后的念想了。

但上天竟然把最后的念想从林柔嘉身边夺去。

太子五岁那年死了。

林柔嘉几乎要疯了，一口咬定是三皇子做的好事，否则两个皇子一道在御花园玩，怎么就太子出了事？

皇帝安抚她，林柔嘉恨不得让三皇子立刻去死，再然后太医来了，验明尸身，加上宫人做证，太子是先天不足，突发心疾而死，三皇子是无辜的。

林柔嘉濒临崩溃，她知道当着这么多人，太医不会说谎，然而这并不是她想要的答案。

太子死后，皇帝一度很体贴林柔嘉，对她百依百顺，然而帝王的耐心是有限的，林柔嘉成日阴沉沉的，长此以往，皇帝就不爱来看她了。而宫里的斗争最是残酷，只要稍退一步，很可能跌入万丈深渊。譬如二皇子的母妃刘淑妃，就在这个时候蠢蠢欲动。

如果立二皇子为太子，刘淑妃就是太子的母妃，自己这个皇后被取而代之是迟早的事。她有些慌，封城伯告诉她不必害怕，她还有一个三皇子。这个三皇子的性情肖似死去的夏贵妃，聪颖知进退，未必不可利用。无论如何，已经失去了一个太子，万万不可连皇后的位子都丢掉。

林柔嘉被封城伯的一席话说得恍然大悟，决心守住自己的位子，不让人有可乘之机。她重新开始温和地对三皇子，养育他，以一个慈母的身份。这位三皇子也真的不辜负她的期望，变得伶俐，且一口一个母后，仿佛很亲热，也几乎让人忘记，几年前，因为太子的死，皇后恨不得置他于死地的模样。

有时候，林柔嘉看着自己和太子母慈子孝的画面，心中都会无声嘲讽，只觉得不过是两个惺惺作态的人。她越发怀念自己死去的儿子，也对皇帝的无情冷了心肠。

就在这个时候，征战凯旋的殷湛出现了。

自从林柔嘉成为太子妃之后，殷湛便离开燕京城，去了边关。林柔嘉只能从宫人的捷报中得知他的消息。时间久了，她又忙于钩心斗角和委曲求全，人生发生巨大改变，也就将这些事情抛在脑后。殷湛似乎离她很遥远，是个很缥缈的幻影，林柔嘉得知他要回来的时候，也很冷静，认为时隔多年，当自己再见殷湛，大约也只是两个陌生人相见而已。

不知是高估了自己的决心还是低估了自己的动心，当她和殷湛相见的时候，一瞬间，她突然发现，过去几千个日日夜夜，并没有消磨自己对殷湛的感情。殷湛还是她记忆里的模样，甚至比过去还要令人着迷。只是殷湛如今已经娶妻，她知道那家的小姐，如她过去一般温婉良善。再看自己，林柔嘉觉得面目全非的自己，难以面对殷湛。

可殷湛竟然闯进了她的宫里。

他冒着被发现后掉脑袋的风险，不顾一切，闯进了她的寝殿，闯进了她久旱的心里。如同初见的时候，他为了保护萍水相逢的陌生姑娘，不惜受伤。

殷湛知道她一切的不甘心，知道她的痛苦，知道她的愤怒。他用强势而汹涌的姿态替她抚平了这些年来的伤痛和空虚。感情一发不可收拾，仿佛是一颗将熄的火星，突然得了柴火，烧得灼灼夺目，烧成弥天大火。

他们谁也无法阻拦这把火越烧越大，即便知道最后的结果是万劫不复，仿佛走在刀尖上，在危险中沉沦，但谁也不愿意叫停，仿佛就这样死去也值得了。

殷湛告诉她，他所娶的妻子不过是因家中父母之命，并无感情。在他心里，生生世世，只会爱一个女人，就是林柔嘉。

林柔嘉是个女人，装作端庄贤淑这么多年，还是为了一个不爱的男人，在这一刻，在殷湛面前，她突然感到被爱的滋味。她因此而疯狂，因此奋不顾身，她甚至为殷湛生了个儿子。

这个儿子，殷湛给了他一个殷家人的身份，甚至殷湛死去的那位夫人，也是这个秘密的牺牲者。

她背叛了自己的丈夫，他背叛了自己最要好的兄弟，二人在背叛间达到极致的欢愉，但欢愉不是永恒的。

皇帝还是听到了一些风声，然而他们隐瞒得太好，找不到证据，皇帝便一封调令，让殷湛去了云中。

殷湛去的时候十分潇洒，他甚至在走之前还娶了一位续弦，不久之后那位续弦就有了身孕。他走得很匆忙，一句话也没给林柔嘉留下，林柔嘉为此恨了很多年。她以为自己再次被抛弃了，但仍然不甘心。

直到太子登基，成了洪孝帝，她成了太后，更是每日都躲在慈宁宫里抄佛经。她抄了许多年，让自己喜怒不形于色，可当这个男人、与她纠缠了半辈子的男人这样冒险闯进她的寝宫时，她悲哀地发现，她的心潮仍会为他起伏，那些佛经没有一丁点用，她轻易就被他挑起疯狂的情绪，无药可救。

“你把我弄糊涂了，殷湛。”她轻声道，“我想做的事情，自然会自己做，你这样进来，我不明白。”

“当年我离开的时候，实在太匆忙，皇兄在宫里上上下下都安排了眼线，倘若我来跟你告别，一定会被发现。我不想连累你，柔嘉。”他温柔抚慰，“这么多年，你受苦了。”

林柔嘉的眼泪险些掉下来，她别过头道：“殷湛，我不是受苦，是累了。”

沉默了一会儿，殷湛开口：“我想上一次没有同你告别，你可能会记恨我，所以如今离开之前，我一定要向你告别。”

“告别？”太后转过头来，盯着殷湛，声音有些变化，“你要去哪里？”

“我要去做一件事，柔嘉。”殷湛站起身来，走到太后身边，太后不着痕迹地往后退了一步，却被他按住肩膀，他低头看着对方，太后被他衬得格外娇小。

他继续说道："当年的事情，有很多没有处理干净。如果不把这些麻烦都处理掉，你和之黎都会很难过。我是你的男人，是之黎的父亲，这些事情应该由我来做。"

太后从他的话里听出了一些端倪，心中莫名紧张了起来，她再也顾不得矜持，问："你究竟要做什么？"

"看，"他看着太后的反应，像是满意地笑了，"你果然还是在乎我的。"

"姬兄的儿子，如今的肃国公，你也看到了。"殷湛道，"他是冲着我来的。"

太后的身子突然剧烈颤抖了一下，二十多年过去，听到这个名字，她仍然会觉得后怕。

"姬蘅那个人……我不明白，这些年我想杀了他，可是，"她摇了摇头，"我杀不了他。"

她纵然再神通广大，也只是一个宫里的女子，姬蘅不是普通人，想要杀了他，并不容易。太后尝试了很多年，从未成功过。

"我其实并不想杀他。"殷湛道，"可是他已经知道了，他的目的是杀我，如果不杀了他，他就会伤害之黎。柔嘉，我不能让这样的事发生。姬兄生的这个儿子，和姬兄一点也不像，姬兄为人光明磊落、正直豪爽，他这个儿子却不择手段、心机深沉，很像他娘。"

太后的身子，忍不住又颤抖了一下。

虞红叶，这个名字很长一段时间曾经成为她的噩梦。她不会刻意想起这个人，但这个人，总会不请自来，钻入她的脑海中。

她的聪慧，她的狡黠，她的胆大，还有她的愤怒和绝望，诅咒和难以置信。

太后猛地闭了一下眼。

"柔嘉，别怕，我回来就是为了解决这件事。姬蘅早就在计划这件事，从很早以前，他扶持成王开始，就是为了逼我回来。即便我此番不出面，他也会从你身上动手。"殷湛道，"柔嘉，我们没有别的选择，你害不害怕？"

他盯着太后。

太后面上登时浮起了一个笑容，这个笑容带着点轻蔑，带着点嘲讽，她道："从出生到现在，我从来没有别的选择，你问我害不害怕，很多年前我就明白了，害怕有用吗？你去吧。"她低头，"我早就知道会有这么一日。去把那些人全都杀光，天下是你的，我也是你的。倘若你死了，我就和你一起死。"

殷湛笑了笑，道："我不会死的。"

太后看着他的脸，道："记住你说的话。"

殷湛吻了吻太后，她站得僵硬，等殷湛走后，梅香推门进来，看见太后瘫软在椅子上，脸色苍白。

"太后。"梅香连忙过来扶她，可还没走到太后身边，太后就摆了摆手，让她不要靠近。

她捂着自己的心口，那里跳得很快。

她说不害怕，怎么可能不害怕呢？他们像是负隅顽抗的老鼠，阴暗、卑贱、伺机而动。早在多年前，那令人沉沦的欢愉就埋下了祸种，这颗祸种沉默了多年，如今，到了爆发的时候了。

谁也不知道结果会怎样。

殷湛离开了慈宁宫，绕了一段路，没有被发现。他今日进宫表面是见皇帝，实际是来看林柔嘉，但现在还不能光明正大，他不能给林柔嘉惹麻烦。

在他绕过宫中长廊要往宫外走的时候，迎面来了一人，恰好拦住了他的去路。

这人一身红衣，边缘绣着黑色蝴蝶，黑靴银带，分外妖冶。他手持一把折扇，冬日里，他也折扇不离手，一双眼睛勾魂夺魄，似笑非笑地盯着殷湛，道：“夏郡王。”

“肃国公。”殷湛停下了脚步。

他打量起姬蘅，当年姬暝寒是北燕出了名的美男子，姬蘅的母亲则是天下有名的绝色美人。现在看来，姬蘅不仅性子肖似虞红叶，连五官容貌也继承了虞红叶的艳丽夺目。对于姬暝寒，继承得倒是不多。

他道：“你和你父亲，真是十分不像。”

“但我和我娘像，”姬蘅笑道，“殷之黎和他娘，可不是很像。”

殷湛哈哈大笑：“人的容貌，可不是像与不像就能说清的。”

“夏郡王说得是。”姬蘅轻飘飘地道，“夏郡王如此了解家父家母，难怪当年是朋友。”

殷湛有些复杂，他和姬暝寒，的确称得上是肝胆相照的兄弟，也曾惺惺相惜过，虞红叶当年在青楼里遇到有人找麻烦，因为知道姬暝寒的心思，殷湛还帮着解过几次围。他和姬蘅的父母，的确称得上朋友，还是真心实意的朋友。如果不是后来阴差阳错，姬蘅应当叫他一声叔叔，他应当叫姬蘅一声世侄。

而不是现在这样，姬蘅居高临下，他五味杂陈。

“的确如此。”殷湛笑道，“倘若你父母还在世的话，看到你如今的模样，也会很欣慰。”

“不是每个人都有郡王世子的福气。”姬蘅含笑道。

殷湛脸色一变，表面上，殷之黎的生母已经去世了，但姬蘅非要这么说……他果然是知道了。

“不必紧张。”姬蘅好整以暇地看着他，淡淡开口，“欠债还钱，天经地义，杀人偿命，也该如此。无论是谁，一个都跑不掉。是不是？”

他的尾音划过空气，笑容残忍，令人心头发凉。

姬蘅径自走了，留下殷湛一个人站在原地。他脸上惯来爽朗的笑容已经消失殆尽，留下的只有阴沉。

他听得出来姬蘅话语里的重重杀机，突然感到有些紧张，紧张时间不够用，他转过身，快步离开。

姬蘅进了宫，穿过长廊，走过大殿，苏公公将他引进了皇帝的御书房，退到了门外。

姬蘅走了进去，年轻的皇帝坐在桌前，桌上是厚厚的奏折。

“陛下。”他开门见山，“时机已经到了。”

洪孝帝从奏折中抬起头来，看向姬蘅。

旁人认为姬蘅效忠于洪孝帝，并不是一个绝佳的选择。这样的君臣，似乎存在一些相互利用的嫌疑。况且洪孝帝当初能怀疑右相，如何不会提防姬蘅？

但洪孝帝自己知道不是。他和姬蘅之间存在一种奇妙的关系，大约是同病相怜，又或是同仇敌忾。姬蘅对于洪孝帝，不仅是一个筹码，一个可靠的臣子，从某些方面来说，姬蘅还能算是他孤独的帝王生涯里，值得信任的朋友。

“你真的决定了？”洪孝帝问，“朕并不愿意你冒险。”

“陛下，这件事情，臣已经筹谋多年，如果不是臣来做，其他人也许无法成功。到那时候，未免功亏一篑。”姬蘅神情不变，“臣意已决，请陛下成全。”

洪孝帝长长叹息一声。

是的，很早之前，他就知道会有这么一日。走到这一步，并不容易，成王的彻底溃败，殷湛的归来，全都在他们掌握之中，他们小心筹谋，临到头了，才发现时间已经过去这么多年。

“姬蘅，你一定要平安回来。”洪孝帝道。

“会的，”姬蘅笑了一下，“不管是为了陛下，还是姬家，臣都会……亲手杀了他。”

苏公公站在门口，万事不入耳，神情不变，只是心中叹了口气。都说人前显贵，人后必然受罪。旁人只看到了陛下和肃国公如今的得意，谁知道，这些年他们过得又有多艰难。

只是不说罢了。

殷湛回到了殷家。

他从宫里回来的时候还很早，但府里的人都以为他不在，因他一回府就把自己关在了书房。一直等到夜幕降临，殷湛从书房里走出来的时候，下人们还吓了一跳，殷之情道：“父亲，原来你在家，我还以为你出去了。”

殷之情这些日子也消瘦了些，因为姬蘅和姜梨定了亲。不过她到底性子热烈爽朗，已经努力在走出来，至少没有一心沉浸在痛苦之中。

殷湛看了她一眼，殷之情被殷湛的目光吓了一跳，殷湛的目光格外冰冷，好像在看一个陌生人。殷之情不由得后退了一步。

这时候，殷之黎从另一头走过来，恰好看见他们，就道：“爹，之情。”

“哥哥。”殷之情有些害怕，往殷之黎的身后躲。

殷之黎奇怪地看向殷湛，平日里殷湛对殷之情虽然严厉，大多数时候却也是笑呵呵的，今日的他，脸上却是一丁点笑容都没有，几乎称得上可怕了。

殷之黎听见殷之情在身后，低声道：“你又做了什么错事，惹得父亲生气？”

殷之情一头雾水，她可什么都没做。

这时，殷湛对殷之黎道：“之黎，你跟我过来。”

殷之黎只得跟了上去。

殷湛带着殷之黎进了自己的院子，走到书房里，他甚至把书房门口的小厮全都赶到了院子门口，让他们在门口守着。偌大的书房，就只有殷之黎和殷湛两个人。

下人们习惯了殷湛说一不二的性子，连好奇都没有，乖乖地去守门了。倒是殷之黎心中疑惑，不知道殷湛接下来要与他说的话有多重要，才会这么谨慎。

一进门，殷之黎就问：“爹，出了什么事？”

殷湛只是看着他，什么话都不说。殷之黎从来没有见过殷湛这么复杂的眼神，莫名有些不安，他又问了一遍：“爹？”

过了很久很久，殷湛才道：“之黎，有一件事，我必须告诉你。你的生母，如今还在人世。”

殷之黎诧异地睁大眼，一时间结巴了起来，说：“怎、怎么会？娘不是在……”在生他的时候就死了，这是所有人都告诉过他的事实。

“她并非你的生母。”殷湛沉声道，“你的生母，是当今太后。”

殷之黎后退一步，脸色顿时苍白，道：“爹……你……”

“你是我和太后的儿子，之黎。”殷湛道。

只一句话，所有的因果瞬间明了，不必再去问更多，也不必再去怀疑什么，殷湛的表情说明了一切。和殷湛相处了这么多年，殷之黎早就知道殷湛说真话的时候是什么表情。

就是现在这个表情。

“不、不可能……”理智知道是真的，然而情感上，殷之黎怎么也接受不了。他心中只有一个念头，他是私生子！这恶心的罪名会伴随他一生！

但殷湛只是看着他，就如同过去无数次对他的教诲一般，道：“你知道我不会骗你。”

殷之黎却突然恍然大悟。

从前那些总是不明白的事情，好像突然就全都明白了。譬如他的生母，为何府里几乎没有人提起她，问殷湛，殷湛也好像并不在意。他从来不主动说起殷之黎的生母，可对于现在的殷夫人，殷湛也谈不上多喜欢。他有时候觉得，父亲的心中或许有一个珍视的人，但那个人一直没有端倪，如今他明白了，原来那个人是当今太后。

从云中到燕京，从成王到姜家，他不明白为何殷湛要这样做，要那样做，殷湛也从不给他理由。如今这个理由出现了，如此理直气壮，却让殷之黎无法接受。

“你想要我做什么？”殷之黎冷笑道，“和姜家联姻，是因为你有狼子野心吧！我是太后的儿子，那又如何？因为当今皇上不是太后的亲生儿子，太后还是希望由我来继承大统，你们想要谋朝篡位吗？！做出这样的事，你们怎么敢？！我没有这样的母亲！”

啪的一声，殷湛的一巴掌狠狠甩在了殷之黎脸上。

他沉声道：“我不允许你侮辱她！”

殷之黎红着眼反驳：“做了就不要怕人说！”

“我认识她的时候，她还是林家小姐，我们两情相悦，我准备上门提亲的！林家贪慕虚荣，得了赐婚，她就嫁给了皇兄。皇兄得了她却不珍惜，她在宫里生不如死，若不是我后来出现，她恐怕就要死在宫里。殷之黎，”他连名带姓地叫殷之黎的名字，仿佛怒极，“是我强迫她，你的母亲是无辜的！她本可以不生下你，至少那样她不必有把柄和危险，但她还是生下了你，因为她舍不得！你可以恨我，但不可以恨你的母亲，她没有任何对不起你！你明不明白？”

殷之黎的眼泪一下子流了下来。男儿有泪不轻弹，可眼下的他，实在是不知道怎么做了。他不能去怪太后，因为太后冒死生下了他，他也不能去怪殷湛，因为殷湛将他抚养了这么多年，悉心教导。那他能怪谁？他能怪谁？

他的喉咙里，逸出一声悲惨的哭号。

殷湛看着面有不忍，他知道真相对于殷之黎来说，太残酷。但他知道自己这个儿子的性情，他儿子心太软，说好了是善良，说难听是优柔寡断。殷之黎吃软不吃硬，这样说，他对太后就无法硬起心肠。

殷湛并不在意殷之黎恨不恨自己，他只担心殷之黎不肯与林柔嘉相认。

“你流着皇家的血。”殷湛短促而坚决地对他道，“听着，接下来，我要去做一件事，这件事很危险，也许我不会回来。倘若我回不来，殷家的一切就都交给你了，太后也会受到牵连，答应我，保护你的母亲。”

殷之黎的哭声一顿，看向殷湛，意识到了什么，道：“你想干什么？”

“早年间的恩怨，是时候了结了。”殷湛道，“我不惧怕接受结果，我只是放不下你们母子。”

殷之黎摇头：“不，你不要做。”

“没有回头路的。”殷湛突然笑起来，笑容一如既往，只是目光里有一股偏执的疯狂，“从当年遇到你娘开始，我的命运就注定了。我这一生，谁也不为，只为她而活。之黎，你也是一样，你的命运就是这样，我会替你扫除前面的障碍，但剩下的事情你必须自己做。你千万不能功亏一篑，殷家所有的人，还有我的兵马，日后就交给你了。”

他说得如此郑重，仿佛知道自己这一去便必然不会再回返。殷之黎的心中突然涌出深切的悲哀。他摇头道："不要，不行。"

不知是在抗拒这强加于身的命运，还是在拒绝这不可知的并非他想要的未来。

但同时他也明白，早在许多年前，殷湛就开始做准备。他教自己兵法，又教自己治人之道，如今看来，这怕是从老早以前就开始的计划。可能从他出生开始，甚至是他在太后肚子里的时候，殷湛和太后就已经为他谋划了一条在他们眼中无比灿烂辉煌的未来——坐拥天下。

"你是在骗我对吗？父亲，"殷之黎茫然恳切地看着殷湛，"我并非太后的儿子，只是你希望我能按照你说的做，才这样骗我是吗？"

这个温雅俊美的贵公子，是所有人眼中的佼佼者，何尝有过这般卑微的时候。殷湛只能硬着心肠道："我没有骗你。柔嘉生你的那一年，被刘淑妃陷害，为自证清白，去红山寺面壁思佛，就是在那里，生下了你……"

说起过去，殷湛的面前似乎又浮起了往日的画面。那可真是步步惊心的一段日子，要防止整个红山寺的人泄露秘密，如今那些战战兢兢的日子都过去了，而未来又像是走进了死胡同。

这或许是他的命运，他也无从选择。

殷之黎又忍不住颤抖起来。他不曾有过这么无助的时候。

殷湛道："之黎，我不管你如今怎么想，但是没有时间了。我必须要把接下来的事情告诉你，你必须听着……"

殷湛的院子里，听不到丝毫声音。外面屋里，殷之情坐在殷夫人的身边，担忧地问："哥哥是不是闯了大祸，我刚才看爹的脸色，实在很可怕。"

"不会的。"殷夫人温声安慰，"你爹自来疼爱之黎，即便之黎真的犯了错，也不会过分责怪。"

殷之情这么一想，觉得殷夫人说得也是，这才放下心来。

"不过他们进去说了这么久还没出来，真是令人担心。"殷之情道，"前些日子哥哥就因为姜二小姐的事情难过了一阵子，这要是被爹骂一顿，肯定更不好了。"

殷夫人看着殷之情，心中叹了口气。都说殷之黎因为姜梨的事伤心，殷之情又何尝不是？这个傻子，自己都消瘦憔悴了不少，还想着别人。真是和自己一样，平白长了一张美艳精明的脸，实则比什么人都吃亏。她不由得心酸。

过了很久很久以后，殷湛从院子里走了出来。他出来的时候，目光冷漠，面色阴沉，下人们谁也不敢上前。殷之情和殷夫人也不敢说什么。他走出院子，直接出了殷府大门，这么晚了，也不知道去做什么。

殷之情对殷夫人道："娘，我去看看哥哥。"

殷夫人点头，殷之情便飞快地跑到殷湛的院子，院子里一个人都没有，殷之情推开书房的门时，竟没有看到殷之黎的影子。她心中还在纳闷，正要出门去院子里找找，扭头的时候，脚步却顿住了。

殷之黎躲在门后。

他是真的“躲”在门后，整个人蜷缩成一团，抱着头，殷之情吓了一跳，连忙跑过去，道：“哥哥？”

殷之黎抬起头，殷之情想要出口的话顿时说不出来了。

她记得她从来没有看殷之黎哭过，从小到大，殷之黎都是一副云淡风轻的模样，脸上随时挂着和煦的笑容。哪怕和人比武从马上摔下来，也是笑着安慰家人。如今这个脆弱的殷之黎就在面前，殷之情一瞬间竟然不敢相信。

她放轻了声音，问道：“你怎么了？父亲对你说了什么？”

殷之黎眼神里的麻木让她心惊。

“喂，哥哥！”殷之情使劲儿推他，“你不要吓我！”

殷之黎这才慢慢转过目光，看向了殷之情。这个时候，他也忽然明白了一些事情。难怪殷湛娶了续弦，之前百般恩爱，等殷之情出生后，就开始冷落殷夫人，陌生得像是换了个人。以前殷之黎以为，是因为殷湛害怕他多心，认为继母和继妹会分走殷湛的宠爱，所以故意这么做。殷之黎还对殷夫人母女感到抱歉，但也天真地认为，这是因为父亲足够疼爱自己，事事以自己为先。

现在想想，那都成了一厢情愿的笑话。殷湛之所以这么做，无非避人耳目，娶续弦生子，只怕是为了让皇帝放心，让人不会将他和太后联系起来。殷家母女根本就是牺牲品，殷之黎不知道该为殷家母女感到悲哀，还是为殷湛和林柔嘉自私的爱情感到恶心。

殷之情蹙起眉头，她不喜欢殷之黎看她的眼神，像在可怜什么东西。她问：“你到底怎么了？是闯了什么大祸，爹才把你说成这副模样？”

殷之黎收回目光，站起身来，不知是不是蜷缩太久，他浑身上下好像使不出什么力气，差点栽倒，还是殷之情扶了她一把。

等他站稳后，他才慢慢转过头，看着殷之情，道：“之情，你和母亲，回云中吧。”

“什么？”殷之情一呆，不可置信地盯着他问，“为什么？你和父亲呢？我们一起回云中？”

“我们可能没办法回去了。”殷之黎朝她笑了笑，只是殷之情觉得，他的笑容比哭还要难看。

“你和母亲回云中去，越快越好，其他的事我来安排。”说完这句话，他就跌跌撞撞地往外走去，不顾殷之情在背后的质问。

国公府的夜，到了冬日，还是花团锦簇的。

花圃边，有人负手而立，他站在一棵树旁，这棵树还是一棵小树，还没长大就迎来了它的冬日。它站在这里，脊背挺得笔直，很有几分倔强的样子，让姬蘅的脑海里浮现起另一个人来。

他嘴角一勾，笑了。

“这些花又开了。”他的身边，司徒九月道。

司徒九月穿着一身黑衣，身上、头发上、手腕上都缀着铃铛，她自来都是冷冰冰的，今夜却显得有些怪异。

“我不在的日子，它们就托你照顾了。”姬蘅道。

“当然。”司徒九月回答，“我会好好照顾它们，如果你回不来，这些花就全是我的了。”

“司徒，你这话说得难听了啊。”闻人遥在一边不满地道，“实在很不吉利！呸呸呸，百无禁忌。”

今夜的国公府，比往日来得热闹一点，陆玑和孔六也站在一边，只是不如往日得闲，都神情凝重，仿佛要发生什么大事。

小红也觉得气氛不对，站在树枝上，歪头瞅着这些人，平日里聒噪得很，今日却一言不发，安静得要命。

陆玑道：“大人准备何时动身？”

“明日。”

“走之前，不和姜二小姐打个招呼吗？”孔六迟疑地问道，“毕竟你们已经定了亲，她是你的未婚妻，这种事还是与她知会一声为好。”

“不必。”姬蘅道，“她知道了会担心。”

众人沉默，这一趟有多凶险，谁都知道。姬蘅和殷湛之间，注定会有这么一场生死较量，他们彼此互为诱饵，兵行险着，谁都藏有后手，谁都想做那只最后的黄雀。谁也不会善罢甘休，但这一场谁是最后的胜者，谁都说不准。姬蘅筹谋了多年，殷湛何尝不是？

也许他们之间的差别只在毫厘，全凭老天偏心，多赏谁一些运气罢了。

“我已经准备好了。”孔六道，“燕京城这边都已安排妥当。”

“好。”姬蘅道，“陆玑，你也留在燕京。”

“大人，”陆玑眉头一皱，“此番你一人前往，恐是凶险至极。如今正是关键时候，万万出不得闪失，以身涉险并非上上策。”

“殷湛的兵马留在北燕各地，燕京为重，他离开为诱饵，身边不会带许多人。我要诱他出来，当然不能兵马围绕，但也不是全无办法。”姬蘅淡淡一笑，“这一次，非置他于死地不可。”他说话的时候，慢慢抚上了面前那棵小树的树枝，随即笑了，“他也是一样。”

国公府花圃里的事情，似乎无人知道。姬老将军的书房里，却是点着灯。

他虽老当益壮、精力旺盛，但老将军是不可能和年轻将军相比的，就譬如这满屋子的兵器盔甲，全都生了锈，落满尘埃，即便他经常擦拭，也像是迟暮的英雄，令人惋惜。

他慢慢地从这些兵器前走过，伸手抚过金色的甲胄、坚硬的盔甲、威武的长枪、凶悍的大刀……每走过一件兵器前，他都停下来静静地站一会儿，似乎在回忆过去的峥嵘岁月。他的脸上显出一些回忆的神色来，到了最后，走到一方宝剑面前。

宝剑的剑鞘上镶着晶莹的红宝石，雕刻着繁复的花纹，而剑身通体雪亮，轻巧纤薄，从剑鞘里抽出来的时候，不可逼视，一股凶悍的杀气扑面而来。

这是上过战场的宝剑，名曰青冥，从他开始到姬暝寒结束，姬蘅却不肯用剑，他平日里只用一把扇子，姬老将军说过很多次，不要他用这种花里胡哨的东西，但姬蘅根本不听。

他喜欢那种顷刻之间取人性命，姿态优雅好看的东西。

姬老将军把青冥从墙上取了下来，走到桌前，找了一方布，慢慢擦拭起来。

随着布巾擦拭，宝剑越发雪亮，拿在手上，似乎有一种错觉，剑在鸣动，铮铮然发出声响。

“老伙计，”姬老将军爱惜地擦拭着，将它拿在手中，仿佛面对一个阔别多年的朋友，还是多年以前一同上过战场的兄弟，“我老了，你还是这么凶猛。”

剑握在老将军的手里，依稀可以看见当年的画面，年轻的将军手持宝剑，驰骋沙场，英勇无畏。然后时光匆匆，物是人非，剑是此剑，人非故人。

他呆呆握着剑，惆怅地坐了好一会儿。旁人看到，定会讶然这向来开朗快乐的老人，何以有这般悲伤的时候。

他擦好了剑，把剑放回剑鞘，搁在桌上。灯火静静地燃烧着，照亮了老将军的眼睛，也照亮了他眼里的泪。

“暝寒啊，”他喃喃地道，“二十多年了，我们父子也该再见面了。”

燕京终于到了隆冬。

天上飞着的雪花，从盐粒变成了鹅毛大雪。街头到巷尾，天地间变成了银白色。偶尔哪家的黄狗没拴住，从雪地上跑过，就留下一道深深的梅花状脚印。

姜梨站在院子里，房檐上倒挂着晶莹的冰凌，仿佛深宫里美人寝殿里的珠帘，一早起来，雪还未停，姜梨披着雪白的披风，几乎要和雪色融为一体。

“天可太冷了。”桐儿一早起来就在院子里扫雪。

姜梨望着天边，心中浮起一阵担忧。到了冬日，姜家的花圃里没什么花了，连花匠都不在。姜梨却知道，赵轲是随姬蘅办事去了。这件事姜梨也不知道是什么，姬蘅离开燕京城的时候也没告诉姜梨，反倒是赵轲离开姜府的时候提醒了姜梨一下，示意姜梨这些日子他不在姜府，姜梨自己多注意安全。

姬蘅不告诉姜梨，要么是实在不值一提，要么便是事关重大，不愿意姜梨多担心。虽然可能对于姬蘅来说，世上大多数事情对他来说都是不值一提，但这一回，姜梨却从赵轲的神色里敏感地察觉出和往日的不同。

这件事可能比她想象的还重大，而且一连十几日过去了，赵轲都没有出现在姜府，她也没有任何姬蘅的消息。

姜梨的心里总觉得有些不安。她想了想，决定还是主动去一次国公府，至少姬老将军还在，可以问问姬老将军，再不济，或许司徒九月或是闻人遥、陆玑也能知道一星半点。

“我们去国公府吧。”姜梨道。

桐儿和白雪不明白，以为姜梨是有事要去找姬蘅。如今姜梨和姬蘅是陛下亲口赐的婚，这么做也没什么不妥。燕京城不像前朝，嫁人之前的姑娘是不能见夫君的，所以姜梨这么做无可厚非。姜老夫人得知了，也没说什么，只让姜梨早去早回。

姜梨乘坐马车，和桐儿、白雪一道去了国公府。

街道上，到处都是嬉闹的顽童，冬日里最高兴的大约就是孩子了，可以在雪地里打滚儿。红彤彤的糖葫芦在白雪之中，显得格外鲜艳。

国公府门前的灯笼，一如既往地华丽鲜艳，府门口的小厮看见姜梨过来，脸上登时扬起了一个大大的笑容。姜梨走了进去，她都不必人引路，走到姬蘅的院子外面，果然，院子里外都没有姬蘅的身影，也没有文纪和赵轲的身影——他还没回京。

姜梨这么想着，就找了一个书房门口的小厮，问道：“姬老将军此刻在府里吗？”

那小厮摇了摇头，正要回答，姜梨就听到身后传来一个熟悉的声音：“他失踪了。”

姜梨转过头，司徒九月从后面走出来。她手里还拿着一个竹编的筐，似乎要去花圃里采花。到了冬日，她也穿了狼皮袄裙，依然是黑褐色，鹿皮靴，腰间绑着梅花刺。

“九月姑娘，”姜梨问，“你刚刚说，姬老将军失踪了？”

“是。”司徒九月道，“姬蘅离开燕京的第二天，姬老将军不见了。孔六和陆玑派人去找，到现在也没有找到。”

姜梨心中一紧：“是被人……”

“不是。”司徒九月道，“他拿走了书房里的剑。”

姜梨的心，并没有因此放松下来。姬老将军既然拿走了剑，可见是自己离开的。为何要拿剑，寻常人第一个想法，大约就是复仇。可姬老将军已经年迈，何以如此？

姜梨就道：“九月姑娘，你知道姬蘅这次离开燕京城，究竟是去做什么事？陆大人和孔大人不在吗？或许闻人公子也能知道一些。”

“我不知道他到底要做什么，他没有告诉我。也许他告诉了陆玑和孔六，但他们也不会告诉你，因为他们现在也不在国公府，我不知道他们去了哪里。我只知道姬蘅在做一件很重要的事，这件事很危险，知道的人越少越好。”

这个人……总是习惯一个人做完所有的事情，即便被人误会。

姜梨心中叹息，看来她是束手无策了。眼下一个知道姬蘅情况的人都没有。

司徒九月没有再继续和姜梨说话，而是走到了花圃里，开始采花。姜梨帮不上忙，她不知道司徒九月要挑哪些花，只得在一边看着。看着看着，就想到有关国公府的传言来。

她道：“原先以为姬蘅是因为爱花才在府里种植奇花，现在看来，姬蘅之所以在花圃里花重金种植这么多花，是为方便九月姑娘炼毒。或者这些花其实根本就是九月姑娘搜集来的，不过是借了姬蘅的名。”

姬蘅的两个爱好，一个爱花，一个看戏。若是真爱花之人，又哪里有他那么苛刻，还寻的是天下难得的有毒的花，不如说他搜集的是天下炼毒的原料。而原料对姬蘅来说显然没什么用，他又不会制毒，可见是为司徒九月准备的。

“不，这些的确是姬蘅搜集的，但目的也的确是为了让我炼药，因为他希望我能炼出一种药，让他的父亲醒过来。”

姜梨瞪大眼睛，这件事她是第一次听到。传言中，姬暝寒当年回府，得知虞红叶身死的消息后就离京了，后来再也没有出现。世人都传他早就死了，可是司徒九月这话里的意思，姬暝寒竟然还活着？

这是怎么回事？

“他……金吾将军还活着？”姜梨问。

“不，他死了。”司徒九月正在拔一株蓝色的花朵，动作很小心，用小铲子将花朵旁边的土掘好，采花的时候，也不伤到根茎。

“可是……你刚才不是说……”姜梨难以理解。

“因为我没有炼出那种毒，失败了，所以姬蘅的父亲非但没有醒过来，还因为毒发而去世。”说到这里，司徒九月的手似乎颤抖了一下。

“九月姑娘，”姜梨尽量小心地认真地问，“能不能告诉我，这是怎么一回事？”

司徒九月停了一会儿，才低下头继续手上的动作，道：“姬蘅要找的不是奇花，是奇毒，他找毒，只是为了治好他父亲的病。”

“他父亲的……病？”姜梨轻声道，“传言里，金吾将军多年前就已经失踪了。”

“并非如此，姬将军尚在人世，也没有失踪，我不知道到底发生了什么，当我第一次来国公府的时候，姬将军就已经在国公府了。这么多年，姬蘅一直留我在身边，甚至不惜帮我躲避漠兰的追杀，是因为天下间，也许只有我能够让姬将军醒过来。”

“姬将军出了什么事？”

“他受了很重的伤，还中了毒，无药可救，我已经竭力遏制毒素蔓延，一直用以毒攻毒的办法替他续命，这么多年，他没有醒过来。他中的毒没有解药，三年前，毒性已经蔓至咽喉，我没有办法。再这样下去，他至多活一年。这时候，姬蘅的手下在沙漠里找到一株毒草，我以毒草炼药，但并不知道结局怎样，姬将军服下药，也许会醒来，彻底解毒，也许……会加快毒素蔓延，立刻毙命。”

“一边是续命一年，一边是可能醒来，可能毙命，我无法替姬将军做出决定。老将军把选择权交给了姬蘅，姬蘅决定让他的父亲服药。”

姜梨听到这里，心忍不住紧紧揪了起来。

“我们每个人都希望奇迹发生。姬蘅从来不信命，给姬将军服药前，也去祭拜了他的母亲。不过很遗憾，并没有什么奇迹发生，我失败了，姬将军死了。”

雪一片一片打着旋儿落下来，落到了司徒九月身上，她像是浑然不觉，既没有拂去那些雪花，也没有打伞。任由那些冰冷落在自己身上，姜梨觉得，司徒九月好像在打哆嗦。

“这不是你的错，”姜梨轻声道，“这也不是姬蘅的错。”

“我当然知道。”过了一会儿，司徒九月才开口，“但姬将军死后，我还是离开了燕京，一直到了去年，才回来。”

去年，也就是姬蘅让司徒九月替薛怀远治病的时候。

“我不喜欢亏欠任何人，但那件事后，我仍然觉得亏欠姬蘅。如果不是姬蘅要我来为薛怀远治病，我这一辈子都不可能再回燕京城。所以一旦有弥补的机会，我都会尽量弥补。你问我为什么给薛怀远治病，给薛昭治病，我都轻易答应了，不过是因为三年前，我的毒害死了他的父亲。”

姜梨忍不住再次道：“这不是你的错，九月姑娘，你已经尽力了。”

“但结局是一样的，我尚且如此，姬蘅的心情就可想而知了。”司徒九月道，“我从未见过一个人，一生这么专注地做一件事。从我认识姬蘅开始，他就建了这么一座花圃，为的就是给姬将军解毒。可惜的是，这么多年，他只能每年看着毒素一点点蔓延，束手无策，到最后，眼睁睁看着姬将军死去，只因为他做错了决定。”

姜梨沉默，即便是想象，她也猜得出姬蘅那一刻的心情有多绝望。

司徒九月采完了最后一株花，站起身来，道：“其实我原以为，在他父亲死后，他会拆掉这座花圃，没想到这座花圃仍然保留了下来。也许是为了掩人耳目，也许是为了有备无患吧。”

姜梨道：“那么，姬将军葬在何处？”

“不能大动干戈，为怕人发现端倪，也是他父亲临死的心愿，将他的尸身烧为灰烬，放在他母亲墓中。”

姜梨听出司徒九月话中的关键之处，道：“为怕人发现端倪？姬将军中毒是人有心为之？这人藏在暗处，还在京中？”

司徒九月看向姜梨：“不错。你既然猜出来，我也就不说了，但其他更多的东西，我也并不知晓。姬蘅并不会完全信任某人，但也许你是个例外，为了保护你，他不会告诉你很多，所以最可怕最丑陋的真相，也许只有他自己知道。”

姜梨到了现在，突然明白姬蘅为何是那样的性格。少年时候的姬蘅就学会了独自一人面对黑暗，从黑暗里走出来。如果想保护自己想保护的东西，首先要学会的是在黑暗里生存，要让他变成如阿昭一样，或如薛怀远一样磊落正直的人，根本不可能，在姬蘅眼里，甚至天真得可笑。

姜梨说不出是什么感受，只觉得自己心中仿佛压了一块石头，沉重得喘不过气来。这满花圃层层叠叠的鲜艳风景，每一株都是姬蘅从年少起种下的期望，可惜花仍繁盛，期望却落空。

她又想到那一日深夜来国公府，姬蘅在院子里种树，动作格外缓慢，看着满花圃的花，眼神却很寂寞。

她突然不忍心再想下去。

司徒九月端着装满花朵的竹筐走进了炼药房。她并没有立刻炼药，而是将竹筐放好，又走到院子边上，看着雪地出神。大约又想到了当初姬将军的事，不论她语气多么冷漠，面色多么平静，心中却不是毫无起伏。

两个姑娘都站在院子里，天地白茫茫一片，各自有各自的心思，却觉得世事无常，人间变幻，说不出的无奈苦涩。

过了许久许久，久到雪都停了，久到笼子里的小红睡醒，睁开黑豆般的眼睛，飞到了房檐上，瞅着姜梨二人。

姜梨道："九月姑娘，我想去叶府看看舅舅，你要不要去给阿昭看看伤？上次答应阿昭给鞭子制毒，不知制好了没有，如果好了，今日就给阿昭送去吧。"

她心里憋闷得出奇，迫切想要用别的事情来缓一缓心中的窒息，否则她会被这种悲伤的情绪压垮。她想去看看阿昭，看看父亲，看看叶明煜、叶世杰，也让自己的心暂且歇下来。

她想司徒九月也是一样，倘若姜梨不在，司徒九月一人，决计不肯登门去叶府。

司徒九月怔了一怔，疑惑地看向姜梨，她上回见到薛昭的时候，的确说可以为薛昭的鞭子炼毒，没想到姜梨还记着。

"九月姑娘，一起吧。"姜梨道。

司徒九月没有拒绝，道："好。"

她二人离开国公府，上了马车，走得格外迅速，仿佛为了逃避某种情绪。桐儿和白雪面面相觑，谁也不知道出了什么事，只觉得司徒九月和姜梨之间的气氛有些奇怪。

马车在叶府门口停下来。姜梨和司徒九月一道跳下马车，大概因为天太冷，叶府门口的小厮都不在。桐儿上前，用叶府铜狮的门把手叩了叩门。

半晌无人应答。

姜梨觉得有些奇怪，莫非叶明煜不在？可就算叶明煜不在，叶府的小厮也总该留在府里，总不能偌大的府邸一个人都没有。姜梨想着是不是叶明煜在府里练剑什么的，没有听到，自己上前几步，刚想再敲门，忽然间，她的目光顿住了。

从叶府大门的门缝之间溢出了一丝红色，这红色实在是很细很细，加之天气太冷，在门前就凝固了，若不凝神去看，几乎以为是错觉。

姜梨目光凝固，司徒九月也察觉到不对，上前一看，眉头一皱，二话不说就推门而入。

哐当一声。

甫一推开，一股夹杂着浓重血腥气的风扑面而来。离门口不远的地方，那个看见姜梨总是笑脸相迎的小厮倒在血泊中，一只手朝门口伸着，仿佛想要拉开门，然后，他的生命就被永远定格在这里。

桐儿尖叫一声，姜梨心慌意乱，提起裙子就往里面跑，一路上，横七竖八的都是叶家的小厮和护卫。这些人都是被一刀毙命的，伤口从胸口穿到后背，格外凄惨。姜梨忍不住道："舅舅！薛先生！阿昭！叶表哥！海棠！"

司徒九月紧随其后，可并未听到回答声，姜梨惊得快要昏厥。叶明煜和叶世杰拿她当亲人对待，自不必说，薛昭和薛怀远，他们一家人刚刚团聚，难道又遭此厄运，上天难道在戏耍他们不成？

姜梨快要疯了，找了一圈，并没有找到亲人的尸体，也不知道是好事还是坏事，接着，她听到司徒九月叫了一声："薛昭！"

姜梨心中一跳，什么都没想就跑了过去，便见司徒九月呆呆地站在院子里，院子里一片狼藉，几个护卫的尸体倒在地上，薛昭的轮椅侧翻在地，一条鞭子断了半截，在雪地里埋着。

司徒九月将那鞭子捡起来，手有些发抖。

整个叶府里里外外都找遍了，没有他们的身影。其余的人无一生还，让此处看上去仿佛是地狱。

"姑娘，怎么办？咱们还是先报官吧，在这里不安全，万一那些歹人还没走，伤害姑娘怎么办？"白雪有些害怕。

姜梨从司徒九月手里接过鞭子，没看到薛昭他们的尸体，她的心渐渐平静了下来，也能够去想清楚一些东西。她摇了摇头："那些歹人不在这里。"

司徒九月和两个丫鬟看着他。

"叶家所有的下人都死了，舅舅和表哥不知所终，若是仇家所为，何必带上薛先生和薛昭，还有海棠也是下人。这些人分明都和我关系密切。背后之人怕不是冲着他们来的，是冲着我来的。"

司徒九月问："这是什么意思？"

"他们没有杀害薛先生和舅舅他们，因为这里没有他们的尸体，若是他们死了，大可以摆在这里，可见目的并不是杀人，而是为了带走他们藏起来，威胁我。"

"威胁姑娘？"桐儿问，"威胁姑娘什么？要姑娘替他们办什么事吗？"

姜梨道："九月姑娘，你先过来一下。"

司徒九月和姜梨走到一边，皱眉看向姜梨："你想到了什么？"

"有人要对付姜家，不必从我入手，我对姜家来说并没有太大作用，要用我来威胁我父亲，我父亲也绝不会妥协。所以我想，可能不是姜家的问题，而是……"

"你说姬蘅？"司徒九月立刻道。

姜梨点了点头："你既然说姬蘅是去做一件很重要的事，可能对对方来说也是如此，我想他们的目的是用叶府人的性命来威胁我，再以我来威胁姬蘅。"

"你……要怎么做？"司徒九月迟疑地问。

姜梨道："我想，他们很快就会传信给我，告诉我怎么做，见机行事吧。"

叶府出了命案，很快就有官员过来，发现姜梨也在此，委婉地劝慰姜梨先回家。

姜梨知道姜元柏也很快会知道此事，会让她赶紧回府。她正要和司徒九月告别，司徒九月突然道："我和你一道回去。"

姜梨道："九月姑娘？"

"那些人既然是冲着你来的，赵轲如今不在姜府。倘若对方要让你做什么事，或许我在旁边，你至少有个商量的人。我现在回国公府，国公府什么人都没有，也没有任何用处。"

姜梨知道司徒九月是担心薛昭，况且司徒九月身上还带着不少毒药，或许能派上用场，她就道："好，你跟我一道回去吧。"

司徒九月就这么跟着姜梨回到了姜府，姜梨说司徒九月是国公府里的丫鬟，一听是国公府的人，姜家的人也没多问，谁敢管姬蘅的人？

姜老夫人得知了叶家出事，先把姜梨叫去晚凤堂问了一问，又告诉姜梨，姜元柏和姜元平已经插手此事，让姜梨先不要着急，没发现尸体就是好的。这些日子姜梨就不要出门了，燕京城实在不太平。

姜梨想着叶家的事，心不在焉地敷衍了过去。末了，回到芳菲苑，司徒九月早已被白雪带回屋里等待。姜梨进了屋，把门关上，屋里只剩姜梨和司徒九月二人。

司徒九月着急地问："怎么样？"

姜梨摇了摇头："别指望官府能查出来什么，他们既然敢这么做，只怕是有备而来。能和姬蘅对峙的也不是普通人。我只是怀疑……"她看向司徒九月，"对方是殷家的人吗？"

"我不知道，不过，"司徒九月回答，"我所知道姬蘅最终的仇人，就是殷家人。也许你的猜想是对的。"

姜梨的心并没有因为听到司徒九月的话而感到轻松。她明白，如果对方是殷湛，这件事只会更难办。殷湛是姬蘅最大的仇人，对方要用自己来威胁姬蘅，姬蘅就会处于很不利的位置，但如果自己只为姬蘅而不顾叶家这么多条性命，又是不可能的。

"现在只能等对方的消息传来了。"姜梨道，"希望还能有别的办法。"

司徒九月点了点头。

她二人这一日，几乎说得上是度日如年。姜梨一直把哨子捏在掌心，甚至试图吹响哨子，可是并无反应，可见姬蘅的确是带着他的亲信离开了燕京城。姜梨一面担心姬蘅，一面担心叶家的亲人，简直如坐针毡。

桐儿和白雪都看出了姜梨的焦躁，不敢说什么。到了夜里，司徒九月和姜梨也没睡，一直等到深夜，迷迷糊糊间，姜梨闭上了眼睛，还不到一刻，她就听到司徒九月低喝了一声：“谁！”

姜梨猛然睁眼，桌上的灯火已经燃尽，屋里一片漆黑，什么也看不见。司徒九月点燃火折子，摇晃的火光下，只见窗户上钉着一枚红头飞镖，镖下压着一封信。

来了！姜梨心中一凛，司徒九月紧随其后，手里捏着圆圆的蜡丸，想来应当是毒药。她怕周围有诈，警惕地盯着四周。姜梨迫不及待地打开信，还没来得及看，从信封里便滚出了一个东西。

姜梨和司徒九月不由得往地上一看，姜梨轻声叫起来。

那是一截人的手指，司徒九月弯腰捡起那根手指，皱眉看了看，道：“女人的手指，你认识？”

姜梨强忍惊悸，看向那截手指，喃喃道：“是海棠的手指……”

海棠的小指上竖着长了三粒红色小痣，当年因为此事，薛芳菲还笑称她十分特别。而这根血淋淋的手指上，仍旧是一模一样的位置有三粒红色小痣，姜梨不可能认错。

她定了定神，展开信，一目十行地看完，将信交给了司徒九月。

信上说，让姜梨今夜自己想办法出城去，出城后往城东行二十里，有个村落，村落门口会有人接应。倘若姜梨不去，天亮就会得到海棠的尸体，第二日就是薛昭的尸体，以此类推，直到所有人都被杀完。姜梨也绝不要想报官或是抓人，燕京城里有眼线，倘若姜梨带人去，叶家五口人顷刻之间就能从世上消失。

那信上的字也是血淋淋的，像是用人的鲜血书写的，透过信上的字能看出写信之人的疯狂。

司徒九月看完信，恨声道：“混账！”

姜梨看着放在桌上的那截手指，只觉被晃得眼睛疼。这是给姜梨出了难题，倘若出城，她势必成为对方威胁姬蘅的筹码，倘若不出城，对方丧心病狂，只会把愤怒发泄在叶家人身上。

她咬了咬牙：“我出城去！”

“姜梨！”司徒九月低声道，“这是对方的诡计。”

“我们没有别的办法，九月，难道你能眼睁睁看着薛昭死去？”

司徒九月语塞，对方砍下海棠的手指，就是警告。

“说到底，他们也是被我牵连的。”姜梨回答，“我先想办法，用自己换他们出来，如果他们要用我来胁迫姬蘅，你告诉姬蘅不必管我，让他按计划行事。”

“如果他们抓到你，没有放了叶家人怎么办？”

“我在嘴里藏着蜡丸，如果他们做不到，我就咬破蜡丸自尽，要威胁姬蘅，他们得用一个活着的我，死了的我没有任何用处，反而会点燃姬蘅的怒火。他们能用叶家胁迫我，我也能用自己胁迫他们放了叶家人。”

司徒九月想了想：“不行，我得跟你一起去。”

姜梨道："九月……"

"别忘了，旁人唤我毒姬，我自然有我的办法。倘若能全身而退，既救得叶家人也不至于搭上你，岂不是很好？"

她神情坚决，姜梨看了她许久，才点了点头，道："好吧。可若是有危险，你记得先逃，那些人要留着我的性命，却不一定会对你手软。"她想，出城这件事，今夜若是没有司徒九月帮忙，可能也完不成。对方叫她不要报官，也不要带人，可只带司徒九月一个女子，应当不算错。

司徒九月从身上掏出几瓶药，还有一些藏在指间的暗器和姜梨需要的蜡丸。她仔仔细细教了姜梨使用的方法，这才作罢。

姜梨走的时候，让司徒九月把白雪和桐儿迷晕了，药效要明日下午才能解除。若是姜家人发现自己不见了，只怕要责怪两个丫鬟。姜梨将两个丫鬟迷晕，也省得姜家人迁怒她们。

令姜梨意外的是，她本以为司徒九月没有武功，要出姜家只怕大费周折，但没想到，司徒九月竟然比赵轲出去得还顺利，因她直接把守门的人给迷晕了。姜梨从后门出去的时候，还不到一炷香的时间。

她忽然觉得毒姬这个名字似乎也不错。

司徒九月偷了一辆马车，二人便上了马车。她又给姜梨戴上一张面具，面具薄薄的，与人的脸贴合得极好，再照镜子时，姜梨便成了一个容貌普通的妇人。

司徒九月赶着马车，她也顺手给自己易了容，是个驼背的少女。守城的小将看见夜里有人出城，本就奇怪，司徒九月却拿出行令，说是自家夫人深夜染疾，得出城去寻一名神医。小将打开马车，看见马车上的姜梨，因是夜里，看得模模糊糊，见姜梨果然是个病恹恹的妇人，不疑有他，且行令也是真的，就放了行。

出了城门，姜梨这才放下心来。

出城门向东行二十里路，大约要半个时辰。姜梨坐在马车里，并没有立刻将脸上的面具扯下来，只是又仔细回忆了一遍司徒九月教给她的那些毒药暗器的用法。不管怎么说，她们现在都只是两个女子，且不说能不能平安到达对方所说的村落，要是在路上遇到山匪盗寇，也不是什么好事。

所幸这一回，她二人运气不错，一路上没有遇到什么盗寇。姜梨和司徒九月到达村口时，没有看到一个人。

司徒九月皱眉问："怎么没有人？莫不是那些人不敢来了，还是那封信根本就是假的？"

"应当不会是假的。"姜梨道，"他们或许已经到了，之所以没有出现，是在看我们有没有耍诈，是不是真的独自一人前来。"

司徒九月闻言，放下心来："还真是谨慎。"

"不管怎么说，我们已经到了，就在这里安静等待吧。想来等不了多久，他们就会出现的。”

司徒九月道：“好，我在外面，有什么动静，你也好有个准备。”

姜梨点头称是，因是深夜，外头一片黑暗，连马车里都是漆黑的。这村落不知是不是荒废了，一点人迹也没有，安静得可怕，仿佛天地间，只有姜梨和司徒九月两个人。姜梨能清楚地听到自己心跳的声音，一下一下，有力而沉稳，但她并不知道接下来可能会发生什么。

也不知过了多久，外面仍旧没有一点声音。她问司徒九月：“九月，你有没有发现有什么不对？”

实在是太安静了，便是对方想要观察，也不必等上这么久的时间。

回答姜梨的是一片安静，外面没有司徒九月的声音，姜梨的心咯噔一下，慢慢地沉了下来。她紧张地握紧手中装满毒粉的戒指，深深吸了口气，撩开马车帘。

然后，她看见大大小小的火光，荒芜的野地里，不知什么时候早已站满了人，坐在车夫位子上的司徒九月不知所终，其余人都盯着她，腰间的佩刀十分显眼。

姜梨跳下马车，突然有人在身后拍了拍她的肩，仿佛是老友。姜梨回过头去，便觉得眼前一黑。

紧接着，她被套进了一个麻袋，重新扔到了马车上。有人坐上了车夫的位子，将马车赶走了。

一切重归寂静。

第二日是个晴天。

太阳照在覆满白雪的地上，发出些亮晶晶的光彩，连雪也被照成了淡金色。天气仍然冷得出奇。

明月和清风一大早出来清理地上的积冰，等清理干净后，天已经大亮。平日里这个时候，白雪和桐儿也早就起来给姜梨端早食，今日却没见着她们的踪影。明月道：“白雪姐姐和桐儿姐姐莫不是起懒了？怎么这会儿也没见到人。”

“大约是吧。昨夜里她们也忙活了许久，不过还是先去叫醒她们，姑娘总不能不吃早食。”清风也道。她们和桐儿、白雪住的地方不一样，桐儿、白雪是姜梨的贴身丫鬟，平日里是挨着姜梨住的。清风去敲了敲门，半晌没有人来应答，明月走过来，嘀咕道：“该不会是早就出去了，只是没见着人吧。”

清风试着推了推门，不想门没锁，一下就推开了，清风走进去，刚一进门，差点被地上的东西绊了一跤，仔细去看，就看见白雪和桐儿两个人躺在地上。

两个丫鬟吓了一跳，明月连忙蹲下身，推着白雪喊道：“白雪姐姐！白雪姐姐！”

白雪半晌没有反应，清风想到了什么，连忙跑到对面的姜梨闺房，先是敲了敲门，后来便撞门而入，便见屋子里空空荡荡，什么人也没有。

“不好啦，不好啦！”清风朝着晚凤堂跑去。

姜老夫人得知此消息，一时气急攻心晕了过去。姜元柏和姜元平则是派人去寻找，这一寻可了不得，才晓得昨夜里守着姜府后门的侍卫都被迷晕了，此刻正东倒西歪地躺在地上，还没醒来。

姜梨失踪了。

姜元平立刻想到昨日里燕京城叶家的事，就道："小梨不见了，是不是和叶家人被灭口有关？"

"我听说，二小姐屋里还有一个丫鬟也不见了？"姜元柏却逮住明月问道，"那个丫鬟还是国公府的人？"

"是的。"明月小心翼翼地回答，"姑娘说九月梳头梳得好，就把九月带回来了。今早奴婢没见着九月的影子，不知道她是不是和姑娘在一块儿。"

和国公府牵扯到一起，事情就不简单了。姜元平道："大哥，不如让人去国公府问一问，这位叫九月的丫鬟是什么身份，此事和肃国公有没有关系？最怕莫名其妙咱们姜家也卷入了什么事，咱们自己都不知道。"

姜元柏脸色沉冷，点了点头，暂时没有让人声张姜梨失踪的消息。姜梨屋子里的被子叠得整整齐齐，可见昨夜就没在这里睡。屋里也没有打斗的痕迹，不可能是人进来把姜梨掳走，看上去更像是姜梨主动离开的。

去国公府的人很快就过来回报，肃国公姬蘅不在燕京城，姬老将军也不在燕京城，国公府一个能做主的人都没有，没有人能回答姜元柏的问题。

"大哥，这下事情可糟了。"姜元平道。

姜元柏的心中顿起一股无名之火。几乎在这一瞬间，他可以确定，无论是叶家的下人被灭口，还是姜梨的失踪，都和国公府有关系。

"派人去寻二小姐的下落。"姜元柏道，"无论如何，也不能坐以待毙。"

姜元平看着自家大哥，心中叹了口气，谁都知道，姜元柏的吩咐可能不会有结果。姜家在这件事情中起到的作用实在微乎其微。

但姜梨到底在什么地方呢？

姜梨醒来的时候，已经是第二天的晚上了。

她醒来便感觉心中一沉，咬在嘴里的蜡丸不见了。她又去摸怀里，司徒九月送给她防身的暗器毒药全都不翼而飞，确切地说，她的衣裳里里外外都被人换过了，她什么都没有。而且应该不是她的错觉，她全身上下软绵绵的，没什么力气，有过被成王手下掳走的经历，姜梨并不陌生，这一次和上次一模一样，她准是被人下了药。

记忆还维持在她彻底昏迷的前一刻，她从马车上下来，并没有看到司徒九月的身影，但看围着马车的那些黑衣人的模样，姜梨就知道自己猜得没错，对方的确是殷湛的人。行伍中人和市井中人，是绝对不一样的。那些都是兵士，来捉她和司徒九月实在是绰绰有余。

姜梨想着司徒九月，下了床站起身，屋子里一个人都没有，一盏灯笼放在床边的凳子上，发着幽幽的光。她想要走到门边，才走了几步，外面响起了脚步声，屋子的门被人打开了。

对方大约也没想到姜梨已经醒了过来，二人皆是有些愕然，片刻后，姜梨才道："平阳县主？"

殷之情手里提着一个食篮，站在门口，看见姜梨，她的神情有些复杂，转身掩上门，将食篮放在桌上，道："饿了吧，我给你带了些吃的。"

姜梨看着她将食篮里的饭菜拿了出来，并未走过去，只道："这些饭菜里下了药吧。"

殷之情动作一顿："对不起。"

她的脸上显出些愧疚的神色，姜梨道："我实在没办法吃下去。"明知道吃下去会受人摆布，若是平时也就罢了，可真要成为姬蘅的软肋，如何了得？

"如果你不吃，我们也有办法让你吃。比如掺在水里给你灌下去。"说到这里，她似乎也觉得自己有些过分，沉默了一会儿，才轻声道，"对不起，我并非故意想要这么对你。"

姜梨知道，殷之情不是幕后主谋。她迫切想要问清楚司徒九月的情况，就问："当时与我在一处的姑娘现在在什么地方？你可知道她有没有事？"

她愕然地看向姜梨，道："还有另一个人？没有，我过来的时候，只知道有你一人。"

殷之情的反应让姜梨心下一沉，从殷之情这里似乎得不到什么有用的消息。殷之情看着她，犹豫了一下，才道："你不必担心，你的朋友应当不会有危险。"

"你知不知道，为什么我会在这里？"姜梨反问。

殷之情摇头："他们说你留在这里比较好。"

姜梨冷笑了一声。

她自来都是温和待人的姿态，这般刻薄的模样让殷之情有些惊讶。

姜梨道："看来你什么都不知道，抓我来的人，是殷湛吧。"

"怎么会？"殷之情皱眉，"我爹根本不在这里。"

"不是你爹，那是谁？你连九月的下落都不知道，那就是殷之黎了。"

姜梨的语气鲜少带了一丝咄咄逼人，殷之情受不了她这样的态度，只道："哥哥也许是因为肃国公与你成亲之事有些不如意，才会这么做的。也许他有别的考量，说不准是在帮你。"

"帮我？"姜梨笑了一声，"将我舅舅府上的下人全部灭口，掳走我的舅舅、表哥和薛家父子，拿五条性命威胁我自投罗网，伤害我的朋友，将我身上用来自保的东西一扫而空，这好像是防贼的办法吧。平阳县主，我从来不知道，伤害别人的朋友和家人，是哪门子的好意。"

殷之情张大了嘴，道：“你、你说什么？谁威胁了你？你不要信口开河！”

“不就是你的好哥哥吗？”姜梨道。

“我哥哥不是那样的人！”殷之情气愤地站起身道，“我原以为你好歹也是个爽快人，又是首辅家的千金小姐，自然知书识礼，不想你却胡乱往人身上泼脏水。岂有此理！”她柳眉倒竖，杏眼圆瞪，便是发怒也娇艳，可惜此刻姜梨没什么心情来欣赏。

看来殷之黎什么都没告诉殷之情，姜梨冷道：“你若是不信，大可以去问你哥哥是不是这么回事。不过这么卑鄙的事他都做得出来，说谎也就没什么了。”

“你！”殷之情怒极，转身要走，姜梨叫住她，问：“平阳县主，这里不是燕京城吧。”

殷之情脚步一顿，语气仍然愤怒：“不是！”

姜梨确定了一件事，此事怕是殷湛所为，以殷之黎的手段，做不出这样的事。殷湛一边和姬蘅周旋，一边让殷之黎掳走自己，以便要挟姬蘅，做两手准备，有备无患。

“平阳县主，你知道你父亲和你哥哥为何要掳走我，将我软禁在这里吗？”

殷之情不耐烦道：“我早就说过了不知道，你又要编造什么莫须有的罪名？”

“因为肃国公。”

一提到姬蘅的名字，殷之情转过头来，目光灼灼地盯着姜梨，问：“你说什么？”

“你也知道，我和姬蘅定亲了，日后就是国公夫人。拿住了我，也就拿住了姬蘅。以我的性命要挟，你父亲可以对姬蘅提出任何要求，甚至是他的命。”

“笑话，”殷之情道，“我父亲为何要要挟肃国公？”

“因为他是姬蘅的仇人，注定不死不休。”

屋中的空气仿佛都凝固了，蜡烛在灯笼里摇摇欲坠，仿佛下一刻就要倾倒。

姜梨伸手扶了一下灯笼，殷之情像是才反应过来，道：“你以为我会相信你的鬼话？我们殷家早已在云中生活多年，何以会和肃国公有仇？哥哥掳走你是他理亏，却不是你随口诬蔑殷家的理由！”

“还要什么理由？”姜梨淡淡道，“殷家离开燕京，就是理由。殷家没有伤害姬蘅，难道就没有伤害过姬蘅的家人？恐怕不见得吧。”

殷之情气得浑身发抖，有心为殷家辩解，却又不知从哪里说起。越看姜梨越是刺眼，不知为何，她脱口而出：“就算你说的是实话，未免也太高看自己了！你说以你一人威胁肃国公，这如何可能？世人都知肃国公无情无义，最爱袖手旁观，你不过是皇帝赐给他的夫人，高门官家之间交易的筹码！他怎么会为了筹码身陷险境？所以你也不必自作多情，大可以放心，他不会为了你来甘心受人摆布，也不会为了你有性命之忧！”

“是吗？”姜梨反而笑了，“平阳县主，你没有见过的东西，不代表世上就不存在。你得不到的东西，也不是别人都得不到。姬蘅自己同皇上求的赐婚，就算是交易的筹码，我也有价值，你不如我，否则他就会向陛下求娶你了。”

“你……”殷之情目瞪口呆，姜梨的话在她脑中轰隆一声炸响。她隐藏的心思，被另一个得胜者以这般口吻说出来，她再也待不下去，一下子撞开门跑了出去。

她撞开门的一刹那，姜梨也看得清清楚楚，屋子的四面都有官兵把守，是的，穿着甲衣的官兵。

姜梨重新在椅子上坐下来，意识到事情比她想的还要糟糕。如果这件事是由殷之黎一手主导，尚且好说，殷之黎优柔寡断，还有些心软，姜梨能找到机会。看样子，殷之黎只是接受了这件事，安排此事的是殷湛无疑。只有殷湛才会毫不犹豫砍下海棠的小指头来威胁姜梨，字里行间都是狠辣。

殷湛安排好了一切，姜梨焦虑的是，她没能见到殷之黎，因此也无法得知司徒九月、叶明煜他们的消息。

不过有件事可以肯定，既然是殷湛的安排，那么这条路是殷湛的后路，如果殷湛现在正和姬蘅交手，必然离此地不远，一旦发生意外，殷湛还能命令殷之黎准备第二个计划，拿她来威胁姬蘅。

姜梨忍不住握紧拳。

明知道姬蘅就在附近，却不知到底在什么地方，现在又是什么情况。她什么也不能做，唯一能盼的，就是殷之黎遵循约定，放过叶明煜等人。

否则……她看向桌上的食篮，摔破的碟子碎片亦是锋利无比，这世上，要活着不简单，死却很容易。

这笔交易，她总不能满盘皆输。

青州的雪，下得很大。

长河以北为北，长河以南为南。青州位于长河边上，春日像南国，花红柳绿，冬日如北国，雪满长空。

即便是萧索的冬日，红楼里仍然一派温暖，踏足走进，让人以为仍旧是烟花三月。年轻的女子们穿着薄薄的纱裙，赤足踩在雪白的地毯上，手上脚上缀着细细碎碎的银色铃铛，温软窈窕，娇媚动人。蜡烛被雕成芙蓉花的形状，随着烛心的燃烧一层层盛开。红帐金粉，笙歌曼舞，一座销金窟藏了无数珠宝，亦藏了珠宝也买不到的美人。

有穿官服的官员，也有白衣的书生，有背剑的侠客，也有浪荡的公子。在这里一夜，不过是为了冬日里寻求慰藉和温暖，高贵和低贱，没有什么不同。

二楼上，珠帘隔绝了每一间房。闪闪烁烁的珠帘在灯火映照下仿佛传说中龙宫里四处飞舞的晶花，又像是冬日里雪白大地的树上挂着的冰凌，叫人忍不住怜惜，过不了多久，美景消融，春宵不再。

台上是一台戏。

红楼里，过去从未有过戏班子上台，只有女子的歌舞琴声。戏是大户人家夫人小姐们爱看的东西，今日的戏班，自然也是男人的主意，而这位客人能够让红楼的老板娘改变主意，可见是下了血本。

台上的戏班子唱的不是别的，正是许多夫人太太最爱听的《霸王别姬》。英雄诀别美人，自古都让人感觉凄婉。人们为英雄扼腕叹息，也有人叹服美人的重情重义，亦有人认为成王败寇，还有人认为一切不过是旁人的悲欢离合，戏一场，看过就忘。

大厅里是美人，戏台上是美人，珠帘里，还坐着一位红衣美人。他红色衣袍艳如流火，慢慢地铺泻下来。衣袍边领绣着黑蟒，给这艳色添了一份阴森。然而他的脸极美，比那台上画着油彩、传闻中倾城的虞姬还要美艳。一双含情的琥珀凤眼似醉非醉，唇角含笑，芙蓉珠光倒映在珠帘上，划过他长长的睫毛、挺直的鼻梁，落到红润的薄唇上。他手里握着一把华丽的折扇，不紧不慢地轻摇。

仿佛要驱散屋里的轻佻和热意。

在他的身边还坐着其他人，皆是锦衣玉带，仿佛再平常不过的公子哥儿，只是面上却无甚笑意，皆成为不动的陪衬，一共六人。坐在红衣男子左右的赫然是赵轲和文纪。

这珠帘里的颜色比整个红楼的姑娘还要诱人，却被珠帘挡住，隔绝了外人偷窥的目光。桌上的茶盅里，清茶余韵，边上的香炉中，芬芳袅袅。

戏台上的人正唱道："大胆闯虎穴，引龙入沙滩。难臣李左车见驾，大王千岁！"

隔壁的屋子里，陡然爆发出一个好字！喝彩过后，那人便道了一声赏，从二楼某间飞出一锭金元宝，飞过戏子头顶，落到最前面一张桌上用来放茶壶的银盘之上。端端正正，恰好位于左上角。

台下的人一愣，喝起彩来，纷纷往楼上看去。

姬蘅把玩扇子的手不停，微微侧头，好像要透过这珠帘，看向隔壁屋子里的什么人。

戏台上的戏子却不会在意这些，继续唱下去。贵人们做什么都不重要，哪怕是有人突然上台来行刺，只要人没死，就得把戏唱完。梨园子弟就是如此，否则惹恼了贵人，亦是一个凄惨的下场。

台上咿咿呀呀唱着，隔壁珠帘里的人好字叫个不停，一锭又一锭金元宝朝楼下飞去，皆是端端正正落在银盘之上，不偏不倚，码得整整齐齐。楼下的喝彩声更大了。戏子们唱得更起劲了，一声一声，几乎要绕得人热血澎湃，肝肠寸断。

当唱到"孤心已定，众卿不必多奏，正是：今得先生必制胜，指日兴兵破汉军"的时候，姬蘅收起手中的折扇，站了起来。

他撩开珠帘，走了出去。

屋子里的其他人亦是跟随，便见红衣的年轻男子走到隔壁总是抛出金元宝的那间屋子，以扇挑帘，不请自入。

那是一桌宾客。

桌上好酒好菜，皆是牛肉白酒，粗豪无比。一共七人，布衣皮靴，形容粗豪，仿佛出身行伍。为首的中年男人高大英俊，刚毅粗犷，正手持匕首，用力割下一块牛肉，放入嘴里大口咀嚼，再仰头灌上一坛好酒，让人看得热血上涌。这人不是别人，正是夏郡王，殷湛。

姬蘅和身后的六位锦衣男子走了进来。

殷湛喝毕，将酒坛子随手一甩，抹了把嘴，道了声痛快，这才看向姬蘅，大声笑道：“肃国公也在，请！”

姬蘅没有拒绝，悠然坐了下来。

这间屋子极大，极宽敞，当中长桌，殷湛的人只坐了一半，好似专门剩下一半让姬蘅的人坐，好像早就知道姬蘅会来。他二人分坐于长桌两头，殷湛朝姬蘅举起酒坛，姬蘅轻轻一笑，文纪递上一方酒壶，他便一手支着脑袋，仰头去接酒，端的是风流艳色，潇洒无边。

一杯敬。

姬蘅勾起嘴角：“夏郡王真叫人一顿好找。”

“还不是被肃国公找到了。”殷湛毫不在意地一笑，“长江后浪推前浪啊！”再举坛，“请！”

外面女子的笑声，男子的调侃，看客的欢呼，顷刻之间全都不见。除了珠帘里的这桌宾客，就只有外面戏台子的人还在唱个不停。

“明灭蟾光，金风里，鼓角凄凉。忆自从征入战场，不知历尽几星霜。若能遂得还乡愿，半炷名香答上苍。”虞姬转了个身，声音哀婉凄凉，“西楚霸王帐下虞姬，生长深闺，幼娴书剑；自从随定大王，东征西战，艰难辛苦，不知何日，方得太平！”

“虞姬啊虞姬！”这句话是从殷湛嘴里说出来的，他神情怅然，仿佛想起了什么，闷头喝了一杯酒。

姬蘅看着他，似笑非笑道：“夏郡王有感而发，不知道是想起了林柔嘉，还是我的母亲，虞红叶。”

殷湛拿着酒坛的动作僵住，片刻后才看向姬蘅，朗声笑道：“红叶！红叶生的儿子，可真是像红叶一样聪明。”

姬蘅拿着酒壶，给自己斟了一小盅酒，抿了一口，笑道：“可惜再聪明，也死在了夏郡王的手中呢。”

这句话不轻不重，满座原先谈笑的宾客皆不说话。不管是麻布皮靴的粗豪男人，还是锦衣玉带的公子哥儿，都像是没有听到这句话。依旧该吃吃，该喝喝，就是不说话。

宴席上的气氛安静到诡异，从诡异里又生出一种凄惨。

外面的戏还在继续，直演到韩信十面埋伏立功劳，下得马来登山道。八汉将执旗布阵，李左车引项羽入阵。

“夏郡王，”姬蘅笑盈盈地开口，“十面埋伏，这出戏是不是很熟悉，想起了什么没有，需不需要我提醒你，二十三年前，红山寺，你是怎么将你的兄弟、我的父亲引诱进去，百名弓箭手封路，箭上带毒。天下人称赞昭德将军顶天立地大丈夫，独独忘了一句话，无毒不丈夫，是不是？”

殷湛看向面前的青年，这青年生得美貌，即便说的是生父生母的惨事，亦可以带着漫不经心的笑容。那笑容里生出凶猛的残忍，几乎要把人吞噬，似乎又藏着邪恶的天真，让人一不小心就会跌进陷阱，再也爬不出来。

他眼前的姬蘅突然面目模糊起来，像是那个总是拍着他肩头大笑的挚友姬暝寒，又像是聪颖泼辣、容貌绝艳的虞红叶。

二十三年前，东夏来侵，年轻的金吾将军领兵出征。燕京的虞红叶没等到姬暝寒的归来就重病不治。世人皆不知其中有何隐情，只知道姬家里里外外的下人都被换过了，从此以后，姬暝寒就不知所终，留下一个姬蘅和姬老将军相依为命。

真相是什么样的，反而无人在意。时间如长河，将所有鲜艳的色彩都掩埋，变得无足轻重，沉于河底，最后再也不会被人提起。

然而并非人人都会忘记。

虞红叶究竟是怎么死的？

殷湛想起几十年前的那个午后，他和太后在宫里一角厮混，谁能想到虞红叶就在那个时候出现。她出来得恰到好处，以至于外面望风的宫人也没发现。到现在，殷湛仍然想不出理由，为何虞红叶当时会出现。

但这是淫乱后宫的大罪，是要杀头的大罪。殷湛尚且还有一丝犹豫，太后已经令身边的宫人抓住虞红叶。

虞红叶生下姬蘅还不满一年，殷湛不忍下手。虞家这位庶女，虽然只是庶女，却才名闻天下，生得艳丽多姿，是姬暝寒心爱的女人。不是没有过好的时候，他仍记得当年陪着姬暝寒去找虞红叶的时候，对酒当歌、敲缶痛饮的快活。然后无忧无虑变成了杀机重重，他如何对着这位弟妹下手？

林柔嘉看着他，冷冷道：“殷湛，你想要害死我吗？”

那一瞬间，殷湛一个激灵，突然明白过来。他没有再犹豫，甚至让手下奸污了虞红叶再杀了她，趁着夜里扔到了姬家门口。只有这样，对于一具被凌辱过的尸体，姬家为了顾全脸面，才必定不敢声张。而他的好兄弟姬暝寒，那么疼爱虞红叶，也不会让虞红叶死后再遭人指点。

一切都如同他的计划。

姬蘅把玩着手中的折扇，他的红衣在欢宴之中红得凄厉，声音仍然是带着笑意，这笑意却格外阴森，刺骨冰寒：“当年我娘的尸身，我是亲眼见过的。”

轻飘飘的一句话，殷湛突然明白了姬蘅是什么意思。

一岁的孩子能有记忆吗？能懂事吗？但也许是有的，见过了那样的场面，许是他人生中第一次接触黑暗，这日子来得太早，于是他老早就身陷地狱，和恶魔做了交易，重新回到了人间。

殷湛大笑着猛灌了几口酒，对姬蘅道：“那可真是对不住啦！”

一切都如殷湛和林柔嘉所料，虞红叶是罪臣之女，还是个庶女，之前被贬入青楼，姬暝寒不顾家族阻拦非要娶虞红叶，已经犯了众怒。而今虞红叶死了，正合姬家族人的意。待凯旋的姬暝寒得知爱妻已死，非要为爱妻寻回公道、查找真凶不可的时候，便受到了所有姬家长老的阻拦。

他们说，这种丑事不可外扬，不能让姬家成为天下人的笑柄。以重病不治的罪名下葬，不是皆大欢喜吗？难道他要全天下都知道，虞红叶死前遭遇了什么，身子不干净，果真是应了那句红颜祸水？

哪怕是姬老将军，也来劝慰姬暝寒不要声张，就此咽下这口气。

姬暝寒大怒，立誓脱离姬家族群，和姬家断绝往来，自此之后，他将姬蘅留在姬老将军身边，为查找真凶奔波。

那是一段难熬的日子。

殷湛其实不想杀姬暝寒的，天下好男儿无数，英雄无数，他偏偏和姬暝寒惺惺相惜。只愿有一日二人能共赴沙场，联手抗敌。他们说起过大漠的落日、雪山的弯月，说起过嗜血的狼群、毒蛇密布的沼泽。他们曾在楼里一块儿斗酒，也曾在练武场比赛骑马。有人白首如新，有人倾盖如故。殷湛认为，天下间他最爱的女人是林柔嘉，最欣赏的男人是姬暝寒。

兄弟义气，手足相交，他怎么能对姬暝寒下手？

虞姬正在唱："自从我随大王东征西战，受风霜与劳碌年复年年。恨只恨无道秦把生灵涂炭，只害得众百姓困苦颠连。"

项羽则道："枪挑了汉营中数员上将，纵英勇怎提防十面的埋藏。"

姬蘅淡淡一笑，从袖中摸出一粒拇指大的珍珠，扇子一挥，那珍珠直直朝帘子外飞去，听得扑通一声脆响，珍珠稳稳落在放着金元宝的银盘旁的一个翠色小碗之中。

"好手艺！"殷湛拍手称赞。

"夏郡王的箭术，"姬蘅好整以暇地道，"也是一绝。"

殷湛笑而不语。

虞红叶死后，姬暝寒一直没有放弃查找真凶。即便姬家人都不同意，哪怕离开姬家，姬暝寒也不惜付出一切代价，要为虞红叶报仇。

起初殷湛也没有放在心上，但姬暝寒太聪明了。世人只说将军知道打仗，武夫如何有心计。却不知姬暝寒是英勇的将军，更是神机妙算的军师。他从不愚笨，脑子灵活，渐渐发现了一些线索。

姬暝寒独独没有提防殷湛，大约怎么也想不到，自己的好兄弟有杀害妻子的理由。他将得到的线索说与殷湛听，殷湛渐渐察觉出危机来。虽然眼下是没有牵连到他和林柔嘉，时间一长，终究纸包不住火。

殷湛自己也就罢了，但林柔嘉不能死，林柔嘉怀孕了。

在宫里，因为陷害宠妃，林柔嘉为自证清白，主动去千里以外的红山寺面壁思佛，实则是养胎。倘若这时候被姬暝寒发现端倪，一旦殷湛和林柔嘉的事情暴露，死去的不仅是他与林柔嘉，还有无辜的孩子。对这个未出世的孩子，殷湛抱有极大的期望，为了守护林柔嘉，守护这个孩子，殷湛愿意牺牲一切，包括姬暝寒。

他告诉姬暝寒自己找到了证据，事关重大，自己眼下正在红山寺，请姬暝寒前来。在红山寺，殷湛埋伏了百名弓箭手，为了万无一失，箭上淬了漠兰的剧毒，见血封喉。

那是一个很冷很冷的春夜，到现在，殷湛都不知道，分明是春日，那一晚的风怎么会那么冰冷，像是要把人的骨头刺穿。姬暝寒对他抱有全然的信任，从不设防，走进了埋伏。

就如那戏台子上唱的，枪挑汉营数员上将，怎奈敌众我寡，难以取胜。

《十面埋伏》这出戏，帐中兵士也曾听过，人人都知道不可沽名学霸王，但当自己身处其中，并没有“胜负乃兵家常事”一说。没有第二条命可以卷土重来，胜了就是胜了，败了就是败了。殷湛眼睁睁看着姬暝寒闯进埋伏，犹如困兽，他以一敌百，即便寡不敌众，仍然表现出了超乎意料的英勇。姬暝寒极聪明，当他发现自己深中陷阱之后，不再恋战，而是以逃走为目的。

殷湛站在高处，对着那正在努力突出重围的一人一骑，射出了至关重要的一箭。

那箭矢射中了姬暝寒的后背，殷湛正要去追，漫天遍野突然响起了别的声音，殷湛只得停步。他不可以把动作弄得太大，否则被人发现红山寺的异状，被人发现林柔嘉的境况又该如何？但他笃定姬暝寒活不过今夜，因为箭上的毒十分厉害，既然射中姬暝寒，他就必死无疑，所以，他只是暗自派手下去搜寻姬暝寒的尸体。

但姬暝寒就此失踪了。

在那之后的很长一段时间里，殷湛都在到处打听姬暝寒的下落。他甚至想方设法试探姬家人，但一无所获。姬暝寒就像从世上消失了。姬蘅在国公府长大，倘若姬暝寒还活着，总应该来见虞红叶的儿子一面，但是没有。

他大约是死在某个角落里了。

殷湛有些唏嘘。

再然后，林柔嘉生下儿子，他把林柔嘉的儿子和妻子的儿子互换，杀害了自己的夫人和儿子。又为了打消先帝的怀疑，再娶妻生子，离开燕京城，迁至云中，抚养殷之黎长大。

很多年过去，日子似乎很平静。离开了熟悉的环境，都是陌生人，殷湛自己都忘了，当年他为了林柔嘉，双手沾满血腥的疯狂模样。这和战场上的流血不一样，战场上他保护的是百姓，守护的是国土，如今……他欺骗朋友，杀害家人甚至儿子，背叛手足。

后悔吗？这都没有任何意义，这条路一旦开始就不能回头，否则除了那些他害死的人，他连自己生命里最重要的人都护不住。

殷湛曾经有一个美梦，过去的污迹，随着姬暝寒和虞红叶的死再也不会有人发现，他可以顺顺利利开始自己的筹谋，由自己开始，也由自己结束，留给殷之黎的是清白的江山。

但当他回来，从看到姬蘅的第一眼开始，就知道这个美梦破碎了，姬暝寒和虞红叶从来没有离开。姬蘅什么都知道，就如他一直在云中筹谋，姬蘅也一直在燕京蛰伏，他们势均力敌，彼此较量，最重要的是，姬蘅年轻力壮，正是好时候，而他已经老了。

他不可能如当年一般英勇，但也许还有一件事能做到，就是比当年还要卑鄙。

"夏郡王其实是一个挺卑鄙的人。"姬蘅笑着饮完一盅酒，"但这么多年，卑鄙的事我也做了不少。所以这都没有意义。"他盯着夏郡王的眼睛，慢条斯理地道，"你要不要比比，是你卑鄙，还是我卑鄙。"

殷湛愣住了。

那红衣的美人言笑晏晏，语气里是掩饰不了的重重杀机，仿佛当年的虞红叶，不，他比虞红叶还要阴毒，还要狠辣，还要精明。

他来讨债了。

二十三年前欠下的债。

殷湛没有说话，抱起酒坛，遥遥对着姬蘅敬了一敬，仰头把酒喝了个干干净净。

姬蘅笑盈盈地举杯对饮，他的动作优雅从容，和殷湛的粗豪截然不同。

"殷之黎应当准备起兵了吧。"一杯饮尽，姬蘅放下杯子，漫不经心地问道，"让我想想，今夜你除了我，宫里有太后，皇上就像是拔了牙的老虎，任你摆布，殷之黎从青州起兵，以长河为界，就算暂且攻不下燕京，也可以立新朝为南燕。就是不知道夏郡王的封号是什么，这皇帝由夏郡王来做，还是殷之黎来做？"

殷湛面色不变，笑道："我若活着，就由我来做。我若死了，就由我儿来做！"

"那你不妨猜猜，今夜你是死是活？"

他的尾音仍然温柔，剑拔弩张的气氛里，只有他泰然自若。

殷湛道："肃国公以为？"

"临来我卜了一卦，卦象说，大难不死必有后福。"姬蘅轻描淡写道，"我看，至少今夜我是不用死了。"

殷湛笑言："肃国公惯来自信。"

今夜这座红楼杀机重重，不知有几个十面埋伏将要上演。然而即便知道是陷阱，两人都心甘情愿前来。因为只有互为诱饵，以身犯险，才会有接近对方的可能。而他们之所以不惜冒险也要前来，目的也只有一个，就是置对方于死地。只要对方活着，他们就不能安心。

眼中钉肉中刺，就要干脆利落地拔掉。如果没能拔掉死在这里，也算死得其所。最坏不过两败俱伤，同归于尽。

虞姬走到帐外，仰头唱道："看大王在帐中和衣睡稳，我这里出帐去且散愁情。轻移步走向前荒郊站定，猛抬头见碧落月色清明。看，云敛晴空，冰轮乍涌，好一派清秋光景！"

姬蘅举杯，看着手里的酒盅，道：“我不死，今夜就先杀夏郡王，再以太后性命威胁殷之黎，殷之黎自投罗网，再杀殷之黎。你殷家的兵马，降者收归，不降者杀。”

“肃国公太年轻，想得太简单。我以性命为我儿开辟道路，我儿必不会因太后而自投罗网，再者，你未免太小看柔嘉了。”他轻叹一声，仿佛一个和善的长辈听了不知深浅的小辈的话，半是好笑半是解释，“至于我殷家的兵马，降者无一人。”

“那就更简单了。”姬蘅淡淡一笑，“我先杀你，再杀太后，再杀殷之黎，最后杀尽十万殷家兵。”

“肃国公当心杀孽太重。”

姬蘅眉一挑：“那又如何？我这个人，命硬。”

就此沉默。

殷湛再开一坛新酒，仰头灌下。

那虞姬唱腔悠长：“我一人在此间自思自忖，猛听得敌营内有楚国歌声。哎呀，且住！怎么敌人帐内尽是楚国歌声，这是什么缘故？我想此事定有蹊跷，不免进帐报与大王知道。”

姬蘅弹指间，看也不看，扇子上几粒珍珠从二楼飞落，珍珠衬着碧玉，盈盈流光。

殷湛一笑，道：“不说，喝酒！”

姬蘅拿起酒壶。

一人优雅，一人粗豪，一人从容，一人放肆。倒也是好景象，满座宾客安静，仿佛天下间陡然无声，只有戏台上的人不知疲倦演着悲欢离合。

这是一场早就心知肚明的埋伏刺杀，彼此都知道对方有后手，只是不知何时开始，何时结束。

直到殷湛喝光最后一坛酒，单手提着酒坛，笑容爽朗英俊，仿佛还是当年那在沙场上英勇无畏的昭德将军，然而就在那一瞬间——

他猛地出手冲向姬蘅！

姬蘅似乎早有所觉，把玩折扇的动作丝毫不改，连人带椅往后退去，恰好避开殷湛的刀芒！

霎时间，满座宾客，拍案而起，各自打作一团。中间是殷湛和姬蘅，一人甲衣粗粝，一人红衣翩跹，谁也奈何不了谁。

殷湛的武器是刀，看上去极重，刀柄雕着一只狰狞的狼头，被他挥动的时候却轻如鸿毛。他瞧不上姬蘅的那把金丝折扇，朗声笑道：“世侄，你的武器未免脂粉气息太浓了些！”

姬蘅淡笑：“好用就行。”那扇子开合间，从殷湛身边掠过，殷湛的脸上顿时多了一丝血痕。

他毫不在意地抹掉血痕，道：“这暗器真阴毒！”

“毕竟世叔的卑鄙，爹娘已经领教过，做侄子的可不敢掉以轻心。”姬蘅懒懒地回道。

刀芒如银雪，衬得狼头也杀气十足，大约是因为跟着殷湛上过战场，刀下亡魂无数，刀也是凶神恶煞。然而和刀纠缠在一起的却又是一把华丽的扇子，刀锋伤人，扇风也伤人，交手几个回合，二人身上皆已挂彩。

台上的项羽在唱："妃子啊，你哪里知道！前者，各路英雄各自为战，孤家可以扑灭一处，再占一处。今各路人马一并齐力来攻，这垓下兵少粮尽，万不能守；八千子弟兵虽然猛勇刚强，怎奈俱已散尽；孤此番出兵与那贼交战，胜败难定。哎呀，妃子啊！看此情形，就是你我分别之日了！"

珍珠入翠碗，金子落银盘。殷湛大喝一声，便见那红楼之上，珠帘之后，一齐跃出几十名穿甲衣的兵士。

姬蘅笑道："世叔卑鄙，诚不欺我。"

"长江后浪推前浪。"殷湛也道，"兵不厌诈，看刀！"

姬蘅也笑了一声，他这一笑，仿佛讥讽，便见楼层之上，珠帘之内，又齐齐现出了锦衣玉带的年轻人。

殷湛有杀招，姬蘅又何尝不是？

殷湛却并没有太意外，仿佛早就料到了这一刻。他二人的确都是心知肚明对方要做什么，不过是拼谁的运气好一点、谁的命硬一点。

红楼之上，顿时充满刀剑之声。那些盛开的芙蓉红烛，全部倾倒在地，雪白的羊毛地毯，也早已覆满了人的鲜血。尸体纵横，血肉横飞。而那中间的两人，刀刀毙命，不死不休。

"世侄毕竟比我少活了几十年。"殷湛笑道，"纵然聪明绝顶，到底也心软了些。"

"彼此彼此。"姬蘅轻笑一声，"比起我来，好像你的软肋比较多。"

殷湛笑容微僵，他的软肋，林柔嘉是他的软肋，殷之黎也是他的软肋。他的软肋的确不少，而姬蘅无情无义，的确没什么亲近的人。纵然还有唯一的祖父，他也并不亲热。也许如今多了一个姜梨，但也是一场赌博，谁也不知道姜梨值多少筹码。

他希望能杀了姬蘅，姬蘅的存在对殷之黎的威胁实在太大。只要杀了姬蘅，洪孝帝不足为惧，天下尽在掌握之中。今日看见姬蘅，他知道，也许自己不能活着走出去。这孩子蛰伏了几十年，耐心令人畏惧，而他要讨债，自己避无可避。

但，就算是死，他也要为柔嘉和殷之黎扫清一切障碍！他会带着姬蘅一起下地狱，他要和姬蘅同归于尽！

台上的虞姬柔声唱道："劝君王饮酒听虞歌，解君忧闷舞婆娑。嬴秦无道把江山破，英雄四路起干戈。自古常言不欺我，成败兴亡一刹那，宽心饮酒宝帐坐。"

和姬蘅缠斗的殷湛露出一个诡异的笑容，大喝道："烧！"

那一支火把，用来尽兴的火把，精心做成了异兽的模样，却被他看也不看扔到了挂着的红帐之上，于是熊熊大火冲天而起。那楼阁是木质的，二楼顿成火海一片。

“你还真是不打算活着回去。”姬蘅哂然一笑，“连自己的路都烧尽了。”

“只要能杀了你。”殷湛回答，“就算我死也值得。”他的刀直扑姬蘅而去。那些缠斗的手下可以逃走，然而二楼，殷湛死死绊着姬蘅，让他无从逃出。或者说，姬蘅也根本没想逃走，他的扇子在火海中蜿蜒出绝妙的弧度，仿佛美人轻舞，又像是传说中刺杀君王的绝色，只等着图穷匕见。

戏台上的梨园子弟浑然不觉，仿佛没有看到这熊熊大火，也没有看到自二楼掉下来的火星，正唱到戏里最精彩的一幕，虞姬道：“哎呀，大王啊！妾身岂肯牵累大王。此番出兵，倘有不利，且退往江东，再图后举。愿以大王腰间宝剑，自刎君前，免得挂念妾身哪！”

英雄痛道：“这个……妃子你……不可寻此短见。”

“唉！大王啊！汉兵已略地，四面楚歌声。君王意气尽，贱妾何聊生！”

四面楚歌声，四面楚歌声！

通往楼下的路几乎被火烧尽，他二人站着的地方，脚底下也要燃起火来。在火海中殊死搏斗，其余手下却又各自苦战，分不出心神来帮忙。二人皆是伤痕累累，却仿佛没有察觉到疼痛，还要这么不知疲倦地缠斗下去，直到整座红楼烧为灰烬。

正在这时，从红楼之外突然又冲进来一人。这人挟带着满身的风雪，满头白发不知是雪落白头，还是本就上了年纪。他手持三尺青锋宝剑，直奔二楼而去，动作不如年轻的兵士们利落，却又格外矫捷，像是根本没有看到冲天的火光，背影决然，绝不迟疑。

那火海之中，姬蘅的扇子划开了殷湛的脖颈，鲜血直流，殷湛的刀也砍伤了他的背，红衣濡湿。彼此都不肯罢休，殷湛狰狞笑道：“好世侄，你既与我不死不休，不如与我一起下地狱，北燕的大好河山，还是留给我儿自享吧！”这时，姬蘅的扇子恰恰刺中他的胸膛，还未拔出，而他自己却丝毫不在意，趁着扇子还未拔出，反手将刀往姬蘅背部刺去。

然而他没有得逞。

在那一刻，有一道身影正奔上二楼，已经年迈，平日里看着生猛，到底容易疲倦。来人拼着命冲进火海，已经十分勉强。见到此状，只顾得上一把推开姬蘅，手里的宝剑直冲对方而去。

殷湛的刀刺进了他的背后，他的宝剑捅穿了殷湛的喉咙。

殷湛应声倒了下去。

“祖父！”姬蘅失声叫道。

台上扮作虞姬的戏子已然自刎，已是霸王来到乌江边的最后一场戏。那盖世的英雄唱道：“孤家杀得大败，有何脸面去见江东父老。将孤的战马送过江去，任它而行。”

姬老将军倒在了地上。

殷湛嘴角流血，只来得及发出喘气的声音，便一歪头没了呼吸，脸上仍旧带着诡异的笑容。

姬蘅抱着姬老将军来到楼下，楼下亦是惨死一片。他把姬老将军轻轻放在染了血的羊毛地毯上，叫道："祖父。"

他的声音在发抖。

姬老将军的血不住从伤口处流出来，雪白的地毯被染成红色。他年轻的时候，征战沙场，受过的伤不计其数，多少次从阎王殿前走一遭，又毫发无损地回来。他总是精神奕奕，笑容飞扬，即便姬家遭遇了那么多莫名的祸事，即便余生守着冷清的国公府，他也总是不放在心上。

他应该中气十足地对人吼道："快给老夫找大夫来！"好像他决计不会死去，只要大夫过来给他医治，铁定就能站起来，还能成为国公府里那位乐颠颠的老顽童。

然而他的伤口那么深，窟窿触目惊心，仿佛要将一生的血流尽。殷湛同归于尽的对象是姬蘅，他没有给姬蘅别的路走，他拼尽力气的一刀，用自己的性命换来的一刀，药石无医，救无可救。

"阿……阿蘅……"姬老将军叫姬蘅的名字。

姬蘅握住他的手。

"我知道，你怨我……年轻的时候，我明明知道，此事和谁有关系，明明知道杀害瞑寒和红叶的人是谁，却不肯为他们报仇，你是姬家的独苗，我不能让你有危险。我忍了二十多年，忍到你长大，殷湛自己回来了，我……我终于可以为瞑寒报仇。"他吐出一大口血。

姬蘅看着他，一滴泪滴到了姬老将军脸上。

没有人看过姬蘅流泪，这孩子似乎天生就不会难过，也不会害怕，更不会哭。

"哭什么……"姬老将军笑了一下，"不像个男人。"

虞红叶死后，姬老将军也曾查过，他之所以不让姬瞑寒继续查下去，是觉得虞红叶当时进了宫，尸体莫名出现在自家门外，当是宫里人所为。他怕姬瞑寒冲动，着了别人的道，却不知姬瞑寒无法容忍妻子被人侮辱杀害，不惜与全族决裂也要找到真凶。

红山寺那夜，姬瞑寒除了自己前往，还带了七十二赤霄骑。殷湛的弓箭手埋伏，七十二赤霄骑全军覆没，活着的最后一人把姬瞑寒带回去藏起来，一年后想办法联系到姬老将军，告知姬老将军真相后就毒发身亡了。

那人就是文纪的父亲。

姬老将军知道一切真相，但他什么都不能做。林柔嘉已经生下孩子，他没有证据。重要的是姬蘅年幼，一旦林柔嘉觉察，只会率先对付姬蘅。

他们姬家只剩下姬蘅一人了。他不能让姬蘅再入危局。

姬蘅一日日长大，他比姬老将军想的还要聪明。从他知道父母离奇失踪后，就一直在查探。他一定是查出了什么，姬老将军能感觉到。他一日日变得阴沉，不爱说话，喜怒无常，从少年时候起，不再亲近任何人，喜欢的东西就得到，得到了也不珍惜，视人命如草芥，看上去毫不在乎，实则对什么都清醒。

“你怪我……阿蘅，对不起……”姬老将军道。如果不是他容忍，姬蘅不会过早知道真相，以一种绝对残酷的办法走进了地狱，这孩子是他一手造就的。

“我没有怪你。”姬蘅轻声道，“换了是我，我也会这么做。”

姬老将军看着姬蘅，看了很久看久，他从未见过这孩子这么温和，没有任何锋利的棱角，这孩子看着自己，用可以原谅一切的目光。

“这把剑……”他努力地摸到了身边那把宝剑，“青冥，这是我的剑……也是你爹的剑，你要保护好。”

殷湛的手下已经全部解决了，那些锦衣的公子，也有不少再也醒不过来。赵轲和文纪站在姬蘅身侧，亦是伤痕累累，然而沉默不语，悲伤地盯着姬老将军。

这位老将军就要死了。

姬蘅握住那把剑，声音轻得像是怕吓到了他：“好，祖父。”

“这出戏……很好，很好。”姬老将军说着说着，目光落在了天上，仿佛那里有什么，他费力地伸出一只手，遥遥指向天上，微笑起来，“瞑寒，红叶，夫人，你们……你们来接我了……”

那只手突然垂了下去，姬老将军闭上了眼。

他的嘴角还噙着微笑，神态十分安详，仿佛很高兴，又像是卸下了多年的负担。

姬蘅跪倒在地，对着姬老将军深深地磕了个头，没有再起身，而是伏在地上，久久不曾起来。不知是在哭泣，还是因为悲痛而无法发出声音。

项羽唱道：“哎呀！将军哪！八千子弟俱散尽，乌江有渡孤不行。怎见江东父老等，不如一死了残生！”

他自刎而死，乌江边上，从此没有了这位英雄。

得胜的人在唱：“收兵哪！”

看客却不为这胜利喜悦，无人鼓掌，满座寂然。

这出戏散了。

第一排的桌上，银盘上整整齐齐码着金元宝，恰好满满一盘，翠碗中层层粒粒堆着白珍珠，恰好一碗。这是这出戏的酬劳。

还有两条人命。

漫天大火烧起来，烧得红楼之上仿佛有九天的劫云。戏子们散去，这出戏开场满堂彩，听到曲终的却没有几人。

戏台上的将军留在乌江边，戏台外的将军陨落在红楼里，环翠珠绕，无人记起当年的豪情满怀。

将军死于战场，顶天立地，是好戏；美人自刎帐前，有情有义，是好戏；胜者鸣金收兵，得胜回朝，是好戏。

而看戏的人，余生却只有一人了。

第九章　**梦夜**

青州的雪一连下了三日。姜梨在陌生的屋子里，走到哪里都有人跟随，甚至去净房时，旁边也有一个会武功的侍女在一边看着。

院落周围是层层叠叠的兵士把守，她逃不出去。自从上次见过殷之情以后，姜梨再也没见过她。不知道外面是什么情形，也不知道叶家人和司徒九月如今可还安好，更不知道姬蘅在什么地方，有没有遇到什么事。她只能无望地枯坐着，这些日子，她甚至一改往日的安静从容，不惜以绝食抗议，或是争吵，或是要挟，可并无任何作用，除了这些沉默的侍卫，她见不到任何人。

这一夜也是一样。

夜深，外面只听得到风雪的声音。姜梨坐在桌边，油灯将屋子映得昏暗，也映出了地上的影子。正是冬日，树叶都凋谢了，只有光秃秃的树干，因此，摇曳的人影就格外引人注目。

那人影落在地上，迟迟不动，姜梨盯着地上的影子，许久，才道："殷公子既然来了，为何不进？"

一声叹息响了起来，吱呀一声，门被推开，有人从外面走了进来。

是殷之黎。

有一段日子没看见殷之黎，灯火下，他的面容憔悴无比，仿佛变了个人。

殷之黎站在姜梨面前，道："姜姑娘。"

过去那个温润如玉的俊美公子已经不见了，面前这个殷之黎陌生至极。

姜梨道："请坐吧，殷公子。"

殷之黎坐了下来。

“要不要喝杯茶？”她提起桌上的茶壶，给殷之黎倒了一杯，递到他面前。殷之黎看着面前的茶杯，没有伸手去接，也没有要喝的意思。

姜梨嫣然一笑，有些遗憾地说道：“不上当啊。”

这里所有的茶水都掺了药，让人使不上太大力气。大约是关她的人也知道她十分狡猾，生怕她用计跑了，才想出了这么个法子。

他看向姜梨，低声道：“对不起。”

殷之黎的面上显出一点愧疚的神情来。姜梨叹了口气：“我只问你，那日同我一起出来的姑娘现在在什么地方？还有叶家那些人，薛先生，你是如何处置的？海棠的小手指……”

“你放心，”殷之黎回答，“他们已经没事了。既然你到了这里，那些人留着也没什么用，都送回去了。至于海棠的手指……抱歉……”

“是你爹做的吧。”姜梨盯着他的眼睛。

殷之黎沉默。这一点，姜梨早就猜到了。殷之黎本性不坏，这么残忍的手段，只能是殷湛做出的。怕是这一切都是殷湛为殷之黎铺好的后路，无论殷湛和姬蘅在相斗中出现什么结果，殷之黎都可以利用自己全身而退。

“你爹现在在什么地方？”姜梨问。

“我不知道。”殷湛回答，“他没有告诉我。”

殷之黎将自己锁在这里，他越是愧疚，姜梨就越是知道他不可能放了自己。或者说，殷之黎根本没办法放了自己，这是殷湛的安排，而殷湛的安排恰恰是不可能改变的。殷之黎自己也是殷湛的一颗棋子，这盘棋就是他一手操纵的。

“这里是哪里？”姜梨问。

“离青州还有一百里路。”

“你打算关我到什么时候？”姜梨问。

殷之黎抬头，姜梨目光很平静，没有一丝对他的怨恨或是责备，越是这样，他反而越不知如何应付。

一切都是殷湛的安排，而他是殷湛的儿子，不得不服从。他身上还流着太后的血，即便自己不愿意，也已经无法回头。殷湛留下来的人告诉他，倘若殷湛能活着回来，一切便等殷湛回来之后再说。倘若殷湛不能活着回来，就带着姜梨从青州起兵，以长河为界。殷家兵云中有十万，青州还藏着十万。倘若殷湛回不来，姬蘅还活着，就以姜梨为诱饵，诱杀姬蘅，以绝后患。

这些事情，殷之黎没有拒绝的权利。因为等他得知的时候，殷湛已经消失了。殷家所有人的性命都系于殷之黎一人身上，如果殷之黎不这么做，殷家的人、殷之情、殷夫人、殷家的所有下人、他认识的那些叔叔伯伯、教他武功的师父，还有陪着殷湛上过沙场的兵士，都会覆没。这么多条人命系在身上，殷之黎反驳不起，他没有办法。

过了很久，殷之黎才看向姜梨，轻声问：“姜姑娘……很喜欢肃国公？”

姜梨道："是。"

听见姜梨的回答，殷之黎心中一痛，幽暗晦涩的情绪从心头升腾而起，他问："那肃国公待姜姑娘如何？"

"倘若你想要以我做诱饵，引诱威胁姬蘅，最好放弃这个念想。"姜梨冷冷道，"殷之黎，不要让我看不起你。"

殷之黎闻言，苦笑一声，道："姜姑娘看不起我也就罢了，连我自己都看不起我自己，又怎会管旁人如何呢？不过，我也希望不必有这一日，亲手杀死你爱的人，你必然会恨我一生，我不愿意你对我心存怨恨。"

姜梨沉默，倘若真的不必有这一日，便是姬蘅在此之前已经死了，这话说得并不会让姜梨高兴，只会令她更加揪心。

"你想如何，殷公子？"姜梨问，"你将我绑来，要挟姬蘅，可外面的那些兵马看上去可不简单。你也想如成王一样，起兵造反，志在皇位吗？"

殷之黎突然激动起来，将桌上的茶杯猛地一拂，滚烫的茶水泼到地上，冒出白气，碎片四溅。外面的士兵听到声音，冲进屋里一看，殷之黎让他们滚出去，他们才出去。

殷之黎冷笑道："谁稀罕那个皇位！"

"你的父亲稀罕。"姜梨回答。

看样子，殷之黎并不想造反，可殷湛的态度如此坚决，这更令姜梨疑惑。

姜梨就道："我记得之前和殷公子下棋的时候，你曾说过，战争会让百姓受苦。可知你殷家兵一旦起兵，无数百姓流离失所，无数人家妻离子散。这也是你所希望的吗？"

殷之黎痛苦地呻吟了一声，道："我也不想……我也不想的……可我没有办法。"

"你有办法的。"姜梨柔声道，"你是夏郡王的儿子，现在阻止还来得及，不要让事情发展到没有转圜的余地，现在还来得及，不是吗？"

她企图说动殷之黎，殷之黎怔了片刻，却突然站起身，眼神变得坚决，看向姜梨的目光带着一丝决裂的冷漠和认命。他道："不用再说了，姜姑娘，你不是我，不明白我没有其他的路可走。从我生在殷家开始，就注定会有今天。这是我的命运，我不打算抗拒，所以你，也认命吧。"说完这句话，他转身拂袖而去。

门又被关上了，屋子里恢复了寂静，只有地上茶盏的残迹表明方才发生过的一切。姜梨看着门外，深深地叹了口气。

殷之黎这条路也走不通，好在叶家和九月都已经没事了。殷之黎还不至于对他们出手，对于殷湛来说，大约他认为，能威胁姬蘅的只有自己，其他人也是累赘，不必多费心思。但是……姬蘅呢？

到现在也没看到殷湛，不知外面的情况如何。姜梨只能在心里默默祈祷，希望姬蘅平安无事。

青州和燕京隔得太远，青州风雪长空，燕京城的街道，到了夜里，几乎空无一人。

风雪中，皇城仍旧坚定地矗立着，仿佛永远都不会动摇一分。慈宁宫里，灯火摇曳，地龙烧得很旺，经文随意放在案头，很久都没有人誊写过，香炉里的香在这安静的夜里兀自燃烧。

太后靠在软榻上，正在小寐。近来她总是喜欢发呆，坐在殿里，想要平心静气抄几句经文，却怎么都沉不下心，索性也就不抄了。不抄经的时候无事可做，从前刘太妃在的时候，还能听见刘太妃作妖闹事，刘太妃走后，后宫就越发冷清，倒是有些兔死狐悲起来。洪孝帝的妃子们不喜欢来找她，她这个太后早已不管世事。后宫也是踩低捧高的，妃子们忙着团结一气，争宠使计，只是没有空闲来应付她一个老女人。

太后就格外怀念从前的时光。似乎年少时候在后宫中，和刘淑妃、夏贵妃们争风吃醋的时光也变得可爱。当然了，回忆最多的还是和殷湛有关。她不止一次梦到和殷湛初见时候的情景，殷湛骑着马，年轻的男人高大英俊，面上是爽朗的笑容，将她从歹人手中救下来后，她为他包扎，殷湛就坐在石头上，笑着看向她。她被看得脸红，却还是鼓起勇气问了殷湛的名字。她沉溺在这个梦中不愿意醒来，每次睁开眼的时候，觉得一切不过大梦一场，她还是林家的小姐，还能有改变的机会。

可毕竟没有。今日，她又梦到了殷湛，只是这一次的殷湛，却不是初见时候的殷湛。她在红山寺，那天百名弓箭手围杀姬暝寒，姬暝寒不知所终。她回到屋里，发现殷湛身上也负了伤。她知道殷湛杀了许多人，姬暝寒是他的好兄弟。

殷湛沉默不语，她问："你是不是怨恨我？"

"没有。"殷湛回答，"我从来没有怨过你。我只恨没有早点遇见你。"

下一刻，殷湛的身影突然被熊熊大火吞噬，他表情痛苦，叫她的名字："柔嘉……"

太后猛地睁开眼睛，大汗淋漓地从梦中醒来。

梅香上前关切地道："太后，您没事吧？"

"没事。"太后拿帕子擦拭着额上的汗，"原来是做了个噩梦。"

她刚说完这话，就听见外面传来男子的声音："母后是做了什么噩梦，吓成这副模样？"

太后抬眼朝前看去，洪孝帝出现在大殿门口，他身后，太监宫人跪了一地，他进来的时候让人不要通报，太后也没听到声音。

洪孝帝笑着走进来，太后直起身子，笑道："皇上今儿个怎么想起过来了。"

她心跳得很快，不知是不是方才的梦吓得她还没缓过神来，又总觉得那个梦十分不祥，连笑容也很勉强。

"今日外面风雪大，特意来看看母后。"洪孝帝对苏公公招了招手，苏公公就让周围的宫人们退了下去。

太后隐约察觉出有些不对，却又说不上哪里不对。让梅香给洪孝帝上茶，自己走到了茶桌边，让洪孝帝也坐下。

洪孝帝看向香案上的香火，笑问道：“母后这是在为谁祈福？”

太后回答：“自然是为了天下苍生，各地雪灾，百姓冻死的不在少数，哀家做不了什么，只能在宫里为他们抄经祈福。”

“母后果然心怀天下。”洪孝帝赞叹道。

太后抬眼看向皇帝，不知从何时起，这位曾经让她看着碍眼的皇子，已经长成了这般模样。她还记得太子死后不久，为了稳固自己的位子，她不得不和这位皇子装作母慈子孝的模样。她还记得少年时候的洪孝帝乖巧懦弱，对她言听计从，她一面很放心很得意，一面又很厌恶很轻蔑，但她到底低估了这位皇子。每一位皇子，身上都流着先帝的血液，掠夺和伪装是他们从出生起就有的本能。从成王的事情上就能看出，洪孝帝也一样，甚至他觉醒更早，在他的少年时候，就知道借助自己，来得到想要的东西。

想想也是，深宫就如丛林，在丛林里长大的野兽，怎么会不吃人？太后又想起殷之黎，她在宫宴上看到的那个年轻人，二十多年后，她第一次看见自己的儿子。殷之黎的温润如玉，本是她最为喜爱骄傲的，可如今，她却担忧儿子面对可怕的帝王，胜算有几成。

她不能让殷之黎失败，不能让那样的事情发生，所以她要替殷之黎扫清一切的障碍，包括面前的帝王。她一人定然是做不到的，所幸还有殷湛。无论她遇到什么样的困难，只有这个男人不会抛弃她，会永远站在她身后替她解决一切难题。

“其实我今日来，还有一件事情想要告诉母后。”洪孝帝端起桌上的茶杯，浅浅啜了一口，才不紧不慢道，“夏郡王死了。”

太后本来也是笑着去拿茶杯的，闻言动作一抖，茶水泼出来了一些，梅香连忙拿帕子擦拭桌上的水迹。太后笑容有些僵硬，道：“陛下在说什么胡话，好好的，夏郡王怎么会死？”

“是真的。”洪孝帝答道，“在青州红楼上，国公府的姬老将军杀了夏郡王，夏郡王也杀了姬老将军，可惜了。”

一句可惜了，听不出来任何语气，让人无从猜测帝王的心思，也不知道他这是什么意思。梅香站在太后身后，面色微变，不由得看向洪孝帝的身后。那里站着两名带刀御前侍卫，稳如磐石，仿佛知道她所有的心思。

“怎么会呢？”太后笑起来，没有去看洪孝帝，只是看着自己手上的护甲，像是要认真把护甲上的宝石看个一清二楚，“姬老将军怎么会杀了夏郡王，夏郡王又怎么会杀了姬老将军？哀家年纪大了，陛下可别拿这些事情来玩笑，哀家又不会当真。”

“朕也没有心思与人开这种玩笑。”洪孝帝似笑非笑，“母后不相信也就罢了，再过不久，姬老将军和夏郡王的尸身，也要送回京下葬的。”

太后的脸色终于变了。她抬起头看向洪孝帝，这位在她眼皮子底下长大的帝王，终于露出了野兽一样恶狠狠的眼神。只这一眼，太后就知道，他什么都知道，他了然于心。

可她还是要挣扎一番，仿佛这样就能蒙混过关。

太后笑了，说："哀家不明白。皇上这么轻松，是不打算问罪了？"

"问罪？母后有所不知，这可要追溯到很久以前，说起来，朕也是近来才知道的。"皇帝笑笑，"多年前，肃国公的父亲金吾将军失踪，其实是被夏郡王设计陷害而死。杀父之仇不共戴天，姬蘅要杀夏郡王，也无可厚非，不过老将军心疼孙子，帮姬蘅完成了这件事。母后，杀人偿命天经地义，就算朕也不能说什么，母后难道希望朕偏袒谁？"

太后看着洪孝帝，久久不说话。

洪孝帝又笑起来，道："朕差点忘了，当年埋伏围杀金吾将军的时候，母后也在场，自然要偏袒夏郡王了。"

到了这时候，太后反而镇定起来，看着洪孝帝，微微一笑，道："陛下，这么些年来，哀家待你不薄，你想置哀家于死地，也不必用这样的法子。你这样诬蔑哀家，可有证据？"

"证据？"洪孝帝笑了，一字一顿道，"殷之黎就是证据。"

梅香的手紧张地攥紧裙角，太后面色大变，这是她最大的软肋，倘若洪孝帝以此来威胁她，她毫无胜算！

"母后这么快就忘了，前不久，夏郡王离开燕京去青州之前，不是还来找过母后吗？"

他早就知道了！太后的心忍不住颤抖起来，像是看怪物一样看着洪孝帝。她曾想过很多次，总有一日真相会被人发现，但不是眼前这个样子。她没有任何筹码捏在手上，殷湛也不在身边，她就像一块鱼肉，任人宰割。

不管是她，还是殷湛，都低估了这个帝王。

"母后在宫中牵制朕，夏郡王在青州牵制肃国公，殷之黎带殷家兵自长河以南起兵，朕不得不佩服夏郡王的耐心，蛰伏这么多年设一个局。"洪孝帝笑道，"可真是为殷之黎殚精竭虑啊。"

太后道："皇上想要杀了哀家吗？"

"怎么会？"洪孝帝一笑道，"殷之黎不是还活着吗？"

"皇上想用哀家来威胁殷之黎？"太后冷笑。

"不会的。"洪孝帝温和地道，"母后知道，朕不喜欢做这样的事。就如成王不会为了刘太妃以身犯险，殷之黎也未必会为了母后以身犯险。"

他这话说得刻薄至极，太后盯了洪孝帝很久，忽然笑了，边笑边摇头，几乎要笑出眼泪，道："老三，原来哀家一直低估了你。哀家就说，夏柳岚的儿子怎么会是这么个德行，原来不是你不好，是哀家看走了眼！"

夏柳岚是夏贵妃的名字，洪孝帝听到这个名字，神情一顿，收起笑容，道："当年朕的母妃之死，和你有关吧！”

夏贵妃在生下洪孝帝不久后就死了，旁人都说是病逝的。洪孝帝查了那么多年，辗转找到宫里当年的老人，却说夏贵妃在此之前，身体康健，没有一丝病容。

“哼，宫中这样的地方，想要夏柳岚死的数不胜数，可不是哀家做的！”太后不屑。

洪孝帝面色青白，似乎并不相信这个答案。果然，太后接下来的一句话，立刻让他勃然大怒，她道：“不过当年夏柳岚生了你之后，哀家的确很不甘心。在宫里，想要一个人的命，有时候并不需要动手。哀家只要说一句，陛下有意要立你为太子，就有数不尽的人替哀家前赴后继地去做这件事。”

“你！”洪孝帝怒极。太后无中生有的一句话，便让夏贵妃成为宫里明晃晃的靶子，可怜那时候夏贵妃刚刚有了孩子，一颗心全扑在孩子身上，哪里会留意其他。

“哀家只是恨，那些人没有把你也一块儿弄死，留了个祸根。”太后的目光满是怨毒，“若是早知有今日，哀家就算当时自己出手，也会亲手把你从这个世上除去！”

“可惜你没有这个机会了。”洪孝帝重新平静下来，“朕的母妃虽然不是你亲手杀死，却是因你而死，这笔债朕先替你记下。朕早就说过，欠债还钱，杀人偿命，你和殷湛作的孽，自然有老天来惩罚。现在殷湛已经死了，下一个就该轮到殷之黎。等殷之黎也死了，朕就亲自送你上路。不，朕改了主意，朕不会让你死，朕会让你活着，将你囚禁在宫殿里，让你看着身边的人一个个死去，永远无望地活着。这才是对你最好的惩罚。朕要将你和殷湛干下的丑事昭告天下，让殷之黎如过街老鼠人人喊打，即便他起兵造反，跟着他的人也会以他为耻，等他死了也摆脱不了污名，到死也被人戳脊梁骨！”

“不——”太后爆发出一阵惊叫，作势要去抓洪孝帝的脸，洪孝帝身侧的侍卫拔刀出鞘，护着洪孝帝将她一推，太后跌倒在地，发髻全散了。

“不……”她喃喃道。

洪孝帝冷眼看了她一眼，转身走了出去，道：“来人，把她关起来！没有朕的允许，谁也不准见太后，还有，”他冷冷一笑，“好好看着，千万别让她死了。”

太后伏倒在地，梅香来扶起她，她却徒劳地伸出手，看着梅香，道：“他是在骗我吧，殷湛没有死，对吧？”

她的眼泪流下来。

青州之地，那座江边红楼，一夜之间烧为灰烬，红楼的妈妈不知所终，带着那些烟花女子消失在了城里，仿佛从来没有出现过。有好事的宾客回忆起那晚偶然从红楼经过，似乎看到了美貌的红衣男子，惊为天人，疑心对方是从深山里走出的美艳精魅，游戏人间，又怕被人发现踪迹，索性一把火烧了红楼，无迹可寻。

传说令这把火也变得神秘香艳了。

琼楼玉宇付之一炬，湮灭了其中的爱恨情仇，无人得知那天晚上唱过怎样的戏，看过怎样的离合。深夜，青州城门口，有人目送装着棺椁的车马远去。

“大人，”文纪道，“您真的要去见殷之黎？”

姬老将军和殷湛都死了。姬蘅要将姬老将军送回燕京，却不能第一时间亲自护送，因为姜梨还在他们手上。司徒九月从燕京城传了信给他，他才知道发生的一切。

殷之黎果然没有伤害司徒九月，除了海棠被砍掉一根小手指，可那也是殷湛吩咐的。其实殷湛还嘱咐，只要姜梨还在，就派人杀了叶家等人，省得夜长梦多，但殷之黎竭力反对，以性命要挟，终于还是让人把叶家的人送了回去。

也就在这时，姬蘅明白殷湛何以到死脸上都挂着奇怪的笑容。原是他一早就为殷之黎将退路铺好，无论殷湛有没有死在红楼，殷之黎都可以用姜梨的性命来要挟自己。

“大人，殷之黎那浑蛋，肯定设下陷阱，知道您会为姜二小姐前去，意图害您性命，您可不能轻举妄动啊！”赵轲道。

“我和殷之黎之间迟早都会有一仗。”姬蘅哂笑一声，“我既然答应过薛怀远，就会保护好阿狸。”

“可是殷之黎在百里外的鹿野扎营，营下几百人，咱们的人只有……如何突围？那些殷家兵现在也不知在什么地方，怕是埋伏着，正等着大人自投罗网。”赵轲仍然不赞同。

“他有殷家兵，可金吾军这些年也不是死了。”姬蘅淡淡道，看向远方，那里车马的影子全然不见。他的祖父在这个冬日与他告别，从此，世上与他有亲缘关系的，再无一人。

他怎么能失去姜梨呢？他这一生，说到底，其实谁都没能保护。

他转过身，红色衣袍在风雪中艳如鲜血，雪越白，衣裳越红，衬得他唇红齿白，身姿俊逸。

他道：“走吧。”

赵轲和文纪不再说话，姬蘅的态度如此坚决，他们改变不了。身为手下，就应当同主子共进退。

姜梨不是虞姬，姬蘅也不是霸王。《霸王别姬》这出戏，未免太过悲惨，他看尽了悲剧，从来没有一次如此希望，她能陪他看到最后，而故事的最后是团圆，皆大欢喜。

风雪掩埋了他的踪迹。

鹿野之上，殷之情神情惊惶，眼里涌出眼泪，仿佛受到了巨大打击。她在帐前穿梭，那些兵士都没有阻拦她。直到她找到躲在帐子后面的火堆旁，喝得烂醉的殷之黎。

“哥哥！”殷之情叫了一声，声音发抖，“他们、他们说爹死了，这是怎么回事？”

殷之黎迷迷糊糊地睁开眼看了她一眼，他手里还抱着酒坛，酒气熏天。他不喜欢喝酒，殷湛却总是让他喝，说身为男儿，怎能没有酒量。他仍旧不喜欢，可如今殷湛死了，他却如殷湛所愿，抱着酒坛子一醉方休，可惜殷湛再也看不到了。

“爹死啦。”他朝殷之情露出一个怪异的笑容，“爹被姬蘅杀死了，一剑——”他指了指自己的喉咙，“把这里捅穿了！”

“不可能！”殷之情抓住他的衣领，“这都是假的，是他们胡说八道的是不是？肃国公为何要杀害爹？我们连爹都没看到……”

“他就是死了。”殷之黎对着酒坛又狠狠灌了一大口，“爹的手下都亲眼看到了，可能过不了多久，燕京那边就昭告天下了。”

“为、为什么？”

“因为爹杀了姬蘅的爹娘，所以姬蘅要为他的爹娘报仇，呵呵，冤有头债有主，之情，你要记住这句话。”殷之黎笑道。

他状若癫狂，衣裳被洒出来的酒浸湿大半，自己也浑然不觉。殷之情一边悲痛，一边为殷之黎如此而愤怒，道：“哥！你到底是怎么回事？从那天爹跟你说话之后你就不对劲了，说什么要我回云中，爹到底和你说了什么？我们家和肃国公到底又有什么仇怨，你告诉我呀！”

那一日，殷之黎让殷之情和殷夫人回云中去，殷之情怎么也不肯，后来突然有一日，殷之黎就带着他们出城了。殷之黎走得太急，仿佛逃难，殷之情还以为他们是回云中，没想到来到了青州。在那以后，事情就变得让殷之情无法理解，他们兄妹从前无话不谈，可如今，殷之黎什么都不肯说。他做的事也没有任何解释，包括把姜梨掳来这里，在这之前，殷之情一点儿都不知道。

殷之黎看着殷之情焦急的神色，突然笑道：“之情啊，你不要叫我哥哥，谁知道，我们有没有血缘关系呢。”

此话一出，殷之情面色一变，道：“你……你这是什么意思？”

“爹为了宫里那位，连自己的亲生儿子和夫人都能害死，对母亲这么多年不闻不问，也许你根本就不是爹的女儿。”殷之黎道。

“殷之黎！”殷之情的声音引得远处的兵士都往这边看来，她气急败坏道，“你怎么能这样说！你诬蔑我的母亲，你浑蛋！”

“你就那么想当爹的女儿？”殷之黎仿佛一摊烂泥，醉醺醺地道，“当爹的儿子有什么好的？你看我，现在人不人鬼不鬼，被迫接受不喜欢的命运。”他激动起来，声音也变得刻薄，“你不是想知道我到底想做什么吗？好，我告诉你，我要杀了姬蘅，要起兵造反，要以长河为界，自立为王，占半壁江山也好，逼宫上位也好，这些我统统要做！难道是我自己想要做的吗？我为什么要这么做，因为我是殷湛的儿子，我的亲娘是宫里那位！”

他一口气说完，殷之情目瞪口呆，连流泪都忘记了。

她颤抖地问：“你说……”

“我是太后的儿子。”殷之黎笑道，“现在你知道爹为何要回京做这些事了吧？因为他早就想好，天下那个位子就是我们殷家的。之情，你当个普通人家的女儿多好，不像现在，只要姓殷，你就背上了乱臣贼子的罪名，永远洗不掉。”

殷之情捂住嘴，想到了那一日姜梨对她说的话。她说肃国公和殷家有不死不休的仇恨，起初她还以为是姜梨为了报复而故意骗她，现在看来，姜梨说的都是事实……可这事实，未免也太难让人接受了。

她不知道说什么，也无法面对这样的殷之黎，转身跑了出去。

殷之黎看也没看她，兀自喝酒。

殷之情哭着跑了出去，她想到了自己的母亲，这副模样不能被殷夫人看到，如果殷夫人知道一切，心里该有多难过。这么多年，殷夫人一直把殷湛对她突然的冷落归结于自己哪里没有做好，却不知此事和她无关，不过因为她是殷湛用于掩饰野心而找的一块遮羞布，包括自己……也是被利用的筹码。

殷之情心中悲痛至极，不知不觉，竟然走到了姜梨的帐子外面。

帐子里的人安静地坐着，殷之情走了进去，外面把守的士兵没有阻拦。

姜梨坐在帐中，桌上点着灯。她一手支着头，不知在想什么，听见动静，扭头一看，目光在殷之情脸上顿住了。

殷之情满脸是泪。

姜梨蹙眉：“平阳县主？你这是怎么了？”

只是普普通通的一句询问，就让殷之情这些天来所受的慌张和无措、委屈和不甘全部涌出来。她快步朝前走了几步，看向姜梨道：“你是不是早就知道了？！”

“知道什么？”姜梨不解地看着她。

殷之情的心里爆发出巨大的悲哀，道：“知道是我爹杀了肃国公的爹娘，现在轮到肃国公来为他父母报仇了。”

姜梨诧异，问：“你如何知道的？”

“哥哥告诉我的。”殷之情瘫坐在椅子上，仿佛失去了全部的力气。

“殷之黎为何要告诉你这些事情？”姜梨问，“难道是殷湛……”

殷之情痛哭起来，姜梨见她如此，猜了个大概。殷湛死了？那就说明姬蘅没事了，接连几天悬着的心总算是放了下来。她这些日子被关在这里，无从得知外面的消息，殷之情带过来的这个消息，姑且算是一个好消息吧。

可对殷之情来说大约不是这样，她哭得撕心裂肺，一直喃喃地问：“为什么……为什么会变成这样？”

这其实也不是殷之情的错，殷湛的这个决定，毁了殷之黎和殷之情两个人。看他们的样子，似乎并不知情，仅仅因为殷湛的野心，就要背负巨大的痛苦。

姜梨轻声道：“这不是你的错，你也不必自责。”

殷之情并没有因此停下哭泣，姜梨又道：“你可以帮我离开这里吗？”

殷之情止住哭声，疑惑地看向姜梨。

“殷之黎打算用我来要挟姬蘅，这一点你是知道的。我知道你喜欢姬蘅，也不愿意姬蘅受伤，如果姬蘅因为我而受到伤害，我也会痛苦，你也不会全无感觉。我知道你留在这里不开心，如果你救了我，你跟我一起走，你就不必去履行并不属于你的职责。”

殷之情愣愣地看着姜梨，姜梨给她指了一条完全不同的道路，在眼下这个乌烟瘴气、兵荒马乱的时候，这条道路是如此清晰如此光明，如此令人向往，让她几乎忍不住点头，立刻和姜梨逃出生天。

然而她没有回答，只是过了很久，才道：“我做不到。”

姜梨静静地看着她。

“这些兵士不听我的指令。我虽然有武功，却也拼不过这么多人。你是被重点盯着的人，我无法从他们的眼皮子底下带走你。而且还有我的母亲，我不可能同时带走两个人，如果我和你逃走了，他们会迁怒我的母亲。哥哥也许不会这么做，但其他的人，因此而遭遇劫祸的人，会把所有的怒气发泄在我母亲身上。”

她咬字清晰，脸上还带着未干的泪痕，但已经没有继续哭，反而像是想清楚了什么：“而且我也不能走。我姓殷，是不可能逃离这种命运的。你能让我去哪里呢？除了殷家，没有人会保护我，世人只会把我当作乱臣贼子，恨不得杀之而后快。”

姜梨轻轻叹息一声，各人有各人的立场，殷之情的话其实也没有错。

不过，还有一件事情姜梨不明白。

她问：“你可知道，姬蘅和殷家的仇怨究竟是什么，如果你爹当年杀了姬蘅的爹娘，又为何要对他们下杀手？”

殷之情深深吸了口气，摇头道：“不知道，我也不想知道。”她站起身，神情悲哀地看着姜梨，“我曾经听过你在青城山遭受的事，一度很同情你，现在看来，你比我要好得多。你身上背负的罪名是假的，总有一日会洗清，且无愧于心。而我身上背负的罪名却是真的，永远也割除不了。”

“你是你，殷湛是殷湛。”姜梨提醒。

“如果可以，我也希望自己不姓殷。对不起，姜梨，”殷之情道，“我帮不了你，不能带你离开这里。你觉得，肃国公真的会为了你孤军深入吗？这鹿野之上全是殷家兵，他一来，必死无疑。”

姜梨心狠狠一跳，说：“如果愿望能成真，我希望他永远不要来。”

殷之情定定地看着她，很久之后才道：“我也希望。”

姜梨不知道她是什么意思，是希望姬蘅没有对姜梨情根深种到愿意以命交换的地步？还是希望姬蘅不要受伤？

“还有件事情，我想请求平阳县主。”姜梨道。

“我帮不了你什么。”

“不是帮我，是姬蘅。”

殷之情皱眉：“何意？”

“我不知道你哥哥要怎么对付姬蘅，但我想，他一定不会手软。你喜欢姬蘅，定然不愿意他死去，如果可以，请你到时候能帮姬蘅的就帮他一下，至于我，你不必管。其实我或生或死都一样，就算我真的死了，没有连累到别人，这样也很好。”

殷之情想了一会儿，才道：“我知道了。”她走出了帐子。

姜梨没有追出去，帐子里似乎还回荡着方才殷之情绝望的哭声。她知道，没有时间了。殷湛既然死了，殷之黎立刻会开始第二个计划，会用自己来诱杀姬蘅。

姜梨在心中默默祈祷，娘，倘若你在天有灵，正看着女儿，就请帮帮姬蘅，让他安然无恙吧。

这一夜，风雪大作，到了第二日早上，雪也未停，昨夜的积雪未化，新雪又添，地上的雪踩下去能没过人的膝盖，放眼望去，一片白茫茫。

姜梨站在帐子里，门口的小兵守着她。她往外看，目光所及只有遥远悠长的平原，还有远处已经成为一片白色的丛林。

据说很多年前，鹿野是一座茂密森林，临近长河的地方生活着许多白鹿。白鹿在长河喝水，故而得名“鹿野”。几百年后，森林消失殆尽，这里成了一片平原，再无白鹿踪迹，鹿野这个名字却保留了下来。

长河就离此不远，长长一条河，平日里看不到尽头，如今也尽数被冰封。人可以在上面行走而不会破冰，鹅毛大雪纷纷扬扬，这片平原似乎只有白色和甲衣的黑色，什么都没有。

有人走了过来，小兵们让开，姜梨看到了殷之黎。

殷之黎和过去很不一样。过去他总是穿白衣，温润如玉，像是哪家府上的翩翩公子，姜梨从未见过他穿甲衣的模样，而今日他穿起甲衣，束起长发，面上是漠然冷酷的表情。他走进了帐子。

姜梨转身看他。

“告诉你一个好消息，姬蘅杀了我爹，他活了下来。”

姜梨并没有因此而欢呼雀跃，殷之黎也没有在意，道：“父亲死了，他交代我要做的事情我必须做下去。你明白我的意思吗，姜二小姐？”

“我明白。”姜梨回答，“你要用我来围杀姬蘅。”

殷之黎垂在身侧的手微微握紧，道：“我原本以为，只要我爹没死，姬蘅先一步而死，就可以避免这种结局。虽然你也会因此恨我，但至少我不用在你面前杀了他，还要利用你。这对我来说，是最坏的选择。不过现在看来，老天没有站在我这一边，我还是得走这条路，挣扎是无谓的，这就是你我的结局。”

姜梨不说话，殷之黎此刻的表情充满了尖锐决绝。

“世人都说肃国公喜怒无常，精明狠辣，我想，也许他不会来救你。这样一来，虽然不能杀了他，但能让你看清他的真面目，未尝不是一件好事。既然我在姜二小姐心中已经是恶人了，最好他在姜二小姐心中也好不到哪里去。”

“你为什么非杀姬蘅不可？”姜梨道，“上一辈的恩怨已经了结了。”

“没有了结！”殷之黎打断姜梨的话，“我爹杀了他的爹娘，他又反过来杀我爹娘，为了给我爹报仇，我就必须杀了他。殷家和姬家注定是死仇，要么我死，要么他死，直到一方死绝，再无后人。我爹为何会留下祸患，就是因为当初杀姬家人的时候，留下活口。这个错误，不会出现在我身上。”

姜梨冷眼看着殷之黎，对殷之黎的最后一丝同情也烟消云散。仇恨会蒙蔽人的双眼，让他变成另一个人。现在的殷之黎，已经和过去的殷之黎全然不一样。他一心想要杀死姬蘅，不管当年是不是殷湛有错在先，也不顾起兵之后，天下多少生灵涂炭。

“你会后悔的。”姜梨道。

“我只后悔没有早些杀了他。”殷之黎道，“还让他得到了圣旨，得到了你！不过，”他又笑了，“只要他死了，你还是我的。”

“但我永远也不可能爱上你。”

“那你为什么爱上姬蘅？”殷之黎止住笑容，盯着她，步步紧逼，“他手上多少条人命，杀人如麻！只因为你喜欢他，所以他的罪孽就不是罪孽？只因为你不喜欢我，所以我在你眼中就是恶人？我和姬蘅最大的不一样是，他爹没有让他背负骂名，而我生在殷家，就注定要为殷家牺牲！”

“并不是。”姜梨冷冷地看着他，回答道，“姬蘅是天下人所畏惧的恶人，但他从来不曾伤害过我。而你是天下人称赞的善人，却利用我。你和他当然是不一样的，和你们的父母毫无关系。”

殷之黎不说话，猛地转过头去，冷哼了一声，道：“随你如何说。总归今日姬蘅赶来，他就活不过今日！”

“你想做什么？”姜梨厉声问道。

“也没做什么。”殷之黎随意道，“这鹿野上下，全是我的人。外面的弓箭手，也早就准备好了。鹿野之上是平原，无处可挡，姬蘅胆敢前来，就要做好被万箭穿心的准备。当然，他可以带兵前来，只不过你在我手上，他总要提防一些。我听说当年我爹围杀姬暝寒的时候，就是让红山寺里百名弓箭手埋伏，姬暝寒插翅难逃。姜二小姐，我让姬蘅享受同他爹一样的死法，已经是对他最大的敬意了。”

姜梨怒斥道：“卑鄙！”

“他可不是什么光明正大的人！”殷之黎像是被这句话刺激到了，怒道，“我当然也能卑鄙！”

姜梨怒极，这样的殷之黎简直是个疯子，根本不能与他好好说话。还在僵持的时候，忽然听得外面一阵哨声，又尖又厉，声声急促。殷之黎一愣，抓着姜梨往旁边一扔，冲了出去。

姜梨也想出去，奈何被小兵拦着，只能站在帐前。只见白茫茫一片，而天与地之间，出现了一道红色身影。那红色身影骑在马上，骏马全身亦是覆上了红色铠甲，一人一骑，风雪之中，犹如归人，雪也遮掩不了他的鲜艳夺目。

姜梨眼眶一热，险些掉下泪来，叫了一声："姬蘅——"

外面的殷之黎也愣住了，半晌冷笑道："看来他胆子很大，也对你用情至深。可惜，慧极必伤，情深不寿。"他喝道，"弓箭手准备！"

甲衣的弓箭手齐齐对准了那人，姜梨想要冲出去，却怎么也不能，眼睁睁地看着那抹红色越发璀璨。

只有他一人。

马停在弓箭手的射程以外，不知是故意还是凑巧，马上的人袖口扎紧，与其说是红色衣袍，不如说是一身红色铠甲。姜梨从未见过这样的姬蘅，褪去那层轻佻迷离，他看起来仿佛天生的将领。一瞬间，姜梨想起有关姬暝寒的传言，虽然都传姬蘅容貌肖似虞红叶，和姬暝寒并不十分相像，但这一刻，姜梨却从他身上看到了年轻时候的金吾将军。

一样的傲气非凡，仿佛什么都不能伤到他。

殷之黎站在雪地里，黑色甲衣颜色冷沉，而他目光更冷，道："肃国公的胆子倒很大。"

"是吗？"姬蘅讥诮一笑，"这正是我想对你说的，连我的夫人都敢带走，看来郡王世子是不要命了。"

"你的夫人？"殷之黎被这个词激怒了，"恐怕，你没有这个机会让她做你的夫人了。"

这话杀气十足，姜梨在帐中不由得喊道："姬蘅！不要过来，这里四面都是弓箭手，他们要的是你的命！不要中计，赶快离开，殷之黎不会杀我，但会杀你！"

殷之黎并没有阻拦姜梨说话，反而看向姬蘅，道："你是打算过来，还是打算离开？"

过来，姬蘅必死无疑；离开，姬蘅就这么抛弃她，对姬蘅来说，两样都不是什么好选择。骑在马上的年轻人笑了，嘲讽意味十足，他道："殷之黎，比起你爹来，你太优柔寡断。如果是你父亲在这里，不管付出什么样的代价，也不会让我有活下去的机会。"

殷之黎的脸顿时沉了下来。

另一头，殷之情正努力想要冲出来，殷夫人抓住她的手臂，劝道："之情，别去！"

"娘！"殷之情急红了眼。

殷夫人眼圈也红了："现在你爹已经去了，娘只有你一个女儿。我知道你喜欢肃国公，可他现在是你哥哥的敌人，他想要你哥哥的性命，如何能放过你？再说了，你去了又能做什么？还不是白费力气。"

“正因为我什么都做不了，才更要去做！”殷之情挣开殷夫人的手，“娘，你不明白！”

殷夫人并不知道姬家和殷家的过往，殷之情没有把这些事告诉她，她总觉得一旦告诉了殷夫人，殷夫人会彻底崩溃。也许不知道真相，对她来说反而是一种解脱。

她跑到了帐子外，被兵士拦住，不能上前，只能远远地望着姬蘅。

一瞬间，殷之情又忍不住羡慕起姜梨。她有这么一位风华绝代的未婚夫，而这位世人眼中无情无义的恶人，却愿意为了她以身犯险，不顾后果救她于水火之中。世上怎么会有这样的人呢？

“肃国公，”殷之黎道，“你今日既然来了，就不要走。”

姬蘅挑眉：“那要看你留不留得住我。”

“我殷家兵……”

“你青州北界的殷家兵，现在正和我的金吾军在一起切磋。”姬蘅淡淡道，“几个时辰里，可能是赶不过来这里了。”

殷之黎面色一变：“金吾军？”

传说中的金吾军已多年没有出现。自从金吾将军姬暝寒消失后，金吾军的虎符也消失了，朝中上下仿佛也默认了一个事实，那就是金吾军早已解甲归田，世上不再有什么金吾军。就连殷湛，查探许久，也确定金吾军不会再出现，所以才会认为，只要除掉姬蘅就可以高枕无忧。燕京的那些将士和御林军不过徒有虚名，不堪一击，不比他们从血海中杀出来的刚毅男儿。

倘若殷湛知道金吾军还在，必然不会这般安排。如今殷湛已经死了，金吾军却突然冒出来，对殷之黎来说，无异于巨大的打击。果然，殷之黎看向姬蘅，面色惊异又愤怒：“你欺骗了他！”

“兵不厌诈。”姬蘅淡淡一笑，“世上最愚蠢的办法，就是以命换命。”

他是故意的！人说肃国公精明狠辣，果然不知是传言。他是真的将算计发挥到了极点，便是在那一日红楼对峙中，看似孤注一掷，实则也暗藏他手。他看过那么多场戏，逢场作戏的本事也是一绝，能将所有人都哄骗过去。他才不会将最大的筹码先拿出来，不过是诱敌深入，然后一点一点吞噬对方。

殷之黎哈哈大笑起来，这笑容不知道是自嘲还是讽刺：“我爹机关算尽，却败于你手，看来你也是有本事之人，足以做我的对手，今日就是你的死期！”他一挥手，弓箭手猛地对准姬蘅。

即便有金吾军牵绊住殷家兵，但此刻鹿野之上，也有数百名弓箭手，而姬蘅只有一人，寡不敌众，他如何在其中厮杀，还要带走姜梨？

姜梨心急如焚。

姬蘅冷冷一笑，只听殷之黎道：“放箭！”

天空中，顿时飞起密密麻麻的箭矢，直奔姬蘅。而姬蘅俯身马背之上，从身后举出一面盾牌，那盾牌挡住了一部分箭矢，而他拔出腰间宝剑。

从初见到相识，再到相交，姜梨见过姬蘅杀人，从来只用那把华丽的扇子。她是第一次看姬蘅用剑，宝剑泛着青色的光，从剑鞘中一寸寸抽出的时候，隔得老远都能感受到其中的寒意，而他一手持盾，一手持剑，就如一个年轻英勇的将军，以无法阻挡的姿态，跨越乱箭和刀刃，在高山火海之中所向披靡。

殷之黎皱紧眉头，似乎没想到姬蘅会如此胆大，居然不顾箭雨直奔而来。雪原之上，那一人一骑自远而近奔来，就在这时，一个埋伏的弓箭手叫了一声，捂着脖子倒了下去，他的身边出现了一个鬼魅般的影子，那影子动作极快，很快又蹿到其他人身边。

“死士！是死士！”有人惊呼。

殷之黎道：“你带了别人？”

“不多。”姬蘅在马背之上懒洋洋道，“当年我七十二赤霄骑尽数覆没，如今重新建立的赤霄骑，总数不及过去一半，好在对付你还是绰绰有余。怎么样，殷大公子？”

他这一笑，仿佛天上的飞雪也生动起来，那双琥珀色的眸子里，只余凉薄和狠意。那些赤霄骑神出鬼没，不知从何处蹿出来，一刀抹断弓箭手的脖子。弓箭手却又得全神贯注对付姬蘅，于是越来越多的人倒了下去。纵然这样，姬蘅一人也难敌如此多的箭矢，一些箭矢还是伤到了他，不过他浑然未觉，直到马匹快到姜梨帐前的时候，殷之黎面色更加冷凝，甚至从他的声音里露出一丝气急败坏：“全部给我动手！”

他要姬蘅死在姜梨的帐前，眼睁睁看着姜梨却不能带走，要有情人天人两隔，要姬蘅死不瞑目！

箭矢骤然加密，看不清楚姬蘅的身影，让人生出错觉，不知天上下的是白色的飞雪，还是黑色的箭雨。在这样的情况下，姬蘅几乎不可能逃生，姜梨尖叫了一声，一边的殷之情终于趁着无人管她，冲了过来，道：“哥哥，求你放了肃国公吧！”

“殷之情！”殷之黎怒喝道，“滚回去！”

他从未这般对殷之情说过话，殷之情也不管，只是慌张地看向姬蘅：“哥哥，你放过他吧！”

“殷之情，你别忘了你姓殷，连你也要站在他那一边！”殷之黎道，“你疯了！”

“疯了的人是你！”殷之情不依不饶，“你知不知道自己在做什么？你会后悔的，你要是杀了姜梨，你会后悔的！”

“如果她注定不属于我，我杀了她又何妨？我不会后悔，因为我和你不一样！”他的语气，彻底疯狂了起来。

在这一刻，殷之黎心中突然生出了对姜梨的杀意。他喜欢姜梨，从还未见到姜梨其人、只听说了她的事迹开始，他就喜欢上了她。在他的生命里，第一次如此青睐一个女孩子，可是她眼里没有自己。

无论他用什么办法，她的心坚硬如磐石，不可动摇。殷之黎想，既然他无法阻挡姜梨对姬蘅的感情，那么就毁了姜梨。至少他得不到的东西，姬蘅也得不到。也就是在这时候，殷之黎突然发现，他骨子里的确是流着和殷湛、太后一模一样的血。他们一样自私无情，宁肯我负天下人，不可天下人负我。

那些阴暗晦涩的本能，其实一直藏在他的骨子里，他的霁月光风，心怀天下，其实在现实面前都不值一提。就譬如这强加于身的命运，说到底，他真的没有选择的余地吗？即便殷湛逼他，命运逼他，倘若殷之黎愿意放弃一切，也不至于走到这一步。

不过是源自他心中的不甘罢了，因为不甘，他接受了这个结局。他知道走上这条路也许会让他名声败坏，但他同时可以借此得到一切，得到天下，也得到她。

殷之黎的想法，姜梨并不在意，她只是看到马上的人离自己越来越近。他的三尺宝剑寒光雪亮，仿佛能斩灭一切，他从茫茫雪原上热烈奔来，如同一团火，离自己越来越近，姜梨用尽全身的力气，想从两个兵士手里挣开。下一刻，她看见姬蘅的宝剑抹过兵士的脖子，他从马上朝姜梨伸手，骏马几乎要闯入帐子里。姜梨奋力对他伸出手，他握住姜梨的手，将姜梨往马上一拉，与此同时，姜梨的耳边传来殷之情的一声尖叫：“不要！”

然后，是殷夫人的惨叫声：“之情！”

马匹没有停留，极快转身，姜梨扭头去看，便见殷之黎手上的刀刺穿了殷之情的胸膛，而他目瞪口呆，似乎也没想到会这样。

难怪方才姬蘅冲过来的时候，殷之黎没有阻拦，原是想从后面捅上一刀，不想殷之情却为姬蘅挡住了。

姜梨忍不住回头去看，心中一阵难过，不敢出声，省得姬蘅分心，却又放不下殷之情。殷之情的伤势不知如何，但她的确是喜欢姬蘅的，如果就这样死了……姜梨说不出是什么感觉。

殷夫人号啕一声，快速奔来，殷之黎愣愣地松开手，后退了一步。殷之情嘴里不断地吐出鲜血来，喘着气，费力地道：“殷之黎，你……放过他们吧……也放过你自己……”

“为什么？”殷之黎麻木地问。

“我……我不想他……受伤……”殷之情吐出一大口鲜血，胸口的起伏逐渐停住，不再呼吸，眼睛仍旧睁得大大的，头却往旁边一歪，不动了。

这个美艳如同一团火的姑娘，就这么躺在雪地里，再无当初的生气和娇艳，纷纷扬扬的雪花落下来，迅速覆盖了她的面颊。

殷夫人悲恸的哭声回荡在天地间，殷之黎突然大笑起来，眼神冰冷。他转过身，命令所有活着的人，指着姬蘅的背影，道：“杀了他！”

而他自己站在高处，从手下的手中取来一把弓，搭弓上箭，箭矢遥遥对准姬蘅，他的手忽而一侧，重新对准了姜梨。

他缓缓拉动了长弓。

姜梨被姬蘅抱着，姬蘅坐在她的身后，马跑得很快，她只能看到周围飞扬如雨的箭矢，那些箭矢掉在雪地中。姬蘅带过来的死士死去了一些，更多的是弓箭手的尸体，横七竖八躺在平原上，身下的雪渐渐被染红。

这里分明不是战场，却比战场还要惨烈。姬蘅姿态如此轻松，面对殷之黎丝毫不放在心上，但只有在姬蘅身边的姜梨，才能清楚感知到这一刻，他的确是用尽全力在保护她。

他其实也是不确定的，但他在努力不让姜梨受到伤害。

就在这一刻，她突然感觉身后的姬蘅猛地朝前一伏，仿佛有什么东西冲到了他的背后。姜梨心中一紧，就要回头，姬蘅的声音响起在耳边，声音温柔，还带着宽慰的笑意："不要回头。"

"姬……"姜梨的声音颤抖了起来。

"嗯？"他含笑道，"没事了，我们出去了。"

他的马匹越过那些弓箭手射过来的箭，身后的死士亦是不再恋战，仿佛一场奇袭，杀完人，烧完粮草之后便潇洒地走人。

身后似乎有人追踪，姜梨的心怦怦直跳，什么话都不能说，这个时候，让姬蘅分心就是给他添乱。同样在这一刻，她突然痛恨自己的无力。

她什么好事都没做成，却害得对方一身狼狈。

脑子突然被人敲了一敲，他仿佛能窥见姜梨的内心，笑道："别胡思乱想，你没有对不住我什么。"

姜梨勉强挤出一个笑容："我们……摆脱了那些人没有？"

"暂且没有。"姬蘅淡淡一笑，"殷之黎这小子，不如他老子狠毒，却比殷湛有脑子。为了万无一失，还是再往里走一走。等文纪跟我联络上，就安全了。"

姜梨不再说话。

另一头，殷之黎看着面前，那些死士有一些没来得及撤退，被弓箭手合力射中，其余的人一拥而上，将他们杀死。一些却走得很快，并不恋战，不是真正的兵士，仿佛只是杀人的利器，下手也是狠招，手段刁钻古怪。

他曾听过金吾将军手中七十二赤霄骑的传言，但赤霄骑早在红山寺围杀之时就全军覆没，姬蘅居然重新建立了一支。这支赤霄骑，不如他父亲手下那支英勇，却比那支狠毒凶残。

他们不到四十人，竟然让他这几百人损失惨重。地上横七竖八的都是尸体。而他只能眼睁睁看着姬蘅带着姜梨远走高飞，消失在丛林之中。殷湛临死时算好了一切，却独独没有算到姬蘅手里有这么一支可怕的人马，更没有算到，金吾军不仅没有没落，虎符也没有消失，姬蘅暗中掌握着兵马，就是为了今日。

这局棋，究竟是谁更有耐心，谁才是那在后的黄雀？

殷之黎挥手，让一部分人追去，他自己也想追踪，却被殷湛留给他的心腹劝住，倘若这个时候去追，中了姬蘅的诡计，殷之黎一旦出事，殷家兵就真的群龙无首了。

为大局着想，他不得不放弃。

殷之黎退回了帐边，目光落在地上。那里散落着发簪和首饰，还有一大摊鲜血。殷之情就是在这里被他一刀捅入心窝。他怔怔地看着地上的鲜血，眼中的疯狂之色渐渐褪去，像是终于明白自己究竟做了什么，踉跄着后退了两步。

殷夫人把殷之情的尸体抱回帐中去了，外面太冷，她怕冻着自己的女儿。殷之黎站在帐中，竟然没有勇气走进去，他杀了自己的妹妹。不管殷之情和他究竟有没有血缘关系，那不重要，他们一同在殷家长大，一起分享过喜怒哀乐……现在，他亲手杀了她，哪怕不是故意为之。

他在帐子外面站了良久，终于还是掀开帘子，走了进去。

帐子里，隔开了风雪似乎也并没有因此温暖多少，火炉早就灭了，只有冷冰冰的灰烬。殷之情躺在地上，在她身边，殷夫人伏在她身上，像是伤心欲绝哭得昏倒过去。

殷之黎走了过去，颤声道："母亲。"

殷夫人没有回答他，殷之黎蹲下身，突然他的手颤抖起来，从喉间逸出一丝惨叫，他伸手将殷夫人从殷之情身上翻过来。

殷夫人的脸上还带着泪珠，她的身子还有余温，脖子上有一线血迹，那把刀就在地上，新的血迹还未干涸。殷夫人在她的女儿身前自刎了，就用殷之黎杀死殷之情的那把刀。

"不——"殷之黎绝望地叫起来。

殷夫人死了，殷夫人还能怎样呢？她的丈夫死了，哪怕从前他对自己不闻不问，可到底是她的顶梁柱，到死她都认为，是自己的错，殷湛才冷落了她。如今她的女儿又惨死在她面前，她不能杀了殷之黎，因为殷之黎也不是故意的，而且殷之黎是殷家未来的希望，可她不能接受，所以她选择了自尽，以这样决绝的方式表达了自己的愤怒和悲伤。

殷之黎痛哭起来。

他失手错杀了妹妹，是他的错，现在殷夫人也自尽了。在来燕京城之前，他以为自己和所有其他富家公子没什么不同，但一夕之间，所有的事情都改变了。他身边的人一个个离去，仿佛是前生欠下的债，不约而同到了偿还的时刻，再回首，殷家就只剩下他一个人了。

姬蘅尚且还有姜梨，但他有什么？他什么都没有。他捡起地上的刀，放在自己的脖颈之上，神情一瞬间变得恍惚起来。

只要一下，就能解脱，什么见鬼的命运，什么必须履行的责任，全都消失吧！

殷之黎闭上眼睛，外面风雪的声音仿佛鬼哭狼嚎，随时想要冲进来，又像是恶魔的蛊惑，蛊惑他一同掉入黑暗的旋涡，永生不能见到光明。

啪的一声，他手上的刀掉到了脚边，殷之黎重新睁开眼睛。

不一样的，不一样。

既然已经牺牲了这么多，若是不扳回一局，也太孬种了。姬蘅因为有了姜梨，从此有了一丝软肋，而他正好相反，他失去了一切，殷之情和殷夫人的死，令他心中最后一丝柔软也消失殆尽，从此之后，他心硬如铁，成了真正的殷家人。

或许，这才是殷湛所希望看到的。

如他所愿，殷之黎慢慢站起身来，不再看地上的两具尸首，神情逐渐变得冰冷而扭曲。他将会夺回原本属于他的一切，不管怎么样，除非他死，否则永不回头。

天色渐渐暗下来，原野之中，路途难以分辨，姜梨和姬蘅二人行至一处山洞前停了下来。

“我们在这里歇一歇吧。”姜梨轻声道，“那些人好像已经摆脱了，云中乃沙漠，殷之黎想必对丛林并不熟悉，不敢轻易深入。我们歇一歇，在这里等文纪的消息。”

半晌，没有等来姬蘅回答，姜梨回头一看，感觉姬蘅的头靠在自己肩上，手仍然抓着自己的手，抓得很紧，人却没有了知觉。

“姬蘅！”她心中一紧，再也顾不得其他，勒马停住，去掰开姬蘅的手，想先下马查看姬蘅的情况，可姬蘅的手攥得很紧，姜梨好不容易才挣脱，姬蘅却一头从马上栽倒下来。

姜梨惊呆了。

姬蘅的背上还有一支黑色的箭矢，箭矢扎进了他的后背，稍稍往下一点，鲜血几乎要凝固。那支箭有一半没入他的身体，触目惊心，血淋淋的。一路上，他一声也没吭，反而还笑着回应她。

原来都是强撑。

那支箭便是最后姬蘅带姜梨离开时，殷之黎射出的。他本想对准姜梨，但最后关头，终究生出一丝不舍，还是将弓箭对准了姬蘅。

二十三年前红山寺的一幕正在重演，同样的孤军深入，同样的十面埋伏。要说有什么不同，姬暝寒前去的时候，虞红叶已经死了，而姬蘅前去的时候，姜梨还活着，或许正是因为心爱之人还活着，他才能凭借想要保护她的一颗心而支撑这么久。

姜梨身材瘦弱，此刻心急如焚，竟也迸发出巨大的能量，将姬蘅拖进了山洞。她把马也拴到了石头上，摸黑去寻找水和柴火，生火烧水替姬蘅包扎伤口。

庆幸的是，姬蘅的马匹铠甲袋子里还有火折子，姜梨又从姬蘅身上搜出了一些药粉，大约是临走时司徒九月为他准备的。姜梨拿火折子生了火，找石碗烧水，她把外袍脱下来铺在地上，让姬蘅侧躺在上面。姬蘅双目紧闭，毫无知觉，姜梨的眼泪一瞬间就流了下来。

她颤抖着手，竭力让自己平静下来，将姬蘅的宝剑清洗干净，脱去他的铠甲，用宝剑划开与血肉粘连在一起的衣裳，看见了他身上累累的伤痕。

他今日在箭雨中奔跑，用盾牌挡住了那些箭雨，却也有一些伤到了身上，还有刀伤、剑伤，遍体鳞伤。他的皮肤其实很白皙，身形十分优美，仿佛一只蓄满力量的豹子，然而此刻，这些伤痕和鲜血就像瓷白的花瓶上布满的裂痕，令人看着忍不住落泪。

姜梨要把这支箭拔出来。

她握住箭杆。

脑中突然浮现起过去闻人遥说过的话。他说，曾在姬蘅十四岁的时候替他卜卦，卦象说十年后，姬蘅将因女祸遇劫，暴尸荒野，鹰犬啄食。现在看来，她的确是姬蘅的灾祸，如果不是为了救她，姬蘅也不必深入险境，更不必弄得满身伤痕，危及性命。

她拔出了那支箭。

手下的身体猛地颤抖了一下，似乎能听到姬蘅发出的痛苦闷哼。姜梨连忙转头去看姬蘅，他皱着眉，似乎十分难受，姜梨小声唤他，没有动静，也没有回答。

姜梨忍住泪，拿撕下的裙子蘸了热水，一点点替他清理伤口。那些药粉在这时候派上了用场，也就是这时，姜梨才发现，姬蘅身上还有许多旧伤。并非箭伤，看上去也过了很多年，新伤旧伤，伤痕累累，看上去惨不忍睹。

他曾多次在生死边缘走过，光是看着那些触目惊心的伤口，也想象得到他的过去多么危险。能活到现在，的确是命硬，可命硬的背后，付出的也是常人所不能想象的代价。他如今才二十四岁，那他是从多少年前开始习惯这种刀口舔血的生活，二十岁？十四岁？甚至更早？

姜梨无法想下去，心里像是堵了一团棉花，怎么都喘不过气来。脑子里回忆起白日在帐外，风雪之中，平原之上，看着那袭红衣朝自己奔来的场景。他本是一个注意仪容的人，任何事情都喜欢不紧不慢地去做，姿态优雅，如今只是为了见她，就让他匆忙而慌乱。

何德何能呢？姜梨想，她并没有为姬蘅付出多少，她的力量十分渺小，以至于在这些针锋相对里，她反而成了拖累，但姬蘅为她付出了最珍贵的东西，他的真心。

姜梨想，她这一生，怕是眼里再也容不得别人，也不可能爱上别人了。有时候，一刻就是永恒，不管日后发生什么，今日的一切，她都永远不会忘记。

她细心地替姬蘅擦拭伤口，将每一道伤口包扎起来，这时候，仍旧没有文纪的消息。姜梨怕夜里柴火烧光，遇见野兽，便再次出去，拿着火折子寻了些柴火，顺手做了几个陷阱，看看能不能捕到一两只落单的野兔。姬蘅现在身负重伤，如果文纪一直不来，姬蘅醒来是要吃东西的，否则身体虚弱，身子恢复更慢。

这时候，她又发挥出从前的勇敢和坚强，深知光坐在姬蘅身边掉泪办不成任何事，应当极力挽回能挽回的东西。她曾和薛昭在丛林里做陷阱诱捕猎物，时隔多年，再做起来也并不难。

她一连来来回回跑了很多趟，也不敢走太远，眼见着山洞里的柴火已经拾得足够烧一夜，甚至抓住了一只灰毛野兔，她喜出望外，用姬蘅的宝剑将野兔料理干净，用雪捂着，只等着姬蘅什么时候醒来，烤给他吃。

她做完了一切，还想再做一些，仿佛多做一些，心里就会踏实一些。直到实在没有什么事情可做了，她把衣裳披到了姬蘅身上，自己穿着单衣，抱着姬蘅，一直守着他。火在旁边静静地燃烧着，姜梨忽然生出一种错觉，像是就这样平静的日子已经过了一生一世。哪怕什么都没有，不必锦衣玉食，只要有这个人陪伴在她身边，此生也别无所求。

她一直抱着姬蘅，也不知过了多久，山洞里的火堆渐渐小了一点，她起身新添了些柴火，就在此时，姬蘅身子动了动，她跑到姬蘅身边，紧张地叫他的名字："姬蘅！"

姬蘅睁开眼睛，似乎想动一下身子，不过全身上下都是伤，这么一动，眉头就忍不住皱了一下。姜梨道："你别动，想喝水我给你拿。"她去拿装满热水的水壶，坐在地上，让姬蘅的头枕着自己的腿，一点点喂给他喝。

他的嘴唇被清水滋润过，重新有了血色，只问："这是哪里？"

"我们走到丛林里来了，我也不知道是什么地方，你晕倒了，我就把你带到了山洞里。你身上带的药全部用完了，伤口我也包扎了一下。你饿不饿，我抓到了一只兔子，烤给你吃吧。"她絮絮叨叨说着。

姬蘅笑了笑，握住她的手，道："做得好，小姑娘。"

姜梨的眼泪一瞬间就掉了下来。

她的眼泪滚烫，几乎要把人的心尖灼伤，姬蘅道："别哭了，你爹见了，又要怪我弄哭你。"

他初见姜梨的时候，姜梨总是笑，那种平静温和的、却没有到达眼底的笑。纵然是笑，也让人觉得她的心里隐藏着什么东西。那时候，他恶劣得想要看到她失态的模样，惊慌也好恐惧也好，揭开她的面具。如今她在自己面前无所遮掩，把最脆弱的一面展露出来，他却开始不忍，开始心疼，宁愿她永远不要伤心。

他伸手，轻轻拂去姜梨的眼泪，道："不要哭了，阿狸。"

"你……你不应该这么做。"姜梨哽咽道，"无论什么时候，你自己的性命最重要。"

"你才是最重要的。"他温声回答。

姜梨摇头："闻人公子当年给你卜卦，我知道了以后，一直很害怕自己会害死你。姬蘅，如果我害死你，这辈子我都不会高兴，那对我没有任何意义。"

"傻姑娘。"他摸了摸她的头，笑起来。

姜梨不曾见过他如此平静的笑容，只听他道："你怎么会害死我呢？是你救了我。"

姜梨蹙眉。

"上次我不高兴，你给我唱了曲儿，这次你哭了，我给你唱戏，好不好？"他像是男子哄着自己心爱的小姑娘，无比宠溺，予取予求。

姜梨看着他，还没来得及说话，他就枕着姜梨的腿，慢慢地唱起来。

“一霎时把七情俱已昧尽，参透了酸辛处泪湿衣襟。”

他声音柔和，在山洞里响起来。和台上戏子的不一样，他并不如何激动，反是娓娓道来，就像在说一个故事，又像是看戏之人最后入戏至深，悲欢离合都散落在夜里。

姜梨想去看姬蘅是什么神情，然而他闭上了眼，让人再也不能窥见他的内心。他唇角微勾，声音里也带着回忆，深山野林里，像是以歌声诱惑人误入深渊的精魅，歌尽风月漫天。

“我只道铁富贵一生注定，又谁知人生数顷刻分明。想当年我也曾撒娇使性，到今朝哪怕我不信前尘。”

姜梨目光凝重，这出戏为何听上去如此熟悉，仿佛在哪里听过。记忆里，似乎也有一个人唱过，是个清亮含笑的女声，在某个春风沉醉的夜晚，在墙边，在院中，在秋千上，那女声和姬蘅的声音渐渐重合到一起。

“这也是老天爷一番教训：他教我，收余恨、免娇嗔、且自新、改性情，休恋逝水，苦海回身，早悟兰因。”

姜梨的嘴唇渐渐跟着嚅动起来，她的声音和姬蘅的声音和在一起，温柔的，悲伤的。

“他教我，收余恨、免娇嗔、且自新、改性情，休恋逝水，苦海回身，早悟兰因。”那《锁麟囊》的词酸涩又自嘲，咀嚼在嘴里，似乎也能想到角色的苦涩。姬蘅枕着她的腿，双眼微闭，似乎已经睡去。而某个记忆深处的夜晚，那个城中花红柳绿、月夜春风的晚上，却如蒙尘的画，陡然间拂开了灰尘，徐徐展开在姜梨的面前。

春日，花红柳绿，夜风带着缱绻的温柔，从人的脸上拂过，风流又轻佻。国公府的夜冷沉沉的，院子里一个说话的声音都没有。密室里，躺在榻上的人脸色苍白，双眼紧闭，一张原本英俊的脸因为消瘦而变得皮包骨头，五官凹陷，十分可怖。

司徒九月站在床边，低声道：“抱歉，我救不了他，炼制的毒……没有用。”

闻言，姬老将军脚步踉跄了一下，司徒九月扶了他一把，才使他没有摔倒在地。他指了指榻上的男人，眼中满是悲痛，却还要勉强挤出一个笑容，道：“这样也好，对暝寒来说，他总算解脱了。阿蘅，”他拍了拍身边的年轻人，“别伤心，这不是你的错。”

榻上躺着的正是金吾将军姬暝寒，自从二十多年前文纪的父亲冒死将姬暝寒带回来后，姬老将军一直在四处寻找神医为他解毒。后来，姬蘅从漠兰救了漠兰公主，即毒姬司徒九月，天南地北搜罗世间奇毒。司徒九月以毒攻毒，用以控制姬暝寒体内的毒素，如今已经到了最后时刻，要么等死，要么奋力一搏。

姬蘅的选择是拼一把，只可惜，上天并没有眷顾姬家，司徒九月费尽心力研制出来的毒药也没能救得了姬暝寒，姬暝寒就这么死去了。从姬蘅出生到现在，从姬蘅见到他开始，他就是这么一副将死的模样。如今他的确算是解脱了，但他到死也没能睁开眼睛看自己的儿子一眼，也没能和姬蘅说上一句话。

就这么绝情地离开了。

红衣年轻人站在榻前，已经许多年了，他从少不更事的幼童逐渐长成丰姿俊秀的少年，再到现在的艳丽青年，一日日长大，一日日长高，但榻上的姬暝寒从未睁开眼睛看过他一眼。年幼的姬蘅曾为此感到委屈，认为是自己哪里做得不好，父亲才不愿意睁眼看一看自己。当他渐渐长大后，亲自游离于黑暗之中，知道了可怕丑陋的真相，便不再徒劳期望，而是亲自投入地狱之中，与恶魔做交易，换得国公府的一线生机。

这一线生机，如今又被他亲自掐灭了。姬老将军担心姬蘅会因此感到自责内疚，纵然他自己的内心也悲痛欲绝，却还要强颜欢笑。

姬蘅抬起头来，他那张脸在这样萧瑟的氛围之中，显出一种凄艳。然而他只是勾了勾嘴角，神情平平淡淡，语气毫无波澜："那就按照他所希望的，将骨灰撒在母亲的墓中吧。"

姬暝寒当年被文纪的父亲带走时，还尚有知觉，嘱咐手下的最后一句话，便是倘若他死了，便把自己的尸骨烧为灰烬，和虞红叶葬于一处，不要被任何人知晓。姬暝寒自己也明白，他的对手是皇后和殷湛，而如今的国公府里，就只有他的幼子和老父。如果皇后想要杀人灭口，很有可能连这对祖孙也不放过。在没有万全准备的情况下，不可轻举妄动，只能装傻。

装傻这回事，原先是姬老将军自己的主意，在虞红叶一事上，他装傻了，却害得自己的儿子变成这副模样。后来装傻，却是姬老将军不得不这么做，他一开始也想要瞒着姬蘅，想要等姬蘅再大一点的时候告诉他，但不知什么时候起，姬蘅变得肆意无常，连他这个祖父有时候也不知道他在想什么。直到少年的姬蘅把司徒九月从漠兰带回来，并且在书房里，问姬老将军知不知道当年杀害虞红叶和姬暝寒的是什么人，那一刻，姬老将军明白，这个孙子早已在不知不觉中，以飞快的速度成长，早已自己查到了真相，并且准备复仇。

姬老将军已经左右不了姬蘅的决断，他甚至不知道姬蘅想要做什么。姬蘅拒绝与他促膝长谈，只要姬老将军询问，他便含笑敷衍过去。

但今夜的姬蘅，姬老将军觉得，虽然他在笑，但他的心在流泪。虽然他言笑晏晏，仿佛什么都不放在心上，姬老将军却想到了年幼的姬蘅哭着摇着榻上的姬暝寒，委屈地喊为何父亲不起来看看自己的模样。

时隔多年，那个幼小的姬蘅和眼前这个姬蘅又重合了，令姬老将军感到恍惚。

姬蘅没有再多看榻上的人，转身往外走去，姬老将军叫住他，问："你去哪里？"

"出去走走。"

姬老将军还要说话，司徒九月拉了拉姬老将军的袖子，对他摇了摇头，轻声道："让他一个人待一会儿吧。"

姬老将军再看向门口的时候，姬蘅已经离开了。

今日是迎春日，到了晚上，庙会越发热闹。城中湖面上密密麻麻漂着的都是花灯，小姐夫人们穿着精心挑选的衣裳，在湖边放灯船。街道上，玩杂耍的人群中不时爆发出阵阵喝彩声，还有捏泥人、吹糖人的。小孩子扯着父母的手，手里的小玩意儿多得捧也捧不下，酒楼中，斗诗的才子们络绎不绝，大展身手，处处都是好景象。

姬蘅沿着湖慢慢地走着，手持一把华丽的金丝折扇，红袍及地。他这副模样，称得上颠倒众生。走在这里，人人都忍不住把目光投向他，且爱且惧，只怕这喜怒无常的肃国公一时暴怒，大开杀戒。唯有那第一次出门的年轻小姐，敢直直盯着姬蘅看，却又为这人间难得的美丽而失神，自愧弗如地低下头。

湖中的船舫中，隐隐约约传来歌舞的声音，不远处还有戏台子，有人在上头唱戏，看戏的人围满了底下，咿咿呀呀也不知道唱些什么。他就在这繁华热闹中不紧不慢地走着，他比这里的繁华还要繁华，可又与热闹格格不入，仿佛妖鬼化成的美人，走在人间的集市上，人间软红皆不过眼，看过亦是不屑。

姬蘅嘴角噙着笑，琥珀色的眼眸里是数不尽的轻佻风流，但他的心在春暖人间的日子里，冷却成冰。

他的父亲死了，若不是他让司徒九月尝试解救姬暝寒，姬暝寒可以多活一年，这一年里，也许还有别的生机。因为他选择了尝试，让姬暝寒也不得不去承担这样的风险，于是姬暝寒死了，死在了这个春天热闹的夜里，而他竟然一滴眼泪也没有流。

或许是他真的没心没肺，如世人传言一般冷酷无情，所以能对父亲的死无动于衷。但姬蘅又觉得，他的心被划开了一道巨大的裂缝，猛烈的风从外面呼呼灌了进去，灌得他整个人空荡荡的。

国公府花团锦簇，但从他记事起，就冷清如同华丽的坟墓。他在此长大，似乎没有格外天真烂漫的时候，现在想想，似乎在很早很早以前，他就在准备复仇这件事。

他要复仇的对象，一个是高高在上的皇后，现在已经是太后。一个是远在云中的郡王，对方手下兵马强悍凶猛，但他有什么？只有一个空壳国公府，还有并不听从他号令的金吾军。

从无到有，是一个漫长的过程。这漫长的过程里，姬蘅没有一丝期待。复仇和别的愿望不一样，有人想做官，就拼命念书打算一举中第，有人想发财，就和人做生意勤劳努力，有的人想嫁入高门，有人愿意云游四海。每个人有每个人的愿望，等他们努力过后，实现心愿，想求的自然就会得到。

但他能得到什么？

他一开始就知道，这一场复仇，不过是多年前欠下的命债，甚至债都不能以寻常的手段来讨，什么公理和正义，不过是过眼云烟，世上哪里有那种东西？倒不如他从黑暗之中来寻一条路。而走到路的尽头，他不会得到什么，姬暝寒和虞红叶不会重新活过来，而他逝去的，本应如贵门子弟一般无忧无虑的时光，也不会回转。

黑暗的尽头还是黑暗，他似乎永远也找不到应该追逐的光。曾经姬暝寒活着的时候，姬蘅还抱着一丝天真的希望。也许有一日姬暝寒能够醒来，他看着自己，骄傲地赞道，他的儿子已经长得这么高，如此强大了。

但结局是什么也没有，老天似乎为了惩罚他，不让他拥有这么一丝天真的念想，于是他彻底陷入了黑暗，不可能再走出来。

那也就罢了，也没什么不好。人生在世，本就是苦海中走一遭，或早或晚，迟早要来。

他仰头，笑意越发动人。

他顺着热闹，顺着人群的欢呼，慢慢地走过去，渐渐地，灯火被他抛在身后，繁华也被他抛在身后，他走入街道之中。那是穷人们居住的地方，夜里也没什么人走动，他和夜色融为一体。

远处刮起一阵清风，春日的夜里，风都是醉人的。姬蘅仰头看着天空，天上星河璀璨，似人温柔的目光，他靠着墙，慢慢地滑坐下来。

他实在是累了。

过去的那些年里，姬蘅从未有过撑不下去的念头。他年轻、狡猾、阴险、狠辣，无所不用其极，也没什么办不到的事。他不惜牺牲利用任何人和事，只要能达到自己的目的。

但这份坚决在今夜突然崩塌，姬暝寒的死让他的心真切地感到了疲倦。他并不害怕，只是茫然，觉得这样的日子不知还要过多久，也不知道自己所做的一切究竟有没有意义。虞红叶死去许多年，姬暝寒也死去了，他做的这一切，他二人都无法看到，仇人锦衣玉食，他能怎么样呢？

他绝望到恨不得死去。

就在这时，与他一墙之隔处，响起了女子说话的声音。有人道："姑娘，他们都出去了，你一个人留在府里，不难过吗？"

紧接着，他听到了一个清亮的声音，带着笑意："有什么可难过的。"

说话的是个女人，声音十分温柔，又带着一点不在乎的爽快。

紧接着，院子里似乎是丫鬟的人又道："姑爷中了状元后，夫人和小姐对姑娘也就越发过分了。"

"无事，今日他刚刚中第，自然诸多应酬，玉容也是不得已，杜鹃莫要胡说。"

状元？沈玉容？姬蘅听到这个名字，顷刻间便明白过来。他知道沈玉容，前阵子的新科状元，洪孝帝之前还告诉他，正准备赐沈玉容一座宅院。听闻这位沈状元出身平民之家，家境贫困，果不其然，住在这样的陋巷之中。

姬蘅并不喜欢听人家长里短的墙角，但今日他竟没有离开，大约是心力交瘁，懒得动弹，也就坐在墙头，静静听里头的人诉说。

"可今日是迎春日，姑爷应酬也就罢了。夫人和小姐自个儿去赶庙会，独独剩下姑娘一人在府里，这不是故意刁难是什么？姑娘也就是性子好，要是少爷在这里，必然要为姑娘出头。”

“海棠，你又在胡说了。”女子仍然不以为意，含笑道，“他们不在，我正好多些清净，殊不知平日里装模作样做事也很累，能有片刻轻松，对我来说也求之不得。”

“他们沈家规矩也太多了，又不是什么高门大户，从前在薛家的时候，姑娘可不必如此辛苦。”

那丫鬟似乎对沈家格外不满，一口一个姑娘，分明是把主母当外人。姬蘅听着听着，也就想了起来，沈玉容的妻子，他其实是见过的。

燕京人都知道他喜美恶丑，但凡是个美人，都要让他过过眼，仿佛得了他的承认就有很大的殊荣。殊不知他并无此爱好，除了虞红叶，天下间的女子在他眼中不过庸脂俗粉。闻人遥在酒楼之上遥遥将薛芳菲指给他看的时候，他心中也满是不屑。

这位薛芳菲，生得绝色倾城，琴棋书画样样精通，可惜在姬蘅眼里实在一无是处。便看她对婆婆小姑的纵容和温顺，为了沈家委曲求全，姬蘅便觉得刺眼，只道：“美则美矣，毫无灵魂。”

他没想过日后会喜欢什么样的女子，但这样呆板如木偶，和所有官家夫人一般热络而狡诈，将市侩藏于笑容之下的女子，他看也不会看一眼。这样的人，又怎么称得上燕京第一美人？

对于薛芳菲的印象，也仅仅停留在此，没料到今日却因着一墙之隔，看到了一个不一样的薛芳菲。和在酒楼之上见到的薛芳菲不同，她并非傻子，也不是无药可救，至少知道什么是喜欢什么是不喜欢。可惜，她喜欢沈玉容超过喜欢她自己，才会愿意为了沈玉容牺牲自己的“喜欢”。

所以爱这回事，便是人世间最傻的东西，喜欢一个人，掏心掏肺对待对方，自己一无所获，有什么意思？还不如做个永远清醒的看戏人，在一边笑着喝彩。

“姑娘想要荡秋千？”丫鬟问道。

墙里的薛芳菲笑着叹息一声：“久违了。难得他们不在府上，我可以自由一分。”她像是坐在秋千上，摇荡起来。

似乎可以透过面前这堵墙，看到芙蓉花貌的绝色女子，坐在秋千之上，面上含笑，窈窕袅娜的模样。这是比春光还要美好的画面，他可以跃上墙头去看一眼丽色，但什么也没做，仍旧斜靠在墙边，嘴角勾起一抹嘲讽的笑容。

纵然聪明绝顶，才貌双绝，却只能困于这样的陋屋，甚至在院子里荡秋千也成了奢望，天下间还有比这更惨的事吗？姬蘅觉得这沈夫人有些可怜，她自己也傻得可怜，这样无望又卑微的日子，她还自得其乐，这就是傻人有傻福？

至少在姬蘅眼中，仅仅见过几次沈玉容，就知道沈玉容绝不是一个安贫乐道之人。他眼中的野心和欲望，比他的才学还要旺盛，他和这个院子里能荡荡秋千就开心起来的女人，绝不是同一种人。不是同一种人，就注定走不了多久，薛芳菲以为的幸福美满，迟早有一日会被摧毁。薛芳菲看不出来，是因为她是戏中人，而他看得出来，因为他是看戏人。

“咱们来燕京城都好几年了，一次庙会都没去看过。”丫鬟嘀咕道，“夫人居然说是姑娘容貌太盛，怕被歹人瞧见，这分明是借口嘛。哪有这样的，那天下间赶庙会的岂不都是丑人了？”

薛芳菲在院子里笑道：“海棠，你怎么如此斤斤计较，不就是个庙会吗？过去在桐乡的时候，你赶得可还少了？”

“正是因为在桐乡的时候赶得很多，到了燕京城一次都没有，这还不如在桐乡时候的日子。奴婢倒是没什么，就是委屈了姑娘。燕京城的庙会比桐乡的热闹多了，少爷每次写信来的时候都问姑娘，也难为姑娘次次只能编造。”

薛芳菲笑道：“阿昭那傻子，我说什么就信什么，如今也就是新鲜几日。等他日后真的云游四方，闯荡江湖，哪里会看得上小小的庙会？到时候便是我写信询问他又瞧见了什么新鲜的东西，说给我这个姐姐听。”

她好像一点儿也不生气，纵然面对这样不公正的苛待，婆母、小姑的刻薄，她也不以为意，说的都是令人高兴的东西。于是这一头，姬蘅嘴角的讥讽更浓，天下间竟然还有这样的傻女人，难怪多少男子说起状元夫人的时候，总是一脸向往，生得美的女人很多，生得傻的女人也很多，生得美却傻的女人就少了，尤其这女人不是真傻，而是装傻，难的是一装就是这么多年，她是自欺欺人呢，还是根本就觉得这样也很好？

姬蘅不是女人，不知道女人的心思，也不想知道。

不过他听着这女人说话，反倒觉得有些好笑，是了，世上不止他一个过得不好，多的是人，有的是凄惨的过往，这燕京第一美人的沈夫人，过得这样惨还犯傻，而他过早清醒地面对黑暗，不知谁更惨上一点。

“姑娘就一点儿也不怨吗？”里面的丫鬟又在说话，“姑娘也不肯将这些事情写信回去告诉老爷，老爷和少爷知道了，定然会为姑娘出头的。姑娘从前哪里受过这样的委屈？”

“杜鹃，这些没什么的。”薛芳菲的声音从另一头响起，“我是因为玉容才心甘情愿这么做，玉容知晓我的付出，倘若也将我做的这些事情习以为常，那我就会心寒。不过夫妻之道，本就值得钻研，哪个人能成天事事如意呢？要真说无忧无虑的日子，大约只有少不更事的小时候吧。自己做的选择，也没什么可后悔的，硬着头皮咬咬牙往前走就是了，实在忍不住了，再另寻出路，不过现在还没到那时候，也就不要放在心上了。”

自己做的选择，也没什么可后悔的？姬蘅挑眉，薛芳菲这话到底还是有些后悔了。不过她倒是爽快，有种孤注一掷的勇气。想来也是，从一个熟悉地方嫁到陌生的燕京城，嫁人之前千好万好，嫁人之后的困境怕是她从来都没想过的。而姬蘅不同，从很多年以前，他就开始逐渐接受“姬暝寒有一日会死”这个事实。面对人生的变化，他似乎还没有一个蠢女人做得好。

那个活泼些的丫鬟就道："听闻今夜的庙会上还有戏班子呢，咱们来燕京城都好几年了，奴婢都没有再去看过戏，想想真是遗憾。"

薛芳菲声音温柔，道："那有什么？唱戏我也会唱呀，虽然唱得不大好，你就把我当作唱戏的，我给你唱一曲《锁麟囊》如何？"

这下子，墙下的姬蘅忍不住一怔。从未听过哪家小姐主动给下人唱戏，戏子是三六九等里的下三流，小姐夫人们以看戏为乐，却从不主动唱戏。而他小时候唱戏，也只是因为师父的恶趣味，他那时年幼，并不懂什么，便被哄骗着学了戏，已经很久不唱，倒是没料到这个看上去大方婉约的沈夫人，竟然也会唱戏。

唱的还是《锁麟囊》。

《锁麟囊》里的富家小姐，恰好也姓薛，戏里的薛湘灵先是出嫁远地，后又因大水，逃难途中和家人失散，独自漂流去异乡。人生阴差阳错，发生巨大改变。

薛芳菲的声音十分清亮，在夜色中尤为动人。

唱的已经是富家小姐出嫁后的光阴："新婚后不觉得光阴似箭，驻青春依旧是玉貌珠颜。携娇儿坐车中长街游遍，又听得号哭声动地惊天。"

那悲伤的唱词，被她唱出来也不觉得悲伤，反而有几分利落的俏皮，不像忧愁的妇人，倒像初出江湖的小儿女，带着几分新奇，几分惊讶，唯独不见半点顾影自怜。

她真不像是个过得不好的人。

"腹内饥唤郎君他也不在，却为何在荒郊不见亭台？恍惚间与众人同把舟载，莫不是应验了无情的水灾？老娘亲她必定波中遇害，苦命的大器儿鱼腹葬埋。见胡婆好一似空山闻籁，你可曾见我夫与我萱台？听他言把我的肝肠痛坏，你随我回故乡寻找尸骸。"

姬蘅本是个十分挑剔的人，世人说他爱看戏，不过是喜欢看戏中人深陷其中无法自拔的模样。薛芳菲唱得十分敷衍，全然没有融入这戏中，悲哀的唱词也不见心酸，反被她唱出几分欢快。她本就不是梨园子弟，也不会唱得多精彩，但很奇怪，姬蘅并没有心生嫌恶，反倒是坐在墙的另一面，静静听着，那声音带着暖意，让他冷沉沉如同从冰窖里捞出来的心，也柔和平静了下来。

她在唱："一霎时把七情俱已昧尽，参透了酸辛处泪湿衣襟。"

"我只道铁富贵一生注定，又谁知人生数顷刻分明。想当年我也曾撒娇使性，到今朝哪怕我不信前尘。这也是老天爷一番教训：他教我，收余恨、免娇嗔、且自新、改性情，休恋逝水，苦海回身，早悟兰因。"

戏文中的薛家小姐家逢巨变，不得已去别人家做下人，便在这时生出物是人非之感，薛芳菲唱到这里的时候，也带了一丝淡淡的惆怅，这点惆怅极为微小，却被姬蘅捕捉到了。这美丽的夫人大约过得也并不快活，只是她的忧愁或许和戏文里薛湘灵的忧愁又大不一样。薛湘灵因为身份的转变，从富至贫，薛芳菲分明是过得很好，却没有自由了。

也就是这点惆怅，令姬蘅意识到，这个女人自然不蠢，她知道一切，不过是默默忍受。不管她是为了什么。薛芳菲和姬蘅是全然不同的，她的歌声里是坦荡和从容，光明和磊落，仿佛前途一片黑暗，她也会毫不犹豫大大方方地走过去，没有一丝畏惧。

在燕京城这个春风和煦、笙歌曼舞的夜里，黑暗中埋藏了多少肮脏的交易，她的歌声却像是一缕光，把这黑暗照亮了片刻，露出了真正的样子。

但姬蘅又知道，这样坦荡磊落的女人，选择了一条黑暗道路的女人，迟早会埋葬在这样一个夜里。她的枕边人并不需要光明，同是黑暗中人，姬蘅比任何人都明白那样的人要的是什么。一旦沈玉容需要牺牲这位夫人，就会毫不犹豫地牺牲她。

这位夫人明白这一点，但她的信任打败了她的聪明，让她自己也被欺骗。

该说什么呢？

姬蘅不知道说什么，这个唱戏的女人没有入戏，她从容而热烈，而他作壁上观，原本看戏却反倒像是入了迷。这可真是一段奇异的经历。有一点毋庸置疑，他在墙的这一面，听着墙的另一面的女人粗糙的唱词，原本绝望得想要去死的心情，不知什么时候慢慢改变了。

他从戏里得到了平静，一个女人尚且无所畏惧，他又有什么好怕的？就算余生他没有可依靠的人，那也没什么了不起。

他慢慢地站起身来。

那一头，薛芳菲荡着秋千，笑容从院子里传了出来，佳人笑颜，多少人愿意一睹芳容。姬蘅站在墙下，有一瞬间，忽然觉得，薛芳菲也许真的是个美人。

美人在骨不在皮，可这位美人，美得不自知。她姿态温软可爱，看起来毫无脾气，就像一株还未绽开的野花，开放之前，她看上去和别的花朵没什么两样。当她热烈开放，谁也不知道那是怎样的鲜妍色彩。

可惜她种在了沈家这处院子里，今生也不知道有没有机会为自己开放。

他嘴角一勾，眼眸含情若水，顺着墙往前走，走到了薛家门口。那门是柴扉做的，并不严密，从缝隙中可以看到院子的模样。他轻轻一瞥，就看到夜色下，院子里，穿着布衣的年轻女子艳若桃李，坐在秋千上巧笑倩兮的模样。

银河下，她的笑容比春风还要温柔，眼眸像星星，亮晶晶的，格外明亮。她似乎察觉到人的视线，转头朝门口看过来，面上还带着未收起的笑意，那一瞬间的画面，美得足以让记忆停留一辈子。

薛芳菲狐疑地停下秋千，海棠问：“姑娘，怎么了？”

她摇了摇头，走到门边，想了想，将门推开，见外面空荡荡的，什么都没有，唯有轻柔的风拂到脸上，仿佛故人的寒暄。她走出门，朝小巷尽头望去，似乎能看见红色流光，像是精魅的身影，消失不见。

只有淡淡的余香。

在风雪交加的夜里，却做了一个有关春夜的梦。

梦里有沉醉的春风，姜梨看见了还是沈夫人时候的自己，她在迎春节的时候被沈母和沈如云留在屋里，看见那红衣的美貌男子走到了院子的另一头，嘴角含笑，听她唱完一曲《锁麟囊》。

梦里是咿咿呀呀的声音，声音却逐渐远去。她很奇怪，记忆停留在有人从门前走过、透过柴扉的缝隙和她遥遥相望的那一幕。她笑容未收，对方双眸含笑，一眼隔了多少千年万年。

直到姜梨从梦中醒来。

文纪和赵轲已经到了，正在山洞外守着，姜梨爬起来的时候，姬蘅正从外面走进来。他把水壶递给姜梨，含笑道："醒了？"

姜梨看着他的脸，一时间说不上是陌生还是熟悉，怔怔地看着他发呆。

"怎么了？"他疑惑地笑道。

"姬蘅……"姜梨迟疑地问道，"三年前，迎春日那晚，你是不是从沈家门口走过去了？"

梦里的场景如此清晰，清晰到一切好像真实发生过。时间隔得太久远，她并不知道是真还是假，可昨夜发生的一切她还记得，姬蘅唱的《锁麟囊》，她也曾唱过。

姬蘅挑眉，在她面前坐了下来，道："看来你是想起来了。"

"你……我……"姜梨说不出话来。

她曾以为她和姬蘅之间，前生的纠缠也不过一句"美则美矣，全无灵魂"，但竟不知那个夜里，姬暝寒死去的夜里，他曾坐在自家墙外，听着自己唱完一曲《锁麟囊》。

这算是缘分的纠缠吗？姜梨也不明白，但倘若现在让她回到那一夜，她不会让姬蘅就那么走了，至少要同姬蘅说说话，在他最绝望的时候。

"以后我教你唱戏。"他摸了摸姜梨的头，"你唱得不在调上。"

姜梨忽而想起更重要的事，看向姬蘅，急切地问："你身上的伤如何了？"

"没事，司徒的药很好用。"姬蘅道，"这种小伤，就不必担心了。"

"可是你伤得很重。"

"不重。"姬蘅道，"倒是你有没有受伤？"

姜梨摇了摇头。她还是想要去看姬蘅的伤势，却被姬蘅躲过去，赵轲倒是过来说姬蘅没事，姜梨又问起殷湛和姬蘅之间究竟发生了什么。

她只知道殷湛死了。

姬蘅看着她，笑容微收："你真想知道？"

姜梨点了点头。

姬蘅就道："好，我告诉你。"

姜梨听了很久很久。

姬蘅把一切都告诉了她，从虞红叶、姬暝寒和殷湛、林柔嘉之间的纠葛，到殷湛为了林柔嘉这么多年做了什么，甚至更早的时候，姬蘅从小时候开始着手查探真相，重新训练赤霄骑，调令金吾军。红楼一战，最坏不过是和殷湛同归于尽，可最后让姬老将军付出了生命。

姜梨听得出姬蘅话语里的沉重，虽然他神情毫不在意，可他的心为姬老将军的去世而痛苦。他说起过去，语气平淡，但姜梨想象得到那些年里，稚嫩的少年成长至斯的苦涩。当别家的贵族子弟为了锦绣前程努力的时候，他却投身于地狱之中。他放弃了未来，赌一个不知道结果的局。

他从不奢求真心，因为他这样的人，真心就是罪孽。

越是身处黑暗，内心深处就越向往光明。越是孤独，越是要穿鲜艳的衣裳、听热闹的戏。从繁华中走过，仿佛这样就不会被抛弃。事实上，他的亲人一个接一个地离开了，到最后只剩他孤零零的一个人。

他说了很多，笑着看向姜梨，温声道："现在我什么都没有了，小姑娘，你想要反悔吗？"

姜梨看着他。

他目光温柔，姜梨却觉得十分悲伤。殷湛的事是告一段落了，可又多了一个殷之黎。还有那些青州的殷家兵，这场仗如何打，姬蘅也会累。

她说："谁说你什么都没有了？"不等姬蘅回答，继续道，"不是还有我吗？"

他失笑，道："你真是……和过去一模一样。"

多年前的春夜，他听她唱完一出戏，就知道这是个愚蠢的女人。一旦爱上什么人，必然奋不顾身，仿佛扑火飞蛾。她已经错过一次，却仍然敢再次爱上一个人，勇敢交付自己的真心。

她的真心朴素而随意，却让他无法自拔，深陷其中，愿意交付自己的一切。于是他也从精明狩猎的猎人变成了温柔的野兽，甘心被她驯服。

"之前是我没有想到。"姬蘅道，"我只让人护着姜府，却没有想到殷湛会拿叶家做筹码威胁。我已经让孔六带人去叶家，以后不会出现这样的事。"

姜梨道："和你无关，是殷湛太卑鄙了。"

"我会尽快送你回京。等回京之后，会让孔六派人一直跟在你身边保护你的安全。叶家的人就住到国公府。"姬蘅道，"国公府里总比外面安全一些。"

姜梨闻言，察觉出不对劲，看向他，问道："你不跟我一起回去？"

"殷之黎在青州起兵了，殷家兵人马不少，殷湛筹谋多年，意图谋反，我答应了皇帝，要带金吾军平息叛乱，我不能走。"姬蘅笑道。

"你……你并没有上过战场。"姜梨急道。

他笑了："你这是不相信我，阿狸。许多事情是没有选择的余地。只有亲手杀了殷之黎，我才能安心。这场仗不知道会持续多久，等我回来，就娶你过门。"

"姬蘅……"

“你可不能嫁给别人。”他把姜梨拉向自己，在她唇上轻轻啄了一下。

“你真的决定了？”姜梨心酸极了，她不想和姬蘅分开，也知道姬蘅这一去很危险。可她也知道，姬蘅去意已决。换作是她，她是姬蘅，也会去亲手了结这持续了两代人的债。她没有任何理由去左右姬蘅的决定，喜欢一个人，也不是要禁锢他，她尊重他的选择。

“我要离开你，你会不会原谅我？”他含笑道。

姜梨笑了，道：“如果你答应我，一定会回来娶我，我就原谅你。”

她目光明亮，坦诚干净，姬蘅一怔，从心底感到满足感激。她轻而易举地抚平了自己所有的暴戾和阴暗，令他变得从容。

他郑重其事地回答：“我答应你。”

第十章　**重逢**

从以前到现在，姜梨都极不喜欢别离这件事，从前在桐乡时，出嫁告别父兄，就令她十分难过。如今比那时候更心酸，因她知道此去的危险。

姜梨道："不能晚点再去吗？"

"殷之黎会很快动手。"姬蘅笑道，"不能让人抢占先机。"

姜梨沉默，殷之黎已经变成了另一个人，殷湛的死，他的身世，接二连三让他受到巨大的冲击，常人在这样的情况下尚且会崩溃。姜梨以为，殷之黎不会崩溃，但绝不会是从前那个殷之黎。

她又想起殷之情。殷之情为了姬蘅挡下殷之黎的那一刀，不知现在是否还活着。姜梨倒是希望殷之情能好起来，殷之情并没有做错什么。

姬蘅穿戴好铠甲，拍了拍姜梨的肩，道："你还愣着做什么？走吧。"

他像是已经全然恢复了过来，可姜梨昨夜为他包扎过，那些伤口实在是太深，根本不可能在极短的时间里恢复。

"如果你不能撑下去，不要勉强。"姜梨认真道，"姬蘅，没有什么比活下去更有希望，只有活下去，一切才有可能。"

"小姑娘，"他眯起眼睛，"你向来不是大公无私？怎么今日反倒自私了起来？"

姜梨伸手抱住他，轻声道："我只是怕失去你而已。"

她这一生失去过亲人，所幸失而复得，但上天不会一次又一次眷顾她。许多人，失去了就是失去了，再也回不来。譬如姬暝寒，譬如虞红叶，又譬如姬老将军。

姬蘅面上的笑容淡了下来，似乎能感到姜梨心中的不安，他叹息了一声，道："相信我，阿狸。"

赵轲在山洞外头，走进来道："大人，车马都备好了。"

姜梨松开手，姬蘅道："走吧，我送你。"

姬蘅要留在青州，姜梨必须回燕京城。殷之黎能抓姜梨一次，自然也能抓姜梨两次。在战场上，姬蘅未必时时都能护住姜梨，且刀剑无眼，姜梨并不会武功，若是伤着，只会拖累姬蘅。

姜梨也深知这个道理，因此纵然担忧不舍，还是同意姬蘅的决定。姬蘅挑了几十人护送姜梨回京，走的又是水路，不易被人察觉。

送别的路似乎格外短，仿佛还没走多久，就到了码头。

船舶靠岸，长河的水都结冰了，永定河却没有，往来客船漂荡在大河之上，天地几乎要连为一体，尤为壮阔。姜梨穿着姬蘅送她的狐皮大氅，抬眼看向姬蘅。

她迟迟不愿意迈出上船的步子，让姬蘅看得笑了。他说："以前怎么没发现你这么黏人呀。"

他这话是调侃的语气，仿佛说笑，姜梨却怎么也笑不出来。她做惯了微笑的姿态，也时常以微笑来掩饰心中的情感，时至今日，却怎么也挤不出一个笑容，甚至生出了一种无谓，如果真的笑不出来，那就不要笑。

姜梨踮起脚，双手抚上姬蘅的脸，闭上眼睛，轻轻吻了他的唇。

便是旁人说她不知廉耻，伤风败俗也认了。她只是不想后悔。她松开手，下一刻，姬蘅托着她的后脑，将她拉向自己，加深了这个吻。

雪满长空里，年轻的男子亲吻娇小的少女，他吻得深重而热烈，决绝而温柔，就如他矛盾的内心，带着小心翼翼的虔诚。姜梨仰着头承接这个吻，只觉得眼眶有热意，仿佛要流下泪来。

护卫们转过身去，没有去看这缠绵的吻别。江上孤舟静静地停泊，离人在码头上，好似过去看过的所有戏，都不及此刻半分难言。

过了很久很久，姬蘅才松开手，姜梨没有再看他，她转身提起裙角，上了船。

护卫们跟着上船，赵轲和文纪留在姬蘅身边，他们是姬蘅的左膀右臂，这回是要和姬蘅一同上战场的。便是他二人见此离别，也心中酸涩，更勿提姬蘅。

姜梨站在船头，船缓缓前行，风雪里，姬蘅英姿挺拔，那一抹艳红，在冰天雪地里尤为鲜艳，仿佛要这么霸道地存在于她的记忆中，永不褪色。姜梨忽然想起了梦里的那个春夜，春风划过热闹的人群，而他停在她的墙头。她尚且为人妇，他刚为父亲之死绝望，不过是阴差阳错，就在那秋千上的一曲戏中，结下初缘。

这一场战争不知何时才会结束，姜梨希望，还能与他重逢在春夜，春日万物初生，他重新出现，续写从很早很早起就未完的故事。

船越来越远，雪也越来越大，很快，那红色变成了一个点儿。姜梨眨也不眨地盯着那一处，直到风雪将他的身影彻底遮盖，面前再没有姬蘅的影子。只有宽阔的大河，提醒着他们就此分离。

但愿重逢不远，但愿常相见。

从青州到燕京，走水路要二十来天。姜梨回到燕京城的时候，姬蘅应当提前与国公府的人说了，叶明煜等人如今并未住在叶府，而是住进了国公府。因此姜梨回到燕京城后，先去了国公府。

国公府外挂着白色的灯笼，姜梨不在的日子里，姬老将军入葬了。本来身为国公府唯一的孙子，姬蘅没有为姬老将军披麻戴孝，若是按以往姬蘅的性情，大约城中人都会说姬蘅果然是个不孝的人。但这回竟没有，原因是夏郡王之子在青州造反，姬蘅带着金吾军平叛去了。对于英雄，百姓总是格外宽容。

这么多年过去，国公府里只有姬蘅和姬老将军二人。姬蘅性情喜怒无常，不与人交好。姬老将军又早已不在朝中，于是门庭冷落，当年英武的将军就此陨落，来吊唁的人也寥寥无几。国公府人丁本就稀少，门口挂着白色的灯笼和孝字，只让人觉得冷清到骨子里，令人心疼。

姜梨回到国公府的时候，大家都很震惊。

姬蘅果真是让叶明煜将所有人都搬到国公府里，姜梨进到院子，还看到叶明煜和小红正在吵嘴。正因为有这许多人，总算是将国公府的凄清之气冲淡了一些。薛昭最先发现了姜梨，叫道："姐姐！"

众人这才发现姜梨回来了。

司徒九月手里端着捣药草的臼，也走了过来。众人都围过来，薛昭道："姐姐，姐夫写信说你这几日回来，你果真就是这几日回来了！"

叶明煜上上下下地打量姜梨："怎么样，阿梨，没受伤吧？"

姜梨摇头，薛怀远沉声道："阿狸，这一次你太冲动了，你不应该以身犯险，用自己来救我们，倘若你出了事，我们如何自处？"

他叫阿狸，叶明煜心中纳闷，怎么薛怀远和姜梨也如此亲近起来，但眼下也不是追究这个的时候，况且薛怀远说得没错，他就点头附和道："就是，阿梨，那殷之黎真想做什么，我们就陪他玩。你一个小姑娘，怎么能让你来救我们？"

姜梨道："薛先生、阿昭、舅舅、表哥、九月姑娘还有海棠，你们没事吧？殷之黎有没有为难你们……叶家的下人都被杀了，还有海棠的手指……"

海棠往后微微缩了缩手，道："倒也没什么，从前脸都毁过，一根手指算得了什么。他们知道姜姑娘心软，才会这么做，为的就是让姜姑娘关心则乱，是我连累了姜姑娘。"

"何必这么说，若非我，殷家也不会绑走你们。"姜梨回答，"当日到底发生了什么事？我只知道殷之黎抓走了你们，但不知你们遭遇了什么。"

叶明煜就叹了口气，道："当时事发突然，我们也都没想到……"

原来，在姜梨前去叶家，发现叶家出事的前一天晚上，有人潜进了叶府，将叶明煜他们全都掳走了。那些人和普通的江湖刺客并不一样，倒像是在军营中的行伍之兵，叶明煜都着了对方的道。等他们醒来的时候，已经出了城门，也不知是什么地方，但应当离燕京城不远。他们听那些人口口声声道“郡王”，便猜到也许背后指使之人是殷湛，也就是那个时候，海棠被拖出去砍掉了一根手指。

薛怀远到底要聪明些，很快猜出来，这些人掳走他们，目的并不单纯，而是为了威胁某人。和薛家父子、叶家叔侄同时关系密切的，似乎就只有姜梨一人了。

“薛先生猜出或许他们是要用我们来换你，本还意图阻拦，可没过几日，我们就被人打晕了丢在燕京城门口，车骑队的孔六孔大人发现了我们，才将我们带了回来。”叶世杰解释。

姜梨听到孔六的名字，就晓得孔六的出现怕不是偶然，而是姬蘅提前安排好的。

薛昭道：“后来孔大人前来，说是姐夫打好招呼，现在叶府并不安全，让我们住进国公府，我们才知道原来姬老将军去世了。”

薛昭声音有些黯然。

叶世杰蹙眉问：“表妹，这是怎么回事？肃国公和殷家到底有什么关系？殷家突然造反，你是不是早就知道了些什么？”

姜梨是姬蘅的未婚妻，若说姜梨什么都不知道，只怕不可能，但姜梨并不愿意将姬蘅的过往展现给别人看，那太残忍了，她不愿意旁人用同情的目光看待姬蘅。

薛怀远像是能了解姜梨心中所想，道：“姜姑娘到底是女儿家，事关重大，知道得越多反而会越危险。想来肃国公为了保护她，也不会多说什么。”

叶世杰看向姜梨，见姜梨不欲多说的模样，心中也明白了几分。

“我看姐姐还是先回府休息一下为好。”薛昭道，“至于以后的事情，来日方长，慢慢说也不迟。”

薛昭是在为她解围，薛怀远也顺势道：“不错，姜大人也在府里等着姜姑娘回去，姜姑娘回去了，姜大人也能安心。”

叶明煜虽然也有一肚子话要问姜梨，但最关心的还是姜梨的身体和安全，薛怀远和薛昭都这么说了，他就道：“那也是……阿梨，那你先回府休息。等明日我再去府上看你，国公府里有侍卫，你不必担心我们。虽然肃国公这人……但他对你，还算不错吧。我不说什么了。”

叶明煜一直觉得姬蘅容貌太盛，不是什么好事，况且坊间传言也实在不好，但三番两次，姜梨都是被姬蘅救下来的，而且让商户住到自己府上，若不是看在姜梨的面上，姬蘅何至于此？男人最了解男人，姬蘅这么做，无非爱屋及乌，对姜梨有这份心，也实在很难得了。

等从叶府回来，回到姜家时，已经是傍晚。姜梨回到燕京城，事先没有通知任何人。等姬蘅的那些随身护卫送姜梨回到姜府，门房看见是姜梨，还吓了一跳，赶紧去通知老爷老夫人。

晚凤堂里，一时间倒是变得拥挤了起来。

卢氏一如既往地热络，上上下下打量了一番姜梨，道："小梨，你这是去哪里了？你……又是从哪里回来的？"她一副迷茫的样子，显然姜元平没有将姜梨的消息告诉她。

姜老夫人倒是很平静，对于姜梨的突然归来，也只是表现出一点激动，很快如常。她并没有多问姜梨什么，只问有没有受伤。姜梨猜测姜老夫人大约是知道了什么。

姜景睿还想多问几句，就被姜元柏打断了。

姜元柏看着姜梨，道："你跟我来。"

他次次都是这句话，姜梨早已习惯，随着姜元柏到了书房。

姜元柏问："你知不知道，这次你实在太冲动了！你为了叶家，竟然自己出去做筹码，你这样把姜家置于何地？"

"抱歉，父亲。"姜梨回答，"当时事情紧急，我实在没有想那么多。"

"只怕你就算想到了，也还是会这么做吧。"姜元柏冷哼一声，"你对叶家和薛怀远父子，自来就比姜家亲厚。"

姜梨无话可说，平心而论，姜元柏完全没说错。可人心都是肉长的，叶明煜待她视如己出，而薛怀远本就是她的亲生父亲。人都有远近亲疏，纵然姜梨并非记吃不记打的人，可姜家有时候做的一些事情也令人心寒。她不会伤害姜家，但要事事都以姜家为先，却又实在做不到。

姜元柏见姜梨这样子，反倒说不出话来。姜梨根本就是知道自己的错误，却也不改，这个倔强的性子，也不知是随了谁。反正不像他，更不像叶珍珍。

"我问你，姬蘅有没有跟你说过姬家和殷家过去的渊源？"

姜梨心中一跳，面上如常，垂着眉眼，回答："没有。"

"真的？"姜元柏狐疑地看着她。

"真的。"

姜元柏叹了口气，道："罢了，这些都不重要了。"

姜梨从他的话里听出了些异样，问道："父亲可是出了什么事？"

"殷湛这一反，无异于将我架在火上烤。之前他与我走得近，几次三番上姜家，想来陛下心知肚明。陛下放任他与我这般做，并不提醒，可见是早就做好了打算，也要对付我姜家。如今没有说明白，不过是看在多年的君臣之义、师生之恩上给我姜家留个脸面，我若是装傻，就别怪陛下无情无义。"他转过头来，"姜家，不能再留在朝中了。"

姜梨没有说话，这件事她早就看出来了。洪孝帝一开始就没存着让姜家一直留在朝中的心思。从前成王还在的时候，留着姜家尚且可以制衡，如今成王已经消失，姜家再留下去，毫无益处。不是因为姜元柏有反心或是怎样，而是因为如今朝中大部分的文臣都曾是姜元柏的门生。这对于洪孝帝来说，并不是一件好事。

帝王之术，这还是当年身为太傅的姜元柏教导洪孝帝的。他应当比任何人都明白这一点，可惜，身在其中，人难免会被眼前光景迷惑。姜元柏官做得太大太顺，要忍痛割爱，怎会舍得，早该在许多年前完成的事情，却一拖就是这么多年。

当年姜老大人的风骨，如今姜家也并无留存，所以姜家的败落是迟早的事。如今姜元柏能够亡羊补牢，倒并非一件坏事。好好培养后人，如姜景睿、姜景佑，姜家未必没有重新繁盛的时候。

只看个人怎么选择罢了。

“小梨，”姜元柏道，“我辞官之后，你就不再是首辅千金，和姬蘅之间的亲事……”

“陛下金口玉言，岂有违背的道理。”姜梨打断了姜元柏没有说完的话。

姜元柏盯着她，像是一瞬间明白了她的心思，缓慢地道：“看来，你很喜欢他。”

“不错。”姜梨回答得也坦荡，“非常喜欢。”

“倘若他死在战场上了呢？”姜元柏皱眉，“你要知道，他从未上过战场，殷之黎却是殷湛的儿子，自小习的是制胜之术。他要是输了，皇上的赐婚也可以不作数的。”

“父亲说得不对。”姜梨抬眼看向姜元柏，一瞬间，姜元柏似乎看到了一年前，姜梨从青城山被接回燕京城时，站在自己面前的模样。姜元柏惊讶于这女儿眉目间的坚决，温软中藏着深深的执拗，她的声音像是誓言，沉沉不可撼动。

她说：“姬蘅会死，但不会输。他活着回来，我就嫁。他回不来，我就束发为他守一辈子寡。不过——”她嘴角微微扬了起来，似乎带了点笑意，蓦然间，姜元柏眼前一花，只觉得这会儿的这个笑容，和姬蘅的竟然十分相似。

她道：“他答应过我，一定归来。”

在燕京城的日子，过得还算平静。夏郡王之子起兵造反的事，在燕京城中掀起了轩然大波。百姓诧异这英武勇敢的将军居然是个乱臣贼子，心中唏嘘，但谈论几日也就罢了。一些聪明人忧心忡忡，说战争不知何时才能结束。更多的人却是事不关己，青州离燕京城还有那么远的距离，听闻殷之黎主要带兵在青州以南，而燕京城却在北地。天高皇帝远，百姓心中没有危机感，甚至觉得殷之黎的威胁还不及当初成王来得大。

然而知情人却明白，其实不然。殷湛为了这一日，筹谋多年，从某种程度上说，他其实比成王的筹码多多了。他的兵马这几十年来都没有松懈过一日，一旦放出来，仿佛厉兽出笼，势不可当。而殷之黎从小被殷湛训练，当他温文尔雅的时候，看上去像个无害的翩翩公子，当他作为将军的时候，战术精湛，且很有头脑，先是从青州以南包围。北燕的人过了这么多年太平日子，早已疏于战术，竟被殷之黎一连拿下好几座城池，丢盔弃甲。而殷之黎进城以后，也并未让士兵烧杀掳掠，并不欺负百姓，反而十分有理，竟是要做出几分仁治的意思。因此，被他收服的城池里的百姓，倒没有激烈反抗。

倘若洪孝帝是个暴君，只怕过去那些戏文里的，百姓大开城门欢迎叛军进城的事情就要发生了。好在洪孝帝还算是个明君，否则凭借殷之黎的法子，不战而胜也是有可能的。

青州以南已经改朝换代，百姓不大清楚，朝野之中的臣子却是再清楚不过。许多臣子心中就有了旁的计较，这小皇帝虽然在和成王的斗争中胜了，可殷之黎并非成王。殷之黎最大的倚仗是那支战无不胜的殷家兵，而洪孝帝手下，新的将领尚且稚嫩，倒是有金吾军，可惜多年不用，且当年的金吾将军已经死了，虽然肃国公自己奉命出征，可他从来没上过战场，胜算有几成，尚未可知。

朝臣们也是苦不堪言，这历来改朝换代，一朝天子一朝臣，谁也不想成为被牺牲的那个，才走了一个成王，就又来了一个殷之黎，真是令人头疼。

叶世杰将朝中的事情讲给姜梨听，越是这样的关头，越是用人之际。一些中庸之臣便选择自保，唯唯诺诺不敢出头，而叶世杰却是年纪正好的青年，一腔热血，直言不讳，越发被洪孝帝倚重。当然，他得器重如此之快，也和薛怀远在背后指点有关。

叶世杰对姜梨道："还有你爹……近来将我引荐给了他交好的几位大臣，我看他的样子，似乎是打算退让了。"

姜梨笑了笑，道："这个时候，对姜家来说，能全身而退已经是最好的选择了吧。"

叶世杰闻言，点了点头："也是。"

姜元柏上次和姜梨说过打算辞官的意思后，果真是在着手退让的事。只是和他交好的臣子颇多，朝中他的门生也颇多，一时需要处理的不少。姜梨看姜元柏的意思，是打算留一些人脉给叶世杰。等姜元柏两兄弟真正辞官后，许多年后，也许叶世杰能在朝中占有一席之地，再过些年，姜家的子弟再入仕时，也许能得叶世杰的照拂。

前人栽树后人乘凉，姜元柏做这些，不见得因为多喜欢叶世杰，也是为了给姜家再留一条后路。不过对叶世杰来说，这也没什么不好。

"如果你爹辞官的话……"叶世杰道，"姜家应当不会待在燕京城了，你们打算去哪里？"

姜元柏做首辅这些年，挡了不少人的路，辞官后还待在燕京城，难免不好。

姜梨摇头："父亲没有告诉我他的打算。"

"听你的意思，"叶世杰看向她，"你不打算这么做？"

"陛下已经赐婚了，"姜梨微微一笑，"我迟早都是国公府的人，还能去什么地方？"

叶世杰盯着姜梨："你就没有想过别的选择？"

"我没有想过别的选择。"姜梨道。

叶世杰笑了笑，低声道："有时候，我还真羡慕他。"

他说话的声音太低，姜梨也没有听清楚，等姜梨再想问的时候，叶世杰已经岔开了话头。又与叶世杰说了一阵子话姜梨才离开。小红站在灯笼上瞅着姜梨，姬蘅不在，这只聒噪的八哥看起来也寂寞了不少，不再逢人就热情地上去说话。

偌大的国公府，不再有姬老将军练剑的声音，姜梨走到花圃里，不知是不是错觉，总觉得那些鲜艳的花颜色黯淡了许多。不知是今年的风雪摧残，还是姜梨睹物思人。她只觉得那一日年夜里，同姬老将军、姬蘅、闻人遥一众人烤鹿肉的事情还近在眼前，仿佛还是昨日，而今却物是人非，今年的新年夜，大约没有往日热闹了。

薛昭正在花圃里同司徒九月说话。

姜梨走到花圃边上，看到薛昭和司徒九月的影子，正想与他们打招呼，就听见薛昭道："九月姑娘，你说……姐夫在青州那边，会不会有危险？"

司徒九月的声音平淡无波："战场上没有不危险的。"

"我很担心。"薛昭的声音有些发闷，"如果我的腿没有受伤就好了，我能跟着一道去青州。"

"你去？"司徒九月道，"战场上的敌人可不是一个两个，你要面对的是成千上万的人。如果不是情势所逼，没有人会愿意去打仗。"

薛昭看向她："九月姑娘，漠兰动乱的时候，战争也是很惨烈的吧。"

司徒九月一愣，过了很久，才回答："当然。你根本无法想象。"

"那你……没有想过复仇吗？"薛昭问。

"怎么会？"司徒九月的声音变得阴冷，"终有一日，我会回到漠兰，拿回本该属于我的东西，只是如今我势单力薄，尚且还要倚仗别人。但十年、二十年甚至三十年我都能忍，只要我一日不死，复仇之心就一日不灭。当年我来到国公府，答应为姬蘅做事，也不过是因为他与我做交易，待到前情事了，助我杀回漠兰。"

姜梨一诧，这回是真切地明白了司徒九月和姬蘅之间的渊源。不过姜梨总觉得，姬蘅愿意答应司徒九月，并非全然利用司徒九月毒姬的本领，而是他从司徒九月身上，看到了自己的影子，大约有些同病相怜。

姬蘅这个人，多情似无情，但真要说他无情，却又在某些时候愿意拉人一把。

"你那是什么表情？"姜梨还在沉思的时候，司徒九月的声音传来，"你是觉得我心狠手辣，还是觉得我执着复仇瞧不起我？"

"怎么会？"薛昭道，"如果有人伤了我，伤了我身边的人，我也会不惜一切代价为身边人复仇的。如果我是九月姑娘，也会这么做。九月姑娘能看清利弊，审时度势，宁愿蛰伏多年也不贸然出手，这一点我非常钦佩。待到九月姑娘杀回漠兰那一日，想来我的鞭法练得不错了，也陪九月姑娘一道回去。"

"你？"司徒九月嗤笑，"我家里的仇，和你有什么关系，你去做什么？"

"九月姑娘是我的朋友。"薛昭认真地道，"朋友需要帮忙，我自然要出手。"

过了一会儿，司徒九月的声音才响起："还是管好你自己吧，我可不想带着你，还怕你出什么危险。”

虽然看不到司徒九月的脸，却能听出她的声音是带着笑意的。姜梨侧过身子，也跟着微笑起来。不管怎么说，国公府这些日子里，还是发生了一件好事不是吗？同为姑娘家，她当然能看出来司徒九月的心思，就是不知道阿昭那个呆子何时才会发现？不过罢了罢了，这些猜度心思的过程虽然费力，可日后想起来，未尝不是一段有趣的记忆，便让他们自己摸索吧。

姜梨转身走开了。

这场战争，旷日持久。一月两月过去了，年关也过去了，甚至春日也快过去了，北燕的百姓终于意识到了不对，仿佛才看清了夏郡王的真正实力。

青州以南丢了好几座城池，殷之黎就在那里自立为王，自称夏王。殷家兵十分勇猛，然而再勇猛，始终没办法越过青州的永定河另一头——金吾军同样气势磅礴，毫不相让。

姬蘅习的是政治权术并非带兵打仗，但他带领的金吾军竟然也十分不错。和殷家兵的规整不同，听说金吾军当年都是硬骨头，时隔多年，便是当年的青头小兵如今也上了年纪，新招来的兵士又一时半会儿难以融入其中，按理说，这么一支金吾军，可能徒有虚名，不比当年。在这样本就十分不利的前提下，姬蘅能做到如此，让殷家兵始终不能更进一步，已经令人意外。

但也正因为如此，要金吾军再往前，彻底剿灭所有的殷家兵，实在是一件很难的事情。

前方的战事结果每日都会有人送到姜梨手上，有时候是殷家兵胜了，有时候是姬蘅胜了。战报只有短短几行，姜梨无法从那几行中猜测姬蘅是个什么境况，只能在脑海中自己冥想，有时候是姬蘅起身走动，有时候是他坐在帐中喝茶。就在这样一日一日的消磨中，姜元柏也处理好了朝中的许多事情，打算再过几日就辞官了。

他要辞官的那一日，姜梨请求姜元柏带她一起进宫。

“你进宫做什么？”姜元柏拧起眉头。姜梨并不是一个喜欢进宫的人，在宫里，她如今也没有熟识的人。

“我想见陛下。”姜梨回答。

“你……”

“父亲不必担心，我见陛下，不是为了姜家的事，而是为了国公府的事。当初姬蘅曾经交代了我一件事，要我亲自与陛下说明。我看如今已经差不多到了时间……父亲，我不会给姜家添麻烦的。”

姜元柏看了姜梨一会儿，他越发感到力不从心。他一个马上要辞官的人，而姬蘅却是洪孝帝最信任的臣子。那道赐婚的圣旨，几乎是洪孝帝给他的一个警告，姜元柏无法左右姜梨的亲事，也无法左右姜梨这个人，甚至从某方面来说，姜梨现在已经是国公府的人了，就连叶家的人都住进了国公府，他能有什么办法？他不可能插手，也不敢插手国公府的事。

因此，姜元柏便挥了挥手，认命般道：“罢了，你要去就去吧。”

姜梨笑起来：“谢谢父亲。”

乍然看见姜梨笑，姜元柏也怔了怔。他忍不住试探道：“小梨，如果辞官后，我们要离开燕京……”

“父亲，那让我留在这里，守着姜家吧。”姜梨回答。

她的眼睛仍旧清澈，姜元柏却从这一句话语中窥见了她不可动摇的决心。他沉默了一会儿，才道：“你要想好。”

“我早就想好了。”

姜元柏定定地看着姜梨，忽然有些迷惑。姜梨这性子，令他有一瞬间想到了早逝的叶珍珍。当年叶珍珍死得早，后来他娶了季淑然，自以为幸福美满，关于叶珍珍，倒是很少想起了。看着姜梨的模样，他却想到，似乎很多年前的叶珍珍，也是这般固执。

当时姜老夫人去叶家提亲，虽然姜家是官家，但叶家竟然最开始还不大乐意。怕的就是叶珍珍嫁过去因为出身商户受委屈，可叶珍珍自己在后院里瞧见了姜元柏，回头就告诉叶老夫人，她要嫁。

等叶珍珍过门之后，主动将这件事讲给姜元柏听，姜元柏心中还笑话她痴笨。世上女子都要拿乔，生怕别人将自己看低了。喜欢一个男子，十分也要说得只有三分，可叶珍珍从不说谎，她很直接地告诉姜元柏，她真是喜欢他极了。

姜梨和叶珍珍一点儿也不像，她理智得多，也狡猾得多，可现在的她和叶珍珍又十分相像，都是一样坦率，一样毫不隐瞒自己的心意，是什么就说什么。

这算是一件好事吗？姜元柏迷迷糊糊地想，叶珍珍之所以会不得善终，是因为被季淑然算计，说到底还是因自己而起，但姜元柏心底也承认，正因为叶珍珍毫无保留的爱意，他的心里其实是有一些瞧不上叶珍珍的。

姬蘅呢？姬蘅看到姜梨如此坦率地将自己的心意表达出来，他会怎么样？他会因此看轻姜梨，甚至辜负姜梨吗？

他看着面前的女儿，女孩子亭亭玉立，温软动人。

罢了，姜元柏心中长叹一声，这都是命。命里如何，他一介凡人，怎能看得明白。

他微微佝偻，道：“那就按你心里想的做吧。”

姜梨微笑：“谢谢父亲。”

两日后，姜元柏带着姜梨进宫去了。

原本姜梨打算的是，待姜元柏与洪孝帝辞官之时再一道前去，不过姜元柏坚持让姜梨先处理和国公府有关的事。姜梨不知道姜元柏是如何打点的，也不知道他是如何与洪孝帝说的，等出门的时候，姜元柏只告诉她，苏公公会带她去见洪孝帝，至于见了洪孝帝之后如何说、如何做，都要看姜梨自己。

一路上，姜元柏很沉默，姜梨也没有说话。她想着接下来要对洪孝帝说的话，实在轻松不起来。那一日她对姜元柏说，是为了处理国公府有关的事，此话不假，却并非姬蘅所托，而是姜梨自己有些问题想不明白。姬蘅不在燕京城的这些日子，她总是去想姬蘅过去经历的事情，希望能够多了解一些姬蘅。她从司徒九月、闻人遥嘴里打听到姬蘅的过去，有时候又想到当年虞红叶和金吾将军的悲剧，想着想着，也就想出了一些不对之处。

这是国公府的秘辛，她不能告诉别人，姬蘅也不在，于是只有自己去寻找答案。在寻找答案的过程中，还需要得到洪孝帝的首肯。姜梨知道，洪孝帝是一个有气度且有野心有手段的帝王，她不敢掉以轻心，伴君如伴虎，且虞红叶和姬暝寒的过去，还牵扯到了皇家丑闻，姜梨拿不准洪孝帝对待此事是什么态度，所以必须亲自见到洪孝帝，以确定下一步如何打算。

待进了宫，苏公公来接姜梨，姜元柏没有跟上去，只让姜梨自己去，他在外面等候。姜梨没有说什么，跟着苏公公进去。

苏公公对姜梨很恭敬，姜梨也不敢怠慢，苏公公站在养心殿门口，道："姜二小姐，皇上在养心殿，您请进。"

外头的小太监通报了一声，苏公公带姜梨走了进去。殿里，洪孝帝正坐在桌前，姜梨走近一看，发现他在练字。他的字也很有帝王之气，狂肆无边，像是过去多年的蛰伏到了今日终于不必再伪装，显出九五之尊的霸气来。

姜梨行礼："臣女见过陛下。"

洪孝帝搁下笔，道："起身吧。"看向姜梨。

姜梨站起身，亦看向帝王。

她的神情一如既往平静从容，令洪孝帝想起明义堂校考那次，姜梨得了榜首，他亲自授礼。时隔一年多，她好像完全没有变化。

他知道姜梨一向很有勇气，这一点，从当初她带着桐乡百姓在长安门前打石狮鸣冤鼓就能看出来。难怪姬蘅会对她另眼相待，洪孝帝又想起姜梨的继母一事，看向她的目光终于缓和下来。

他道："首辅说你想要见朕，是因为国公府的事，你有什么事，现在说吧。"

"陛下，臣女今日前来，的确是为了国公府一事，臣女请求陛下，让臣女见太后一面。"

洪孝帝面色微变，仔细打量起姜梨，道："他竟连这个也告诉你了？"

姜梨沉默，姬蘅那一日在山洞里，告诉了她姬家和殷湛多年之间的纠葛，自然也告诉了她太后的身份。姬蘅说过，洪孝帝应当已经将太后软禁起来了，对于太后，洪孝帝不会放过。

姜梨知道，此事涉及皇家，自己和姬蘅也不一样，洪孝帝毕竟还要用姬蘅，但自己一介女子，对洪孝帝来说可有可无。如果洪孝帝察觉到自己有威胁，定会毫不犹豫地除去。最好的办法是装作什么都不知道，表现出知道得越多，就越危险。

但她不能这么做，她必须要弄清楚一件事情，哪怕冒着被帝王怀疑的风险也在所不惜。她能为姬蘅做的很有限，至少要帮助姬蘅找到真相。

“你找太后想要做什么？”洪孝帝问。

他声音低沉，很有压迫力。

姜梨低下头，轻声道：“是关于姬夫人的事情想要问太后。”

“你是不肯说了？”洪孝帝道，“姬蘅把什么都告诉你，他还真是不要命了。”

“臣女是国公爷的人。”姜梨回答，“永远也不会背叛国公爷。”

她知道洪孝帝在忌惮什么，于他这样成长起来的帝王，本就会对周围的人充满提防，不会轻易相信别人。大约姬蘅的做法在洪孝帝眼中简直是被女人冲昏了头脑，可笑至极，完全不赞同。

果然，洪孝帝闻言，只是反问道：“哦？永远？那朕问你，如果姬蘅此去青州，回不来了，你又该如何？你会守着牌位过一辈子？谈永远……姜梨，你未免太高看了自己。”

“是陛下太低估了臣女，”姜梨回答得不卑不亢，“如果国公爷此去青州不再回来，臣女就一直留在燕京城，等着他。如果他死了，臣女甘愿束发，独自一人成亲过门，替他守寡一辈子。永远其实也没有那么难，朝夕之间，也就过了。”

她仿佛在说一件再微小不过的事，令洪孝帝不得不转过头来看着她，好似要将她的神情看得清清楚楚，看姜梨是不是在说谎。

姜梨目光坚定，让人不由得觉得，若是怀疑她的决心，将是一件不可饶恕的事。

洪孝帝哼了一声，道：“花言巧语。”

姜梨反而笑了，从洪孝帝这句话里，能看出洪孝帝对于姬蘅并非只是君臣，还有一点点真心的情分。正是因为替姬蘅着想，洪孝帝才会对自己如此警惕。

这比她一开始打算的要好多了。

“这么说，你是非要见太后不可了？”洪孝帝问。

“求陛下恩准。”

“朕可以答应你，当初姬蘅走的时候，恳求朕照拂你。没想到朕还没来得及照拂你，你自己就找上门了。既是国公府的事，朕也不插手，你要找太后问什么，就自己去问，不过有一点，朕必须提醒你，太后是个疯子，如果你惹怒了她，能不能承担后果，得看你自己。”

姜梨闻言，笑了，再次恭恭敬敬地跪下身去，跟洪孝帝谢恩，道：“多谢陛下。”

她想，洪孝帝大约也是知道姬家和太后之间的死仇的，否则不会如此轻轻带过。不过这样一来，却方便了她行事。洪孝帝招呼苏公公，让苏公公带姜梨去见太后。

一切比姜梨预料的要顺利得多。

苏公公道："姜二小姐，跟咱家来吧。"

姜梨退出了养心殿，跟着苏公公走了出去。苏公公走的方向似乎不是坤宁宫，反倒像是冷宫，一路上都没什么人。姜梨走着走着，心中就明白了几分。恐怕正如姬蘅所说的，皇帝已经把太后软禁起来。也是，殷湛身死，殷之黎造反，洪孝帝早就预料到这一日会到来，甚至可能早就知道太后犯下的祸事，都到了这个份上，自然不会再维持虚假的母子之情。

苏公公带姜梨走到一处废弃的宫殿，外面连个洒扫的丫鬟都没有。院子既狭小又空荡，地上积了一层厚厚的灰尘，仿佛许久都没有人扫过。

苏公公走到最里面一间房的门外，轻声道："姜二小姐，请进吧。咱家就在外面候着，您要是说完了，或是有什么事吩咐咱家，咱家再进来。"

姜梨跟苏公公道过谢，推门走了进去。

吱呀一声，门像是过了很久终于被人推动，发出令人牙酸的晦涩声音。被这么一推，灰尘在空中飞舞，分明是白日，屋子里却像是黑夜，黑暗中似乎有什么声音，女子厉声道："谁？"

姜梨顿了顿，道："太后。"她一边说，一边拉开了屋子里的帘子。

屋子里顿时被光映亮了几分。

梳妆台前坐着一个女人。她被光这么一照，有些不舒服地眯起了眼，姜梨便看到，这女人身上的衣裳似乎许久没洗了，白色中衣已然变得脏污不堪，有些发黄。她的头发也油腻腻的，没有任何首饰发簪，却还绾着一个精致的发髻，越发显得头发脏污。她侧头看向姜梨，目光带着凌厉的审视，既衰老又憔悴，却是疾言厉色，仿佛要把姜梨生吞活剥一般。

"你是谁？你来做什么？"她再次重复了一遍。

这便是林柔嘉，如今的太后。自从被洪孝帝软禁起来后，她就变成了这副模样。洪孝帝可不会好吃好喝地供养着她，尤其在得知害死夏贵妃的人里就有她之后，洪孝帝虽然没有对太后用刑，但让她过得比粗使婆子还不如，令太后生不如死。

她养尊处优了这么多年，哪怕是在红山寺的时候，都有殷湛前前后后，将她呵护得不沾凡尘，哪里过过这样的日子？可即便这样，她还要维护身为太后的尊严。

姜梨却不愿意成全她的骄傲，知道面前的女人心肠歹毒，害死了虞红叶和姬暝寒，害得姬蘅的人生从此改变，她无论如何都不可能对林柔嘉生出半丝同情。

"我是首辅府上的姜梨，你也可以称我为——国公府未来的国公夫人。"

"国公府……"太后皱起眉，想了很久，才想明白姜梨究竟是什么人，她看向姜梨，恍然道，"原来是你，你来这里有什么事？"

姜梨似乎没有任何理由找太后。

"我是来问问你，有关当年你和殷湛合谋害死虞红叶一事。"姜梨回答。

此话一出，太后先是怔住，过了一会儿，突然冷笑道："我道怎么回事，原来是帮那个贱种来兴师问罪。你有什么资格问哀家的事，姜元柏那个废物，不值一提，你不会以为攀上了姬蘅，就真的能高枕无忧了？哀家当年连姬暝寒都能弄死，姬蘅……他迟早也会死在哀家的手里！"

姜梨的心中倏尔爆发出一股怒意，比起当初她得知是沈玉容和永宁公主害死自己的时候还盛。世上怎么会有如此无耻之人，做尽了伤天害理的勾当，非但不知反悔，还扬扬自得，从她的眼里只能看到纯粹的恶意。

她懒得与太后多费口舌，直奔主题道："别的不说，我来只是想问你一句话，当年你因姬夫人撞破你与殷湛私会，便设计杀害了姬夫人。可深宫之中，姬夫人怎么会突然出现，这件事是你安排的吧。你故意引诱姬夫人前来，再借殷湛的手杀了她灭口，对不对？"

太后的笑声戛然而止，盯着姜梨，像是一头发了疯的野兽。

姜梨心中冷然。她早就觉出不对劲了，当姬蘅告诉她当年虞红叶的死因时，姜梨就觉得有些古怪。姬蘅身在其中，难以看出来，但她身在局外，便能察觉出不对劲。传言中虞红叶聪慧狡黠，并非莽撞之人。而太后和殷湛私会，怕不会随随便便找个地方就开始诉衷肠，想来是有心腹在外面守着。太后的心腹总不会如此不济，随随便便连个弱女子都拦不住？还任由虞红叶撞破了进来？

怎么都于理不合。

"你这会儿来质问哀家，是想要哀家承认？"太后抚了抚自己的鬓边，这动作由少女做出来，大约会十分娇俏，但由她此刻做来，只觉得毛骨悚然。

她道："人都死了，哀家承不承认又有何分别？不错，当初是哀家故意让虞红叶闯进来的。谁叫那个贱人老是在哀家面前碍眼，不过是个在青楼里讨生活的娼妓，也配被人捧在掌心？凭什么？哀家出身高门，尚且婚配不能做主，虞红叶一个婊子，却能活得那样快活？这不是很不公平吗？"她抬高下巴，嘴角扬起一丝畅快的笑意，"哀家就让她死得跟狗一样，毫无尊严！"

太后说完像是很高兴，大笑起来，陷入了回忆。

姜梨猜得不错，当年的确是林柔嘉故意让梅香的母亲、她的奶娘引诱虞红叶前来撞破她和殷湛的私情，借机杀了虞红叶的。因为她实在太恨虞红叶，但她是皇后，身在深宫，虞红叶却是将军夫人，她找不到办法下手，只能借着殷湛来杀人。最后她成功了，虞红叶的确死了，还死得那样凄惨痛苦，她心里却像松了口气，彻底舒服起来。

但问起来，她为何要恨虞红叶呢？恨到不惜冒着风险杀了她，其实林柔嘉和虞红叶之间并没有任何直接的矛盾，甚至在早些年，林柔嘉还未出嫁的时候，听过虞家的事情，知道那个艳冠京城的美人沦落到青楼时，还很是同情了一番。同时，她为自己身在林家，不必经历那些可怕的事而感激。

是从什么时候改变的，林柔嘉已经记不清了，大约是从她被赐婚起，自己成了太子妃，过去的林柔嘉就不复存在。再后来，她在宫中嫁给了不爱的人，她的夫君亦不爱她，后宫之中钩心斗角，人人都要争宠夺爱，她过得不快乐，开始痛恨自己林家女儿的身份。

而正是这个时候，虞红叶却摇身一变，从青楼的罪臣之女，变成了金吾将军的正房夫人。

林柔嘉多羡慕虞红叶啊。姬暝寒为了虞红叶，不惜和整个家族作对，不惜去找皇帝，争取了多久，终于将虞红叶娶进了门。而他对虞红叶也呵护备至，令人眼红。

恨人有，笑人无。林柔嘉有的身份地位，原先虞红叶没有，现在有了。林柔嘉没有的和爱人厮守的权利，光明正大的美满姻缘，虞红叶也有了。她得不到的，原来瞧不上眼的，甚至同情的人却有了，就像是一巴掌狠狠地打在了林柔嘉脸上，打得她晕头转向，打得她歇斯底里。

姬暝寒有时候会带着虞红叶进宫，每次进宫，虞红叶脸上满足的笑容总能深深刺痛林柔嘉的心。纵然她后来有了殷湛的呵护，但就像见不得光的老鼠，无法光明正大地出现在人前。而虞红叶却可以，分明姬暝寒和殷湛都是一样的人，都是赫赫有名的将军，她林家小姐的身份看上去阻碍还没有青楼罪臣之女来得多，可为何反倒是她什么也得不到？

她的心也不知不觉扭曲起来，这种不甘心和妒忌在得知虞红叶怀了身孕之后达到顶峰。

那时候，先帝和姬暝寒关系不错，时常召姬暝寒进宫，虞红叶自然陪着。林柔嘉也不得不和虞红叶说几句话。看着虞红叶日渐隆起的肚子，林柔嘉每次都恨不得一把将虞红叶推倒，让她也尝尝失去儿子的痛苦。

殷湛不知道林柔嘉心中深处的秘密，还经常说起好友的喜事，殷湛越是这般，林柔嘉就越是绝望。他为自己兄弟喜得麟儿而欢喜，可他没有想过，自己和他之间，却永远也无法光明正大地拥有一个孩子。

虞红叶生下姬蘅后，曾抱着姬蘅到宫中给先帝瞧。林柔嘉坐在一旁，看着婴儿粉嫩的小脸，就在那时，一个无比恶毒的计划出现在她脑中。

她引诱着虞红叶，故意让虞红叶撞见了她和殷湛的奸情，成功利用殷湛除去了她的眼中钉，从此以后，便再没有让她碍眼的存在，一切都非常顺利。便是时至今日，林柔嘉也并不为自己所做的事情有一丝一毫的后悔，若说有懊悔，就是当时没有连姬蘅也一并除去，害得自己如今陷入如此困境。

女人的容貌已经不再年轻，她坐在梳妆台前，光的暗处，姜梨冷冷瞧着她，道："你做了这么多丧心病狂的事，口口声声恨虞红叶，看不惯姬暝寒，其实说到底，你最恨的，是殷湛，还有你自己。"

太后猛地转头，道："你说什么？"

姜梨并没有被她面上狰狞的神色吓着，只是冷道：“你恨的是姬暝寒和殷湛分明身份地位差不了多少，一样是将军，可姬暝寒能为了虞红叶不惜一切，哪怕与全族作对也要娶她。殷湛却并没有为了你不惜一切。你妒忌虞红叶，更恨殷湛。你认为殷湛没有他说的那么爱你，你做了这么多事，其实是为了让殷湛感到愧疚，让他补偿。他没有给你美满的姻缘，就必须在其他地方任你予取予求。说到底，你还是太自私。”

太后尖声道：“你闭嘴！一派胡言！他是爱我的！你懂什么，他爱我！”

姜梨勾起嘴角，这一瞬间，她的神情竟和过去的姬蘅十分相似：“你知道殷湛为什么不会同姬暝寒一样，不惜一切代价娶你吗？”

太后愣了愣，问：“为什么？”她看着姜梨的目光有些紧张，仿佛十分看重这个答案。是的，过去几十年里，这个问题一直困扰着她，但她的骄傲不允许她去问殷湛，而她的身边人，没有谁敢在这个问题上回答她。

“因为你不值得。”姜梨一字一顿道。

“虞红叶艳冠京城，学富五车，纵然沦落青楼，品性却高洁，但是你有什么？你不过是一个小心眼、自私又狠毒、懦弱又容易迁怒他人的无聊女人罢了。你以为殷湛什么都不知道吗？当初你设计杀害虞红叶的时候，你以为殷湛不知道其中真相？我想，也许殷湛就是知道其中真相，才这么多年从来没有一刻想过带你走，而是让你一个人留在燕京的宫中。”

太后的身体剧烈颤抖起来，嘴唇开始发白，脸色灰败。

姜梨知道，林柔嘉既然当初选择了借刀杀人，而不是直接告诉殷湛，让殷湛杀了虞红叶，可见还是在乎自己在殷湛心中的形象的。虽然不知道太后和殷湛之间的过往是什么，但可想而知，太后这一生，或许最在乎最耿耿于怀的，就是殷湛，甚至她自己的儿子殷之黎，也没有殷湛重要。

就算为了姬蘅，姜梨也不想太后好过。饱含痛苦和懊悔地活着，比一死了之难多了。她就是骗也好，也要一点点摧毁太后的自以为是，让太后活在痛苦之中。

“殷湛再怎么说，好歹过去也算个英雄，行的是光明磊落之事。而自从和你在一起后，看看他都做了什么，杀害好友一家，杀害自己妻儿，被千夫所指，万人唾骂，遗臭万年。你说，在过去那些年里，他有没有一刻后悔，后悔自己认识了你？若是从头再来一遍，绝不要再遇到你？”

太后目光惊悸，喃喃道：“不会的，他爱我……他爱我……”

“醒醒吧！”姜梨厉声说道，“你看看镜子里的你，你不过是一个老女人，在老去的时候，也没有任何值得留恋的品格。你以为杀了虞红叶，你就胜利了？错！虞红叶永远留在她最美的时候，她到死都有姬暝寒的爱意和儿子的牵绊，但是你呢？你有什么？因为你，殷之黎成为乱臣贼子，出身从此见不得光。殷湛死前也没有给你留下一言半语吧，为何？因为他终于解脱了！他可以就此离开你，生生世世不相见！”

“不——”林柔嘉痛呼一声，转头看向镜子里，镜子里的女人华发已生，眼角生出细细的皱纹，她的脸不再吹弹可破。记忆里，在山道上和殷湛相遇的林家小姐，仿佛是另一个人。

殷湛后悔了吗？林柔嘉的心中划过一丝惶恐和无措，一直以来，她都是仗着殷湛的爱才能活下去。哪怕是殷湛死了，她只要知道，殷湛到死都爱她，她这一辈子也不算白活。

但姜梨硬生生把她的美梦撕开，这令她看起来像个笑话，她的尊严荡然无存。她像是被殷湛抛弃的妇人。

殷湛真的不爱她了？在许多年前就不爱她，因为她狠毒、自私、害死了虞红叶，所以殷湛才不愿带她远走高飞，而是任她在这里苍老。

她已经在这里蹉跎了一生啊！

太后绝望地拿起桌上的杯子，猛地向面前的镜子掷去。镜子哗啦碎了一地，上面的女人人像也被打破了。一些碎片划伤了她的手，她浑然不觉，嘴里喃喃道："不可能，他爱我……他爱我……"

门外，苏公公听到里面的动静，询问道："姜二小姐？"

姜梨道："没事的，公公。"

她看向林柔嘉，林柔嘉目光狂乱，看也没看姜梨，而是蹲下身去，抱住自己的头，面露痛苦之色。她从一开始就一丝不苟的模样彻底崩塌，像是所有维持她骄傲的东西轰然破碎。

姜梨冷冷看了她一眼，转身走出门。不必她再多说什么了，林柔嘉仍然住在这里，光是她的脆弱和不甘心，就足以让她摧毁自己。她这一生，都是为了得到一份圆满的爱而活着，哪怕这爱已经扭曲、变质。只需要有一个人来告诉她，这份爱是虚假的，早就因为她自己的恶毒而不存在了，林柔嘉就会从自己虚构的那个美梦中醒来。

姜梨没办法让洪孝帝杀了太后，这对林柔嘉来说也实在太便宜她了。有时候心灵的折磨比肉体的折磨痛苦一万倍，她就在这里，为她前半生所犯下的罪孽，慢慢地赎罪吧。

苏公公在外微笑道："姜二小姐话可说完了？"

身后传来林柔嘉痛苦的号哭，姜梨知道，等她离开以后，苏公公就会把这里发生的一切都告诉洪孝帝。至于洪孝帝怎么想，姜梨不在乎。

她就是不乐意林柔嘉活得舒坦，她为姬蘅不平，姬蘅少年时候隐忍的痛苦，也应当让林柔嘉尝尝。林柔嘉一手摧毁了姬蘅珍视的东西，姜梨也要摧毁林柔嘉珍视的爱。

这狠毒吗？姜梨不觉得，她只是要一个公平。

自从上一次姜梨在皇宫中见过太后以后，日子便这么不紧不慢地流逝。洪孝帝没有问她究竟和太后说了什么，姜梨也不会主动去说。姜元柏也没有询问，倒是姜老夫人，听闻永州有一个神医，可以治好人的痴傻之病，便想着等姜元柏辞官之后，带着姜幼瑶去永州，看看能不能让姜幼瑶恢复神志。

姜家人对于即将辞官的事，表现得超乎意料地平静。盛极必衰，姜家到现在还能全身而退，已是不易。而当没有了权势顾虑的时候，人反而会更加在乎亲情。于是姜幼瑶的事，便成了姜家的大事。

姜元柏和姜老夫人旁敲侧击地问姜梨是否愿意去永州，永州在青州以北，也十分安全。姜梨可以先在永州待一段时间，等到日后姬蘅回京，再回燕京。不过姜梨拒绝了，表示无论如何，她都会在燕京城等着姬蘅归来。

她的态度坚决，后来姜元柏和姜老夫人也不问了。姜元柏在这些日子里，已然将手下的人脉处理得七七八八，辞官的奏折也递了上去。洪孝帝果真没有阻拦，甚至连挽留的意思都没有，爽快应允。于是，姜元柏和姜元平两兄弟在庆幸之余，也忍不住出了一身冷汗，原先还有的遗憾顿时一扫而光。

春日就这么过去了，夏日来临。炎热的夏季，青州频频传来捷报。姬蘅带领的金吾军收复了好几座城池，殷之黎往南退守。长时间坚持下，两边兵马都有所消耗。殷之黎重在战术，而姬蘅的金吾军却带了点当年赤霄骑的影子，剑走偏锋，气势如虹。在这样的情况下，姬蘅占了优势，比之从前的僵持，战事打开了一个新局面。

燕京的百姓，对于战争的担忧也渐渐被频频传来的捷报冲淡了，京城还是一派歌舞升平。叶世杰同姜梨说起此事时还道，虽然殷家兵很厉害，但殷之黎毕竟年纪不大，很多时候，缺少作为将领的杀伐之气。相比之下，金吾军却像是利剑出鞘，步步杀机，姬蘅更是毫不手软，光是他自己，就斩获了殷之黎手下的几员大将，还砍下头颅作为战功挂在马尾后。

叶世杰觉得很奇怪，殷之黎和姬蘅年纪相仿，姬蘅身上的杀气是殷之黎怎么也学不来的。殷之黎还是生活在云中，从小被培养，可人和人的差距怎么就这么大呢？

姜梨闻言，但笑不语，心中却为姬蘅感到难过。殷之黎虽然被殷湛亲自教导用兵之道，但殷之黎在不知道真相的情况下，还算轻松自在地度过了童年和少年时光。他过去的人生里没有包袱没有黑暗，不必面对血淋淋的真相，但姬蘅不一样，姬蘅从出生到现在，没有一日像殷之黎那般轻松地活着。

所以，他二人虽然年纪相仿，性情却截然不同。倘若能回到姬蘅的小时候，姜梨真想抱抱那个可怜的小姬蘅，告诉他，你已经做得很好了。

燕京城离青州有千里，姬蘅忙于兵事，无法给姜梨寄回家书。战事一日比一日激烈，等到了深秋时节，姬蘅已经将殷家兵占领的所有城池都收了回来。双方皆有伤亡，殷家兵更为惨重。姬蘅将他们逼到了七闽的山林中。十万精兵，到最后剩下不过一万。

殷之黎这个夏王，到底也没做多长时间。

这一日起来，姜梨一大早便觉得右眼跳个不停，好似要发生什么事。等白雪来送早食的时候，姜梨吃得也是心不在焉。

桐儿看出了她的不对劲，道："姑娘是不是哪里不舒服，今日瞧着脸色不大对。"

姜梨摸了摸自己的脸，这一摸，才发觉自己的手也冷得出奇，打了个寒战。桐儿见状，急道："姑娘莫不是着凉了？这天儿越来越冷，该熬些石榴糖水喝，奴婢拿件小披风来。"

姜梨得了披风，并未觉得有多暖和，反而心中越发不舒服。她也不知道是怎么了，莫名地总是想到姬蘅。她告诫自己不要胡思乱想，姬蘅现在在七闽，战局十分顺利，只要将殷之黎最后的兵马剿灭，这一场战争也就结束了。等结束之后，姬蘅就会回京，一切都按照他们之前约定好的那样。

"罢了，我们去国公府看看吧。"姜梨站起身，实在没能抑制住自己心中莫名的念头，便想着去国公府看看薛昭他们，分散分散注意力也好。

白雪道："姑娘原来是思念国公爷了。"

姜梨笑了笑，不置可否，让白雪去跟姜老夫人说了一声，三人便上了马车，出了姜府。

深秋季节，到底有几分冷清。姜梨撩开帘子去看，仿佛只要撩开帘子，就能看到酒楼高处，坐着一位含笑看戏的红衣美人。然而目光所及，空落落的，什么也没有。

原先在的时候不觉得，等人走了，便觉得仿佛燕京城是因为有了他才变得活色生香。姬蘅不在的日子，京城依旧繁华，但又变得黯然失色，一切都不习惯了起来。

等马车行到了国公府门口，车夫停下，白雪搀扶着姜梨跳下马车，门房处的侍卫行礼道："二小姐。"侧身打开大门，姜梨三人走了进去。

一进去，就听到马蹄的声音，姜梨循声望去，便见林尧坐在小蓝的背上，闻人遥在一边指挥着他。姜梨吓了一跳，小蓝脾性烈，林尧未必能驯服，这样太危险了。

姜梨叫了一声闻人公子，闻人遥回头，林尧高兴地喊道："姜姐姐！"

闻人遥把林尧从马上抱下来。

林尧长高了许多，已经有了小大人的影子。还好，当初在黄州，他目睹家人惨死，姜梨还以为这孩子会变得沉默寡言，但在闻人遥的教导下，这孩子不失活泼。

"二小姐，你怎么突然来了？"闻人遥道，"是来找司徒的？"

姜梨找司徒九月，大多时候都是询问有关姬蘅的事。关于前方如何，司徒九月这边接头的人会第一时间知道。

姜梨笑了笑，回答道："不是，只是在府中也没什么事，就过来走走。"

"哦……也是，我们这里还是比较热闹的。"闻人遥道，"这几日阿蘅比较忙，不过今日孔六可能会带回来一点消息。我看阿蘅这场仗也差不多快打完了。那殷之黎到底不够狠，还是不能和我们家阿蘅比。"他说得沾沾自喜，与有荣焉。

姜梨听着他的话，之前心中隐隐的不安也消散了一些，道："但战场上到底危险，你不是之前还与姬蘅扶乩，说过他命中有劫难吗？"

"那个预言啊，"闻人遥想了许久，"其实那个预言，我只告诉了你一半，后面还有一半。”

姜梨一愣：“还有一半……是什么？”

“是‘若过此劫，则时来运转，顺遂一生’。”

那则完整的预言原本是“冬月生，王侯之相，因女祸遇劫，暴尸荒野，鹰犬啄食。若过此劫，则时来运转，顺遂一生”。

“真是这样？”姜梨心中大大松了口气，神情也明亮了几分。

“真是如此。虽然我师父说我算得不好，可眼下看来，我算得还不错，这个预言还是很准的。你瞧，当时你们在青州，被殷之黎那个小兔崽子设下埋伏，姬蘅险些丧命，这不就是遇劫吗？殷之黎掳走了你来威胁姬蘅，勉勉强强，也就当你是女祸吧。最重要的是，这个劫已经过了，以后阿蘅都是逢凶化吉，时来运转，万事如意，心想事成啦。所以，二小姐不必为阿蘅担心，他肯定会平安归来。不妨着手为自己准备嫁衣，我估摸着等阿蘅回来后，就该轮到你们的大婚了。”

大婚……他说得这么远，不自觉地，姜梨心中有了些期待。林尧扯了扯闻人遥的衣角，眼巴巴地看着他，闻人遥便摆了摆手，道：“二小姐，司徒他们都在里面，你先去和他们说说话，我再陪徒弟骑骑马就过来。”

姜梨便道好，又嘱咐闻人遥要小心别让林尧受伤，闻人遥应了，姜梨才往国公府里走。

叶明煜今日不在府上，大约逛花楼去了。叶世杰也不在，他越发得洪孝帝重用，平日里公务也多。姜梨走到花园时，看见司徒九月在花园里摘花，薛昭推着轮椅坐在一边，陪她说话。

姜梨站在远处，默默地看着，直到身后传来一个熟悉的声音：“阿狸。”

姜梨回过头，顿时笑了：“爹。”

薛怀远走了过来，看见姜梨，他也很高兴，问：“怎么不去和阿昭说话？”

“我看阿昭眼下正忙着。”姜梨促狭地眨了眨眼，“还是不要去打扰他了。”

薛怀远哈哈大笑，看向花圃，目光十分欣慰。姜梨心中一动，就问：“爹……九月姑娘似乎很喜欢阿昭，阿昭也很喜欢九月姑娘，且不说他们是否知道对方的心意，爹对九月姑娘，没有想法吗？”

薛怀远性情正直，行的是光明磊落之事，而司徒九月且不说身份如何，这些年来死在她手上的人也不少。姜梨很喜欢司徒九月，就怕薛怀远对司徒九月有别的想法，便想着偷偷帮薛昭打听一下，也好让薛昭早有准备。

薛怀远看了一眼姜梨，了然道：“阿狸，我已经老啦，不管是你还是阿昭，在你们的亲事上，爹不会插手。爹相信你们的眼光。阿昭不是小孩子，他认定的事，自然有他自己的道理。九月姑娘是个好孩子，倘若真有那么一日，我也会将她当作自家女儿看待。”

姜梨笑了，挽着薛怀远的胳膊，道：“爹还是跟以前一样通情达理。”

薛怀远忽而又想起了什么，对姜梨道："阿狸，差点忘记了一件事。"

姜梨问："何事？"

"眼下殷家兵节节败退，看来殷之黎注定败北。我想，等此战结束，姬蘅回京后，便商量你们的大婚何时举行。确定时日以后，我想带着你和阿昭先回桐乡一趟。阿狸，这次去过桐乡以后，以后便不再回去了。我想过了，将你一人放在燕京，爹实在不放心，虽然爹人微言轻，你若是受了委屈，我拼了这条老命，也会为你讨个公道的。"

姜梨一愣，随即慨然。沈玉容的事已经过去了，可当年带给薛家人的伤害并没有全然过去。薛怀远相信姬蘅，但也怕当年的事情再次发生，所以才会想着要跟姜梨一起留在燕京城，这一次回桐乡，算是告别，也将桐乡的房子地契给全部处理了。

"好呀。"她笑道，"爹能陪着我，我再高兴不过。日后我们就在燕京城里买一座宅子，阿昭平日里想做什么就做什么，给你们买几个丫鬟小厮，咱们就在燕京生活。"

描绘的画面很美好，薛怀远也忍不住笑起来。

二人正在笑的时候，外面有人走进来。司徒九月从花圃里站起身，招呼那人道："孔六。"

孔六大踏步走进来，满脸焦急，眉头紧锁，没有看到姜梨，而是对着司徒九月直奔而去。姜梨只听得孔六走到司徒九月身边说话，其中隐隐夹杂着大人这个词，而司徒九月闻言，面色大变。

姜梨心中咯噔一下，匆匆对薛怀远道了一声："爹，我去看看孔大人来所为何事。"便快步往花圃里走去。

等走到花圃，还没走近，就听到孔六的声音道："现在还没有下落。"

"谁没有下落？"姜梨问。

花圃里几人没想到姜梨会突然出现，吓了一跳，薛昭看向姜梨，惊讶道："姐姐，你怎么来了？"

姜梨却没心思与薛昭叙旧，问："这到底是怎么一回事？孔大人，你说的是不是和姬蘅有关？"

孔六面露难色，薛昭也沉默下来，姜梨看向司徒九月，问："九月姑娘……是不是姬蘅出事了？"

听到姜梨问自己，司徒九月似乎有些烦躁，但姜梨执拗地看着她，她便吐出一口气，道："反正你迟早也要知道，我也就不瞒你了，姬蘅失踪了。"

"失踪？"姜梨倒吸一口凉气，"他怎么会突然失踪？"

司徒九月朝孔六努了努嘴："具体事宜，我也不是很清楚，孔六，还是你来说吧。"

孔六挠了挠头，道："我今日一早接到了陆玑的情报，三日前，殷之黎带着殷家兵的精锐夜袭，金吾军本来围困了殷之黎的殷家兵，大人一刀砍断了殷之黎的坐骑，杀了殷之黎。但他杀了殷之黎以后，从马上跌落下来，殷之黎的副将趁乱砍了大人一刀，殷家兵俘虏了大人，大人拼死抵抗，等陆玑他们赶过去的时候，大人……大人不见了。”

“他是不是被殷家兵带走了？”姜梨急切地追问，便是成了俘虏，至少还有一条命在。

“不……当时在场的殷家兵被尽数剿灭，抓住的俘虏说大人逃走了，陆玑正在带人去追查大人的下落，但七闽深山地形复杂，蛇虫鼠蚁众多，山林中还有野兽出没，一时半会儿找不到大人的下落……到现在还没找到……”

薛昭忍不住道：“没有消息就是好消息，说明至少现在姐夫还活着，姐姐，姐夫一定会全身而退。”

“我只是奇怪，姬蘅怎么会突然从马上跌落下来？”司徒九月疑惑。

“是他的伤……”姜梨喃喃道，“之前殷之黎埋伏弓箭手，利用我诱他入瓮，他受了伤……那些伤很重，他说不重要，可是怎么可能不重要……他定是在马上旧疾复发了，或许他早就旧疾复发，只是一直忍着，他惯来会掩饰，当时一定是……一定是怎么都掩饰不了了。”

姜梨的眼泪掉了下来。

一瞬间，她心如刀绞，姬蘅这个人最爱逞强，那身红色铠甲下的伤痕，无人发现。他总是一个人……临到头来，还是自己连累了他。

怎么办呢？她道：“我想去找他。”

孔六吓了一跳，道：“万万不可，如今虽然殷之黎死了，殷家兵群龙无首，但还有些虾兵蟹将没有清理干净。陆玑已经让人去寻找大人的下落了，姜二小姐便是去了也于事无补，还是留在燕京城为好。这样等大人回京，第一时间就能看到姜二小姐。”

“不错，”司徒九月也生硬地安慰道，“你放心，姬蘅不会死的，他的命硬得很，一定会回来。”

会回来吗？姜梨的心头不由自主地又冒出闻人遥的那个预言，他们都认为，预言里的劫难指的是殷之黎围杀姬蘅之时，所以那个劫难已经过了。

但万一他们都想错了，那个劫难并没有过，指的是如今这一次失踪呢？

暴尸荒野，鹰犬啄食。姜梨闭了闭眼，紧紧握住了拳头。

这实在令人毛骨悚然。

这一日，姜梨不知道自己是怎么回的姜府，似乎所有人都在劝她宽心，姬蘅一定会回来的。可不知为何，姜梨的心却怎么也安定不下来。

姜家人尚不知道姬蘅的消息，还以为一切如常。桐儿和白雪却是知道内情，送姜梨回来的时候，闻人遥还特意嘱托了两个丫鬟要好好照顾姜梨，陪着姜梨说话，千万别让姜梨一个人胡思乱想。

桐儿和白雪小心翼翼地服侍着姜梨，她们以为姜梨会哭泣，会一个人难过，但从国公府回来后，姜梨竟然坚强起来。她若无其事地做着平日里也会做的事，至少在表面上看来，她和过去没什么区别。

但心中的焦急和担忧，一日比一日更甚。

一天过去了，两天过去了，十天过去了……一月过去了，等待变得越来越无望，始终没有传来姬蘅的消息。一开始孔六还会想法子劝慰姜梨，到了后来，每次姜梨前去国公府问消息的时候，孔六都有些不敢看姜梨。姜梨能从孔六的眼睛里看到无奈和叹息。

司徒九月他们最初也坚信，姬蘅一定会回来，但是时间越来越长，越来越长，燕京城的冬天开始飘雪，地上积满了厚厚的白雪，隆冬已至，仍然没有消息传来的时候，司徒九月也开始沉默了。

姜梨曾经偷听到司徒九月和孔六之间的谈话。

司徒九月道："现在仍旧没有消息，到底是怎么回事？陆玑真的在认真找寻他的下落吗？"

"真的。七闽也到了冬天，大雪封山，山上野兽出没，陆玑这些天来一刻不停地在山上到处寻找……"他的声音低沉下去，"之前姜二小姐在这里，我不能说出来，那些殷家兵的俘虏说，大人逃走的时候，身负重伤，即便能逃出去，也未必能活。本来在那样的大山里，找一个人已经十分困难。如果大人还活着，一定会想法子与陆玑他们会合。七闽的山里荒无人烟，他不可能藏起来。"

司徒九月冷冷道："你这是什么意思？意思是他凶多吉少了？"

"我不希望大人出事。"孔六听上去也像动了怒，"如果当时我也在山里，就算拼了我的命，也会护着大人安全！但现在事实如此，我只是告诉你最可能出现的情况。"

那边沉默了很久很久，司徒九月的声音才传来："生死有命，你我这样的人，早已见惯，他再强大，到底也是个普通人。不过……如果他真的回不来了，姜梨如何？"

"姜二小姐？"

"是啊，她一心跟着姬蘅，如果姬蘅真的回不来，她会一直就这样等下去。对于她来说，对于姬蘅来说，这才是最悲剧的地方。"

姜梨站在树丛后，听着司徒九月的话，心中浮起一丝悲哀。就连司徒九月也认为，这是一场悲剧？她和姬蘅的相遇，注定不会有好结局？

姬蘅真的回不来了吗？她怔怔地想，这消息来得如此渺茫，如此不真实。她脑中回忆起的，却是各种各样的姬蘅。在酒楼里含笑听戏的姬蘅，与她步步机锋的姬蘅，对她流露出无奈的姬蘅，温柔的姬蘅，还有春风一夜里，墙头那边初见时候的姬蘅。

他们的人生，前后两世纠葛，羁绊深深，到了如今，却在这关口说分开？要斩断前缘？姜梨的目光坚定起来，她绝不同意。哪怕只有她一人，也要维持两个人的关系，在属于姜梨的人生里，不会再有第二个姬蘅，纵然姬蘅不在，也不会有人能代替他的位置。

姜梨没有再听下去，转身离开了。

燕京城今年的冬日尤其冷。风从窗外吹进来，几乎可以刺进人的骨头。殷家兵在苟延残喘了一段时间后，终于抵挡不住，尽数投降。殷之黎已死，剩下的人也成不了什么气候。金吾军大获全胜，沉寂了多年的名号，又重新响亮起来。

但这场战争也并没有人们想象中那样轻松，只有真正置身其中的人，才知道战争的残酷。殷家兵如此，金吾军也伤亡惨重，最重要的是，带领金吾军的姬蘅，大约是战死沙场了。

燕京城的百姓得了这个消息，皆是唏嘘不已。原先关于肃国公的流言，刹那间也因为他的死亡而消散。而他过去的个性和美貌，反而给他的人生增添了一分凄美的色彩。酒楼里的说书人开始说起肃国公的故事，而姬蘅在那些话本子里，一改往日的黑暗，变得英勇慷慨起来。

人们总是这样，凭借自己的眼睛认识真相。街头巷尾传言姬蘅的同时，姜梨也一并被拿上去说了。说姜二小姐命途多舛，之前和宁远侯府的周彦邦定了亲，亲事却被妹妹占了。如今又和姬蘅定了亲，姬蘅却战死沙场，有些人同情，有些人讥讽，还有些人散出流言，说莫不是姜二小姐命中注定孤身一人，才会每一场亲事都无结果。若是克夫命，趁早削发为尼的好，莫要连累了旁人。

京城流言传得沸沸扬扬，姜家人也听到了。姜元柏破天荒来询问姜梨，问姜梨道：“小梨，外面那些传言你也听到了，再在燕京城待下去，对你的名声不好。总归如今我和你二叔已经辞官，再过不久就带幼瑶去永州治病。如果你不想待在燕京城，我们可以早些启程，离开此地。”

他这话里，其实带了几分真心的关切。

“多谢父亲，”姜梨道，“我不打算离开燕京城，我还要在这里等着姬蘅回来。”

姜元柏皱起眉：“他已经死了。”

“可是没有看到尸体，不是吗？”姜梨平静地道，“也未必是死了，旁人不想继续寻，可我觉得，他还没有死，他答应我的事也没有完成。在约定没有履行之前，我在这里等他回来。”

在姜梨心中，姬蘅这人从一开始到现在，从恶劣到温柔，他的性情中有一件事却从来没有变过。答应的事一定做到，约定一定履行。

她相信，这一次姬蘅也能归来，尾生抱柱的故事人人都听过，旁人觉得他傻，痴过一次又痴第二次，可情海翻腾，本就苦涩无边，尾生固然是傻，但他自己到最后一刻，不也是心甘情愿吗？

她等姬蘅，也是如此。

姜元柏久久地看着姜梨，终于深深地叹了口气，似乎是妥协了，彻底妥协了，道：“既然如此，那你就留在燕京城吧。”

他是真的拿姜梨没办法，他束手无策。

十二月初十，是金吾军班师回朝的日子。回京路上，百姓夹道欢迎，欢呼热烈。那些战死沙场的兵士永远留在了黄土之下，活着回来的人成了英雄，接受本应得到的荣耀。

姜梨站在围观的百姓之中，看着长长的队伍，满心期待队伍的尽头能出现一个熟悉的红色身影，可她从队伍的第一个人等到最后一个人，始终没有看到姬蘅，于是目光终于黯淡下来。没有奇迹出现，他的确是没有回来，至少现在，他没有回来。

桐儿担心地看着她，问：“姑娘？”

姜梨摇了摇头，道：“我们去国公府。”

今日陆玑也回来了，关于姬蘅的消息，只有陆玑最清楚。姜梨想去见一见陆玑，至少要知道当日是什么情况。

桐儿和白雪对视一眼，并不希望姜梨此刻前去国公府，免得睹物思人。但姜梨态度坚决，她们也无可奈何，只得陪着姜梨前去。

待到了国公府，府门口静悄悄的，姜梨和门房打了招呼，走了进去。进到府里，她走到院子里，看见了赵轲和文纪二人。

赵轲先看到了姜梨，道了一声：“二小姐。”

姜梨走过去，快一年未见，文纪的脸上多了几道伤疤，可见战场上厮杀十分激烈。赵轲不敢看姜梨的眼睛，没有主动说话，姜梨便开口道：“姬蘅……果真没有回来？”

文纪轻轻摇了摇头，语气中带了一丝沮丧：“是我没有保护好大人。”

“当日到底是怎么回事？”姜梨问，“我只从旁人嘴里听到事实，怕不尽然，你们既是跟在他身边，自然知道得最清楚。”

“大人和殷之黎周旋时，旧伤复发，殷之黎的副将伤到了大人原先的伤口，大人不敌。当时大人独自去追殷之黎，我们尚且不知大人的情况，后来……等我们找到那些俘虏，他们说大人逃走了，但又说大人身负重伤，走不了多远。我们在周围找了很久，也没有找到大人的影子。后来陆先生令人搜山，也毫无结果。直到……直到……”

文纪并不是一个忸怩的人，但他接下来像说不下去似的，支支吾吾，姜梨心中一紧，忍不住追问：“直到什么？”

文纪看了一眼姜梨，从袖中掏出一件东西，在掌心摊开，姜梨看见那是一只蝴蝶扇坠，只剩下了一半，大约是碎掉了，剩下半只光秃秃的蝴蝶翅膀，红玉上碎痕清晰。

姜梨颤抖着伸出手，接过了那半只蝴蝶，熟悉的扇坠，如今再也没有往日的美丽模样，不能跟着那把华丽的扇子翩翩起舞。

“我们在山里发现了这个，陆先生认出这是大人的扇坠，让我们在那一带寻找。我们找到了……找到了……”堂堂男儿，文纪的声音这一刻也哽咽了，“我们找到了大人的铠甲和衣物，还有血迹……那时候已经过了很久，军中人说，大人可能是……被狼犬分食了。”

姜梨眼前一黑，险些晕倒，桐儿惊叫一声，忙搀扶住她。姜梨眼前什么都没有，只浮现起深山之中，那红色的铠甲血迹斑斑，在地上晕染出可怖的景象。那个预言，诅咒一般的预言再次回荡在她耳边：因女祸遇劫，暴尸荒野，鹰犬啄食。

全部都应验了。

姜梨喃喃道：“是我害了他。”

桐儿焦急地道：“姑娘，这不关您的事，您别什么过错都往自己身上揽。”

“不，是我的错，是我令他遇劫，如果那一天，殷之黎不是拿我诱他入局，他也不会受伤……是我害了他。”她痛苦地闭上眼，眼泪滚滚而下。

“大人从未这么想过。”赵轲道，“姜二小姐，对大人来说，您是最重要的，您千万不要折磨自己。”

他们跟了姬蘅多少年，与其说是主仆，倒不如说是肝胆相照的兄弟。对于姬蘅的离去，他们亦是痛心，但也不能将其怪到姜梨头上。说到底，还是老天捉弄人，偏偏在那个时候让姬蘅旧疾复发。

“大人在出征之前，提过一句，如果这一次他回不来……日后国公府就交由二小姐打理。想要发卖还是留着，抑或做其他的事，全都由二小姐说了算。燕京城中，大人没有亲眷，他所能留下来的东西，全部都送给二小姐。”

姜梨惨笑起来，这算什么？临死将所有的家财都安排好了吗？她应该称赞姬蘅极有远见，做什么事情都事先安排，大约燕京城的那些人又要开始羡慕她了吧。便是姬蘅死了，还给她留下了这么大一笔财富。可天知道，她宁愿用她所有的财富，来换得姬蘅平安归来。她希望姬蘅的安排永远不要兑现，那就代表着，她还有机会等他归来，等他履行承诺的那一日。

“二小姐日后打算如何？”赵轲轻声问，“大人说过，如果他不在，二小姐就是我们的主子。”

姜梨定了定神，心中的悲痛几乎要将她击垮，可她知道，现在还不到悲伤的时候。很多事情没有解决，姬蘅往日的那些敌人会趁着这个时候，把国公府吞吃干净的。关于爵位，关于其他，洪孝帝也许会念着姬蘅的忠心维护姬蘅，但君王的信任到底能维持到几时，谁也说不清楚。而最重要的，那些对手会无所不用其极，不择手段地达到自己的目的，包括在姬蘅的死上做文章。

她不能在战场上帮助姬蘅，但在燕京城里，她必须竭尽全力保护国公府。姬蘅从小在这里长大，她不能眼睁睁看着这里被人夺走。

“我不打算去任何地方，你们所担心的事情，也不会发生。”姜梨紧紧握着拳，只有这样，才能不让眼泪流下来，才不会让她彻底崩溃，“我会想办法完成大婚，哪怕只有一人，我留下来，守住这个地方，也请你们与我一起，守住姬蘅的家。”

她坚决地道：“他只有这个家了。”

文纪和赵轲对视一眼，单膝跪下对姜梨行礼，这是主仆之礼。

他们恭声道：“是，姑娘。”

皇宫中，洪孝帝走到了太后住的冷宫。

天寒地冻，这里连个火炉都没有生，一走进去，便觉得浑身上下仿佛浸在冰里。院里越发没有生机，屋檐长长，只露出一点微弱的天光，走在这里，像是囚牢。

这本来也就是个囚牢。

苏公公站在一边，小心吩咐侍卫将一个红木箱子抬过来，为洪孝帝打开屋门，将箱子抬了进去。

屋里散发出一阵难闻的气味，苏公公忍不住皱了皱眉头。洪孝帝令人点起灯。屋子里黑乎乎的，帘子拉得严实，什么也看不见。等微弱的灯光亮起来后，众人才看清里面。

床脚下，蜷缩着一个人，她裹着一床棉被，地上全是污迹，或许还有血迹。她似乎极畏光，感到光亮，便迅速把头缩回去，直到洪孝帝道了一声：“林柔嘉。”

林柔嘉抬起头来，目光迷茫地看着他，洪孝帝心中也微微惊讶。

他知道这个女人心性狠毒且坚定，当时将她扔在这里，她都不曾动摇，还端着一副高高在上的太后架子，甚至将自己打理得一丝不苟。洪孝帝也气恼不已，甚至想着，要用别的什么办法来折磨太后，光是让太后自己心中产生愧疚后悔痛苦之情，只怕这辈子也不可能——她实在太自私了。

然而自从上次姜梨进宫见了林柔嘉以后，事情就有了变化。外面守门的人说，太后突然一蹶不振，有几次甚至想拿镜子的碎片寻死。洪孝帝让人看好太后，不能让她即刻死去。那些人说，太后如今判若两人，好像生命里一直信奉的什么东西崩塌了，再也无力支撑。每一日看上去都很痛苦，当她清醒的时候，就只在做一件事，寻死。

洪孝帝把屋中可能被太后用来寻死的东西都收走了，于是这样一来，她便是真的求生不得求死不能。

“皇……”林柔嘉喃喃道。她难以辨认皇帝的容颜，在微弱的灯光下，当年孱弱的还需讨好她的少年已经长成了高大的帝王，心思莫测，手腕强劲，才会将她果断囚禁在这里。

皇家人能活着坐上这个位子的，果然没有心慈手软之辈。

林柔嘉短暂清醒了过来，再如何，在面对洪孝帝的时候，她都不愿意矮上几分。正要讽刺几句，忽然，她的目光落在那口巨大的红木箱子之上。不知为何，她的目光被那箱子吸引，怎么也移不开。

洪孝帝顺着她的目光看去，笑了，道："今日朕来，就是给你送礼的。"他一挥手，"来人，把箱子打开。"

两个侍卫走近，将箱子推到林柔嘉面前，打开了。

林柔嘉往里看去。

红木箱子里，铺上了金色的丝绒布，仿佛装着重礼。然而丝绒之上，并排放着两颗人头，脖颈处鲜血淋漓，偏偏擦干净了脸上的脏污，于是眉目便辨认得一清二楚。一人是殷湛，另一人是殷之黎。

太后看清楚了面前的两人之后，尖叫一声："不——"

她扑了过去，将人头抱了出来，抱在怀里，都已经身首分离，自然不可能再活。而她却像还希望能救活这二人，一下子哭起来，道："阿湛！之黎！"

可惜的是，无论是殷湛还是殷之黎，都双眼紧闭，不能再回应她的哭声。

"殷家兵败，金吾军班师回朝，这是战果。朕以为，你既然是一国太后，这等国之喜事，也应当与你一同分享。朕才特意带给你看看，如何？"洪孝帝笑着，咬牙切齿地道。

他终于看到太后痛哭流涕、满心懊悔的时候了。这女人心硬如铁，无论发生什么，总是冷漠以待。洪孝帝也是人，也有报复心，太后当年害得夏贵妃早逝，害得他的少年时代布满阴霾，他也希望能让太后尝尝痛苦的滋味。

而林柔嘉，大抵是真的爱过殷湛。她丝毫不嫌弃异味，也不觉得恐怖，把殷湛的头牢牢地抱在怀中，怕人抢走似的。她还去吻殷湛冰冷的嘴唇，一边哭一边道："阿湛……阿湛……不要丢下我……"

这可怕的一幕落在众人眼里，众人都觉得有些胆寒。

林柔嘉哭着哭着，突然道："皇帝，你杀了我吧！"

"哦？"洪孝帝挑眉，"朕为何要杀了你？"

"当年是我害了你的母妃，我还害死了虞红叶和姬暝寒，我与你们有深仇大恨，求求你，让我死吧！"太后涕泗横流，再无从前云淡风轻的模样。她是真的心如死灰，殷湛已经死了，殷之黎也已经死了，在这世上，她唯一爱着的、有感情的两个人都已经死了。她活着有什么意义？不会再有翻身的那一日，只能在这暗无天日的地狱里，一日一日忍受着折磨。

她怎么能和殷湛分开，就是死也不能。

太后不住地给皇帝磕头，这在过去那些年里，是无论如何都不会发生的事。她只会高高在上，用明褒暗贬的话语，一句一句折磨刺痛少年皇帝。

洪孝帝冷眼瞧着她，突然道："姜府上的二小姐也托朕送你一份礼。"

苏公公从怀中掏出一物，笑眯眯地走到了林柔嘉前面，将手中之物放在林柔嘉的前方。林柔嘉先是一愣，随即大叫一声，癫狂大笑又大哭起来。

苏公公手中的正是一面铜镜。那铜镜十分清楚地映照出林柔嘉如今蓬头垢面、面目全非的模样。洪孝帝淡淡道："林柔嘉，你这样丑陋，到了黄泉之下，殷湛又怎么会愿意与你相认？依朕看，你还是好好活着，放殷湛一条生路吧。"

这嘲讽的话恶毒到了极致，林柔嘉突然伸手抓向自己的脸。这些日子，无人给她剪指甲，她的指甲早已长得锋利，这么一抓，顿时生出许多血痕，而她浑然不觉，像是不知道痛，很快一张脸便血肉模糊。

洪孝帝转过身，不愿意再多看她一眼，语带厌恶地吩咐："把她看好，千万别死了。"他走出了屋门。

苏公公紧随其后，屋门被关上，从中隐隐约约传来女人似哭似笑的疯狂叫喊。

直到走了很远，走到御花园中，身后的那些声音才尽数听不见。洪孝帝看着远处，轻轻吐了口气。

他的心结到底是解了。就算帝王这么做，看上去实在不够大气，但从少年时候起的心结，若是不解，将会困扰他一生。从此以后，他才能安心做北燕江山的主人。至于过去那个懦弱需要逢迎讨好的少年，就此消失在记忆中，再也不会出现。

苏公公把暖炉递给皇帝，手心传来温暖，洪孝帝想到了姜梨托叶世杰进宫来给自己带的那句话，不由得有些想笑。世人都说姜二小姐性情温软善良，殊不知面对自己的仇人时，却毫不手软。她倒是清楚林柔嘉的弱点，专门击中林柔嘉的痛处，那一面镜子，便成了压死骆驼的最后一根稻草，林柔嘉再也不会从痛苦之中解脱了。

想到姜梨，洪孝帝又想到了姬蘅，他叹息一声，目光有着深深的遗憾。

这一战，虽然艰辛，但也赢得漂亮。姬蘅第一次带兵，就有如此战果，果然不负他父亲的名声。北燕先是经过成王，又是经过殷湛一事，朝野上下人心惶惶，他固然可以用手段收买人心，但倘若姬蘅在的话会更好，如今他最信任的仍旧是姬蘅。

但姬蘅居然回不来了。

花园里的风冷冰冰的，花圃也再没了春日里繁盛的局面，盛极必衰的道理，人人都明白，可真要面对起来，怎么就那么难呢？

苏公公替洪孝帝披上披风，轻声道："外面风大，陛下保重龙体。"

人生有起有落，对于姬蘅来说，他的起太过艰难，落又十分凄艳，总让人觉得惋惜。洪孝帝眼中，多了一丝伤感，但帝王之道自来都是孤家寡人，即便不是现在，也会是以后，他必须要独自一人面对接下来的腥风血雨，将局面控制住。否则，就是辜负了过去所做的一切。

他转过身去，道了一句："回去吧。"

二人的身影便渐渐消失在御花园中。

姬蘅战死沙场，天下人都知道，但竟没有留下墓地。只因如今死不见尸，而现在立衣冠冢，姜梨又不愿意，仿佛这样就将她内心最后一点念想摧毁了。

金吾将军姬暝寒失踪多年，实则在三年前死在了国公府。姬蘅像是走了他父亲的老路，有了相似的命运。不知他是否还活着。姜梨知道，姬蘅活着的希望十分渺茫，所有人都在暗示她，接受事实。

陆玑和闻人遥他们希望姬蘅能活着，七闽来来去去搜了许多遍，但除了这个破碎的蝴蝶扇坠，什么都没有。

他就像从暗夜里走出来的、本就不属于凡尘的妖精，如今要回归于虚无去了。只留给见过他的人一个惊艳的背影，让人疑心自己只是做了一个色彩斑斓的美梦。

隆冬时节，在金吾军大获全胜班师回朝、洪孝帝开始彻底清理朝野之时，姜家打算离开燕京城了。

姜家两兄弟既然已经辞官，再留在燕京城也没有多少意义，反而会惹得年轻的帝王心中怀疑。姜元柏倒也洒脱，早早托人在永州买好了宅子，便打算举家迁过去。永州也有好的神医，就看能否治好姜幼瑶。

姜景佑自然没有多说，姜景睿听闻永州有许多好玩的，早就向往得不得了，但姜家的人中，唯有一人不愿意跟去永州，就是姜梨。

晚凤堂中，只有姜老夫人和姜元柏在。姜老夫人看着姜梨久久沉默，不知过了多久，她才道："二丫头，你果真要留在燕京城？"

"是的，祖母。"

"二丫头，从前你这般说，我也不反对。只要肃国公回京，你自然要进肃国公的门。但是如今，肃国公已经回不来了。"她怜悯地看着姜梨，"你这样执迷不悟，连累的是你自己。"

"祖母所说的连累，是什么意思？"

姜老夫人叹了口气："你要是留在燕京城，只怕一辈子都不能嫁人了。你现在年轻，不觉得年华蹉跎。日后等年纪大了，看着旁家的小姐都早早为人妻母，难道还是一个人守着国公府不成？这世道对女子本就艰难，你要选择这一条路，这一辈子都会过得很苦。二丫头，你是我姜家的子孙，姜家现在已经一无所有，倒不必再顾忌什么。哪怕是背上一个不义的罪名，只要能让你过得轻松一点，我们也不在乎。"

姜梨回姜府这么久，知晓姜老夫人是一个严厉、精明且注重名声的人。在某些方面，她有姜老大人的风骨，但在另一些方面，又像姜元柏一般趋利避害。这一次也是一样，姜梨知道，姜老夫人说这些话，是存了几分真心为她着想的心思。国公府已经无人，日后无人护着她。关于国公府的金银财宝，犹如小儿藏金，未免引人窥伺，如果有心人利用其发作，姜梨想一个人守下来，很难。

但姜梨只是笑了笑，道："祖母说的道理，我都懂。但我与肃国公之间曾有约定，我应该等他回来。如果他回不来，我应该守住他的东西，不能被别人抢去。姬蘅在这个世界上已经没有亲人了，如果我不替他守住，没有人会替他去守。我知道祖母是担心我，但是，于公来说，我是姜家的子孙，便不该让姜家蒙羞，如果我真是做下这等负义之事，多年以后，九泉之下如何面对姜家的祖先？于私，我对不起肃国公的信任和真心。再者，”她转头看向姜元柏，“皇上在这件事中的意思，也实在耐人寻味。”

姜元柏一怔。

“皇上看重肃国公，肃国公现在无法回来，让皇上无比遗憾。如果姜家在这个当口做这种事，只怕皇上心中不喜。父亲现在辞官，让姜家全身而退，可多年以后、百年以后呢？姜家的子孙未必不能回到燕京城，那时候，倘若因为我的关系让姜家子孙犯难，可真是得不偿失。我愿意用我一人，来换姜家日后可能出现的坦途。成就美名一桩，至少燕京城提起姜家来，也不辱姜家的门楣，姜家还是过去那个清流之家，不是吗？”

姜梨说得冠冕堂皇，只是她自己知道，这些都不过是理由罢了。唯一的原因是，她自己想等姬蘅。

这一生漫长，漫长到可能遇到无数个人，但这一生也很短暂，短暂到她见过姬蘅之后，就知道在日后，她不会再遇到一个像姬蘅那样的、她喜欢的人。

她不会去寻死，无论是薛芳菲还是姜梨，都不会寻死，姬蘅认识的自己，在任何情况下，都没有理由放弃生命。她就在这里，守护着国公府的一切，永远不做那个失约的人。

姜老夫人不再说话，不是因为被姜梨的话提醒，姜梨的话固然有道理，但更重要的是，姜梨并不是一个愿意辩解的人，就好比当初在殷之黎一事上，喜欢和不喜欢都是直来直去，但今日，她为了让自己留在燕京城，说了许多话。她是真的想留在燕京城，不是情势所逼。

“算了，”姜元柏开口了，“你既然想留在燕京城，就留在燕京城吧。你是个聪明的姑娘，老夫人说的话想必你早就想到了。当初我愧对你们母女，如今你想做什么，就放手去做。不过，如果你有一天改变了主意，大可以来永州，你仍然是姜家的小姐。”

也许人到离别的时候，什么事情都会看得很轻，姜元柏难得说出这么一番话。

姜梨笑了，道：“我知道的，父亲。也希望父亲在永州一切都好，姜家兴旺。”

姜元柏的脸上并无高兴，只是流露出伤感。他有三个女儿，如今死了一个，离开了一个，剩下唯一在身边的，竟然只有疯了的姜幼瑶。曾经他认为自己春风得意，仕途顺遂，一生都会这样锦绣风光下去，可到头来，什么都没剩下。

有一瞬间，他是真的很相信因果报应。当年他对叶珍珍和姜梨如此，如今就轮到他如此，都是自己酿下的苦酒罢了。

姜元柏道：“我们半月后会离开，姜家的宅子大约是要卖掉的。你想要搬到叶家去，或者是国公府，这几日就要开始准备。”

姜梨点头：“好的，父亲。”

从那日姜元柏说起离开一事后，姜梨就真的开始搬家了。不收拾则罢，一收拾才发现她在姜家的东西少得可怜。除了一些衣服首饰以外，便是书籍，统共也不过几箱而已。白雪、桐儿，清风、明月跟着姜梨一道走，除此以外，姜家没有愿意跟在姜梨身边的。姜元柏身边，除了跟随多年的老仆，大多数下人都被他放回家去了。姜景睿知道姜梨不跟着一起走，还很是惋惜了一番，不甘心地告诉姜梨，未来有一日，姜梨总归要后悔的，到时候可别哭着鼻子到永州来找他们。

姜梨笑了笑，也就没有回答了。

姜家要离京的事，在燕京城果然掀起一阵风浪。许多人想看姜梨的反应，倘若姜梨跟着姜家一道走了，便是过河拆桥，不怎么道义。而当姜梨没有跟着一起走，却是留下来的消息传出来时，一部分人觉得姜梨果真是姜家的女儿，颇有风骨，一部分人认为姜梨是沽名钓誉、惺惺作态，更多的人则是惋惜，替姜梨未来的命运感到同情。一个风华正茂的姑娘，年纪轻轻就守寡，别说是首辅家的千金，便是放在普通人家，旁人见了也要道一声命苦。

无论姜梨做什么选择，总不乏嘴碎的人来说道。桐儿每次出门听到这些传言都要气呼呼地和人理论一番，姜梨自己倒不怎么在意。既然无法管住每一个人的眼光，便管好自己就好。

半个月后，姜家就要离开。

一大早，姜梨就起来了。因是留在燕京的最后一日，姜家人一起用了早食。从姜梨回到姜府以来，还是第一次跟一大家人用早食。嬷嬷让丫鬟将姜幼瑶扶到一边坐着给她喂饭，姜幼瑶仍旧呆呆地看着眼前，乖乖咽下嘴里的饭——她如今看起来倒是比从前盛气凌人的时候可爱多了。

最后一顿家饭，众人都吃得沉默寡言。对于姜家人来说，离开这里，也就等于离开了故乡。如果没有发生这么多事，谁愿意离开呢？

这顿早食分外漫长。每个人都是慢条斯理的，就连一向大大咧咧的姜景睿也变得斯文起来，仿佛希望这顿饭能吃到天长地久，永远都不散。

但天下无不散的宴席，这顿饭终究还是到了散场的时候。用过早食，姜梨要送姜家人去城门。马车上，姜老夫人破天荒同姜梨说起小时候的事，可惜，如今的姜梨并非真正的姜二小姐，那些过往并不属于她。姜梨听罢，只觉得惋惜，倘若真正的姜二小姐在这里就好了，然而离开的人不会再回来，所以才应当珍惜眼前人。

等到了城门口，姜梨从马车上下来。姜家人也都下来了，姜景睿看着姜梨不死心地道："你可真想好了？现在反悔还来得及。一个人留在燕京城，可没什么好玩的。"

卢氏欲言又止，似乎也想跟着劝几句，但姜元平之前已经与她打过招呼，最后还是什么都没说。

"你在永州好好玩儿吧，"姜梨微笑着对他道，"也许日后得了机会，我也会去永州，届时还要你在永州带路。"

姜景睿嘁了一声，低声道：“真是固执。”

姜梨但笑不语，还记得第一次看见姜景睿时，这个少年大大咧咧，却没有像其他人那样用提防异样的目光看她。她看着姜景睿，总会想到薛昭，姜二小姐和姜景睿年纪相仿，可薛芳菲却比薛昭要年长。

姜元柏看向姜梨，面上复杂，最后只是拍了拍姜梨的肩，道：“好好保重自己。”

“父亲也是。”姜梨真切地道，“天冷了，多加衣，莫要着了风寒。”

姜元柏不算个坏人，但对于姜二小姐的事，他又太糊涂。若非他不辨是非，姜二小姐也不至于年纪轻轻就香消玉殒。正因如此，姜梨对于姜元柏，始终没办法像对叶家人那般亲近。仿佛这样做，就对不起早逝的姜二小姐。此刻临到头了，她突然觉得前尘过往尽数如烟，恩怨情仇一笔勾销。

就是如此。

姜元柏和姜老夫人重新上了马车，卢氏他们在马车上和姜梨挥手作别，姜梨站在城门口，看着一行马车渐渐远去。

桐儿和白雪站在她身后，两个丫鬟都有些伤感。姜梨忽然也觉得有些寥落，无论如何，她名义上的家人，从此以后就这么分别了。今生今世，也不知还有没有机会得以再见。

分别终究令人不舍，这一刻，她明白了当年姬蘅的感觉。眼睁睁送走一个又一个家人，直到最后只剩下他一人。

姜梨回过头，随即愣住了，十二月的大雪天，风雪中，不远处站着薛怀远，司徒九月推着薛昭，撑着伞。他们担忧地看着她，就在她的背后，一转头就看到了。

姜梨愣了愣，随即慢慢地笑起来。

或许，她从来就不是一个人。有人在背后等着的感觉如此之好，所以她怎么能让姬蘅一回头，发现身后什么人都没有？

她也要做那个在背后等待的人。

姜家搬离燕京城之后，姜梨就真正住进了国公府。

姜梨的态度被燕京城的许多人看在眼里。几个月以来，洪孝帝将朝野中有异心的臣子陆续处理，换上了信任的新贵。朝中格局彻底翻盘，北燕的江山开启了新的局面。

不过即便如此，果如姜梨最初预料的一般，姬蘅的战死使得他过去的敌人开始蠢蠢欲动。到了这个时候，一些人彻底放下心来，开始着手对付国公府。

姜梨住在国公府里，一直守着国公府。一些臣子上奏洪孝帝剥夺姬家的爵位，只因为将来姜梨若是改嫁他人，爵位便要落在别人头上。姜梨便进宫请命，表示自己终身不嫁。另一面，薛怀远也点拨了叶世杰，让叶世杰在朝中使力，护着国公府。

这几个月下来，几次风雨欲来，最后都平安无事。后来那些人看姜梨的态度十分坚决，叶世杰也越爬越高，最重要的是洪孝帝的态度已经很明显，不打算收回国公府的爵位，于是那些人也就偃息旗鼓。更多的人则是看热闹，姜梨是发誓终身不嫁，可到底是个年轻的姑娘，人生漫漫，如今是这般想的，可再过几年，怕是会主动食言的，说不准还会惹出一番风流韵事，成为街头巷尾的谈资。

姜梨知道那些人看热闹的心思，也浑不在意，便每日陪薛昭一起练鞭法，她不如薛昭有武功底子，干脆专心学习使用各种淬了毒的暗器。如今在燕京城中，并非高枕无忧，危险时时刻刻会出现，而现在不会再有一个姬蘅来保护她。

她得想办法保护其他人。

在姜梨的心中，还有一个念头，不知如何与薛怀远说。她想再过些日子，便亲自去七闽一趟。如今大雪封山，进不去山里，等春日到来的时候，能进山了，无论如何，她都要进去一趟。姬蘅到现在都死不见尸，人人都说他是被野兽分食，似乎也应验了那个预言，可姜梨总觉得，他不会如此无情。纵然他是真的回不来了，她也要亲自去证实这一点，而不是在燕京城里等着别人传来的消息。

时间像是过得很慢，又像是过得很快，转眼就到了年关。

今年仍然在燕京城过。姜梨在年前已经在叶明煜的见证下，认了薛怀远做义父，之后就一直称薛怀远为爹。叶明煜倒是觉得没什么，在叶明煜看来，薛怀远比姜元柏好多了。至少现在陪在姜梨身边的是薛怀远和薛昭。而叶明煜也十分喜欢薛昭的洒脱义气，若不是因为差着辈分，都要和薛昭称拜把子做兄弟了。

今年在国公府过年，孔六和陆玑却没有出现。自从金吾军班师回朝以后，陆玑就回老家去了。闻人遥说，当初陆玑跟着姬蘅，是因为姬蘅对他有知遇之恩。那时候陆玑一家被仇家追杀，被灭了满门，是姬蘅带着陆玑去找到那些仇家，当着陆玑的面将仇家一一诛杀。从那以后，陆玑就决定跟着姬蘅。他早在许多年前还是幼童的时候，就有神童之称，也并没有因为年岁大了就变得平庸。起初跟着姬蘅是为了报恩，但后来也是真心想跟着他，如今姬蘅不在，陆玑留在燕京城也没有任何意义。他又没必要做官荫庇子孙，干脆就回家种田去了。

孔六仍然在燕京城，只是年关事务繁忙，没来得及过来。闻人遥和司徒九月仍在，正因为这样，国公府才不至于成为一座荒府，什么人烟也没有。

逢年过节的时候，姜梨也会代替姬蘅去祭拜他的父母姬暝寒和虞红叶。想当年惊才绝艳的两个人，如今却再也见不到，多少有些惋惜。

等到新年那天，大家都要在府里吃年夜饭。

叶明煜请来的厨子手艺很好，但姜梨坐在桌边，总是想起姬蘅亲自下厨的模样。想来闻人遥和司徒九月也是如此，面色都有些不自然。叶明煜不知是什么缘故，抱怨了几句气氛怪怪的，最后也只得不了了之。不过薛怀远猜到了，没说什么，只是看着姜梨的目光含了些担忧。

小蓝已经长得很高了，成了一匹英俊的宝马，脾气也越发大了，小红喜欢落在它头顶上啄它的鬃毛，小蓝便在院子里跑，把人都要撞翻……姜梨偶尔会想，不知小蓝和小红会不会想起它们的主人，觉得国公府里失去了那一抹红色，便像是没有了灵魂，再无往日鲜艳璀璨的模样。

到了晚上，大家要在一起守岁，闻人遥突然没头没脑地说了一句："上次我们也是和二小姐一起守岁的。"

众人一愣，叶明煜眯起眼睛，问道："啥意思？阿梨怎么可能和你们一起守岁？你莫不是在做梦，还是睡糊涂了？"

姜梨忍不住扑哧一声笑了起来，想到那时候都深更半夜了，赵轲护着她从姜府里跑出来，巴巴地去给姬老将军烤鹿肉的场景，可笑着笑着，笑容就淡了，只觉得十分凄楚。

那场粗豪的、欢乐的、直接的盛宴，竟然成了他们第一次也是最后一次一起过年。她还记得每一个画面，姬老将军和姬蘅说的每一句话，但他们人已经不在了。原本以为今后还会有无数个这样的日子，没想到会以这样的方式戛然而止。

司徒九月瞪了一眼闻人遥，闻人遥看见姜梨的脸色，像是才明白过来自己说错了话，当即掩饰般端起面前的酒盅，道："我看我们还是先敬一杯！新年好啊各位！"

大家纷纷举杯相庆，无人看见姜梨端起酒杯，凑近嘴唇的时候，轻声又说了一句。

她说："新年好呀，姬蘅。"

待守岁一过，众人纷纷觉得疲乏，便回屋睡觉去了。姜梨也觉得累，不过更多的却是心中千头万绪，怎么也睡不着。越是如此，她越是想到姬蘅。总觉得如果姬蘅还活着，回来了，今夜又是如何，至少这个夜晚，不会让她觉得这样冷。

她从贴身的脖颈处摸出一枚扇坠来。那枚蝴蝶扇坠，由她精心修补过，总算看上去和从前差不多了。她把扇坠做成项链，戴在脖子上，让它贴着自己的胸口，感受到自己心跳的温暖，仿佛这样姬蘅便能随时陪在她身边。

红色的蝴蝶在灯火下流动出华丽的光彩，姜梨捏着扇坠，看得出了神。

也不知过了多久，外面风雪像是小了，在寂静中传来了叩叩的敲门声，敲门声不紧不慢，像是某人含笑站在门口，冒着满身的风雪，红衣华艳，敲响了故人的门。

姜梨猛地一震，紧接着心中掠出一阵狂喜来，她甚至没有披上外衣，便冲出门去，马上将门打开。

然而门外什么都没有。

她不甘心，又往外走了几步，国公府这样大，她顺着自己的院子走到了外面。长廊下，灯笼被风吹得微微晃动，灯火像是要被吹灭了。底下覆盖了厚厚的雪，天上的雪却没再下来。

但什么都没有。

仿佛她成了戏文里游园惊梦的那个人，一切不过是一场雁过无痕的美梦。那敲门的声音不过是风与她开的玩笑，她却在极致的思念之下，当了真。

姜梨忍不住慢慢地蹲下身，捂着脸哭泣起来。

她哭得十分克制，像是年幼的小兽找不到方向，低低呜咽。这些时日来面对众人，她淡笑如常，看上去纵然没有姬蘅也能好好走下去，却在今夜被这个残酷的美梦给摧毁了。她伪装不了，这里处处都是回忆，处处都是他的影子，她如何能装作若无其事？她又不是神仙，也不是铁石心肠。

姜梨哭了很久很久，她不爱在人前哭，仅有的几次哭泣似乎姬蘅都在，而今，当她哭泣时，无论是冷冰冰在一边作壁上观的姬蘅，还是温柔地替她拭去眼泪的姬蘅，都不会再出现。

直到风声都沉寂下来，姜梨从臂弯里抬起脸，看见在她不远处，叶世杰默默站着，面色复杂地看着她。

他不知已经在这里站了多久，也不知就这么听她哭泣了多久，总之，叶世杰没有来打扰她，就这么静静地作为一个旁观者，如同他过去所做的一样。

“叶表哥？”姜梨站起身来，揉了揉发麻的膝盖，面上还未收起方才的悲伤，又带了新的惊愕，“你怎么在这里？”

叶世杰道：“我睡不着，出来走走，恰好看见了你。”

“让表哥笑话了。”姜梨轻声道。

叶世杰走近了两步，盯着姜梨的脸，姜梨眼睛微肿，目光却一如既往地清澈。这令他想到在燕京城里两人的初见。她从街道上突然出现，表明她的身份，嘴角噙着微笑，淡定又从容，眼中有微微的骄傲和疏离。

现在的姜梨没有那份疏离，性子越发平和，仿佛这才是她的本性。她也不为外界所动，无论发生什么事，都是平静的模样。却原来，她所有的热烈和情绪，都给了另一个人。

“你为什么哭？”叶世杰听到自己的声音，“是为了姬蘅吗？”

话一出口，叶世杰自己也愣了一下，他不明白为何要问这么愚蠢的问题，但他心底的那一丝不甘，却令他突然想要这么问。

“是。”姜梨坦诚地答道，“我之前梦见他了。从梦里醒来，觉得很是不甘，表哥一定觉得我很幼稚，为了一个梦而哭泣，是小孩子才会做的事情。”

所以呢？叶世杰心中默默地想，这说明姜梨在姬蘅面前，可以毫无顾忌地展露自己所有的喜怒哀乐？她在旁人面前成熟得体，在姬蘅面前，便是一个任性妄为的小姑娘，这是别人看不到的一面，只有姬蘅能看到。

他心里忽然生出一股妒忌。这妒忌来得气势汹汹，他道：“表妹，肃国公不会回来了，如果你想要活得轻松一点，最好忘了他。”

姜梨闻言，讶然地看向叶世杰，像是诧异叶世杰居然会这么说。叶世杰被她的目光看着，忽然觉得脸上火辣辣的。

殷之黎喜欢姜梨，至少还争取过。然而他喜欢姜梨，却连说也没办法说出口。叶世杰也有自己的骄傲，他并不觉得自己出身商户，所以配不上首辅姜家的嫡出小姐，况且现在姜元柏也不是首辅，而他已经步入仕途。叶世杰不能说出口，无非因为他很清楚，姜梨的眼中只有姬蘅，而自己只是表哥，是兄长，她对他唯独没有男女之情。

在得知姬蘅不再回来的时候，叶世杰为姜梨的未来感到担忧，但同时也不禁问自己，这会不会是上天考验他的机会？也许他一直照顾姜梨，终有一日，他们之间也能生出别的结果。

但谁也没想到，不等别人来说，姜梨就决绝地将自己的后路全部堵死了，发誓终身不嫁，于是叶世杰的最后一丝卑微的愿望也破灭了。他知道自己不再有机会，这一生，只能做姜梨的兄长。

可他仍不明白，姜梨何以会这般喜欢姬蘅。是因为姬蘅美貌？天下美人无数，姜梨也不是那般肤浅之人。是因为姬蘅的地位？殷家当初的地位也不低。至于人品性格，姬蘅更是无比糟糕，叶世杰只能确定，姜梨和姬蘅之间有一些只属于他们的过往，就是因为那些过往，才让姜梨的心无论如何都不会转移。

他对姜梨说这句话，固然是真心为姜梨着想，但也存了自己的私心，只是看到姜梨眼睛的时候，叶世杰觉得，自己的这点心思，可能姜梨早就已经知道了。

“表哥，你也觉得姬蘅不会再回来了吗？”姜梨轻声问。

叶世杰沉默，沉默代表了他的回答。

“可我总觉得他会回来的。只是路上耽搁了点时间。”姜梨微微一笑，“虽然等待是很漫长，不过在他没有喊停之前，我都会一直等着他。至于未来的日子轻松不轻松，我只知道，如果我忘了他，才是真的不会有快活的日子。”

叶世杰心中叹息一声，姜梨的倔强，他们所有人都是领教过的，他早该知道如此，所有人轮番劝过，姜梨不以为然，换了他，难道结果会有什么不一样吗？当然不会。

“表哥现在还没有遇到那个人。”姜梨笑道，“等表哥遇到了生命中最重要的女子，就会明白，有时候，用一生来等待，其实是一件很美好的事。”

叶世杰神情复杂地看向姜梨，少女含笑看着他，目光又恢复了平日里惯有的从容和淡定，不再像刚才那般崩溃脆弱。她如初见的时候，从未变过，但他已从最开始的敌视嘲讽变成慢慢倾慕。

是什么时候喜欢上的，也早已说不清楚。也许是在她为桐乡薛怀远仗义执言的时候，也许是她面对叶明煜笑得开怀的时候，甚至更早，从他在街道上被官司缠身，陌生少女从人群中走出来，挡在他的面前，不紧不慢，胸有成竹帮他化解窘境的时候，他就留意到了她。

阴差阳错，到底输给了时间。

姜梨明白自己的一切心思，刚才的那一番话也是委婉的拒绝，并且希望他去追求自己的幸福。

只是……叶世杰苦涩地想，倘若姜梨要等待姬蘅一生，他是否也要这样无望地等待姜梨一生呢？是真的如姜梨所说，这不过是年少时候的痴恋，等到有一日，他遇到了自己生命里真心喜爱的女子，这些便会成为过往，不值一提，还是随着时间的流逝，痴恋成为执念，他也如姜梨一样，一生守着一个虚无的永远不会回头的影子，再也看不见别人。

没有人能预料未来，他和姜梨都不例外。

就这样吧，且走且看，至少他应当觉得满足，还能有机会在这个夜里，看到生动鲜活的姜梨，和她在这里说话。

“表哥还是早些回去休息吧。”姜梨笑道，“已经是新的一年了。”

“是啊，”叶世杰看向远方，梦呓似的道，“已经是新的一年了。”

一切还有新的希望。

第二日一早，姜梨起得晚了些。

昨夜里，因着遇到了叶世杰，又在外面说了会儿话，姜梨睡着的时候已经很晚了。不过是新年，白雪和桐儿也没有叫醒她，新年嘛，一切都值得宽容。

姜梨随便吃了点东西，走出门外，后半夜雪下得很大，一脚踏出去，雪几乎可以没入人的小半截膝盖。

姜梨听到花圃那头传来声音，就往那边走去。刚走近便怔住，只见赵轲和文纪立在那边，正和司徒九月说着什么。

司徒九月背对着姜梨，赵轲却是先看到了姜梨的影子，叫了一声：“二小姐。”

姜梨没有回答，看向花圃，彻彻底底地沉默了下来。

整个花圃，经过昨夜的大雪，所有的花几乎都受不住肆虐，彻底被摧残。一些埋在了雪里，一些露出在外面，却也是东倒西歪、七零八落，看着十分凄惨。

国公府里的花，或者说是珍稀的毒药草，本就娇贵，原先被姬蘅千里迢迢弄到国公府，让人精心侍弄着，长得花团锦簇，煞是喜人。里面的花也是一年比一年多，正因为如此，司徒九月才能在花圃里找到炼毒的原料。

金吾军班师回朝，姬蘅战死沙场以后，根据姬蘅之前的叮嘱，整个国公府都送给了姜梨，自然也是让姜梨来打理这片花圃。姜梨并非花匠，从前侍弄花草，也是在桐乡侍弄那些平常的花草，对于如何呵护毒药草是真的一窍不通。不过好在原先的花匠还在，一直帮着。姜梨也经常去花圃里帮忙，好像只有这样，才能冲淡她心中的怅惘，给自己找些事做。

然而今年燕京城的冬天格外冷，风雪也格外大。昨天下半夜，风雪十分急促，众人都没有察觉，这些雪几乎把整座花圃都埋掉了。司徒九月等人今日一早发现，便立刻让人赶紧除雪，饶是如此，似乎也回天乏力，只能眼睁睁看着这片繁盛荒芜。

姜梨蹲下身，伸出手去捡起泥土上的一朵花，这花瓣上还带着霜雪，已经被碾压得不成形状，依稀可以看清原先漂亮的桃粉色。姜梨捧着花瓣，看向司徒九月：“这些……已经没救了吗？”

司徒九月摇了摇头。

“这些药草本来就不容易找到，生长环境也十分苛刻，燕京城的气候本就不适合它们生长，是姬蘅这么多年一直花重金想办法创造环境。今年实在不行了，燕京城一年比一年冷，这些药草熬不住的，根都断掉了。”司徒九月的声音很是惋惜。

虽然姬暝寒死后，这片花圃也失去了存在的意义，但是有这座花圃，司徒九月炼毒也方便了许多。从某些方面看，花圃的确为国公府增色不少，令这座府邸充满了生气，令人向往，而如今的一场风雪，就像是昨夜的美梦被惊醒，留下的只有清醒的真相。

对爱做梦的人来说，总归十分残酷。

姜梨不知道说什么，好像自从姬蘅走后，这里就一点一点失去了生气。即便叶家人和薛怀远他们住进来，每日吵吵嚷嚷，好像很热闹，但总觉得缺少了什么，仿佛这座府邸也知道自己的主人不会再归来，就这么颓败下去。

她看着满花圃的凄清，只觉得这是十分不好的预兆，便站起身，道：“既然如此，那就把这片花圃埋了吧。把这些花埋了，等开春了，再种。”

司徒九月惊讶地看着她：“再种？”

“姬蘅只有两个爱好，”姜梨慢慢地说道，“一是赏花，二是看戏。他把国公府交给了我，倘若我把这里弄得灰扑扑的，他这样挑剔的人，见到了定然要不喜。况且有些颜色，增添点热闹也好。”

司徒九月就不作声了，如今国公府都是姜梨的，姜梨想怎么做，自然可以怎么做。

“不过，”司徒九月指了指另一边，“这些花都死掉了，那棵树还活着。”

姜梨循着她的动作望过去，便见花圃中还生长着一棵小树。这是一棵梨树，是那一日夜晚，她从姜府到了国公府，看见姬蘅在种，便自己上前和姬蘅一起种下的。

她走到了树边，小树长高了许多，长得很是挺拔，很有些亭亭玉立的样子。可能再过不了多久，它就能继续长高长大，到了夏日，枝叶繁茂，成为一片绿荫，来年春日，再长出洁白的花朵。它就在国公府里慢慢长大，从姬蘅活着的时候开始生长，一直到很久很久以后。

姜梨伸手摸向树干，树枝上也堆满了积雪，把小树压得有些歪。姜梨拂去那些积雪，它便像得了轻松似的，越发高了一截。正在这时，姜梨手下摸到凹凸不平的东西，感觉像是什么人刻上去的，便凝眸一看，这一看，眼圈顿时红了，险些要掉下泪来。

那上面的字迹她很熟悉，正是姬蘅的字迹，大约是用剑尖凿刻：二十八年春三月，与阿狸手植。

她仿佛能透过这行字迹，看见红衣青年半跪在地，拿剑尖一字一字地凿刻。他神情认真，琥珀色的眸子被月色映得专注，嘴角噙着笑意，美不胜收。

这对当时的姜梨来说，只是一件小事，却被他放在心上，还认真纪念，仿佛在他的人生里，这是一件值得记住的大事。

他……怎么这样呢？

姜梨背过身去，眼泪一瞬间掉下来，没入泥土里。小树在风里微微颤动，温柔又不解，她的心里酸涩得出奇。

平复了好一会儿，姜梨才转身走了出去。她想或许这也是姬蘅留给她的东西，这棵他们一起种下的梨树，将会代替姬蘅，一直陪在她身边，度过无数个春秋。

姜梨走出来后，见到了院子外面的薛怀远。薛怀远打量着她的神色，似乎是有话要说，姜梨怔住，问："爹，出什么事了吗？"

薛怀远连忙摆手："没什么，只是有件事想和你商量。"

"爹请说。"姜梨道。

薛怀远拉姜梨在外面的石桌前坐下，才道："我想着，新年已经过了，既然你日后都要留在燕京城，我们就先回桐乡一趟。那边的老宅子都处理了，再和乡亲们打个招呼，算是告别，日后就不回去了。你看……"他探寻地看向姜梨。

姜梨没有多惊讶，薛怀远之前就跟她说起过这个打算，姜梨也很赞同，还打算回去桐乡以后，自己再去七闽一趟，反正去七闽也要路过桐乡，当即就道："好。"

薛怀远松了口气，犹豫了一会儿，才道："阿狸，爹知道你心里在想什么，旁人那些劝你的话，爹也不会说，你心里有数。不过你在哪儿，爹和阿昭就在哪儿，咱们一家人日后再也不分开了。不管你今后一直待在燕京城，还是去别的什么地方，爹都不会让你一个人。所以你想去做什么就去做，别管别人的眼光和说法，爹和阿昭都会理解你的。"

姜梨笑了："我知道，爹。"

"那么，咱们就计划一下什么时候启程。"薛怀远道，"事不宜迟，咱们走得早，回来得也早些。"

"爹，"姜梨打断了薛怀远的话，"我也有一件事，想要和爹商量。"

"什么事？"

"等回了桐乡之后，我暂且还不想立刻回燕京城，我想去七闽一趟。"

薛怀远闻言，久久没有回答。

"爹，我怎么想都没办法接受，要我就在燕京城一直等待，不是不能，但我总觉得，我还能做些别的事，只有我亲自去找了，觉得没有希望了，才会死心。否则我这一生，都会带着这个遗憾生活。做人不应该凭着本心吗？这还是爹当初教我和阿昭的。"

薛怀远笑着叹气，摇头道："阿昭之前告诉我，你一定会去七闽一次，我原先还不信，现在看来，那个臭小子倒是很了解你。阿狸，爹说过了，你要做什么，爹不拦你，但是爹和阿昭要陪着你一道去。"

"可是你们的身体……"

"我们的身体不好，难道你一个弱女子就好了？就这样吧，阿狸，姬蘅是你的执念，你也是爹的执念。我已经失去你一次，不想再失去一次。”

姜梨清楚地看到了薛怀远眼中的痛色，她忽然觉得自己实在太自私了。自从姬蘅出事，她沉浸在悲伤里，却忘记了自己这副样子落在身边亲人眼中该有多令人着急。薛怀远上次眼睁睁看着自己死去，他不能再承受一次这样的痛苦了。

姜梨点头道：“好，爹，我们多找几个护卫，一起去七闽。”

薛怀远这才满意，二人又说起何时出发，要带哪些人去的时候，正巧叶明煜从一边经过，闻言一愣，道：“你们说啥，什么出远门？去哪儿？”

姜梨回头，叶明煜扛着他的大刀正从外面回来，姜梨就道：“我们打算回桐乡一趟。”

“回桐乡？”叶明煜看向薛怀远，“咋？薛先生这是要回老家去了？”

“不是的。”薛怀远解释，“这次回桐乡，是处理桐乡那边的老宅，再和乡亲们告别，之后就不再回桐乡，留在燕京城里陪着阿狸了。”

“这样啊。”叶明煜大大咧咧道，“那咱们一道啊，我也要回襄阳一趟。”

这回，轮到姜梨惊讶了，姜梨问：“舅舅要回襄阳？”

“是啊，昨儿个接到大哥的信了，大哥说涛水纹现在在燕京城卖得挺好。现在世杰官儿做得也不错，娘平时想看看世杰都看不到，总不能一直都这样分隔两地，叶家多年前本就在燕京，如今又打算从襄阳杀回燕京。我这次回去，就是把娘和大哥他们全都接过来。”叶明煜大笑道，“阿狸，等你表姐他们都到了，你在燕京城里就不那么寂寞了。说不准叶家铺子里的事儿，还得你来帮忙呢。”

这倒是出乎姜梨的意料，不过她很高兴，的确很久没有看到叶老夫人他们了，便道：“这样再好不过。”

“所以，你们打算什么时候出发，也捎上我。”叶明煜拍拍胸，“有我跟着，拦路山匪都要绕道，一路安全得很，咱们出发顺风顺水，保管比你想的早到！”

姜梨和薛怀远对视一眼，姜梨就道：“那么，就请舅舅与我们一道出发了。”

“好嘞。”叶明煜爽快地回答。

从燕京城回桐乡的这一路，是姜梨重生以来第二次走了。上一次的时候，她身边什么人都没有，如今薛昭和薛怀远都在身边，大约是老天宽容，但老天又不愿意赐予人平静圆满的一生，便又将她另一样珍贵的东西夺走了。

姜梨是在年后第十天出发的，燕京城没有人知道。国公府也留了一些人照看，赵轲和文纪同行。司徒九月也在，说是可以顺带看看路上能不能找到珍稀的毒药草做原料。一路上，果然如叶明煜之前保证的那般，并未遇着什么山匪拦路盗寇，也许是因为他们人马太多，护送在马车边的侍卫们看上去也不像吃素的，便是真的有歹人，也早早散了。

总归，到襄阳的路上，平安无虞。

众人先是到了襄阳，见过了叶家人。叶老夫人在襄阳已经听过姜梨遇到的这些事，一直拉着姜梨的手心疼地掉眼泪，觉得姜梨年纪轻轻便日后再也不嫁人，终归是命苦了些。叶家的其他人也为姜梨感到难过，叶嘉儿更是为姜梨的未来夫君战死沙场伤心极了。正因如此，叶家人反而更加用心对待她，希望她在襄阳的这些日子，能够过得高兴一点，暂时忘却那些悲伤的事。

因为叶老夫人身子不好，叶家得等天气暖和一点再启程回京，同时也需要一点时间处理襄阳的店铺和宅子。这一次叶家举家迁到燕京城，便不打算回来了。

姜梨暂且住在叶家。等再过了十几日，薛怀远和薛昭要先去桐乡，姜梨便对叶老夫人道：自己也想去桐乡看看，毕竟上次在这里只顾着对付冯裕堂，却没有好好地看看桐乡是什么样子。

如今叶老夫人生怕姜梨想不开，只要姜梨高兴，做什么都行，当即就爽快地答应了，只是她怕姜梨一个姑娘跟着去会乏味，便让叶嘉儿和叶如风也跟着一道去。三个年轻人并薛昭薛怀远，还有司徒九月，就这么回到了桐乡。

桐乡还是老样子，冯裕堂倒台之后，来了个新的县丞。这位县丞还不到而立之年，因为年轻，颇有些才气，在桐乡已经办了好几件大事，百姓对这个县丞也很满意。听闻薛怀远回来了，桐乡的百姓全都涌到了薛宅门前，送上鸡蛋粮食什么的。

之前姜梨把薛怀远从冯裕堂手中救出来的时候，薛怀远已经疯了，桐乡百姓也知道这一点，无不扼腕叹息，如今薛怀远好端端站在众人面前，口齿清晰，除了看上去比从前苍老憔悴一点，分明和过去一般无二，百姓纷纷感激上天垂怜。

张屠夫大笑道："我就知道薛大人一定会好起来的！这世上还是好人有好报！"

众人附和着，那些百姓又看见了姜梨，要跪下来给姜梨磕头道谢。当初若不是姜梨将他们带到燕京城去打石狮鸣冤鼓，处置了冯裕堂，他们也不知还要过多久的苦日子。

姜梨哪敢让他们真的跪下，忙侧身避过，将他们扶了起来，只道不碍事。那些人又看见了坐在轮椅上的薛昭，纷纷唏嘘。

好容易送走了这些热情的百姓，将薛宅收拾干净，众人才真正住了进去。

薛怀远对叶嘉儿道："寒舍简陋，叶姑娘多担待。"

"不碍事的，薛伯伯。"叶嘉儿笑道，"薛家在桐乡很受爱戴呢。"

薛怀远笑而不语。大约是吧，不过这次回来，真是诸多感慨。薛家的祠堂里，薛夫人的牌位都落了灰，薛怀远让姜梨进来，给薛夫人上香，说了些话。

等到了夜里，姜梨住在自己未出阁时的院子里，睡着自己过去的床。当初冯裕堂把薛宅给封了，但因为薛家本就清贫，家中也无甚值钱财物，于是屋子里倒没有人动过。坐在过去的闺床之上，姜梨久久不能平静。仿佛这些年来，出嫁，被害，重生，再被赐婚，到现在姬蘅不知所终，都只是她做的一场梦，或是在台下看戏的人不小心入了戏，分不清是局中还是现实。

可到底日子是这样渐渐过去了。她摸到脖颈处的蝴蝶，温热的，晶莹的，像是流动的血，鲜艳的，夺目的，让她的记忆无法褪色。

她闭上了眼睛。

这算是……带着姬蘅回到故乡了吧。

四月初一是春灯节。

桐乡有一条长河，到了春灯节这一日，许多姑娘夫人会在河堤边放下亲手做好的花灯，花灯里装着蜡烛，远远望去，水面上一片灯火，将水下也照亮了，波光粼粼，仿佛龙宫仙境。

晚上的时候，几个年轻人要出去感受一下热闹的春灯节。薛怀远腿脚不便，没有去，只让护卫们跟着，照顾好他们。

除了薛昭和薛怀远，其余人都是第一次见到这样的场景。桐乡不比燕京城繁华，但民风淳朴，大约是因为春灯节对他们来说也十分重要，于是这一夜，就如燕京城的庙会一般热闹。街道上全都是出来看热闹的人，有小姐公子，也有平民家的少年少女，亦有玩闹的孩童。街道上许多人都戴着面具，面具画的是神像面孔，五颜六色什么都有，乍一看去，像是唱大戏的。只因为桐乡百姓认为，春灯节神仙会化作凡人下凡游玩，神仙到了哪个地方，便会保佑哪个地方风调雨顺、大获丰收，于是，桐乡的百姓都习惯在春灯节戴着神像面具出来游玩。

司徒九月买了张黑脸神像，叶嘉儿买了张看上去眼睛笑得眯成了一条缝的慈眉善目的菩萨面具。叶如风戴的，脸孔像是在吹胡子瞪眼，十分凶煞。薛昭和姜梨则买了一对双生童子的面具。

到处都是花灯，到处都是热闹的人声，捏泥人的随处可见，司徒九月还被人给塞了一个糖葫芦在手上。玩杂耍的，吹糖人的，桐乡的热闹和京城截然不同，但有一种世俗之外的繁华，像是书籍中记载的世外桃源，人人怡然自得。

司徒九月是第一次来到桐乡，神情之间尽是惊奇。薛昭便为她解释这些东西，不知不觉，他二人便落在了后面。姜梨见状，也不催促，让他二人独处一段时间也好。司徒九月难得有这般轻松的时候，姜梨转眼去看，还能看到司徒九月脸上的笑意。

她是真的很开心。

姜梨也为她开心，叶嘉儿和叶如风这时候正好在一个杂耍人面前停下脚步。那杂耍人手上拿着一摞盘子，头上还顶着一摞，摞得老高，却怎么也不掉下来，人群发出阵阵喝彩的声音。叶嘉儿二人看得入了迷，姜梨就停在一边，耐心等待。

正在这时，姜梨偶然一回头，目光突然凝住。她似乎看到人群中有个熟悉的身影一闪，那抹鲜艳的红色，令周围的繁盛和热闹黯然失色。姜梨心中剧震，身体比思考还要快，她几乎不假思索地朝那人跑了过去，想要看清楚那人究竟是谁。

身边全都是人，姜梨撞在了许多人身上，跟人道歉赔罪，然后接着找，却怎么都找不到，像是她看花了眼，或者是她的幻觉，却总觉得真实得不可思议。姜梨追上了前面一个戴着面具的红衣人，有一瞬间，她几乎以为自己找到了，颤抖着伸手揭下对方的面具，然后她的笑容凝固在脸上，那是一个陌生的中年男人，正狐疑地看着她。

姜梨哽咽了一下，才道："对不起，我认错人了。"

那男人本想责怪几句，看见姜梨眼眶红了，还以为她是害怕，便道："没事没事，认错人了哭什么。"尴尬地走了。

姜梨留在原地，来来往往许多人，她就站在人潮拥挤中，试图发现那个红色的身影。可是灯火憧憧，她什么都看不到。来来去去的人脸上戴着各式各样的面具，没有一张面具之下的脸，是她想要看到的。

她把姬蘅弄丢了，怎么也找不到。

桐乡的两边街道上种满了桃树。今年的春意特别浓，树上层层叠叠盛开的全是风流。原是人间难得的丽色，也就在这万人丛中的热闹里，姜梨觉得惨然又凄清。

她找了一遍又一遍，入眼的好像变成了同一人，终于她也累了，就此停了下来。

身边早已不见了叶嘉儿和叶如风的身影，她走得太急，没有和姐弟二人打招呼。

四月的风像是也带着暖意，拂到人脸上痒痒的。姜梨便顺着河畔慢慢地走，河畔有许多姑娘正在放花灯，水面都被点亮了，有情人以涟漪写相思，歌舞热闹。

姜梨慢慢地走，仿佛回到多年前那个春风沉醉的夜，姬蘅也是如此，慢慢地走，热闹与他无关，在一片繁华里格格不入，仿佛闯入的陌生人。

一些人对姜梨投来好奇的目光，见这秀丽灵澈的少女脸上一片失魂落魄，不知在想什么，走得格外缓慢，仿佛人生。

灯火像是永远也不会熄灭，姜梨走了很久很久，走到了河堤的尽头，就在这时，她听到了叶嘉儿的声音："表妹！"

姜梨回过头，叶嘉儿气喘吁吁地跑过来，抓住姜梨的手，道："表妹，你去哪里了？我怎么也找不到你，还以为你不见了，差点就要去报官。"

"我没事。"姜梨勉强对她笑了一下，没见到叶如风的身影，便问，"如风呢？"

闻言，叶嘉儿的脸色越发难看了，姜梨就问："可是出什么事了？"

"我和如风最初还不知道你不见了，以为你是去等薛少爷他们。前面不远处有人在搭台唱戏，如风没见过唱得这样好的戏班子，可是戏台周围都有人守着，不知是哪里来的富家公子包下了这场戏，只给他一人看。如风年轻气盛，气不过，与那人吵了起来。后来薛少爷来了，前去解围，现在也还没弄清楚呢。"

姜梨皱眉："怎么会这样？"

"我便是想要劝，也奈何不得。"叶嘉儿满脸焦灼。

"姐姐别急，我去瞧瞧是怎么回事，阿昭既然在，想来不会让如风出事的。"姜梨安慰她道。桐乡的百姓姜梨都熟识，除非是外地客，大约这就是个误会。

叶嘉儿点头："我带你去。"

二人便匆忙赶往叶嘉儿说的地方，便见桐乡东街楼下，青莲坊中，隔得老远就听到婉转的戏腔，唱的正是《牡丹亭》。

“梦回莺啭，乱煞年光遍，人立小庭深院。炷尽沉烟，抛残绣线，恁今春关情似去年？”

唱戏的女声悠远又慵懒，一刹那春光顿开，周围看戏的人并不进坊间，只在外面张望。道路两旁，尽是桃花旖旎，就如那戏文里的春色烂漫，游人不小心走入其中，闯进一桩惊梦。

“你道翠生生出落的裙衫儿茜，艳晶晶花簪八宝填。可知我一生儿爱好是天然？恰三春好处无人见，不提防沉鱼落雁鸟惊喧，则怕的羞花闭月花愁颤。”

“原来姹紫嫣红开遍，似这般都付与断井颓垣，良辰美景奈何天，赏心悦事谁家院。朝飞暮卷，云霞翠轩，雨丝风片，烟波画船，锦屏人忒看的这韶光贱。”

饶是姜梨知道自己为何而来，此刻也忍不住为这戏腔惊艳，脚步也慢了下来。她往前走，青莲坊中，果然搭起了巨大的戏台，台上的人唱得春情难遣，幽幽怨怨，春光暗流转。

台下有一排椅子，却只有一人坐着，只看得到他的披风，姜梨未曾看到薛昭，也未曾看到叶如风，等回头去看时，只有人群，连叶嘉儿也看不到了。

她不知道是何缘故，正打算上前，忽然愣住了。

那人背对着她，她看不到对方的模样，但见得他手中的折扇。

那把折扇一点一点展开，上面的牡丹绣着金线，精致又华丽，美艳而动人，如同姜梨的记忆一般，永不褪色。

她不由得摸向自己的脖颈，那里的蝴蝶扇坠像是瞬间有了生命，展翅欲飞。她的心也高高飞起，不在人间，脚步踩不到地面，虚虚浮浮。

“则为你如花美眷，似水流年。是答儿闲寻遍，在幽闺自怜。转过这芍药栏前，紧靠着湖山石边。”

戏腔里净是缠绵，姜梨一动不动地盯着那人的背影，怎么都动不了。

对方像是知道了姜梨也在此，轻摇折扇的动作一停。他修长的手握着扇柄，站起身来，任由咿咿呀呀的戏腔婉转动人。

他转过身。

灯火阑珊，一刹那时间流转而过，惊艳的人依旧惊艳，站在春色无边的夜里。桃花朵朵为他争相开放，那青年着红衣，持折扇，唇红齿白，美艳逼人。他琥珀色的眼眸倒映出夜里的星辰和灯火，隔着人群重重，也清楚地映出了她。

姜梨手一松，蝴蝶扇坠猝然落地，砸在地上，发出清脆的响声，又被热闹瞬间淹没。可她全然不在乎，只是紧紧盯着红衣的年轻男人，他一步一步，朝自己走来。

天地万物好像也没了声音，仿佛多年前他坐在墙的另一头，她在墙里秋千上歌唱，又像是当初佛堂屋顶，月色朦胧，她秉烛抬眸，惊撞了人间绝色。

那些酸楚、悲伤、怅然和绝望，都已经远去。桃花色里，他不紧不慢地朝她走来，世间人来来往往，亦没有阻挡他的脚步。鸿雁度青天，红豆生南国，相思千万种，情人只一个。

就是他，只有他，再不会有别人。

他走到姜梨面前，弯腰捡起她脚边落下的蝴蝶扇坠，眉宇间一如既往轻佻又勾魂，笑盈盈地递还给她：“小姑娘，你好像捡到了我的东西。”

姜梨扑哧一声笑了。

她曾以为相遇最美好，原来世间难得是重逢。

“那你打算如何报答我？”她侧头，眼眸里都是笑意，“以身相许，如何？”

番外

相随

春灯节的夜晚，姜梨在桐乡的青莲坊，见到了久违的姬蘅。

整整一年时间，经历了一个春秋冬夏，其中哭过笑过，也心酸过。本以为此生再无相见的可能，却幸得上天垂怜，再给了有情人一个机会。

“失而复得”四个字，光是听着，也从心底生出劫后余生的庆幸来。

只是一开始的缠绵和激动过去后，便到了算账的时刻。

薛宅里，姜梨闺房中，姜梨不客气地把前来看热闹的众人全部驱赶出去，把姬蘅扔进了自己房中。

姬蘅也不恼，好整以暇地将衣袖上的褶皱抚平整，这才不慌不忙地打量起屋子里的陈设来，喟叹道：“阿狸，你的闺房，实在不像是女孩子住的地方。”

姜梨虽然称不上是将门女儿，喜爱舞刀弄枪，但寻常女儿家的刺绣或是精致的小玩意儿，也一个都没有。并非薛怀远不肯给她买，只是比起那些来，姜梨更喜欢薛昭带她去见的那些新奇东西。囤一些漂亮的玩意儿在自己身边，并非她的习惯，这一点和姬蘅恰恰相反。

“废话少说。”姜梨没好气地道，在桌前坐了下来，连茶也不给姬蘅倒，直奔主题，“一年里，你没死，为何不出现？这一年你究竟在什么地方？便是你不便出面，至少也能寻个人知会我一声。你这样一声不吭，所有人都以为你是真的死了，我……”她说不下去。

她表面上平静从容，内心的惶恐却无从发泄。明明还悬着一丝希望，可这一丝希望又是如此渺茫，让人不敢去奢望能够成真。这样的日子，实在是很难熬。

“对不起，阿狸。”他伸出手来，拂去姜梨眼角的泪水，姜梨这才发现，不知不觉，她竟然落泪了。这真令人沮丧，如今能轻而易举令她掉眼泪的，似乎只有姬蘅。可恨的是，他做的事，又并不像沈玉容那样可恶，让人恨不起来，反而越发揪心。

“我并非故意要瞒着你，事实上，在我醒来后，就想办法回了燕京城，本来打算看你的，只是……”他顿了顿，道，“皇帝拿你与我打了一个赌。我不想让你输，所以只能暂且不见你。”

姜梨诧异：“皇上？”

姬蘅摸了摸她的头发，道：“不错。”

原来当日在七闽山上，姬蘅是真的旧疾复发，之前被殷之黎围杀时中的箭伤，本就很深。那些日子都是姬蘅强撑着，当日撑不住，被殷之黎的副将暗算，从马上跌落下来。他被人追赶，误入山上猎户的陷阱，用最后的力气杀了陷阱外虎视眈眈的群狼，便失去知觉昏死过去。

在那一刻，姬蘅以为，自己这一回大约不可能活着回去了。他心中充满不舍和留恋，并非留恋这个世界，只是舍不得他的姑娘。如果姜梨知道他死了，一定会很难过。

就是因为这点牵挂，姬蘅拼命让自己活了下来，一直支撑到来山上搜寻猎物的猎户发现了他。

猎户是七闽本地人，平日就住在山上，独来独往，已是个中年男子，周围没有人认识他。他看到姬蘅也吓了一跳，犹豫了一会儿，还是将姬蘅背了回去，随便找了些药草给姬蘅敷在身上。他并非真正的大夫，甚至连七闽山上两军对垒的事都不知道，是个活在尘世之外的人。姬蘅能活下来，全凭他的顽强毅力和那一点点运气。

总之，在那个寒冬，山洞里，他昏迷了几天几夜之后醒了过来。等他醒过来的时候，发现自己失明了。

他什么都看不到。看不到救他的人，也看不到外面是个什么情况。猎户从来没有跟姬蘅主动说过话，不知道是天生哑巴还是在山上一个人住久了才变成这样的。姬蘅一点点摸索出了大致的情况。但他眼睛如此，又不敢轻易信任猎户，更不能到处乱走，倘若闯到了殷家兵的残余势力手里，只会更加麻烦。

他只能暂且在山洞里待着。

山洞本就十分隐蔽，陆玑派人去寻，几次都没找到。不过也是因为这里已是深山无人的凶险地方，旁人不会想到居然还会有活人。总之，等姬蘅能自己摸索着出来的时候，金吾军和殷家兵的战争已经彻底结束。

从七闽到燕京，是一段很长的路程。而失去光明的姬蘅和普通人没什么两样。天下人都以为他死了，他也不能亮出自己的身份，在没办法保全自己的情况下表明自己是姬蘅，无异于告诉对手，快些来对自己下手。

姬蘅从七闽回到了燕京，这一路上，他的艰难可想而知。他甚至学会了让自己看上去像个正常人，似乎并未双目失明。他能正常地拿东西，与人说话，滴水不漏。这出戏做得并不容易，在姬蘅成年以后，似乎极少遇到这样狼狈的时候，但他仍然一直在做，哪怕十分危险，也要做成，只因他必须安全回到姜梨身边。

等他回到了燕京，金吾军早已班师回朝。洪孝帝留在燕京城的暗卫发现了他，姬蘅便进宫见了洪孝帝。

洪孝帝和姬蘅之间的感情大约是很复杂的。一方面，因为小皇帝过去的经历，令他对待任何人都存着怀疑，饶是对他最重要最信任的臣子也是一样。另一方面，洪孝帝又觉得姬蘅与自己同病相怜，恰好又有着共同的敌人，他对于姬蘅，又比对待忠心的臣子多了一分真心。

就是这份复杂，让姬蘅早早就意识到，等大仇得报之后，是不可以继续待在朝堂之上的。当然他也可以这么做，甚至只要他有心那个位子，还能继续坐下去。在从前看来，姬蘅不是没有过这个念头，但是如今，有了姜梨，这件事对他来说毫无意义，姜梨不会喜欢宫廷的生活，姬蘅便不再考虑那个已经很久远的念头。

洪孝帝告诉姬蘅，他会让人想办法医治姬蘅的眼睛，但姬蘅不可以暴露自己还活着的事实，尤其是不可以告诉姜梨。

“为什么？”姜梨听到这里，忍不住问道。

“如果我死了，叛党余孽会认为皇帝失去了倚仗，会蠢蠢欲动，对于皇帝来说，正是一个看清楚是人是鬼的好机会，可以趁这个机会，彻底肃清朝野，将有异心的人铲除，迎来一个干净的朝廷。”

这话姜梨能明白，“姬蘅死了”，光是这句话，就能引出一些藏在暗处的牛鬼蛇神。别的不说，当初有些人想借此来剥夺姬家的爵位时，姜梨就已经见识过了。

“但为什么不可以告诉我？”姜梨问，“我不会告诉别的人。皇上的意思，似乎也并不是信不过我，而是故意的？”

姬蘅笑了，淡淡道：“也许他是信不过我。”

当时洪孝帝告诉姬蘅，不可以将此事告诉姜梨。因为姜梨从头到尾知道太多了。她知道有关林柔嘉和殷湛的事，知道皇家丑闻，也知道虞红叶和姬暝寒真正的死因。洪孝帝怕姜梨成为第二个林柔嘉，红颜祸水。他信不过姜梨，甚至一度还因为姜梨知道太多而生出杀心。

“朕与你打个赌，不告诉姜梨你还活着的事实，看她能不能为你守一年，倘若你赌赢了，朕就答应你，从此再也不管你的事。若是你输了，朕要姜梨的命，你就当没有这个人。”洪孝帝的话，再一次回响在姬蘅耳边。

“他信不过我？认为我会改嫁？带着这些秘密嫁给别人？”姜梨讶然，“可是我说过了，我终身不嫁的。”

“那只是一句口头上的约定。”姬蘅扬唇一笑，“世上很多人，连他们自己都记不清自己说过了什么。皇帝认为你也是一样。”

“我并不想和他打这个赌，这是浪费时间，我知道结果是什么，你这么死脑筋，又笨得很，怎么会见风使舵那么难的事。”姬蘅笑道，“不过我还是答应了他，因为只有这样，日后才会省事，他才不会再过问此事，而我们只需忍耐一时就好。”

姜梨沉默，真相原来是这样。她实在找不到可以责怪姬蘅的地方，姬蘅固然可以抗旨，但那样一来，就会给薛家、给叶家甚至给姜家带来无数的麻烦。洪孝帝毕竟是天子，金口玉言，说过的话不会改变，姬蘅这个决定，的确是最稳妥的选择。

“后来宫里的太医治好了我的眼睛，我可以看到人了。”姬蘅道，“其实我一直在暗处跟着你，怕你太过伤心而出事，新年那天晚上，其实我来过，在你门前，差点被赵轲发现。”

新年？姜梨想起来，那天晚上，她似乎听到有人在敲她的房门，等冲出去之后，却什么都没有看到，蹲在地上哭得伤心的时候又遇到了叶世杰。原以为那是自己太过想念姬蘅出现的幻觉，原来不是什么幻觉，姬蘅是真的出现过。

姜梨的脸顿时一红，心中一阵恼怒，愤愤然道：“你就在那里眼睁睁地看着我哭，你真行！”

姬蘅一挑眉：“你跟叶世杰那小子走得那样近，我还没说什么，你怎么倒打一耙。”他似乎是不爽，“我们家小姑娘，觊觎的人还真不少。走了一个，又来一个，你可真是长本事了。”他捏着姜梨的下巴，明明是恶狠狠的动作，下手却是轻轻的。

“你胡说八道什么，”姜梨道，“这和叶表哥有什么关系？”

“我不管什么表哥。”姬蘅轻哼一声，“你想抛弃我，老天爷都不会同意。”

姜梨简直要被他气笑了，从没发现姬蘅是这么幼稚的人。她问道：“那阿昭和表姐他们又是怎么回事？”

和姬蘅相认以后，忽然消失不见的叶如风和叶嘉儿、薛昭和司徒九月都出现了。姜梨也就明白，敢情这件事情只有她一人不知道，其他人早就知道了？

“我和皇帝的约定时间到了，知道你们打算回桐乡，就一路跟着来了。那天晚上，我本想出来看看你，被薛昭看到了。”姬蘅说到这里，有些不自在。想来他一直谨慎，却能被薛昭逮住，可见当时是有些失神。

薛昭发现姬蘅后，先是诧异于姬蘅居然还活着，接着十分激动，姬蘅也打算找到姜梨，告知她自己还活着的事实，却被薛昭拦住。薛昭说，反正明日就是春灯节，不如给姜梨一个惊喜，就让姬蘅佯作看戏，叶如风和姬蘅起了争执，再让叶嘉儿引姜梨前去。

姜梨知道了来龙去脉之后，颇为无语，道：“薛昭这什么乱七八糟的办法，你居然同意了？”

“我想他是你弟弟，当然很了解你。薛昭说，如果我直接出现，你定然会很生气，照他说的做，你便顾不上生气，不过现在看来，”他沉吟道，“早知道你怎样都会生气，我应该昨夜就来见你的，也不用多挨一日。”

姜梨无言以对，薛昭又淘气了，且胆子越来越大，竟然敢捉弄到姬蘅头上。

“所以你就这样做了？我爹他们也提前知道了？”姜梨不依不饶，“你就这么独独瞒了我一个人？”

“对不起。”他微微俯身，在姜梨唇上啄了一口，“以后所有事情，我都不会瞒着你。国公府是你的，我嘛，”他笑得诱人，“也是你的。”

“以后？”姜梨挑眉，“以后的事情，谁也说不准。”

“你想做什么？”

“你如何对我，我就如何对你。”姜梨故意气他，“我去什么地方，你可别跟着。”

“姜梨小姑娘，”他叫着她的名字，低头吻了上去，“你可不能始乱终弃。”

四月的桐乡，姜梨和姬蘅重逢了。薛昭和薛怀远是早就见过姬蘅的，自然不必说。叶家人却是头一次看到，他们惊叹于姬蘅的美貌与风华，又知道当初是他带着金吾军大败殷家兵，与容貌截然不同的是他的手腕和性情。虽然叶明辉和叶明轩以为，姬蘅的身世太复杂了，但叶老夫人却对姬蘅十分满意。当初姜梨回到襄阳的时候，叶老夫人就看出姜梨虽然表面没什么，心里却是很伤情的。叶老夫人不止一次向叶家列祖列宗祈祷，祈祷奇迹能发生，或许姬蘅真的还活着，今生有朝一日还会出现，让自己的外孙女快乐地生活下去。

如今得偿所愿，她自然看姬蘅哪里都好。况且姬蘅便是不刻意讨好谁，光是笑盈盈地站在那里，也会惹得人不自觉将目光往他身上投去。长得好就是占便宜，任谁都会对他宽容几分。

叶老夫人一边拉着姜梨的手，一边问姬蘅：“阿蘅啊，你们之前就已经被皇上赐下亲事，如今你回来了，有没有想过，何时成亲呢？”

姜梨一愣，脸颊微红。

“如果阿狸愿意，”姬蘅道，“什么时候都可以。只是我不愿意委屈阿狸，所以等这次回到燕京城，我就迎亲，不知道阿狸愿不愿意？”

他故意当着旁人的面询问姜梨，眼中都是笑意。姜梨别过头去，看见薛昭正忍不住想笑。她瞪了一眼薛昭，道：“问我做什么。”

薛怀远就道：“无事，就照阿蘅说的办吧。恰好天气也不错，还得写信给姜首辅。”

姜元柏如今已经到了永州，在那边住了下来。倘若姜梨真的要成亲，或许姜家人会来。

“如果姜大人来不了的话，也没什么。我和爹也是姐姐的家人，还有叶老夫人、叶老爷他们。姐姐虽说不再是首辅家的小姐了，却也是大家捧在掌心的千金。姐夫，你说是不是？”薛昭亲亲热热地喊姬蘅。

姬蘅勾唇一笑：“当然。”

知道他们是拿自己打趣，姜梨也不多说什么，免得又被姬蘅抓住了小辫子。这人如今越发放肆，几乎是恃美行凶，反正谁也不会拿他怎样。

到了晚上，姬蘅在姜梨的屋子里喝茶，姜梨问起他白日里说的话，就道："你今日早上与外祖母说的，回到燕京城就成亲，是真的还是假的？"

"我何时骗过你？"姬蘅笑道，"怎么，你怕我不肯娶你吗？"

姜梨嗤笑一声："谁怕？世上便不是只有你一个男的。"

她也真是挑衅，被姬蘅瞥了一眼，一把抓住抱到自己的腿上来。姜梨便坐在他的腿上，缩在他的怀中。

这个姿势未免太亲近了些，她挣扎了两下，姬蘅嘘了一声，贴着她的耳朵低语，语气是撩人的亲密："阿狸乖，别动。"

姜梨隐约察觉到了什么，不敢动了。他满意地伸手抚过姜梨的长发，慢悠悠地道："你这样，我就只有迫不及待把你娶进门了。"

"就算回到燕京城，还有许多要准备的。"姜梨道，"我的嫁衣还没准备，嫁妆也没准备，什么都没准备，怎么可能一回去就成亲？"

姬蘅离开的时候在打仗，谁也不知道结果是怎样。仗打完了后，又传来了姬蘅战死沙场的消息，别说是嫁人，都不知道这门亲事能维持多久。姜梨什么都没有准备，这么短的时间，如何能与他成亲？

"不必担心。"他声音温柔，"我早就准备好了。"

姜梨诧异地看向他，他琥珀色的眼眸里是似笑非笑的醉意，像是喝了酒，但分明又是清醒的。他道："之前是你要求的，等我回燕京后就娶你。我也是这样想的，在离开之前，什么都准备好了。"

姜梨蹙眉，他二人在青州码头吻别，姜梨的确说过，等姬蘅回京之后就娶她过门，但在离开前……难道是在他带金吾军去青州之前，就打点好了一切？

"你的嫁衣，你的嫁妆，你的聘礼，我都准备好了。这场亲事准备就绪，差的不过一个你。欢迎你随时进门，我永远恭候。"他的声音低沉撩人，"你想要什么，我都能帮你得到。小姑娘，你逃不出我的掌心了。"

姜梨扑哧一声笑了，道："倘若我不嫁呢？你准备这么多东西，岂不是白白浪费了？"

"你舍得不嫁我？"他挑眉，"我记得某人还说过，就算我死了，也要为我守寡，终身不嫁。"

姜梨佯作不知："这不是我说的，是你听岔了，休想赖在我头上。"

姬蘅笑而不语，只是抱着姜梨。他还记得那些日子看着少女站在人前，掷地有声地说出这句话；看着她在国公府里，和心怀鬼胎之人周旋，拼尽力气守护他的东西。那一刻，他忽然明白，过去的那些痛苦都是值得的，因为他遇到了她。这份真心令洪孝帝都放下心来，更勿用提他。他本是铁石心肠薄情寡义之人，却被她一手从黑暗中拉了出来，有了生气和暖意。

她是他一生的救赎，所以他永远不会放手，永远不会。

“我们一直在一起吧，阿狸。”他轻声地道。

姜梨顿了顿，绽开了一个笑容：“好呀。”

去襄阳的时候是一行人，回燕京城的时候，身边的人却多了不少。

叶家把在襄阳的生意都处理好了，不过到最后，薛宅和叶宅却没有卖掉，到底是住了多年的地方，有些舍不得，留着也是个念想。也许有朝一日，万一想要归乡再看看，也不至于无处可去。

但这回回京城，众人又多了一件事，就是要准备姜梨的婚事。

等在襄阳待了一段日子后，大家启程回燕京城，也不赶路，走得慢悠悠的，一路上游山玩水，好不尽兴。叶老夫人的身子好了不少，和姜梨他们在一起的时候，精神头十足。这么边走边玩，等回到燕京城的时候，已经是八月了。

八月炎夏，众人商议，婚事就定在九月初八，秋高气爽。不过这样算来，留给姜梨准备的时间，便只有不到一个月。

国公府的人一点也不急，因为实在没什么可准备的。姬蘅老早就准备好了一切，甚至连凤冠霞帔都不必姜梨自己去做。虽然女儿家也常常自己做嫁衣，不过姬蘅的理由是，做针线实在很累，姜梨看样子也不大喜欢这种事，便由他来寻好了。

姜府已经没有了，未出嫁的新娘又不能直接住在国公府，这些日子，姜梨就住在叶府。这天一大早，赵轲便登门前来，倒把叶府门口的小厮吓了一跳，只见赵轲身后竟是车马队，马车拉着的是大红木箱，看上去十分沉重。

叶明煜闻声赶来，问道：“这是……”

“这是大人替小姐准备的嫁妆和嫁衣。”赵轲手里还捧着一个，“要属下亲自送到二小姐手中。”

叶明煜有点不大高兴，道：“阿梨是我们家的姑娘，怎么嫁妆还要别人来准备？没这种说法吧！你们大人是觉得我们叶家没有银子？叶家有的是钱！”

赵轲无语了一刻，只道：“这是大人的心意，叶老爷还是请二小姐过目吧。”

“三叔，还是让表妹自己来看吧，说不准表妹早就同意了此事。”叶嘉儿也帮腔。

叶明煜道：“行，阿顺，你去告诉表小姐，肃国公送礼来了。”

姜梨出来的时候，那些红木箱子已经搬到了院子里。叶府的院子本也十分宽敞，但这会儿竟满满地摆了一大堆，有些还摆到了屋子里。

姜梨诧异地道：“这是……”

赵轲将手里的单子递到姜梨手中：“这是嫁妆单子，小姐请过目。”

姜梨展开来看，有些不自在，女孩子出嫁，还没听过嫁妆是夫家准备的。不过此事被姬蘅做来却十分自然，仿佛理应如此，她也弄不清楚自己是不是有些混乱。那些单子上的东西，叶家看了也要震惊。不过再一想，便又释然，当初姬蘅还嘱咐文纪，倘若他回不来，便将自己所有的都赠予姜梨，如今看来，即便他回来了，还是把他所有的都赠给了自己。

姜梨再打开装着嫁衣的箱子。那只箱子里，大红色的嫁衣安静地躺着，凤冠霞帔，美不胜收。

赵轲道："其实这身嫁衣，当年老将军在世的时候，就开始准备衣料和首饰了。老将军希望有朝一日大人能娶妻生子，过着普通人的日子。大人请求皇上赐婚以后，就开始令绣娘裁剪缝制嫁衣，这些首饰则是他亲自打造的。"

"亲自打造？"薛昭惊讶，"他一人？"

赵轲道："不错。"

姜梨心里说不出是什么感受，她难以想象姬蘅这样骄傲的人，却会坐在灯下，认真为她凿刻珠宝首饰。

姜梨并非在意形式的人。当年沈玉容迎娶薛芳菲的时候，并未十里红妆，出嫁后还要回到燕京城，长途跋涉。她那时也没觉得有任何不妥，大约年轻时候都认为，有情饮水饱，到现在姜梨也仍旧这么认为，但在姬蘅眼中，这是十恶不赦，万万不能。他就是要昭告天下，姜梨是他的妻子，他会用一生去好好爱护姜梨。

薛怀远笑眯眯地看着姜梨，自己的掌上明珠能被人这样珍而重之地相待，身为父亲的他，还有什么不满意的呢？

这样，姜梨只管安心等着在家出嫁就好了。

因为时间过得很快，姜元柏他们竟是不能立刻回到燕京城。出嫁那日，可能姜元柏都不会在场。不过叶明煜拍着胸脯保证，便是姜元柏不在场，姜梨的大喜之日，也决计不会被人轻视，他们叶家绝对会让姜梨成为燕京城嫁得最风光的贵女。

这一月来，姜梨几乎没什么事情可做。每日就带着叶嘉儿和叶如风在燕京城四处游玩。倒比从前更为轻松。现在想想她前后两世，出嫁过两次，第一次嫁给沈玉容，出嫁时满怀期待，但也十分忙碌。沈玉容家境清贫，薛家也不算富裕，姜梨还得想着如何俭省。如今这一世，嫁给姬蘅，是截然不同的张扬，她不必去考虑嫁妆太少会不会被人看低，也不必去计较对方给的聘礼太多会不会让对方家境窘迫。喜欢便是纯粹的喜欢，和其他任何事情都无关。

姬蘅还活着，并且回到了燕京城，当即又掀起了一阵风浪。许多一开始想要看姜梨热闹、觉得她这辈子定会十分凄惨的人，这会儿便开始眼红，甚至还有一些官家，动了心思，故意和姬蘅套近乎，希望将自己的女儿也塞进国公府。在他们看来，姬蘅本就有权有势，如今又立下大功，洪孝帝皇位坐得这般稳，姬蘅功不可没，燕京城的官家中，如姬蘅这样年轻又有前途的人，独独他一个。便是自家女儿进府去做个妾，只要能和国公府攀上关系，那也不亏。

桐儿将这些说给姜梨听的时候，颇为不屑，道："那些人也实在太不要脸了吧，还说什么高官呢。原先姑爷没有音讯的时候，都来劝咱们姑娘放弃。现在觍着脸也要进门，也不照照镜子看看自己长什么样。”

姜梨摇头一笑，不置可否。其实还有更加难听的话，只是桐儿没有告诉姜梨。那些人认为姜元柏如今已经不是首辅了，姜梨也算不上什么高门千金，至多有一个做官的表哥而已。叶家本家还是商户出身。姜梨又不是生得倾国倾城，迟早都会被姬蘅厌倦，他们总会有机可乘。

“姑娘就一点儿也不担心吗？”桐儿问。

姜梨挑眉：“担心什么？他若是真要生出异心，我千防万防还是防不住。”

前生沈玉容的事情告诉她，人心易变，喜欢一个人，可以为他牺牲，但不能失去自己。她总不能为了日后可能发生的事，在现在给自己找不自在。

正说着，薛昭推着轮椅从外面走进来，桐儿便退出房去。

“姐姐，”薛昭看着她道，“明日你就要成亲了，怕不怕？”

姜梨道：“有什么可怕的。”

“看来你是真的很喜欢他。”薛昭感叹。

这一月以来，姜梨都没有看到姬蘅。说起来，姬蘅这般肆无忌惮，什么都不放在心上，倒是对成亲前不能见新娘的习俗十分恪守。薛昭问起姬蘅为何如此，姬蘅的回答也是出乎人的意料，他说，习俗如此，倘若坏了习俗，他们的姻缘不平顺该如何？

居然如此紧张这桩姻缘，薛昭也就彻底放下心来。其实和叶家人不同，薛昭对姬蘅十分放心。他总觉得姬蘅这样的人不同于沈玉容，对待外人是绝情狠辣，但只要有了软肋，就会终其一生呵护那个人不受伤害。正因为他需要守护的人很少，所以能被他守护的人，才格外幸运，能得到他全部的爱意。

“姐姐，”薛昭认真地道，“我们会一直陪在你身边的，希望你能幸福。”

“好。”姜梨笑着看向他，“不知什么时候才能听到你的好消息。”

“我的？”薛昭愣然了一刻，随即挠头道，“我就不劳你操心，再等个十年八年吧。”说完，也不管姜梨是什么表情，转着轮椅就逃之夭夭。

姜梨无可奈何地摇头。

成亲那日，天气很好。秋色里，太阳都成了金黄色。姜梨坐在镜前，看着镜中的自己，年轻的女孩眉目温婉动人，眼睛似潺潺溪水，流动的都是幸福。叶老夫人站在她身后，轻轻地拿木梳为她梳头，青丝如瀑，绾成新妇髻。珠宝琳琅，凤冠霞帔，她抿了胭脂，娇艳非常。

叶老夫人看着看着，眼睛就湿润了，大约是想到了早逝的叶珍珍，道：“我们家小梨，真的长大了。”

叶如风从外面探进脑袋，呼道：“祖母，好了没有，迎亲的队伍都要到了。”

叶老夫人连忙应了一声，叫喜婆进来，给姜梨戴上了盖头，拉着她出去。

姜梨被拉着跌跌撞撞地走，盖头蒙在头上，她什么都看不见，只听到外面吵吵嚷嚷的声音，还有从远而近的笑声，敲锣打鼓的声音渐渐清晰起来。

那是盛大、圆满、令人难以忘怀的迎亲。

她听见有人勒马停于面前，有人走向自己。姜梨莫名紧张起来，周围的哄笑声她都听不见，只听到自己的心跳，有力的，一下又一下，像是有顽皮的小鹿横冲直撞，几乎要跳出来。

姜梨的手汗津津的，正在她觉得惶惑、竭力保持镇定的时候，忽然，有人轻轻地牵起了她的手。他的手修长而温暖，恰好可以把她的手包在掌心。

然后，眼前的盖头突然被挑开，她跌进了一双漂亮的凤眸之中。姜梨诧异地看向他，这出格的举动他做得无比自然，优雅而温柔。

红衣美人就这么站在她面前，嘴角噙着动人的笑意，说出一生的承诺，他说："跟我走吧，小姑娘。"

然后，她就这样毫不犹豫地、坚定地跟上了他的步伐。

"好。"

幻夜

定远城离漠南不远，但到了冬日，也是冷得出奇。

一大早，姜梨从客栈里走出来，忍不住打了个喷嚏。

桐儿忙不迭地将披风给姜梨披上，道："夫人千万别着凉，赶路的时候着凉，可实在难受得紧。"

即便成亲一年了，每次听到桐儿叫自己夫人的时候，姜梨还是有些回不过神。大约这和前生不同，成亲之后，她并没有和寻常女子一般待在后宅之中相夫教子，反而游遍名山大川，年少时候未曾完成的梦想，居然在成亲之后完成了。她便觉得自己是自由的，还是未嫁人的姑娘，当然听不惯夫人之称。

"姬蘅呢？"姜梨问。她醒来的时候，姬蘅已经不在屋里。

白雪走过来，道："大人知道您喜欢吃昨晚路上买的红豆糕，一大早就去给您买了。洪福酒楼的红豆糕一日只卖十份，大人怕去晚了没有，奴婢今日起来的时候，大人都要出门了。"

桐儿笑道："大人对夫人真是很好。"

姜梨也有些无言，若是别人知道姬蘅居然为了她一大早去和百姓排着长队买一份红豆糕，怕是以为她在说谎。不过姜梨也知道姬蘅的行事作风，想来他去，多半会一口气将十份红豆糕买回，全给她送来。这种事，其实让下人去也可以，姬蘅偏要自己去。倒不是说他刻意，在过去许多年里，姬蘅没有尝试过这样普通人的平静生活，于是这一年来，他们在路上的时候，他总是尝试许多新东西。那些在别人眼中再平凡不过的小事，对他来说都是特别的。

这很好。

成亲以后，姜梨有一次与薛昭谈话，恰好被姬蘅听到。薛昭说起和姜梨年少时候的梦想，薛昭是希望游遍四海，行侠仗义，姜梨则希望多出去走走，发现生命的无数种可能。

姬蘅听到后，第二日就做了决定，带着姜梨出去游玩。

这在别人看来十分诧异，叶老夫人还以为姜梨是跟着叶明煜久了，被叶明煜影响，把叶明煜骂了个狗血淋头。叶明煜十分委屈，还是薛怀远出来解释，说这本就是姜梨的意思。

薛怀远了解姜梨从小到大的愿望，而在如今这个年头，寻常夫君尚且很难做到陪着妻子去完成妻子的梦想，但姬蘅做到了。即便这个决定在别人眼中十分荒唐，他却以为，这很自然。丈夫理应支持妻子，陪她去做她想做的事。

前生的她，作为妻子，一直在“付出”，如今的她，却一直“被付出”。有时候姜梨一觉醒来，会恍惚觉得这仍是一场梦，世上哪有这样好的良人，偏偏被她遇到了。两人契合无比，他对她的宠，似乎毫无底线。

正说话的时候，外面有脚步声传来，姜梨抬眼看去，就看见冰天雪地里，他的红衣格外显眼。他从外面进来，大氅上还带了未曾融化的雪花，从怀中掏出一大串油纸包，这本来有些滑稽，但姜梨此刻的心里只有感动。她踮起脚，拂去姬蘅肩头的雪花，道：“你怎么这样早就出去了，也不知道打把伞。”

“你喜欢的。”他把油纸包轻轻贴上姜梨的脸颊，姜梨觉得脸上传来一阵温热，红豆糕还是热的。想来他来去匆匆，又是放在怀里，就怕回到客栈后红豆糕凉了。

“日后我想吃红豆糕，就自己去买。”姜梨道，“你这样，我可不敢说喜欢吃了。”

她才说完此话，就听见外面传来一个聒噪的声音：“红豆糕？在哪里在哪里？小尧，你想吃红豆糕吗？”

二人回头一看，客栈的楼梯上，闻人遥拉着林尧走了下来，边走还边打哈欠。他走到姜梨身边，作势要去拿姜梨手中的油纸包，嘴里嚷道：“嫂子，你怎么知道我饿了，谢谢谢谢，太谢谢了啊。”

姬蘅瞥了他一眼，道：“闻人遥。”

闻人遥一个激灵，伸手的动作一顿，规规矩矩站好，挤出一个微笑：“怎么啦？阿蘅。”

他惯来会装傻，姜梨笑着摇了摇头，拿出一个红豆糕塞到林尧手中，林尧乖巧地道：“谢谢姐姐。”

“闻人，”姜梨看向闻人遥，“这里到斛阳山，还要多久？”

闻人遥有些嘴馋地望着林尧手中的糕点，听见姜梨的话才恋恋不舍地收回目光，道：“快了，等咱们再赶一天的路，明日中午之前，就能到斛阳山。”

“总算是要到了。”姜梨喃喃道。

她和姬蘅每年都会去新的地方，今年冬日，去的就是定远城的斛阳山。为何要去斛阳山，是因为恰好闻人遥也要回师门给林尧上门谱。斛阳山就是扶乩门所在的山头。闻人遥也有许多年没有回去了。

闻人遥的师门，姜梨还不至于特意前去拜访，毕竟世间美景数不胜数，看都看不过来，哪里还有闲心去看闻人遥从小居住的地方。之所以要去，是因为闻人遥说，姬蘅小的时候，曾在扶乩门住过很长一段日子。正因为这个，姜梨才想去看看。对于姬蘅的过去，她遗漏了很多。正如姬蘅了解她一般，她也想极力去了解姬蘅，填补自己未出现的时候，姬蘅一个人度过的时光。

“我们师门的那些师父，也许多年没有看到过阿蘅啦。”闻人遥道，“嫂子不知道，当年阿蘅长得很好看，我的那些师父都很喜欢他，差点还想认他做弟子，不过阿蘅这个人从不信命，实在不适合扶乩门，否则真要是拜入师门，我现在见了他，还得叫他一声大师兄。”闻人遥津津有味地回忆起来。

“长得好看就收徒？”姜梨调侃，“就这一点上，你的师父们和姬蘅还真像。”都是一样的喜美恶丑。

“啧啧啧，可不是嘛。”闻人遥道，“正因为师父们偏心他这个外人，对自家徒弟都没有对阿蘅好。我的那些师兄师弟因此很不满意，还常常找阿蘅的麻烦，有一次……”

“闻人遥，”姬蘅打断了他的话，“你好像很闲。”

闻人遥倏尔住嘴，看向姬蘅，眨了眨眼睛：“咯，其实我也不是很闲，小尧，走，随师父收拾一下行李，咱们等下要出发了。”

他其实哪有什么行李收拾，无非找个借口溜之大吉罢了。姜梨看向姬蘅，姬蘅挑眉，道：“怎么不吃红豆糕？”

姜梨拿起红豆糕，尝了一口，甜甜的，于是递到姬蘅嘴边，姬蘅就着她的手咬了一口，差点舔到她的手指，桐儿和白雪羞得满脸红透，转过头去，姜梨瞪了他一眼。

姬蘅看起来像是跟他没什么关系，还有心思在这里调戏她。姜梨记得很清楚，方才姬蘅打断了闻人遥的话，打断的是什么？他不想让自己知道的是什么？那一刻，他分明有些不开心。

他不愿意被人知道的过去是什么？姜梨陷入深思。

用过早食之后，大家就一同出发前去斛阳山。斛阳山山路难行，马车走得格外缓慢。姜梨坐在马车里，听闻人遥说起小时候在师门的趣事，也觉得颇为生动。只是她注意到，闻人遥说起的事迹里，几乎没有姬蘅。按理说姬蘅也在那里生活了许久，又都是小孩子，无论如何都会有姬蘅的影子。姜梨不知道是闻人遥忘记了还是其他原因，便问了出来。

闻人遥摆了摆手："阿蘅那时候多不合群啊，除了我以外，那些师兄弟，他谁也不搭理。师姐师妹们倒是很喜欢他，他也没给过人家好脸色。时间久了，大家也都不再叫他。"

是这样吗？姜梨总觉得有些不对，但又说不出是哪里不对。姬蘅对小时候的事情似乎兴致缺缺，并不顺着闻人遥的话往下说，而是说起别的事。姜梨明白他的意思，他既然不想说，那她就不问了。

等到了第二日，果然如同闻人遥之前说的，中午之前，他们到达了斛阳山的扶乩门。

扶乩门看上去极有世外高人居住地方的特色，位于山峰处。因地势很高，云遮雾绕，仿佛世外桃源。姜梨一行人到的时候，门口有两个小童正在扫地，闻人遥走了下来，那两个小童一愣，问道："你们是谁？"

闻人遥一笑，亮出自己腰间的一条彩穗，大约是他们师门的信物。

那小童见状，道："师祖，师祖，小师叔回来啦！"

小师叔，乍然听见闻人遥这么个名字，姜梨还有些不习惯。不多时，那两个小童扶着一位白发苍苍的老人走了出来，老人看上去慈眉善目、仙风道骨，见到闻人遥怔了怔，道："阿遥，果然是你，你回来了。"

"可不是嘛，"闻人遥得意道，"我就是特意回来看您。师父，我还收了一个小徒弟，喏，这是林尧，这回带他回来就是给他上门谱。徒弟，还不过来给师祖见见。"

林尧上前，看向老人，道了一声："师祖。"

老人摸了摸林尧的脑袋，笑了起来，"好，好，乖。"他看了一会儿林尧，目光就落在姜梨和姬蘅身上，等看见姬蘅的时候，目光便凝住了。

"师父，这回阿蘅也回来了。您不知道，阿蘅如今都娶媳妇儿了。这是阿蘅的夫人，姜梨，原先首辅姜家的二小姐。嫂子，这是我师父，静玄真人。"

姜梨便上前行礼："静玄师父。"

静玄真人看了看姜梨，十分激动，道："好，都好。"他的目光更是长久地落在姬蘅身上，"阿蘅，这么多年过去了，你都长大了。"

"嫂子，之前跟你说的那个看阿蘅长得好看就想把他笼络进我师门的人，就是我大师父。师父当年可看重阿蘅了，什么事都护着他，阿蘅和师父感情也很好，当时就因为这件事，我还差点出走，觉得阿蘅要抢我饭碗，不想跟他玩儿了。"

姜梨注意到，姬蘅的神色在看到静玄真人的时候也缓和了许多。可见果如闻人遥所说，姬蘅在扶乩门的时候多受静玄真人照顾，两人之间倒是比别人要亲近一些。

"哎，师父，我们赶了好久的路，实在是饿了，您这儿还有吃的没，咱们进去，边吃边说吧。"闻人遥嘟囔道。他本就有些孩子气，如今在静玄真人面前越发像个小孩子。

静玄真人爱护小辈，笑道：“好，我们也正要用饭，阿蘅，姜姑娘，你们一道进来吧，饭菜简陋，不要嫌弃才好。”

姜梨只称不会。

几人一道走入扶乩门。扶乩门看上去像是道观，殿中供奉着神仙，不过整个师门却是冷冷清清空空荡荡的。门口卧着一只黑色的水牛，抬眸看了一行人一眼，懒懒地甩了甩尾巴，便不动弹了。除了刚开始门口的两个扫地小童，整个门里没有别人。

姜梨问：“静玄师父，扶乩门里其他人去什么地方了？”

“其他人？”静玄真人先是一愣，随即笑了，“没有其他人。真一和水婴是我收的最后两个徒孙。扶乩门气数将尽，我的徒弟们要么死了，要么下山游历了。如今这里只有我们三人。”他看着姜梨，笑着解释，“姜姑娘不必为老夫难过，盛极必衰，自古以来的道理。扶乩门有过繁盛的时候，到了我这里衰落下去，是很自然的。日后有阿遥接手，终有一日，还会恢复从前的盛景，这是轮回规律。”

这位师父倒是想得很开，姜梨不由得心生佩服。几人到了饭堂，饭菜都是清淡的小菜，听说是静玄真人和两个小徒孙自己种的粮食蔬菜。吃饭时，静玄真人问了许多这些年姬蘅和闻人遥的经历。闻人遥还好，隔个三五年就要回来一趟。姬蘅却是实实在在自许多年前的一别，就再也没回来过。得知姬老将军过世，静玄真人也长长地叹了口气。

“当年你祖父把你交给我的时候，好像还是昨日的事。如今故人都离开了，”静玄真人叹道，“今日一别，也不知此生还有没有机会再见到你。”

“师父，好好吃饭，说这些不吉利的做什么。”闻人遥不满，“不知道的还以为你咒阿蘅呢。”

“臭小子，”静玄真人佯作生气，“你整日胡说八道，还怎么做人师父！”

“嘿，我的徒弟可比你的徒弟听话多了。”闻人遥得意。

姬蘅看着面前他们打打闹闹的场景，只是淡笑，姜梨却能看出，他是比平日里还要高兴一些，终于放下心来。

又说了一些话，闻人遥要带林尧上门谱，静玄真人就让姬蘅带着姜梨到四周转转。

姜梨随着姬蘅走了出去，斛阳山峰处，只有这么一处师门。整座山头都没什么人，正因人迹罕至，风景才格外好。丛林幽谷，山峰陡峭。

姜梨边走边询问姬蘅，姬蘅都一一回答。当年扶乩门的小师父们就是在此学艺。学的是卜卦扶乩，也学机关暗器、武功医术，各有侧重。

姬老将军在姬蘅四五岁的时候，就把姬蘅放在这里，整整三年。那时候是林柔嘉最丧心病狂的几年，为了防止他们对姬蘅下手，姬老将军才想到把姬蘅藏在这里，斛阳山脚下有以奇门遁甲之术布的法阵，寻常人上山就会迷路，发现不了姬蘅的踪迹。

“那你在这里学的是什么？”姜梨问。

“政客权术，用人之道。”姬蘅回答。

姜梨想了想，也就释然。姬蘅平衡成王、姜家和洪孝帝三方势力，一直做得很好，原是在那么小的时候就开始学这些了。

姜梨走到湖边，湖水早就结冰，白茫茫的一片，偶尔有白羽的鸟雀站在岸边的草丛中，发出唧唧的呓语。姜梨道："我刚醒来的时候，就是因为姜二小姐知道亲事被抢，投湖自尽。现在想想，真是恍若一梦。"

姜二小姐投湖，芳魂不知所终，却阴差阳错让姜梨成了姜二小姐。

"我小的时候也差点死在湖里。"姬蘅道，"这么说来，我们真是有缘。"

姜梨一怔："你也不小心掉进过湖里吗？"

"算是吧。"他嘴角一勾，笑盈盈地道，"就是这片湖。"

"什么叫'算是'？"姜梨皱起眉，"是就是，不是就不是。"

"在我看来，不是，在别人看来，是。"姬蘅道，"所以叫'算是'。"

姜梨细细琢磨他话里的意思，恍然道："你被陷害了？是别人将你推到湖里，可谁都不承认，说是你自己掉进湖里的？"

姬蘅笑了笑："很聪明嘛，小姑娘。"

成了亲以后，他还是喜欢叫姜梨小姑娘，显得格外宠溺和亲昵。

姜梨闻言，却没有他那么好的心态，气愤道："谁会这么做？太过分了！"

姬蘅笑了笑，道："没什么，都是过去的事了。"

姜梨蹙眉，想起闻人遥的那些话，迟疑地问道："不会是那些师兄师弟吧？"

姬蘅没有否认。

小孩子是最天真的，因此当他们怀着恶意的时候，也是最可怕的。因为在很多时候，他们根本不明白自己在做什么，也不明白自己会对另一个人造成多大的伤害。

姜梨抓住姬蘅的手，姬蘅挑眉，道："没事的，阿狸。"他反过来宽慰她。

姜梨实在舍不得再去询问他那些细节，让姬蘅回忆一次过去的伤害。

"你就当他们妒忌我吧，毕竟他们实在很丑。"姬蘅不紧不慢地道，"这样想的话，你会不会高兴一些？"

仅仅只是这样？姜梨不这么认为，姬蘅会在闻人遥提起过去的时候显出不愿意谈、也不愿意回忆的模样，只怕这件事对姬蘅的伤害，要比他眼下所表现出来的严重得多。

那些师兄弟究竟是为了什么欺负姬蘅，她并不清楚，但也许正因为他们的伤害，日后姬蘅也就变得格外狠辣无情。闻人遥尚且隔几年就要回扶乩门一趟，但姬蘅不喜欢回来。只怕除了不愿意见到师兄弟，还不愿意想起过去那个懦弱的任人欺负的自己。

姜梨不知道能说什么，抱着姬蘅的胳膊，道："若是当时我在场，一定会保护你。"

姬蘅失笑："你在场？阿狸，你那时候还是个不能走路的小娃娃。"

姜梨想想，还是执拗地道："倘若能回到过去，我一定帮你赶走他们，然后让你跟我走，再也不被欺负。"

她当然知道这不过是说笑，这种事也不会发生，不过她就是说了，好像只有说出来，心中才好受一些。

姬蘅道："好啊，传说斛阳山上有能满足人心愿的神仙，说不准听到你的话，特意让你回到我的小时候，帮我出气一回。"

姜梨扬了扬拳头："我用阿昭的弹弓将他们全都打跑！"

姬蘅笑着揉了揉她的头发："哎呀，真是好可怕的悍妇。"

她见姬蘅说着说着，像是从晦暗的情绪中走了出来，心中才稍稍松了口气。然而到底是不舒坦，像是胸中堵着一口气般，就连夜里和姬蘅一道就寝的时候，还想着这件事。

斛阳山地势高，夜里便格外冷。姜梨睡到一半迷迷糊糊的，不知道是几时，忽然听到外头传来孩子们嬉闹的声音，其中夹杂着几句骂声。姜梨睁开眼起身，回头一看身边，并无姬蘅的身影，床被整整齐齐，像是从头到尾只有她一个人。

她怔了一怔，本应先去寻找姬蘅，但不知为何，听到外面的声音，便鬼使神差地披上衣裳，从屋子里走了出去。

门外月光如水，但白日里厚厚的积雪全都不见了，更像是深秋初冬季节，已有寒意，却还不至于天寒地冻。周围十分安静，孩子们嬉笑的声音就这么清楚地传进了她的耳朵。

姜梨毫不犹豫地顺着声音传出的地方走去，心中倒也不觉得害怕，只觉冥冥之中似乎有什么人在牵着自己。她走着走着，便觉得这条路看上去分外熟悉，好似就是白日里和姬蘅一道走过的。

走了不知道多久，便看到一面大大的湖，湖水粼粼，泛着凉意，不像白日里已经凝结成冰。在湖边，站着一群小童。

这些小童皆是六七岁的模样，最大的也不超过十岁，穿着白衣白裤，头发统一以青带束着，像是一个师门的。而在他们之中，站着一个五六岁的男孩子，生得十分精致漂亮，唇红齿白，和其他男孩子不同，他没有穿白衣白裤，而是穿了红色的窄袖小袍，衬得肤色更加白皙。月色下，仿佛哪座仙山上下凡来玩的仙童，又像是花草成了精，生出美貌的花灵。

为首的男孩子道："他娘是青楼里的女子，不是好人，他也不是好人！姬蘅，滚出扶乩门！"

姬蘅？姜梨心中巨震，这怎么会是姬蘅？她仔细打量面前红衣小男孩的眉眼，他那琥珀色的眸子已经有了漂亮的形状，眼底的红色小痣一如既往，这的确是姬蘅。可看上去，分明是五六岁的小姬蘅。

她怎么会看到五六岁的小姬蘅呢？姜梨也喊了一声姬蘅的名字，但姬蘅并没有回答他。那些男童也像是看不到姜梨。

就在这时，小姬蘅冷笑一声，站着没动，道："我娘不是坏人，你们才是坏人。想要我滚，自己去跟静玄真人说，反正我也不想待在这里，一群废物！"

他小小年纪，面如寒霜，身体站得笔直，姜梨似乎能透过他倔强的眼眸，看到他藏在暗处的伤心。

他才只是个孩子，好像已经对此习以为常，经历了许多许多。不管这些师兄弟是因为什么而看不惯姬蘅，在夜里背着师父们偷偷欺负他，实在是很可恶。

其余人闻言大怒，其中有个年纪大点的少年便直接上前一步，将姬蘅狠狠一推，小姬蘅尚且年幼，力气不大，扑通一声，掉入湖里。

那些男孩子在岸上哈哈大笑，看着他狼狈的模样扬长而去。小姬蘅在湖里挣扎，姜梨什么也做不了，着急地跑到湖边，伸手碰到水面，湖水冰冷刺骨，姬蘅挣扎着奋力游向岸边，姜梨情急之下伸手去拉他，就在这时，忽然发现自己可以抓到姬蘅了，心中一喜，便抓住姬蘅的袖子，将他拉了上来。

小姬蘅爬上岸，浑身上下都湿淋淋的，冷得微微发抖，然而还是警惕地瞧着姜梨，问："你是谁？你怎么进来的？"

"我……"姜梨语塞，没想到姬蘅会看见她，可她自己也弄不清楚这到底是怎么一回事，这时候的姬蘅并不认识她。

她还没来得及说话，就听见姬蘅问："你是闻人安排的人？"

姜梨有些讶然，这才想起，方才在人群中，并未看到闻人遥的踪影，想来平日里只有闻人遥对姬蘅多加照顾，这回还以为她是闻人遥找来的人。

"是。"姜梨道，"他让我过来看看你，你怎么样？"说完这句话，她便将自己的外衣脱下来，披到姬蘅身上。姬蘅身子一僵，看向她，狐疑又奇怪。

"你是怎么回事？"姜梨温声问道，"方才那些人为何要这么对你？"

姬蘅冷哼一声："一群蠢蛋而已。"

姜梨问："就这么算了？你不告诉静玄真人吗？"

"不用了。"姬蘅打断她的话，"我都习惯了。"他从地上爬起来，姜梨扶了他一下。这感觉有些奇妙，那么高大的男人，如今变成了一个粉雕玉琢的孩子。小时候的姬蘅和现在的姬蘅不大一样，若是现在的姬蘅，谁要是敢这样欺辱他，想来他会百倍奉还。眼前的小姬蘅，大约是考虑到了静玄真人，不想让静玄真人为难。

他小小年纪，想得却很深。

姜梨心中不忍，伸手牵了他的手，姬蘅的手也凉得很，看向姜梨，问："你到底是谁？"

这小孩真奇怪，他不叫姜梨姐姐，口口声声叫你。

姜梨就道："你觉得我是谁？"

"你不像是闻人找来的人，"小姬蘅道，"你是神仙吗？"

这么可爱的问题，也只有小时候的姬蘅才能问出来。

姜梨就道："是啊，我是神仙，在天上看见有人欺负你，实在气不过，这才过来帮你。"

小姬蘅别过头："我不需要人帮忙，我有自己就够了。"

"你的身边并不是只有自己，我也是你身边的人啊。"姜梨的声音越发轻柔，仿佛哄孩子，"譬如说今日，那些孩子伤害了你，你就这么放过他们，我实在很不舒服。"

姬蘅转过头，问："那你想怎样？"

"你身上都湿透了，我们去生点火，把你身子暖一暖，听说你们扶乩门早上起来都要检查功课，功课完成不了的，会被师父责罚。你不能教训他们，就让师父教训他们，我们去把他们的功课全部偷出来，然后拿来生火吧。"

小姬蘅目瞪口呆地看着她，这法子还是当初薛昭每次使坏的时候惯用的招数，那些年，薛芳菲不知道骂了他多少次。没想到，如今却要主动去做这件事，她不知道这是梦还是现实，但那些小孩子打骂不得，就这么让他们肆无忌惮又让姜梨十分生气，便只能用小孩子的法子解决。

姜梨见姬蘅呆呆的模样，扑哧一声笑了，道："我们这就去吧。"

小姬蘅几乎是被姜梨拖着去做这事情。不知是什么原因，那些师兄师弟散去后，再也没有出现，姜梨就拉着姬蘅将他们放在书房里的功课全都偷出来，跑到屋子，一把火烧了个精光，姜梨甚至还挖了两个地瓜，放在火堆里烤熟了递给姬蘅。

姬蘅呆呆地看着姜梨做这一切，像是惊住了，半晌也说不出话，除了闻人遥和静玄真人以外，他和师兄弟们向来没什么交集，对那些师姐师妹也不想搭理，因本就不是一个世界的人，但今日和姜梨这个陌生女人在一起，他却没多少抵触，好似中了邪。

"你为什么要帮我？"小姬蘅接过姜梨递来的烤得热乎乎的地瓜，没有立刻咬一口，而是迟疑地问。

"我是神仙，我喜欢你呀。"姜梨道。

小姬蘅的脸微微一红，似乎不知道说什么才好。过了一会儿，他又问："你真的是神仙吗？之后是不是就回去了？"

姜梨一愣，姬蘅看着她的目光里隐隐含着一丝期待，她的心忽然就有些不忍。

她温柔地道："我是要回去的。"

小姬蘅立刻失望起来。

"不过不必担心，我们以后还会再见面的。"姜梨轻声道，"那一次见面之后，我会一直陪在你身边，再也不离开了。"

"以后？"小姬蘅问，"那是多久？"

"你以后呢，会做很大很大的官，也会长得很好看很好看，会打一场名扬四海的仗，会被百姓敬仰，你想做的事情都会完成。你想见到的人都会见到。"姜梨微笑着道，"你现在过得不好，很伤心，没有关系，在未来，一切都会好起来，我也会走到你身边，等到那一日，你就会发现，过去的一切苦难都是值得的，请你耐心等待。"

这一番话，不知道姬蘅听懂了没有，他懵懂地看着姜梨，最后道："以后会好起来吗？"

姜梨道："会好的。"

说完这句话，她就觉得自己的身体轻飘飘的，面前的一切都变得模糊起来，小姬蘅的身影也不甚清晰。她听见幼童稚嫩的声音，又像是成年男子低沉诱人的嗓音，两个声音叠在一起，分辨不出是真实还是幻境。

小姬蘅问："你叫什么名字？"

她说："姜梨。"

外头的鸡鸣声犹在耳边，姜梨猝然睁眼，天光大亮，昨夜种种，不过梦境。

她躺在姬蘅的怀抱里，抬眼就能看到对方漂亮的轮廓。她伸出手，摸着姬蘅的眉眼，小时候的姬蘅，原来长那副模样吗？

一只手抓住她的手指，男人笑道："醒了？"

他睁开眼睛，眼中还带着乍然醒来的慵懒，姜梨急于与他分享那个奇妙的梦境，便道："我刚刚做了一个梦……"

"我昨夜做了一个梦……"

二人异口同声，随即都怔住。

"梦里我看到了小时候的你……"

姬蘅勾唇："你带我去做坏事了，阿狸。"

他们做了一模一样的梦？姜梨震惊得说不出话来，半晌才道："这是怎么回事？"

"我说过了，"姬蘅道，"斛阳山上有神仙，昨日你说的那番话，说不定被神仙听到，特意托梦，让你得偿所愿。"

"倘若能回到过去，我一定帮你赶走他们，然后让你跟我走，再也不让你被欺负。"昨日的话又浮现在耳边，姜梨怔怔的，"可是，你并没有跟我走啊。"

"怎么会？"姬蘅道，"我不是一直在'走'嘛。"

也许就是这样，在那个或真实或虚幻的梦境里，她如神仙一般出现，给予他片刻的温暖，后来他就在命运的牵引下，一步一步，终有一日，走到她面前。

也许从那时候起，一切都好了起来。

明珠

漠兰城是沙漠里唯一的一座绿洲之城。

无垠的沙漠中有这么一座繁华的城池，犹如熠熠生辉的明珠。千百年来，漠兰人民的祖祖辈辈都在这里生活。漠兰人勤劳热情，勇敢无畏。十几年前，漠兰王族发生了一场动乱，漠兰的王和王后，以及公主王子都在这场动乱中丧生。王的亲弟弟继承皇位，重新整顿，在危急关头挽救了整座城池。百姓心存感激，对新王也十分爱戴。

十几年前，一切风平浪静，旧王渐渐被人遗忘，便是偶然有人提起，也只是唏嘘感叹天意弄人。

然而十几年后，已经丧生的漠兰公主——九月公主，忽然带着人马重新出现在漠兰，不仅如此，她还揭露了一个惊天阴谋。当年漠兰动乱，并非流窜的乱民所为，而是新王为了抢夺王位，残害手足，是新王杀害了王和王后，还有年幼的王子，而年幼的公主侥幸躲过一劫。

这些年来，公主东躲西藏，不惜远赴燕国，为的就是躲避追杀，并且积蓄力量，等着有朝一日足以与敌人抗衡，再杀回这片土地，将当初的真相公之于众。

按理来说，九月公主一回到漠兰的土地，势必会遭到追杀，新王这么多年一直没有放弃寻找九月公主的下落，如此自投罗网，新王必然会在九月公主还未真正踏足漠兰城池的时候，就将九月公主灭口。但这一回，新王不仅没能做到，甚至还任由九月公主杀进城池，将这个秘密昭告天下。原因无他，九月公主并非一个人回来的。她的确有了足以与敌人抗衡的力量，因为她取得了燕国皇帝的支持。

漠兰和大燕国井水不犯河水，相安无事这么多年，但论起国力，漠兰差大燕国实在太远。每年朝贡，漠兰使者甚至会向大燕国送去贡品，而九月公主取得了燕国皇帝的支持，换句话说，就是燕国插手了漠兰的政事，而燕国皇帝选择的人，是九月公主。

新王当然不甘示弱，这么多年，怎么可以全为他人作嫁衣裳，当即说现在冒出的这个九月公主是假的。

燕国皇帝不是说说而已，甚至还借给了九月公主一支兵马，这支兵马十分悍勇，杀人无数，名为金吾军。新王的军队不敌金吾军，沦为阶下囚。

而九月公主也展露出绝顶的狠辣，她毫不犹豫地下令诛杀所有和新王有关的人，包括新王的女人和幼子，家中奴仆，以及忠于他的臣子。整个漠兰城全被清洗，城中血流成河。

虽然知道燕国皇帝的授意，九月公主应当是真的，但她的这番作为立刻在漠兰城引起了轩然大波。百姓嘴上不说，私下里却心领神会，九月公主冷心绝情，纵然有血海深仇，可未免杀人不眨眼了些。毕竟新王在位这么多年，未曾做过什么伤天害理之事，况且他惯会伪装，深受百姓爱戴。在百姓心中，那些皇族内部的动乱和厮杀实在很遥远，便是听在耳中，也有一种不真实的感觉。对于他们来说，新王是个不错的王，这位陌生的公主，却令他们为自己的未来担忧。

又听闻九月公主善于用毒，在宫中苛待下人，但凡有看不过眼的，便下毒将他们戕害，才住进宫中不过月余，已经残害了许多宫人。

于是，“毒姬”之名，便在市坊中悄然流传开来。

“公主殿下，外面那些人说得也太不像话了。”海棠道。

海棠跟着司徒九月一道去了漠兰，一来是之前在国公府的那段日子，海棠跟着司徒九月也学了不少制毒的本领，司徒九月见她颇有天赋，也愿意教导她一些。海棠就想着，多学一些，日后也算有傍身的本领。倘若别人再来害薛昭和薛怀远，他们也不至于束手就擒。而漠兰此地又有北燕没有的许多毒物，海棠便跟着司徒九月回来了，多学习学习。

也正是因为一直跟在司徒九月身边，海棠才将司徒九月的处境看得清清楚楚。

她道："那些人什么都不知道，分明是那些宫人想要害你，被你识破，转头外面却说你心肠歹毒。"

司徒九月凝眸道："我那位好叔叔，惯会收买人心，这么多年，宫中也养了不少死忠。现在他是死了，想要为他报仇的人却不在少数，多的是人来取我的性命。这不过是个开头罢了，日后还有的消磨。"

海棠闻言，心中无声地叹了口气，的确如此，这宫里到处暗藏杀机，还好司徒九月机灵，这么多年走南闯北，倒也培养出了一些对于危险的直觉，一旦感觉到了危险，立刻警惕起来，才免去许多无妄之灾。

只是……她到底离开漠兰许久，漠兰的百姓对这个突然出现的公主充满怀疑，以至于关于她的流言很快就能被人相信。

她不在皇宫里长大，也不信任宫里的人，惯会独来独往，又性情冷漠，喜欢制毒，便是身边养着的宠物都是毒物，旁人看了就心悸，又怎敢靠近。她为自己塑造出了一个冷冰冰的形象。

海棠道："这样你就太辛苦了，公主，你的敌人有许多，等金吾军离开以后，真正面对危险的，只有你一个人。"

海棠只是个手无缚鸡之力的婢女，更多时候帮不上什么忙，司徒九月身边可以相信的人，实在是没有。

"如果少爷在就好了。"海棠喃喃地道。薛昭向来有办法，而且司徒九月性情冷硬，百姓不相信她，她也就懒得去应付，甚至变本加厉地让自己恶名在外。而薛昭处事温和，也许劝司徒九月几句，还能让眼前的局面变得好一些。

司徒九月听到薛昭的名字，神情微顿。

她离开的时候，没有告诉薛昭，只同姬蘅说了打算，姬蘅替她安排好了回漠兰的人马。司徒九月不告诉薛昭，是因为她知道自己回漠兰是去做什么，说好听些是去平叛，说不好听些，就是回去杀人。

虽然她同薛昭说过很多次自己手上的人命，但薛昭毕竟没有真正见识过她杀人。她明白自己骨子里的狠辣和冷酷可能会吓到薛昭，也不愿意薛昭看到自己的这一面，因此，她宁愿一个人回去。

更何况，虽然准备充分，却不代表万无一失，毫无危险。那些人拿她不能怎样，可薛昭腿脚不方便，倘若要伤害薛昭，却是轻而易举。当初那些人拿姜梨威胁姬蘅的事历历在目，司徒九月可不希望重蹈覆辙。

最重要的是，她不知道应当如何面对薛昭。

薛昭是个好少年，内心阳光，善良赤诚，很多时候，司徒九月都会被薛昭身上的疏朗明亮吸引，忍不住靠近他。但靠近之后要做什么，靠近到什么程度，她心里是没有答案的。

当她要返回漠兰，作为公主继承整个城池，成为王女的时候，她就更加意识到这一点。她和薛昭说到底是两个世界的人，从前大家在一块儿，界限不甚分明，于是可以暂且抛开那些东西不想，可当事情发生在眼前，便容不得不想。

司徒九月做出的决定就是，抽刀断水，到此为止。她回漠兰做她的王女，薛昭还是和从前一样，做他的温柔少年。过去种种，不过是一次美好的相逢，天下无不散的宴席，留作回忆最好。

她看着远处的天空出神。

婢女在外面说道："公主，索敬大人求见。"

司徒九月收回目光，霎时间，怅惘神色皆是不见，她转过身，神情平静道："让他等着，本宫就来。"

海棠担心地看了司徒九月一眼，来人什么目的，她心知肚明。

司徒……能撑下去吗？谁也不知道。

索敬在殿中等着司徒九月。

司徒九月走过去。其实她的姓氏并非司徒，不过是当年为躲避追杀，行走江湖，随意取的。时间久了，连名字也成了习惯。如今她成了九月公主，有时候也会想起在燕京城中，有人唤她司徒大夫的时光。

索敬向她行礼："臣索敬见过公主殿下。"

"坐。"司徒九月道。

她神情漠然，索敬心中唏嘘。公主殿下生得美貌动人，可性情实在不招人喜欢，难怪连百姓也心生惧怕。他谢过司徒九月的赐座，道："殿下……大典的事宜，已经准备妥当了。"

王族中，如今只有司徒九月一人，背后又有燕国皇帝撑腰，这天下自然也该是司徒九月的。

索敬不是新王留下来的人，相反还一直被新王打压，司徒九月回宫后，就将索敬提拔上来。索敬想要保住自己的位置，便得牢牢抓住司徒九月这根救命稻草。于是这些日子，索敬倒是真心实意在为司徒九月奔走。

"好。"司徒九月回答。

"这几日，宗大人与臣提起一件事……便是殿下的择夫之事。"

话音刚落，司徒九月便冷冰冰地看了索敬一眼，索敬被她的眼神吓得噤声，不敢再继续说。

司徒九月是王女，王女的册封大典上应当册封王夫，可司徒九月到现在仍未婚配，所以底下的臣子便开始催促。毕竟司徒九月是女子，漠兰过去的历史上，其实是没有女子做王的。纵然有燕国皇帝在背后撑腰，可金吾军又不会一辈子都留在漠兰，到最后，总归是司徒九月自己处理接下来的麻烦事。

而所有的麻烦事里，这一件又是完全回避不了的。即使索敬现在不说，日后也会有其他人说。如果司徒九月一直不选择王夫，生下自己的子嗣，那么这个王位可能要另择他人。

这就是漠兰历来的规矩，司徒九月也得按照规矩办事。

见司徒九月沉默不语，索敬大着胆子问道："殿下，倘若殿下迟迟不做决定，只怕要外宫院采选了。"

漠兰的采选就跟北燕的选秀一般。不过选男子为王夫，大约也是破天荒头一遭。漠兰皇室之中，公主王子的亲事定得都很早，司徒九月年幼的时候突逢变故，后来又一直颠沛流离，所以才未定下亲事。

"实在不行，就采选吧。"最后，司徒九月道。

索敬愣了一下，不由得看向司徒九月，却见这神情冰冷的少女露出一个似笑非笑的神情，道："所谓王夫，也只是个傀儡而已，既然都要选，到最后不如选个听话好摆布的。这些琐事就不必告诉我了，你来操办吧，索大人。"

索敬心中一个激灵，摸不清楚司徒九月心中究竟在想什么，这到底是司徒九月的终身大事，何以这般不在乎？寻常女儿家，对于陪伴终身的枕边人到底还是存着期待吧。可听听司徒九月刚才说了什么，傀儡？听话好摆布的？这要是传到漠兰子民耳中，不知道这位公主殿下又要遭受多少非议。

索敬叹了口气，真是不知如何是好了。

在筹备大典的忙碌中，日子一天天过去，海棠发现，司徒九月越发冷然了。

虽然司徒九月从前在国公府的时候，也并不是什么天真烂漫的性子，但对于薛家的事，司徒九月能帮则帮。薛昭也曾说过，司徒九月是个外冷内热的性子，但回到漠兰，就像把她最后一丝热气儿也给抽离了。她从里到外，是真的变成了一个绝情的人。

特意为司徒九月举行的采选开始了。漠兰臣子中，除了索敬以外，其余臣子迫于洪孝帝的威势，不得已选择支持司徒九月，内心并不如何服气。索敬一个人难以抗衡其他臣子的势力。不过采选这件事本身，也渐渐出现了一些问题。

司徒九月容貌美丽，可惜手段狠毒，善于下毒，纵然被选为她的王夫，也不见得有多大的权力，只怕还会被司徒九月控制，指不定什么地方做得不好，惹恼了司徒九月，连小命都要玩完。

因此，那些臣子家但凡名声好些、生有不错的公子少爷的，都提前定了亲，到最后被推来采选的，要么是已被宠得顽劣不堪又没有什么本事、为人花心风流的纨绔子弟，要么是家道不如从前、指望找个王女来混吃混喝，接济一家老小想占便宜的破落户。

总而言之，一眼望过去全都是歪瓜裂枣，便是真有那种听话好摆布的，本身也极为懦弱，别说承担什么责任，看起来简直像是最卑微的仆人。倘若司徒九月真选了这样的人做自己的王夫，只怕要滑天下之大稽，成为漠兰历史上最可笑的王女。

索敬也无可奈何，好些的子弟人家一听是司徒九月，躲还来不及，怎么会主动来提名采选。说起来还真是不可思议，司徒九月也不差啊，怎么就沦落到这种好人家无人肯娶的地步呢？

海棠也心急如焚。

司徒九月倒是不觉得什么，那些歪瓜裂枣她看过，居然也不生气，露出一副“果然如此”的神情。

如果要在册封大典之前择好王夫，那么就是这段日子了。可眼下一个靠谱的人也没有，索敬看着那些人都忍不下心来，旁敲侧击打听了一下，问司徒九月觉得哪个还行，司徒九月斟酌了半晌，指着一个文臣家的少爷道：“那个还不错。”

索敬一看，差点晕倒，那个……的确看上去还不错，至少出身不好也不坏，也没有什么恶劣的习惯，就是太平淡无奇。无论是容貌还是气度，抑或本身的才华脾性，把他扔进人群里就找不见了。这样的人，是未来漠兰王女的王夫？索敬难以接受。

“看起来很乖巧，胆子也小，应该做不出什么杀妻的事。”司徒九月道。

杀妻？索敬心中一凛，什么呀，公主殿下对于挑王夫的要求，已经是“只要对自己没有杀心”就好了吗？再者，谁会莫名其妙就杀妻啊。

司徒九月像是想到了什么，忽然笑了。她知道索敬在奇怪什么，可杀妻一事很奇怪吗？至少她认识的薛昭，他的姐姐薛芳菲可不就是死在自己夫君之手？至亲至疏的夫妻，能够携手白头的太少见，大多数人都成了怨偶。她不奢求白头，做一对相敬如宾的陌生人也没什么不好，至少相安无事。

索敬还想说什么，但见司徒九月不欲多谈的模样，便只得作罢。正说着，外面有宫人前来禀报，说是宫外的侍卫抓了个刺客，可这刺客口口声声说要见王女。

“这宫里倒是不缺刺客。”索敬没好气地道，光是他知道的，这三天两头就没少过。还好这位王女本身是个厉害的，否则也不知死过多少次了。

“不见，杀了吧。”司徒九月轻描淡写道。

那宫人却有些犹豫，道：“王女，这位刺客……说与您是在北燕认识的，虽说不知道是什么人，但是个瘸子，侍卫们检查过了，不是假的。倘若真是刺客……一个瘫子……似乎也没什么威胁，是不是弄错了？”

闻言，海棠和司徒九月齐齐一愣，海棠激动地道：“少爷，一定是少爷来了！”

司徒九月厉声问道：“他在什么地方？”

索敬还从没看见过司徒九月这般模样，宫人也吓了一跳，急急地回道：“正在司音殿前的花园里，侍卫将他拿住了。”

司徒九月转身就走，海棠连忙跟上。宫人不知所措地看向索敬，索敬亦是一脸茫然，海棠称呼那人为少爷？是个男人？可司徒九月的反应怎么会如此之大？看样子这人对她来说十分重要。

索敬打定主意，决计上去瞧一瞧，看看这位能牵动公主殿下情绪的人，到底是何方神圣。

司徒九月来到司音殿前的花园里。

那正被两个侍卫用剑尖抵着坐在地上的少年，可不正是薛昭。

海棠叫了一声：“少爷！”

薛昭循声望来，看见司徒九月和海棠，立刻露出笑容，道：“九月姑娘，海棠。”

周围的侍卫和跟在后面而来的索敬都大吃一惊，这少年竟然唤公主九月姑娘。若说公主殿下之前在北燕行走，隐瞒自己的身份，那么到了现在这个地步，他只要不是个傻子，都应该知道公主的真实身份了，怎么还如此唤公主？

司徒九月对侍卫怒道：“你们在干什么？还不快放开他！”

侍卫连忙收起剑俯身请罪，海棠跑过去将薛昭扶了起来，他的轮椅就丢在一边，倾倒在地，海棠将他安顿在轮椅之上，道：“少爷，您是什么时候过来的？您怎么会到漠兰来了？”

分别之时，薛昭还在燕京。漠兰和燕京相隔可不近，他这是……孤身一人？

索敬本来看这少年生得一表人才，气度不俗，正想起些心思，就看见薛昭的轮椅，顿生惋惜之情，果真是个瘫子，还是连路都不能走的那种，可惜了。

司徒九月道：“进来说吧。”她对索敬道：“你先退下，有什么事，我再召见你。”

索敬退下。

司徒九月带着薛昭来到自己的宫殿，支开所有人后，海棠去端茶，司徒九月坐在桌前，问薛昭：“你怎么会来？其他人呢？”

“我一个人来的，没有其他人。”薛昭笑着回答。

他的笑容一如既往，有他在，仿佛这些日子的阴霾霎时间散去不少。

“这里不是你该来的地方。”半晌后，司徒九月才道，“你太冒险了，薛昭。”

少年微愣，随即轻轻摇了摇头，轻声道：“我是为你而来。”

司徒九月一愣，看向薛昭，有一瞬间，姑娘的脸似乎红了一下。

少年目光澄澈，越过她，像是一束阳光，毫无遮拦地直射人的心房。

司徒九月顿了顿，道：“你是什么意思？”

“你是我的朋友，又对我有救命之恩，当初在国公府的时候，若不是你替我治伤，我未必活得下来。”薛昭笑了笑，“如今你需要帮助，我怎么能放你一人在这里呢？无论我的作用是什么，都会尽力帮忙，哪怕在你眼中不值一提。”

司徒九月心中，顿时掠过一阵失望。

原来是朋友啊，原来是因为救命之恩啊。是了，这少年本就爱憎分明，恩仇必报，对于自己，也当是这样的心思。他是光明的人，无论如何，也不该对自己这样活在黑暗里的人生出向往。

世上有一个姜梨能拯救姬蘅，但并不会有一个薛昭来拯救司徒九月，况且，他根本拯救不了自己，只会被自己拉着一起堕入深渊。

“你的确帮不了我什么。”司徒九月冷冰冰地道，“所以你的到来根本就是个错误。回去吧，我会想办法送你离开漠兰，日后不要再来了。你与我，本就属于不同的世界，我是漠兰的公主，而你，大可以做你的侠客。”

她拒人于千里之外的态度立刻让薛昭有些不知所措，司徒九月没有再给他说话的机会，吩咐海棠照顾薛昭，自己离开了。

薛昭坐在原地，看着司徒九月快步离开的身影，一股沮丧之情涌上心头。他忍不住捶了一下桌子，就像小时候那般，道：“薛昭，你真笨……”

“少爷，”海棠小心翼翼地道，“公主殿下好像生气了。”

“我知道。”薛昭道，“我……”他并不是一个嘴笨的少年，但面对司徒九月，却总是不得要领。

他这般窘迫的模样落在海棠眼中，海棠便扑哧一声笑起来，薛昭疑惑地问：“你笑什么？”

“少爷很喜欢公主殿下吧。”海棠道。

薛昭一惊，脸顿时涨得通红，结结巴巴道：“你、你胡说什么……”

“那少爷就是不喜欢公主殿下了？也是，公主殿下平日里总是冷冰冰的。”

“不，”薛昭一听急了，“她不过是外冷内热，我哪里不喜欢她……”

“那少爷就是喜欢公主殿下嘛。”海棠打断了薛昭的话，“不是吗？”

薛昭不说话了，他没法否认。海棠在薛家这么多年，像是看着他长大的姐姐，海棠能看出来的事，说明他已经表现得很明显了，再掩饰就显得不够坦荡。

“我就是喜欢。”薛昭本想大声承认，说到后面，却又有些心虚，“不行吗？”

“不是不行，是少爷既然喜欢，为何不对公主殿下说明白呢？”海棠笑着问。

“我……”薛昭迟疑地看向自己的腿。

如果他不是这么一个瘫子的话……

“难道少爷是在意自己的腿吗？”海棠问。

薛昭面上的窘迫渐渐收起，神情也严肃起来，道：“不是的。”

海棠不解。

“虽然我的腿不能站起来，但这并不会令我自卑。这是当初永宁公主的错，不是我的错，我没有必要因为这个自责。相反，我站起来后能做到的事，正在努力让自己不站起来也能做到。比如鞭法，比如保护我身边的人。我想，无论什么人，身体残缺与否，喜欢一个人的心情都是一样珍贵的，不会因为身份而被轻看。”

“那少爷是为什么……不肯说呢。”

薛昭苦笑一声：“海棠，你和九月相处了这么久，觉得九月……将我看作什么？”

海棠一怔。

“虽然我口口声声说自己有个江湖梦，但世上之事，其实并没有经历多少。所以当初才会轻易着了永宁公主的道。而九月是真正在江湖中长大，她见过的东西比我多得多，也许我在她眼中，只是一个不知天高地厚的无知少年。她若是不喜欢我，我同她说明我的心意，只怕日后连朋友都没的当，但我不愿意在很远的地方看着她，至少不是现在。我希望能留在她身边，等漠兰的事情平息以后，再向她说明，这样就算她要赶我走，不想见到我，我也能放心离开。”

闻言，海棠久久没有说话。她看着薛昭，心中百感交集，当年那个英朗阳光的少年郎，总算也长大了。他的深情看上去稚嫩单纯，但毫无疑问是真挚的。

海棠想了许久，才道：“少爷，您真是不聪明呢。”

“啊？”薛昭奇道，“你为何这么说？”

“少爷自己就将公主殿下的心思猜透了，可猜的结果实在是南辕北辙。”

薛昭怔怔地看着海棠，听出了海棠的言外之意，只是仍旧不敢相信，道：“你……你的意思是？”

“公主殿下待您是特别的，少爷也没有自己想的那般差。倘若喜欢，便说出来就是了。少爷的心意是珍贵的，其实……姑娘和国公爷离开燕京城的时候，曾对奴婢说起过一件事。”

“姐姐？”薛昭一愣。

姜梨和姬蘅这些日子早已天南地北到处游玩了，薛昭还不知道姜梨说了什么。

“姑娘早就猜到了，等公主殿下回到漠兰以后，少爷一定会跟着来。姑娘也猜到……少爷定会犹豫，不肯同公主殿下吐露心意。”说到这里，海棠掩嘴一笑。

薛昭有些不好意思。

“姑娘要奴婢告诉您，少爷，您大可毫无顾忌地同公主殿下说明心意，如果公主殿下不肯接受，又要赶你走，你却又不愿意离开，想留在这里帮她，便死皮赖脸留下来呗。就拿你从前在桐乡时候的赖皮功夫，保准公主殿下也对你束手无策。”海棠模仿着姜梨的口吻，薛昭的脸更红了，眼睛却亮了起来。

他是第一次喜欢一个人，显得有些木讷，但点拨一下，便豁然开朗。

“姑娘说，少爷如果想做一件事，就一定能做成，只看少爷求的是心意，还是结果。”

心意？结果？可是喜欢一个人，本来就是不求结果的吧。那种独自一人担忧、思念、不知所措，到头来想想也是愉悦的。

“我知道了。”薛昭道，“我会按我自己的心意做的。”

一连几天，都看不到司徒九月的人影。

听闻索敬已经将典礼上的一切准备好了，接下来便要宣布王夫。司徒九月一个人在花园中走着，事情即将尘埃落定，一切她早有准备，可真正要来临的那一刻，却又有些不甘心，像是在等待什么奇迹发生。为了遏制这个不切实际的念头，司徒九月刻意回避薛昭，她怕看见薛昭，自己的心又动摇了。可悲的是，这还是可耻的自作多情。

但越不想要什么，就越是来什么，她还未走到凉亭，就在半路上被一个人挡住去路。

来人竟是薛昭。

司徒九月微微皱眉。

“九月。”这回那少年竟然连姑娘两个字都省了，亲昵的称呼令司徒九月也愣住了。

不等司徒九月说话，薛昭就道：“我听索大人说，你的王夫已经挑好了。”

“是。”司徒九月按捺住心中波澜，故作平静地回答。

“你与他相识也不过一月有余，更勿提相知，无非就是为了堵住大臣的嘴，既然如此，你能不能选我做你的王夫？”

司徒九月惊讶地看着他。

少年的脸有些红，但目光十分坚定，一字一顿地道：“就算是利用也好，五年十年或者是一辈子，我都可以接受。我虽然是个瘫子，想来比那位公子要和你相处得好一些。而且我并非漠兰人，不会觊觎你的地位和财富……我之所以这么做，也不求什么，你只要让我留在你身边就好了。”

司徒九月心跳得极快，问：“你为何要这么做？”

“因为我喜欢九月姑娘。”薛昭道。

这是她一直希望听到的话，这时忽然有些不敢接受。

“不可能。”

“我早就喜欢九月姑娘了，从第一次见到九月姑娘开始。”薛昭更加坚定，将心意和盘托出。

具体是从什么时候喜欢的，他是真的不记得了。那日从地牢里逃出生天，被姬蘅带到国公府，他看见了这个姑娘，他的人生里，见过薛芳菲那样温暖美丽的，见过琼枝那样妖娆风情的，这样冷冰冰的女孩子还是第一次见。她沉着脸一言不发，下手的动作十分轻柔。她说自己是毒姬，却三番五次出手相救。人人都觉得毒姬是河滩上又臭又硬的石头，唯独他觉得她是自己掘地三尺才偶然得到的明珠。

他能窥见她铠甲下的柔软内心，即便她根本不承认。

“我知道你在担心什么，也知道你在怀疑什么，那都没有关系。如果你不能来我的世界，那便由我去你的地方也不错。”少年目光温柔，“我们一直在一起，直到你厌倦我为止。”

“这位姑娘，公主殿下，”他笑意温暖明亮，“能不能准允呢？”

司徒九月不知如何回答，直到看见薛昭放在腿上的手紧握成拳，似乎在微微颤抖，他的耳朵很红，暴露了他的紧张。

就像一只温柔的野兽，暴露出自己的弱点。

让人不忍拒绝。

何况她本就不想拒绝。

这并非一个很好的主意，也许未来还有数不尽的麻烦，但她突然也想意气一回，在小心翼翼地度过了十几年后，有个人一起承担，还是喜欢的人。

她不回避自己的心意，也不辜负心上人的真心。

“从今以后，你要忠于我一人。”她别过头，语气柔和下来，眼角是抑制不住的笑意。

“遵命！”